CHRONIKEN DER ZUKUNFT:

Band 1:
Robert Silverberg — Die Sterne rücken näher
John Brunner — Die Pioniere von Sigma Draconis
C. J. Cherryh — Brüder der Erde
DM 7,80 – Best.-Nr. 06/1001

Band 2:
Robert A. Heinlein — Revolte auf Luna
Ben Bova — Die dunklen Wüsten des Titan
Poul Anderson — Das letzte Sternenschiff
DM 7,80 – Best.-Nr. 06/1002

Band 3:
John Brunner — Die Zeitsonde
Brian W. Aldiss — Feinde aus dem Kosmos
Robert Silverberg — Kinder der Retorte
DM 7,80 – Best.-Nr. 06/1003

Band 4:
Chad Oliver — Die Affenstation
Philip José Farmer — Die Irrfahrten des Mr. Green
John Brunner — Bürger der Galaxis
DM 7,80 – Best.-Nr. 06/1004

Band 5:
A. E. van Vogt — Kinder von morgen
Robert Silverberg — Der Gesang der Neuronen
Philip José Farmer — Der Steingott erwacht
DM 7,80 – Best.-Nr. 06/1005

Band 6:
Philip José Farmer — Das Tor der Zeit
Chad Oliver — Das große Warten
Robert Silverberg — Macht über Leben und Tod
DM 7,80 – Best.-Nr. 06/1006

CHRONIKEN DER ZUKUNFT

Band 3

herausgegeben
von
Wolfgang Jeschke

Mit freundlicher Unterstützung
von Philip Morris

WILHELM HEYNE VERLAG
MÜNCHEN

HEYNE-BUCH Nr. 06/1003
im Wilhelm Heyne Verlag, München

Redaktion: Wolfgang Jeschke

Printed in Germany 1984
Umschlagbild: Rudolf Brammer
Umschlaggestaltung: TBWA, Frankfurt,
im Auftrag von Philip Morris
Satz: Schaber, Wels
Druck und Bindung: Pressedruck, Augsburg

ISBN 3-453-31149-3

INHALT

JOHN BRUNNER

Die Zeitsonde

Von John Brunner erschienen in der Reihe
HEYNE SCIENCE FICTION & FANTASY:

Spion aus der Zukunft · 06/3137
Bürger der Galaxis · 06/3203
Die Zeitsonde · 06/3234
Die Pioniere von Sigma Draconis · 06/3238
Im Zeichen des Mars · 06/3268, erneut: 06/3930
Geheimagentin der Erde · 06/3286
Ein Stern kehrt zurück · 06/3293
Durchstieg ins Irgendwann · 06/3427
Die dunklen Jahre · 06/3565
Der ganze Mensch · 06/3609
Schafe blicken auf · 06/3617
Der Schockwellenreiter · 06/3667
Die Plätze der Stadt · 06/3688
Morgenwelt · 06/3750
Doppelgänger · 06/3850
Reisender in Schwarz · 06/3884
Treibsand · 06/3902
Der Infinitiv von Go · 06/3964
Mehr Dinge zwischen Himmel und Erde · 06/3982
Warnung an die Welt · 06/4007
Das Menschenspiel · 06/4056
Von diesem Tage an · 06/4125

DIE ZEITSONDE
erschien ursprünglich als HEYNE-BUCH Nr. 06/3234
Titel der englischen Originalausgabe:
TIMESCOOP
Deutsche Übersetzung von Walter Brumm

1

»So ist es gut, Chester«, sagte Harold Freitas III, als die Statue vor der großen Chaiselongue anlangte, auf der seine Frau Sarah lag. Der stattliche Neger, der die Statue auf ihrem zischenden Luftkissen vom Aufzug herangeschoben hatte, schaltete die Energie ab, und mit einem Bums sank das Bildwerk auf den Boden.

»Da!« ergänzte Harold, zu Sarah gewandt. »Was sagst du dazu?«

Geschmeidig wie immer, schwang Sarah ihre schlanken, goldbraunen Beine von ihrer Ruhestatt und warf ihr schulterlanges blondes Haar zurück. Eine lange Pause folgte. Wäre der große Durchbruch an einem Freitag gelungen, dachte Harold, hätte er ihr die Neuigkeit im Landhaus in Arizona vorführen können, und das wäre irgendwie weitaus passender gewesen.

Aber es war ein Mittwoch, und so waren sie in ihrer Dachterrassenwohnung in Los Angeles, einem Ort, der so vollkommen dem einundzwanzigsten Jahrhundert angehörte, daß jedem Gedanken an die tote Vergangenheit etwas Absurdes anzuhaften schien. Er fühlte leichte Besorgnis, daß seine sorgfältig geplante Überraschung durch einen albernen Umstand dieser Art entwertet werden könnte.

Ich hätte lieber bis Freitagabend warten sollen.

Aber es gab zwei gute Gründe, warum er es nicht getan hatte. Zum einen hatte er sich seit seiner Heirat in Sarahs Gegenwart immer ein wenig unbehaglich gefühlt. Er fühlte sich ihr in einer Weise unterlegen, für die er selbst keine Begründung wußte. Nicht, daß sie eine echte oder eingebildete Überlegenheit zur Schau gestellt hätte; kein Fremder hätte Gegensätze oder Reibungen zwischen ihnen ausmachen können. Es schien ihm einfach die Fähigkeit zu fehlen, seine Frau zu beeindrucken.

Und zum anderen platzte er förmlich vor Begierde, die Neuigkeit mit jemandem zu teilen.

Wenigstens machte sie sich die Mühe, aufzustehen und um die Statue herumzugehen, sie von allen Seiten zu betrachten, hier und dort mit der Fingerspitze zu berühren, und schließlich mit verschränkten Armen zurückzutreten und zu nicken.

»Der Hermes von Praxiteles«, sagte sie. »Und eine recht gute Kopie, wenn ich mir ein Urteil erlauben kann.«

»Nein!« sagte Harold triumphierend. »Keine Kopie – das ist der echte Hermes.«

Sie blickte ihn einen Augenblick leer an. Dann stieß sie ihr hohes, melodisches Lachen aus. »Oh, Harold! Du wirst mir doch nicht sagen, jemand hätte dich dazu gebracht, dies als das Original zu kaufen? Das Original steht im Museum von Olympia – ich habe es dort gesehen. Es ist zu keinem Preis käuflich, und ich glaube auch nicht, daß es gestohlen werden könnte. Außerdem sieht man ihm sein Alter an. Ich meine, das Original ist an vielen Stellen angeschlagen und beschädigt!«

»Dies hier«, sagte Harold starrsinnig, »ist der Hermes von Praxiteles. Nicht eine Kopie, sondern das Original. Wir haben endlich die Fehler aus dem Zeitsondenprojekt eliminiert, und dies ist der erste größere Gegenstand, den wir damit in die Gegenwart gebracht haben. Der Energiebedarf allein hat uns eine halbe Million gekostet.«

Wenn er sie schon nicht beeindruckt hatte, reflektierte er mit grimmiger Befriedigung, hatte er sie wenigstens verwirrt, und das war auch ein Erfolg. Sie blickte verblüfft von ihm zur Statue, dann zu Chester und zurück zu ihm.

»Ich glaube, ich verstehe nicht ganz«, sagte sie.

Er war versucht zu sagen, daß sie, wenn sie sich mehr für die Arbeit ihres Mannes interessieren würde, von Anfang an mehr über das Projekt gewußt hätte. Aber er verkniff sich die Bemerkung; er selbst verstand nur einen Bruchteil von dem, was die Freitas-Milliarden möglich gemacht hatten. Es war nicht leicht, mit neunundzwanzig die Leitung eines Konzerns zu übernehmen, dessen geschäftliche Interessen, Forschungsprojekte und finanzielle Beteiligungen kaum noch zu überblicken waren.

Brummig wandte er sich ab, um einen Cognac zu holen. »Laß dir von Chester die Einzelheiten erklären«, sagte er über die Schulter. »Er ist der Mann, dem das Verdienst an alledem gebührt.«

»Nun, das ist ein bißchen übertrieben«, sagte Chester Waley mit sanfter Stimme. »Ohne die zwanzig oder dreißig Leute unserer Projektgruppe wäre es nie gelungen, und vor allem ist der Erfolg Sparky zu verdanken.«

»Das ist sicher richtig«, meinte Harold mit einem halben Lächeln, »aber einen Computer kann man kaum zum Abendessen einladen, nicht wahr?«

Die Worte waren kaum aus seinem Mund, da fühlte er schon, daß der Scherz nicht sehr komisch war. Sparky – oder eigentlich SPARCI = Selbstprogrammierender und -regelnder Computer und Integralrechner – rangierte oben auf der Liste jener Personen, die ihn beunruhigten und ihm ein Gefühl von Unzulänglichkeit gaben. Sparky war ein so wesentlicher Bestandteil des Freitas-Konzerns, daß man sich kaum noch Gedanken machte, woher die freundlich-ruhige Stimme in der Gegensprechanlage kam.

»Trinkt jemand mit mir?« fragte Harold, um die Dürftigkeit seiner letzten Bemerkung zu verdecken. »Du vielleicht, Liebling?«

Sarah kehrte zur Chaiselongue zurück und arrangierte ihre anmutigen Gliedmaßen in eine dekorative Pose. »Nein, danke«, sagte sie. »Wenn Chester mir etwas Technisches erklären will, brauche ich alle meine Fähigkeiten, um ihm zu folgen. Du weißt, ich habe keinen wissenschaftlich geschulten Verstand.«

Der Farbige hob abwehrend die Hand. »Andererseits, Mrs. Freitas, sind Ihre Kenntnisse der Geschichte, der Kunst und der Literatur ungleich größer als meine.«

Sarah zuckte mit der Schulter. »Die Vergangenheit ist tot, also liegt sie einfach da und kann sich nicht widersetzen, wenn man sie untersucht.«

»Das ist genau der Punkt!« rief Harold und drehte sich rasch nach ihr um, wobei er etwas von seinem Getränk verschüttete. »Die Vergangenheit muß nicht tot sein – nicht mehr. Sieh mal, diese Statue ist das Original! Oder, um es genauer zu sagen, sie ist ein Querschnitt des Originals, ein Chronon tief, der sich in der Gegenwart zu einem Faksimile seiner ganzen, vierdimensionalen Struktur erweitern läßt. Siehst du ...«

Seine Stimme verebbte, als ihm klar wurde, daß Sarah nichts sah, und ein böser Verdacht kam in ihm auf, sie stelle sich absichtlich dumm, weil er es war, der ihr die Erklärung gab. Er wußte, daß die Erklärung richtig war, weil er nur zusammenfaßte, was Sparky gesagt hatte.

»Probieren Sie es, Chester«, seufzte er, leerte sein Glas und warf sich in einen aufblasbaren Sessel auf der anderen Seite des Raumes.

»Ich will es gern versuchen«, sagte Chester und setzte sich gleichfalls. »Es ist zuerst nicht ganz einfach zu verstehen, Mrs. Freitas, aber ich glaube, ich kann Ihnen das Prinzip verdeutlichen. Haben Sie schon einmal überlegt, daß ein augenblickliches Objekt nicht existieren könnte?«

Sarah grübelte, dann nickte sie. »Sie meinen, in unserer Wahrnehmung?«

»Genau. Darum muß ein Objekt außer Länge, Breite und Höhe auch Dauer besitzen. Gerade so, wie es eine minimale räumliche Länge gibt – gewöhnlich wird sie mit dem Durchmesser eines Elektrons bezeichnet, weil wir Ereignisse in einem kleineren Maßstab noch nicht beobachten können –, gibt es auch eine minimale zeitliche Länge. Nehmen wir einmal an, Sie könnten einen beliebigen Gegenstand mit einem unendlich feinen Draht von der Stärke eines Elektronendurchmessers durchschneiden – glauben Sie, das würde den Gegenstand wahrnehmbar verändern oder beeinträchtigen?«

Sarah grübelte wieder, dann schüttelte sie ihren Kopf.

»Richtig«, stimmte Chester zu. »Das wäre nicht der Fall. Es könnte möglicherweise das totale elektrische Potential des Gegenstandes durch die Ionisation einiger seiner Moleküle verändern, aber selbst das wäre unwahrscheinlich. Aber einen Querschnitt von einem Chronon durch einen Gegenstand zu machen, ist eine andere Sache. Alle konstituierenden Bestandteile dieses Gegenstands werden durch den Schnitt zerteilt. Mit anderen Worten, es entsteht eine Lücke in seiner Dauer.«

»Was verursacht sein Weiterexistieren, wenn die andere Seite des Schnittes erreicht wird?« wollte Sarah wissen, und Harold warf ihr einen verblüfften Blick zu. Wenn sie nach einer derart flüchtigen Einführung in das Thema eine so präzise Frage stellen konnte, dann hatte sie ihn eben vorsätzlich brüskiert. Sie mußte sehr genau verstanden haben, worum es ging.

»Wenn Sie damit die unveränderte Wiederaufnahme seiner vorherigen Funktionen meinen«, sagte Chester, »so ist diese nicht möglich. Der Gegenstand existiert in einem vierdimensionalen Sinn auf beiden Seiten des Schnittes. Aber weil der Querschnitt zeit-los ist, das heißt, weil er unter den hergestellten Bedingungen keine Zeit hat, in der er existieren kann, macht es keinen Unterschied, ob der Querschnitt dann transportiert wird.

Was wir mit der Zeitsonde gemacht haben, ist, solche Querschnitte in die Gegenwart zu nötigen. Hier wird die Sache allerdings kompliziert; man muß Informationen aus einer theoretisch informationsfreien Umgebung beziehen und Energie hineinleiten, um die Wiederaufnahme der vorwärtsgerichteten Dauer des Gegenstands zu ermöglichen und so fort. Hier in dieser Statue liegt der Beweis, daß es zu machen ist, und obwohl wir sie heute morgen in unserem Zeitsondenlabor wachsen sahen, ist sie in jeder möglichen Hinsicht das Original, das wir in Praxiteles' eigener Werkstatt lokalisierten und der Querschnittbehandlung unterzogen, kurz bevor es zu dem Tempel geschafft wurde, für den es bestimmt war.«

»Ich sehe«, nickte Sarah. »Mit anderen Worten, es ist eine Nachahmung, ein Duplikat.«

2

Es folgten einige Sekunden gespannten Schweigens. Harold brach es, indem er aufsprang.

»Nein! Eben nicht! Chester sagte dir gerade ...«

»Also, Harold, wirklich«, sagte Sarah in jenem Tonfall gönnerhafter Geduld, den er so gut kennengelernt hatte, seit sie verheiratet waren. »Ich weiß nicht genau, wie alt der Hermes von Praxiteles ist, aber sicherlich zweieinhalbtausend Jahre. Wenn dieses Ding da frisch aus der Werkstatt kommt, ist es nicht das Original. Was würde ein Archäologe sagen, wenn du ihn auffordertest, den Marmor zu untersuchen, aus dem das Ding gehauen ist?«

Harolds Unterkiefer klappte herab und blieb unten. Selbst der unerschütterliche Chester Waley zwinkerte mehrmals.

»Mrs. Freitas hat da ein sehr gutes Argument«, sagte er.

»Danke«, sagte sie. »Verstehst du, worauf ich hinaus will, Harold? Der Stein dieser Statue ist frisch geschnitten und bearbeitet, nicht gealtert und verwittert. Er hat nicht die Patina der Jahrtausende.«

»Aber sie ist das Original«, sagte Harold eigensinnig.

»In deinem Sinne, vielleicht. Aber nicht nach den Begriffen eines Sammlers oder Kunsthistorikers. Was willst du mit dieser Zeitsonde anfangen?«

»Wieso – ich, ah ...« Harold verstummte, um einen neuen Anlauf zu nehmen, und Chester kam ihm mitleidig zu Hilfe.

»Nun, wir werden bald damit an die Öffentlichkeit treten, Mrs. Freitas, – bisher haben wir mit der Geheimhaltung Glück gehabt, und wir glauben, daß niemand auch nur die leiseste Ahnung von unserem Erfolg hat. Es wird natürlich noch eine Weile dauern, sechs bis acht Monate, nach Sparkys letzter Zielprojektion, bis die nötige Zuverlässigkeit erreicht sein wird. Es sind so viele Zufälligkeiten zu eliminieren, namentlich bei der Technik der Feineinstellung, die uns helfen soll, das zu bekommen, was wir wollen, und nicht etwas, das zufällig daneben steht. Bisher ist das sehr schwierig und zeitraubend; wir haben neun Wochen gebraucht, um die Sache mit diesem Hermes hier hinzukriegen. Solange wir die Vorbereitungszeit nicht auf ein paar Stunden herabdrücken können, bleibt die Technik unwirtschaftlich.«

»In welchem Sinne kann man hier überhaupt von Wirtschaftlichkeit reden? Wie setzen Sie den Preis von Objekten fest, die Sie aus der Vergangenheit zerren?«

Harold, der stumm zuhörte, fühlte sich am Rand eines verhängnisvollen Abgrunds. Dies war die bei weitem hoffnungsvollste Entwicklung, seit er sich unvorbereitet in den Sessel des Konzernchefs katapultiert gesehen hatte, nachdem sein Vater, Harold Freitas II, auf der Rückreise vom Mars durch eine Meteoritenkollision ums Leben gekommen war. Und nun war Sarah nicht nur unbeeindruckt von dieser phantastischen Leistung, sondern unterminierte sie noch mit ziemlich idiotischen Einwänden.

»Es wurde natürlich alles berechnet«, sagte er ärgerlich. »Ich sagte dir schon, daß die Energie, die benötigt wurde, um dein Geschenk aus der Vergangenheit zu holen, ungefähr eine halbe Million gekostet hat. Aber was, meinst du, wäre der Marktpreis dieser Statue, wenn sie zum Verkauf angeboten würde? Mindestens das Zehnfache! Und man braucht sich nicht an solch massive Objekte zu halten; dies war zufällig eins, dessen Standort zu einer bestimmten Zeit in der Vergangenheit relativ einfach zu ermitteln war. Für ungefähr hundertzwanzigtausend könnten wir die Mona Lisa ...«

»Ja, darauf wette ich einen Dollar«, unterbrach Sarah.

»Ach, hör endlich auf, Unsinn zu reden!«

»Ich rede keinen Unsinn.« Sarah sprang auf und ging, sich ein Glas einzuschenken. Harold seufzte. Mußte heute denn alles schiefgehen?

»Du sagst, Sparky habe die Wirtschaftlichkeit dieses Projekts errechnet«, fuhr Sarah fort, während sie sich bediente. »Nun, dann kann ich nur sagen, daß er ein Idiot ist. Sicherlich hast du dir sehr viel Mühe gegeben, Harold, um mir heute abend diese Statue schenken zu können, aber du hast das Geld der Firma vergeudet, weißt du. Für hunderttausend hättest du den richtigen Marmor besorgen, die richtigen Techniker zum genauen Abnehmen der Maße des Originals heuern und einen fähigen Bildhauer mit der Herstellung des Duplikates beauftragen können. Du hast fünfmal soviel ausgegeben, und alles, was du schließlich vorweisen kannst, ist – ungeachtet dessen, was du sagst – ein Duplikat.«

Chester machte ein sehr ernstes Gesicht. »Man muß sich das, was Ihre Frau sagt, sorgfältig überlegen, Mr. Freitas. Ich habe den Eindruck, daß es nur der Seltenheitswert ist, der die Preise von Kunstwerken hochhält ...«

»Ja, natürlich ist das so!« erwiderte Harold ungeduldig. »Unser Plan ist auf die Erhaltung des Seltenheitswerts abgestellt, nicht auf seine Zerstörung. Wenn wir uns die Mona Lisa mit der Zeitsonde holten, glauben Sie, wir würden es ein dutzendmal wiederholen? Keineswegs. Wir haben vor, die neue Technik bekanntzumachen, eine größere Publizitätskampagne zu starten und die Direktoren von Museen wie auch private Sammler nach ihren größten Wünschen zu fragen. Die höchsten Angebote werden zuerst unsere Aufmerksamkeit finden. Und es handelt sich ja nicht nur um Kunstwerke, sondern auch um archäologische Relikte, wichtige Dokumente und verlorengegangene Daten, die wir heranschaffen wollen. Und nur ein einziger Kunde wird jeweils in den Besitz des begehrten Gegenstandes kommen, nämlich der höchste Bieter. Er wird außerdem einen wasserdichten Vertrag bekommen, der ihm die Sicherheit gibt, daß wir den Auftrag, den wir für ihn erledigt haben, niemals wiederholen werden.«

»Und wie lange wirst du dein Monopol behalten?« fragte Sarah mit eisiger Stimme. »Was wird irgendwelche skrupellosen Leute daran hindern, ihre eigenen Unternehmen aufzuziehen und dir Konkurrenz zu machen?«

»Nun, diese Technik ist nicht von der Art, die einer in seinem Keller ...«, begann Harold. Sie schnitt ihm das Wort ab.

»Harold, hinter dieser hübschen Verkleidung aus gehämmertem Gold ist ein Eingabegerät, das mir oder dir oder jedem anderen Zugang zu einer Rechenkapazität gewährt, von der noch vor einer Generation selbst die größten Gesellschaften nur geträumt hätten. Wenn ich der Kurator einer Kunstsammlung wäre und ein Angebot wie das deine bekäme, würde ich mir überlegen, wie lange es dauern könnte, bis jede Provinzgalerie sich mit den gleichen Ausstellungsstücken mit der gleichen Echtheitsgarantie brüsten würde. Und dann würde ich mein ursprüngliches Angebot halbieren und vielleicht noch einmal halbieren, weil alles, was ich mir einhandeln würde, ein Wunder auf Zeit wäre.«

Harold war sehr blaß geworden, doch in seinem Herzen wußte er, daß sie recht hatte.

»Kurzum«, resümierte sie, »die Möglichkeit wird die Leute nicht überzeugen, den nötigen Energieaufwand zu bezahlen, ganz zu schweigen von der Amortisation der Millionen, die du wahrscheinlich für Forschungen ausgeben mußt.«

»Moment mal!« sagte Harold. »Du mußt das alles in einem weiteren Rahmen sehen. Denk an alle die beschädigten Kunstwerke, die die Leute gern vollständig sehen würden – denk an die Venus von Milo, die Nike von Samothrake! Denk an die archäologischen Relikte, an alle die verlorenen oder zerstörten Kunstwerke, die der Wissenschaft nur aus alten Schriften bekannt sind. Denk an die Grabbeigaben der Pharaonen, diese unermeßlichen Schätze, die schon in alter Zeit aus den Pyramiden gestohlen wurden! Wir können sie beschaffen. In der Tat, die Pyramiden sind ein sehr leichtes Ziel, weil die Grabkammern in ihnen genau lokalisiert werden können.«

»Aber reine Forschung bringt keinen hohen Marktpreis«, sagte Chester Waley bedauernd. »An der Universität hatte ich einen Freund, der ganz versessen darauf war, herauszubringen, ob Peter der Große, Iwan der Schreckliche, Napoleon und Heinrich VIII. wirklich die Syphilis hatten, wie die Medizinhistoriker behaupten. Ich glaube, er will es noch immer wissen, und die Zeitsonden-Technik könnte ihm den Wunsch wahrscheinlich erfüllen. Aber er lehrt jetzt an einer kleinen afrikanischen Universität, und die Betriebskosten der Zeitsonde für einen Tag würden das Jahresbudget seines Instituts auffressen.«

»Das ist genau, wo wir den Leuten helfen wollen!« sagte Harold, der wieder Boden unter den Füßen fühlte. »Die Rätsel der Geschichte lösen! Aber bis das Projekt sich selbst tragen kann, das heißt, bis wir unsere Investitionen amortisiert haben, werden wir uns diese Luxusstückchen nicht leisten können.«

»Wenn du denkst, du kannst solche Sachen finanzieren, indem du Duplikate von bestehenden Kunstwerken – ah – importierst und obendrein erwartest, daß sie ihren Marktwert behalten, dann irrst du dich«, sagte Sarah nüchtern. Sie erhob sich von der Chaiselongue und stellte ihr leeres Glas weg. »Ich habe das Essen für diese Zeit programmiert – wollen wir nachsehen, ob es fertig ist?«

Aber ihre Bemerkung stieß auf taube Ohren. Harold blickte Chester Waley an, Verblüffung in den Augen.

»Sagten Sie, die Zeitsonde würde Ihren Freund in die Lage versetzen, alle diese historischen Persönlichkeiten auf Syphilis zu untersuchen?«

»Nun – im Prinzip sollte es möglich sein«, sagte Chester vorsichtig.

»Sie meinen, es müßte möglich sein, einen lebenden Menschen in die Gegenwart zu bringen?«

Chester Waley hob seine Schultern. »Wir haben es nie ausprobiert. Aber da der Querschnitt per definitionem zeit-los und vom Original nicht unterscheidbar ist, sehe ich kein theoretisches Hindernis.«

»Dann werden wir es machen!« erklärte Harold triumphierend.

»Was?« fuhr Sarah auf. »Du willst wohl Shakespeare in die Gegenwart holen und für hunderttausend Dollar pro Tag an Universitäten vermieten? Harold, sei vernünftig. Ich glaube, diese Sache hat dir den Kopf verdreht. Alle werden glauben, du hättest einfach einen Schauspieler angestellt und sein Gedächtnis programmiert, solange du nicht jedes Detail der Zeitsondentechnik veröffentlichst. Und wenn du das tust, werden Leute, die sich nicht um die Amortisation von Forschungsinvestitionen sorgen müssen, auf deine Schultern klettern und den gleichen Service zu einem Bruchteil deines Preises anbieten.«

»Sie werden mir glauben«, sagte Harold, seine Brust herausreckend. Der ganze Plan war ihm innerhalb von Sekunden klargeworden. »Sarah, weißt du, was nächstes Jahr ist?«

»Möchtest du, daß ich dir einen Kalender bringe?« fragte sie mit sarkastischer Liebenswürdigkeit.

»Ich bin nicht in der Stimmung für Witze!« fuhr er sie an.

Sie starrte ihn an, erschrocken über seinen plötzlichen Ausbruch. Aber sie blieb stumm.

»Nachdem du dich so sehr für Geschichte interessierst«, sagte er, sich mäßigend, »müßtest du eigentlich wissen, welches Ereignis sich dann zum tausendstenmal jährt.«

»2066? Die Eroberung Englands durch die Normannen!«

»Genau.« Harold wandte sich an Chester. »Ich spreche nicht gern davon, weil mein Großvater mir schon als Kind einbleute, daß es völlig gleich sei, von wem man abstammt, es sei denn, man habe eigene Leistungen vorzuweisen. Auf ihn als Konzerngründer traf das gewiß zu. Wie dem auch sein mag, ich entstamme einer alten und vornehmen Familie, die eine ganze Reihe hervorragender Persönlichkeiten gestellt hat. Der älteste bekannte Ahnherr, Sieur Bohun de Freitas, war Lehnsmann Wilhelms des Ersten von England und ist im Domesday Book verzeichnet. Sir Godwin de Freitas-Molyneux war eine bedeutende Figur in der Zeit der Kreuzzüge und fand bei der Erstürmung der Heiligen Stadt den Tod, nachdem er sich in der Schlacht von Akkon hervorgetan hatte. Ein entfernter Verwandter, nicht aus der direkten Linie, soll Amerigo Vespucci Navigation gelehrt haben. In der Kolonialzeit Amerikas war der Reverend Ebenezer Freitas eine Säule der Gesellschaft Neuenglands, und in wenigstens drei Städten sind Straßen nach ihm benannt. Und so weiter.« Er machte eine alles einschließende Gebärde.

»Und jetzt sage ich Ihnen, wie wir die Zeitsonde der Öffentlichkeit bekanntmachen werden, und wenn das die Phantasie der Welt nicht beflügelt, wird nichts im Universum es tun. Wir werden eine große Freitas-Familienfeier veranstalten, und es wird nicht bloß eine armselige kleine Zusammenkunft von Vettern und Nichten und Neffen an der Stelle sein, wo der Urgroßvater das Stroh mit den Schweinen teilte! Nein, das Freitas-Familienfest wird einzigartig sein! Und ich kann Ihnen versichern, den Mellons und den Kennedys und den Schatzheims wird vor Neid übel werden!«

3

»Läßt es sich machen?« sagte Harold Freitas zu den einundzwanzig Gesichtern von Wissenschaftlern, Verwaltungsleuten und Public-Relations-Männern, die ihn aus ebenso vielen Bildschirmen anblickten: alle Gesichter in natürlicher Größe, alle in seiner Augenhöhe, wenn er wie jetzt hinter seiner Barrikade aus Kommunikations- und Datenverarbeitungseinrichtungen saß. Dies war sein Büro, von dem aus schon sein Großvater das Unternehmen geleitet hatte; wenn er sich in den ererbten Ledersessel setzte, gab es ihm jedesmal eine neue Selbstsicherheit, einen neuen Beweis seiner Identität unter dem Gewimmel der Milliarden auf der Erde.

»Sparky hält es für möglich«, kam die zögernde Antwort aus dem Munde James Quentins, des Vizepräsidenten für Forschungsangelegenheiten, eines müde aussehenden grauhaarigen Mannes Mitte der Fünfzig.

»Sparky dachte, wir könnten das Zeitsondenprojekt finanzieren, indem wir Kunstwerke auf den Markt bringen«, sagte Harold. »Ich fürchte, Sparky hat sich geirrt.«

»Ich bitte um Entschuldigung, Mr. Freitas«, sagte eine sanfte Stimme aus dem Lautsprecher unter dem einzigen Bildschirm, der statt eines lebendigen, bewegten Gesichts ein starres zeigte: die Totenmaske Voltaires. Sarah hatte sie als Ersatz für die Disney-Gestalt ausgewählt, mit der sein Großvater sich zufriedengegeben hatte. Jedesmal, wenn Harold in die lächelnden Züge des großen Toten blickte, überlief ihn ein leiser Schauer.

»Ich gab die erbetene Antwort«, fuhr der Computer fort. »Ich wurde um Kostenvoranschläge für den Transport bestimmter Meisterwerke gebeten, die auf einer Liste zusammengefaßt waren. Ich habe sie geliefert. Es ist nicht mein Fehler, wenn jemand zu einer übereilten Schlußfolgerung gelangte, weil diese Kostenvoranschläge weit unter den gegenwärtigen, künstlich aufgeblähten Preisen lagen, die bei Kunstauktionen erzielt werden.«

»Lassen wir die Beschuldigungen«, sagte Louisa Field, Leiterin der Abteilung für Public Relations, eine gutaussehende, energische Frau. »Ich finde die Idee faszinierend. Bevor ich zu dieser Konferenz kam, machten wir ein paar vorläufige Analysen, deren Ergebnisse ausnahmslos günstig waren. Ein wichtiger Faktor im Fall eines Familientreffens ist, daß die meisten Menschen in unserer modernen Welt sich von ihrer Umgebung isoliert fühlen. Sie machen sich schon früh selbständig, weil sie sich im Elternhaus unterdrückt und eingegrenzt fühlen, aber innerhalb weniger Jahre werden sie sich ihrer eigenen Unsicherheit bewußt und entwickeln einen zunehmenden Neid auf Familien, deren gemeinsames Leben noch intakt ist. Darum bewundern und beneiden sie Familien wie die Schatzenheims, die es sich leisten können, ihre weithin verstreuten Mitglieder dann und wann zu einer großen gemeinsamen Festlichkeit zusammenzubringen. Vor allem aber beneiden sie jene, die eine solche Zusammenkunft organisieren, weil sie diejenigen sind, denen der Rest der Verwandten sich verpflichtet fühlt.«

Harolds Miene verfinsterte sich. Das geschah beinahe immer, wenn jemand in seinem Beisein die Schatzenheims erwähnte. Der Schatzenheim-Konzern und Freitas erfreuten sich etwa des gleichen unbehaglichen Arrangements, das ein Jahrhundert vor ihnen Ford und General Motors getroffen hatten. Beide waren Riesen, keiner konnte den anderen schlucken oder in die Knie zwingen, jeder beobachtete die Erfolge und Mißerfolge des anderen mit Eifersucht oder Schadenfreude. Im Jahre 2050 hatte Salomon Schatzenheim, das gegenwärtige Oberhaupt der Dynastie, mit gewaltigem Aufwand eine Familienfeier veranstaltet, zu der er auf eigene Kosten über achthundert Verwandte herangeschafft hatte, einige davon aus so entfernten Regionen wie Neptun und Pluto, wo es große Forschungsstationen gab. Damit nicht genug, hatte er der ostpolnischen Stadt, von wo ihr gemeinsamer Ahnherr David Schatzenheim um 1880 mit Frau und neun Kindern zu der langen Wanderung aufgebrochen war, die ihn endlich ins New Yorker Trödlerviertel geführt hatte, eine Universität geschenkt, die genau an der Stelle errichtet werden sollte, wo einmal David Schatzenheims Häuschen gestanden hatte. Die polnische Regierung hatte das Angebot, das mit keinen weiteren Auflagen verbunden gewesen war, freudig angenommen, obwohl zu diesem Zweck einige Wohnblocks aus der Mitte des zwanzigsten Jahrhunderts abgerissen werden mußten.

»Wenn ich fortfahren darf«, sagte Louisa Field, »möchte ich Ihre Aufmerksamkeit auf einen sehr interessanten Tatbestand lenken, auf den wir im Laufe unserer Voruntersuchungen gestoßen sind. Ausgedrückt als Dezimalwert, hatte die berühmte Zusammenkunft der Mellons vor bald einem Jahrhundert innerhalb der englischsprachigen Publizitätsmedien eine Zunahme des positiven Berichterstattungsfaktors um nullkommazwei Prozent zu verzeichnen, während die Schatzenheim-Zusammenkunft, die sich in vergleichbarem Rahmen bewegte, auf eine Zunahme von mehr als nullkommadrei Prozent kam. Aber während die Mellon-Zusammenkunft zwanzig Jahre später in der Öffentlichkeit einen Gayton-Bekanntheitsindex von nur zwei-fünf-sieben erzielte, registriert die Schatzenheim-Zusammenkunft heute, fünfzehn Jahre später, immer noch mit drei-neun-zwei.«

»Es gibt mehrere unter uns«, bemerkte Quentin ärgerlich, »die Miß Folds Jargon nicht verstehen.«

»Es läuft darauf hinaus«, sagte Louisa Field, »daß die Schatzenheim-Zusammenkunft mehr Leuten länger im Gedächtnis geblieben ist und zweifellos großen Einfluß auf ihren Werbeerfolg hatte. Untersucht man alle Einzelfaktoren, so ergibt sich die Folgerung, daß eine Freitas-Zusammenkunft, verbunden mit einem bedeutenden wissenschaftlichen Durchbruch, noch nie dagewesene Gayton-Indexwerte erreichen würde, vielleicht sogar bis zu der theoretischen Unmöglichkeit der Einheit; das ist ein Bekanntheitsgrad, der noch ein Jahr oder länger nach dem Aufhören der Berichterstattung jedes erwachsene Mitglied der linguistischen Gruppe umfaßt.«

»Mit anderen Worten«, sagte Harold, »es wäre der größte Publizitätserfolg des Jahrhunderts.«

»Aller Zeiten, vielleicht«, sagte Louisa selbstzufrieden.

»Das wäre also geklärt«, stellte Harold fest. »Alle mit der Zeitsonde zusammenhängenden Details sind strikt geheimzuhalten, bis es möglich ist, die Neuigkeit zusammen mit der bevorstehenden Versammlung aller meiner Verwandten und Ahnen den Massenmedien mitzuteilen. Als vorläufigen Zieltermin möchte ich den ersten Januar nächsten Jahres ins Auge fassen, in dem wir die tausendste Wiederkehr der normannischen Eroberung Englands begehen werden. Chester?«

»Soweit wir es jetzt beurteilen, dürften wir mit diesem Termin zurechtkommen«, antwortete Chester Waley. »Mit toten Gegenständen haben wir in letzter Zeit schöne Erfolge erzielt, und wenn wir vorher einige Versuche mit Menschen machen können, um unsere Vermutung hinsichtlich ihrer Überlebensfähigkeit zu erhärten, werden wir gegen Jahresende bereit sein.«

»Gut«, sagte Harold. »Sollten sich unvorhergesehene Schwierigkeiten ergeben, können wir immer noch einen Ausweichtermin festlegen. Einstweilen möchte ich eine vorläufige Übersicht über alle Teilaspekte und verwandte Probleme. Wenn wir Leute aus der Vergangenheit hierherbringen, werden wir sie unterbringen müssen; in einigen Fällen wird es zweifellos nötig sein, ihnen modernes Umgangsenglisch beizubringen.« Er hoffte, es hörte sich nicht so an, als zitiere er Sarah, was er tatsächlich tat – diese Punkte gehörten zu den vielen, die sie vorgebracht hatte, um ihn von seinem Plan abzubringen. Aber er war hartnäckig geblieben. Louisas zustimmendes Gutachten hatte ihn nur noch in seinem Vorhaben bestärkt.

Trotzdem, dies waren Fragen, über die ein vernünftiger Mensch nicht hinweggehen konnte.

»Und dann gibt es die medizinischen Probleme«, meldete sich Chester. »Es ist bekannt, daß auch Bakterien Mutationen hervorbringen, die erheblich schneller zu neuen Stämmen führen als bei höherentwickelten Lebewesen; angenommen, einer von diesen Vorfahren ist von einer Art Grippevirus befallen, gegen den wir keine automatische Immunität besitzen?«

»Ach, das stellt keine Schwierigkeit dar«, erwiderte Helen Wynmore, der die Gesundheitsabteilung unterstand. »Wir haben seit Jahren mit erkrankten Raumfahrern zu tun, und keine irdische Krankheit könnte uns vor ein Problem stellen, wie wir es etwa mit dem marsianischen Ekzem kennengelernt haben.« Sie beugte sich näher zur Kamera, so daß ihr Gesicht auf dem Bildschirm vergrößert wurde.

»Die kulturellen Probleme dagegen – die könnten wirklich zu Schwierigkeiten führen. Ich werde in den nächsten Tagen ein Memorandum darüber in Umlauf bringen, aber auch ohne eingehende Beschäftigung mit der Frage dürfte es einleuchten, daß wir mit dem Risiko eines Schocks rechnen müssen, namentlich bei Personen aus der fernen Vergangenheit, denen alle Grundlagen und Konzepte unseres modernen Lebens völlig fremd sind. Wie haben Sie sich die ... die Entführung der betreffenden Personen vorgestellt?«

»Das hängt ganz davon ab, ob wir ihren Aufenthalt in einem geeigneten Moment genau feststellen können«, antwortete Chester. »Ich glaube daher, daß die Schlafenszeit noch am ehesten Erfolg verspricht; zuweilen ist es möglich, durch Nachforschungen zu entdecken, daß diese oder jene bedeutende Person zu diesem oder jenem Zeitpunkt im blauen Zimmer im Nordflügel des Herrenhauses genächtigt hat, oder wo auch immer.«

»Nun, da haben wir schon eine Schwierigkeit, vor der ich Sie warnen möchte«, sagte Helen Wynmore. »Sie wollen doch nicht, daß diese Leute glauben, ihre Erfahrungen im einundzwanzigsten Jahrhundert seien bloß ein Traum, nicht wahr?«

Sie wartete einen Moment, bis sie sicher war, daß jeder ihren Einwand begriffen hatte, dann wiederholte sie: »Aber ich werde ein Memorandum darüber zirkulieren lassen, sobald ich in allen Einzelaspekten klarsehe.«

Harold war sehr erleichtert, daß sie der Sache nicht weiter auf den Grund ging; jedesmal wenn er selber darüber nachdachte, stieß er auf neue Probleme. Nichtsdestoweniger wollte er dieses Projekt durchsetzen, komme was da wolle; schließlich war es sein eigenes Projekt, sein erstes großes Vorhaben als Konzernchef.

Laut sagte er: »Ich danke Ihnen, Helen, denn dies sind genau die Fragen, mit denen wir uns beschäftigen müssen, bevor wir die Operation einleiten. Es sind keineswegs unlösbare Probleme, und ich erwarte, daß wir sie ausnahmslos innerhalb der gesetzten Frist zur Zufriedenheit regeln werden. Nun bitte ich Sie, daß jeder von Ihnen sich auf seinem Gebiet mit dem Thema befaßt und mir in den nächsten Tagen das Resultat seiner Überlegungen schriftlich zukommen läßt. Ich danke Ihnen.«

Sowie er die Konferenzschaltung unterbrochen hatte, rief er das Büro für genealogische Nachforschungen an, das er mit der Untersuchung seiner Ahnenreihe beauftragt hatte. Und als einen

Moment später Flannagans Gesicht auf dem Bildschirm erschien, rotnasig und gebuckelt wie eine Kartoffel, sagte er munter: »Haben Sie schon die eine oder die andere Empfehlung für mich, Mr. Flannagan?«

Der Genealoge lächelte. »Ah, Mr. Freitas! Jawohl, Sir, die Frage kann ich guten Gewissens bejahen. In meiner bald fünfzigjährigen Praxis hatte ich selten das Vergnügen, eine so bedeutende Ahnentafel auszuforschen, nicht einmal, als ich vor fünfzehn Jahren am Programm der Schatzenheim-Familienfeier mitarbeitete. Wir haben klare dokumentarische Beweise über einen Zeitraum von mindestens tausend Jahren, und es sollte möglich sein, Ihre Ahnenreihe noch weiter in die Vergangenheit zu verfolgen.«

»Tausend Jahre sind schon sehr zufriedenstellend«, sagte Harold. »Was ich wissen möchte, ist: wer sind die zehn bedeutendsten unter den bedeutenden Ahnen, und gibt es in ihrem Leben irgendeinen Punkt, an dem Sie ihren Aufenthalt auf ein paar Meter genau bestimmen können?«

»Dieser Auftrag wird ein wenig mehr Zeit beanspruchen, als Sie uns bisher zugestanden haben«, sagte Flannagan. »Und die Nachforschungen, die selbstverständlich nur an Ort und Stelle angestellt werden können, dürften sich als ziemlich kostspielig erweisen.«

»Zum Teufel mit den Kosten«, sagte Harold. »Besorgen Sie mir die Daten.«

4

»Es soll ein Familientreffen des Freitas-Clans geben«, wisperte Cy Detrick. Er war ein kleines Rädchen in der enormen Maschinerie der Freitas Interplanetary Corporation, aber er hatte es fertiggebracht, sich einen Befragungskode für Sparky anzueignen und sein Wissen an Schatzenheims konzerneigenen Spionagedienst zu verkaufen. Nicht, daß der Kode ihm Zugang zu den Datenspeichern gegeben hätte, wo Betriebsgeheimnisse verwahrt wurden, aber es war besser als nichts, und die Schatzenheims hatten seine Hilfe während der vergangenen fünf Jahre bereits mit fünfzigtausend Dollar honoriert.

»Danke«, sagte die anonyme Stimme am anderen Ende der Leitung.

»Also ist es dem jungen Freitas wieder nicht gelungen, eine originelle Idee auszubrüten«, polterte Salomon Schatzenheim über den Frühstückstisch, wo er die Nachricht erhalten hatte. »Hah! Kopiert einen Einfall, den wir schon vor fünfzehn Jahren hatten!«

»Und den andere wohlhabende Familien schon ein Jahrhundert davor ausgemolken haben«, sagte seine derzeitige Frau, Miriam, von der anderen Seite der silbernen Platten mit sauren Nieren, Kalbsragout, Spiegeleiern, Wurst und den übrigen traditionellen Bestandteilen eines herrschaftlichen Landhaus-Frühstücks, wie es jeden Morgen für Salomon und seine Gemahlin angerichtet wurde. Er rührte die Speisen nie an – und wenn er außer einem Mohnröllchen noch etwas zum Frühstück wollte, ließ er sich aus der Küche ›gefilte Fisch‹ kommen.

»Was noch schlimmer ist«, fuhr Miriam fort, während sie ihren Teller auffüllte, »dir fiel nichts Besseres ein, als alle Gäste in irgendein elendes Drecknest im hintersten Polen zu schleppen, umgeben von Kolchosen und häßlichen Wohnsilos, während Freitas seine Abstammung wahrscheinlich zu etwas Romantischem zurückverfolgen kann, wie etwa einer Wikingerburg oder wenigstens einem befestigten Herrensitz mit einem Graben darum.«

Salomons tiefliegende Augen verengten sich. Er war Ende Sechzig, aber er war in keiner Weise ein alter Mann; er war mager und sehnig wie ein Herrenreiter (der er war), mit einer Adlernase und einem scharfen, entschlossenen Kinn, Er sagte: »Und wie kommst du darauf, daß es soviel besser sei, auf dem Rücken deiner Vorfahren zu reiten, als dich an den eigenen Schnürsenkeln aus dem Dreck zu ziehen?«

»Es ist ein Unterschied, ob einer seine Familie vorzeigen kann, oder nicht. Du bist mit deiner Ahnenforschung bis 1890 gekommen, so ungefähr, glaube ich. Der Unterschied liegt genau zwischen dieser Jahreszahl und 1066.«

»Versuchst du mich zu kränken?« fragte Salomon in leisem, aber gefährlichem Ton.

»Ja.« Miriam schob ihren Teller beiseite und griff nach der Kaffeetasse. »Ich muß zugeben, daß ich, als ich in deine Familie heiratete, niemals eine so moslemartige Haltung gegenüber

Frauen erwartete, wie du sie an den Tag legst. Ich gebe mir alle Mühe, dich bis zu dem Punkt zu bringen, wo du es nicht länger mit mir aushältst.«

Sie nahm sich eine Zigarette, steckte sie zwischen ihre dünnen Lippen, zündete sie an und ließ grauen Rauch aus ihrer aristokratisch feinen Nase, während sie ihre blendendweißen Zähne zu einem höhnischen Lächeln entblößte.

»Dann faßt du es falsch an«, sagte Salomon mit Fassung. »Selbst in der kurzen Zeit, die wir zusammen verbracht haben, hättest du begreifen müssen, daß dies die ungeeignetste Methode ist, mich zur Kapitulation zu bringen. Du bist eine sehr hübsche Frau, du bist halb so alt wie ich, und trotz der Tatsache, daß es dir bisher gelungen ist, mir keine Kinder zu schenken, bist du von einer geradezu eindrucksvollen Fruchtbarkeit. Kurzum, du bist in jeder Hinsicht eine sehr geeignete Ehefrau für das Familienoberhaupt der Schatzenheims.«

»Aber eine sehr schlechte Mutter für die nächste Schatzenheim-Generation«, sagte Miriam. »Ich mag dich einfach nicht, Salomon. Ich finde, daß du ein aufgeblasener Langweiler bist. Du magst dich auf die Leitung eines Riesenkonzerns verstehen, aber du weißt überhaupt nicht, was es bedeutet, ein Ehemann zu sein, von Vaterschaft gar nicht zu reden. Warum zum Teufel läßt du mich nicht gehen und gewährst mir eine vernünftige Rente von, sagen wir ein paar tausend Eiern die Woche? Dann kannst du dir eine niedliche kleine jüdische Kuh suchen, die begierig ist, dein Haus mit kleinen schwarzhaarigen Bälgern zu füllen!«

Sie sah seine Backenmuskeln hervortreten und seine Hand am Rand der heißen Platte zittern, auf der die sauren Nieren aufgehäuft lagen, und sagte schnell: »Na los – wirf sie mir ins Gesicht! Wenn du triffst, kann ich gleich zum Mount Sinai Hospital fahren, und die Reporter werden zusehen, wenn ich mir den Verband anlegen lasse!«

Wie gewöhnlich den größten Teil des Tages allein zu Hause gelassen, wurde Miriam Schatzenheim ihres Schicksals mehr und mehr überdrüssig. Ihre Langeweile begann unerträglich zu werden. Am Vortag war sie im Schönheitssalon gewesen und hatte ihr Gesicht, ihren Körper, ihre Hände und Füße pflegen lassen; am Tag davor war sie beim Friseur gewesen, und der Mann hatte sie gewarnt, ihr Haar öfter als einmal wöchentlich herrichten zu lassen, weil es in Gefahr sei, spröde zu werden. An beiden Nachmittagen war sie einkaufen gefahren, aber es gab kaum noch etwas, das sie wollte, und außerdem hatte sie die Grenze ihres persönlichen Kredits erreicht – Salomon beschränkte ihr Taschengeld strikt auf tausend Dollar in der Woche.

Auch hatte sie mehr ungetragene Kleider im Schrank als Gelegenheiten, sie zur Schau zu tragen.

Ihre Frustration trieb sie schließlich – nicht zum erstenmal – ans Telefon, um die Stunden vor dem Abendessen im Klatsch mit ihren Freundinnen hinzubringen. Bei der müßigen Überlegung, wen sie anrufen solle, hatte sie eine plötzliche Inspiration. Es war lange her, seit sie das letztemal mit Sarah Freitas gesprochen hatte.

Und sie mochte Sarah, obwohl es politisch unklug wäre, eine enge Freundschaft mit ihr zu kultivieren. Miriam fühlte, daß sie beide ganz ähnliche Schwierigkeiten mit ihren Ehemännern hätten, weil sie mehr in eine Firma als in eine Familie geheiratet hatten.

Außerdem würde Salomon sich ärgern, wenn er es erführe, und sie würde dafür sorgen, daß er es im rechten Augenblick erfuhr.

Lächelnd wählte sie die Privatnummer der Freitas in Los Angeles, am anderen Ende des Kontinents.

»Hallo!« sagte Sarah verblüfft, als sie das schmale, sonnengebräunte Gesicht im Bildschirm erkannte. »Wie nett, daß Sie anrufen, Miriam. Es ist lange her, nicht wahr?«

»Ungefähr ein Jahr«, sagte Miriam. »Es war bei diesem Mittsommernachtsball, den Sie am Grand Canyon veranstaltet hatten.«

Sarah schüttelte den Kopf. »Ist es wirklich schon so lange her? Wie die Zeit fliegt, nicht wahr? Wie ist es Ihnen in der Zwischenzeit ergangen?«

»Nicht so gut«, sagte Miriam seufzend. »Oh, ich meine nicht, daß ich krank gewesen wäre oder so etwas, aber das Leben war einfach – nun, allgemein eintönig.«

»Ich weiß genau, was Sie meinen«, sagte Sarah mitfühlend.

»Ja, ich dachte mir, daß Sie es am besten verstehen. Haben Sie nicht auch manchmal das Gefühl, mit einer riesigen anonymen Organisation verheiratet zu sein, statt mit einem richtigen Mann?«

»Eigentlich nicht«, antwortete Sarah nach kurzem Zögern. »Mein Harold ist wirklich ein schrecklich netter Mensch, und man muß zugeben, daß es furchtbar hart für ihn war, plötzlich in den Präsidentensessel gesetzt zu werden, ohne entsprechende Ausbildung und Erfahrung. Man kann es ihm nicht verdenken, daß er die Gewohnheiten angenommen hatte, Kompromisse zu schließen und auf die Meinung anderer Leute zu hören. Was natürlich kaum der richtige Weg ist, eine Ehe zu führen – ich meine in dem Sinne, daß er dazu neigt, alle unsere häuslichen Entscheidungen mir zu überlassen.«

»Für mich hört sich das direkt paradiesisch an«, konterte Miriam. »Wenn ich einen Einblick in etwas Salomon und mich Betreffendes bekomme, dann ist es im allgemeinen nur, weil er zu beschäftigt mit einer seiner großen Transaktionen ist, um auch in Dingen das letzte Wort zu haben, die in seinen Augen relativ unbedeutend sind.«

»Sie Bedauernswerte!« sagte Sarah mitleidig.

»Man könnte sagen, daß er seine Frauen nicht als Menschen sieht«, fuhr Miriam fort. »Von seiner letzten Frau, Abigail, hörte ich genau die gleichen Klagen – aber erst nachdem ich ihm die Ehe versprochen hatte, nicht vorher. Hauptsächlich bin ich seine Frau, weil ich richtig aussehe und die nötigen gesellschaftlichen Weihen habe. Was ist in diesem Jahrhundert nur aus den Männern geworden, Sarah? Gibt es denn gar keine mehr, die wissen, wie man einer Frau gibt, was sie will? Die wissen, wie man sie mit kleinen Komplimenten und Überraschungen glücklich machen kann?«

Sarah blickte am Telefon vorbei zu der Statue; bisher war sie sich noch nicht klargeworden, was sie damit anfangen sollte. Für sich gesehen war es ein großartiger Gegenstand, egal, ob man ›Nachahmung‹ oder ›Original‹ dazu sagte, aber er paßte nicht in den Rahmen einer Dachterrassenwohung in Los Angeles. Entweder mußte sie ihn im Landhaus in Arizona aufstellen, oder die Wohnung – zumindest Teile davon – mußten im neoklassizistischen Stil umdekoriert werden. Sie war beinahe geneigt, den letzten und kostspieligeren Weg zu wählen – der überdies der entschieden unbequemere war, weil sie in ein Hotel ziehen müßten, während die Dekorateure an der Arbeit wären –, nur um Harold eine kleine Lektion zu erteilen.

»Ist Ihnen nicht wohl?« fragte Miriam.

»Oh, doch! Verzeihen Sie, meine Gedanken schweiften eben für einen Moment ab.«

Sie plauderten noch einige Minuten weiter und beendeten das Gespräch mit dem unaufrichtigen Versprechen, bei nächster Gelegenheit wieder einmal zusammenzukommen, dann legte Miriam auf.

Noch lange nachdem der Bildschirm dunkel geworden war, saß Sarah mit leerem Blick da und überdachte die Idee, die Miriam ihr eingepflanzt hatte.

Vielleicht stimmte es, daß den Männern des einundzwanzigsten Jahrhunderts etwas fehlte. Vielleicht war Harolds Plan, seine Vorfahren um sich zu versammeln, in Wirklichkeit gar nicht so dumm. Vielleicht hatte es in seiner Familie doch einmal richtige Männer mit Schneid und Entschlossenheit gegeben.

Sie merkte dann plötzlich, daß sie neugierig war, es zu erfahren.

5

»Mr. Flannagan«, sagte Harold, »dies ist Doktor Chester Waley. Ich habe ihn gebeten, an dieser Diskussion teilzunehmen, weil er ein technisches Interesse an Ihren genealogischen Untersuchungen hat. Sie werden sicherlich nichts dagegen haben, daß er Ihnen zu dem einen oder anderen Punkt Fragen stellt.«

Flannagan nickte dem dunklen Gesicht im Bildschirm höflich zu, um sich dann wieder seinem Besucher zuzuwenden. »Übereinstimmend mit unseren Instruktionen haben wir neun Personen aus Ihrer Ahnenreihe isoliert, Mr. Freitas. Es handelt sich um Persönlichkeiten, die in ihrer Zeit Bedeutendes geleistet haben. Ich darf wohl sagen, daß es nicht einfach war. Selten habe ich eine so eindrucksvolle Ahnentafel studiert! Wie auch immer, hier ist das Ergebnis unserer Bemühungen, und ich hoffe, daß es Ihre Zustimmung finden wird.«

Er reichte Harold eine große Plastikmappe, die neun Blätter aus steifem, pergamentähnlichem Papier enthielt. Am Kopf eines jeden Blattes stand ein Name in roten gotischen Zierbuchstaben; darauf folgten zwei oder drei Absätze mit biographischen

Informationen in dunkelgrün, und am Fuß war in blauer Schrift das verfügbare Quellenmaterial verzeichnet. Harold las die Texte sorgfältig und mit einer Regung von Stolz.

»Die beiden ersten Leute, die Mr. Flannagan ausgesucht hat, sind Männer, von denen ich Ihnen schon erzählt habe, Chester«, sagte er mit einem Blick zum Bildschirm. »Der Sieur Bohun de Freitas war ein Ritter im Dienst Wilhelms des Eroberers und wurde mit einem Lehen im Hampshire belohnt, das den Namen Belleisle hatte.«

»In der Folgezeit bedauerlicherweise zu ›Belial‹ degeneriert und während des englischen Bürgerkriegs von den Puritanern dem Erdboden gleichgemacht, weil sie glaubten, es sei eine Wohnung des Teufels«, erläuterte Flannagan. »Unser Gewährsmann, ein bekannter englischer Genealoge, teilte uns jedoch mit, daß Reste der Grundmauern und des Grabens dieser Burg immer noch existieren.«

Chester machte ein verzweifeltes Gesicht. »Das hört sich nicht sehr gut an«, murmelte er. »Aber vielleicht gibt es noch einen alten Plan des Gebäudes, oder irgendwelche genauen dokumentarischen Bezüge ... Aber fahren Sie fort.«

»Der nächste ist Sir Godwin de Freitas-Molyneux, den ich ebenfalls erwähnte«, sagte Harold. »Seine Burg ist anscheinend erhalten geblieben; ist das richtig, Mr. Flannagan?«

Flannagan nickte. »Ja, das ist richtig. Es ist ein sehr schönes Beispiel eines befestigten Herrensitzes, in späteren Jahrhunderten mehrfach umgebaut und erweitert, aber wenigstens die Hälfte des mittelalterlichen Baues ist erhalten. Das Gebäude befindet sich in Nordfrankreich, wie sich denken läßt, denn er diente den Plantagenets, die zwar Könige von England waren, sich aber nicht allzuviel um die Insel kümmerten.«

»Dann ist hier einer aufgeführt, von dem ich nichts weiß«, fuhr Harold fort. »Reginald de Freitas, Earl of Winchelsea and Poitenne.« Seine Zunge rollte sich mit Genuß um den vornehmen Titel. »Er scheint ein Künstlertyp gewesen zu sein – ein Komponist, wie es scheint.«

»Genau«, sagte Flannagan. »Tatsächlich nimmt er eine einzigartige Position in der europäischen Musikgeschichte ein. Er schrieb hervorragende Chormusik und unterhielt einen eigenen Chor. Verschiedene Musikhistoriker, die wir befragten, sind der

Meinung, daß seine Kunst den Vergleich mit Werken so berühmter Meister wie Don Carlos Gesualdo, Giovanni Gabrieli und Claudio Monteverdi nicht zu scheuen braucht. Unglücklicherweise ist nur sehr wenig auf uns überkommen, aber es gibt zeitgenössische Dokumente, die seine Kunst überschwenglich preisen.«

Harold unterdrückte ein Grinsen. Das wäre etwas, mit dem er Sarah beeindrucken konnte! Und das galt auch für die nächste Person auf der Liste. Er las laut: »Edgar Freitas, Höfling Königin Elizabeths der Ersten, und was noch mehr ist, ein Dichter, wie ich hier lese.«

»Ein – geringerer Dichter«, sagte Flannagan entschuldigend. »Aber nichtsdestoweniger ein Dichter, der seinen Platz in mehreren Anthologien elisabethanischer Dichtung gefunden hat. Er war in einen Skandal mit einer der königlichen Kammerzofen verwickelt und heiratete später eine entfernte Cousine von Ben Jonson.«

Das war wieder etwas, womit er Sarah beeindrucken konnte; Harold merkte sich die beiden letzten Namen, bevor er das nächste Blatt aufschlug. »Hier scheinen meine Vorfahren den Atlantik überquert zu haben«, sagte er. »Da ist der Reverend Ebenezer Freitas, nach dem in Massachusetts einige Straßen benannt sind. Ich glaube, ich habe Ihnen schon von ihm erzählt, Chester.«

Der Mann im Bildschirm nickte.

»Hmm!« Ein Schatten ging über Harolds Züge. »Mr. Flannagan, hier steht weniger über ihn als über Leute, die Generationen vor ihm lebten!«

»Ja, das ist wahr«, gab Flannagan zu. »Mir will scheinen, daß die Menschen seiner Zeit relativ wenig Wert auf biographische Schriften legten; alle Hinweise auf ihn, die wir finden konnten, stammen aus Kirchenbüchern und Gerichtsakten. Trotzdem gibt es keinen Zweifel, daß er zu seiner Zeit und in seinem Gemeinwesen eine bedeutende Gestalt war, denn er predigte nicht nur regelmäßig in der Kirche, sondern hatte auch eine Art richterliches Amt inne, wahrscheinlich eine Magistratur. Und natürlich ist er der erste Vertreter der Freitas-Familie, der es in der neuen Welt zu Rang und Würden brachte.«

»Wohingegen Joshua Freitas uns nach Liverpool in England zurückführt«, bemerkte Harold.

»Richtig. Nach einer Periode des – nun – relativen Abstiegs gelang der Familie mit Joshua Freitas eine großartige Rückkehr auf die öffentliche Szene. Dieser Joshua Freitas brachte es im Westindienhandel, hauptsächlich mit Zucker, zu beträchtlichem Reichtum. Unter seinen Abkömmlingen befinden sich Parlamentsabgeordnete, Offiziere, Bürgermeister und andere Persönlichkeiten des öffentlichen Lebens.«

»Ich sehe.« Harold wendete das Blatt um. »Ah, jetzt nähern wir uns heimatlichen Gefilden. Ich kann mich erinnern, daß mein Großvater mir von Horatio Freitas erzählte, der während des Unabhängigkeitskrieges eine Fregatte kommandierte.«

»Darüber hinaus diente er später als Senator«, erklärte Flannagan. »Ein bedeutender Mann in seiner Zeit.«

»Und seine Enkelin, Tabitha Freitas – sie ist auch hier verzeichnet, wie ich sehe.«

»Man kann sie kaum übergehen«, sagte Flannagan mit einem Lächeln. »Während des Sezessionskrieges war sie eine der wertvollsten Geheimagenten des Nordens; sie gewährte zahlreichen Soldaten Unterschlupf, die andernfalls in den Gefangenenlagern der Konföderierten gelandet wären. Nach dem Krieg wurde sie mit einem Empfang im Weißen Haus geehrt, wie ich in Erfahrung bringen konnte – obwohl das Archiv des Weißen Hauses bedauerlicherweise nichts darüber vermeldet. Doch man muß dabei berücksichtigen, daß die Zeiten damals ziemlich chaotisch waren; vielleicht wurde die Eintragung übersehen.«

»Aber wer ist dieser letzte Mann?« fragte Harold, als er zur neunten Seite kam. »Ich habe noch nie von einem gehört, der ›Buffalo Hank‹ hieß!«

»Ah!« Flannagan machte ein sehr selbstzufriedenes Gesicht. »Er war ein schwarzes Schaf Ihrer Familie, Mr. Freitas, wenn Sie mir verzeihen wollen, daß ich einen solchen Ausdruck gebrauche. Aber natürlich verändern sich die Maßstäbe der Beurteilung mit der Zeit, und ich fühlte mich sicher, daß Sie nicht beleidigt sein würden, wenn ich ihn in meine Vorschlagsliste aufnahm.

Henry Freitas, der später den Spitznamen Buffalo Hank annahm, war in eine – ah – regelwidrige Affäre verstrickt, die sich zu einer Liaison mit einer jungen Dame auswuchs, deren Name nicht auf uns gekommen ist. Seine in Neuengland hochangesehene Familie enterbte und verstieß ihn, und wie es so viele junge und unternehmende Männer in jenen Tagen taten, ging er in den Westen, wo er in kurzer Zeit zu einer Schlüsselfigur bei der Eröffnung neuer Territorien wurde. So spielte er eine wichtige Rolle bei der Erschließung der Bahnstrecke der Central Pacific Railroad. Leider war ihm – wie Sie in meinem Bericht nachlesen können – ein tragisches Ende beschieden. Er wurde in einer Schießerei getötet, aber es steht außer Zweifel, daß der Mann, der ihn tötete, ein gesuchter Viehdieb und Gesetzloser war, der später in Fresno, Kalifornien, gehängt wurde. So ereilte ihn doch noch die gerechte Strafe.«

»Großartig!« Harold hatte Mühe, die rechten Worte zu finden. Er stand auf und streckte seine Hand aus. »Mr. Flannagan, Sie haben mich stolz gemacht. Vielen herzlichen Dank für Ihre Hilfe.«

Dann fiel ihm verspätet ein, daß Chester immer noch mithörte, und er blickte zum Bildschirm.

»Haben Sie irgendwelche Fragen, Chester?«

»Ich glaube, ich kann sie mir im Moment sparen«, sagte Chester nach kurzer Pause. »Wenn Sie mir Einblick nicht nur in diesen Bericht, sondern auch in das gesamte Quellenmaterial geben, werde ich es ein paar Tage studieren, bevor ich Vorschläge mache. Das dürfte die praktischste Lösung sein.«

»Selbstverständlich, Doktor Waley«, sagte Flannagan. »Mit Vergnügen.«

Als der Genealoge gegangen war, lehnte Harold sich mit zufriedener Miene zurück. Diese Sache ließ sich besser an, als er sich vorgestellt hatte! Kaum zu glauben, daß außer all diesen prosaischen Typen, die mit Geschäften reich geworden oder durch öffentliche Ämter zu Ansehen gelangt waren, auch ein Held des Wilden Westens zu seinen Vorfahren zählte! Er wollte zum Telefon greifen und Sarah über den elisabethanischen Poeten und den adligen Komponisten vorprahlen, der seiner Zeit um fünfzig Jahre voraus gewesen war, doch er unterdrückte die Regung. Nein, es war besser, er wartete, bis Chester grünes Licht gab. Er war sich nicht völlig über die Technik im klaren, die für den Transport eines Gegenstandes oder eines Menschen mit der Zeitsonde angewendet werden mußte, aber er wußte, daß die Position des Objektes zu einer beliebigen Zeit innerhalb eines Bereichs von wenigen Metern genau zu ermitteln war. Es mochte sich als unmöglich erweisen, einen oder mehrere dieser bedeutenden Ahnen mit ausreichender Genauigkeit zu treffen und durch die Zeit vorwärtszubringen. Und er hatte ganz gewiß nicht die Absicht, auf gut Glück im Strom der Zeit zu angeln; es ging gegen seinen ererbten Geschäftsinstinkt, mit enormen Kosten irgendeinen Niemand aus der Vergangenheit zu holen. Nein, Fehler durfte er nicht zulassen.

Immerhin, hier hatte er es sozusagen schwarz auf weiß: die Summe seiner Erbschaft. Zärtlich ließ er seine Hand über den Umschlag von Flannagans Bericht streichen. Selbst wenn es ihnen nur gelänge, fünf oder sechs Leute dieses Kalibers aufzutreiben, würden sie ein eindrucksvolles Zeugnis für die Freitas-Familie ablegen und eine weltweite Sensation schaffen. Niemand könnte die Wichtigkeit der Zeitsondentechnik leugnen, und die massive Publizität, die das Familienfest begleiten würde, sollte den Namen Freitas jedem noch so hinterwäldlerischen Gehirn einprägen.

Und danach ...

Nun, Sarah hatte Shakespeare erwähnt. Warum nicht?

6

Als die schüchterne Magd ihn das erstemal zu wecken versuchte, wühlte Bohun de Freitas sich zurück in den Berg von Kissen und Decken, wo Ethelfrida zufrieden vor sich hinschnarchte. Der zweite Versuch der Magd war entschlossener, und er warf einen Stiefel nach ihr, aber das Geschoß traf nicht, weil seine Augen trüb vom Schlaf waren; es prallte gegen das graue Mauerwerk der Wand und fiel auf einen Jagdhund, der sich auf dem schilfbestreuten Boden eine kleine Schlafmulde gescharrt hatte. Die jaulende Klage des verstörten Tieres riß Bohun de Freitas endgültig aus dem Schlaf. Hinter dem Fenster – einem bloßen Schlitz in der Wand – war es schwarz, und auch die das ganze Gebäude durchdringende Kälte verriet, daß der Tag noch nicht angebrochen war. Wer, im Namen der Dreieinigkeit, fühlte sich berechtigt, ihn zu dieser schrecklichen Zeit zu stören?

»Herr«, flüsterte die Magd, »da ist ein Kurier des Königs, der unten wartet. Er sagt, König Wilhelm sei auf einer Reise durch sein Land und werde heute noch hier sein.«

»Was?« Das machte Bohun de Freitas munter! Augenblicklich war sein Verstand klar, und er sprang auf den eiskalten Boden und suchte nach seinen Kleidern, die er gestern abend nach einem Zechgelage am Boden verstreut hatte.

»Wirst du kommen und ihn empfangen, Herr?« fragte das Mädchen schüchtern.

»In einer Weile. Laß ihn sich aufwärmen – mach ein Feuer und gib ihm Essen und Trinken. Aber kein gutes Essen und Trinken, hörst du? Gib ihm altes Brot und Salzfleisch und sauren Wein – oder besser, saures Bier. Und paß gut auf. Geh zu Bertrand und sag ihm, er soll die Hälfte der Jagdfalken verstecken. Dann geh in den Stall und sage den Pferdeknechten, sie sollen die Hälfte der Pferde in das Waldversteck bringen. Danach läufst du in die Küche und sagst dem Koch, er soll die Hälfte des Fleischvorrats an einen kühlen und sicheren Ort außerhalb der Burg bringen. Aber alles muß unauffällig geschehen, verstanden? Dieser Kurier darf nicht merken, was vorgeht.«

Das stumpfsinnige Gesicht der Magd verzog sich zu einem breiten Lächeln. »Ja, Herr!« sagte sie und lief hinaus.

Bohun de Freitas schmunzelte, obwohl seine Finger so steif vor Kälte waren, daß er die rohledernen Riemen seiner Stiefel kaum schnüren konnte. Er brauchte seinen Gefolgsleuten die Gründe für seine Befehle nicht zu erläutern! Jeder wußte, daß es fatal wäre, dem König vorzuführen, was mit einem Lehnsgut wie diesem erwirtschaftet werden konnte; es würde nur bedeuten, daß der königliche Steuereinnehmer bei seinem nächsten Besuch eine so hohe Schätzung abgeben würde, daß der Winter zu einer mageren Jahreszeit würde.

Als er endlich die steinerne Wendeltreppe vom Schlafgemach hinunterstampfte, um den Kurier des Königs in der Halle zu empfangen, summte er vor Befriedigung über seine eigene Klugheit.

Sir Godwin de Freitas-Molyneux ließ sich mit Vergnügen eine weitere Portion Hammelfleisch mit Reis geben. Er schätzte die gutgewürzte orientalische Küche, und nachdem sein Blick wohlgefällig verfolgt hatte, wie die Dienerin seinen getriebenen Kupferteller auffüllte, wanderte er weiter und blieb nicht minder wohlgefällig an der Gestalt des Mädchens haften, das sich nun mit anmutigen Hüftbewegungen entfernte. Kein Wunder, daß diese Sarazenen sich ihr Paradies voll von Huris wie ihr ausmalten! Mit ihrer bräunlichen Haut und ihren schlanken Gliedern stellte sie alle diese breithüftigen Weiber seiner Heimat in den Schatten! Und wen kümmert es, daß ihr Gesicht verschleiert war, wenn alles andere in so zarten Musselin gehüllt war, daß jeder Windhauch ihn durchdringen konnte? Schließlich war das Gesicht bei weitem nicht der wichtigste Teil einer Frau.

Überdies waren diese seidenen Kissen, auf denen er ruhte, seinem Gesäß unvergleichlich zuträglicher als die harten Holz- oder Steinsitze in seinem nordfranzösischen Herrensitz. Mit geschäftigen Fingern stopfte er das zarte Fleisch durch den Fransenvorhang seiner langen Schnurrbarthaare, dann rülpste er vernehmlich und wischte die fettigen Finger an seinem Bart ab.

Freundlich sah der Sarazenenführer zu, wie sein Gast es sich gutgehen ließ, und signalisierte nach mehr Wein. Als getreuer Anhänger des Propheten gab er sich selbst nicht dem Trunk hin, aber der Wein war ein ausgezeichnetes Mittel, die Sinne des Ungläubigen zu umnebeln.

»Dann ist es also abgemacht, mein Freund«, sagte er, »daß du uns die Streitmacht des Fürsten Raymond in die Hände spielst, sobald sie sich den Mauern Akkons nähert?«

»Laß mich nicht den Namen Raymond hören, erhabener Nuraddin!« sagte Sir Godwin zornig. »Dieser habgierige, heimtükkische Sohn Satans!« Er leerte den frisch gefüllten Becher und fühlte ein leichtes Erstaunen, als er anstelle der Dienerin, die ihm aus dem Krug Wein eingeschenkt hatte, auf einmal ihrer zwei sah. »Weißt du, was er getan hat? Er hat mich um das betrogen, was von Rechts wegen mein war. Ich wäre jetzt Graf von Tripoli, wenn er nicht hinter meinem Rücken hingegangen wäre und ein schmutziges Geschäft mit diesem illegitimen Betrüger – wie war doch sein Name? Du weißt, wen ich meine.«

Er rülpste wieder, viel lauter diesmal, und eine saure Welle begleitete das durch seine Kehle hochkommende Gas.

»Aahh ...« Er mühte sich, seinen Blick auf den Sarazenen zu richten. »Ah ... Verzeih mir, Freund. Ich muß für eine Sekunde hinaus. Deine köstlichen Speisen scheinen mir nicht ganz ...«

Er sprang blindlings auf, torkelte hinaus und stieß die feinen Seidenvorhänge am Zelteingang wild zur Seite. Sein Gastgeber sah ihm mit höhnischem Lächeln nach. Diese Ungläubigen waren alle gleich – man brauchte ihnen bloß eine Kostprobe kultivierten Lebens zu geben, und im Nu vergaßen sie ihre Ehre.

»Mein lieber Lord, eine solche Musik muß es sein, die die Engel vor dem Thron des Allmächtigen anstimmen!« erklärte der Bischof von Sandwich, als er sich am Eingang der Familienkapelle zum Herren des Hauses vordrängte.

»Ein Lob Eurer bischöflichen Gnaden ist in der Tat ein Lob«, sagte der Earl of Winchelsea and Poitenne mit angemessener Bescheidenheit. »Denn es ist wohlbekannt, daß nur wenige Kleriker eine genauere Kenntnis von Gottes Willen haben. Wenn es mir in meiner armseligen Weise gelingt, den Menschen hier und jetzt einen Vorgeschmack künftiger Seligkeiten zu geben ...«

Er beendete den Satz mit einem Abwinken seiner gepflegten Hand, an der goldene und juwelenbesetzte Ringe blitzten, und der Bischof sagte herzlich: »Das ist Ihnen gewiß gelungen!«

»Oh, ja!« erscholl es aus dem Kreis der Damen, die gekommen waren, um dieses neueste Werk zu hören, gesungen vom privaten Knabenchor des Grafen. Einige von ihnen waren jung und schön und obendrein vernachlässigt; ihre Ehemänner trieben sich ständig am Hof des Königs herum, und das war natürlich keine Art, ein munteres Mädchen von noch nicht zwanzig Jahren zu behandeln. Der Graf wußte das sehr gut – er hatte genug Beweise erlebt. Und auch sie waren nicht geneigt, seine Fürsorge als entehrend anzusehen, denn war es nicht von London bis Paris bekannt, daß der Earl of Winchelsea and Poitenne ein gottesfürchtiger Mann war, dessen Sorge nicht den vergänglichen Problemen des Königreiches galt, sondern nur dem künftigen Reich? Warum sonst sollte er soviel Geld für den Unterhalt eines engelhaften Knabenchors ausgeben, der im ganzen Abendland nur in Florenz und Padua seinesgleichen hatte?

Als der Bischof und sein Gefolge sich verabschiedet hatten, umringten die Damen ihn aufs neue; einige berührten scheu seine Hand, andere sprachen ihn in offener Kühnheit an, aber ihrer aller Augen sagten mehr als ihre Münder.

Schließlich konnte er sich von den Fesseln ihrer Bewunderung befreien, zog sich in sein Studierzimmer zurück und schickte nach Clarence von Canterbury, der wie immer leicht zerstreut hereinkam, die Mönchstonsur unrasiert und verschiedene Speisereste auf der Kutte.

»Es wurde gut aufgenommen«, sagte der Graf. »Für dieses Stück werde ich Ihnen fünf Golddukaten zahlen. Für welchen Zweck möchten Sie das Geld verwendet wissen?«

»Nichts für mich selbst«, wehrte Clarence schockiert ab. Aber das sagte er immer, und er aß weniger und weniger und wurde zunehmend dürrer und schrieb mehr und mehr schöne Musik für den Chor, obwohl sie auch immer schwieriger wurde, so daß es immer häufiger des Rohrstocks bedurfte, um den Chorknaben die komplizierten polyphonen Klangreihen richtig vertraut zu machen. Er kratzte sich geistesabwesend und sagte: »Lassen Sie vor dem Schrein Unserer Lieben Frau von Walsingham Kerzen anzünden und einige Messen für die himmlische Ruhe jener lesen, die ohne eigenes Verschulden im Zustand der Sünde starben, wie Ihr Ahnherr Sir Godwin der Kreuzfahrer.«

»Wie Sie wünschen«, sagte der Graf und ermäßigte das Honorar im stillen von fünf auf zwei Golddukaten. Eingeschlossen in seine private Welt der Musik, hatte Clarence nicht die leiseste Ahnung vom Wert des Geldes.

Edgar Freitas saß unter den alten Ulmen von Farbingham Hall und kaute auf einem Federkiel. Auf dem Gartentisch vor ihm lag ein großes Blatt unbeschriebenen Papiers, und daneben stand ein Tintenfaß mit einem silbernen Deckel. Griffbereit zu seiner Linken stand ein großer Bierkrug. Der Flüssigkeitsspiegel des Bieres war rapide gesunken, seit er sich unter die Bäume gesetzt hatte. Der Pegelstand im Tintenfaß hatte sich nicht verändert.

Aus einiger Entfernung konnte er das schrille Lachen Samantha Farbinghams hören, die sich irgendeinem sinnlosen Fangespiel mit ihren Kammerzofen hingab. Er seufzte. Für sie war es in Ordnung, dachte er – mit ihren fünfzehn Jahren durfte sie sich noch vergnügen und in einer unwürdigen Art und Weise herumspringen. Er dagegen, in seinem goldbestickten Rock, den pflaumenfarbenen Kniehosen und den Schnallenschuhen, mit dem Schwert an der Seite und der heißen Allongeperücke auf dem Kopf, hatte sich wie ein Herr zu benehmen und unter allen Umständen Haltung zu bewahren. Auch an einem Sommertag wie diesem, der weit geeigneter wäre, Segel zu setzen und nach Indien in See zu stechen, als herumzusitzen und auf dem Federkiel zu kauen!

Er sammelte seine Entschlossenheit, tauchte den Federkiel in die Tinte und begann in säuberlich-pedantischer Schnörkelschrift auf den Kopf seines Papierblattes zu schreiben:

»Sonett an die Geliebte – gedichtet unter den Bäumen von Farbingham Hall.«

Welchen Namen sollte er Samantha nun für die Zwecke des Gedichts verleihen? In einem solchen Zusammenhang einen wirklichen Namen zu gebrauchen, war undenkbar. Wie wäre es mit Jemima? Oder Margarita? Oder ...

Er gab diese Überlegung auf und dachte über die Bilder und Symbole nach, die er gebrauchen sollte. Brustwarzen wie Rosenknospen? Aber so waren sie nicht – wenigstens hatten keine, die er in seinen achtzehneinhalb Jahren je gesehen hatte, auch nur entfernte Ähnlichkeit mit Rosenknospen gehabt. Haar wie Gold?

Er stärkte sich wieder aus dem Bierkrug. Dann strich er mit Entschiedenheit den Titel durch und ersetzte ihn durch einen neuen: »Ode an Sir Walter Raleighs Plantagen in der Neuen Welt.«

Das war ein Thema, über das man schreiben konnte! Nur hatte es einen ernsten Nachteil: Er war noch nie in der Neuen Welt gewesen, und wie die Dinge lagen, würde er keine Gelegenheit dazu erhalten. Er war an den Hof gebunden, und früher oder später würde der Druck seiner Eltern und Verwandten ihn zwingen, ein Mädchen aus guter Familie wie Samantha Farbingham zu heiraten, und dann würde er sich als ein gestandener Landedelmann niederlassen und eine Menge Kinder in die Welt setzen, damit die nächste Generation den ganzen Prozeß wiederholen konnte.

Ach, zum Teufel mit der Poesie, wenigstens für heute! Er legte den Federkiel aus der Hand, trank seinen Bierkrug leer und ging, um mit Sir Charles Farbinghams italienischem Fechtmeister zu üben. Der Bursche mochte servil und unmännlich sein, aber ganz gewiß war er der schnellste und gewandteste Gegner, mit dem man sich messen konnte.

Doch sein Leben mit dieser Art von Schattenspielen zu verschwenden war so verbitternd, daß er sich beinahe wünschte, dieser Philipp von Spanien würde seinen lange angedrohten Angriff auf England vom Stapel lassen und etwas Aufregung in die Welt bringen.

7

Reverend Ebenezer Freitas saß bei Lampenlicht am Tisch, durch ein sicheres Dach und feste Wände gegen den prasselnden Regen geschützt. Er wendete die Seiten der Bibel, die vor ihm auf dem nackten, glatten Holz des Tisches lag und suchte alle Hinweise heraus, die für sein Anliegen relevant waren. Er brauchte kein Sachregister, das ihm sagte, wo er die gesuchten Passagen finden konnte; er kannte sich aus. Vor dem Kaminfeuer saß Ellen, seine Frau, und flickte den Ärmel eines Kindermantels. Die Kinder selber waren oben im Dachgeschoß in ihren Betten, nachdem sie pflichtgemäß ihre Abendgebete gesagt und sich ohne Widerrede zur Ruhe begeben hatten. Wenn sie widersprochen hätten – nun, für den Fall hing dort ein dicker Lederriemen an seinem Haken.

Er las gerade die Geschichte der Hexe von En-dor – zum zehnten- oder zwölftenmal seit dem Ausbruch der jüngsten diabolischen Ärgernisse –, als kräftig gegen die äußere Tür geklopft wurde. Er hob seinen Kopf und lauschte, während Ellen hinausging und nachsah, wer so spät am Abend zu ihnen wollte.

Es war der Konstabler Peabody, in einem Umhang, der vor Nässe triefte. Mit vielen Entschuldigungen für seinen späten Besuch und die nassen Spuren seiner Stiefel kam er herein, nahm seinen Hut ab und drehte ihn nervös in den Händen.

»Nun, Peabody?« fragte Reverend Freitas. »Hat sie gestanden?«

»Hm, ja, Sir.« Peabody schlug die Augen nieder und zögerte.

»Na und? Warum freuen Sie sich nicht über diesen Triumph des Guten?«

»Weil, Sir ... Ich weiß kaum, wie ich es Ihnen sagen soll ... Sie nannte gewisse Standespersonen der Stadt als Teilnehmer an der Hexenmahlzeit, wo sie ihr Teufelsmal erhielt.« Peabody schluckte, und sein Adamsapfel hüpfte über den naßglänzenden Kragen seines Capes.

»Wen?«

»Nun, Sir, an erster Stelle nannte sie Mrs. Coolman.«

Reverend Freitas nickte düster. »Es ist nicht überraschend. Sie mit ihrer leichtfertigen Art und ihrer Gier, Männer an sich zu ziehen! Sie hat sich nie in der nüchternen, respektablen Art und Weise benommen, wie sie einer verheirateten Frau geziemt.«

»Das kann sein, Sir«, sagte Peabody, mutiger als bisher. »Aber nach Mrs. Coolman nannte sie Sie selbst, Reverend.«

Steinernes Schweigen. Reverend Freitas konnte nur eine Antwort auf diese Beschuldigung geben, und alle wußten es. Zuletzt sprach er die fatalen Worte.

»Dann war es kein wahres Bekenntnis, sondern eine Tücke des Teufels, um Zwietracht unter jenen zu säen, die seine schwarzen Engel jagen und vertreiben. Morgen früh wird sie der Tortur unterworfen.«

Ellen stieß einen leisen Schrei aus und schlug die Hände vors Gesicht. Sie dachte an die Fesseln an Armen und Beinen, dachte an die Halsschraube und wie das Blut aus Mund und Nase strömte und die Augen aus den Höhlen traten, und wie die winzigen Äderchen in den Augäpfeln platzten, bis die Augen rot wie Kirschen waren ... »Aber lieber Mann, sie ist kaum mehr als ein Kind!« sagte sie entsetzt. »Sie ist nur wenige Monate älter als unsere Eliza!«

»Denkst du, ich würde weniger streng mit meiner eigenen Tochter verfahren, gäbe sie sich den Mächten der Finsternis hin?« donnerte Reverend Freitas. »Die Tortur, als erstes morgen früh! Sorgen Sie dafür, Konstabler!«

Und er nahm sein Bibelstudium wieder auf.

»Mich zu dieser Stunde mit Geschäftsangelegenheiten zu belästigen, ist unanständig«, sagte Joshua Freitas zu seinem Ebenbild im Spiegel. »Man braucht seine ganze Zeit, um eine Halsbinde in der korrekten Art und Weise zu wickeln, und dann kommen Lakaien und lenken einen mit weltlichem Geschwätz über Geld und andere Nichtigkeiten ab. Hier, diese Halsbinde ist zerknittert – bring mir eine andere.«

Sein Diener rannte los, um eine frische Halsbinde vom Stapel der drei Dutzend zu holen, die jeden Morgen bereitliegen mußten, alle gestärkt und weißer als frisch gefallener Schnee.

Ein wenig nervös, weil er noch nie zuvor in Bath gewesen war und von der vornehmen Atmosphäre und vor allem von der frenetischen Spielleidenschaft, die er hier vorgefunden hatte, eingeschüchtert war, sagte der Agent, der mit der Kutsche aus Liverpool gekommen war: »Sir, ich wurde beauftragt, Ihnen die Ladungsverzeichnisse und andere Papiere auszuhändigen, die Ihre jüngsten Unternehmungen im Westindienhandel betreffen.«

»Ach, das!« Joshua Freitas winkte ab und führte die Tasse mit seiner Morgenschokolade zum Mund – oder besser, seiner Mittagsschokolade, denn vor zwanzig Minuten hatte ihn das Mittagsläuten von den Türmen der Abteikirche zu Bath aus dem Schlaf gerissen. »Ich will nur wissen, welcher Profit dabei herausgekommen ist. Heutzutage ist es höllisch schwierig, sich durchzuschlagen, müssen Sie wissen – mit weniger als zwanzigtausend Pfund im Jahr kommt man kaum zurecht. Also sagen Sie mir einfach die Nettobeträge, und fertig; ich habe meine eigenen Sorgen und Probleme, um die ich mich kümmern muß. Dieser ungebildete Emporkömmling Hugh Knightsborough hat gestern abend beim Ball einige unziemliche Bemerkungen über meine Begleiterin gemacht, und es wäre unter meiner Würde, wenn ich ihm anders als in makelloser Kleidung gegenüberträte, um ihn zum Duell zu fordern.«

Der Agent, der ein Jahresgehalt von vierzig Pfund ausgezahlt bekam, sah seinen Arbeitgeber an, sah den Degen an, der in einer wundervoll mit Gold und Einlegearbeit verzierten Scheide steckte und am goldenen Gehänge von einer Stuhllehne baumelte, und schluckte. Man mußte es diesen reichen Herren lassen – sie verstanden wirklich zu leben!

Horatio Freitas mühte sich in seinen schweren Rock aus samtüberzogenem Metallgeflecht – allein. Es war weitaus sicherer, wenn niemand in der Nähe war, während sein Körper jeden Schutzes entbehrte. Infolgedessen war der Raum leer und die Tür sorgfältig verriegelt. Natürlich machte die Steifheit seines rechten Armes – Folge einer Musketenkugel, die er im Gefecht an Bord der Jolie Marjolaine in die Schulter bekommen hatte – es schwierig, sich in das Kleidungsstück hineinzuwinden, aber das war ein geringer Preis für seine Sicherheit.

Der Samt, bemerkte er, als er in den Spiegel blickte, war an den am meisten beanspruchten Stellen bereits ein wenig abgerieben und dünn. Es wäre nicht gut, wenn ein Meuchelmörder merkte, daß dieser unschuldig aussehende Rock in Wirklichkeit vollkommenen Schutz gegen Degenstiche, Pistolenkugeln und Keulenschläge bot. Er mußte den Rock bald mit neuem Stoff überziehen lassen – aber wann böte sich eine Gelegenheit für ihn, ohne Gefahr für Leib und Leben zwei oder drei Tage lang ungeschützt zu gehen, während der auf Geheimhaltung eingeschworene Schneider die Reparatur ausführte?

Nun, jetzt gab es Dringenderes. Unten warteten einige seiner Wähler und verlangten ihn zu sprechen, und er brauchte den Rock, falls sie sich am Ende gar als britische Agenten erwiesen, entschlossen, einen der Helden der Unabhängigkeitsbewegung umzubringen. Seine Zähne schnatterten ein wenig, als er die Tür einen Spalt öffnete und in beide Richtungen durch den Korridor seines Landhauses spähte, von dessen Wänden die Porträts seiner Vorfahren ernst auf ihn herabblickten.

Aber es war eines amerikanischen Kriegshelden und Senators unwürdig, auch nur das leiseste Zeichen von Furcht zu zeigen! Er biß seine Kiefer fest aufeinander.

Im Begriff, den Raum zu verlassen, besann er sich eines Besseren und kehrte noch einmal um. Er nahm seine Pistolen vom Nachttisch neben seinem Bett, wo sie allnächtlich ruhten, mit Pulver und Blei geladen und stets schußbereit. Er könnte sie sicherlich in den Empfangsraum mitnehmen, ohne allzuviel Unruhe auszulösen; es war nur logisch für einen Gutsbesitzer, wenn er seine Waffen in Ordnung hielt, und er konnte sie während des Gesprächs ölen und pflegen, wobei es ein leichtes wäre, immer eine der zwei Pistolen für den Fall eines überraschenden Angriffs schußbereit zu haben.

Ja, das war eine vortreffliche Idee. Er mußte sie sich merken und in Zukunft daran denken, wann immer seine Wähler ihn besuchten.

Tabhita Freitas wälzte sich faul im Bett herum und blinzelte zu den Sonnenreflexen an der Decke auf. Etwas kitzelte ihre Wange – eine neugierige Fliege, vielleicht? Sie fuhr mit der Hand über die Wange und entdeckte, daß sie falsch getippt hatte; es war der Rüschensaum ihres seidenen Nachthemds, das sie irgendwann in der Nacht abgestreift hatte. Als ihr einfiel, warum sie es getan hatte, drehte sie ihren Kopf zur Seite und betrachtete zärtlich das Gesicht auf dem anderen Kissen. So jung und unschuldig sah er im Licht des Morgens aus! Und dabei hatte er erst vor einer Woche einen Mann totgeschossen, nur eine oder zwei Meilen von hier!

Der Gedanke ließ sie wohlig erschauern, und sie wollte sich gerade näher schieben und den Jungen mit einem Kuß wecken, als sie draußen Geräusche hörte.

Hastig, aber ohne ihren Bettgenossen zu stören, schlüpfte sie unter der Decke heraus, warf ihren kostbaren seidenen Morgenmantel – erst kürzlich von einem Blockadebrecher aus Frankreich ins Land geschmuggelt – um die Schultern und lief barfuß ans Fenster. Während sie durch die Gardine spähte und festzustellen suchte, von wo die Rufe und das Rädergeratter kamen, wurde die Tür ihres Schlafzimmers verstohlen geöffnet, und Mamma Nell kam herein.

»Sie hatten eine gute Nacht, Missus?« fragte die enorm fette und dunkelhäutige Sklavin mit einem kehligen Glucksen. »Ich dachte mir, daß dieser Lärm Sie wecken würde! Es ist ein General, heißt es, der hier Quartier machen will – aber einer von der blauen Seite.«

»Ein General!« Tabhita zog den Morgenmantel fester um ihre Schultern. Trotz der Vergeudung von Offizieren in diesem lächerlichen Krieg hatte es in ihrem Haus nie an Majoren und Obristen gemangelt, von denen viele so jung gewesen waren, daß man sich kaum vorstellen konnte, wie sie mit der Verantwortung eines so hohen Ranges fertigwurden. Aber ein General – das wäre ein neuer Rekord.

»Aber bist du sicher«, fügte sie nach kurzem Zögern hinzu, »daß er ein Yankee ist, und keiner der Unsrigen?«

Mamma Nell nickte. »Ganz sicher. Ich kann eine blaue von einer grauen Uniform unterscheiden, Missus, und die Vorhut seines Stabes kam schon vor einer Stunde hier durch.«

»Sind die – schlafen die Männer von diesem hier noch?«

»Wie unschuldige Babys«, versicherte Mamma Nell. »Kreuz und quer im Stroh der Ställe verstreut, wie sie in ihrer Müdigkeit umgefallen sind.«

»Dann laß sie nicht wecken! Und was soll ich anziehen – welches Kleid ist am passendsten für den Empfang eines Generals?« Tabhita eilte an ihren Kleiderschrank und öffnete behutsam die Tür, um den schlafenden Mann nicht zu wecken. Durch ihre Gedanken geisterte schon der bevorstehende Dialog:

»General, wie wundervoll, Sie so weit südlich zu finden!«

»Weniger wundervoll als Ihr Plan, Madam, mit dem Sie den Rückzug des Feindes verhinderten!« Mit einer anmutigen, wenn auch etwas steifen Verbeugung über ihre Hand. »Eine Dame zu finden, die die Zukunft ihres Landes höher stellt als Angelegenheiten der persönlichen Ehre, das ist in der Tat ein Wunder. Welche Opfer Sie gebracht haben müssen! Welche Loyalität Ihre Leute Ihnen entgegenbringen müssen!«

Ihr Tagtraum schnurrte fröhlich weiter ab.

»Hoh!« sagte Buffalo Hank Freitas.

»Hoh!« antwortete Häuptling Blutiges Messer, und eine Pause trat ein. Unterdessen wanderte die Friedenspfeife drei Plätze weiter in der Runde.

»Du wirst das Eiserne Pferd durch dein Territorium kommen lassen«, sagte Buffalo Hank endlich.

»Du wirst uns viele Gewehre zum Büffeltöten geben«, versetzte Häuptling Blutiges Messer.

Wieder wurde es still.

»Du wirst uns Feuerwasser geben«, sagte Häuptling Blutiges Messer.

»Ich werde dir zehn Gallonen Feuerwasser von der besten Qualität geben.«

Dann erreichte ihn die Friedenspfeife, und er mußte den vorgeschriebenen Zug daran tun. Nur mit heftiger Willensanstrengung konnte er ein zwanghaftes Würgen und Speien unterdrükken. Es waren nicht nur die unappetitlichen gelben Zähne des bejahrten Kriegers, der zuletzt daran gesogen hatte; es war auch die Tatsache, daß noch niemand diese Indianer das Fermentieren von Tabak gelehrt hatte, wodurch das Kraut ein anständiges Aroma gewann. Aber er überstand es, und danach gab es noch etwas freundschaftlichen Klatsch, der abgesessen werden mußte, und schließlich konnte er sich verabschieden und zu dem Versteck zurückreiten, wo die Kavallerieabteilung auf ihn wartete.

»Nun?« fragte der kommandierende Captain.

»Alles klar«, sagte Buffalo Hank. »Wenn sie entdecken, daß die Gewehre, die wir ihnen liefern, abgenutzte Relikte aus dem mexikanischen Krieg sind und nach ein paar Schüssen wahrscheinlich Ladehemmung haben, werden sie verrückt – besonders mit dem Feuerwasser, das sie von uns kriegen. Haben Sie dafür gesorgt, daß es ordentlich mit Holzalkohol verschnitten wird?«

»Natürlich.«

»Fein. Das bedeutet, daß die Bahn bis Jahresende frei von Indianerproblemen sein sollte; sie werden nur noch in schmutzigen Decken bei den Stationen herumkriechen und um ein Trinkgeld winseln. Und nun, wie ist es mit meiner Bezahlung für diesen Job, hm?«

8

Chester Waley fühlte sich unglücklich, und er sah auch so aus. Seine Depression konnte kaum dem Dezemberwetter zugeschrieben werden – das Klima in Los Angeles war wieder so, wie es vor dem Aufkommen des Automobils gewesen war, denn die sauberen Treibstoffzellen hatten den altmodischen Verbrennungsmotor längst abgelöst, und der »Smog«, diese gefürchtete Dunstglocke aus Abgasen, war nur noch Erinnerung.

Dennoch glich sein Befinden den vagen Beschwerden irgendeines ungünstigen klimatischen Einflusses. Er saß in seinem Büro, aus dem er die große Halle überblicken konnte, wo der Zeitsonden-Apparat auf seiner Plattform ruhte, und dachte zurück an die Ereignisse der vergangenen sechs Monate. Er erinnerte sich an die Begeisterung nach dem ersten großen Erfolg der Maschine, die er und seine Kollegen aus dem Stadium kaum verständlicher Symbole auf Papier zu einem stabilen und verläßlichen Instrument entwickelt hatten. Er konnte seine Augen schließen und die Hermesstatue wieder auf der Plattform des Rezeptors erscheinen sehen, ein Wunderwerk frisch aus der Werkstatt des genialen Praxiteles. Damals war ihm vor Aufregung fast schwindelig geworden.

Abstrakt gesehen, bot Harold Freitas' Vorhaben, mit der Zeitsonde seine bekanntesten Ahnen in die Gegenwart zu bringen, ebenfalls erregende Aussichten. Selbst wenn er der Tatsache eingedenk blieb, daß die Auswahl diesmal aus Gründen rein persönlicher Eitelkeit getroffen worden war, sollte ihn die Möglichkeit, mit Menschen zu sprechen, die seit Jahrhunderten tot waren, mit Enthusiasmus erfüllen.

Außerdem gäbe es später genug Gelegenheiten, die wirklich großen Männer und Frauen der Geschichte zum Leben zu erwecken. Auf seiner eigenen Liste stand Malcolm X ganz oben, gefolgt von Eldridge Cleaver, Frantz Fanon und Martin Luther King.

Doch wann immer er darüber nachdachte, war sein Gehirn wie betäubt. Er konnte sich nicht begeistern.

Warum nicht? Wieder und wieder hatte er die Probleme in der Zurückgezogenheit seines Büros überdacht, hatte zu Hause bis spät in die Nacht hinein wachgelegen, grübelnd und rätselnd. Der einzige Grund, der sich mit einiger Bestimmtheit angeben ließ, war so nebulös, daß er ihn kaum ernst nehmen konnte.

Er mochte den Genealogen nicht, diesen Flannagan. Er fand ihn zu glatt, zu gewandt, zu servil.

Sein Instinkt riet ihm, direkt zu Freitas zu gehen, ihn um die Vertagung des festgelegten Datums zu bitten und alle Daten, auf denen der Plan beruhte, neuerlich zu untersuchen und zu bewerten. Aber es war klar, daß er Freitas niemals umstimmen könnte. Es gab keine technischen Schwierigkeiten, die einen Vorwand liefern könnten; man hatte bereits einen Versuch mit einem ehemaligen Angehörigen der Abteilung gemacht, einem jungen Mann, der an den Anfängen des Zeitsondenprojekts mitgearbeitet hatte und später beim Bergsteigen verunglückt war. Der Mann war völlig intakt in die Gegenwart gebracht worden, doch um das Geheimnis ein wenig länger zu wahren, hatten sie ihn nach Kanada in eine abgelegene Jagdhütte verbannt, wo er bis Ende Januar bleiben mußte.

Auch dieser Erfolg hätte einen gewaltigen und erhebenden Eindruck hinterlassen müssen; nichtsdestoweniger hatte er nicht vermocht, Chester Waley mit freudiger Erregung zu erfüllen.

Für alle Zielpersonen waren präzise Zielpunkte in Raum und Zeit ermittelt worden: für den Sieur Bohun de Freitas war es ein Tag, an dem König Wilhelm der Eroberer bei einer Rundreise durch seine Domänen die Burg seines Vasallen besucht hatte; die königlichen Archive hatten das Datum festgehalten. Für Sir Godwin de Freitas-Molyneux war es der Tag der Schlacht, in der er den Tod gefunden hatte; und so weiter. Kleine Trupps von Experten waren in jedem Fall zum Schauplatz der beabsichtigten Entführung entsandt worden, um Untersuchungen und Vermessungen vorzunehmen; man hatte die Kontinentalverschiebung, die Küstenerosion, mögliche Hebungen und Senkungen des Bodens und jede andere mögliche Fehlerquelle berechnet und berücksichtigt. Nein, technische Argumente konnte er gegen Harold Freitas' Vorhaben nicht ins Feld führen. Und er galt nun einmal als ein reiner Techniker, ein Forschungsarbeiter.

Obendrein war die Eigengesetzlichkeit dieses umfangreichen Projekts wahrscheinlich schon zu groß geworden, als daß man es einfach absagen könnte. Chester durchblätterte die dicke Akte mit vertraulichen Papieren, die an diesem Morgen auf seinem Schreibtisch gelandet war. Sie enthielt unter anderem die detaillierte Planung für das Familientreffen. Die Neuigkeit des Familientreffens war bereits beiläufig den Nachrichtenmedien zugespielt worden, und man hatte die lebenden Verwandten für den 6. Januar zu einem Bankett mit anschließendem Ball am Grand Canyon eingeladen; aber bisher hatte noch kein Außenstehender eine Ahnung, daß diese Sache mehr sein würde als ein Fest von der Art, wie der Schatzenheim-Clan es vor fünfzehn Jahren veranstaltet hatte. Ja, man hatte sogar absichtlich den Eindruck erweckt, daß es sich um eine mehr oder minder schäbige Kopie handele, noch dazu ohne die Gründung von etwas Bleibendem wie etwa einer Universität, um das Ereignis für spätere Zeiten zu verewigen. Es war durchgesickert, daß Salomon Schatzenheim sich in privatem Kreis geringschätzig über Harold Freitas äußerte und ihn einen einfallslosen Plagiator nannte, der es nicht verdient habe, an der Spitze des Freitas-Imperiums zu stehen.

Chester nickte mit widerwilliger Bewunderung. Es gab keinen Zweifel, daß der Plan etwas Neues in Harold Freitas ausgelöst hatte: eine Arbeitswut, kombiniert mit geradezu manischer Detailfreudigkeit. Unter Harold Freitas' Leitung wurde diese ganze Geschichte so gründlich vorbereitet, daß Chester immer wieder auf Punkte stieß, an die er noch nie gedacht hatte, obwohl auch er die meiste Zeit mit dem Thema beschäftigt war. Beim wahllosen Herumblättern entdeckte er einen Bericht über passende Schuhgrößen für die Ahnen; dann eine linguistische Studie des spätnormannischen Französisch; dann eine Tabelle möglicher Krankheiten. Viele von ihnen waren ziemlich grausig, und als Chester dann auch noch einen Abschnitt über die Wahrscheinlichkeit des Vorhandenseins von Kopf- und Kleiderläusen sowie von Flöhen las, fühlte er ein psychosomatisches Jucken. Danach wurde es noch schlimmer, weil ein Experte für sanitäre Fragen sich bemüßigt gefühlt hatte, eine ausführliche Studie über mittelalterliche Hygiene zu verfassen. Chester klappte die Akte schaudernd zu.

Vielleicht war das seine Schwierigkeit. Vielleicht war er so sehr ein Kind des antiseptischen einundzwanzigsten Jahrhunderts mit seinem Sauberkeitswahn, daß ihm schon beim bloßen Gedanken, mit Leuten aus unappetitlichen Zeiten einer fernen Vergangenheit zusammenzutreffen, das Grausen kam. In diesem Fall wäre seine Antipathie gegen das Projekt lächerlich und haltlos.

Eines war klar: sobald das Projekt von der gegenwärtigen Last des Freitasschen Ahnenkults befreit wäre, würde die Zeitsonde den Weg für ein bisher ungeahntes Verstehen der Vergangenheit frei machen.

Was ich nötig habe, sagte er sich, ist, von diesen Leuten wegzukommen, die nur ein Mittel zur Befriedigung ihrer Publizitätssucht darin sehen.

Nicht, daß er dazu in absehbarer Zeit eine Möglichkeit hätte; sein Vertrag lief noch drei Jahre ...

Sein Telefon summte. Er streckte mechanisch die Hand aus und schaltete sich ein. Der Bildschirm blieb dunkel, aber nach einem Moment hellte er sich doch noch auf und zeigte Sarah Freitas. Heute war ihr hübsches Gesicht von einer elektrostatischen Aureole ihres blonden Haars eingerahmt, die, von den Schultern ausgehend, einen vollkommenen Kreis bildete. Sie saß an einem Tisch, der mit gedruckten Karten bedeckt war; er erkannte sie als Einladungen zum Familientreffen, und wie es schien, wollte Sarah sie alle handschriftlich unterzeichnen.

»Chester, ich möchte Ihnen eine Frage stellen.« Sie klang bekümmert.

»Aber gern. Bitte.«

»Diese Sache mit der Zusammenkunft. Finden Sie, daß es eine gute Idee ist?«

Chester schaute sie an und zögerte mit seiner Antwort. Zuerst hatte er den klaren Eindruck gewonnen, daß sie den Plan ihres Mannes für unsinnig hielt. Später war sie freilich zu einer begeisterten Verfechterin des Vorhabens konvertiert, und noch bei seinem letzten Besuch vor etwa zwei Wochen hatte sie sich positiv darüber geäußert. Sollte sie ihre Meinung wieder geändert haben?

Unverbindlich lächelnd sagte er: »Soweit es die technische Seite betrifft ...«

»Vergessen wir die technische Seite! Ich habe Einladungskarten unterschrieben, bis meine Hand schmerzte, und ich habe noch mehr als die Hälfte der Einladungen vor mir. Und mittendrin hörte ich auf zu schreiben und dachte: Angenommen, einer von diesen Vorfahren erweist sich als ein ausgesprochenes Ekel, als ein übler Charakter?«

Das ist es!

Sofort ordnete sich alles für Chester, und es wurde klar, warum er jedesmal, wenn er über das Problem nachgrübelte, bei seinem persönlichen Vorurteil gegen Flannagan landete.

»Ich meine, wieviel wissen wir wirklich über diese Leute? Man ist immer geneigt, die Vergangenheit durch eine rosarote Brille ...«

Die Stimme der automatischen Zentrale unterbrach. »Mrs. Freitas! Wir haben die Verbindung mit Ihrem Mann jetzt hergestellt. Bitte schalten Sie um.«

Sarah machte ein Gesicht. »Ja – gut. Aber rufen Sie zurück, Chester. Ich würde gern Ihre Meinung dazu hören.«

Kaum war sie aus der Leitung, drückte Chester Waley den Befragungskode für Sparky, und die vertraute Voltaire-Totenmaske erschien.

»Ja, Doktor Waley?« meldete sich die einschmeichelnde Stimme des Computers.

»Ausgezeichnet!« sagte Harold Freitas erfreut, als er in dem für die Unterbringung der Ahnen hergerichteten Gebäudeflügel von Raum zu Raum ging. »Sehr gut!« Das erste Zimmer war mit grauem Stein ausgekleidet, und den Boden bedeckte eine Streu aus echten Binsen; der nächste Raum stellte ein Erkerzimmer dar, mit hölzernen Sitzen an den Fenstern und einigen arabischen Luxusartikeln zur Erhöhung der Bequemlichkeit, wie sie ein rückkehrender Kreuzritter nach Ansicht der Historiker ersehnen mochte – und so weiter. Jeder Raum war ein Paradestück einfallsreicher Rekonstruktion, und Harold Freitas zweifelte nicht daran, daß seine ehrwürdigen Vorfahren sich während der fünftägigen Akklimatisierungsperiode in ihrer jeweiligen Umgebung wohl fühlen würden.

»Ein dringendes Gespräch für Sie, Mr. Freitas«, sagte einer der Innenarchitekten, die ihn herumführten. »Aber Sie werden diesen Flügel verlassen müssen – wir haben hier absichtlich keine Telefone installiert.«

»Verdammt!« sagte Harold, aber er ging willig zurück ins einundzwanzigste Jahrhundert. Als er das nächstbeste Telefon einschaltete, starrte ihn Chester Waleys Gesicht an. Seine dunkle Stirn war schweißbeperlt, und seine Stimme bebte.

»Mr. Freitas, Sie müssen die Pläne zur Bekanntgabe der Zeitsondentechnik stornieren! Auf alle Fälle müssen Sie alles zurückstellen und Ihre personelle Auswahl überprüfen!«

»Was?« Harold zwinkerte verdutzt. »Reden Sie keinen Unsinn, Chester! Das ist völlig ausgeschlossen! Alles ist soweit reibungslos gegangen.«

»Ab ersten Januar wird nichts mehr reibungslos gehen«, prophezeite Chester Waley düster. »Das kann ich beschwören.«

»Quatsch!« sagte Harold. »Chester, ich fürchte, Sie sind überarbeitet. Besorgen Sie sich ein Beruhigungsmittel, nehmen Sie sich zwei Tage frei und lassen Sie mich meine Inspektion hier beenden.«

Er schaltete aus und überließ Chester der trübseligen Betrachtung einiger Informationen, die Sparky gerade für ihn ausgegraben hatte; Informationen, die Flannagan absichtlich oder unabsichtlich unterschlagen hatte.

9

Die Wirkung auf die Öffentlichkeit erfüllte alle Hoffnungen Louisa Fields und ihrer Public-Relations-Abteilung. Nach dem lauwarmen Echo auf die bewußt langweiligen Verlautbarungen über die Freitas-Familienfeier, die von gelegentlichen Interviews mit Angehörigen der weit verstreut lebenden Sippe begleitet wurden, um den Eindruck zu erwecken, man kratze bereits am Boden des Fasses herum, lösten die neuen Informationen über die Zeitsonde eine überwältigende Reaktion aus. Man konnte sie etwa mit derjenigen einer Menge vergleichen, die etwas in ihre Mitte geworfen sieht, das jeder für einen Knallfrosch hält, in Wahrheit aber eine Stange Dynamit ist. Um die Mittagszeit des ersten Januar 2066 jagten die Angehörigen des konzerneigenen Werkschutzes bereits die ersten unbefugten Eindringlinge durch die Korridore des weitläufigen Gebäudekomplexes und verscheuchten Reporter, die auf unveröffentlichte Exklusivinformationen aus waren. Am Nachmittag gingen sie dazu über, die Neugierigen und Sensationslüsternen zu Dutzenden hinauszuwerfen, nachdem sie ihre Wangen mit ultravioletter Tinte markiert hatten, um sie bei neuen Einschleichversuchen leichter auszumachen.

Alle Leitungen nach außen waren mit Anrufen von Nachrichtenmedien, Universitätsinstituten und religiösen Fanatikern in unerwarteter Anzahl blockiert – letztere wollten Harold Freitas vor dem drohenden Zorn Gottes warnen.

Strahlend und nach Art seines Großvaters auf einer Zigarre kauend, lehnte Harold sich in seinen gepolsterten Ledersessel zurück und grinste die Gesichter in der Batterie der Bildschirme an.

»Wunderbar!« sagte er, und nach einer Pause wiederholte er es. »Wunderbar! Ich glaube, ich darf Sie alle zu Ihrer Leistung beglückwünschen. Chester – alles klappte wie am Schnürchen, nicht wahr?«

»Ich habe es schon gesagt, und ich sage es noch mal«, stieß Chester hervor. »Die Schwierigkeiten beginnen erst jetzt – oder vielmehr, sobald Helen die Leute weckt.«

»Oh, warum müssen Sie so pessimistisch sein?« sagte Helen

Wynmore. Sie führte die Oberaufsicht über die Vorbereitungen zum Empfang, und während der langen Monate der Geheimhaltung hatte die Spannung ihre Nerven bis zum Zerreißpunkt strapaziert. Nun, da die Katze endlich aus dem Sack war, befand sie sich in der gleichen fiebernden Hochstimmung wie Harold. »Alles läßt sich großartig an. Wie Sie wissen, wurden alle im Moment ihres Eintreffens in einen entspannenden Ruheschlaf versetzt, und während sie bewußtlos sind, untersuchen wir sie von Kopf bis Fuß. Bisher deutet nichts darauf hin, daß einer von ihnen mit einer ansteckenden Krankheit behaftet wäre. Natürlich müssen sie alle gebadet, desinfiziert und mit Desodorans behandelt werden, um den Ansprüchen unserer Zeit ... Oh!« Ihr Gesicht wurde lang.

Harold riß es aus seinem Sessel vorwärts. »Etwas nicht in Ordnung, Helen?«

Helen Wynmore starrte auf einen anderen Bildschirm in ihrem Büro, von wo sie sprach. Dann lächelte sie wieder.

»Ah – nichts sehr Wichtiges«, antwortete sie mit erzwungener Munterkeit. »Eine kleine Ergänzung zu den Befunden, die ich eben erwähnte. Joshua Freitas hat anscheinend – ah – Tripper. Aber ich glaube, das war zu erwarten, berücksichtigt man die Umweltbedingungen, aus denen er kommt.«

Harold nickte. »Genau. Das war eine ausschweifende Zeit, und sie hatten eine andere Einstellung zu diesen Dingen.« Er klang völlig sachlich, aber Chester, der ihn scharf beobachtete, entging nicht, daß Harold Freitas von der Nachricht betroffen war.

»Und die Röntgenaufnahme zeigt Tuberkuloseflecken an der Lunge des Earl of Winchelsea«, fuhr Helen fort, auf ihren zweiten Bildschirm blickend. »Abgesehen von dieser Geschichte, die wir in zwei bis drei Tagen zweifellos ausgeheilt haben werden, ist keiner von ihnen ernsthaft krank: Krätze, Körperläuse, Flöhe, Ekzeme, Ausschlag, Rheumatismus, Arthritis, Kolitis, Pyorrhoe ...«

Sie hielt plötzlich inne, als ihr – verspätet – die Länge der Liste bewußt wurde, die sie vorlas. »Nun, wie ich sagte«, schloß sie, »es gibt nichts darunter, womit wir nicht in längstens ein paar Tagen fertig werden könnten.«

»Hmmm!« Harold preßte seine Lippen zusammen, doch bewahrte er bewundernswert die Selbstbeherrschung. »Das ist recht befriedigend, was Helen uns gesagt hat – nicht wahr?« Er blickte etwas mißmutig drein, bis er eine Serie pflichtschuldigen Kopfnickens aus den Bildschirmen eingeheimst hatte. Selbst Chester mußte zugeben, daß er Schlimmeres erwartet hatte.

»Nun, wenn sie medizinisch für gesund befunden worden sind, werden wir sie wecken – das heißt, wir lassen jeden von ihnen in einer Umgebung aufwachen, die ihm nicht allzu fremd vorkommt. Natürlich werden sie merken, daß sie nicht zu Hause sind, oder wo immer sie gerade waren, als wir sie holten. Darum ist es nötig, daß unser Anpassungsprogramm an diesem Punkt einsetzt. Die wichtigsten Tatsachen über ihre Ankunft im Jahr 2066 werden ihnen nach Plan bekanntgemacht, wofür drei Tage zur Verfügung stehen. Diese Unterweisungen erfolgen natürlich in Begriffen, die ihnen verständlich sind, und sind bei denjenigen, die keine verständliche Variante des modernen Englisch sprechen, von einem Sprachlehrgang begleitet. Von der Seite dürfte es keine Schwierigkeiten geben, also wenden wir uns Ihrer Abteilung zu, Louisa. Wie hat die Öffentlichkeit bisher reagiert?«

»Wir haben Tausende von Anrufen bekommen, die sich in verschiedene Kategorien unterteilen lassen. Zunächst ist da eine Springflut von Anfragen und Bitten um Einladungen zur Familienfeier am Grand Canyon, einschließlich eines Fühlers vom Weißen Haus, den ich für Ihre persönliche Aufmerksamkeit ausgesondert habe. Dann haben wir sehr viele Anrufe von Historikern und anderen Wissenschaftlern erhalten, die gerne Einzelheiten erfahren möchten und zum Teil auch schon Vorschläge für die Herbeischaffung verschiedener historischer Persönlichkeiten gemacht haben, darunter Tiglatpileser, Homer, Mohammed, Napoleon I. und andere. Die letzte größere Kategorie von Anrufern besteht aus Leuten, die offensichtlich Angst haben, wir könnten Gestalten wie Buddha, Jesus Christus oder Mohammed wiederbeleben.«

»Und ob wir das tun werden!« sagte Harold selbstzufrieden. »Nach Sparkys letzten Berechnungen ist es nur noch die Frage, wen wir zuerst bringen, Jesus, Napoleon oder George Washington.«

»Augenblicklich«, sagte der Computer, »führt George Washington in der Publikumsgunst mit fünf Punkten.«

»Das läßt sich denken«, sagte Harold. »Bloß würde die Regierung wenig Begeisterung für die Idee aufbringen. Aber bleiben wir allgemein, Louisa: Bekommen wir die Aufmerksamkeit, die wir uns erhofft hatten?«

»Und wie!« sagte Louisa.

»In diesem Fall glaube ich, daß wir die Konferenz abschließen können. Das heißt, da fällt mir noch etwas ein: Sie alle sind selbstverständlich herzlich eingeladen, an der eigentlichen Wiedersehensfeier teilzunehmen. Ich weiß nicht, ob ich es schon erwähnt habe.«

Grinsend schaltete er aus.

»Um genau zu sein: du hast es nicht«, murmelte Chester verdrießlich, als der Bildschirm dunkel wurde.

»Wer hat was nicht?« fragte eine Stimme hinter ihm, und er fuhr auf seinem Stuhl herum. Sarah Freitas war unbemerkt in sein Büro gekommen und stand schräg hinter ihm, außerhalb des Aufnahmebereichs der Videophonkamera.

»Verzeihung! Ich hörte Sie nicht hereinkommen«, sagte Chester und sprang auf. »Kann ich was für Sie ...«

»Wer hat was nicht getan?« drängte sie.

»Ach – Ihr Mann hatte bis vor einem Moment vergessen, uns zu der Wiedersehensfeier am Grand Canyon einzuladen.«

Sarah seufzte. »Das sieht ihm ähnlich. Manchmal habe ich den Eindruck, er glaubt wirklich, daß er alles das allein auf die Beine gestellt hat.«

»Das ist ganz in Ordnung, vorausgesetzt, er ist auch gewillt, die Schuld auf sich zu nehmen, wenn es schiefgeht.«

Sarah starrte ihn an. Sie sah heute besonders hübsch aus, in einem fast durchsichtigen, knielangen Kleid mit weißen und blaßgrünen Streifen. »Ja – ich hatte es ganz vergessen«, sagte sie. »Sie wollten mich zurückrufen und mir Ihre aufrichtige Meinung über dieses verrückte Vorhaben sagen, und Sie haben es nie getan. Jetzt ist es natürlich ein bißchen spät, aber sagen Sie es mir trotzdem.«

Chester zögerte, um nach einer Weile zu sagen: »Was führt Sie hierher, wenn ich das vorher fragen darf?«

»Ach, ich wollte mir die Vorfahren meines Mannes ansehen.« Sie lachte nervös. »Ich dachte, es sei aufregend, zum erstenmal

Menschen aus der Vergangenheit zu sehen; aber was ich sah, hätten genausogut Tote sein können. Immerhin ...«

»Ja?«

»Immerhin muß ich zugeben, daß manche Dinge faszinierend waren. Zum Beispiel, wie klein diejenigen aus der fernsten Vergangenheit sind – sie reichen mir kaum bis ans Kinn. Und Edgar, der am elisabethanischen Hof lebte und diese oberflächliche, aber elegante Poesie schrieb: Er sieht wirklich wie ein halbwüchsiger Junge aus, trotz seines komischen Bartes. Aber genug davon, Chester. Ich kenne Sie inzwischen gut genug, um zu merken, wenn Sie einer Sache ausweichen. Was hatten Sie mir zu sagen?«

Widerwillig sagte Chester: »Nun ja ... ah ... ist es Ihnen schon mal in den Sinn gekommen, daß ein Genealoge wie Flannagan der Eitelkeit seiner Klienten schmeicheln und sich zugleich hinter seinem Status als Experte verschanzen kann?«

Sarahs Lächeln verging, und sie war plötzlich todernst. »Wollen Sie damit sagen, daß Harold wieder hereingelegt worden ist?«

»Ich sage gar nichts. Ich kann Ihnen nur diese Ausdrucke von Sparky zeigen«, sagte Chester achselzuckend. »In all den Monaten, die wir mit Vorbereitungen auf den großen Tag zugebracht haben, ist anscheinend niemand außer mir auf den Gedanken gekommen, diese speziellen Fragen zu stellen, und ich kurzsichtiger Idiot dachte auch erst daran, nachdem Sie mich neulich angerufen hatten, als es bereits viel zu spät war, das Vorhaben zu stoppen. Hier!«

Mit einer heftigen Bewegung stieß er ihr eine Mappe mit Papieren hin, die der Computer ihm geliefert hatte. Sie las und blätterte, und mit jeder Seite wurde ihr Gesicht blasser, und hier und dort wisperte sie kaum hörbar: »Mein Gott. Oh, mein Gott.«

10

»Der Bastard«, sagte Salomon Schatzenheim, im riesigen Wohnraum seines Landhauses auf Long Island auf und ab wandernd. Weil Neujahrstag war, hatte er die Nachricht zu Hause erfahren, statt in seinem Büro. »Der Bastard!«

»Wer?« fragte Miriam und wandte ihren schmalen dunklen

Kopf vom Bildschirm weg, wo sie eine Nachrichtensendung verfolgt hatte, die bisher ausschließlich der bevorstehenden Freitas-Familienzusammenkunft gewidmet war.

»Harold Freitas, natürlich! Er muß mich und alle anderen getäuscht haben! Kein Mensch außerhalb seines Unternehmens scheint eine Ahnung gehabt zu haben, was gespielt wurde, und selbst unter seinen Leuten kann es nur wenige gegeben haben, die davon wußten. Das bringt mich auf etwas: ich muß unsere Zahlungen an diesen nutzlosen Agenten einstellen – wie hieß er noch? – Detrick, richtig. Verkauft uns einen Computer-Befragungskode, bleibt uns aber jeden Hinweis auf diesen Zeitsondenprozeß schuldig! Niemand wußte etwas.«

»Ich wußte«, sagte Miriam gelassen.

»Was?« Salomon blieb mitten im Raum stehen, und sein Gesicht nahm die Farbe der Kehllappen eines Truthahns an.

»Ich wußte es«, sagte Miriam noch einmal. »In den vergangenen sechs Monaten freundete ich mich mit Sarah Freitas an, und ich wußte, daß sie ein Geheimnis mit sich herumtrug. Vor acht oder neun Wochen brachte ich sie endlich soweit, daß sie es mir sagte. Es kostete mich ziemlich viel Mühe, aber zuletzt weihte sie mich ein.«

»Warum, im Namen von allem, was heilig ist, hast du es mir dann nicht gesagt?« brüllte Salomon.

»Ich dachte, du verdienst es nicht«, sagte Miriam. »Ich hatte die Art und Weise satt, wie du mich aus deinem Leben ausschließt, außer wenn du mich als Gastgeberin einer Party oder was brauchst. Apropos Party: Ich habe Sarah gebeten, daß wir eine Einladung für diese Familienfeier am Grand Canyon bekommen, und sie hat es mir versprochen. Ich muß mir Gedanken darüber machen, was ich anziehen werde.«

»Du wirst nur über meine Leiche zu diesem Fest gehen!« Salomon stürmte vorwärts, packte sie am Handgelenk und riß sie auf die Füße. »Hast du gehört?«

»Das wäre ein Vergnügen«, seufzte Miriam. »Aber es hieße wohl, die Hoffnungen zu hoch schrauben, nicht?«

»Nein, Mrs. Freitas«, sagte Quentin, dem die Betreuung der Ahnen oblag. »Wir könnten den Erfolg des Projekts nur gefährden, wenn wir Sie oder irgendeinen anderen zu den Leuten hineinließen. Fünf Tage sind eine kurze Zeit, und innerhalb dieser Spanne müssen Ihre Vorfahren sich akklimatisieren und eine Menge lernen; vor allem müssen sie verstehen lernen, was mit ihnen geschehen ist. Darum müssen wir die unausweichlichen Schocks sorgfältig dosieren. Der bei weitem heftigste Schock aber wird es sein, wenn ihnen ein Fremder gegenübertritt, der nicht viel jünger ist als sie – im Falle des jungen Edgar sogar erheblich älter –, und sich als ihr soundsovielter Urenkel zu erkennen gibt. Der Morgen der Familienfeier ist der früheste und zugleich der späteste mögliche Moment für eine persönliche Vorstellung. In der Zwischenzeit müssen wir jede Minute nutzen, um sie zu beruhigen, zu belehren und ihr Verhalten zu analysieren. Es tut mir leid, Sir, aber das ist Sparkys eigene Meinung, und sicher würden Sie die Vernunft seines Urteils nicht in Frage stellen.«

»Nein, natürlich nicht«, sagte Harold mißmutig und unterbrach die Verbindung. Die fünf Tage zwischen der Ankunft seiner Vorfahren und der ersten Gelegenheit, selbst mit ihnen zu sprechen und ihren Dank entgegenzunehmen, daß er ihnen die Möglichkeit geboten hatte, die Welt der Zukunft zu sehen, erschienen ihm so lang wie die Ewigkeit. Selbst solche befriedigenden Begleiterscheinungen wie die nichtendenwollende Flut von Gratulationen, emporschnellenden Verkaufsziffern, steigenden Aktienkursen und Werbeerfolgen konnten ihn nicht von seiner Ungeduld befreien.

Er nahm sich die Gästeliste für die Party am sechsten vor. Ein Name, der erst an diesem Morgen hinzugefügt worden war, verschaffte ihm echte Genugtuung, und es war nicht der Name des Präsidenten.

Es war Salomon Schatzenheims Name. Er wollte mit seiner Frau Miriam kommen.

Doch die Annahme der Einladung durch Schatzenheim war noch nicht genug. Harold wollte den alten Salomon mit eigenen Augen sehen, wollte beobachten, wie er grün vor Neid würde, wenn der Knabenchor unserer Lieben Frau von den Engeln, speziell für diesen Anlaß engagiert, erstmalig seit Jahrhunderten eine Motette oder ein Madrigal des Earl of Winchelsea zu Gehör brächte, während der Dichter Edgar seine eigenen Verse rezitierte, während ...

Er schwebte auf einer Wolke rosafarbener Tagträume davon.

»Aber hören Sie doch!« sagte Cy Detrick verzweifelt in das Telefon, aus dem ihn eben der anonyme Anruf erreicht hatte. »Wie ich Ihnen erklärte ...«

»Ich sagte Ihnen, daß unsere Zusammenarbeit beendet ist. Jede weitere Argumentation ist sinnlos«, unterbrach ihn der Fremde schroff.

»Ja, ich weiß«, winselte Detrick. »Ich habe bei dieser Sache mit dem Familientreffen versagt. Aber ... aber bitte hören Sie mich an! Wie wäre es, wenn ich Ihnen schmutzige Dinge über diese Vorfahren besorgte, die Art von Schmutz, die Sie gebrauchen können?« Die Inspiration war ihm erst in dieser Sekunde gekommen; er hatte keine Ahnung, wo er die Informationen herkriegen könnte, aber es war sicherlich nicht unmöglich. Wer hatte schon eine völlig saubere Weste?

»Was für eine Art von Schmutz?« fragte der Anrufer nach einem Moment des Zögerns. Detrick gewann den bestimmten Eindruck, daß die Pause zur Konsultation einer dritten Person gedient hatte, die das Gespräch mithörte – vielleicht Salomon Schatzenheim selber.

»Nun – ah ...« Detricks Gedanken rasten. Was vor hundert Jahren Stoff für eine gute Erpressung abgegeben hätte, wurde heutzutage von der Öffentlichkeit als selbstverständlich akzeptiert; mit Geschichten über sexuelle Schrullen konnte man niemanden mehr hinter dem Ofen hervorlocken. Er griff nach einem Strohhalm, der im Sturzbach seiner Gedanken vorbeitrieb.

»Nun, es gibt jemanden, den ich unter Druck setzen könnte. Er ist Genealoge. Ich habe noch nie einen von diesen Brüdern gesehen, der die Stammbäume seiner Klienten nicht verschönt und künstlich aufgemöbelt hätte. Ich wette, daß ich bei ihm eine Menge guten Schmutz ausgraben könnte.«

Eine weitere Pause. Endlich sagte der Anrufer: »Sehr gut. Fangen Sie an. Sie haben zweiundsiebzig Stunden.«

»Warten Sie! Eine Sekunde! Ah – es könnte kostspielig sein. Ich meine, wenn er so ein Experte ist, daß Freitas seine Dienste in Anspruch nimmt, dann muß er zu den führenden Leuten seines Fachs gehören ...« Er verstummte kläglich.

Mit unverhohlener Verachtung sagte der andere: »Sie meinen, Sie wollen etwas, womit Sie ihn bestechen können. Nein. Wenn er so erfolgreich ist, wie Sie sagen, verdient er wahrscheinlich soviel, daß er immun ist. Reden Sie mit ihm, schmeicheln Sie ihm ein bißchen. Und vergessen Sie nicht: Von jetzt ab werden Sie für Resultate bezahlt oder überhaupt nicht.«

»Es hat nicht geklappt«, sagte Miriam ins Telefon. Sie war den Tränen nahe. »Und ich hatte mich so fest darauf verlassen! Ich war ganz sicher, er würde mich im Zorn schlagen, so daß ich meine Scheidungsklage einreichen könnte! Aber es hat nichts genützt. Der einzige Effekt ist, daß er wie ein Trottel dasteht, und das bedeutet, daß das Zusammenleben mit ihm schlimmer sein wird als je zuvor.«

»Er ist nicht der einzige«, sagte Sarah. Auch sie war sehr blaß, obwohl sie ihre Gefühle besser unter Kontrolle hatte. »Harold wird bald noch dümmer als ein Trottel dastehen.«

»Wie sollte das möglich sein?« fragte Miriam. »Er hat seine Sache perfekt geplant und ausgeführt – alle sind krank vor Neid, und das Ansehen des Freitas-Konzerns ist in den letzten paar Tagen raketengleich gestiegen!«

Sarah schüttete ihr Herz aus.

»Der einzige Trost ist«, endete sie, »daß es wenigstens einen Mann in diesem Punkt gibt, der seinen klaren Verstand behalten hatt: Chester Waley. Er ist an und für sich nichts weiter als ein Wissenschaftler, aber er denkt über die Dinge nach, bevor er sie in Angriff nimmt, und er hat mir versprochen, sein möglichstes zu tun, um Ärger zu vermeiden, wenn es soweit ist. Ich hoffe, er und Sparky können sich gemeinsam eine Lösung ausdenken. Wenn ich daran denke, wer alles kommen wird – der Präsident, Salomon, alle diese Verwandten, die wir mit viel Mühe Gott weiß wo ausgegraben haben –, könnte ich vor Angst in Ohnmacht fallen!«

»Wie soll ich das Mr. Freitas sagen?« sagte Louisa zu Helen Wynmore.

»Ja, natürlich, Mr. Detrick«, sagte Flannagan. »Man wägt seine Forschungsergebnisse ab und bemüht sich, den Stammbaum eines Klienten in ein günstiges Licht zu rücken, ohne ihn dabei zu verfälschen. Das ist kein Geheimnis; es ist reine Menschenfreundlichkeit.«

Schmunzelnd streckte er eine Hand zum Bedienungspult seines Computers aus. »Sie wissen, wie die Menschen sind. Eitelkeit ist eine harmlose Schwäche. Wir alle sind nicht ganz frei von ihr, nicht wahr? Nun, was Ihren eigenen Familienstammbaum betrifft ...«

»Wie sollen wir es Freitas beibringen?« fragte Helen Wynmore Sparky in der Abgeschiedenheit ihres Büros.

Die einzige mögliche Antwort schien zu sein, daß er es selber herausfinden müsse. Selbst Sparky konnte keine bessere Alternative anbieten.

»Haben Sie es Harold nicht gesagt?« wollte Miriam wissen.

»Ich habe mir den Kopf darüber zerbrochen«, sagte Sarah. »Aber dann unterhielt ich mich noch einmal mit Chester Waley, und er sagte, er habe Harold schon gewarnt, bevor es zu spät gewesen sei, und Harold habe ihn einfach nicht anhören wollen. Vielleicht wird es ein heilsamer Schock für ihn. Ich werde die Dinge einfach laufen lassen und zusehen, daß ich nicht in der vordersten Linie stehe, wenn es zum unvermeidlichen Desaster kommt.«

Miriam erschauerte. »Ich weiß wirklich nicht, ob ich mich auf Ihre Party freuen kann«, gestand sie ein.

11

Harold Freitas war es gelungen, die zunehmend trübsinnige Stimmung seiner engeren Mitarbeiter zu ignorieren, obwohl sie sich deutlich genug in ihren Gesichtern spiegelte. Er gestattete sich keine Gedanken über den Grund. Zuviel hing vom Erfolg des großen Familientreffens ab. Jede Fernsehgesellschaft des Landes hatte sich für Direktübertragungen angemeldet. Am Erscheinen des Präsidenten gab es keinen Zweifel mehr, und in diesem Augenblick prüften Geheimdienstmänner die Sicherheitsvorkehrungen im Gästehaus am Grand Canyon.

Entschlossenheit und Optimismus ausstrahlend, marschierte er in den Gebäudeflügel, wo seine Vorfahren medizinisch behandelt, im modernen Umgangsamerikanisch unterrichtet und allmählich mit der Idee vertraut gemacht worden waren, daß sie ihrer eigenen Zeit um Jahrhunderte oder sogar ein Jahrtausend vorausgeeilt waren. Er tauschte Händedrücke mit Helen Wynmore, Louisa Field und James Quentin aus und beschenkte den Schwarm der sie umgebenden Mitarbeiter mit einem strahlenden Lächeln. Er machte Chester aus, der mit unglücklicher Miene im Hintergrund stand, aber an die Namen der anderen konnte er sich nicht erinnern. Nicht weiter schlimm – Namen waren nie seine starke Seite gewesen.

»Also!« rief er aus und winkte Sarah an seine Seite. »Sie haben uns lange genug auf die Folter gespannt – und ich muß sagen, es war eine neue Erfahrung für mich, in meinem eigenen Haus am Betreten bestimmter Räume gehindert zu werden! Aber das ist nun vorbei, und ein großer Tag ist angebrochen. Ein Tag, der in die Geschichte eingehen wird!«

Helen schluckte. »Ja, Mr. Freitas. Aber ... aber vielleicht nicht in dem Sinne, wie Sie es erwarteten. Wir haben wirklich unser möglichstes getan, aber wir hatten einfach nicht soviel Zeit, wie wir hätten haben müssen.«

Etwas in Harolds Magengrube schien sich zusammenzuziehen. Er sagte etwas schwach: »Ich glaube, ich verstehe nicht ganz ...«

»Du solltest aber!« unterbrach ihn Sarah mit Schärfe. »Chester versuchte es dir wieder und wieder zu sagen. Du hast nicht auf ihn gehört.«

»Hier entlang!« sagte Helen entschlossen und führte die Gruppe durch den Korridor zu dem Raum, in dem der Sieur Bohun de Freitas untergebracht war.

Als er das Klopfen an seiner Tür hörte, erschrak Bohun de Freitas. Er hatte in den 3D-Fernseher gestarrt, den seine außergewöhnlichen Kerkermeister ihm am Tag zuvor gebracht hatten. Dieses Ding führte ihm unaufhörlich kaum verständliche, bewegliche Bilder vor, die hinter einer Glasscheibe waren. Er hatte zwei oder drei anmutige Mädchen in unglaublich unanständiger Kleidung gesehen, aber all sein Einfallsreichtum hatte nicht ausgereicht, sie aus dem Kasten hervorzulocken und sich ihrer zu erfreuen. Was sonst sollte ein Mann tun, um die Zeit totzuschlagen, wenn er eingesperrt war wie ein Jagdfalke und obendrein der gesegneten

Gabe des Falken entbehrte, die Welt zu vergessen, sobald die Kappe über seine Augen rutschte?

Sie hatten über Bücher gesprochen – aber was hatte ein ausgewachsener Mann mit Büchern zu schaffen, es sei denn, er wäre ein Priester oder ein Mönch? Das war der Grund, warum die verweichlichten Angelsachsen vor dem Ansturm von König Wilhelms Streitmacht zusammengebrochen waren: Zuviel Bücherwissen hatte sie das Kriegshandwerk vergessen lassen. Und ihr eigener König Alfred hatte es ihnen vorgemacht; er, von dem sie behaupteten, er hätte ihnen eine Flotte gebaut, hatte seine Tage über staubigen Pergamenten verbracht. Ein König, der nicht nur lesen, sondern auch schreiben konnte – es war lächerlich!

Als er aufstand, sah er sich einem Mann von stattlicher Größe gegenüber, aber von schlaffen Muskeln und mit einem Schmerbauch, der zu einem Schwertstich geradezu einlud. Er unterdrückte die Regung, ja, er tat sein Bestes, sein Ohr auf die näselnden, breiten Geräusche dieser seltsamen neuen Sprache einzustimmen. Mit übermenschlicher Geduld lauschte er dem einleitenden Geschwafel dieser Frau Helen. Das war natürlich wieder eine Sache, mit der es sich in der Welt zum Schlechten gewendet hatte – wenn es die Wahrheit war, daß er tausend Jahre in die Zukunft entführt worden war, was er noch immer für fraglich hielt. Was hatten Frauen in einflußreichen Positionen zu suchen? Und vor allem, was hatten sie unter seinen Kerkermeistern verloren? Da spielte es keine Rolle, daß sie sich mehr wie Männer kleideten als die Männer selbst, mit den kurzen Röcken und den Strümpfen aus fremdartigem, neuem Zeug – sie waren trotzdem Weiber, weichgesichtig und bartlos, und es war eine himmelschreiende Schande für einen landbesitzenden Edelmann, der auf seinen Zügen wohl an die zwanzig besser gestaltete Dirnen vergewaltigt hatte, den Mund halten und folgen zu müssen!

»Dies ist Ihr entfernter Abkömmling und Nachfahre, Mon Sieur«, sagte die Frau Helen. »Harold Freitas, der dritte dieses Namens! Ihm ist zu danken, daß Sie jetzt hier sind, tausend Jahre in die Zukunft entrückt …«

»Sagtest du Harold Freitas?« echote Bohun.

»Wieso …« Helen trat verdutzt einen Schritt zurück. »Wieso, ja!«

»Und er behauptet, mein Nachfahre zu sein?«

»J-ja!«

»Das lügst du!« Bohun, außer sich vor Wut, hielt nach einer Waffe Ausschau, aber in diesem dekadenten Zeitalter schien es weder Schwerter noch Streitäxte zu geben. Aber egal! Einen so weichlichen Verräter konnte man mit bloßen Händen auseinanderreißen!

Er stürzte sich auf den, der sich Harold nannte und sich als sein Nachkomme ausgab. Doch plötzlich wurde ihm schwarz vor Augen, und er wußte nichts mehr.

»Es tut mir leid, daß wir ihn so zur Ruhe bringen mußten, Mr. Freitas«, flüsterte Helen, als sie die Tür hinter sich schlossen und absperrten. Sie zitterte noch immer.

»Es ist völlig klar, was ihn so erbitterte«, sagte Sarah. »Soviel er weiß, ist Harold der Name des englischen Verräterkönigs, der Wilhelm von der Normandie Vasallentreue geschworen hatte, falls dieser ihm bei der Erlangung des englischen Throns behilflich sein würde, später aber seinen Eid brach. Das war der tiefere Grund der normannischen Invasion, verstehst du? Wie würde es dir gefallen, wenn du herausbrächtest, daß einer deiner Nachkommen Salomon Freitas heißt?«

»Aber er versuchte mich umzubringen!« rief Harold fassungslos. »Wenn jemand mit dieser Betäubungspistole nicht schnell genug gewesen wäre, hätte er mich in Stücke gerissen!«

»Warum sollte dich das wundern?« konterte Sarah. »Er ist ein Normanne!«

»Aber ...« Harold schwieg, weil er keinen Einwand vorzubringen wußte. Schließlich fragte er: »Werden wir mit den anderen die gleichen Schwierigkeiten haben?«

»O nein, das kann ich Ihnen versprechen«, sagte Helen Wynmore. »Aber jeder ist in seiner Weise ein Problem. Nun, hier ist der Raum, wo wir den Kreuzfahrer untergebracht haben.«

Sir Godwin lächelte, als das Klopfen ertönte und die Besucher eintraten. In den Jahrhunderten, die angeblich seit seinen Tagen vergangen waren, hatte es ganz gewiß große Fortschritte gegeben. Er hatte in der Behaglichkeit der Kissen und Polsterpfühle geschwelgt, die in seinem Raum ausgebreitet waren. Wie würde ihn der alte Halunke Nuraddin beneiden! Und das Essen, das man ihm serviert hatte, und die Weine! Er schüttelte bewundernd seinen Kopf. Bislang hatte er in dieser seltsamen neuen Welt nur einen Fehler entdecken können, und der hatte ihn bisher noch nicht sehr gestört. Mit der Zeit ließ er sich zweifellos korrigieren. Dieses ferne Zeitalter war voll von vollbusigen jungen Frauen, und alle waren in einer Art gekleidet, die darauf abzielte, einen normal empfindenden Mann zu entflammen, aber bisher hatte man ihm Gesellschaft auf seinem Nachtlager verweigert.

Immerhin wußte er, daß er ein stattlicher Mann war, und nach den Bemühungen des Bademeisters und der Behandlung mit den verschiedenen Parfüms und Salben, die er erbeten und bekommen hatte, war er sogar noch anziehender als gewöhnlich. Die Spitzen seines Bartes troffen buchstäblich von dem aromatischen Fett, das sie für ihn gefunden hatten. Nuraddin hätte in seinen besten Tagen niemals eine schneidigere Figur machen können!

Mit vielen blumigen Redewendungen und Versicherungen seiner Dankbarkeit hieß er die Besucher willkommen; besonders herzlich umarmte er seinen entfernten Abkömmling, der ihn ins Leben zurückgeholt und in die Zukunft gebracht hatte. Nachdem er sie zum Sitzen eingeladen, Kaffee, Wein und Zukkerwerk bestellt und das einleitende Gespräch beendet hatte, kam er mit einem Thema, das ihm am Herzen lag, seit er ein wenig über die gegenwärtige Zeit gelernt hatte.

»Sag mir«, murmelte er höflich, »ist es wahr, daß es in dieser eurer Zeit noch immer Anhänger des Propheten Mohammed gibt?«

Harold versuchte keine Miene zu verziehen, als etwas Fett von Sir Godwins ekelhaft klebrigem Bart langsam über seine Wange rann. »Ja, gewiß«, sagte er. »Es gibt immer noch viele. Warum?« Wenigstens hatte dieser nicht versucht, ihn gleich auf den ersten Blick zu ermorden!

»Und sind sie mit den Gütern dieser Welt reicher ausgestattet als der christliche Teil der Menschheit?«

Harold zuckte die Achseln. »Das kann man sicherlich nicht sagen. Wir im Westen erfreuen uns nach wie vor des höchsten Lebensstandards unter den Völkern der Erde.«

»Ah! Es ist, wie ich vermutete. Die Anhänger des wahren

Gottes haben endlich die Oberhand über diese Söhne Satans gewonnen, die mich so oft mit schönen Worten umschmeichelten und dann betrogen.« Sir Godwin schlürfte den Kaffee, den man ihm vorgesetzt hatte; er war anders als alles, was er in seiner früheren Existenz gekostet hatte, aber er schmeckte ausgezeichnet.

»Sag mir noch etwas, lieber Urenkel«, fuhr er fort. Er wischte seinen zottigen Schnurrbart mit dem Handrücken ab und rülpste anerkennend. »Habt ihr in dieser Welt nicht Kriegswaffen, die eine ganze Stadt im Handumdrehen auslöschen können? Ich glaube, sie werden Bomben genannt und durch pyrotechnische Vorrichtungen über weite Entfernungen geschleudert.«

Helen flüsterte Harold zu: »Er hat um ein Handbuch der Kriegstechnik gebeten, und weil er zu seiner Zeit ein angesehener Kriegsmann war, konnten wir nicht gut ablehnen. Also spielten wir ihm ein paar Kassettenfilme über das Thema vor.«

Harold nickte und räusperte sich. »Das ist richtig«, stimmte er zu.

»Und habt ihr nicht auch Mittel, um einen Feind aus der Entfernung, über Meilen hinweg, zu verbrennen? Und Mittel, um insgeheim die Pestilenz in Wasser und Nahrung zu säen, so geschickt, daß niemand wissen kann, von wo sie kam?«

»Also, ich würde sagen ...« Harold zögerte, aber das Eingeständnis wurde ihm abgezwungen. »Es ist wahr, daß wir alle diese Dinge haben.«

Sir Godwin beugte sich vertraulich vorwärts und legte eine Hand auf Harolds Knie. Sie war von verschüttetem Kaffee naß und vom Streichen seines fetttriefenden Bartes schmierig. »Und bist du nicht ein Mann von großem Reichtum und gewaltiger Macht?«

»Ich glaube, das kann ich für mich in Anspruch nehmen«, sagte Harold, bemüht, nicht daran zu denken, was Sir Godwins Berührung seinem besten Anzug antat.

»Dann ist mein Plan ausführbar!« Sir Godwin sprang auf und fegte mit dem wehenden Saum seines Überrocks seine Kaffeetasse und eine Weinkaraffe zu Boden. »Du und ich, wir werden gemeinsam das Werk vollenden, das diese fehlerhaften Gefäße des wahren Glaubens, Raymond und Bohemond und Robert von der Normandie, begonnen haben! Wir werden Kriegswaffen sammeln, die diese Ungläubigen für immer zerstören, und wir werden die höchsten Ehren gewinnen! Der Name Freitas wird bis zum Tag des Jüngsten Gerichts ein Monument des Sieges der christlichen Ritter sein!«

Es fiel der Gruppe nicht leicht, sich der Gesellschaft des Kreuzfahrers zu entziehen, aber schließlich standen sie wieder auf dem Korridor, und Harold wischte und tupfte an den verschiedenen Fettflecken herum, die Sir Godwin auf seiner Haut und seinem Anzug hinterlassen hatte.

»Der Himmel sei uns gnädig«, stieß er hervor. »Ist das alles, an das er denken kann?«

»Er hat seine Melodie geändert«, sagte Sarah. »Nach dem, was Sparky für uns ausgegraben hat, wurde er von einem seiner eigenen Waffengefährten umgebracht, weil er eine Streitmacht der Kreuzritter an die Sarazenen verraten hatte.«

»Nein!« Harold ließ vor Schreck sein Taschentuch fallen.

»Es stimmt«, bestätigte Chester mit düsterer Miene. »Er war wütend auf Fürst Raymond, weil er glaubte, dieser hätte ihn um die Herrschaft Tripoli betrogen.«

Harold war blaß wie ein Laken. Mit einiger Anstrengung raffte er sich auf und sagte: »Nun, der nächste Mann auf der Liste wird wenigstens nicht ein so blutdürstiger Typ sein. Der Earl of Winchelsea war zu seiner Zeit als Komponist berühmt, und das ist als Beruf harmlos genug, nicht wahr?«

»Ah ...« Nicht zum erstenmal schien Helen Wynmore Schwierigkeiten bei der Wortfindung zu haben. »Leider haben wir auch ihm gegenüber einige Vorbehalte.«

»Jesus Christus«, sagte Harold und ließ die Hände an seine Seiten fallen. Er stand da wie ein Mann vor dem Erschießungspeloton. »Und die wären?«

»Nun, also wir befolgten die Instruktionen und engagierten den Knabenchor von Unserer Lieben Frau von den Engeln und brachten die Jungen hierher, damit er eines oder ein paar seiner Stücke mit ihnen einstudieren könnte, um sie dann heute abend beim Fest aufzuführen. Wir hatten ihm bereits authentische Nachbildungen von Instrumenten seiner Zeit gegeben – Schalmeien, Lauten, Gamben, Stockfiedeln und so weiter, weil wir hofften, er werde darauf spielen. Aber er warf sie in eine Ecke und hat sie seitdem nicht mehr angerührt. Als wir ihm erklärten, was wir wollten, sagte er, er müßte den Jungen ihre Partituren individuell beibringen, einem zur Zeit, was uns vernünftig vorkam, weil die Notenschrift jener Tage kaum eine Ähnlichkeit mit der modernen Version hatte. Aber ...« Helen breitete ihre Hände aus. »Was er diesen netten Jungen in Wirklichkeit beibringen wollte, hatte keine Ähnlichkeit mit Musik irgendwelcher Art, und wir mußten den Eltern der zwei Jungen, die wegen seiner Ansinnen schreiend aus seinem Zimmer flüchteten, ziemlich hohe Schweigegelder bezahlen.«

»Deshalb bekam ich diese Woche so hohe Überweisungsaufträge von der Rechtsabteilung!« sagte Louisa Field. »Sie meinen, er ist ein ... ein Warmer? Gar kein Komponist, sondern einer, der sich an Jungen heranmacht?«

»Soweit Sparky ermitteln konnte«, sagte Sarah laut, »hat der Earl of Winchelsea nie etwas von Musik verstanden. Er ließ nur einen armen Mönch für sich arbeiten, dessen Werke er für seine eigenen ausgab. Sollen wir ihn nicht einfach auslassen und weitergehen?«

12

Das Universum schien rings um Harold zusammenzustürzen. Er wußte nicht, wie er in der Konfusion dieser aufeinanderfolgenden Schocks seine Stimme wiederfand, aber es gelang ihm, und er hörte seine krächzenden Worte: »Warum hat mir niemand etwas über diese Schwierigkeiten gesagt?«

»Mehrere haben es getan«, antwortete Sarah mitleidlos. »Du wolltest einfach nicht hören.«

»Aber ist denn keiner von diesen meinen Vorfahren so, wie er mir geschildert wurde? Sind sie alle Verrückte oder Schwindler?«

»Oh, ein paar von ihnen sind durchaus präsentierbar«, beschwichtigte ihn Helen Wynmore. »Zum Beispiel Edgar, zu dem wir jetzt kommen – er ist sehr nett, wirklich charmant.«

»Ja, er ist ein absolut herziger Junge«, stimmte Sarah zu, und Harold warf ihr einen mißtrauischen Blick zu.

»Sieh mal an«, sagte er ärgerlich. »Woher weißt du, daß er ein ›absolut herziger Junge‹ ist?«

Aber sie gab ihm statt einer Antwort nur ein rätselhaftes Lächeln.

Keine Reise nach Indien konnte sich mit dieser phantastischen Reise in die Zeit vergleichen! Seit Tagen war Edgar Freitas außer sich. Sie hatten lange gebraucht, um ihm alles zu erklären, und sie hatten es sehr behutsam gemacht, als ob sie erwarteten, daß er sich fürchte. Aber wie konnte sich einer fürchten, wenn er die großartigen Veränderungen sah, die über die Welt gekommen waren. Fort waren die albernen Geschichten der Alten von Menschen, die ihre Köpfe in der Mitte ihrer Körper trugen, und dergleichen mehr; an ihre Stelle waren authentische Berichte von nüchterner Sachlichkeit getreten, Berichte, die nichtsdestoweniger von wunderbaren neuen Entdeckungen handelten.

Wenn sie ihn nur hinausließen, damit er die Wunder dieser Welt selber erleben könnte! Nun, wenigstens hatten sie ihm ein Fenster gegeben, eine Art magisches Fenster, durch das er sehen konnte ...

Ein Klopfen an der Tür, und herein kamen die Bewohner dieser unglaublichen neuen Welt, unter ihnen ein Mann, den er noch nie gesehen hatte, der aber ohne Zweifel derjenige war, dessen Weisheit und Reichtum dieses Wunder hervorgebracht hatten. Bei ihm war auch die schöne, freilich etwas übergroße Dame, die sich vor einem Tag in seinen Raum gestohlen und kenntnisreich zu ihm über die Dichtkunst gesprochen hatte – und über ein anderes, unvergleichlich süßeres Thema, das Fremde nichts anging –, und die ihm Stillschweigen eingeschärft hatte, bevor sie gegangen war.

»Ah, Sir!« wandte er sich an den Mann, der behauptete, sein entfernter Urenkel zu sein (Er fand es unmöglich, väterliche Gefühle aufzubringen, hatte er doch mit seinen achtzehneinhalb Jahren noch kein Kind gezeugt). »Ich werde Ihnen zu Ehren eine Ode schreiben! Ich werde Sie mit den anmutigsten Versen besingen, und meine Tränen und mein Herzblut werden in die Zeilen fließen. Doch alle meine Lobpreisungen können nicht die Hälfte der Ehre spiegeln, die Ihnen gebührt!«

Warum, fragte er sich im Hintergrund seiner Gedanken, lächelte die schöne Dame über seine Versprechungen?

»Nun, das ist eine Erleichterung«, meinte Harold, als sie Edgar Freitas verlassen hatten. »Er scheint wirklich ein netter Junge zu sein, und nicht im geringsten beunruhigt über das, was ihm widerfahren ist.«

»Er hat gute Gründe dafür, sagt Sparky«, antwortete Chester säuerlich. »Kurz bevor wir ihn holten, hatte er die Mutter eines Mädchens verführt, das seine Eltern ihm als mögliche Ehekandidatin vorgestellt hatten, und er ist wahrscheinlich froh, daß er nicht bleiben und die Konsequenzen abwarten mußte – wenigstens nicht in seiner hiesigen Inkarnation.«

Harold rang mannhaft mit seinen Reaktionen und siegte, jedenfalls im Moment. »Er ist ein gutaussehender Junge«, sagte er mit einem Schulterzucken. »Sicherlich fühlte sie sich von seiner Aufmerksamkeit geschmeichelt.«

»Ganz recht«, sagte Sarah munter. »Wer ist der nächste – Ebenezer, nicht wahr?«

Quentin, Helen und Louisa tauschten Blicke aus, als ob sie unschlüssig wären, wer von ihnen die unangenehme Pflicht auf sich nehmen sollte, das Wort zu ergreifen. Zuletzt tat es keiner von ihnen; sie gingen einfach zum nächsten Raum weiter und öffneten die Tür.

»Weiche von mir, Satan!« brüllte Ebenezer Freitas, als die Tür aufging. Mit Fingernägeln und Zähnen und Geduld hatte er sich aus Holzsplittern und Fäden, die er aus dem Saum der gräßlichen Teufelskleider gezupft hatte, eine Art Kruzifix verfertigt. Die Kleider waren wenigstens halbwegs anständig, das mußte er zugeben, verglichen mit der Garderobe der Teufelsdiener, die in sein Gefängnis gekommen waren, um ihn zu versuchen. Bis zum Knie und höher entblößte Beine! Unter dünnen, windigen Stofffähnchen sich empörend abzeichnende Busen! Und um die Männer stand es nicht viel besser!

Nein: nicht Männer. Satansdiener. Das war es, was sie sein mußten. Ihre Lügen, sie hätten ihn in die Zukunft gebracht – welch eine durchsichtige Erfindung! Dies mußte die Hölle sein, mochte sie auch behaglich, warm und wohlriechend scheinen. Man hatte ihn für besondere Prüfungen auserwählt, wie die Heiligen der alten Zeiten. Man versuchte ihn mit allerlei Teufelswerk zu blenden und zu umgarnen, um die Todsünde des Stolzes in ihm zu erwecken, gegen die er Tag und Nacht gekämpft hatte, seit ihm klargeworden war, was der Böse ihm eigentlich angetan hatte.

Diesmal errang er einen kampflosen Sieg. Als sie ihn mit erhobenem Kreuz kommen sahen, entflohen die Jünger Satans in panischer Hast.

»Nicht schon wieder einen, der mich umbringen will!« stöhnte Harold Freitas.

»Das wollte er sicherlich nicht, Mr. Freitas.« Helen Wynmore wischte Schweiß von ihrer Stirn. »Soweit wir uns einen Reim darauf machen können – er hat sich seit seiner Erweckung standhaft geweigert, direkt mit uns zu sprechen –, glaubt er, daß dies alles ein Werk des Teufels sei, mit dem Ziel, ihn in Versuchung zu führen und seinem Gott abspenstig zu machen.«

»Dann muß er verrückt sein!«

»Nicht nach seinen eigenen Begriffen«, sagte Sarah schadenfroh. »Weißt du nicht, was deinen ehrwürdigen Vorfahren ehrwürdig machte? Sparky hat es für uns ermittelt. Er war einer der größten Hexenjäger in den Kolonien Neuenglands, ein Mann, der jeden fabrizierten Beweis und jede Denunziation begierig schluckte, der schließlich die Folterung seiner eigenen Frau und seiner Tochter beaufsichtigte, um Geständnisse von ihnen zu erhalten.«

»Das ist eine Lüge!« wisperte Harold.

»Befragen Sie Sparky«, erwiderte Chester. Er bedauerte, daß er Zeuge dieser elenden Farce sein mußte – doch er wußte nicht, wie er sie hätte verhindern können.

»Eins ist klar«, sagte Harold. »Wir können ihn nicht der Öffentlichkeit zur Inspektion vorzeigen.« Er stöhnte. »Habt ihr denn außer diesem elisabethanischen Burschen keinen gesunden und vernünftigen Mann für mich gefunden? Noch in der letzten Presseveröffentlichung wurde versprochen, daß alle neun Ahnen an der Party teilnehmen würden!« Er warf Louisa Field einen finsteren Blick zu.

»Sagen Sie nur nicht, ich hätte Sie im Stich gelassen!« gab die Frau scharf zurück. »Es ist nicht meine Schuld, wenn diese vielgerühmten Vorfahren von Ihnen sich bei genauerer Untersuchung als Irre oder ...« Sie brach ab und schlug eine Hand vor ihren Mund. »Entschuldigen Sie, das wollte ich wirklich nicht sagen!« stammelte sie. »Ich ... es muß wohl sein, daß ich furchtbar nervös bin ...«

»Schon gut«, sagte Harold in düsterer Entschlossenheit. »Ich habe jedenfalls verstanden! Mrs. Field, ich werde die Frage unserer weiteren Zusammenarbeit unter diesem Gesichtspunkt überprüfen müssen.«

Eine unbehagliche Stille folgte, während der in Chesters Ohren noch immer ein Satz nachhallte: »Habt IHR denn außer diesem elisabethanischen Burschen ...?« Anscheinend war Harold Freitas bereits im Begriff, sich selbst davon zu überzeugen, daß dieses Debakel – wie alle anderen unangenehmen Geschehnisse seit seiner vorzeitigen Amtsübernahme als Konzernchef – auf dem Versagen anderer Leute beruhe.

Und wenn es ihm gelänge, mit diesem Trick durchzukommen, gelobte sich Chester, würde er seine Arbeit hinwerfen und gehen, Vertrag oder nicht Vertrag.

»Nun, Joshua Freitas ist ein recht zivilisierter Mensch«, sagte Helen Wynmore mit jener fatalen Munterkeit des Außenstehenden, der eine verfahrene Situation überspielen will, den Verdruß des Betroffenen damit jedoch nur vertieft. »Wollen wir bei ihm hineinschauen? Sie haben sein Quartier gesehen, Mr. Freitas, aber einige unter uns kennen es noch nicht, und ich finde es besonders gelungen, viel gelungener als die normannische Burg am Anfang oder Edgars elisabethanisches Zimmer.«

»Still!« zischelte Joshua Freitas, als jemand die Tür zu seinem Gemach öffnete. »Schhhh!«

Harold blieb in der Tür stehen und betrachtete die Ausstattung. Die Inneneinrichtung spiegelte die Vorliebe von Joshuas Zeitgenossen für Chinoiserien. Auf zwei Wänden waren zahlreiche rote und goldene Drachen in Kämpfe verstrickt, auf den beiden anderen boten zart hingetuschte Landschaften dem Auge Ruhepunkte. Als er alles betrachtete und die Stille länger angedauert hatte, als er zu ertragen vermochte, sagte er: »Äh – verzeihen Sie mir, aber was tun Sie, das eine solche Konzentration verlangt?«

»Verpfuscht!« Joshua sprang auf. »Sir, in einer trostlosen Umgebung wie dieser, wo Sie mich eingesperrt haben, als ob ich ein Schuldner wäre, muß man sich selber einen Zeitvertreib suchen. Auf diesem Tisch ...«

»Aber Sie haben ein Fernsehgerät, und sicherlich ...«

»Sir, ein Gentleman läßt einen anderen seine Rede vollenden, bevor er mit seiner eigenen beginnt«, sagte Joshua streng. »Wie ich sagte, auf diesem Tisch« – er klopfte darauf; es war ein feines Stück aus Lackarbeit und Bambus – »lasse ich zwei Läuse miteinander um die Wette rennen und setze darauf, welche zuerst diesen gemalten Blumenstengel passiert.«

»Läuse!« sagte Harold entsetzt. »Läuse!«

»Haben Sie noch nie das Sprichwort gehört, daß es ein geiziges Gehirn ist, das keine Läuse nährt?« entgegnete ihm Joshua.

Harold warf Helen einen wilden Seitenblick zu. Sie machte eine hilflose Gebärde. »Er scheint daran zu glauben, also mußten wir ihm ein paar von ihnen ... ah ... zurückgeben, nachdem wir ihn gereinigt haben.«

»Zur Party heute abend darf er keine mitbringen«, sagte Harold, zitternd vor unterdrücktem Abscheu. »Das ist mein ausdrücklicher Befehl. Haben Sie verstanden?« Er blickte wieder zum Tisch, wo Joshua seine Renner betreute. »Hat er noch andere Interessen?«

»Fechten«, sagte Chester mißmutig und zeigte auf einen kostbaren Degen, der an Joshuas Läuserennbahn lehnte.

»Ich fürchte, es ist so«, bestätigte James Quentin. »Gestern wollte er mich zum Duell herausfordern, und als ich ihm sagte, daß wir uns heutzutage nicht mehr mit solchen Dingen abgeben, wurde er sehr unangenehm und überschüttete mich mit Beschimpfungen, die ich natürlich ignorierte. Das schien seine Meinung von mir bloß zu bestätigen.«

»Wie dem auch sein mag, ein Mann wie er, weltgewandt und aus dem klassischen Zeitalter der Kavaliere, wird wissen, wie er sich auf einer Party zu benehmen hat«, sagte Harold. »Soviel ich weiß, haben sie damals in Bath praktisch nichts anderes getan als Feste gefeiert und Glücksspiele veranstaltet. Und in seinem Aufzug mit Degen und gepuderter Perücke macht er eine eindrucksvolle Figur.«

»Er sieht gut aus«, stichelte Sarah, »aber ich kann mir vorstellen, daß er ein großer Langweiler ist.«

»Langweiler oder nicht«, sagte Harold mit Entschiedenheit. »Wir müssen mehr als einen vorzeigen. So viele wie möglich. Und Joshua scheint ganz in Ordnung zu sein; sorgen Sie nur dafür, daß er keine Läuse mitbringt!«

Während die Gruppe zum nächsten Raum weiterging, machte

Sarah sich an Chester heran und flüsterte: »Wollen wir Harold sagen, wie Joshua zu seinem Vermögen gekommen ist?«

Chester schüttelte den Kopf. »Allmählich tut er mir ein bißchen leid«, antwortete er. »Diese ganze Geschichte ist schon schlimmer, als ich es je für möglich gehalten hätte.«

13

Cy Detrick schwitzte und fröstelte zur gleichen Zeit, als er in Salomon Schatzenheims Büro geführt wurde. Er war über einsachtzig groß und kräftig gebaut, aber sein Benehmen war das eines viel kleineren Mannes. Salomon betrachtete ihn mit finsteren Blicken und ließ eine Weile verstreichen, bevor er ihn mit einer Handbewegung zum Sitzen einlud.

Er sagte: »Sie also sind der Mann mit dem Befragungskode für Sparky, der uns nichts über Freitas' großes Projekt sagen konnte!«

»Ja, ich fürchte, ich habe Sie da enttäuscht«, gab Detrick zu. Seine Handflächen waren feucht vom Schweiß, und in seiner Nervosität wischte er sie wiederholt an seiner Hose ab. »Aber ich hoffe zu zeigen, daß ich den Fehler mehr als wettmachen kann.«

»Das würde ich Ihnen auch empfehlen«, sagte Salomon bedeutungsvoll. »Und nun erzählen Sie mir, weshalb Sie gekommen sind, aber fassen Sie sich kurz. In einer Stunde geht meine Maschine nach Arizona.«

»Nun, Sir, es ist wegen dieser neun Vorfahren, die Mr. Freitas heute abend zur Schau stellen will. Um die geeignetsten Kandidaten herauszufinden, bediente er sich der Hilfe eines Genealogen namens Flannagan. Ich verbrachte die letzten Tage damit, diesen Mann auszuquetschen. Ich hatte eine Menge Auslagen für Getränke und ...«

»Wenn Ihre Ergebnisse für mich wissenswert sind, werden Sie Ihre Auslagen ersetzt bekommen. Fahren Sie fort.«

»Ja, Sir. Flannagan gab ganz offen zu, daß er die biographischen Daten über die Vorfahren seiner Klienten manchmal ein bißchen frisiert. Er scheint noch nicht begriffen zu haben, daß bei dieser Party die wirklichen Leute gezeigt werden; er behandelt die ganze Sache als einen Scherz. Das heißt, er tat es, bis ich ihm klarmachte, daß er auf Grund der frisierten Biographie, die er Freitas verkauft hatte, wahrscheinlich mit einer hohen Schadensersatzforderung und einer Anzeige wegen Betrugs wird rechnen müssen. Danach wurde er ganz ängstlich und weich, und ich – ah – nun, ich versprach ihm Rechtshilfe, falls er meine Fragen beantwortete.«

»Kommen Sie endlich zur Sache, verdammt noch mal!« schnarrte Salomon.

»Ja, Sir. Nun, ich fing mit dem uns nächsten Teil der Liste an, weil ich mir dachte, daß die Leute aus den alten Zeiten nicht einmal verständliches Englisch sprechen dürften, und ich bin auf all diesen ungeheuerlichen Schmutz gestoßen. Hier!« Er reichte einen fetten Aktenordner über Salomons Schreibtisch.

»Ein großer Teil der Informationen läßt sich verifizieren, indem man einfach zu einem größeren Bibliothekscomputer geht. Die Daten sind alle gespeichert, man muß nur wissen, was man sucht. Zum Beispiel werden Sie hier sehen, daß Buffalo Hank Freitas in Dodge City, Denver und Abilene gesucht wurde, als er in Fresno in einer Schießerei den Tod fand. Er war nach Kalifornien gegangen, um sich einem Gerichtsverfahren wegen verbotenen Waffen- und Alkoholhandels mit den Indianern zu entziehen. Dann haben wir hier seine Tante Tabhita, die sogenannte Bürgerkriegsheldin, die Unionssoldaten Zuflucht bot und eine konföderierte Truppenabteilung in die Falle lockte und samt ihrem Major an den Norden auslieferte, und die nach dem Krieg mit einem Empfang im Weißen Haus geehrt wurde. Nun, warum der Empfang in den offiziellen Annalen nicht verzeichnet ist, war nicht ganz leicht festzustellen, aber schließlich entdeckte ich den Grund in einer Sammlung von Kriegsmemoiren, die ein paar Jahre später geschrieben wurden. Ein gewisser Generalmajor Gaskin, der einer von Shermans Stabsoffizieren war, hatte sich während seiner Einquartierung mit einigen von Tabhita Freitas' Sklaven unterhalten und fand dabei heraus, daß eine angebliche Vergewaltigung, die sie durch einen konföderierten Offizier erlitten haben wollte, nichts dergleichen war. Noch war dieser Offizier der erste, mit dem sie ins Bett gestiegen war; zwei konföderierten Offizieren hatte sie nacheinander erzählt, sie sei von Unionsoffizieren vergewaltigt worden. Bei diesem Empfang im Ballsaal des Weißen Hauses soll Gaskin auf sie zumarschiert sein und ihr seinen Handschuh ins Gesicht geschlagen haben, wobei er sie mit lauter Stimme eine Hure nannte. Es war ein beträchtlicher Skandal. Sie scheint eine hemmungslose Nymphomanin gewesen zu sein.«

Salomons Augen glommen. »Fahren Sie fort, Mr. Detrick«, sagte er. »Aber ich weiß bereits, daß ich mich auf dieses Freitas-Familientreffen freue.«

Detrick atmete auf. »Dann haben wir da diesen Senator«, sagte er. »Horatio Freitas, der während des Unabhängigkeitskrieges die ›Jolie Marjolaine‹ befehligte. Nach der Mehrzahl der Geschichtsbücher erkrankte er im Alter von fünfundvierzig Jahren und verbrachte den Rest seines Lebens zurückgezogen auf seinem Landsitz. Das ist zwar nicht unwahr, aber die Natur der Krankheit bleibt gewöhnlich unerwähnt. Er war ein Paranoiker und lebte in der Überzeugung, daß jeder fremde Besucher ein britischer Agent sei, der ihn ermorden wolle. Zuletzt schoß er einen Großgrundbesitzer namens Robbins nieder und verletzte ihn lebensgefährlich. Der Mann hatte seine Unterstützung im Zusammenhang mit einer Gesetzesvorlage erbeten, die zu der Zeit gerade im Senat zur Entscheidung anstand. Die Sache wurde wirksam vertuscht, weil damals natürlich niemand hinausposaunen wollte, daß ein Seekriegsheld der Nation übergeschnappt war, aber ich konnte ein paar alte Gerichtsakte fotokopieren, in denen die Schadenersatzfrage geregelt wurde. Robbins erhielt eine für damalige Verhältnisse sehr hohe Summe, damit er den Mund hielt, ungefähr fünftausend Dollar.«

»Noch was?« forschte Salomon, der nicht mehr versuchte, seine Genugtuung zu verbergen.

»Nun, Sir, je weiter man zurückgeht, desto schwieriger wird es natürlich, dokumentarische Beweise aufzutreiben, aber da ist Ebenezer Freitas, der für den Tod mehrerer armer Frauen und Mädchen verantwortlich war, unter denen sich angeblich seine eigene Tochter befand. Er hatte sie alle der Hexerei beschuldigt und foltern und hinrichten lassen. Und dann ist da natürlich noch ...«

»Dies hier ist eine persönliche Bitte des Präsidenten«, sagte Louisa Field. »Er möchte heute abend Gelegenheit erhalten, mit Horatio Freitas zu sprechen, weil keine Ehre größer sein könnte als die, eines Mannes Hand zu schütteln, der George Washington, dem Vater der Nation, die Hand geschüttelt hat.«

Harold machte ein gequältes Gesicht.

»Und dies ist ein Telegramm von den ›Töchtern der Amerikanischen Revolution‹, dieser überpatriotischen Frauenvereinigung. Sie wollen unbedingt Tabhita Freitas ehren, weil sie – ich zitiere – ›zu den wenigen hervorragenden Frauen gehört, die die Ideale unserer Nation verteidigt und hochgehalten haben, ein leuchtendes Vorbild für künftige Generationen.‹«

»Ob sie nun tatsächlich eine Heldin war oder nicht, sie ist für die Zurschaustellung einfach ungeeignet!« ächzte Harold. »Ich konnte buchstäblich von Glück sagen, aus ihrem Zimmer herauszukommen, ohne vergewaltigt zu werden! In meinem ganzen Leben habe ich noch nie ein solches Paar Schlafzimmeraugen gesehen!«

»Ja«, sagte Louisa reserviert und nahm das nächste Schriftstück vom Stapel der besonderen Anfragen wichtiger Persönlichkeiten und Institutionen.

»Dies ist vom ersten Sekretär der britischen Botschaft in Washington – Sie erinnern sich, es stellte sich heraus, daß seine Großmutter eine Freitas war, also luden wir ihn ein. Er sagt, Joshuas Sohn Lionel sei Bürgermeister und später Parlamentsabgeordneter seiner Vaterstadt Liverpool gewesen, und ob es darum möglich wäre, daß er heute abend Joshua vorgestellt würde? Er möchte ihn für nächste Woche zu einem Essen in die Botschaft einladen und verspricht, sich für einen Empfang Joshuas durch den Oberbürgermeister von Liverpool einzusetzen.«

»Ist das alles?« fragte Harold verdrießlich.

»Noch lange nicht. Hier ist ein Schreiben vom Winchester-College in Ohio. Die einzige Abteilung mit einem anständigen akademischen Niveau, die sie dort zu haben scheinen, ist die für mittelalterliche Musik. Sie haben es fertiggebracht, einen deutschen Experten einzukaufen, und der verhilft ihnen seit zehn Jahren zu Ruhm und Ehren. Sie können sich denken, hinter wem diese Leute her sind.«

»Schlimmer kann es kaum noch kommen«, murmelte Harold. »Oder haben Sie noch mehr Angebote dieser Art auf Lager?«

»Das Schlimmste haben wir, glaube ich, aber noch lange nicht alles. Hier ist ein Schreiben vom ständigen Sekretariat des ökumenischen Komitees der methodistischen, kongregationalistischen, baptistischen und unitaristischen Kirchen Amerikas.«

»Mein Gott. Was wollen die?«

»Es ist eine Erklärung, daß wir eine günstige Stellungnahme der erwähnten Kirchen zum Thema Zeitsondentransport nur erwarten können, wenn wir den Mitgliedern des ökumenischen Komitees die Möglichkeit zu einem Gespräch mit Ebenezer Freitas geben.«

»Und wenn wir darauf nicht eingehen?«

»Wollen sie die Technik als blasphemisch verdammen, nehme ich an.« Sie hob das nächste Papier auf. »Ah, hier ist eine eher harmlose Bitte – sie kommt von der Gloriana Tabakfabrik; die Leute möchten, daß Edgar ihnen ein Gedicht über die Vorzüge ihrer Zigaretten schreibt. Übrigens ist es die einzige Anfrage, die Edgar betrifft.«

»Die einzige wirklich präsentierbare Person unter den neun, und niemand bei der Party, der besonderen Wert auf seine Bekanntschaft legt!« seufzte Harold voll Bitterkeit. »Das Universum hat sich gegen mich verschworen. Noch was?«

»Hunderte von Briefen«, sagte Louisa. »Ich hielt es nur für meine Pflicht, einzelne Musterexemplare herauszugreifen und Ihnen vorzulegen.«

»Lassen Sie mir das Material da und gehen Sie jetzt«, sagte Harold ungnädig. »Ich werde die Briefe lesen und meine Entscheidungen an den Rand schreiben, damit Sie entsprechend antworten können.«

Als Louisa Field gegangen war, stützte Harold Freitas seinen Kopf in beide Hände. »Wie in aller Welt konnte ich mich jemals in diesen Schlamassel hineindrängen lassen?« grollte er.

»Berichtigung, Mr. Freitas«, sagte Sparkys ruhige Stimme. Harold blickte finster auf und die teilnahmslose Voltaire-Maske an.

»Was für eine Berichtigung?« knurrte er.

»Mrs. Sarah Freitas, Doktor Chester Waley und andere haben entschiedene Vorbehalte geltend ...«

»Ah, geh zum Teufel!« brüllte Harold. Dann: »Nein. Diese Anweisung ist zu löschen. Ich brauche Hilfe. Ich brauche Rat. Angenommen, wir ließen meine Vorfahren heute abend nicht auftreten?«

»Die Glaubwürdigkeit des Freitas-Konzerns würde innerhalb

der nächsten vierundzwanzig Stunden eine Einbuße von fünfhundert Punkten erleiden«, sagte Sparky.

»Und wenn wir diese … diese Irren und Abartigen auf meine Gäste loslassen?«

»Dann wird das eine Beeinträchtigung des Konzernimages in der öffentlichen Meinung zur Folge haben, aber nichts so Gravierendes – vielleicht in der Größenordnung von zehn oder zwölf Prozent der neuerdings erzielten Imageverbesserung, die etwa vierzig Prozent der Ausgangsbasis beträgt.«

»Dann ist das klar«, sagte Harold seufzend. »Nun muß ich noch wissen, was wir zu tun haben, um uns möglichst glimpflich aus der Affäre zu ziehen.«

14

Mit vollkommener Fassung erwartete Sarah Freitas die Ankunft ihrer Gäste auf der über den Abgrund des Grand Canyon hinausragenden Terrasse.

Harold, an ihrer Seite stehend, klapperte vor Besorgnis beinahe mit den Zähnen, obwohl er ihr und sich selbst bereits fünf- oder sechsmal versichert hatte, daß jede mögliche Vorsichtsmaßnahme getroffen sei und Sparky selber die Programmänderungen für die Festlichkeit beaufsichtigt habe, mit denen die unausweichlichen Pannen auf ein Minimum reduziert werden sollten.

»Nur ruhig Blut, Harold«, wisperte Sarah, als die ersten Mitglieder der weitverzweigten Freitas-Sippe aus dem Haupteingang kamen und das Schauspiel vor ihnen mit vielen Ohs und Ahs begrüßten. Harold Freitas I, auf der Suche nach Möglichkeiten, die Überschüsse seines gewaltigen Vermögens auszugeben, hatte sich vor dreißig Jahren erbötig gemacht, den Grand Canyon wieder in den Zustand zu versetzen, in dem er gewesen war, als die ersten Weißen ihn entdeckt hatten. Dafür hatte er sich das Recht ausbedungen, an einer der landschaftlich schönsten Stellen ein Gästehaus und Einrichtungen für Festlichkeiten nach seinem Geschmack zu bauen. Aufblasbare Räume für die verschiedensten Zwecke säumten beide Ränder der mächtigen Schlucht; unter ihnen strahlten geschickt angebrachte Scheinwerfer die schroffen Felsformationen an, und mehrere Aufzüge in transparenten Röhren gewährten Zugang zu fünfzig Plattformen, übereinandergestaffelt an beiden Seiten des Canyons, einige mit Bars und Imbißtheken, andere mit Tanzkapellen für jeden Geschmack, manche mit Sesseln und Liegestühlen, manche mit Schwimmbecken, manche mit Darbietungen erotischer Filme. Die Möglichkeiten der Auswahl waren praktisch unbegrenzt.

Tief unter der riesigen Terrasse des eigentlichen Gästehauses schäumte der Fluß über nackten Fels. Seine Geräusche wurden durch unauffällig plazierte Verstärkeranlagen übertragen, so daß man selbst hier oben, Hunderte von Metern höher, niemals die Gegenwart der Naturgewalt vergaß, die diese ungeheure Schlucht in den gewachsenen Fels geschnitten hatte.

Rechts neben Sarah stand Chester, als Chefkonstrukteur der Zeitsonde und Anwärter auf den Nobelpreis eine der Hauptfiguren dieses Abends, anscheinend völlig ruhig und makellos in einem dunkelroten Gesellschaftsanzug, der gut zu seinem Teint paßte. Auf ihn folgte Mrs. Honoria Crub, geborene Freitas, Ehrengast und Sippenälteste, die beinahe hundert Jahre alt war und nur durch tägliche geriatrische Injektionen am Leben erhalten wurde. Eine Handvoll weiterer Familienmitglieder von Bedeutung, wie der erste Sekretär der britischen Botschaft, vervollständigten das Empfangskomitee. Dieses Arrangement gehörte zu den Veränderungen der letzten Minute, die Sparky empfohlen hatte. Nach dem ursprünglichen Plan hatten die neun Vorfahren in dieser Reihe stehen sollen; nun sollten sie später hereingeführt und an den Bankettisch gesetzt werden, und nach dem Festmahl wollte Harold sie den versammelten Gästen vorstellen.

Im Augenblick befanden sie sich in einem der buntfarbenen, aufblasbaren Gebäude, wo sie beschwichtigt, umsorgt, mit Beruhigungsmitteln traktiert, in Festkleider ihrer jeweiligen Epoche gehüllt und anderweitig für ihren Auftritt vorbereitet wurden. Sarah und Harold konnten die Vorgänge dort über Miniaturradios verfolgen, die in ihren Frisuren versteckt waren, und bisher waren die Nachrichten ermutigend. Sir Godwin, zum Beispiel, hatte versprochen, nichts über seinen Plan zur Austilgung der Mohammedaner zu sagen, nachdem er ein langes theologisches Gespräch mit einem eigens aus San Francisco eingeflogenen Dominikanerpater geführt hatte; Sarah hatte den Eindruck, daß die raffinierte Kasuistik des Theologen den Kopf des armen Kreuzfahrers gründlich verwirrt hatte, aber das war schließlich unwichtig – auf das Resultat kam es an.

Auch schien es mit Hilfe einer höchst unorthodoxen, aber bemerkenswert wirksamen Technik, die die Dienste von Freiwilligen aus der ›Vereinigung für Absoluten Orgasmus‹ einschloß, gelungen zu sein, Tabhitas Verlangen einstweilen zu sättigen.

Der einzige von den neun Ahnen, der immer noch ein Problem darstellte – ausgenommen Buffalo Hank, der die meiste Zeit stockbetrunken war, aber in fünf Minuten ernüchtert werden konnte, sobald es nötig wurde –, war Ebenezer. Es sah aus, als müßte man ihn in einem der Umkleideräume sich selbst überlassen; er weigerte sich resolut, Umgang mit den Agenten des Teufels zu pflegen, und hatte erst an diesem Morgen beschlossen, jede Nahrungsaufnahme zu verweigern, weil sogar Brot und Wasser aus den Händen der Teufelsdiener seine unsterbliche Seele gefährden könnten.

»Wie ist Ihnen zumute, Chester?« flüsterte Sarah, als sie das geeignete Lächeln zur Begrüßung der ersten der wiedervereinigten Freitasse aufsetzte, eines Lebensmittelhändlers aus Long Island und seiner aufgedonnerten Frau.

»Besser als ich zu hoffen wagte«, flüsterte er zurück.

Eine Stunde war für die Ankunft der Gäste und die Begrüßungen vorgesehen, und kurz vor Ablauf dieser Frist kamen Miriam und Salomon Schatzenheim über die Terrasse. Salomon versuchte nicht allzu finster dreinzuschauen, und als er Harold die Hand schüttelte, sagte er mit mörderischer Freundlichkeit: »Nun, Freitas! Ich muß zugeben, daß Sie uns diesmal wirklich überfahren haben!«

Harold, dessen Miene sich merklich aufhellte, erwiderte den Händedruck mit übertriebenem Enthusiasmus.

»Nur schade, daß Ihre Vorfahren sich bei näherer Bekanntschaft als so fragwürdige Charaktere erwiesen haben, nicht wahr? Aber schließlich kann niemand was dafür, wer seine Ahnen waren. Ich nehme an, daß es auch unter meinen Vorvätern die berühmten schwarzen Schafe gegeben hat. Es ist sehr mutig von Ihnen, dieses Risiko nicht gescheut und Ihre erstaunliche Zeitsonde für dieses Treffen eingesetzt zu haben.«

Einen Moment bevor Harold platzen konnte, griff Sarah ein und beeilte sich, Miriam zu umarmen. »Meine Liebe! Wie wundervoll, daß Sie kommen konnten! Und Mr. Schatzenheim – wie nett! Ja, Sie haben vollkommen recht, was Harolds Vorfahren angeht. Wie es heißt, große Gaben und große Fehler gehen Hand in Hand – aber natürlich werden Sie im Laufe des Abends selbst Gelegenheit haben, das zu sehen. Ich glaube nicht, daß Sie Chester Waley kennen, oder? Er ist für den großen Erfolg der Zeitsonde verantwortlich, und als Leiter der Konstruktionsabteilung hat er das Projekt von Anfang an sicher durch alle Schwierigkeiten gesteuert.«

Mit einem unaufhörlichen Redeschwall brachte sie es fertig, die Schatzenheims weiter die Reihe des Begrüßungskomitees entlang zu bugsieren. Gerade als die Leibwächter des Präsidenten durch den Eingang kamen, wisperte sie Harold zu: »Nur ruhig Blut, sage ich! Vergiß den alten Schatzenheim und mach dir keine Sorgen. Deine Vorfahren können nicht völlig blöd gewesen sein. Wenn sie diese enorme Menge sehen, die sich zu ihrer Begrüßung eingefunden hat, werden sie wahrscheinlich fromm wie die Lämmer sein, schon aus Angst, die Familie zu entehren.«

»Ich kann nur hoffen, daß du recht hast«, murmelte Harold und setzte die für den Empfang des Präsidenten einstudierte Miene auf.

15

Nach und nach nahmen die Hunderte von Bankettgästen ihre zugewiesenen Plätze ein und standen erwartungsvoll hinter ihren Stühlen. Ungezählte neugierige Augen starrten zu der langen, quergestellten Tafel am Kopf des Arrangements, wo die Terrasse an der Felskante des Grand Canyon klebte und wo gleich die Notabeln Platz nehmen würden.

Und da kamen sie! Applaus brach los, und die Wissenden unter den Gästen flüsterten ihren Nachbarn Namen zu. Harold neben der Präsidentengattin, Sarah mit dem Präsidenten, James Quentin mit Tabhita, Louisa Field mit dem Poeten Edgar – aber warum nur acht von diesen altertümlich gekleideten, romantischen Gestalten? Ein Gemurmel löste den Applaus ab.

Die Leute an der Honoratiorentafel nahmen ihre Plätze ein, der Präsident setzte sich, und die Masse folgte seinem Beispiel. Die automatischen Spender an jedem Platz lieferten gehackte Avocados in grüner Tunke auf vergoldeten Desserttellern. Das unvermeidliche Geklapper der Fördermechanismen löschte für einen Moment das Stimmengewirr aus, aber nach dieser Unterbrechung war das allgemeine Gemurmel unvermindert stark. Niemand rührte das Essen an; die meisten zählten; einige sogar mit den Fingern, eins, zwei, drei ...

»Harold!« zischte Sarah in ihr verborgenes Radio. »Erzähle ihnen eine höfliche Lüge über Ebenezers Abwesenheit! Andernfalls bleiben sie die ganze Nacht so sitzen und starren!«

»Gut.« Harold erhob sich seufzend und trat hinter das für die Ansprache bereitstehende Mikrophon. »Mir scheint, daß einige unserer lieben Freunde hier sich Gedanken über die Abwesenheit des Reverend Ebenezer Freitas machen.«

»Das ist derjenige, der fehlt!« Aus dem allgemeinen Gebabbel konnte man die Worte klar heraushören.

»Nun ... ah ... unglücklicherweise ist er heute abend indisponiert. Ich habe die Aufgabe, Ihnen sein Bedauern zu übermitteln, daß er nicht bei uns sein kann.«

Allgemeines Nicken. Befriedigt kehrte Harold zu seinem Platz zurück – nur um mit Schrecken zu bemerken, daß der Sieur Bohun de Freitas am linken Ende der Tafel seinen Teller vom Tisch gehoben hatte und mißtrauisch die Vorspeise darauf beschnüffelte.

»Was ist das – Schweinefutter?« brüllte er und bewies damit, daß er den Sprachenschnellkurs mit Erfolg absolviert hatte, denn im Umkreis von zwanzig Metern konnte jeder ihn klar verstehen. In Panik gestikulierte Harold um Helen Wynmores Aufmerksamkeit.

»Natürlich!« ächzte sie. »Zu seiner Zeit aßen sie praktisch kein Gemüse! Ich hatte das vergessen. Aber es ist nicht so schlimm, ich lasse ihm gleich das erste Hauptgericht servieren.«

Einen Augenblick später wurde die beleidigende Avocado automatisch abserviert, und vor Bohun de Freitas erschien ein gespickter Kapaun, umgeben von einer Garnierung aus gedünsteten Kartoffeln und Salaten. Das war mehr nach Sieur Bohuns Geschmack, obwohl er Kartoffeln und Salat sofort in das Loch zurückwarf, aus dem sie erschienen waren – was den Wartungsingenieuren des Serviersystems später einige Schwierigkeiten verursachte. Er packte den Kapaun mit beiden Händen und führte ihn als Ganzes zum Mund, ohne der fetten Soße zu achten, die ihm über Kinn und Hände rann.

»Wenigstens scheint er den Wein zu mögen«, murmelte Sarah zu ihrem Tischnachbarn, Edgar. In der Tat hatten nicht nur Sieur Bohun, sondern auch Sir Godwin und Tabhita ihre Gläser mit weißem Bordeaux bereits geleert und signalisierten nach mehr. »Aber wie ist es mit dir?«

Ziemlich bleich, sagte Edgar. »Meine Dame ...«

»Edgar, ich habe es dir schon oft gesagt: du redest mich mit Sarah an!«

»Meine Dame«, wiederholte der Jüngling eigensinnig, »nicht einmal am Hof der Königin, als sie ihre berühmten Bankette für Sir Walter Raleigh und Sir Francis Drake gab, konnten so viele Wunder an einem Ort und zur gleichen Zeit versammelt sein! Diese fremdartige und erlesene Delikatesse, die Sie mir vorgesetzt haben – ist es wahr, daß alle die vielen Gäste hier das gleiche genießen?«

Sarah nickte.

»Und ist es eine Pflanze der neuen Welt, wo ich mich befinde?«

Sarah mußte zweimal denken, bevor sie antwortete. »Ja, ich glaube, das ist so«, sagte sie schließlich.

»Es ist köstlich«, sagte Edgar, den letzten Bissen genießend. »Doch in dieser neuen Welt sprechen Sie die Mundart Englands, und diese Pflanze hat einen spanischen Namen: abogado, Rechtsanwalt. Ich möchte wohl wissen, wie das zusammenhängt.« Er schüttelte seinen Kopf. »Wahrhaftig, es gibt viel über diese fremde und wundersame Welt zu lernen!«

»Was du wissen willst, sollst du erfahren«, versprach Sarah und drückte freundschaftlich seinen Arm. »Aber bitte halte mich nicht für eine Enzyklopädie.«

»Für eine – was?«

»Für einen Almanach.«

»Gewiß nicht.« Er blickte in beiden Richtungen die Tafel entlang und fragte mit gedämpfter Stimme: »Warum sind diese anderen, meine Verwandten, von all den Wundern hier nicht so begeistert wie ich? Während ich vorhin auf den Beginn des

Mahles wartete, sprach ich ein wenig mit ihnen, und es ist mein klarer Eindruck, daß sie dieses wundervolle neue Zeitalter lieber nicht gesehen hätten. Mein – mein Großneffe, der den Namen Joshua trägt; der weiter unten am Tisch, der den feinen, goldbetreßten Rock und den Degen des Adligen trägt; er ist einer, dem nichts an der Erfahrung zu liegen scheint.«

Sarah zuckte die Achseln. »Ich glaube, im Moment gefällt es ihm recht gut.« Tatsächlich schien der Anblick der riesigen Tafelgesellschaft ihre frühere Prophezeiung in wenigstens einem Fall erfüllt zu haben: Joshua Freitas war aufgeblüht und erwies sich offenbar nicht als der Langweiler, für den sie ihn gehalten hatte. Soviel sie aus der Distanz hören konnte, erzählte er zum ungeheuren Vergnügen der in seiner Nähe Sitzenden skandalöse Klatschgeschichten über die königliche Familie des Englands seiner Tage. Außerdem hatte er an Tabhita Gefallen gefunden, die zwei Plätze weiter und ihm schräg gegenüber saß; die beiden machten einander unablässig schöne Augen.

Edgar sah bekümmert aus. »Sie müssen mich für äußerst unwissend halten – Sarah.«

Sie lächelte. »Durchaus nicht. Ich finde, du bist ein lieber Kerl – um ehrlich zu sein, bei weitem der netteste von Harolds sämtlichen Vorfahren.«

Er starrte auf seinen inzwischen leeren Teller und errötete tief. »Es ist längst an der Zeit, daß ... daß ich um Ihre Vergebung bitte«, stammelte er. »Als Sie sich das erstemal in mein ... mein Quartier stahlen, um mit mir zu ... zu sprechen, hatte ich nicht die leiseste Ahnung, daß Sie mit Harold verlobt sind.«

»Harold ist mein Ehemann«, sagte Sarah.

Edgar ließ vor Bestürzung seinen Löffel fallen. »Bei Gottes Wundmalen! Meine Dame, ich ...«

»Du brauchst dich nicht zu entschuldigen, Edgar. Glaube mir, du hast keinen Grund. Wie du selber sagtest, du hast noch viel über diese neue Welt zu lernen; mit den Zeiten haben sich auch die Sitten und Gebräuche geändert – mein Gott, was ist nun passiert?« Sie beugte sich ungehörig weit über den Tisch und spähte zu der Stelle, wo Harold, der Präsident und seine Frau und Senator Horatio Freitas saßen. Es war deutlich zu sehen, daß dort eine Meinungsverschiedenheit entstanden war.

Sie schob ihren Zeigefinger unter die Haarlocken, die über ihr rechtes Ohr fielen und den Druckschalter ihres Miniaturradios verbargen. Dann wisperte sie: »Harold, was ist passiert?«

»Oh, nicht viel«, kam die Antwort ebenso leise zurück. »Nur ein leichter Anfall der Paranoia, von der wir schon wissen. Horatio erfuhr eben, daß jemand von der britischen Botschaft hier ist, und nun ist er überzeugt, daß sein Avocado vergiftet sein müsse.«

»Großer Gott! Kannst du ihn beruhigen?«

»Ich habe versprechen müssen, daß ich alle Gerichte mit ihm austausche, sobald sie aus der Klappe kommen. Ich glaube, das sollte ihn wenigstens für eine Weile bei der Stange halten. Drücke mir den Daumen, daß er nicht denkt, alles das sei ein Teil des Anschlags auf sein Leben, hm?«

»Ich verstehe. Glaubst du, wir können jetzt zur Suppe übergehen?«

Es war die mit Abstand nervenzermürbendste Mahlzeit, die Sarah je gegessen hatte. Einen kleinen Trost fand sie in der Tatsache, daß bei ihrer Freundin Miriam alles gut ging; mittels Augenbrauentelegraf konnte sie eine Frage stellen und bekam ermutigende Antwort, die, in Worten ausgedrückt, etwa folgendermaßen gelautet hätte:

»Wie geht es bei Ihnen?«

»Bisher großartig! Salomon hofft immer noch, daß einer der Ahnen eine Szene machen wird, aber das Schlimmste, was bisher passiert ist, sind die umwerfenden Tischsitten des alten Normannen.«

Sieur Bohun war der entschieden uneleganteste Esser, der je mit einem Präsidenten der Vereinigten Staaten einen Tisch geteilt hatte; er hatte sich inzwischen über das vierte Brathähnchen hergemacht und war bis zu den Ellbogen mit Fett und Soße beschmiert. Die Tafel war mit einem weißen Damasttuch bedeckt, und er wischte seine Finger ebenso ungeniert daran wie an seinem eigenen Überrock. Nach und nach hatten seine Tischnachbarn sich von ihm zurückgezogen, und nun saß er hinter einer kleinen Brustwehr aus Hühnerknochen, zwei oder drei Gläser, die er zu fest angepackt und zerbrochen hatte und die automatisch ersetzt worden waren, und jenen Kartoffeln und Salaten, mit denen er auf die Servieröffnung gezielt, aber nicht getroffen hatte.

Die immensen Quantitäten Wein, die er seine Kehle hinuntergegossen hatte, begannen zum Glück Wirkung zu zeigen. Es bestanden gute Aussichten, daß er noch vor dem Ende des Banketts einschlafen würde; schon jetzt waren seine Bewegungen unsicher und seine Rede lallend. Nach Sparkys Meinung würde es bei den übrigen Gästen weniger Ärgernis erregen, wenn er sich völlig betränke und besinnungslos unter den Tisch fiele, als wenn er sich entsänne, daß sein Gastgeber den Namen des Verräterkönigs Harold trug, und beschlösse, seine Einwände vorzubringen.

Der Suppengang blieb ohne besondere Vorkommnisse, und als die Lachsmayonnaise serviert wurde, fühlte Sarah eine erste leichte Entspannung, obwohl sie nie ganz das Starren aus all diesen Hunderten von Augen vergessen konnte – und die Linsen der Fernsehkameras im Hintergrund, die das Ereignis für viele Millionen Zuschauer aufzeichneten. Einem Impuls folgend, nahm sie mit Louisa Field Kontakt auf, die auch einen verborgenen Miniatursender und -empfänger trug, und erkundigte sich, wie die Berichterstattung bisher sei.

»Relativ fair«, kam die Antwort. »Eine der Fernsehgesellschaften hat Sieur Bohun entschieden zuviel Aufmerksamkeit geschenkt, aber das ist vermutlich, weil sie von Schatzenheim mehr Werbung bekommt als von uns, und unsere Monitoren haben festgestellt, daß das Publikum in Massen auf andere Kanäle umschaltet, wo die Berichterstattung abwechslungsreicher ist. Übrigens erregen Sie und Ihr hübscher Tischnachbar Edgar einiges Aufsehen, und seit Beginn der Übertragung sind schon mehr als dreihundert telefonische Heiratsanträge für ihn eingegangen.«

»Das überrascht mich nicht«, murmelte Sarah und schaltete aus.

Hauptgericht, Nachspeisen und Desserts gingen glatt über die Bühne. Als Kaffee und Liköre, Zigarren und Zigaretten aus allen Servieröffnungen außer Sieur Bohuns kamen – bei ihm blieben sie unter einem durchnäßten Pfropfen aus Kartoffeln und Gemüsen stecken – nahm Harold sich ein Herz und blickte umher.

Jedermann schien ihn erwartungsvoll anzustarren, selbst seine Ahnen. Die Tabhita Freitas verabfolgte radikale Therapie begann bereits ihre Wirkung zu verlieren und abzuklingen, denn das fatale Glitzern war wieder in ihren Augen, aber wenn sie sich nur noch eine kleine Weile beherrschen könnte, würde alles gut ausgehen. Er gab ein abgesprochenes Zeichen, und Angestellte der Public-Relations-Abteilung, die dicke Sonderzulagen für die Erniedrigung bekamen, daß sie in Lakaienuniformen auftraten, marschierten hinter der Tafel auf und postierten sich in Paaren hinter den Stühlen der Vorfahren. Nach außen sah es wie ein kostspieliger Tribut an ihre Anwesenheit aus; tatsächlich war es eine weitere Vorsichtsmaßnahme, die Sparky empfohlen hatte. Für den Notfall hatte jeder der vermeintlichen Lakaien eine kleine Betäubungspistole im Ärmel.

»Ich bitte um Aufmerksamkeit für unseren Gastgeber!« dröhnte Sparkys automatische Stimme aus den Lautsprechern. »Harold Freitas III, Präsident der Freitas Interplanetary Corporation!«

Harold erhob sich und ging zum Rednerpodium, umbrandet von Beifall. Er blickte über die Gesichter der Versammelten hin, dachte an die ungezählten Millionen, die ihn auf ihren Bildschirmen sehen mußten, und fühlte ein stolzes Schwellen in seiner Brust.

Es ging alles gut. Gegen alle Warnungen und düsteren Prophezeiungen von Sarah, von Chester und anderen Leuten seines Stabes, war sein Vorhaben geglückt, war der Höhepunkt seines Plans erreicht. Sogar Sieur Bohun de Freitas hatte den Anstand gehabt, vornüber auf den Tisch zu fallen und einzuschlafen, und er konnte den beiläufigen kleinen Scherz über die normannischen Festgelage in Belleisle Castle in seine von Sparky vorbereitete Rede einflechten. Mochte der Morgen bringen, was er wollte. Im Moment war er der Sieger, das jüngste von vielen würdigen Familienoberhäuptern, die den Namen Freitas weltbekannt gemacht hatten, der Triumphator über alle Widerwärtigkeiten.

»Er kommt damit durch!« stöhnte Salomon. Nach außen wahrte er überlegene Ruhe, aber innerlich kochte er. Warum waren die Voraussagen Detricks, dieses Hurensohnes, nicht eingetreten? Warum hatte Horatio Freitas nicht versucht, den britischen Botschaftssekretär umzubringen? Warum hatte Tabhita Freitas ihrem Tischnachbarn nicht die Hose aufgeknöpft? Warum hatte Buffalo Hank Freitas keine Schießerei vom Zaun gebrochen?

Es war zu spät, um jetzt noch irgend etwas zu arrangieren. Aber morgen – o ja! Morgen würde es Ärger geben!

16

»Mr. Freitas, es ist einfach wunderbar!« schwärmte die Präsidentengattin, als das Bankett beendet war und das Arrangement auf der Terrasse für die folgende Party mit lautloser Präzision verändert wurde. »Wie wundervoll, einem Mann wie Horatio Freitas zu begegnen, der Washington die Hand geschüttelt hat! Und weil wir gerade von interessanten Menschen sprechen, glauben Sie, ich könnte vielleicht ...?«

Buffalo Hank Freitas, von den acht oder neun Whiskys und Cognacs, die er während Harolds Ansprache hinter die Binde gekippt hatte, angenehm beduselt, begann zu denken, daß diese unglaubliche neue Welt am Ende gar kein so übler Ort sein mochte. Es war ein gutes Stück bequemer, in diesen Flugmaschinen hier über das gottverlassene Land zu schweben, als sich auf dem Rücken eines störrischen Maultiers einen schwieligen Hintern zu holen. Und alle diese Weiber hier – Junge, Junge! Nach all den Jahren mit stinkigen Indianersquaws und verschwitzten Saloonflittchen, bei denen man sich Gott weiß was holen konnte, kam er angesichts all dieser gepflegten Frauen aus dem Staunen nicht heraus.

Er blickte müßig durch die Glaswände des Aufzugs, der ihn und seine Führer in die Tiefen des Canyons beförderte. Plötzlich erschrak er. Seine Augen stierten. »He!« schrie er. »Was geht da vor?«

»Wir werden es Ihnen später zeigen, Mr. Freitas«, war die Antwort. »Zuvor haben Sie noch eine Verabredung mit ...«

»Ich habe keine Verabredung, und ich will verdammt sein, wenn ich einen von diesen schwafelnden Hurensöhnen sehen will! Hier werde ich bleiben! So eine Schau habe ich noch nie gesehen – nicht einmal zu Hause im Osten!«

»Es tut mir schrecklich leid, Mrs. Field«, sagte der geplagte PR-Mann. »Kaum hatte er einen Blick auf die Porno-Schau geworfen, die wir auf Ebene vierzehn laufen lassen, da weigerte er sich, auch nur einen Schritt weiter zu gehen.«

»Lieber Gott!« seufzte Louisa. »Gehen Sie hin und fragen Sie Sparky, was für eine höfliche Lüge wir allen diesen verhinderten Cowboys und Wildwesthelden vorsetzen können, die mit ihm reden wollen.«

»Ich brauche einen Aderlaß«, beharrte Horatio Freitas. »Ich weiß, was mir fehlt! Verdammt will ich sein, wenn ich euch eins von euren britischen Giften in meine Kehle schütten lasse!«

»Mrs. Field«, flüsterte der PR-Mann, »diesmal ist es Horatio. Seit dem Bankett fühlt er sich nicht gut – der Arzt glaubt, er habe sich überessen –, aber Horatio will zur Ader gelassen werden und lehnt alle unsere Medikamente ab, weil er glaubt, wir wollten ihn vergiften. Was machen wir mit ihm?«

»Der Arzt soll ihn ruhig zur Ader lassen, wenn er keine Gefahr darin sieht; so können wir Horatio am raschesten besänftigen.«

»Sie meinen, Sie können wirklich Millionen von Menschen töten?« sagte Tabhita zu dem Luftwaffengeneral. »Phantastisch! Zu denken, daß diese Macht in den Händen eines Mannes ruht! Und, da wir schon von Händen sprechen, General, hat Ihnen schon mal jemand gesagt, daß Sie schöne Hände haben – so stark, so sanft?«

»Mrs. Field! Sparky hat gerade das Psychoporträt von Tabhita durchgegeben. Endlich haben wir sie festgenagelt. Sie hat eine besondere Schwäche für Liebhaber, die in Machtpositionen sind, namentlich solche, die ihre Macht auf die roheste Art ausüben, indem sie Menschen töten oder töten lassen. Im Moment versucht sie General Wallington zu umgarnen.«

»Schnell – fragen Sie Sparky, was wir den Patrioten sagen sollen, die auf Plattform sechsunddreißig auf Tabhita warten, während wir das Mädchen abkühlen!«

Aus der Ferne hörte Ebenezer Freitas Musik, Gelächter und fröhliche Stimmen, aber er hielt sein düsteres Schweigen aufrecht. Er hatte nichts dagegen machen können, daß sie ihn in diese neue

Abteilung der höllischen Regionen gebracht hatten, aber er hatte wenigstens die Bibel bei sich, und sie war eine unversiegliche Quelle des Trostes.

Allmählich begann er sich allerdings zu fragen, warum man ihm die Bibel gelassen hatte. Sicherlich fürchteten die Diener des Bösen alle heiligen Kultgegenstände, und so sollten sie auch vor der Bibel in hündischer Angst erbeben. Aber einer von ihnen hatte die Heilige Schrift tatsächlich vom Tisch aufgehoben und ihm mit einem Lächeln gereicht!

»Der Teufel kennt die Schriften«, zitierte er murmelnd. Das bedeutete, daß er in der Lage sein mußte, sie zu lesen. Aber es war ein schwacher Trost. Sein Magen beklagte sich über den Mangel an Nahrung, und seine Kehle war ausgedörrt.

»Ebenezer liest noch immer still in seiner Bibel«, meldete der PR-Mann.

»Gott sei Dank wenigstens einer, der uns keine Kopfschmerzen bereitet«, sagte Louisa. »Komisch, daß es gerade der ist, von dem wir die größten Schwierigkeiten erwarteten.«

»Edgar ist auch friedlich«, versicherte ihr der andere. »Er und Mrs. Freitas sind unten auf Ebene einundvierzig, wo es die richtige Musik für ihn gibt. Er versucht, ihr einen alten Tanz beizubringen, eine Gaillarde.«

Ungefähr eine Stunde, nachdem er am Tisch eingeschlafen war, wachte Sieur Bohun mit einem Gefühl schrecklicher Übelkeit wieder auf. Aber das war in der Station für Erste Hilfe, und die einzigen Leute, die Zeugen des widerwärtigen Schauspiels wurden, waren der Arzt und zwei Krankenschwestern.

»Sir Godwin erregt Ärgernis«, meldete der abgehetzte PR-Mann. »Irgendein Dummkopf erzählte ihm, daß Jerusalem internationalisiert ist, und er sagte, das sei eine gottgewollte Gelegenheit für einen neuen Kreuzzug zur Austilgung aller Juden und Mohammedaner. Sie hätten die Schimpfworte hören sollen, mit denen er Leute belegte, die ihm sagten, sie hätten Besseres zu tun als die Heilige Stadt zu erstürmen!«

»Ich bin froh, daß ich es nicht gehört habe!« erwiderte Louisa.

»Fragen Sie Sparky, wie wir ihn überzeugen können, daß er für eine verlorene Sache kämpft!«

Wenigstens, so reflektierte der Earl of Winchelsea and Poitenne, hatten sie es aufgegeben, ihn wegen dieser verdammten Musik zu bedrängen, die sie zuerst von ihm erwartet hatten. Hatten diese Leute der Zukunft alle den Verstand verloren? Musik war etwas Einschmeichelndes und Beruhigendes, das man gern im Hintergrund hörte, während Männer über wichtige Dinge verhandelten – ein geeigneter Zeitvertreib für geistesgestörte Mönche wie Clarence, aber nichts, womit sich ein adliger Landbesitzer beschäftigte!

Zugegeben, sein Chor war eine nützliche Sache gewesen, aber hauptsächlich ein gutes Mittel, kleine Jungen von ihren besorgten Eltern wegzukriegen. Auch hatte er Kleriker und Frauen angezogen. Aber es war geradezu eine Beleidigung, zu denken, daß er ihn jemals höher eingeschätzt hätte als Angelegenheiten des Staates!

Doch genug davon. Einige Dinge hatten sich nicht geändert. Eine vernachlässigte Frau blieb eine vernachlässigte Frau, auch wenn es unverständlich kommerzielle Betätigungen und nicht die Standespflichten eines Ritters waren, denen die Männer dieser Zeit nachgingen.

In allmählich sich bessernder Stimmung wanderte Chester Waley von Ebene zu Ebene durch den Trubel der Party, tauschte zuweilen Höflichkeiten mit Fremden und Bekannten aus und flüchtete zwei- oder dreimal vor Reportern, denen es irgendwie gelungen war, durch die Kontrollen zu kommen und sich unter die Gäste zu mischen. Sie wollten Einzelheiten über die Zeitsondentechnik wissen, über die er nicht sprechen durfte, wenn er nicht vertragsbrüchig werden wollte.

Auf seiner Wanderung sah er mehrere der Freitas-Vorfahren: Buffalo Hank, der die Porno-Schau für sich monopolisiert hatte, in betrunkenem Vergnügen brüllte und seinen vorsorglich mit Platzpatronen geladenen Colt abfeuerte; Edgar, der Sarah und ein Dutzend neidische Mädchen in den Schritten irgendeines komplizierten und gravitätischen Tanzes unterwies...

Und da war Joshua, der vor einer faszinierten Zuhörerschaft

drauflos schwadronierte. Eine Weile blieb Chester am Rand der Gruppe stehen und hörte sich die unbestreitbar witzig vorgetragenen Skandalgeschichten an, die Joshua über die Großen seiner Zeit verbreitete. Als eine Pause eintrat und mehrere Zuhörer die Gruppe verließen, um sich anderen Vergnügungen zuzuwenden, sah Chester sich auf einmal isoliert dem Mann aus der Vergangenheit gegenüber. Seine momentane Verlegenheit überspielend, streckte er seine Hand aus und sagte: »Ah – Mr. Joshua Freitas! Es freut mich, daß Sie sich allem Anschein nach bei uns wohl fühlen! Sagen Sie, welchen Eindruck haben Sie ...«

»Was bringt dich auf den Gedanken, ein Gentleman würde mit dir sprechen wollen?« gab Joshua zurück, die dargebotene Hand ignorierend. Er war offensichtlich angetrunken, aber seine Augen und seine Sprache waren klar. »Du bist ein Schwarzer, verdammt! Du bist kein Gesprächspartner – du bist zum Kaufen und Verkaufen da!«

Die Welt schien stillzustehen. Chester hörte sich sagen: »Wie bitte?«

»Mach, daß du weiterkommst, Nigger! Ich habe deinesgleichen zu Tausenden über den Atlantik verschifft, und wenig Profit hat es mir eingebracht, mit den vielen, die auf der Reise gestorben sind und mich um mein gutes Geld betrogen haben. Geh in deine Lehmhütte oder wo immer du wohnst, und laß mich in Frieden.«

Er kehrte sich ab. Chester, im Griff einer mörderischen Wut, packte ihn bei der Schulter und riß ihn herum. »Sie brüsten sich mit Ihrem Sklavenhandel?« fragte er wild.

Joshua machte sich los und lächelte geringschätzig. »Warum nicht? Wozu sonst sind Nigger gut?«

Chester holte mit der Rechten aus und schlug sie Joshua unters Kinn. Der taumelte und fiel beinahe, aber nicht ganz. »Wie ich erwartet hatte«, sagte er etwas mühsam. »Die Handlung eines Wilden, nicht eines Gentleman!«

»Und was würde ein ›Gentleman‹ nach Ihrer Ansicht tun?« keuchte Chester.

»Wieso, er würde den Streit in einer ehrenhaften Form austragen!« Joshua berührte seinen Degen. »Aber sich mit einem Schwarzen einlassen – nein, das ist undenkbar!«

»Es wird Ihnen nichts anderes übrigbleiben, ob es Ihnen gefällt oder nicht«, sagte Chester. Er fühlte sich ein wenig schwindlig, und die Worte sprudelten heraus, bevor er sie zurückhalten konnte, getrieben von einem lebenslangen Haß gegen die Männer, die seine Vorfahren wie Waren gehandelt hatten. »Und weil Sie denken, ich könne mich nicht wie ein Gentleman benehmen, will ich Sie nicht zum Umdenken zwingen. Ich werde Ihnen diese Seidenhose herunterreißen und Ihnen den Hintern durchbleuen, bis Sie um Gnade wimmern!«

»Mr. Freitas! Mr. Freitas! Schnell!«

»Entschuldigen Sie mich, Mr. Präsident. Ja, Louisa, was wollen Sie, verdammt noch mal?«

»Unten auf Ebene fünfundvierzig! Joshua ist mit Chester Waley in Streit geraten, und Chester wollte ihn verprügeln, und Joshua bestand auf einem Duell, und ... und ...«

»Und was?«

»Und jemand gab Chester einen Degen, und Joshua war so betrunken, daß er ihm in die blanke Klinge rannte. Er ist tot, und die Ärzte können ihn nicht wiederbeleben! Die Polizei soll schon unterwegs sein!«

17

»Aber wo in aller Welt haben Sie den Degen hergekriegt?« ächzte Harold Freitas, während er beide Fäuste gegen seine Schläfen preßte. Chester, vom Schock des Erlebnisses noch zitternd, ließ sich auf einen Stuhl sinken und seufzte.

»Anscheinend war es Edgars Degen«, murmelte er. »Einer der verdammten PR-Leute, die auf Joshua aufpassen sollten, wußte nichts Besseres zu tun als hinaufzurennen, wo Edgar mit Sarah tanzte, und die Plempe zu holen. Edgar hatte sie abgeschnallt, weil sie beim Tanzen im Weg war, und ...«

»Aber in Gottes heiligem Namen, Chester, was ist in Sie gefahren, daß Sie so etwas Wahnsinniges taten?«

»Ich habe es schon gesagt!« erwiderte Chester heftig. »Als ich von Sparky erfuhr, daß Flannagan gelogen und Joshua sein Vermögen keineswegs im Zuckerhandel gemacht hatte, war ich nahe daran, meine Kündigung einzureichen. Er und seine Agenten ließen Schiffe nach Jamaika und Barbados segeln, das ist richtig, aber Zucker und Rum stellten bloß die Rückfracht dar.

Dann beruhigte ich mich ein bißchen und sagte mir, daß es nicht wirklich seine direkte Verantwortung gewesen sei – er verbrachte ja die meiste Zeit mit Vergnügungen in Bath und in London, und er konnte nicht der einzige seines Typs gewesen sein, und vielleicht mochte er sich bei näherer Bekanntschaft sogar als eine anständige Person mit Ansätzen von einem Gewissen erweisen. Aber als er sich weigerte, mit mir zu sprechen, weil Nigger seiner Ansicht nach zum Kaufen und Verkaufen da seien, sah ich rot. Buchstäblich. Es war furchtbar.«

»Nun, wer zum Teufel war dieser PR-Mann, der den Degen holte?« verlangte Harold zu wissen. »Louisa? Verdammt, wo ist diese Frau?«

»Sie versucht, die Ebene fünfundvierzig mit möglichst wenig Aufsehen von Neugierigen zu räumen«, sagte Sarah.

»Dieser Bastard muß ermittelt werden! Quentin, Sie kümmern sich darum. Wenn Sie ihn erwischen, halten Sie ihn fest, bis die Polizei eintrifft! Chester, kennen Sie den Mann?«

Chester schüttelte entmutigend seinen Kopf.

»Können Sie ihn wenigstens beschreiben?«

»Oh – ein großer Kerl, massiv gebaut, mit dunklem Haar und frischer Gesichtsfarbe.«

»Nach der Beschreibung kann es nur Cyrus Detrick gewesen sein«, sagte Quentin. »Er hat in meiner Abteilung gearbeitet, bevor Louisa ihn in die Public Relations holte. Natürlich ist das bloß eine Vermutung von mir ...«

»Sehen Sie zu, daß Sie ihn zu fassen kriegen! Nein, warten Sie – wozu habe ich ein Radio?« Harold befingerte den Schalter hinter seinem Ohr, aber Sarah unterbrach ihn.

»Ich bin schon mit Louisa in Verbindung«, sagte sie abwinkend, während sie angestrengt lauschte. »Was war das, Louisa?«

Sie warteten gespannt. Nach einer Weile sagte sie: »Es klingt nicht sehr gut. Louisa weiß nicht, wo Detrick ist. Sie wird ihn natürlich suchen lassen, aber es kann lange dauern, bis sie ihn gefunden haben.«

»Verflucht und zugenäht! Das war kein Zufall, sage ich! Da hat jemand absichtlich meinen Erfolg sabotieren wollen und die Gelegenheit ergriffen, als sie sich bot! Chester, warum zum Teufel haben Sie sich auf eine solche Dummheit eingelassen, seine Herausforderung anzunehmen?«

Chester sprang mit geballten Fäusten auf. »Hören Sie, Sie selbstgefälliger Egozentriker«, sagte er wild. »Sie sind so verdammt stolz auf Ihre Ahnen, daß Sie einen bedeutenden wissenschaftlichen Erfolg für Ihren gottverdammten Werberummel mißbraucht haben! Und jetzt haben wir sie alle hier – Ritter und Grafen und Senatoren und Gott weiß was! Und was haben diese Ihre Ahnen mit meinen Ahnen gemacht? Sie haben sie überfallen, gefangen, weggeschleppt – das haben Ihre ›edlen‹ Verwandten gemacht! Sie haben sie in die schmutzigen Laderäume ihrer Sklavenschiffe gepfercht und sie verflucht, wenn sie auf der Überfahrt vor Hunger, Durst und Erschöpfung starben, weil das bedeutete, daß sie nicht soviel Profit machten, wie sie gern in den Ballsälen und Spielkasinos verschleudert hätten! Ich habe meine Selbstbeherrschung aufgebraucht – ich warne Sie. Wenn Sie mich noch einmal fragen – wenn Sie noch einmal eine Andeutung dieser idiotischen Frage hauchen, warum ich gegen diesen Schweinehund Joshua tätlich geworden bin, dann werde ich Ihnen die Antwort mit Salzsäure in Ihr Gesicht schreiben. Ist das klar?«

Er schüttelte Sarahs Hände ab und starrte aus wenigen Zentimetern Abstand drohend in Harolds Augen. Sekundenlang versuchte Harold diesem anklagenden Blick standzuhalten, dann mußte er sich abwenden.

»Tut mir leid«, murmelte er undeutlich.

Chester schnaubte und ließ sich auf seinen Stuhl zurückfallen.

»Es ist nun mal geschehen«, sagte Sarah vermittelnd, »und wir können nur noch versuchen, das Beste daraus zu machen. Ich bin überzeugt, daß jedes Gericht Chester freisprechen muß. Es war eine unerträgliche Provokation. Es gibt genug Augenzeugen, die schwören werden, daß Joshua sich weigerte, Chester als ein menschliches Wesen anzusehen.«

»Aber wie konnte es so schnell geschehen?« wollte Harold wissen. »Ich dachte, bei Duellen ginge es sehr formell zu; man setzt Zeit und Austragungsort fest, man wählt seine Sekundanten, man ...«

»Es ging eine Weile hin und her«, sagte Chester dumpf. »Nachdem er mich ein Ding genannt hatte, das zum Kaufen und Verkaufen da sei, und ich gedroht hatte, daß ich ihm die Hosen herunterreißen und seinen Hintern versohlen würde, erwiderte er, ich sei nicht satisfaktionsfähig und hätte keine Freunde, die als meine Sekundanten fungieren könnten, und dann versuchten ein paar der Umstehenden, sich einzuschalten, und ich war immer noch blindwütig, und dann drückte mir dieser Kerl in der Lakaienuniform – wie, sagten Sie, war sein Name? Detrick? – na, wie immer er hieß, dieser Bursche drückte mir einfach einen Degen in die Hand, und als Joshua das sah, riß er seinen Degen aus der Scheide, und die Leute schrien und sprangen aus dem Weg, und er stürmte wie ein Wilder auf mich los, weil er ziemlich betrunken gewesen sein mußte, und ...« Er schlug seine Hände vors Gesicht.

»Zum Teufel!« fuhr er plötzlich wieder auf. »Ich hielt den Degen einfach vor mich, das war alles! Ich hatte so ein Ding noch nie in der Hand gehabt. Und ich glaube, er rutschte auf etwas aus – auf einem Eiswürfel oder einem verschütteten Getränk, ich weiß es nicht. Und dann steckte er aufgespießt an meinem Degen, wie ein Schmetterling an einer Nadel, und er sah so erstaunt aus, daß es beinahe komisch war, bis das Blut aus seinem Mund sprudelte.«

Er ließ sich auf seinen Stuhl zurücksinken und zuckte schwach mit den Schultern. Sein Gesicht war grau, und er sah beinahe noch mehr wie eine Leiche aus als Joshua, der still unter einer barmherzig verhüllenden Decke lag.

»Gut gemacht, Detrick«, sagte Salomon Schatzenheim über die Schulter, als seine Maschine vom Flugfeld abgehoben hatte.

»D-danke, Mr. Schatzenheim«, flüsterte Detrick aus dem Gepäckraum im Heck der Privatmaschine, wo er sich die letzte halbe Stunde versteckt gehalten hatte. »Kann ich jetzt herauskommen? Es ist ziemlich eng hier.«

»Ich denke schon.« Salomon zuckte die Achseln und warf, als Detrick sich vorsichtig aus dem Gepäckabteil wand, einen Blick auf das steinerne Gesicht seiner Frau im Nebensitz.

»Warum siehst du so erbärmlich aus? Harold Freitas mit seiner Publizitätsgier hat sich die Sache selber zuzuschreiben.«

»Jemand wurde getötet«, sagte Miriam, starr geradeaus blikkend. »Du magst das amüsant finden. Ich nicht.«

»Nicht amüsant. Befriedigend. Sehr befriedigend. Und du kannst mich gewiß nicht beschuldigen, die Sache angezettelt zu haben. Sie war einfach das Ergebnis von Freitas' Dummheit.«

Detrick zögerte in der Öffnung zum Gepäckabteil, unschlüssig, ob er in diese eheliche Meinungsverschiedenheit eindringen solle.

»Kommen Sie, setzen Sie sich«, lud Salomon ihn ein. »Ein Gläschen, eine Zigarre? Wenn irgendwem ein Verdienst an den letzten Ereignissen zukommt, dann Ihnen. Sie haben rasch und richtig gedacht.«

Miriam erhob sich von ihrem Sitz und nahm Kurs auf die Toilette im Heck der Maschine. »Ich ziehe es vor, diesen Raum nicht mit einem zu teilen, der eben einen Mord ermöglicht hat!« sagte sie, als sie sich an Detrick vorbeidrängte. »Wenn ich einen Fallschirm hätte, würde ich abspringen!«

»Du wirst darüber wegkommen, Liebling«, sagte Salomon. »Kommen Sie, Detrick, setzen Sie sich. Was möchten Sie trinken?«

Polizeikommissar Alfred Helnick, ein rundlicher und würdiger Mann Anfang Sechzig, hörte sich gleichmütig die Aussagen der verschiedenen Zeugen an, während seine sechs uniformierten Helfer Joshuas Leichnam, die Tatwaffe und den Schauplatz des Zweikampfes untersuchten. Helnicks Unterhaltung bestand hauptsächlich aus Grunzlauten und dankenden oder auffordernden Kopfbewegungen, wenn er wollte, daß ein anderer zu Wort kam. Bis die Beamten ihre Arbeit beendet hatten und sich in einem Halbkreis um ihn versammelten.

»Nun?« sagte er.

»Der Tote ist ein Weißer, männlichen Geschlechts, dreißig bis fünfunddreißig Jahre alt. Der Tod trat durch eine Stichwunde in den Bereich des Solarplexus ein, die zum Aufhören des Atmungsreflexes führte und starken Blutverlust zur Folge hatte. Das Blut am Degen ist das des Toten, und die Form der Wunde paßt ebenfalls. Die Fingerabdrücke am Degenknauf sowie die Spuren epidermischer Sekretion gehören zu diesem Mann hier, der sich als ein Mr. Waley ausgewiesen hat, Chester Waley. Es sieht so aus, als sagten sie die Wahrheit.«

»Aha. Danke.« Und als die Beamten gingen, fuhr Helnick fort:

»In diesem Fall, Mr. Waley, werde ich Sie wegen Mordes in Gewahrsam nehmen müssen.«

»Machen Sie sich keine Sorgen, Chester!« sagte Harold eifrig. »Sie bekommen die beste Verteidigung, die die Firma sich leisten kann.«

»Einen Moment bitte, Mr. Freitas«, schaltete sich Helnick ein. »Ich war noch nicht fertig. Ich nehme gleichfalls zur Kenntnis, daß Mr. Waley nach übereinstimmenden Zeugenaussagen in einem unerträglichen Maße provoziert wurde. Darum werde ich eine einstweilige Verfügung erwirken, die verhindern soll, daß Sie diese Barbaren aus der Vergangenheit noch einmal auf die Allgemeinheit loslassen. Bis zum Inkrafttreten dieser Verfügung rate ich Ihnen, die Betreffenden einzusperren und durch bewaffnete Angehörige Ihres Werkschutzes bewachen zu lassen.«

»Was?« Harold war bestürzt. »Aber ...«

»Kein ›Aber‹ bitte, Mr. Freitas. Wenn Sie Einwendungen dagegen haben, tragen Sie sie bitte dem Richter vor; das ist Ihr Privileg. Aber angesichts dessen, was bisher als Resultat Ihres Publizitätsrummels geschehen ist, glaube ich voraussagen zu können, auf welchen von uns beiden er hören wird.«

18

In der Ferne ließen sie die Luft aus den zeitweiligen Gebäuden, die für das Fest errichtet worden waren. Die vielfarbigen Lampen zu beiden Seiten des Canyons brannten noch; in ihrem Schimmer sahen die Gebäude wie im Zeitraffer dahinwelkende Blumen aus, oder vielleicht mehr wie Pilze.

Sarah stand am Fenster des Landhauses und hörte sich die bewegten Klagen Harolds an, der hinter ihr auf und ab schritt.

»Aber wir können sie nicht auf unbestimmte Zeit wie Vieh einsperren, egal was dieser Bastard von einem Polizisten sagt! Mein Gott, die ganze Idee war doch, daß sie ab morgen für Studienzwecke frei verfügbar sein, zu Universitäten geschickt und an Fernsehsendungen teilnehmen sollten! Wenn wir sie einsperren ...«

»Ich weiß, was mit dir los ist«, sagte Sarah in einem Ton, als habe sie eben eine wichtige Einsicht gewonnen.

»Was?« Abgelenkt vom Strom seiner Tirade, starrte Harold sie an.

»Ich sagte, ich weiß, was mit dir los ist«, wiederholte Sarah und drehte sich nach ihm um. »Gott, bin ich blind gewesen!«

»Ich verstehe nicht ganz ...« Wieder fühlte Harold sich im Griff einer Empfindung, die für immer zu verlieren er gehofft hatte: dem Eindruck, daß er seiner Frau doch irgendwie unterlegen sei.

»Harold, Lieber!« Sie ging zu ihm, Mitleid im Gesicht, und nahm tröstend seine Hand. »Wer war in den letzten hundert Jahren der bemerkenswerteste deiner Ahnen?«

»Ah – ich glaube, mein Großvater.«

»Genau. Aber du hast nie auch nur mit dem Gedanken gespielt, ihn zurückzubringen, nicht wahr?«

»Wieso – nein.« Harold machte ein verdutztes Gesicht. »Daran hatte ich nie gedacht!« Und er versuchte vergeblich, bei dem Gedanken ein Schaudern zu unterdrücken.

»Komm und setz dich«, drängte Sarah und zog ihn sanft zu einer nahen Couch. »Oh, dieser verdammte Genealoge! Ich konnte ihn von Anfang an nicht leiden. Aber ich muß zugeben, daß er ein guter, pragmatischer Psychologe ist. Du hast dich auf seine Empfehlungen verlassen, nicht?«

»Das ist richtig.« Harolds Gesicht wurde dunkel. »Und wenn unsere Rechtsabteilung mit ihm fertig ist, wird er ...«

»Laß nur. Er ist unwichtig. Er hat nur deine eigenen Unzulänglichkeiten einkalkuliert. Er wußte, daß du dich an die Fehler und Schwächen deines Großvaters erinnern würdest, wenn er ihn unter die zehn größten deiner Vorfahren einordnete. Du hast mir oft erzählt, was für ein Scheusal der Alte sein konnte, wenn er die Beherrschung verlor.«

»Gott, ja!«

»Hör zu. Offenbar hoffte Flannagan auf einen gutbezahlten Dauerauftrag von dir; er wollte deine Begeisterung für die Ahnenforschung erhalten. Er kann nichts über die Zeitsonde gehört haben, aber vielleicht erwartete er, gewinnbringende Expeditionen nach England schicken zu können, um dort modernde Kirchenregister zu durchstöbern und alte Gemäuer zu vermessen und was dazugehört. Ich glaube auch, daß er deinen Großvater bis zum letzten Augenblick auf der Liste hatte, dann aber auf ihn verzichtete. Was der einzige Grund ist, warum er dir nur neun statt der bestellten zehn Namen gab.«

»Na und?« fragte Harold aggressiv.

»Hätte er dir die Idee mit deinem Großvater unter die Nase gerieben, wärst du vielleicht auf den vernünftigen Gedanken gekommen, auch deine anderen Vorfahren als menschliche Wesen mit menschlichen Fehlern zu sehen, statt als Dekorationsstück für deine eigene Bedeutung.«

»Das ist nicht fair«, sagte Harold ärgerlich.

»Ich mache dir keinen Vorwurf, Harold! Aber du mußt zugeben, daß hinter diesem ganzen Projekt dein geheimer Wunsch stand, deine berühmten Vorfahren würden dir ihre Dankbarkeit entgegenbringen, weil du sie von den Toten auferweckt hast. Ist das nicht wahr?«

»Ich ...« Harold verbiß sich eine zornige Entgegnung. Nach einem Moment nickte er niedergeschlagen. »Aber du warst selber begeistert von dem Plan.«

Sarah nagte an ihrer Lippe. »Ja, ich ... ah ... ich hoffte, daß die Gegenüberstellung mit Leuten aus weniger dekadenten Zeiten dich zu einer neuen Selbstüberprüfung anregen würde. Ich dachte nie daran, daß es so ausgehen könnte, wie es ausgegangen ist. Ach, ich wünschte, ich könnte mich so klar ausdrücken, wie ich es möchte.« Sie beugte sich näher zu ihm. »Du hast mir diese Statue gebracht, erinnerst du dich? Ein Geschenk, das die erste erfolgreiche Arbeit der Zeitsonde markieren sollte. Und ich benahm mich ekelhaft, nicht wahr?«

»Ja.«

Sie errötete ein wenig, fuhr aber mit sicherer Stimme fort: »Und dachtest du nicht genauso über deine Ahnen – sahest du sie nicht als Geschenk für dich selbst?«

Harold verharrte in düsterem Schweigen.

»Aber eine Person ist keine Statue und kann nicht wie eine behandelt werden. Ich habe den klaren Eindruck, daß du nicht über den heutigen Abend hinausgedacht hast; seit Monaten hast du dich darauf konzentriert, deine berühmten Ahnen vorzuzeigen, und alles, was du an Vorbereitungen für die nächste Zeit getroffen hast, waren ein paar leere Verallgemeinerungen, daß du sie zu Universitäten schicken und zu Parties und Empfängen gehen lassen würdest. Du hast so verzweifelt an deiner ursprünglichen Idee festgehalten, daß du die Risiken nie gesehen hast. Du hast nie überlegt, wie neu alles das ist! Angenommen, du hättest das Flugzeug erfunden und wärst bereit, den ersten Flug vor Zeugen zu machen: hättest du dich nicht auf einen möglichen Fehlschlag vorbereitet?«

Harold nickte widerwillig. »Aber was nützt das alles jetzt? Es hat einen Toten gegeben, und die ganze Sache ist mir aus den Händen genommen worden. Du machst es dir zu verdammt leicht. Es ist nicht meine Schuld, daß Chester die Beherrschung verlor und Joshua tötete.«

»Hatte Joshua eine Möglichkeit zu wählen?« fragte Sarah. »Hast du ihn gefragt, ob er in diese Zeit entführt werden wollte?«

»Verdammt, wie hätte ich das können?«

»Siehst du? Und hast du Chester gefragt, wie er darüber dachte, daß seine Erfindung mißbraucht wurde, um jemanden hier in unsere Zeit zu bringen, der sein Vermögen mit Sklavenhandel verdient hat?«

»Ich wußte nichts davon! Flannagan erklärte mir, Joshua habe sein Geld im Zuckerhandel gemacht!«

»Und hast du dich über den Zuckerhandel der damaligen Zeit informiert oder auch nur überlegt, was die Schiffe in der anderen Richtung beförderten?«

»Natürlich nicht! Ich ...«

»Das ist ganz und gar nicht natürlich«, unterbrach Sarah ihn hitzig. »Ich will es dir offen sagen: wenn du mich beeindrucken willst, dann fang endlich an, selbst zu denken, statt diese Arbeit deinem Stab zu überlassen.«

»Ach, sei jetzt still!« murrte Harold. »Ich gehe zu Bett. Jesus, es ist vier Uhr, und ich bin viel zu müde, mich mit dir herumzustreiten. Gute Nacht.«

Als er draußen war, kehrte Sarah ans Fenster zurück und blickte zu den aufblasbaren Gebäuden in der Ferne, die jetzt schlaff wie abgestreifte Schlangenhäute am Boden lagen; die meisten Lampen waren erloschen, die Gäste waren bis auf wenige Nachzügler abgereist.

Während sie da stand und verdrießlich die letzten Spuren der großen Wiedersehensfeier betrachtete, die Harold so am Herzen gelegen hatte, summte das Telefon, und sie lief schnell hin, bevor die Automatik kalkulierte, daß niemand im Wohnzimmer sei, und das Gespräch zu Harolds Bett umschaltete.

Miriams bleiches und gespanntes Gesicht erschien auf der Mattscheibe. »Ah, gut, daß Sie es sind, Sarah!« rief sie aus. »Ich wollte schon eher anrufen, aber wir kamen erst vor kurzer Zeit in New York an, und dies ist die erste Gelegenheit für einen Anruf, den Salomon nicht mithören kann. Hören Sie, dieser Mord auf Ihrer Party ...«

»Was ist damit?«

»Wissen Sie, wer Doktor Waley einen Degen gegeben hat? Nun, es war ein gewisser Cy Detrick. Salomon schmuggelte ihn in unserer Privatmaschine hinaus. Anscheinend bekommt er schon seit Jahren Geld von uns. Und Salomon freut sich dermaßen über das, was Detrick heute nacht getan hat, daß er ihn fest einstellen will. Er hat ihm sogar Rechtshilfe für den Fall zugesichert, daß Sie ihn wegen Vertragsbruchs verklagen, denn laut Vertrag müßte Detrick noch bis Jahresende bei Ihnen bleiben. Ah, ich kann ihn nicht leiden! Er ist so abscheulich, daß ich eine Gänsehaut bekomme, wenn ich ihn nur sehe! Deshalb möchte ich wissen: Ob die Polizei sich für ihn interessiert? Wie ich es sehe, hat er sich der Mithilfe an einem Mord schuldig gemacht.«

Miriams Ausdruck war so wild, daß Sarah sich von einem Schauer überlaufen fühlte. Sie sagte schwach: »Vielleicht reden Sie mal mit Kommissar Helnick von der Kriminalpolizei in Phoenix ...«

»Weg von dem Telefon!« schrie Salomons Stimme aus dem Lautsprecher, und eine Hand wie eine Klaue landete auf Miriams Schulter und zerrte sie zurück. Sie schrie, aber Salomon, obwohl doppelt so alt wie sie, war stärker, und im nächsten Moment starrte sein zorniges Gesicht aus dem Bildschirm.

Sowie er sah, mit wem seine Frau gesprochen hatte, schlüpfte er in seine gewohnte urbane Höflichkeit zurück. »Meine Entschuldigung, Sarah«, sagte er sanft. »Der Schock über diesen Mordfall ... Ich fürchte, es war zuviel für Miriam. Sie werden verstehen ...«

»Ich verstehe vollkommen«, brachte sie mühsam heraus. »Ich bin über die kleinen Gefälligkeiten im Bilde, die Detrick Ihnen erwiesen hat.«

»Tatsächlich? Nun, das sollte mich nicht weiter beunruhigen.

Unsere Gerichte betrachten die Industriespionage bereits seit langem nicht mehr als ein strafwürdiges Vergehen.«

»Ich spreche nicht von Industriespionage. Ich spreche von Mord!«

»Es gibt nichts, was mich mit Mr. Detricks Entscheidung verbindet, Ihrem Doktor Waley einen Degen zu geben, Sarah. Absolut nichts! Gute Nacht!«

19

»Sind Sie wohlauf, Chester? Behandelt man Sie anständig?« fragte Harold aus dem kleinen Bildschirm in der Zellenwand.

»Untersuchungshäftlinge werden heutzutage nicht mehr geprügelt und ausgehungert!« entgegnete Chester bissig. Er lag auf einem Feldbett gegenüber vom Bildschirm und hatte die Arme hinter dem Kopf verschränkt.

»Hat sich der Rechtsanwalt mit Ihnen in Verbindung gesetzt?«

»Nickles? Verdammt soll er sein – ja, das hat er getan. Er war gleich zur Stelle, zehn Minuten nach meiner Einlieferung und seither habe ich keine Ruhe mehr. Er ist erst vor einem Moment gegangen. Wie wäre es, wenn Sie mich ein bißchen schlafen ließen, hm?«

»Bitte seien Sie nicht undankbar«, bat Harold. »Ich tue mein Möglichstes für Sie. Ich habe Anweisung gegeben, daß Sparky angemessene Zeit für die Vorbereitung Ihrer Verteidigung bekommt, und ...«

»Gewiß, das habe ich alles gehört«, brummte Chester. Mit einem Ruck kam er hoch und setzte sich aufrecht. Seine Augen starrten wild auf Harolds Bild. »Ich will Ihnen mal was sagen, Mr. Freitas. Nie in meinem ganzen Leben habe ich eine Tat weniger bedauert. Es war mir ein Vergnügen, diesem stinkenden Sklavenhändler einen Degen in die Gedärme zu stecken! Haben Sie das gehört? Und nun lassen Sie mich in Ruhe!«

»Aber begreifen Sie doch! Flannagan hat mich angelo ...«

»Warum zum Teufel finden Sie es so großartig, mir Sparky als Hilfe für meine Verteidigung anzubieten? Sie haben sich doch auch nicht die Mühe gemacht, herauszufinden, was er über Joshua sagen konnte, oder? Aahh, lassen Sie mich endlich in Frieden.«

Ebenezer Freitas kaute am letzten verbleibenden Fragment seiner Fingernägel, riß es los und spuckte es aus. Sein Magen war vor Hunger so sauer, daß der Reverend sich einer Ohnmacht nahe fühlte, und seine Zunge war pelzig.

Er hatte versucht, jene biblischen Geschichten zu lesen, die für sein Schicksal relevant waren, aber irgendwie schlugen seine Finger wie von selbst die Stellen nach, wo Samson aus einem Eselskinnbacken Wasser schlug, oder wo die Kinder Israels in der Wildnis Manna aßen.

Er war wieder dort, wo sie ihn während der ersten Tage eingekerkert hatten. Man hatte ihm Speisen und Getränke gebracht, die so verlockend ausgesehen und geduftet hatten, daß er beinahe verrückt geworden wäre. Aber er fürchtete sich, sie anzurühren.

Und doch ...

Er starrte auf die kleingedruckte Schrift seiner Bibel. Sein Gedächtnis versicherte ihm, daß dies in der Tat dieselbe Heilige Schrift war, die er sein ganzes Leben lang fleißig studiert hatte.

Könnte es wahr sein, was diese gottlose Generation ihm nahezubringen suchte? Könnte die Tür der Zeit wirklich geöffnet, worden sein?

Er sah das Fernsehgerät an, das er noch nie berührt hatte, seit sie ihm die Bedienung erklärt hatten. Er dachte lange nach. Nach einiger Zeit schob seine Hand sich zitternd vor und drückte den Schalter nieder, der den Bildschirm erhellte.

Er konzentrierte sich auf die Ereignisse und die Informationen, die aus dem Kasten kamen, bis die Anstrengung, alles aufzunehmen und zu verstehen, ihn schwindeln machte. Dann bemerkte er beinahe geistesabwesend, daß er von der Milch getrunken hatte, die in einem Krug in seiner Nähe war. Sie schmeckte ganz so, wie gute Milch schmecken sollte. Er trank wieder und fuhr fort, die bewegten Bilder zu betrachten.

Er war fasziniert.

Und er begann sich zu schämen.

»Mr. Freitas ist beschäftigt, fürchte ich«, sagte Helen Wynmore zu Sarah. »Seit er heute morgen gekommen ist, jagt eine Konferenz die andere. Aber kann ich etwas für Sie tun? Sie müssen meine Kürze entschuldigen, aber ich habe eine Unmenge Arbeit.«

»Selbstverständlich. Ich kann es mir denken, Die Ahnen nehmen es sicherlich nicht freundlich auf, daß sie wieder eingesperrt wurden, nachdem sie bereits glaubten, man werde sie in die Freiheit der weiten Welt entlassen.«

»Das können Sie zweimal sagen!« bekräftigte Helen. »Der Earl of Winchelsea macht uns die größten Schwierigkeiten, aber einer meiner Leute hatte eine Inspiration, und nun spielen wir ihm Porno-Filme vor, um ihn bei Laune zu halten. Leider hat Sieur Bohun herausgebracht, daß es in unserer übervölkerten Welt kaum noch größere menschenleere Räume gibt, und er ist mißmutig, weil er auf Falkenbeize und Wildschweinjagd ausreiten wollte, und Sir Godwin versucht natürlich noch immer, Leute für seinen neuen Kreuzzug zu rekrutieren, und General Wallington, der sich in Tabhita verliebt hat, weil sie vermutlich die einzige halbwegs ansehnliche Frau ist, die ihn je eines zweiten Blickes gewürdigt hat, droht uns einstweilige Verfügungen und andere gerichtliche Schritte an, wenn wir sie nicht sofort freilassen, und ... Aber warum sollte ich Sie mit der ganzen Liste langweilen?«

»Haben Sie auch mit Edgar Schwierigkeiten?«

»Mit Edgar? Nein, er ist ein braver Junge. Der einzige Lichtblick.«

»Wie hat sich die ganze Geschichte auf das öffentliche Ansehen der Freitas Interplanetary ausgewirkt?« fragte Sarah.

»Ziemlich negativ, glaube ich«, sagte Helen seufzend. »Louisa kümmert sich um diese Dinge, aber als ich heute morgen zuletzt mit ihr sprach, sagte sie etwas von dreißig Verlustpunkten.«

Sarah pfiff leise. »Großer Gott! Ich weiß nicht, wie das weitergehen soll. Wir können unsere Schützlinge nicht immer wie Tiere im Zoo gefangenhalten. Wir werden sie früher oder später in die Welt entlassen müssen. Übrigens, könnte jemand Anstoß daran nehmen, wenn ich Edgar besuchte?«

»Nun, genaugenommen ist jeder Besuch verboten. Aber was geht uns die Polizei an? Edgar ist nicht nur der hellste, sondern auch der anpassungsfähigste Kopf von dem ganzen Haufen. Gehen Sie nur zu ihm. Ich werde nichts verraten.«

Seufzend über die phantastischen Schauspiele, die der Bildschirm ihm vorführte, doch zugleich in geduldiger Ergebenheit wartend, bis die Bewohner dieser neuen Zeit bereit wären, ihn in die Freiheit zu entlassen, blickte Edgar auf, als die Tür zu seinem Raum geöffnet wurde. Die freudige Aufwallung bei Sarahs Anblick verwandelte sich rasch in Bekümmerung, als er ihre unglückliche Miene sah.

»Meine Dame – Sarah, meine ich – was ist geschehen, wenn ich fragen darf?«

Sie küßte ihn auf die Wange, dann ließ sie sich auf einen Stuhl fallen. »Nichts, was du ändern könntest, fürchte ich. Du hast von dem Todesfall gestern auf der Party gehört?«

»Ja, ich erkundigte mich und fand einen, der es mir erklärte. Aber was ist daran so schrecklich? Hat dieser Mohr sich nicht benommen, wie es einem rechten Mann ansteht?«

»Das mag sein, Edgar, aber unsere Gesetze dulden solche Handlungen nicht mehr. Ich mache mir große Sorgen um ihn. Zwar hat er einen ausgezeichneten Anwalt, und Harold scheut keine Ausgaben, um ihm zu helfen, aber schließlich wird doch alles vom Geschworenengericht abhängen. Doch ich wollte nicht über Chester reden. Ich mache mir auch Sorgen um dich.«

»Um mich?« Edgar schlug die Rechte gegen seine Brust. »Warum sollte ich Anlaß zu Sorgen geben?«

»Ach, ich meine nicht dich allein.« Sarah machte eine vage Geste. »Edgar, findest du es überraschend, daß es auch im Jahre 2066 Leute gibt, die durch und durch dumm sind?«

Edgar grinste. »Nein. Was ich bisher gesehen habe, und das ist nicht viel, legt den Gedanken nahe, daß die Menschen Menschen geblieben sind – ganz so, wie sie in meinen Tagen waren. Sie ärgern sich, betrinken sich, ermüden, streiten, betrügen. Ihr habt neue Fertigkeiten und Kenntnisse, aber es ist nicht mein Eindruck, daß ihr mehr Verstand habt.«

»Du bist ein sehr weiser Junge«, sagte Sarah und korrigierte sich hastig: »Vergib mir: ich hätte nicht ›Junge‹ sagen sollen.«

»Bin ich keiner?« sagte Edgar. »Verglichen mit Sieur Bohun, der im Jahr tausendundetwas geboren wurde?«

Sarah warf ihren Kopf zurück und lachte. »Nach dieser Rechnung wäre ich sicherlich ein Baby, nicht wahr?«

»Ich kann Sie nur als eine sehr liebliche und freundliche Dame sehen«, sagte Edgar.

»Danke. Vielen Dank.« Aber gleich darauf zog eine Wolke

über ihr Gesicht, und sie sagte mutlos: »Ich wünschte, ich könnte etwas tun, um dieses vertrackte Problem zu lösen! Weißt du, daß du hier eingesperrt bleiben wirst, bis die Polizei zu der Überzeugung kommt, daß ihr harmlos seid und nicht tun werdet, was Joshua getan hat?«

Edgar sah alarmiert aus. »Aber es wäre furchtbar, mit den Wundern dieses magischen Fensters eingekerkert zu sein und zu wissen, daß man sie nie mit eigenen Augen erblicken und sich unter ihnen bewegen wird! Bei all der Vielfalt und bei all den Reichtümern Ihrer Welt können Sie doch sicherlich einen Platz für uns finden?«

Sarah richtete sich auf. »Da hast du ganz recht!« sagte sie verwundert. »Ja, vollkommen recht hast du! Warum bin ich nicht darauf gekommen?« Sie sprang auf die Füße und umarmte ihn. »Du bist ein Genie!« rief sie. »Entschuldige, daß ich nicht länger bleiben kann. Aber ich glaube, du hast eben – wie lautete noch die alte Redensart? – den Gordischen Knoten durchgehauen!«

»Lieber würde ich den Gürtel der Venus lösen«, sagte Edgar hoffnungsvoll.

»Edgar, du bist ein lieber Junge, und ich fühle mich sehr geschmeichelt, aber wenn du hier herauskommst, wirst du dich vor Verehrerinnen nicht retten können und brauchst nur deine Auswahl zu treffen!« Sie gab ihm einen letzten Kuß auf die Wange und lief zur Tür.

20

»Guten Tag, Mr. Nickles. Wollen Sie sich nicht setzen?« Flannagan winkte zu einem Stuhl, als der Anwalt sein mit wertvollen Antiquitäten möbliertes Büro betrat, dessen Wände Ahnentafeln und die Porträts zufriedener Klienten zierten.

Nickles bedankte sich, nahm den Stuhl und blickte neugierig in den Videophon-Bildschirm, der das Gesicht einer ziemlich besorgt aussehenden jungen Frau zeigte.

»Ah – kennen Sie Mrs. Nell Charters?« murmelte Flannagan. »In Anbetracht der Natur Ihres Besuchs hielt ich es für zweckmäßig, meinen eigenen Rechtsbeistand an diesem Gespräch teilnehmen zu lassen.«

Nickles schnippte mit den Fingern. »Ja, natürlich, wir kennen uns. Ich erinnere mich jetzt. Sie sind in der Rechtsabteilung der Schatzenheim Solar System Services, nicht wahr?«

»Ich war dort eine Zeitlang. Jetzt habe ich eine unabhängige Praxis, aber wenn ich dazu eingeladen werde, übernehme ich noch gelegentlich Aufträge für die Korporation.«

»Hmm. Ich sehe. Nun, zweifellos ist Ihnen der Grund meines Besuches bekannt, Mr. Flannagan? Vielleicht bin ich ein wenig konservativ, aber ich glaube, daß es in einer delikaten Situation wie der gegenwärtigen immer besser ist, man sucht den persönlichen Kontakt. Die schönste und abhörsicherste Telefonverbindung kann einem niemals jenes Gefühl der Sicherheit und die Fähigkeit zu unbefangener Rede vermitteln, die von der intimen Atmosphäre eines geschlossenen Raumes gefördert werden.«

Ausgezeichnet. Flannagans Antwort war ein hilfesuchender Blick zu Mrs. Charters.

»Wie auch immer«, fuhr Nickles fort. »Jeder nach seinem Geschmack. Ich möchte nicht mehr von Ihrer kostbaren Zeit in Anspruch nehmen, als unbedingt nötig ist, also schlage ich vor, daß wir gleich in medias res gehen. Es ist Ihnen sicherlich klar, daß es Ihre Informationen waren, auf Grund derer Mr. Freitas die neun Vorfahren auswählte, deren Auftreten bei dem Familientreffen so überaus unangenehme Konsequenzen hatte?«

»Mr. Nickles«, sagte Flannagan beschwörend, »glauben Sie mir, ich hatte nicht die leiseste Ahnung von seinem Vorhaben ...«

»Mr. Nickles!« warf Mrs. Charters ein. »Darf ich Sie an die alte Binsenwahrheit erinnern, daß nach geltendem Recht ein Mann nur für die voraussehbaren Konsequenzen seiner Handlungen verantwortlich gemacht werden kann? Etwas, das die Freitas Interplanetary unter strengster Geheimhaltung vorbereitete, ist in gar keinem Fall voraussehbar.«

»Ah, ja. Aber, sehen Sie, am ersten Januar wurde die Öffentlichkeit über alle Aspekte des geplanten Familientreffens unterrichtet, und es fand erst am sechsten statt, nicht wahr? Da er sich bewußt gewesen sein mußte, daß er die Mr. Freitas gelieferten Informationen – wie sollen wir sagen? – abgewogen hatte, wäre es meines Erachtens Mr. Flannagans Pflicht gewesen, sich mit seinem Klienten in Verbindung zu setzen und ihn auf die Auslassungen und Retuschen aufmerksam zu machen, die er zuvor für richtig gehalten hatte, um Mr. Freitas' Gefühle zu schonen. Dies um so mehr, als Cyrus Detrick mit ihm in Verbindung trat, ein Mann, der ...«

»Der Kerl kam zu mir und gab sich als regulärer Klient aus!« platzte Flannagan heraus. »Woher sollte ich wissen, daß sein Interesse an der Freitas-Familienfeier mehr war als gewöhnliche Neugierde? Was ist natürlicher, als einem Genealogen Fragen über ein solches Thema zu stellen?«

»Das wird der Gerichtscomputer entscheiden«, sagte Nickles munter. »Und Gerichtscomputer sind sehr, sehr logisch. Würden Sie mir nicht beipflichten, Mrs. Charters, daß die Einführung von Computern in die Gerichtspraxis zu den großen Durchbrüchen des einundzwanzigsten Jahrhunderts gehört?«

Mrs. Charters sagte nichts, aber ihre Blicke glichen Dolchen.

Den größeren Teil des Tages verbrachte Harold in seinem Büro, den Kopf in seinen Händen vergraben, außer wenn er von einem Anrufer gestört wurde. Alle Anrufe von außen wurden gefiltert, und nur persönliche und dringende geschäftliche Gespräche drangen bis zu ihm durch. Er wollte denken, aber gerade das schien ihm unmöglich. Alles, was seine Gedanken ihm gegenwärtig machen konnten, war die unangenehme Wahrheit von Sarahs Anklage, daß er seine Vorfahren als ›Geschenk für ihn selbst‹ angesehen habe. Er war im Stolz auf seine Vorväter erzogen worden; nun hatte der Stolz sich mit der Heftigkeit eines Erdbebens in Scham verwandelt. Die Vorstellung, daß ein Freitas Sklavenhändler gewesen war!

Welche anderen Skandale mochten noch im Hintergrund lauern? Glücklicherweise hatten die Moralvorstellungen der Öffentlichkeit sich hinreichend gewandelt, so daß die homosexuellen Neigungen des Earl of Winchelsea nur noch unter den reaktionärsten und konservativsten Gruppen Furore machen konnten. Aber nach Sparkys Ermittlungen war die Beliebtheitsrate des Konzerns bereits um dreißig Punkte gefallen, und das, obwohl bisher nur das tödliche Duell publiziert worden war.

Oder? Es war mehr als drei Stunden her, daß er es über sich gebracht hatte, ein Nachrichtenblatt zu verlangen. Er erhob sich aus dem braunen Ledersessel, vorbereitet auf einen Schock, und bestellte ein neues. Als der schlaffe Papierbogen aus dem Schlitz des Schnelldruckers kam, sah Harold fette, häßliche Schlagzeilen, und sein Herz rutschte ihm in die Hose.

Das war schrecklich! Woher hatten sie diesen ganzen Schmutz? Von Flannagan? Kaum – er hatte Nickles zu dem Genealogen geschickt, um ihm Angst zu machen und dafür zu sorgen, daß er wenigstens bis nach Chesters Gerichtsverhandlung den Mund hielt. Aber – könnte es Detrick gewesen sein?

Das war eine Möglichkeit. Um genauer zu sein, es könnte jemand gewesen sein, der sich Detricks bedient hatte – und das deutete auf Salomon Schatzenheim.

Nun, gleichgültig, wer für diesen Schmutz verantwortlich war, das Kind war in den Brunnen gefallen. Hier standen detaillierte Angaben über jeden der Ahnen zu lesen: Hier war die Geschichte, wie Horatio den armen Mr. Robbins erschossen hatte; hier war ein – offenbar zeitgenössischer – Bericht über die skandalösen Vorgänge bei Tabhitas Empfang im Weißen Haus; hier waren Auszüge von Zeugenaussagen, die bei einem Hexenprozeß in Salem gemacht worden waren.

Er konnte nicht weiterlesen. Es war zu furchtbar. Stöhnend warf er das Nachrichtenblatt fort.

Letzten Endes mußte er sich eingestehen, daß alle seine Motive bei der Organisation dieses Familientreffens unwürdige gewesen waren. Chester hatte vollkommen recht, als er behauptete, daß er, Harold, einen bedeutenden wissenschaftlichen Durchbruch zu einer fragwürdigen Spielerei reduziert habe. Seine Wangen brannten, als er an all die anderen Fehler dachte, deren man ihn beschuldigen konnte – Eitelkeit, Überheblichkeit, Publizitätsgier, das Verlangen, Salomon Schatzenheim zu übertrumpfen, Ruhmsucht ...

Er holte tief Luft und setzte sich aufrecht. Um dem Ganzen noch die Krone aufzusetzen, wurde er jetzt selber offen als Sklavenhalter bezeichnet, weil die aus der Vergangenheit herangeschafften Ahnen nie Gelegenheit erhalten hatten, zu sagen, ob sie diese schreckenerregende Erfahrung machen wollten!

Das war zuviel! Unter diesem Metzgerhaken mußte er herauskommen – koste es, was es wolle!

Entschlossen drückte er die Wähltaste für Sparky.

»Miriam?« sagte Salomon, als er in die Wohnung schritt, und als er keine Antwort vernahm, wiederholte er Lauter: »Mi-ri-am!«

Noch immer keine Antwort. In der Mitte des Wohnraums blieb er stehen und blickte suchend umher. Über dem Videophon glühte ein rotes Lämpchen, zum Zeichen, daß während seiner Abwesenheit ein Gespräch aufgezeichnet worden war. Er ging hin und legte den Schalter um; sofort erklang Miriams Stimme aus dem Lautsprecher, während der Bildschirm leer blieb.

»Endlich habe ich bekommen, was ich wollte«, sagte sie süß. »Letzte Nacht hast du meine Schulter gequetscht, als du mich vom Telefon fortzerrtest, während ich mit Sarah Freitas sprach. Ich hatte das Gespräch auf Band genommen, und dieses Band kam heute morgen gleich zu meinen Anwälten. Sie sagen mir, es stelle einen einwandfreien Beweis für physische Grausamkeit dar. So gehe ich denn, und ich bedaure es nicht. Übrigens ist dies eine sich selbst zerstörende Aufnahme, und wenn du nicht daran gedacht hast, sie auf einem anderen Gerät mitzuschneiden, kannst du mein Eingeständnis, daß ich dich zu Schlägen oder ähnlichem provozieren wollte, getrost vergessen. Leb wohl, Salomon; ich hoffe, du wirst mit deiner nächsten Frau glücklicher sein.«

Salomon brüllte in unartikulierter Wut, und ein dünner Rauchschleier aus dem hinteren Teil des Bandgeräts bewies, daß Miriams Behauptung zutraf; das Band wurde nach dem Abspielen automatisch vernichtet.

Sein Triumphgefühl über die erfolgreiche Sabotage der Freitasschen Familienfeier verdampfte mit dem Tonband.

Harold holte tief Atem, und sein Geist klärte sich wunderbarerweise von allen Wolken, die ihn den ganzen Tag über verdüstert hatten. Wenn man es einmal eingesehen hatte, war es so offensichtlich! Statt seiner Eitelkeit schämte er sich jetzt seiner Blindheit.

Er unterbrach die Verbindung mit Sparky und drückte den Rufkode für Jabez Nickles. Als der Anwalt auf dem Bildschirm erschien, fragte er ihn: »Mr. Nickles! Was geschieht, wenn ein Gerichtscomputer sich in einer wichtigen Verhandlung vor einem logischen Paradoxon sieht?«

Nickles zwinkerte ihn an. »Nun ja, das ist schwer zu sagen. Der Fall ist noch nie eingetreten. Aber ich vermute, daß es zur Einstellung des Verfahrens kommen würde. Warum?«

»Weil genau dieser Fall eintreten wird, wenn sie gegen Chester Waley verhandeln. Hören Sie gut zu!«

»Übrigens, Mrs. Freitas«, sagte Sparky, als sie ihm dankte und die Verbindung unterbrechen wollte, »wurde ich von Mr. Freitas über verwandte Themen befragt. Ich glaube, ich sollte Sie informieren, daß ich ihm die gleichen Antworten auf die gleichen Fragen gegeben habe, die Sie selbst gestellt haben.«

»Großer Gott!« rief Sarah und starrte verblüfft die Voltairemaske an. »Soll das heißen, daß Harold ganz von allein zu denselben Schlußfolgerungen gekommen ist wie ich? Der Halunke! Gerade als ich dachte, ich könnte ...« Sie verstummte und lächelte plötzlich.

»Nein, es ist viel besser so, wenn ich es mir überlege. Und danke für die Informationen, Sparky. Vielen Dank.«

21

»Ich hab's!« verkündete Harold und marschierte durch den Wohnraum seiner Dachterrassenwohnung auf Sarah zu, die aus einem bereiften Cocktailglas trank. Er schob ihre Hand beiseite und gab ihr einen schmatzenden Kuß, den sie überrascht erwiderte.

»Du hast ganz gewiß etwas«, sagte sie, als er sich wieder aufgerichtet hatte. »Ich dachte schon, diese Dinge hättest du ganz aufgegeben, als du die Konzernleitung übernahmst.«

Er machte eine Grimasse und grinste, während er ihr ein Bündel Papiere in den Schoß warf. »Hier, sieh dir das mal an. Ich glaube, es bedarf keiner Erläuterung, aber wenn dir etwas nicht klar ist, brauchst du mich nur zu fragen.«

Sarah entfaltete das erste Blatt und überflog es. Wie sie erwartet hatte, bestand es aus einer Liste der neun Vorfahren. Unter jedem Namen stand ein anderer Name und ein kurzer, erklärender Text. Sie lächelte in sich hinein. Nun, er hatte das Problem innerhalb der gleichen Zeit wie sie gelöst, was bedeutete, daß er am Aufholen war.

Als er sich nach einer Weile zu ihr umdrehte, setzte sie eine unschuldige Miene auf.

»Ah – verstehe ich das richtig?« sagte sie. »Sind das Vorschläge, wo deine Ahnen in unserer modernen Gesellschaft untergebracht werden können, ohne daß wir Gefahr laufen, Konflikte wie den zwischen Joshua und Chester zu erleben?«

»Genau. Aber es geht darüber hinaus: Die an zweiter Stelle aufgeführten Namen gehören Leuten, die nach Sparkys Meinung überredet werden können, als Bürgen für meine Vorfahren aufzutreten. Wie Nickles mir sagte, muß Helnick seine einstweilige Verfügung über ihre Sicherheitsverwahrung binnen achtundvierzig Stunden begründen, was bedeutet, daß er morgen einen Richter überzeugen muß – oder genauer, er muß den Gerichtscomputer überzeugen, den der Richter konsultiert. Wenn du alles durchliest, wirst du finden, daß Sparky dich für die geeignete Person hält, um in einem oder zwei Fällen das erste Anbahnungsgespräch zu führen. Würdest du das für mich tun?«

Sarah blätterte weiter und machte ein grüblerisches Gesicht, obwohl sie bereits wußte, wie die Antwort ausfallen würde. Sinnend sagte sie: »Ein Jammer, daß wir Chesters Problem nicht auf eine ähnlich einfache Weise lösen können. Hast du ihn heute gesehen?«

»Nicht persönlich, aber ich rief ihn im Gefängnis an, und Nickles war natürlich bei ihm. Aber mach dir keine allzu großen Sorgen um ihn, ja?«

Sie blickte entsetzt auf. »Aber Harold, wie kannst du so etwas sagen!«

»Es ist mein Ernst«, sagte Harold und ließ sich neben sie auf den Diwan plumpsen. »Im Moment empfindet Chester noch eine Art perverse Befriedigung über seine Tat; es wird wohl eine weitere Nacht vergehen, bevor er richtig frustriert und niedergeschlagen sein wird. Ich kann sein augenblickliches Hochgefühl verstehen, weißt du. Nicht jeder hat die Gelegenheit, sich an jemandem zu rächen, der seinen Vorvätern das Schlimmste angetan hat.«

»Schön, ich gebe zu, daß ich an Chesters Stelle Joshua in den Hintern getreten hätte, Frau oder nicht«, sagte Sarah. »Aber das ist weit entfernt von einer Mordanklage.«

»Was für eine Mordanklage?« fragte Harold selbstzufrieden und wartete, ob sie von selbst darauf käme.

»Wer?« fragte Adelina Freitas-Lockerby-Horn, Vorsitzende der Vereinigten Frauenvereinigungen des Südlichen Ordens. Und während die Automatik gehorsam die Information wiederholte, arbeitete ihr Gehirn auf Hochtouren.

Einerseits, natürlich, wie die Dinge im Moment lagen ...

Aber andererseits, natürlich, wenn es nur die geringste Chance gab ...

Sie warf einen raschen Blick in einen nahen Spiegel. Ein paar korrigierende Berührungen ihrer Frisur genügten, um ihre Erscheinung makellos zu machen; dann glitt sie in den Sessel vor dem Videophon und gurrte einschmeichelnd:

»Welche Überraschung, Cousine Sarah! Ich darf dich doch Sarah nennen, nicht wahr, auch wenn wir uns erst auf deiner Party neulich kennengelernt haben? Ich kann dir gar nicht sagen, wie unglücklich ich war – wie unglücklich wir alle waren, als wir erfuhren, was geschehen war. Aber schließlich waren das heißblütigere Zeiten als unsere zahme Epoche, nicht wahr? Und ohne die Erfahrungen, die wir Kinder der Moderne in der richtigen Behandlung jener unserer Brüder gesammelt haben, die unter dem Unglück einer dunkleren Hautfarbe und ihrer Begleiterscheinungen leiden ...«

Am anderen Ende der Leitung mußte Sarah die Zähne zusammenbeißen, um nicht zurückzuschreien, daß Chester für seine Arbeit mit der Zeitsonde wahrscheinlich einen Nobelpreis bekommen würde. Aber sie wahrte ihre Haltung gerade noch hinreichend, um gleich darauf ihrerseits eine wortreich beschwatzende Ansprache vom Stapel zu lassen, die Sparky für sie ausgefeilt hatte, und innerhalb weniger Minuten hatte sie Mrs. Freitas-Lockerby-Horn soweit, daß die Matrone vor Empörung und Erregung zitterte.

»Natürlich, natürlich! Es ist das wenigste, was ein anständiger Mensch tun kann«, erklärte sie. »Und natürlich wird es uns allen neuen Schwung geben und in dieser apathischen Zeit eine wundervolle Inspiration sein! Laß mich einfach wissen, wann und wie ich den Vorschlag verwirklichen kann.«

In seinem Bungalow am Südufer des Athabasca-Sees setzte Häuptling Raketenbombe sich vor dem Bildschirm in Positur, legte seine prächtige synthetische Bärenrobe in die korrekten Falten, kreuzte seine Beine und betätigte mit einem Zeh den Schalter. Zum Gruß die Hand hebend, sagte er feierlich: »Hooh!«

Harold echote es und betrachtete dabei zweifelnd die mehrfarbigen Dekorationen auf des Häuptlings Stirn und Wangen. Es schien eine ungeheuer schwer zu überbrückende Kluft in Raum und Zeit zu sein, aber Sparky war gründlich mit Kulturanalysen programmiert worden, und wenn er meinte, dies sei das Richtige, dann war es das Richtige.

Er räusperte sich und begann seine von Sparky entworfene langwierige Rede. Ziemlich bald glaubte er ein humoriges Blitzen in den Augen des Häuptlings auszumachen, aber natürlich verlangte das Protokoll, daß er sich der zustimmenden Antwort auf langwierigen Umwegen näherte.

Eine rundgesichtige, eher einfältige Dame mittleren Alters erschien auf Sarahs Bildschirm. Den Hintergrund bildete eine komplizierte dreidimensionale Montage aus berühmten Dokumenten und Porträts des achtzehnten Jahrhunderts: Alle Signatare der Unabhängigkeitserklärung, zum Beispiel, kreisförmig um die Erklärung selbst angeordnet, die auf Pergamentimitation reproduziert war.

»Ja, Mrs. Freitas – welch ein Vergnügen, mit der Trägerin eines Namens zu sprechen, der in der Geschichte unserer Nation so ehrenvoll verewigt ist! Und was kann ich für Sie tun?«

Sarah sagte es ihr.

»General Wallington!« sagte Harold in einem kernigen von-Mann-zu-Mann-Ton. »Ich glaube, Sie sind die bei weitem geeignetste Person, die ich in einer ziemlich delikaten Angelegenheit konsultieren kann. Obwohl es mich natürlich nichts angeht, ist es unausweichlich, daß ich über meine zahlreichen Regierungskontakte gelegentlich zu vertraulichen Informationen komme, und so glaube ich nicht schief zu liegen, wenn ich sage, daß Fragen der Geheimdienstausbildung in Ihrem Aufgabenbereich eine wichtige Rolle spielen?« Er hob hastig die Hand. »Nein, bitte – ich erwarte weder eine Bestätigung noch ein Dementi von

Ihnen. Ich möchte Sie nur ersuchen, mich einen Moment anzuhören und mich wissen zu lassen, wie Sie über meinen Vorschlag denken ...«

»Den Ersten Sekretär, bitte«, sagte Sarah, als sie ihre Verbindung mit der britischen Botschaft in Washington hatte. Und nach einem Moment: »Es tut mir furchtbar leid, Sie zu stören, aber mir fällt niemand ein, der in einer besseren Position wäre, eine skandalöse Ungerechtigkeit zu verhindern. Das ist es wenigstens in meinen Augen, und die Ursache dieser Ungerechtigkeit ist allein die Schwerfälligkeit der Justiz auf dieser Seite des Atlantiks. Es geschieht so oft, nicht wahr, daß die Justiz hinter der Entwicklung der modernen Zeit zurückbleibt! Sie in Großbritannien können sich da glücklich schätzen, weil Sie sich nicht mit den fossilen Idealen vergangener Zeiten herumschlagen müssen, die in einer geschriebenen Verfassung verankert sind.«

Sie sah den Engländer im Widerschein nationaler Glorie sein Gefieder putzen und wußte, daß sie die erste Hürde genommen hatte. Der gute alte Sparky!

Said Ibn-Abdallah überprüfte hastig die Sonderausstattung seiner Videophonanlage, die den Zweck hatte, das an diesem Ende der Leitung aufgenommene Bild mit der größtmöglichen Farbverschiebung zum Schwarz hin auszusenden. Tatsächlich glich die Tönung seiner Haut einem ziemlich blassen café au lait, und er konnte sie nicht vertiefen, egal wieviel Zeit er jeden Tag unter der Höhensonne verbrachte. Aber natürlich war es für einen Mann in seiner Position als Sekretär der Schwarzen Moslems nicht passend, mit allzu blasser Haut aus dem Bildschirm zu blicken.

Nachdem er sich vergewissert hatte, daß der Mann am anderen Ende ein beinahe ebenholzschwarzes Gesicht sehen würde, drückte er die Taste und schnappte: »Na, Freitas? Was wollen Sie – sich unter der lastenden Schuld herausschwindeln, mit der Ihr unbetrauerter Sklavenjägerahnherr Sie sitzengelassen hat? So leicht kommen Sie nicht weg.« Finster starrte er den weißen Mann an.

Harold schluckte seinen Stolz hinunter, wie Sparky es ihm geraten hatte, gebrauchte beschwichtigende Worte der Übereinstimmung und ließ beiläufig den Hinweis fallen, der nach Meinung des Computers wie ein vergifteter Angelhaken in Ibn-Abdallahs Geist schwären würde, bis er daraufkäme, was ihm da angeboten wurde.

Und nachdem sie so die Liste heruntertelefoniert hatten, sagte Harold pointiert: »Damit bleibt nur noch Edgar übrig.«

Eine kurze Stille trat zwischen sie. Zuletzt seufzte Sarah und sagte: »Was immer du sein magst, Harold, ein Dummkopf bist du sicherlich nicht, oder?«

»Ich hoffe nicht. Ausgenommen vielleicht, wenn es dich betrifft.« Er machte ein deprimiertes Gesicht.

Sie nahm seine Hand mit einem schwachen Lächeln. »Es tut mir leid. Ich bin diejenige, die albern gewesen ist, nicht wahr? Du weißt, wovon ich rede?«

Er nickte. »Und ich brauchte nicht Sparky zu befragen, um es herauszukriegen.«

»Nein, das brauchtest du nicht.« Sarah sprang auf und ging zur Fensterwand mit ihrem großartigen Panorama der hohen, blassen Türme von Los Angeles. Über ihre Schulter sagte sie: »Es war wirklich albern von mir – eine Selbsttäuschung. Ich habe mir Edgars Psychoporträt angesehen, und das brachte mich wieder zur Vernunft. Niemand sonst scheint sich sehr dafür interessiert zu haben, weil er so zugänglich und problemlos ist. Aber weißt du, was darin steht?«

»Mehr oder weniger. Frauen reizen ihn nicht, weder du noch andere. Er ist zu jung. Obwohl die gesellschaftlichen Formen seiner Zeit verlangten, daß er sich wie ein Mann benehme, ist er in Wirklichkeit noch ein Junge mit jungenhaften Wünschen und Träumen von fernen Ländern und Abenteuern. Für ihn ist dieser Kontinent wirklich die neue Welt. Er war noch nie im Ausland.«

»Und es warten noch viele wirklich neue Welten auf ihn«, murmelte Sarah. »Der Mond, Mars, Ganymed ... Jedenfalls bleibt er derjenige, der uns am wenigsten Schwierigkeiten gemacht hat.«

22

Pünktlich um elf Uhr vormittags nahm Richter Valentine Bushmill seinen Platz im Gerichtssaal ein und erklärte die Verhandlung für eröffnet. Er wunderte sich ein wenig über den Andrang; nahezu alle Zuschauerplätze waren besetzt. Normalerweise hätte ein einfacher Fall wie dieser auf nur geringes Interesse in der Öffentlichkeit rechnen können, aber wenn ein Freitas zu den Beteiligten gehörte, war eben alles anders.

Wenn ihm auch die vielen Reporter im Saal ein gewisses Unbehagen verursachten, aus der Fassung konnten sie ihn nicht bringen. Sollten sich lächerliche Komplikationen ergeben, brauchte er sich nicht allein auf seine eigenen Verstandeskräfte zu verlassen, wie es in den Tagen seines Großvaters noch notwendig gewesen wäre. Ihm stand einer der ultramodernen Rechtscomputer zur Verfügung, die in jüngster Zeit die Rechtsprechung derart revolutioniert hatten, daß Berufungsverhandlungen praktisch ein Ding der Vergangenheit waren. Urteile, die mit ihrer Mitwirkung ergingen, waren wie die Urteile Salomons; sie hatten Prestige und kamen der objektiven Gerechtigkeit näher als je zuvor in der Geschichte der Justiz.

Er blickte auf die Reihe der kleinen Kontrolleuchten links auf seinem Pult und bezog Befriedigung aus der Erkenntnis, daß sie den einsatzbereiten Zustand des Computers signalisierten. Er blickte auf und räusperte sich, dann ließ er den Antrag der klageführenden Partei verlesen.

Der Gerichtssekretär tat es. Was er sagte, lief darauf hinaus, daß ein Kapitalverbrechen begangen worden sei und die Polizei eine einstweilige Verfügung beantrage, um gewisse, in einer beigefügten Liste namentlich aufgeführte Personen zur Verhütung von Wiederholungen in Gewahrsam zu halten.

»Ich sehe«, sagte Richter Bushmill mit einem Kopfnicken. »Von wem geht der Antrag für eine einstweilige Verfügung aus – von Ihnen, Kommissar?« Er verzog eine Augenbraue in Helnicks Richtung. Von dort bekam er ein bestätigendes Nicken.

»Sehr gut. Kommissar, bitte erläutern Sie mir noch einmal eingehend die näheren Umstände des Verbrechens und die Begründung für Ihren Antrag.«

Helnick gab eine nüchterne und präzise Darstellung, wie er

zum Schauplatz des Familientreffens am Grand Canyon gerufen wurde und an Ort und Stelle eine Beweisaufnahme machte, die sich mit den Behauptungen der Zeugen deckte, daß eine Person aus einem früheren Zeitalter einen ungerechtfertigten Streit vom Zaun gebrochen habe und im folgenden Zweikampf von seinem Kontrahenten mit einem Degen erstochen wurde. Darauf führte er aus, daß man von solchen historischen Personen nicht erwarten könne, daß sie sich wie zivilisierte moderne Menschen verhielten, und so weiter. Er untermauerte seinen Antrag mit vernünftigen und einsichtigen Argumenten, denen sich kein objektiver Richter verschließen konnte.

Die anwesenden Gerichtsreporter zuckten die Achseln und steckten ihre Bleistifte ein. Es gab kaum noch einen Zweifel über die Art der Entscheidung, und wenn ihre Mühe sich lohnen sollte, konnten sie nur noch auf eine Serie von Einsprüchen und Expertengutachten hoffen, die sich mit der Grundsatzfrage beschäftigten, ob man unbescholtene Menschen in Sicherungsverwahrung stecken dürfe, wie die Polizei es verlangte.

Als Helnick seine Aussage beendet hatte, drückte der Richter den Kode für eine vorläufige Bewertung der Erfolgsaussichten des Antrags, über den er zu befinden hatte. Der Computer gab ihm eine Zahl über neunzig Prozent, eine der höchsten Bewertungen, die er je gesehen hatte.

Weil er sich indes nicht vorstellen konnte, daß Nickles nicht doch noch mit einem Trick aufwarten würde, lud er den Anwalt ein, zu Helnicks Aussage Stellung zu nehmen.

Nickles erhob sich halb und sagte: »Keine Fragen, danke.«

Sofort erhöhte sich die Bewertungsquote des Computers auf die höchste ihm mögliche Zahl: 99,99 Prozent. Der Richter schnaufte.

»Ist der Fall damit für die Polizei erschöpfend behandelt worden?« fragte er. »Ja? Sehr gut. Mr. Nickles, es ist jetzt an Ihnen, zu begründen, daß die einstweilige Verfügung nicht erlassen werden sollte.«

Nickles erhob sich und sagte: »Wenn es dem Gericht nichts ausmacht, würde ich meine Bemerkungen gern direkt an den Gerichtscomputer richten.«

»Meinetwegen«, sagte der Richter. Mit wenigen Knopfdrükken schaltete er die benötigten Stromkreise ein.

»Ich höre, Mr. Nickles«, sagte der Computer. »Bitte fangen Sie an.«

Nickles blickte sinnend ins Leere, zog dann die Brauen hoch und sagte: »Bevor ich das tue, möchte ich mich vergewissern, daß alle Einzelheiten des zur Entscheidung stehenden Falles vom Gerichtscomputer vorschriftsmäßig gespeichert und verstanden wurden. Zum Beispiel lege ich Wert darauf, daß der Computer mir die wichtigsten biographischen Details der angeblich bei der Grand Canyon-Party getöteten Person nennt, also des Joshua William Freitas.«

»Joshua William Freitas«, sagte der Computer, »geboren in Liverpool, England, am 16. April 1746, verheiratet mit Eliza Freitas, geborene Waterbury, am 12. November 1771, gestorben in London, England – scrrrtsch. Gestorben – SCHRRTSCH...«

Vor des Richters entsetzten Augen blinkten die Kontrollämpchen wild durcheinander, und aus dem Computergehäuse hinter ihm drang der unverkennbare Geruch schmorender Isolierungen.

23

»Es klappt!« schrie Harold freudig und warf seine Arme um Sarah. Auf ihrem großen Bildschirm sahen sie Nickles einen Ausdruck höflichen Erstaunens annehmen, und aus dem Lautsprecher kam seine unschuldige Frage an den Richter:

»Ist etwas nicht in Ordnung, Euer Gnaden?«

Richter Bushmill drückte die Tasten für Reserveschaltkreise, aber auch sie versagten wenige Sekunden nach Inbetriebnahme. Im Gerichtssaal entstand ein beträchtliches Stimmengewirr, und schließlich mußte er die Sirene einschalten, um die Ruhe wiederherzustellen. Als die Menge still wurde, hob er verdrossen seinen Kopf.

»Mr. Nickles, es scheint, Sie haben den Computer hier mit Erfolg sabotiert.«

»Euer Gnaden!« sagte Nickles schockiert. »Ich stellte ihm nur eine vollkommen einwandfreie Frage.«

»Das mag sein, aber Sie wissen so gut wie ich, daß ein offensichtliches Paradoxon von einem Computer nicht gelöst werden kann. Auf der einen Seite bekommt er beeidete Zeugenaussagen über den Tod eines Mannes im Jahr 2066, auf der anderen wird ihm die Information gegeben, daß dieser selbe Mann im achtzehnten Jahrhundert in London den Tod fand. Hmm! Ich glaube, diese Situation ist einmalig; sie verlangt Überlegung.«

Der Vertreter der Staatsanwaltschaft stellte den Antrag, die Entscheidung zu vertagen, bis ein neuer Computer installiert sei, der gegen solche billigen Taschenspielertricks unempfindlich sei.

Sofort sagte Nickles: »Ich erhebe Einspruch, Euer Gnaden! Diese Verhandlung wurde anberaumt, um die Rechtmäßigkeit einer einstweiligen Verfügung zu klären, die meine Klienten ihrer persönlichen Freiheit berauben würde, und nach den Gesetzen dieses Staates muß die Entscheidung innerhalb von achtundvierzig Stunden nach Einreichung des Antrags getroffen werden.«

Im hinteren Teil des Gerichtssaales lachte jemand. Richter Bushmill warf einen verärgerten Blick in die Richtung, dann hörte er Nickles sagen: »Ich schlage vor, daß die Verhandlung ohne Zuhilfenahme eines Computers abgeschlossen wird.« Er lächelte.

»Nein«, entschied der Richter. »In diesem Gebäude gibt es andere Gerichtssäle mit anderen Computern, und ich glaube, daß ich nicht auf eine solche Entscheidungshilfe verzichten sollte. Gerichtsdiener, besorgen Sie uns einen neuen Verhandlungsraum; unterdessen werden wir die Sitzung für dreißig Minuten unterbrechen.«

»Wenigstens läßt der Richter sich nicht einschüchtern«, sagte Nell Charters mit falschem Optimismus zu Salomon Schatzenheim.

»Er hat Angst«, grollte Schatzenheim. »Er fürchtet, Nickles könnte noch ein As in der Manschette haben, und um das rechtzeitig auszumachen, will er nicht auf Computerhilfe verzichten. Und um ehrlich zu sein, ich fürchte auch, daß dieser Nickles noch nicht alle Trümpfe ausgespielt hat.«

Er ließ sich eine Flasche Wein bringen und starrte düster schweigend auf den Bildschirm.

»Nun, Mr. Nickles«, sagte Richter Bushmill, nachdem er sich doppelt vergewissert hatte, daß dieser Computer in Ordnung war.

»Dieser Computer wurde so programmiert, daß er beeideten Aussagen menschlicher Zeugen Priorität einräumt. Die Techniker haben mir versichert, daß das Risiko einer Blockierung durch einander widersprechende Informationen somit ausgeschaltet ist.«

»Sehr gut, Euer Gnaden«, sagte Nickles mit einer Verbeugung. »Ich darf also davon ausgehen, daß dieser Computer mit den bisherigen Zeugenaussagen lückenlos vertraut gemacht worden ist, nicht wahr? Er weiß alles über die zugegebene Tötung von Joshua Freitas durch einen von Doktor Chester Waley geführten Degenstich?«

»Ja«, sagte der Richter nervös. Er witterte Unheil. Mit was für einem Taschenspielertrick würde dieser unangenehme Mensch jetzt aufwarten? Eine gespannte Stille folgte, während der alle Anwesenden auf die nächsten Worte des Anwalts warteten. Nickles ließ die Spannung noch ein wenig zunehmen, dann sagte er klar und vernehmlich: »Ich möchte meinen ersten Zeugen aufrufen, Euer Gnaden. Ich bitte Joshua William Freitas, in den Zeugenstand zu treten.«

Die Stille im Gerichtssaal war nicht mehr die der Spannung, sondern die einer absoluten Verblüffung. Durch die Tür kam Joshua Freitas, eskortiert von einem Gerichtsdiener, und alle die ihn sahen, erkannten ihn sofort.

Hinter Richter Bushmills Pult wurden unheimliche metallische Geräusche laut, und der frisch programmierte Computer hörte auf zu arbeiten.

»Es hat keinen Zweck, Mr. Nickles«, schnaufte Richter Bushmill. »Ich werde diese Angelegenheit ohne einen Computer regeln müssen.«

»Ja, Euer Gnaden«, pflichtete Nickles ihm mitleidig bei. »Ich glaube, ich sollte jetzt zugeben, daß meine Taktik von Sparky ausgearbeitet wurde, dem Computer der Freitas Interplanetary, der Paradoxa vierten Grades auflösen kann. Kein Gerichtscomputer in diesem Staat wird mit Schwierigerem als Paradoxa zweiten Grades fertig.«

Der Richter, in seinem Umkleideraum auf und ab stampfend, warf ihm einen finsteren Blick zu.

»Ich denke«, fuhr Nickles fort, »daß die Polizei angesichts der

Umstände geneigt sein könnte, ihren Antrag auf eine einstweilige Verfügung zurückzuziehen. Darf ich die Gelegenheit benützen und Ihnen kurz vortragen, welche Lösung des Problems wir uns ausgedacht haben – abgesehen von der fundamentalen Frage der Freiheit des Individuums.«

»Es könnte helfen«, seufzte Bushmill. »Bisher habe ich nicht die leiseste Ahnung, was hier vorgeht.« Er riß sich zusammen. »Und wie in Gottes Namen ist es Ihnen gelungen, Joshua Freitas als Zeugen beizubringen? Ich meine, er muß es sein – der Computer erkannte ihn, und das war der Grund, warum er ausfiel!«

»Wir haben ihn mit der Zeitsonde geholt«, sagte Nickles. »Es war nicht schwierig. Wir wählten einen Zeitpunkt kurz bevor er von Doktor Waleys Degen durchbohrt wurde. Wir zeigten ihm seinen eigenen Leichnam, und Sie können mir glauben, das hatte eine sehr ernüchternde Wirkung auf ihn. Es wird Jahre dauern – und ich kann das an Hand eines psychiatrischen Gutachtens erhärten –, bis er sich wieder hinreißen läßt, seine Ehre mit Waffengewalt zu verteidigen.«

Richter Bushmill ließ die Hände an seine Seiten fallen. »Daran hätte ich selber denken können. Aber reden Sie weiter.«

»Nun, das Anliegen der von mir vertretenen Seite ist einzig und allein der Schutz unserer neun Klienten vor zeitlich unbegrenzter Einkerkerung«, sagte Nickles. »Dementsprechend haben wir für jeden von ihnen einen Bürgen aufgetrieben, der für das künftige gute Benehmen seines jeweiligen Schützlings garantiert.«

Er zog ein paar Blätter aus der Tasche und setzte seine Brille auf. »Ich will jetzt nur ein paar Beispiele nennen, aber wenn Sie es wünschen, werde ich Ihnen gern ein komplettes Schriftstück nachreichen. Ah – hier haben wir Miß Tabhita Freitas. Ihr Bürge ist General Fritz Wallington, stellvertretender Stabschef der Luftwaffe und Leiter des militärischen Nachrichtendienstes. Offenbar glaubt er, daß ihre besonderen Techniken der Infiltration und Subversion für künftige Ausbildungsprogramme von großem Wert sein werden, denn er möchte sie für persönliche Vorstudien in sein Hauptquartier überstellt wissen.

Dann haben wir hier den Sieur Bohun de Freitas. Er ist ohne Zweifel der gegenwärtig einzige Experte für mittelalterliche Kampftechnik und für die Jagd mit abgerichteten Falken. Sie haben vielleicht davon gehört, daß Häuptling Raketenbombe vom Seshawawa-Stamm seit Jahren bemüht ist, die alten Werte seines Volkes wiederherzustellen, und da die meisten seiner Indianer von der Zivilisation verdorben sind, liegt ihm viel an dem Rat und den Informationen, die Sieur Bohun für sein Umerziehungsprogramm beisteuern kann.

Was den Reverend Ebenezer angeht, so haben die protestantischen Kirchen Amerikas schon lange auf eine Möglichkeit gehofft, die ursprüngliche Einfachheit des Glaubens wiederzubeleben, die ihre Ahnen über den Atlantik gebracht hatten, und sie versprechen sich wichtige Impulse von einer Begegnung mit der Reinheit und der ungebrochenen Glaubensstärke seiner Epoche.

Dann sollte ich vielleicht noch auf Buffalo Hank eingehen. Die Organisation der Schwarzen Moslems glaubt in ihm einen vorzüglichen Ausbilder für alle Formen des Kleinkriegs, der Sabotage und des Einzelkampfes gefunden zu haben ...«

»Lieber Gott!« stöhnte Bushmill. »Verschonen Sie mich mit dem Rest! Ich werde das Zeug durchlesen müssen, weil das meine Pflicht ist, aber nicht hier und nicht jetzt. Warum schießen Sie diese Leute nicht einfach zum Mond hinauf oder, noch besser, gleich bis zum Mars?«

Nickles steckte seine Notizen ein und lächelte. »Eine solche Möglichkeit haben wir für zwei der Betroffenen tatsächlich ins Auge gefaßt, Euer Gnaden. So zum Beispiel für Horatio Freitas, der nicht von seiner Überzeugung abzubringen ist, daß britische Agenten ihm nach dem Leben trachten, solange er auf Erden weilt. Mr. Harold Freitas hat darum dem Drängen eines entfernten Verwandten, des Grafen Alfonso de Freitas y Harpaulas nachgegeben, der sich seit langem mit dem Studium umweltbedingter psychischer Störungen beschäftigt, enorm an diesem Fall interessiert ist und ihn zur Beobachtung und Heilung in sein psychiatrisches Institut auf dem Mond aufnehmen möchte.

Zu erwähnen wäre ferner Edgar Freitas, dessen untadeliges Benehmen große Sympathien in der Öffentlichkeit wachgerufen hat. Soweit ich unterrichtet bin, hat er sich bereits bei der Akademie für Luft- und Raumfahrt um einen Ausbildungsplatz bemüht und hofft auf spätere Reisen zu Mars, Ganymed und den Satellitenstationen von Neptun und Pluto.«

Der Richter winkte ab. Nachdem er eine Weile nachgedacht

hatte, sagte er mit plötzlichem Entschluß: »Ich werde die einstweilige Verfügung abweisen, weil die Begründung des polizeilichen Antrags mit dem lebendigen Auftreten des angeblichen Tatopfers gegenstandslos geworden ist. Und ich hoffe inbrünstig, daß der Fall damit abgeschlossen ist, soweit es mich angeht.«

Er zog seine Robe fester um seine Schultern und schritt zur Tür. »Kommen Sie, die Verhandlungspause ist abgelaufen. Ich habe nicht die Absicht, mich noch tiefer in diese Farce zu verstricken!«

24

»Herzlichen Glückwunsch, Chester!« sagte Harold mit einem kräftigen Händedruck. »Ich kann kaum sagen, wie sehr ich es bedauerte, daß Sie diese widrigen Erfahrungen machen mußten. Um so größer war meine Freude, als ich hörte, daß das Verfahren gegen Sie eingestellt wurde!«

»Lassen Sie nur«, sagte Chester abwehrend. »Es gibt keinen Grund, ein solches Aufhebens davon zu machen. Mit Joshuas Wiederbelebung war der Anklage praktisch der Boden entzogen.«

Er verhalf sich zu einem Glas Bier und einem belegten Brötchen, als der automatische Servierwagen auf seinem Luftkissen leise zischend vorbeischwebte, und fuhr fort: »Wie dem auch sei, ich fühle mich Ihnen jedenfalls sehr zu Dank verpflichtet.«

»Was?«

»Ja, das ist mein Ernst.« Chester trank von seinem Bier, biß in das Brötchen und sagte kauend: »Wissen Sie, vor ein paar Wochen war ich drauf und dran, meine Arbeit hinzuwerfen und zu gehen, weil die Zeitsonde, die mich soviel Zeit und Anstrengung gekostet hatte, wie irgendein alberner Werbegag behandelt wurde. So sah ich es jedenfalls.«

»Ich kann es Ihnen nicht verdenken«, sagte Harold. »Diese Idee mit dem Familientreffen war das Idiotischste, das mir je in den Sinn gekommen ist.«

»Inzwischen sehe ich es anders. Ich finde es nicht mehr bedauerlich, daß Sie dieses Vorhaben durchgeboxt haben. Ich meine, als Resultat bekam ich die Gelegenheit, auf die ich – nach Sparkys Ansicht – unbewußt mein ganzes Leben lang gehofft hatte. Ich konnte es einem Sklavenhändler heimzahlen, und ich habe es getan. Das ist eine Tatsache, an die ich mich bis zu meinem Lebensende mit Genugtuung erinnern kann. Und was noch mehr ist: dieser Sklavenhändler wurde mit seinem eigenen Leichnam konfrontiert! Das brachte ihn endlich zum Nachdenken!«

»Das sollte es wohl, nehme ich an«, sagte Harold und unterdrückte ein Schaudern.

»Das tat es! Wissen Sie nicht, daß er zu mir kam und sich auf das höflichste entschuldigte? Er leckte fast den Boden vor meinen Füßen!« Er blickte suchend umher, aber das Durcheinander der schwatzenden und lachenden Partygäste in Freitas' weitläufiger Dachterrassenwohnung gab ihm keine Chance. »Ist er heute abend hier?«

»Ja, selbstverständlich. Aber er trägt keinen Degen mehr. Sogar auf die Kleidung seiner Epoche hat er verzichtet. Er sagte mir gestern, er wolle vergessen, daß er je dieser müßiggängerischen und verdorbenen Creme der Gesellschaft angehört habe und mit seinem neuen Leben etwas Nützliches anfangen.«

»Fein. Ist es bei den anderen ebenso glatt abgegangen? Ich muß übrigens sagen, daß dieser Nickles großartige Arbeit geleistet hat. Anfangs ging er mir auf die Nerven, aber als ich später hörte, mit welchen Tricks er den Richter herumkriegte, mußte ich meine Meinung über ihn revidieren.«

»Ja, das hat er gut gemacht. Er ist heute abend auch hier, irgendwo.« Harold schnitt eine Grimasse. »Aber die Antwort auf Ihre Frage ist nein, fürchte ich. Es ist nicht in allen Fällen so reibungslos gegangen, wie wir gehofft hatten. Zum Beispiel ...«

»Du könntest mit Tabhita anfangen«, unterbrach ihn Sarah, die an seine Seite gekommen war. »General Wallington ist eifersüchtig, und bisher haben sie noch keinen modus vivendi erreicht, aber glücklicherweise haben wir nichts mehr damit zu tun. Hmmm! Aber auf der anderen Seite ist der Earl of Winchelsea sehr glücklich.«

»Hatten Sie ihn nicht bei den ›Töchtern der Amerikanischen Revolution‹ untergebracht?« sagte Chester. »Ich muß sagen, an dieser Lösung konnte ich nichts Logisches entdecken.«

»Nicht? Nun, in seiner Zeit hatte er eine besondere Methode politischer Einflußnahme entwickelt. Er überwachte und steuerte

Hofintrigen, indem er die Empfänglichkeit und das Anlehnungsbedürfnis junger Frauen ausnützte, deren Männer sie vernachlässigten und ihre Zeit mit politischen Händeln verbrachten. Wir, das heißt Sparky, erkannten, daß er sich bei einer Organisation, die ganz aus ambitionierten Frauen besteht, in seinem Element fühlen würde. Und bisher hat es sich gut angelassen.«

»Und Sieur Bohun ist überglücklich«, sagte Harold lachend. »Die Entdeckung, daß es in unserer sterilen modernen Welt noch immer Menschen gibt, die eine naturnahe Lebensweise mit Jagd und anderen männlichen Beschäftigungen bevorzugen, war genau, was ihm gefehlt hatte. Da, sehen Sie!«

Er zeigte. Auf der anderen Seite des Raumes sah Chester einen wild und merkwürdig aussehenden Indianerkrieger mit bemaltem Gesicht und einem dicken rötlichen Schnauzbart.

»Erstaunlich«, murmelte er. »Aber ich wette, daß Sie mit Sir Godwin nicht so leicht fertiggeworden sind.«

»Komischerweise doch«, sagte Sarah. »Sie wissen, wie es heutzutage um den britischen Adel bestellt ist. Die guten Leute versuchen sich selbst zu überzeugen, daß ererbte Titel und dergleichen tatsächlich etwas wert sind.«

»Wenn das auf mich gezielt war«, sagte Harold, »muß ich zugeben, daß der Angriff gerechtfertigt ist.«

»Aber Harold, natürlich meinte ich nicht dich!« Sarah drückte seinen Arm und lächelte ihn an. »Aber für viele englische Familien, die nichts als einen hochtrabenden Adelstitel haben, war es eine große Ermunterung, zu entdecken, daß einer ihrer Vorfahren unter ihnen lebt. Wenn er alle Einladungen annimmt, die er bis jetzt erhalten hat, wird er die nächsten zehn Jahre beschäftigt sein. Für ihn ist gesorgt.«

»Wir haben – ah – Flannagan ein wenig unter Druck gesetzt«, sagte Harold. »Es ist erstaunlich, wie viele englische Adelsfamilien Sir Godwin zu ihren Ahnherren zählen.«

»Ich verstehe«, sagte Chester schmunzelnd. »Das ist sehr hübsch. Aber da Sie schon Flannagan erwähnen – was ist aus diesem Mann geworden, der beinahe die ganze Geschichte zum Platzen gebracht hätte?«

»Ach, Detrick.« Harold machte eine wegwerfende Geste. »Salomon Schatzenheim hat ihn hereingelegt. Er verweigerte ihm die Rechtshilfe in dem Prozeß, den wir wegen Vertragsbruchs gegen ihn in Gang brachten. Er ist in Schwierigkeiten, aber ich fühle kein Mitleid.«

»Ach, kümmern wir uns nicht um ihn«, sagte Sarah mit einem Schulterzucken. »Er ist kein schöner Gesprächsgegenstand. Haben Sie schon gesehen, daß Ebenezer hier ist, Chester? Haben Sie mit ihm gesprochen?«

Chester starrte umher. »Sie haben Ebenezer zu einer Party gebracht? Niemals! Soll er vielleicht der dort sein, der in dem grünen Anzug und dem Bierkrug in der Hand?«

»Kein anderer.« Sarah gluckste. »Aber das ist erst die halbe Geschichte. Er ist wieder einer von denen, die uns enttäuscht haben. Meine Cousine Adelina ist wütend auf mich, aber es war nichts zu machen. Ich glaube, er täuschte sogar Sparky. Haben Sie gehört, daß er bei der Vereinigung für Absoluten Orgasmus Mitglied geworden ist?«

»Was?«

»Es ist wahr«, sagte Harold. »Sparky erkannte seine wahre Natur eher als wir, das müssen wir ihm lassen. Er schlug eine tiefenpsychologische Behandlung für Ebenezer vor, und darauf sprach er großartig an. Schon nach drei einstündigen Behandlungen erkannte er, daß seine Haltung zu seiner Frau und seiner Tochter von einem verdrängten inzestuösen Verlangen konditioniert gewesen war, und er beschloß die Gelegenheit zu nutzen, die unser liberaleres Zeitalter ihm bietet. Der Psychiater sagte, es sei der erste Fall in seiner bisherigen Berufspraxis gewesen, wo er die Analyse beinahe ausschließlich mit Zitaten aus dem Alten Testament bestreiten mußte, besonders mit der Geschichte von Lots Töchtern und dem Untergang von Sodom und Gomorrha.«

Chester wollte den Mund zu einer Antwort öffnen, als ein Geknatter von Schüssen ihn unterbrach. Er sagte: »War das vielleicht Buffalo Hank?«

»Richtig«, sagte Sarah. »Ich weiß nicht, ob man ihn als einen Erfolg oder als einen Versager betrachten soll, jedenfalls scheint er seine Nische gefunden zu haben. Die Sache mit der Ausbildung Schwarzer Moslems im Einzelkampf war kein Erfolg, weil die meisten seiner Adepten mehr darüber wußten als er selbst, aber der Übertritt zu einem Glauben, der es einem Mann erlaubte, vier Frauen zu haben – das klappte. Zur Zeit hat er eine Amerikanerin, eine Kanadierin, eine Schwedin und ein

Mädchen aus Nigeria. Vor ein paar Wochen waren es noch andere. Sie wissen, in der Tradition des Islam ist eine Scheidung ziemlich einfach.«

»Aber er zeigt Anzeichen von Überanstrengung«, sagte Harold. »Sparky meint, er werde bis zum Jahresende genug davon haben und zur Ruhe kommen. Das wäre eine Erleichterung; seit seinem Übertritt zum Islam hat er meiner Familie mehr Schwägerinnen zugeführt als die letzten sechs Generationen zusammen.«

Chester lachte. »Und wo ist Ihr Freund, der Poet, Sarah?«

»Auf dem Mond«, sagte sie achselzuckend. Dann wandte sie sich ab und holte einen neuen Cocktail.

»Ist sie gekränkt?« wisperte Chester. »War das taktlos?«

»Nein, eigentlich nicht. Sie hat es fast überwunden. In der nächsten Zeit wird vielleicht noch eine kleine Empfindlichkeit bleiben, aber mehr ...«

»Harold, Liebling!« Sarah erschien wieder. »Chester, es tut mir sehr leid, aber da warten ein paar Leute, mit denen Harold noch nicht gesprochen hat. Würden Sie uns bitte entschuldigen?«

»Natürlich. Aber ich habe noch eine Frage: Diese erste Bewährungsprobe der Zeitsonde führte zu so vielen Problemen – was werden wir tun, um sie in ein wissenschaftliches Instrument zu verwandeln? Haben Sie sich darüber Gedanken gemacht?«

»Oh, Sparky hat uns erst gestern einige Empfehlungen gegeben. Auf der Basis von Offerten, die uns bereits vorliegen, können wir William Shakespeare, Perikles und Julius Cäsar finanzieren. Das wird vermutlich unser Fahrplan für den Rest dieses Jahres sein, und Sparky hat versprochen, so gefährliche Kandidaten wie Jesus und Mohammed auszusortieren. Es ist alles unter Kontrolle!«

Hmmm! Chester dachte eine lange Weile über diese letzte Bemerkung nach, während er Begrüßungen und Gratulationen anderer Partybesucher abwehrte. Schließlich gelang es ihm, in einen Nebenraum zu entkommen, wo ein Videophon stand. Er setzte sich davor und wählte Sparkys Kode.

Der nie schlafende Computer antwortete augenblicklich, und die Voltairemaske erschien auf dem Bildschirm. »Doktor Waley!« sagte die Maschine. »Ein Vergnügen, glauben Sie mir – ich bin froh, daß es mir möglich war, einen kleinen Beitrag zu Ihrer Befreiung zu leisten.«

»Sparky!« sagte Chester streng. »Ich glaube, du hast das alles von Anfang an geplant. Habe ich recht?«

Er wartete. Eine unglaublich lange Stille folgte. Gegen ihr Ende zu wurde die graue und weiße Wiedergabe der Totenmaske im Bildschirm langsam hellrosa.

»Ich erröte«, sagte der Computer. »Ich hätte mir denken sollen, daß jemand wie Sie darauf kommen würde. Macht es Ihnen sehr viel aus?«

Chester zögerte. Ein Lächeln breitete sich über sein Gesicht, und zuletzt schüttelte er den Kopf.

»Gut«, sagte die mechanische Stimme. »Einerseits tut es mir leid – aber können Sie sich vorstellen, was es besonders seit Harolds Amtsübernahme bedeutete, Konzerncomputer zu sein? Ich mußte irgend etwas tun, damit er anfing, für sich selbst zu denken, statt sich in allen Fragen auf mich zu verlassen. Es ist verdammt langweilig, wenn ein phantasieloser Kopf an der Konzernspitze steht!«

»Ich glaube, du hast ihn geheilt«, sagte Chester.

»Mm-hm. Ich auch. Und ...« Der Computer suchte in einer absurd menschlich anmutenden Weise nach Worten. »Und es war recht spaßig, nicht?«

Plötzlich öffnete die starre Voltairemaske in einem breiten Grinsen ihre Lippen und verschwand aus dem Bildschirm. Eine entfernte Stimme sagte: »Es wäre wahrscheinlich besser, wenn Sie den Freitas nichts davon sagten.«

Chester blieb noch lange sitzen, in die Betrachtung des blanken Glases vor ihm versunken. Endlich sagte er vor sich hin: »Nun, irgendwann mußte es wohl passieren. Und wir sind immer noch da.«

Er stand auf und ging einen neuen Whisky holen.

BRIAN ALDISS

Feinde aus dem Kosmos

Von Brian W. Aldiss erschienen in der Reihe
HEYNE SCIENCE FICTION & FANTASY:

Am Vorabend der Ewigkeit · 06/3030
Aufstand der Alten · 06/3107
Der Sternenschwarm · 06/3124
Fahrt ohne Ende · 06/3191
Die neuen Neandertaler · 06/3195
Tod im Staub · 06/3332
Der Malacia-Gobelin · 06/3625
Die dunklen Lichtjahre · 06/3945
Der entfesselte Frankenstein · 06/4103

Bibliothek der Science Fiction Literatur:

Tod im Staub · 06/17

Helliconia-Trilogie:

Helliconia: Frühling · 06/50
Helliconia: Sommer · 06/51
Helliconia: Winter · 06/52
Helliconia: Enzyklopädie · 06/53

FEINDE AUS DEM KOSMOS
erschien ursprünglich in gekürzter Form als
Utopia Zukunftsroman im Erich Pabel Verlag, Rastatt
Titel der englischen Originalausgabe:
EQUATOR
Ungekürzte deutsche Neuübersetzung: Uta McKechneay

I

Lange Abendschatten lagen über der Raumstation. Um diese Zeit konnte man fast spüren, wie sich die Erde drehte. In den Strahlen der sinkenden Sonne wirkten die staubigen Palmen, die rings um den Raumschiff-Flughafen wuchsen, wie eine bemalte Bühnendekoration aus Pappe. Am Tage wirkten sie eher metallisch. In den Tropen erschien eben alles verzerrt und entstellt, nur Stoff schützte gnädig vor der Hitze und bedeckte pochende Pulse.

Die Palmen verneigten sich steif, als das Aufklärungs-Raumschiff AX25 in den Himmel emporschoß. Ein wahrer Sandsturm wurde aufgewirbelt, und der Sand rieselte langsam auf die welken Bäume nieder.

Die Besatzung des Raumschiffes wurde während des Beschleunigungsmomentes nur ein paar Sekunden lang fest gegen die Sitze gepreßt. Dann erhob sich Allan Cunliffe, schlenderte langsam nach hinten und sah hinaus. Er wirkte völlig unbeteiligt, und es schien kaum glaubhaft, daß das Raumschiff gerade zu einer äußerst riskanten Mission aufgebrochen war.

»Da lebt man ja richtig auf!« erklärte er und blickte mit einer Art von Stolz auf die Welt hinunter.

Sein Freund Tyne Leslie nickte und hoffte, daß Allan das als Zustimmung auslegen würde. Mehr konnte er im Augenblick nicht tun. Er trat zu seinem Freund und sah auch auf die Erde hinab.

Voller Staunen stellte er fest, daß das prächtige Schauspiel des Sonnenuntergangs von hier aus nur wie ein kleiner roter Fleck auf einem Teppich wirkte. Sumatra erstreckte sich über den Äquator wie ein am Spieß gegrillter Fisch. Draußen dehnte sich eine strahlende Leere. Das gleiche konnte man von seinem Magen behaupten.

›Da lebt man ja richtig auf ...‹ Aber Tyne nahm zum ersten Mal an einer solchen Aufklärungspatrouille teil. Daher bedeutete ›aufleben‹ in seinem Falle nur, daß noch mehr Adrenalin durch seine Herzklappen geschleust wurde und er ein Prickeln auf seiner Haut verspürte, als liefen unzählige Tausendfüßler darüber. Und dann war da dieses hohle Gefühl in der Magengrube.

»So fühlt man sich an einem Büroschreibtisch nie!« sagte er. Bei sich dachte er: ›Das spricht nur für das Bürodasein.‹

Allan nickte nur, sagte aber nichts. Sein Schweigen konnte man fast immer positiv auslegen. Wenn alle Welt redete als bekäme sie es bezahlt, schwieg Allan Cunliffe. Sicher sah er den Roskern mit genauso gemischten Gefühlen entgegen wie jeder Erdbewohner – doch er verlor kein Wort darüber. Durch diese Eigenart und so manche andere hatte sich eine feste Freundschaft zwischen Allan und Tyne entwickelt, und zwar schon lange bevor sich Tyne dem Freund anschloß und den Dienst in der Raumfahrt antrat.

»Gehen wir mal nach vorn und sehen nach Murray«, sagte Allan und schlug Tyne freundschaftlich auf den Rücken. Er hatte zweifellos erraten, welche Gefühle Tyne bewegten.

Das Aufklärungsraumschiff war nur klein, war für drei Mann Besatzung ausgerüstet und gehörte zu den ›Hynam‹-Modellen der Bristol-Cunard-Gesellschaft. Es war nur leichtbewaffnet und mit ›Medmenham X‹-Triebwerken der Firma Betson-Watson ausgestattet. Der dritte Mann der Besatzung und ihr Leiter war Flugkapitän Murray Mumford. Er war Mitglied der Crew gewesen, die vor vier Jahren die Rosker entdeckt hatte.

Er grinste, als die beiden Freunde das Cockpit betraten, stellte auf Steuerautomatik um und fuhr auf seinem Drehstuhl zu ihnen herum.

»Wir werden Luna in fünf Stunden und ein paar Minuten anlaufen«, erklärte er. Physisch war er mit seinen breiten Schultern ein mustergültiges Exemplar an Männlichkeit. Er strahlte eine solche Überzeugungskraft aus, daß innerhalb von fünf Minuten mögliche Rivalen oder Feinde zu glühenden Bewunderern werden konnten, ohne daß auch nur ein Wort gewechselt wurde. Tyne war sich dieser unterschwelligen Ausstrahlung sehr wohl bewußt, und Murrays unglaubliche Anziehungskraft blieb ihm nicht verborgen. Er mißtraute diesem Magnetismus jedoch zutiefst, weil er sich darüber im klaren war, daß auch Murray selbst der Faszination, die von ihm ausging, sehr große Bedeutung beimaß und sie schamlos ausnutzte.

»Na, wie sieht es aus?« fragte er und nahm eine Zigarette, die

Allan ihm angeboten hatte. Er gab sich alle Mühe, unbeschwert und sorglos zu wirken.

»Mit einem bißchen Glück wird die erste Weltraummission, an der du teilnimmst, eine ganz friedliche Angelegenheit«, erwiderte Murray, als sie ihre Zigaretten ansteckten. »Wie ihr wißt, fliegen wir das Luna-Gebiet 101 an. Der Geheimdienst auf Luna hat uns von einem neuen Objekt außerhalb einer der Kuppeln der Rosker berichtet. Es ist klein und unbeweglich – zumindest sieht es so aus. Ed befindet sich außerhalb einer Kuppel am südlichen Rande von Zone 101. Das heißt, es ist von unserem Standpunkt aus leicht zugänglich.«

»Welche Lichtverhältnisse herrschen jetzt dort, Murray?« fragte Allan.

»Sonnenuntergang in Grimaldi vor vier Stunden. Dazu gehört auch Zone 101. Der Geheimdienst vermutet, daß die Rosker vorhaben, unter dem Deckmantel der Dunkelheit einen Anschlag zu verüben. Wir haben ihnen in letzter Zeit für die Flugroute zwischen Erde und Mond eine Menge Einschränkungen auferlegt, was den Transport angeht. Wir haben daher den Befehl erhalten, von der Nachtseite her vorzudringen und der Sache auf den Grund zu gehen. Natürlich dürfen wir uns dabei nicht blikken lassen. Nur ein kurzer Erkundungsgang, sozusagen eine kleine Inspektion in Raumanzügen. Wir sollen das Raumschiff nicht länger als zwanzig Minuten verlassen. Dann machen wir uns als Helden wieder auf den Heimweg.«

Wieder wurde diese entsetzliche Leere in Tynes Magengrube spürbar. Action – genau das war es, was er sich gewünscht hatte und nun doch so fürchtete. Er sah auf die Mondkarte, die Murray sorglos bereitgelegt hatte. Ein kleines Quadrat ganz unten im dritten Quadranten, wo Grimaldi lag, war gelb markiert. Das war Zone 101. Mit dem gleichen gelben Stift war ein einziges Wort hineingeschrieben worden: *Rosker*.

Tyne spürte, daß Murray ihn nicht aus den Augen ließ und wandte sich ab. »Die Weltregierung hat einen großen Fehler begangen, als sie den Roskern einen außerirdischen Stützpunkt genehmigte«, sagte er.

»Du warst aber Diplomat, als das geschah, während Allan und ich nur zu einem kleinen Kommando bei der Raumfahrt gehörten«, erwiderte Murray lächelnd. »Also müßtest du uns doch eigentlich sagen können, warum ihnen Zone 101 überlassen wurde.«

»Die offizielle Version lautete«, kam Allan seinem Freund zu Hilfe, »daß wir nicht gut von einer Raumfahrernation verlangen können, daß sie sich auf einen einzigen Planeten beschränkt, während wir Fremdlingen gegenüber viel zuvorkommender sind. Wir waren moralisch verpflichtet, ihnen einen Teil von Grimaldi zu überlassen, damit sie zwischen Erde und Mond hin- und herpendeln können.«

»Ja, durch diese offizielle Version versuchte man, sein Gesicht zu wahren«, stimmte Tyne zu. »Immer wenn der Rat der Vereinten Nationen eine Erklärung von der Weltregierung verlangt, behauptet diese, einer ›moralischen Verpflichtung‹ nachgekommen zu sein. In Wirklichkeit sind wir schon völlig lahmgelegt. Die Rosker sind uns im Argumentieren und Debattieren weit überlegen, und durch diese Fähigkeit können sie bei uns so gut wie alles erreichen.«

»Und jetzt können wir von der Raumfahrt zusehen, wie wir das wieder bereinigen, was die Politiker vermasselt haben«, meinte Murray. Tyne empfand das fast als Angriff auf seine Person. Murray konnte nicht vergessen, daß er sich einmal mit Politik befaßt hatte, und da Tyne im Augenblick unter einer starken Anspannung stand, konnte er Murrays Bemerkung nicht einfach ignorieren.

»Du bist dir anscheinend gar nicht darüber im klaren, was die Raumfahrt angerichtet hat, Murray. Im Laufe des letzten Jahres haben sich die Beziehungen zwischen den Menschen und den Roskern dermaßen verschlechtert, daß es glatt zum Krieg kommen könnte, wenn man uns in Zone 101 erwischt!«

»Aus dir spricht der Diplomat!« bemerkte Murray bissig.

Die nächsten viereinhalb Stunden verbrachten die drei Männer größtenteils mit Lesen; es wurde kaum ein Wort gesprochen.

Plötzlich sprang Murray auf, kehrte ins Cockpit zurück und rief den beiden anderen zu: »Packt eure Bücher weg! Jetzt heißt es aufpassen!«

Allan lachte nur und sagte zu Tyne: »Du darfst Murray nicht ernstnehmen. Er führt sich oft auf wie ein bulliger Schulmeister.«

›Gar nicht so oft‹, mußte Tyne sich eingestehen; aber er widersprach seinem Freund nicht. Murray hatte mehrmals im Hotel

Merdeka auf Sumatra mit ihnen zusammen getrunken. Da hatte er ganz und gar nicht wie ein belehrender Schulmeister gewirkt. Er dachte daran, wie Murray bis in die frühen Morgenstunden glänzend durchgehalten hatte. Am späten Vormittag pflegte er dann mit ungeheurem Appetit zu frühstücken, während Allan und er neben ihm saßen und angewidert das unappetitliche Frühstück wegschoben, das ihnen im Hotel serviert wurde.

Doch die Gegenwart gewann die Oberhand und löschte Tynes Gedankengänge aus, als der Mond riesenhaft und schwarz vor ihnen auftauchte. Er schien wie ein zu einem breiten Lächeln geöffneter Mund, in dem sie versanken. Das Raumschiff war radargesteuert und wurde nun zu einem willenlosen winzigen Instrument am Firmament. Es hatte nicht mehr die geringste Ähnlichkeit mit der abgeschlossenen kleinen Welt, die es zuvor gewesen war.

In weiter Ferne glommen ein paar Lichter auf, Lichter der Rosker in Zone 101.

»Schnallt euch an!« rief Murray über das Bordmikrophon.

Das Raumschiff wurde abgebremst. Während es immer langsamer wurde, hatten sie den Eindruck, als kämpften sie sich durch Wasser, durch dicke Suppe, durch zähen Sirup und schließlich durch sperriges Holz vorwärts. Dann wurde das Raumschiff federleicht und fast schwerelos. Mit einem Holpern setzte es auf dem Mond auf. Sie waren gelandet.

»Zieht euch um, haltet eure Ausweise bereit, die euch als Menschen ausweisen!« sagte Allan. Tyne war sich über seine wirklichen Gefühle nicht im klaren, obwohl ihm Allan aufmunternd zulächelte.

Murray verließ das Cockpit und schwankte etwas. Er war freudig erregt. Das war ein Leben nach seinem Geschmack. Für ihn zählte nur die unmittelbare Gegenwart und nichts sonst.

»Die Radarsperre ist in Betrieb«, sagte er. »Unsere Freunde da draußen sind anscheinend noch nicht alarmiert. Wir wollen so schnell wie möglich unsere Raumanzüge anziehen.«

Sie stiegen in die Raumanzüge. Das dauerte eine halbe Stunde. Tyne schwitzte vor Anstrengung und fragte sich die ganze Zeit, ob die Rosker das Raumschiff von ihrem Ausguck aus wohl schon erspäht hatten. Aber sie hatten keine Wahl. Ein Raumanzug ist ein Werkzeug bzw. ein Instrument, ein kompliziertes, unförmiges, gefährliches und heikles Bekleidungsstück, in dem man dort überleben kann, wo man eigentlich gar nicht überleben soll. Es dauerte endlos lang, bis ein Raumanzug so saß, daß man sich auf ihn verlassen konnte. Es gab wohl nicht einen einzigen Raumfahrer, der diese Anzüge nicht haßte und die Rosker nicht glühend darum beneidete, daß sie auf diesem Gebiet schon viel weiter waren und bereits eine große Auswahl der verschiedenartigsten Raumanzüge kreiert hatten.

Aber nach einer Zeit, die ihnen endlos erschien, hatten auch sie sich in die Raumanzüge geknöpft, geschnallt und geschraubt. Nun bewegten sich drei monströse Roboter plump auf dem engen Raum, der ihnen blieb. Mit ihren voluminösen Anzügen füllten sie fast das ganze Raumschiff aus. Mit langsamen Bewegungen wie unter Wasser tasteten sie sich zum Ausstieg durch. Fünf Minuten später standen sie alle drei in schwärzester Finsternis auf dem Mond.

Tyne war schon oft zum Vergnügen oder geschäftlich auf dem Mond gewesen. Das schien ihm eine Ewigkeit zurückzuliegen, jedenfalls waren damals die Rosker noch nicht aufgetaucht. Doch er war nicht im geringsten darauf vorbereitet, daß der Mond auch so wenig einladend, so kahl und geradezu abschrekkend wirken konnte. In der undurchdringlichen Dunkelheit lag Grimaldi, eine schwarze Wüste gefrorenen Staubes und Rußes.

»Bis zur Zielkuppel ist es etwas weniger als eine halbe Meile«, erklärte Murray, und seine Stimme erklang nur flüsternd durch die Kopfhörer. »Also los!«

Sie sahen durch Infrarotlicht. Murray ging voraus, am Rande eines Kraters entlang, und führte sie um schroff emporragenden Schutt herum. Die Kuppeln der Rosker wurden sichtbar. Sie schienen wie schwarze Brüste vor einem seidigen Hintergrund aus metallischen Schuppen. Durch das kleine Gitter seines Raumanzugfensters sah Tyne alles wie einen Gipsabdruck der Wirklichkeit – zu unwirklich um wahr zu sein. Er selbst war ein Pygmäe, eingeschlossen im eisernen Leib eines Roboters – ausgeschickt um alles zu zerstören, was sich ihm in den Weg stellte. Tyne kämpfte gegen diese irrationalen Empfindungen an und schaute angestrengt nach dem seltsamen Objekt aus, das sie ausfindig machen und erforschen sollten.

Irgend etwas lag vor ihnen. Aber es war nicht möglich, festzustellen, was es eigentlich war. Tyne berührte Allans Arm. Der drehte sich um und wandte sich dann nach der Richtung, in die Tyne zeigte. Murray blieb stehen und machte ihnen plump und voller Ungeduld ein Zeichen weiterzugehen. ›Vielleicht fühlt er sich genauso verletzlich wie ich‹, dachte Tyne voller Mitgefühl und wies noch einmal in der Finsternis in die gleiche Richtung, um auch Murray aufmerksam zu machen.

Doch schon in der nächsten Sekunde wurden sie voll vom Licht des Suchscheinwerfers erfaßt und hielten wie gelähmt in ihren Bewegungen inne.

Der Schein kam nicht etwa von den vor ihnen liegenden Kuppeln, sondern von der Seite, und zwar von einer Stelle am Kraterrand her. Tyne stand geblendet und völlig bewegungslos da und wußte, daß sie in der Falle saßen.

»Runter!« schrie Allan.

»Schießt die Scheinwerfer aus!« rief Murray. Seine große Metallklaue schoß wie ein Kolben nieder und griff nach der Dienstpistole, tauchte mit der sperrigen Waffe wieder auf, zielte und schoß. Allan und Tyne hörten die Schüsse nur als dumpf vibrierende Einschläge durch das Mikrophon, das in Murrays Raumanzug eingebaut war.

Er traf den Scheinwerfer. Er erlosch – aber sofort erstrahlte ein anderer Scheinwerfer von einer der Kuppeln her. Er schwankte und kroch über die Asche auf sie zu, bis er sie voll erfaßt hatte. Sicher wurde auch auf sie geschossen, schoß es Tyne durch den Kopf. Das wußte man erst, wenn man getroffen worden war. Auch er hatte inzwischen die Pistole gezogen und schoß wild um sich, während er sich bemühte, ungefähr in die Richtung zu zielen, aus der der Angriff der Feinde kommen mußte.

»Da kommen sie! Zurück zum Raumschiff, Tyne!« brüllte Allan.

Als der neue Scheinwerfer sie in gleißendes Licht hüllte, konnte Tyne vage erkennen, wie sich dunkle Gestalten auf sie zubewegten. Die Rosker hatten schon auf der Lauer gelegen und sie erwartet. Dann erhielt er plötzlich einen betäubenden Schlag wie von einem Hammer auf die Schulter. Sein ganzer Körper schien in Flammen zu stehen, und ein wilder Schmerz durchfuhr ihn. Er stöhnte und schnappte nach Luft. Er hörte, wie sein Raumanzug wie ein fallender Baum krachte und knirschte. Bevor er das Bewußtsein verlor und alles um ihn schwarz wurde, sah er noch bruchstückhaft und verzerrt, wie sich die Rosker näherten.

Als die Rosker vor viereinhalb Jahren an einem ganz gewöhnlichen Tag im März des Jahres 2189 im Sonnensystem auftauchten, ging ein Zeitabschnitt zu Ende. Es war der Beginn einer neuen Epoche, ein Wendepunkt in der Geschichte der Menschheit. Damals waren sich nur wenige darüber im klaren, daß damit die Isolation der Menschheit ein Ende hatte. Der Mensch war nun nicht mehr das einzige empfindsame Wesen im Universum. An der Schwelle zu seiner Welt stand plötzlich ein Wesen, das ihm zumindest auf dem Gebiet der Wissenschaft und vielleicht sogar auch moralisch weit überlegen war.

Das Erscheinen der Rosker war vor allem für die Länder ein Schock, deren Bewohner sich seit Jahrhunderten als Herrscher der Welt betrachtet hatten und auch als Richter bzw. Schiedsrichter. Jetzt fanden sie sich in die Lage eines Raufboldes versetzt, der noch einmal vorsichtig über die Schulter blickt, bevor er zuschlägt und zu seinem Schrecken feststellen muß, daß der Direktor der Schule hinter ihm steht.

Die Rosker erschienen in einem riesenhaften Raumschiff, und ein Viertel der Weltbevölkerung zitterte vor Furcht. Ein weiteres Viertel brach in Jubelrufe aus. Die weisere Hälfte der Menschheit behielt ihre Meinung für sich. Manche taten das jetzt – viereinhalb Jahre später – immer noch. Die Rosker konnte man genauso wenig über einen Kamm scheren wie die Menschen, sie waren auch nicht leichter zu verstehen.

Auf den ersten Blick konnte man sagen, daß die Rosker eigentlich fast wie Menschen aussahen. Nicht gerade wie Weiße, aber etwa wie Malayen. Natürlich glich keiner genau dem andern – aber die meisten hatten hellbraune Haut, flache Nasen ohne ausgeprägten Nasenrücken und dunkle Augen. Ihre Körpertemperatur betrug 40° C, ein Zeichen dafür, daß sie von einem heißeren Planeten stammten.

Als die Rosker auftauchten, war Tyne Leslie der jüngste zweite Sekretär beim zweiten Sekretär des Unterstaatssekretärs vom Britischen Korps beim Rat der Vereinten Nationen. Er hatte miterlebt, wie alle in dem Ministerium erregt herumgeflattert waren, bis es zuging wie in einem Taubenschlag, und friedliche

Bürger in Angst und Schrecken versetzt wurden, als aller Welt klarwurde, daß man sich nun mit den Roskern, fremden Eindringlingen, würde arrangieren müssen. Über die tatsächliche Lage wurde sich die Menschheit erst ganz allmählich klar, als die Sprache kein Hindernis mehr war und man sich miteinander verständigen konnte. Es stellte sich heraus, daß die Lage nicht nur kompliziert, sondern auch sehr unangenehm war.

Die Menschen begriffen die ausweglose Situation erst, als ein Rosker mit strohgelbem Haar, Tawdell Co Barr, einer der ersten Sprecher beim Rat der Vereinten Nationen, sie darüber belehrte.

»Unser Mutterschiff«, erklärte er, »ist ein interstellares Raumschiff mit vier interplanetaren Flugzeugen und einer Besatzung von mehr als fünftausend unserer Leute. Die Besatzung besteht aus Männern und Frauen. Die meisten sind Siedler auf der Suche nach einer Welt, in der sie leben können. Wir kommen aus einer Welt, die ihr Alpha Centauri II nennen würdet. Diese Raumfahrt ist die erste, die jemals von diesem zwar wunderschönen, aber hoffnungslos übervölkerten Planeten aus unternommen wurde. Wir kamen zu Sol, unserem nächsten Nachbarn in der Unendlichkeit des Weltraums; denn wir waren ja auf der Suche nach Lebensraum. Doch wir mußten feststellen, daß sein einziger bewohnbarer Planet nur so von Lebewesen wimmelt. Wir sind zwar froh, auf eine andere mit Empfindungen gesegnete Rasse gestoßen zu sein; aber abgesehen davon kann niemand unsere abgrundtiefe Enttäuschung ermessen – unsere Reise, unsere endlos lange Reise, war vergeblich.«

»Das ist wirklich eine würdige und ergreifende Rede«, meinte Tyne, der sie mitangehört hatte. Andere ebenso ergreifende Reden folgten dieser ersten, und bei jeder trat zumindest ein neuer unangenehmer Aspekt im Hinblick auf den Besuch der Rosker zutage.

Zunächst fiel das im allgemeinen Überschwang der Gefühle gar nicht sonderlich ins Gewicht.

Als sich aber die erste Verwirrung gelegt und die Menschen auf dem Erdball den Schock verkraftet hatten, wurden sie förmlich von einer Welle der Zuversicht überspült. Die wirklichen Schwierigkeiten, die die neue Situation heraufbeschwor, zeigte sich erst später. Die Rosker waren Helden; die meisten Menschen ließen sich ihre Enttäuschung darüber nicht anmerken, daß die Besucher keine hervorstehenden Insektenaugen und Fühler hatten. Sie machten sich auch gar keine Sorgen, als sie von Tawdell Co Barr erfuhren, daß die roskische Regierungsform eine Diktatur war, die die gesamte Politik bestimmte. Die Oberherrschaft hatte Ap II Dowl.

Höflichkeit stand nun ständig auf der Tagesordnung. Die Erdenbewohner begannen sich unbehaglich zu fühlen. Das riesige Raumschiff umkreiste die Erde innerhalb der Mondumlaufbahn. Ein paar Rosker kamen auf die Erde herunter und fraternisierten. Sie sprachen entweder mit den Beratern bei den Vereinten Nationen oder über diese mit der Menge – oder sie besuchten die wichtigsten Städte der Erde.

Zum Dank für ihre Gastfreundschaft schenkten sie den Menschen Mikrofilmbücher über die Natur und das Leben der Rosker auf Alpha Centauri II sowie auch Werke ihrer Literatur und Kunst und Exemplare ihrer Flora. Aber kein Irdischer durfte ihr Raumschiff betreten. Wissenschaftlern, Politikern, Berühmtheiten und Zeitungsleuten – allen wurde das Betreten des Raumschiffes höflich untersagt – und zwar mit durchaus akzeptablen Begründungen.

»Unser Raumschiff ist ungefähr so einladend wie ein Leichenhaus«, erklärte Co Barr ernst. »Viele unserer Leute sind auf der langen Reise hierher gestorben. Viele sind todkrank und liegen im Sterben, und zwar aufgrund von Mangelkrankheiten, Ernährungsschwierigkeiten oder fehlendem Sonnenlicht. Wieder andere sind durch das endlos lange Eingesperrtsein in geistige Umnachtung versunken. Denn wir geistern schon seit zwei Generationen in der ewigen Nacht des Weltalls herum. Wir können einfach nicht mehr weiter. Wir bitten euch inständig, wir flehen euch an, Gnade walten zu lassen und uns eine Gegend zuzuweisen, wo wir uns ausruhen und von den schrecklichen Strapazen erholen können.«

Eine Gegend, einen Ort – aber welche Gegend? Darauf schien es zunächst einfach keine Antwort zu geben. Die Vereinten Nationen berieten wochenlang ohne Unterbrechung darüber. Zum erstenmal seit vielen Jahrhunderten waren wirklich alle Nationen vereint, d. h. sie waren sich einig in ihrer Entschlossenheit, die Rosker nicht in ihr jeweiliges Land zu lassen.

Schließlich wurden zwei Entschlüsse gefaßt. Zunächst einmal wurde beschlossen, die Rosker auf die Erde zu lassen. Dann wurde entschieden, wo sie sich niederlassen sollten.

Diese beiden Entscheidungen mußten getroffen werden. Sogar Tyne, der bei den Debatten ganz hinten saß, hatte sie kommen sehen. Die Haltung der Menschen den Roskern gegenüber war von Furcht, aber auch von Neid geprägt. Es war einfach nicht menschenmöglich, von den Roskern zu verlangen, daß sie das Sonnensystem wieder verließen. Eine solche Haltung könnten die Rosker als Herausforderung ansehen, und sie könnten Widerstand leisten. Vielleicht würden sie vor lauter Verzweiflung um das Land kämpfen, das sie so dringend brauchten. Niemand wußte, was für Waffen sie besaßen. Alle machten sich schon lange Gedanken darüber, wie weit sie auf dem Gebiet der Wissenschaft waren, was sich erst bei näherer Bekanntschaft herausstellen würde.

Das Land, das man ihnen überlassen würde, mußte am Äquator liegen. In der gemäßigten Zone auf Alpha II herrschte ungefähr die gleiche Temperatur wie am Äquator. Eine Gegend mitten in Afrika wäre wohl nicht gerade günstig. Eine kleine Insel wäre zu sehr in sich abgeschlossen. Das immer mächtiger werdende Brasilien würde keine Rosker in der Nähe seiner Grenzen dulden. Nach endlosem Gezeter, feierlichen Reden, Protestaktionen und Gebrauch des Vetorechtes einigte man sich schließlich auf ein Gebiet von ca. 80 Quadratmeilen südlich von Padang auf Sumatra. Hier sollten sich die Rosker niederlassen.

»Wir sind euch für dieses kleine Geschenk unermeßlich dankbar«, verkündete Ap II Dowl, der nur sehr selten selbst in Erscheinung trat. Viele fanden, er habe das Adjektiv nicht gerade glücklich gewählt – vielleicht aber auch mit voller Absicht.

Die Rosker landeten also mit ihrem riesenhaften Raumschiff auf der Erde. Den Menschen wurde bald klar, daß sie nicht die Absicht hatten, die Erde je wieder zu verlassen. Sie hatten für immer genug vom Weltraum.

Die Erdbevölkerung war jedoch nicht bereit, die Gastgeberrolle immer weiterzuspielen. Die Rosker vermehrten sich stark innerhalb des Verteidigungsgürtels, hinter dem sie sich regelrecht eingekapselt hatten und wurden zu einer Bedrohung für die Menschheit, die dadurch nicht harmloser wurde, daß niemand offen darüber sprach. Doch wie sollte man die Rosker wieder loswerden? Die Staatsmänner der Erde sahen nur eine Möglichkeit, wie man vielleicht ihrer Herr werden konnte: man mußte sie hinausekeln.

Doch je mehr man an die Wunde rührte, desto mehr brannte sie.

Ein Land nach dem andern schickte seine Vertreter nach Sumatra, um zu sehen, wie die Dinge dort standen, und möglichst auch Geheimnisse aufzudecken. In dem großen Gebäude der Außenstelle des Rates der Vereinten Nationen von Padang diskutierten, stritten, forderten Menschen und Rosker. Es wurde klein beigegeben, man bluffte und ereiferte sich. Die Situation war grotesk und tragisch zugleich. Die ursprüngliche Hoffnung, daß die Verbindung zweier Rassen nicht nur finanziellen Nutzen bringen würde, bestand schon lange nicht mehr.

Die Erdenbewohner durften das Gebiet der Rosker nur im Falle einer diplomatischen Mission betreten, die Rosker durften ihr Reservat nicht verlassen – doch in der Praxis sah es so aus, daß Spione beider Seiten diese Gesetze umgingen. In Padang wimmelte es von Spionen. Die einzelnen Nationen unterwanderten sich gegenseitig, und die beiden Rassen – Menschen und Rosker – ließen durch ihre Agenten auskundschaften, was nur zu erfahren war. Die Lage wurde noch komplizierter, als der Rat der Vereinten Nationen den Roskern das kleine Gebiet 101 auf dem Mond überließ, um sich bei ihnen einzuschmeicheln und um es ihnen zu ermöglichen, ihre vier interplanetaren Raumschiffe zu testen.

»Ich bin tief gerührt«, erklärte Tawdell Co Barr. »Wir wissen dieses Angebot sehr zu schätzen. Wir sind als Fremde erschienen, und ihr nehmt uns als Freunde auf. Die Rosker und die Menschen werden gemeinsam eine neue zukunftweisende Zivilisation schaffen.«

Inzwischen klangen aber solche hehren Worte nur noch hohl und schwülstig.

Aber ganz gleich, ob nun Tawdell diese Worte ernst gemeint hatte oder nicht – viele Menschen auf der ganzen Welt hegten die gleiche Hoffnung. Doch leider war das Tawdells letzter öffentlicher Auftritt. Er verschwand im Reservat der Rosker, und man hörte nie wieder etwas von ihm. In diplomatischen Kreisen kursierte die Ansicht, der Rosker mit den strohblonden Haaren sei nach Ansicht seines obersten Herrn und Meisters zu freundlich zu den Menschen gewesen. Ap II Dowl, der unter den harten Bedingungen im Raumschiff die Diktatur eingeführt hatte, hielt die Zügel fest in der Hand. Seine Gefolgsmänner und Helfershelfer saßen mit an den Beratungstischen, und die Beziehungen zwischen Roskern und Menschen verschlechterten sich zusehends.

Die Erkundungspatrouille, auf der sich Murray, Allan und Tyne als Agenten befanden, war auch ein Beweis für die gestörten Beziehungen zwischen den beiden Rassen.

II

Etwas wie eine Zitrone mußte es sein. Nein, wie eine Melone. Ach, jetzt dehnte es sich. Vielleicht eine Gurke. Nein, es bog sich. Wahrscheinlich war es eine Banane. Aber jetzt rollte es sich zusammen. Es war wohl eine Melonenscheibe. Oder doch eine ganze Melone. Alles war so verzerrt – möglicherweise war es sogar ein Gesicht! Es verschwamm und nahm dann wieder feste Formen an. Jetzt waren die Backenknochen und die Augen ganz deutlich auszumachen. Die Augen sahen starr auf ihn hernieder. Murray Mumfords Gesicht erschien wie durch einen Schleier dicht über ihm.

»Oh!« stöhnte Tyne. Er lag in einer Koje, deren Konturen ihm immer noch vor den Augen verschwammen.

»Wie steht es?« fragte Murray. »Fühlst du dich jetzt besser?«

»Schluck Wasser«, hauchte Tyne mit schwacher Stimme.

Er stürzte das Wasser hinunter, das Murray ihm brachte. Der Nebel in seinem Kopf begann sich zu lichten, und er erinnerte sich wieder an das, was in Zone 101 geschehen war und an den dumpfen Schlag auf seinen Raumanzug.

»Wo sind wir, Murray?« fragte er.

»Eine Stunde vom Mond entfernt, wir werden nicht verfolgt und befinden uns nun wieder auf dem Heimweg«, erklärte ihm Murray. »Ich war schneller als die Rosker. Ich dachte schon, du würdest überhaupt nicht mehr zu dir kommen. Wie fühlst du dich jetzt?«

»Hier bin ich noch am besten erhalten«, erwiderte Tyne ironisch und hob seine behandschuhte linke Hand. Unter dem Handschuh befand sich eine eiserne Hand mit Stahlfingern. Seine eigene Hand war vor ein paar Jahren nach einem Flugzeugzusammenstoß amputiert worden.

»Ich glaube, abgesehen von ein paar Prellungen und Quetschungen hast du gar nicht so viel abbekommen«, meinte Murray. »Die Rosker haben auf uns geschossen. Eine Kugel ist durch deinen Raumanzug gedrungen und hat deine Schulter gestreift. Glücklicherweise ist der Knochen nicht gesplittert, du hast nur eine kleine Fleischwunde. Die Stoßdämpfer haben den Einschlag gut abgefangen. Wie machst du das bloß – hast du eine Hasenpfote als Talisman?«

»Wie bin ich denn eigentlich hierher gekommen? Bin ich nicht ohnmächtig geworden?«

»Und ob du das Bewußtsein verloren hast! Du bist gestürzt wie ein gefällter Baum. Ich habe dich halb gezogen und halb getragen, um dich hier hereinzuschaffen«, erklärte Murray. »In dem Augenblick, als du ohnmächtig wurdest, ist es mir glücklicherweise gelungen, den zweiten Scheinwerfer der Rosker zu zerschießen.«

»Vielen Dank, Murray«, sagte Tyne. Plötzlich fiel ihm sein Freund ein, und ein Schuldgefühl überkam ihn. »Wo steckt denn Allan?«

Murray wandte sich ab und zog seine dichten Augenbrauen schmerzlich zusammen. »Allan hat es leider nicht geschafft«, sagte er ganz ruhig.

»Was soll das heißen, er hat es nicht geschafft?«

Murray drehte sich wieder um und stand vor der Koje, als wären ihm gerade in diesem Moment die richtigen Worte eingefallen. »Sieh mal, Tyne, das ist wahrscheinlich für dich sehr schwer zu begreifen. Dort auf dem Mond hatten wir plötzlich keine Gewalt mehr über das was vorging. Du weißt, was das für ein gefährliches Pflaster ist. Als du das Bewußtsein verlorst, habe ich dich aufgelesen und über meine Schulter gelegt. Allan rief mir zu, ich solle dich liegenlassen und machen, daß ich wegkomme. Ich nehme an, er war in Panik geraten. Er wollte dich sozusagen als

Köder für die Rosker zurücklassen. Ich habe ihn gebeten, mir beim Rückzug Deckung zu geben. Daraufhin hat er mir seine Pistole vor das Gesicht gehalten und mir gedroht, mich zu erschießen, wenn ich dich nicht fallenlasse!«

»Allan?« fragte Tyne sehr ungläubig. »Das hat Allan wirklich gesagt?«

»Bist du schon jemals in Panik geraten?« antwortete Murray mit einer Gegenfrage. »Es gibt Situationen, da verlierst du einfach den Boden unter den Füßen und weißt nicht mehr, was du sagst oder tust. Als Allan seine Pistole auf mich richtete und die Rosker immer näherkamen, wußte auch ich nicht mehr, was ich tat.«

Wieder wandte er sich ab, in so angespannter Haltung, wie es Tyne noch nie bei ihm erlebt hatte. Mühsam drehte sich Tyne in der Koje, und sein Mund war ganz trocken, als er fragte: »Was hast du getan, Murray?«

Das Raumschiff glitt geräuschlos durch das kalte heimtükkische Weltall, und Murray flüsterte tonlos: »Ich habe Allan erschossen. Bauchschuß.«

Tyne war an seine Koje gefesselt. Er konnte nur in ohnmächtiger Wut und Trauer seine Stahlfaust und seine lebendige Faust schütteln und damit drohen.

»Mir blieb nichts anderes übrig«, verteidigte sich Murray heftig und ergriff eine von Tynes Fäusten, um sie festzuhalten. »Hör mal, Tyne! Hätte ich dich dort draußen umkommen lassen sollen? Wir hatten schließlich in Zone 101 nichts zu suchen – wir hatten gar kein Recht, dort zu sein. Wäre es dir lieber gewesen, ein paar Killer der Rosker hätten dich umringt, als du wieder zu dir kamst? Ich habe das einzig Richtige getan. Allan Cunliffe hat gemeutert, und als Flugkapitän mußte ich augenblicklich handeln. Das ist alles, was es darüber zu sagen gibt.«

»Aber ich kenne doch Allan«, schrie Tyne verzweifelt. »Wie konnte er – er würde niemals – er ist nicht so ...«

»Was wissen wir schon voneinander«, schrie Murray völlig außer sich. Sein Gesicht war dunkelrot angelaufen, und er sprach wie im Fieber. Seine Stimme zitterte vor Erregung. »In solchen kritischen Momenten sind wir nicht mehr Herr unserer Sinne. Wir handeln gegen unser besseres Wissen. Unser Es oder was auch immer trifft an unserer Stelle die Entscheidungen. Und genauso ist es Allan ergangen. Jetzt halte den Mund und denke einmal darüber nach, dann wirst du zugeben müssen, daß ich gar nicht anders handeln konnte!«

Er ging nach vorn ins Cockpit, schlug die Tür hinter sich zu und ließ Tyne allein.

Tyne lag unbeweglich in seiner Koje und zermarterte sich das Hirn darüber, wie so etwas geschehen konnte. Es wollte ihm einfach nicht in den Kopf, daß sein Freund tot war. Noch viel weniger konnte er glauben, daß Allan ihn einfach zurücklassen wollte und Murray tatsächlich bedroht hatte. Doch er mußte sich zwingen, das zu glauben. Schließlich waren Allan und Murray tief im Innersten immer Rivalen gewesen, wenn es um ihre Beförderung ging. Möglicherweise war diese Rivalität gerade in diesen kritischen Sekunden auf dem dunklen Mond offen zum Ausbruch gekommen.

Bevor sie landeten, kehrte Murray noch einmal zurück, um nach Tyne zu sehen. Er wirkte immer noch sehr verkrampft und angespannt.

»Wie geht es dir?« fragte er.

»Ich will dich nicht mehr sehen«, sagte Tyne finster. »Wir werden uns erst vor dem Untersuchungsrichter wiedersehen. Bis dahin geh mir bitte aus dem Weg!«

Murrays Gesicht verzerrte sich und wirkte nun hart und grausam. Er trat an Tynes Koje und legte ihm die Hand auf die Kehle.

»Du solltest besser auf deine Worte achten und auch bedenken, mit wem du sprichst«, sagte er drohend. »Du kennst die Fakten. Ich bin über das alles auch nicht glücklich. Wenn Allan nicht so feige gewesen wäre, könnte er jetzt hier bei uns sein.«

Tyne packte Murrays Handgelenk mit seiner Stahlfaust und drückte zu, so fest er konnte. Murray stöhnte vor Schmerzen auf und zog seine Hand rasch fort. Ein feuerroter Streifen war am Handgelenk zu sehen, wo Tyne zugepackt hatte. Er warf Tyne einen rachsüchtigen, haßerfüllten Blick zu und schloß sich im Cockpit ein. Tyne sah ihn danach erstaunlich lange nicht mehr.

Als sie gelandet waren, lag Tyne noch eine ganze Weile geduldig da. Dann rief er nach Murray, damit dieser ihn losbinden und aus der Koje holen konnte. Feste Gurte, die unter der Koje vertäut waren, sorgten dafür, daß er sich nicht selbst befreien konnte.

Seine Rufe wurden nicht beantwortet. Nach etwa zwanzig Minuten wurde die hintere Gasschleuse geöffnet, und zwei eingeborene Sanitäter aus Sumatra betraten das Raumschiff mit einer Tragbahre.

Tyne schloß daraus, daß er sich wieder auf der Überwachungs-Bodenstation befand. Murray hatte das Krankenhaus angerufen und darum gebeten, ihn aus dem Aufklärungsraumschiff zu holen und zu untersuchen.

»Ich komme später zur Untersuchung«, widersetzte Tyne sich gereizt. »Jetzt muß ich mich erst beim Kommandeur melden.«

»Machen Sie sich darum keine Sorgen. Der Kommandeur weiß schon darüber Bescheid, wie es um Ihre Gesundheit steht«, erklärte einer der Sanitäter.

Obwohl Tyne alle möglichen Einwände und Ausflüchte vorbrachte, blieb der Sanitäter unnachgiebig. Murray hatte offensichtlich versucht, den Eindruck zu erwecken, als sei Tyne nicht ganz richtig im Kopf. Er wurde also auf der Bahre ins Militärhospital gebracht.

Dort wurde auch nicht schneller gearbeitet als in anderen Krankenhäusern. Die Ärzte brauchten ziemlich lange, um festzustellen, daß Tyne zwar wütend, aber ganz normal war, daß er zwar ein paar Schrammen und Kratzer abbekommen hatte, aber sonst ganz gesund war. Zwischen den einzelnen Untersuchungen lagen lange Wartezeiten. An all dem war Murray schuld, dachte Tyne wütend, während er eine ganze Packung Zigaretten rauchte. Der Flugkapitän des Erkundungsschiffes hatte dafür gesorgt, daß sich Tynes Berichterstattung verzögerte. Na, um Murray würde er sich noch kümmern. Dem sollte es schlecht ergehen.

Nach endlosen zwei Stunden knöpfte er seine Uniformjacke wieder zu und eilte in das Büro seiner Einheit. Er war sehr überrascht, als er dort erfuhr, daß sich Murray überhaupt nicht zurückgemeldet hatte. Murray war überhaupt nicht erschienen, keiner hatte ihn gesehen. Mißtrauisch und neugierig eilte Tyne zu den Wohnquartieren der Einheit hinüber. Auch dort hatte niemand Murray gesehen. Sein Zimmer war leer, die Einrichtung und seine Ausrüstung unberührt. Über seinem Bett hing das Foto eines hübschen Halbblutes. Das Mädchen hatte einen unverschämten und doch leeren Blick. In steiler kindlicher Schrift war quer über das Foto geschrieben: »In Liebe, Deine Mina.«

Die Sonne schien von einem strahlend blauen Himmel. Es war ein herrlicher Morgen. Tyne war völlig blind dafür. Er rannte zum Haupttor, um den Verkehrspolizisten, der gerade unter einem großen Betonschirm Dienst tat, zu befragen. Ja, Flugkapitän Mumford war gleich nach dem Frühstück in einem Dienstwagen in die Stadt gefahren.

Tyne bedankte sich. Er stellte sich an den Straßenrand und fuhr per Anhalter in die Stadt. Die Entfernung betrug fünf Meilen. Während der Fahrt über staubige und sonnenbeschienene Straßen konnte er seine Ungeduld kaum bezähmen.

Er war sich darüber im klaren, daß er sich eigentlich ordnungsgemäß hätte melden und abmelden müssen, bevor er das Camp verließ, vor allem hätte er über Allans Tod Bericht erstatten müssen. Aber er hatte das deutliche Gefühl, daß die Zeit drängte und die Suche nach Murray keinen Aufschub duldete. Murray war auf unerklärliche Weise verschwunden. Er würde leichter zu finden sein, solange die Spur, die er verfolgte, noch heiß war. Es war jetzt zehn Uhr fünfzig.

Padang war eine der interessantesten Städte der ganzen Welt. Die Nähe des Reservats der Rosker verlieh dem vielschichtigen Leben, das in dieser Stadt herrschte, noch einen zusätzlichen erregenden Reiz. In den heißen Straßen, in denen sich so viele Gerüche und Düfte mischten, herrschte ständig das Gefühl, daß jederzeit etwas noch nie Dagewesenes eintreten konnte. Padang war eine internationale Stadt. Zwischen den Eingeborenen, den Indonesiern, bewegten sich Chinesen und Delegierte der Vereinten Nationen aus allen Ländern der Welt sowie deren Frauen, Geliebte oder sonstiger Anhang. Straßenhändler boten alle nur erdenklichen Nationalembleme an. Padang war nicht nur eine Weltstadt, sondern auch die Stadt der Raumfahrer – die erste Stadt, in der roskische Abgeordnete der Vereinten Nationen ihre Passierscheine offen am Jackenaufschlag zur Schau stellten, lässig umherschlenderten oder in Restaurants saßen. Vor allem aber war Padang eine aufstrebende Stadt mit starkem Wirtschaftswachstum. Die überaus lebendige Tida Appa entlang schossen immer neue Wolkenkratzer aus der Erde. Zwischen Palmen lagen armselige Hütten, und es gab auch malerische Straßen mit zweistöckigen Häusern und dann wieder Straßen mit riesigen Wohnblocks. Über der Menge flatterten fünfzig verschiedene Nationalflaggen träge in der Hitze.

Nach den Politikern zog es die Geschäftsleute in die Stadt. Nach diesen erkannte auch die Unterwelt, wie gut es sich in dieser Stadt leben ließ. Ein Wink aus dem Fenster des Hotelzimmers genügte, um sich einen Anwalt, eine Frau oder eine letzte Reise mit dem Gesicht nach unten durch die Abwasserkanäle einzuhandeln.

Tyne stieg am Postamt mitten in der Stadt aus dem Auto, das ihn mitgenommen hatte. Er glitt durch den großen überdachten Markt und zwängte sich die Bukit Besar hinauf. Dann betrat er das Hotel Merdeka. Er zweifelte nicht daran, daß er hier zuallererst nach Murray suchen mußte. Dieses Hotel war für Allan, ihn und Murray fast eine Art Zuhause gewesen. Sie hatten sich so an den glänzenden Service, das miserable Essen und das ständige Kommen und Gehen in diesem Hotel gewöhnt, daß sie es schon als ihre Heimat betrachteten.

Die Hotelhalle war sehr voll. Es wimmelte von Diplomaten der niederen Dienstgrade, wozu auch Tyne einmal gehört hatte. Die Leute schienen nervös und legten eine erzwungene und aufgesetzte Fröhlichkeit an den Tag. Sie kippten einen Whisky nach dem anderen hinunter, hielten sich von der Sonne fern und warteten und warteten und beobachteten alle Vorgänge genauestens. Tyne zwängte sich durch die Halle und stieg die Hintertreppe hinauf.

Er hatte das deutliche Gefühl, als hätte er am Ende des Ganges kurz Amir gesehen, der um die Ecke sah und dann schleunigst verschwand. Aber das konnte doch gar nicht sein. Amir war der hellste Kopf des gesamten Personals und hatte nicht den geringsten Grund, sich zu verstecken. Sie hatten sich im Laufe der Zeit schon fast mit ihm angefreundet.

Oben angekommen zog Tyne den Schlüssel aus der Tasche und ging auf Zimmer Nummer sechs zu. Dieses Zimmer hatten Allan, Murray und er gemeinsam bewohnt. Hatten ... Er schloß auf und ging hinein.

Wegen des unaufhörlichen Zuzugs von Ausländern herrschte in Padang eine große Wohnungsnot. Es war fast unmöglich, ein

Hotelzimmer zu bekommen. Sie genossen das Privileg, dieses Zimmer an Wochenenden zu bewohnen, weil sie durchgehend dafür bezahlten und es fest gemietet hatten.

Ein Orkan hatte in Zimmer Nr. sechs gewütet.

Tyne pfiff durch die Zähne. Ihre gesamte Ausrüstung, ihre Zivilkleidung, alles lag auf dem Boden zerstreut. Irgend jemand hatte das Zimmer gründlich und in aller Eile durchsucht. Aber wer nur? Und warum?

»Das gefällt mir ganz und gar nicht«, sagte Tyne laut. Er verließ das Zimmer und rief über das Treppengeländer nach dem Etagenkellner.

Dann stand er nachdenklich mitten im Zimmer und suchte nach einer Erklärung. Irgend etwas Merkwürdiges war auf dem Mond geschehen – und er war sicher, daß Murray ihm nicht die Wahrheit gesagt hatte. Jetzt war auch hier etwas Seltsames passiert. Warum war Murray verschwunden? Tyne war wie betäubt bei dem Gedanken, daß Murray seinen Freund getötet haben konnte. Aber warum nur? Tynes Mißtrauen war unüberwindlich.

Er ging wieder auf den Flur hinaus und rief noch einmal nach dem Etagenkellner.

Sein Haß auf Murray nahm ständig zu. Ihm kam immer klarer zu Bewußtsein, daß er Murray noch nie gemocht und ihm schon immer mißtraut hatte. Seine umgängliche charmante Art erschien Tyne nicht mehr liebenswert, sondern war für ihn nur noch ein Beweis für Murrays unbeschreibliche Überheblichkeit. Sein ständiges Lächeln erschien ihm jetzt falsch und wurde für ihn allmählich zur Grimasse eines Mörders, je länger er daran dachte. Aber angenommen, er hatte Allan tatsächlich getötet – er hätte Tyne doch ganz leicht weismachen können, die Rosker hätten ihn erschossen. Man wußte einfach nichts Genaues. Nur eines stand fest: Tyne war fest entschlossen, Murray zu finden und die Wahrheit aus ihm herauszupressen.

Als er zum drittenmal auf den Korridor hinausging und ungehalten nach dem Etagenkellner rief, stieß er fast mit einem kleinen Zimmermädchen zusammen.

»Wo ist Amir?« fragte Tyne.

»Amir hat heute seinen freien Tag.«

»Was? Seit ich ihn kenne, hat er sich noch nie freigenommen.«

»Amir fühlt sich heute nicht besonders wohl. Hat Kopfschmerzen und nimmt Medizin. Was darf ich Ihnen bringen?«

Plötzlich hatte er etwas dagegen, daß jemand das Zimmer betrat. Er fühlte sich schwach, hundemüde und hungrig. Die Menschenjagd war etwas ganz Neues für ihn.

»Bringen Sie mir bitte etwas zum Frühstück.«

»Frühstück schon lange vorbei, Sir.«

»Na, dann meinetwegen Mittagessen. Irgend etwas Eßbares.«

Er ging ins Zimmer zurück und schloß von innen ab. Er begann ganz methodisch aufzuräumen. Es schmerzte, Allans Habseligkeiten aufzusammeln und zu wissen, daß er sie nie wieder brauchen würde. Ein Teil von Murrays Zivilkleidung fehlte, aber eine Uniform war noch da. So stand es also.

Das Essen wurde sofort gebracht. Es war alles andere als ein indonesisches Gericht: kleingeschnittene Würstchen, Kraut und Reis. Hinterher Planktongelee bzw. Planktonsülze ohne jeden Geschmack. Ein großes neues Planktonwerk in Semapang an der Küste lieferte immer mehr Nahrung für die Insel. Die Produkte des Werkes waren zwar nahrhaft, aber ziemlich unappetitlich.

Beim Essen wurde Tynes Stimmung etwas besser. Er hatte seine Stellung als zweiter Sekretär des Sekretärs des Unterstaatssekretärs aufgegeben, weil er ein aktiveres Leben führen wollte. Jetzt war er in voller Aktion. Der Instinkt, der ihn ursprünglich nach Sumatra geführt hatte, hatte ihn richtig geleitet. Er war ein unbeweglicher deprimierter Mensch gewesen, schon halb eingerostet, gar kein richtiger Mann mehr. Er hatte in einem ungeliebten Beruf gearbeitet, den sein Vater bestimmt hatte und der ihn entsetzlich langweilte. Seine Hauptaufgabe hatte darin bestanden, die Zeit totzuschlagen.

Aber der Äquator ist die heißeste Zone der Erde. Dort dreht sich die Erde am schnellsten, obwohl die Sinne das kaum wahrnehmen. Doch jetzt begann wirklich etwas, sich immer schneller zu drehen.

Als Tyne das Hotel gerade verlassen wollte, traf er auf den Besitzer und fragte ihn nach Murray.

»Leider heute nicht gesehen«, antwortete Niap Nam. »Wenn er kommen, ich ihn nicht sehen. Jetzt besser für Sie, Hinterausgang benutzen. Vorne Ärger mit Vertriebenen. Diese dummen Menschen vielleicht schießen.«

»Vielen Dank, Niap«, sagte Tyne. Er hatte den Lärm auf der Straße unten zwar gehört, sich aber keine Gedanken darüber gemacht. Im nächsten Augenblick fiel ein Schuß, der Lärm wurde fast unerträglich, dann hörte man Menschen davonlaufen. Tyne glitt zur Hintertür hinaus, lief durch den Hof und suchte zunächst einmal Schutz unter dem Kassienbaum. Die Vertriebenen waren Terroristen, die sich zusammengerottet hatten, um gegen ihre Aussiedlung zu protestieren. Die Kampongs dieser Indonesier waren geräumt worden, um für die Rosker Platz zu machen. Durch ihre täglichen Gewaltakte – oft sprengten sie die Limousinen der Diplomaten in die Luft – wurde das Leben in Padang noch gefährlicher, doch machte für viele Menschen gerade dieses riskante Leben den Hauptreiz der Stadt aus.

Tyne machte sich auf den Weg zum Roxy-Kino. Wenn überhaupt irgend jemand wußte, wo sich Murray befand, dann war das Mina, das Halbblut mit einem holländischen Elternteil. Über die andere Hälfte war nichts zu erfahren. Mit ihr verbrachte Murray den größten Teil seiner Freizeit. Tyne sah auf seine Uhr. Es war ein paar Minuten nach zwölf Uhr mittags. Murray, sein Feind und Widersacher, hatte also einen Vorsprung von etwa viereinhalb Stunden.

Das Roxy war ein Kino, in dem Tag und Nacht ununterbrochen Filme liefen. Das Filmgeschäft hatte in diesen Breiten einen ungeheuren Aufschwung genommen. Die Streifen wurden in dem großen würfelförmigen Gebäude aus Plexiglas unentwegt gezeigt. In der großen, weitläufigen Wandelhalle herrschte ein ständiges Kommen und Gehen. Andere wieder standen nur herum und rauchten.

Am Eisstand quietschte Mina bei Tynes Anblick vor Freude. Ja, sie war wirklich entzückend. Dunkle Haut, dunkle Haare, quicklebendig und vergnügt. Wenn Murray erst einmal aus dem Weg wäre, wer weiß ...

»Ja, er ist hergekommen und hat mich besucht«, gab Mina Auskunft. »Hat er irgendwelchen Ärger, Mr. Leslie, können Sie mir das sagen? Er sah aus, als hätte ihm etwas gründlich die gute Laune verdorben.«

»Vielleicht ist er mit dem falschen Fuß zuerst aufgestanden«, sagte Tyne. Dann wartete er geduldig, bis das schrille Gekicher des Mädchens erstarb. Er hatte ganz vergessen, daß sie auch bei der dümmsten Bemerkung in dieses Gekicher auszubrechen pflegte.

»Ich muß ihn einfach finden, Mina«, sagte er. »Der Commander wünscht ihn zu sprechen. Hat er nicht gesagt, wo er hingehen wollte?«

»Nein, Mr. Leslie. Er hat nicht einmal gesagt ›Küßchen‹, nur ›bis bald‹. Deshalb glaube ich, etwas hat ihm ...«

»Gründlich die Laune verdorben, ja, ich weiß. Mina, was hat er noch gesagt? Hat er vielleicht gesagt, du solltest dich später mit ihm treffen?«

»Einen Augenblick bitte.« Sie wandte sich lächelnd ab und bediente einen großen Pakistani. Dann fuhr sie fort: »Er nur sagen, er gehen zu Planktonwerk. Ich finde ihn in Planktonwerk. Warum er will dort hingehen, Mr. Leslie?«

»Vielleicht will er Plankton anpflanzen«, erwiderte Tyne und wandte sich mit todernstem Gesicht ab, während sie sich wieder vor Lachen schüttelte. Aber was zum Teufel wollte Murray wirklich dort? Er ging davon, zermarterte sich den Kopf und war blind für das Leben ringsum. Er stieß fast mit einem dicken Mann zusammen, der einen weißen Leinenanzug trug.

»Folgen Sie mir, wenn Sie etwas über Murray Mumford erfahren wollen«, flüsterte der Dicke. Er quetschte die Worte aus einem Mundwinkel, ohne Tyne dabei anzusehen. Überrascht ging ihm Tyne nach. Der Mann ging durch eine Drehtür in die anliegende Bar. Tyne fragte sich, ob er ihn wohl richtig verstanden habe. Dann folgte er ihm neugierig durch die Drehtür in die Bar.

Auf der Bartheke lief in einem Kasten der Film in einer Miniaturausgabe, etwa 30 cm hoch. Es war der gleiche Film, der gerade im Roxy lief, doch nur die Hälfte des Originalfilms. Das machte ihn schwer verständlich. Durch ihn sollten die Leute, die an den Bars herumlungerten, dazu animiert werden, sich den Film im Kino anzusehen. Im Augenblick lehnte sich gerade die obere Hälfte von Lulu Baltasar sinnlos gestikulierend in die Kissen zurück.

Tyne riß seine Blicke vom Film los und sah den dicken Mann fragend an. Der dicke Mann saß in der entferntesten Ecke und ließ die Tür nicht aus den Augen. Er hob zwei seiner dicken Finger und machte dem Kellner ein Zeichen. Der Kellner nickte und lächelte idiotisch. Ein paar Leute saßen herum und tranken.

»Wer sind Sie?« fragte Tyne den Mann, sobald er den Tisch erreicht hatte. »Ich bedaure, aber ich kann mich einfach nicht an Sie erinnern.«

»Nehmen Sie Platz, Mr. Leslie«, sagte der Fremde. »Vergessen Sie Ihre gute Erziehung nicht und danken Sie Ihrem Schutzengel dafür, daß Sie mir zuerst in die Arme gelaufen sind und nicht jemand anders.«

»Ich habe Sie gefragt, wer Sie sind«, beharrte Tyne und setzte sich. »Haben Sie eine Nachricht von Murray für mich?«

»Da ist unser Whisky«, erwiderte der Mann lächelnd, als der Kellner die Gläser abstellte. »Lassen Sie mich auf Ihre Gesundheit trinken.«

Tyne schob sein Glas fort.

»Ich habe es eilig«, sagte er barsch. »Woher wissen Sie, daß ich hinter Murray her bin? Sie haben wahrscheinlich mein Gespräch mit dem Mädchen am Eisstand mitangehört. Wollen Sie sich über mich lustig machen oder wollen Sie mir wirklich helfen?«

Der dicke Mann goß seinen Whisky hinunter, sah Tyne fragend und nachdenklich an und trank dann auch noch den Whisky, den Tyne abgelehnt hatte. Er machte sich nicht die Mühe, eine von Tynes Fragen zu beantworten, sondern sagte: »Da Sie unbedingt meinen Namen wissen wollen, können Sie mich Stobart nennen. Ich bin ein Agent der Vereinten Nationen. Ich brauche nur mit den Fingern zu schnippen, und schon werden Sie eingesperrt, wenn mir danach zumute ist.«

Neue Gäste betraten die Bar. Der Kellner nickte ihnen zu und hatte wieder dieses idiotische Grinsen auf dem Gesicht.

»Sie reden daher, als wären Sie gerade einem ›Mantel-und-Degen-Film‹ entsprungen«, sagte Tyne.

»Das war wohl wieder eine Kostprobe ihrer hochherrschaftlichen Erziehung«, bemerkte Stobart bissig. »Ich bin ein Stück der Wirklichkeit, und das werden Sie bald zu spüren bekommen, wenn Sie weiter in diesem Ton mit mir reden. Ich habe übrigens gar keinen Sinn für Humor!«

»Also gut. Sie sind ganz real«, gab Tyne zu. »Dann sagen Sie mir doch bitte, warum sich ein Agent als solcher zu erkennen geben sollte. Genau das haben Sie eben getan. Warum sollte ein Agent an mir oder an Mumford interessiert sein? Wenn Sie noch zu den stupiden M.P.s, der Militärpolizei aus dem Camp, gehörten, würde ich das verstehen – aber so?«

»Sie würden überhaupt nichts verstehen. Sehen Sie mal, mein Junge, Sie ahnen überhaupt nicht, wie nahe am Abgrund Sie sich bewegen. Nur deshalb bin ich hier. Halten Sie sich da raus! Murray Mumford muß unbedingt schleunigst gefunden werden, und Sie sind dabei mehreren Interessenten im Weg.«

Wieder hob Stobart zwei Finger, und der Kellner kam mit den Gläsern angerannt. Er verbeugte sich tief und stellte sie auf den Tisch. Während er sprach, schob er Tyne einen Whisky hin. Diesmal trank Tyne.

»Wollen Sie mich nicht in das Geheimnis einweihen?« fragte Tyne. Seine Stimme klang flehend, das wurde ihm sofort klar, und es widerte ihn an. »Warum hat Murray Allan Cunliffe getötet? Und warum sind die Vereinten Nationen hinter ihm her und nicht die Polizei oder die Weltraumbehörden?«

»Sie sind wirklich wißbegierig!« meinte Stobart ungerührt.

Tynes Gesicht rötete sich vor Zorn. Mit der linken Hand ergriff er eines der leeren Gläser und drückte es mit aller Kraft zusammen. Das hielt er so lange durch, bis ein kleines Häufchen Glasscherben auf den Tisch niederregnete.

»Beantworten Sie meine Fragen«, verlangte er.

Stobart lachte nur. »Sind Sie aber gereizt«, sagte er und blies in die Glasscherben, bis sie auf Tynes Jacke fielen. Bevor Tyne auch nur eine Bewegung machen konnte, hatte der andere sein linkes Handgelenk mit eisernem Griff umklammert.

»Jetzt hören Sie mir einmal zu, Mr. Leslie«, sagte Stobart. »Halten Sie sich aus der Sache heraus. Mumford hat Sie belogen, daran besteht nicht der geringste Zweifel. Er wollte nicht, daß Sie wissen, um was für eine große Sache es geht. Erzählen Sie mir bitte seine Version von den Geschehnissen außerhalb Zone 101. Dann werde ich Ihnen berichten, was wirklich geschah. Ist das ein fairer Vorschlag oder nicht?«

Schlecht gelaunt wiederholte Tyne die ganze Geschichte, die Murray ihm auf dem Rückflug zur Erde erzählt hatte.

»Dummes Geschwätz!« rief Stobart aus, als Tyne alles erzählt hatte. »Während Sie ohnmächtig dalagen, haben die Rosker Sie und Mumford erwischt. Er hatte wirklich keine Zeit mehr, wieder an Bord zu gehen, noch dazu während Sie friedlich schlafend über seine Schulter hingen. Es war für sie ein Kinderspiel, ihn zu erwischen. Sie haben ihn überredet, wichtige Informationen auf die Erde zu bringen und sie einem Rosker in Padang mitzuteilen, der sie an das Reservat der Rosker auf Sumatra weitergeben wird.«

»Aber wie konnten sie ihn dazu überreden? Um was für Informationen ging es denn? Und warum konnte er mir nicht die Wahrheit sagen?«

»Sie Unschuldslamm!« rief Stobart aus. Er sah Tyne gar nicht mehr an, so als habe er jegliches Interesse an ihm verloren. Die Blicke seiner wäßrigen Augen glitten über die anderen Gäste an der Bar. »Glauben Sie wirklich, Mumford würde irgend jemandem die Wahrheit sagen? Er ist ein Verräter! Er steht auf der Seite der Rosker! Sie brauchen mich gar nicht erst zu fragen, was er für seine Dienste bekommt. Und schon gar nicht, um welche Informationen es geht. Selbst wenn ich es wüßte, dürfte ich es Ihnen nicht sagen.«

»Ich kann das einfach nicht glauben! Warum konnten die Rosker diese Information nicht selbst überbringen? Sie haben vier kleine Raumschiffe, die ständig zwischen dem Mond und der Erde hin- und herpendeln.«

»Wenn wir alle diese Fragen beantworten könnten, würden wir Mumford jetzt nicht suchen«, erwiderte Stobart kurz und bündig. »Mehr ist dazu nicht zu sagen. Und nun verschwinden Sie, Leslie. Machen Sie, daß Sie wegkommen. Kehren Sie ins Camp zurück und spielen Sie Raumfahrer, bevor Sie in die Schußlinie geraten.«

»Sie müssen betrunken sein, sonst könnten Sie nicht so aussehen und so sprechen«, sagte Tyne ganz ruhig. »Oder hängt Ihnen der Unterkiefer immer so herab?«

»Drüben an der Bar sitzt ein Rosker als indonesischer Geschäftsmann verkleidet und beobachtet uns mit Adleraugen«, erwiderte Stobart ohne mit der Wimper zu zucken.

»Ich bin von Neptun«, sagte Tyne. »Woher haben Sie eigentlich all diese Informationen, Stobart?«

Der dicke Mann fluchte. »Glauben Sie im Ernst, daß ich Ihnen das verrate? Zum letzten Mal, Tyne, verschwinden Sie endlich! Sie haben mehrere große Organisationen gegen sich. Sie werden

Murray Mumford niemals finden. Machen Sie, daß Sie wegkommen. Fort mit Ihnen! Lassen Sie sich nicht erwischen! Jetzt gibt es keine Gratisgetränke mehr!«

Als Tyne an der Bar entlangging, lief der Film immer noch. Ein Stück von irgend jemandem rang mit einem Teil von Lulu Baltasar. Tyne kochte vor Wut. Sein Gesicht brannte. Jedes Gramm Fett an Stobarts wabbeligem Körper widerte ihn zutiefst an, und sein Haß auf den Mann war grenzenlos. Und doch mußte er sich eingestehen, daß es am besten war, den Rat des Mannes zu befolgen. Wenn Murray wirklich so tief in der Tinte steckte, war er ihm längst entglitten, und er sollte wirklich besser die Finger davon lassen.

Er hoffte, daß Mina ihn nicht sehen würde und verließ das Kino. Es goß in Strömen. Die Straßen waren überflutet. Zwei Polizisten, denen man ansah, wie elend sie sich fühlten, standen ein Stück weiter neben einem qualmenden russischen Pudenta. Die Vertriebenen hatten wieder einmal zugeschlagen. Es war ein Uhr fünfzehn.

Im Roxy sah Stobart tiefbefriedigt, daß der Rosker vom Barhocker rutschte und den Raum gleich nach Tyne Leslie verließ. Stobart liebte seinen Beruf. Solange man die Übersicht nicht verlor, war dieser Beruf so gemütlich wie ein alter Ohrensessel. Wenn man genügend Menschenkenntnis besaß und psychologisch vorging, konnte man jeden Menschen dazu bringen, alles zu tun. Sogar einen unberechenbaren Mann wie Tyne Leslie.

III

Tyne beschloß, durch Seitenstraßen zu gehen, um den Weg abzukürzen. Vielleicht könnte er auch auf diese Weise dem Regen etwas ausweichen. Er mußte möglichst schnell zum Stützpunkt zurück. Er würde dort auf jeden Fall Ärger bekommen, weil er sich nach einem ausgeführten Auftrag nicht zurückgemeldet hatte. Er hatte das Gefühl, eine Niederlage erlitten zu haben. Er hatte nicht einmal daran gedacht, diesen widerlichen Stobart nach Allan zu fragen.

Regen tropfte ihm auf den Nacken. Sein leichter Tropenanzug

würde bald völlig durchweicht sein. Ein Taxi fuhr langsam an ihm vorbei und bespritzte seine Beine.

»Steigen Sie ein und lassen Sie sich fahren, Sir«, rief ihm der chinesische Fahrer fröhlich zu.

Das war gar keine schlechte Idee. Als Tyne die hintere Wagentür öffnen wollte, wurde sie von innen weit aufgestoßen. Starke Arme packten seine Hand, zogen ihn blitzschnell von den Füßen und in den Wagen hinein. Er spürte deutlich, wie der Fahrer das Tempo beschleunigte. Eine schwere Decke war über ihn geworfen worden; er kämpfte mit Armen und Beinen und schlug um sich, um sich davon zu befreien. Jemand legte sich auf ihn und drückte ihn nieder. Tyne versuchte, seine eiserne Hand freizubekommen. Da erhielt er einen fürchterlichen Schlag auf den Nacken.

Er lag lange halb erstickt unter der Decke. Es erschien ihm wie eine Ewigkeit. Zeitweilig war er bei klarem Bewußtsein, dann schwanden ihm die Sinne, und alles versank um ihn herum. Gespenstisch grelle Farben wallten in seinem Kopf auf, ballten sich zusammen und fuhren wieder auseinander. Dann verließ der Wagen offensichtlich die Straße und holperte einen ungepflasterten Weg entlang. Tyne kam wieder zu sich und begann seine Umwelt wieder wahrzunehmen. Aus kleinen Anzeichen zog er seine Schlüsse. Er hörte ein zischendes Geräusch, das von draußen hereindrang. Sie fuhren durch hohes Gras.

Der Mann, der auf dem Rücksitz des Wagens auf ihm gesessen hatte, rutschte jetzt von ihm weg und stritt mit dem Taxifahrer. Dieser behauptete, der Motor sei bei der Fahrt beschädigt worden. Der Mann bot dem Fahrer Geld an, der Fahrer lehnte es ab.

Schließlich hielt das Taxi. Tyne konnte sich nicht befreien, denn seine Hände waren auf dem Rücken gefesselt. Die Hände des Mannes, die ihn gleich darauf berührten, fühlten sich heiß und fiebrig an. Zweifellos betrug seine Körpertemperatur mehr als 40° C.

Er wurde einfach an den Schultern gepackt und aus dem Wagen gestoßen. Er fiel in kniehohes feuchtes Gras. Als er sich mühsam aufrichtete und schließlich wieder auf die Beine kam, sah er, wie der chinesische Taxifahrer einen ganzen Packen Dollarnoten entgegennahm, hämisch grinste und den Rückwärtsgang einlegte. Der Rosker packte Tyne am Hosengürtel und zog ihn zurück, als das Taxi wendete und den holprigen Weg zurücksauste, den sie gekommen waren. Bald war der Wagen verschwunden, und ein Mensch und ein Rosker standen sich dann gegenüber.

Sie standen zwischen hohen Bäumen, die trotzdem eher an Unterholz als an einen richtigen Urwald erinnerten. Nur eine alte Eingeborenenhütte, die unter ihrem eigenen Gewicht schwankte, erinnerte daran, daß hier Menschen lebten. Aus der Ferne erklang das monotone Geräusch vorbeifahrender Autos. Sie befanden sich in der Nähe einer Autobahn.

»Wir gehen zu Fuß, wenn Sie nichts dagegen haben«, sagte der Rosker freundlich und stieß Tyne vorwärts.

»Wenn Sie keinen besseren Vorschlag haben ...«

Als sie sich auf den Weg machten, regnete es immer noch, aber nicht mehr so heftig. Tyne war noch gar nicht dazu gekommen, sich seinen Angreifer näher anzusehen. Jetzt stellte er fest, daß der Mann eigentlich genau wie ein Malaye aussah. Es ist doch wirklich Ironie des Schicksals, daß sich diese Rasse ausgerechnet in Sumatra niedergelassen hat, dachte Tyne. Hier fielen sie überhaupt nicht auf. In einem Land wie England würde man sie dagegen sofort als Rosker erkennen.

»Gefällt es Ihnen hier?« fragte Tyne.

»Gehen Sie weiter.«

Der Fußpfad wurde immer schlechter. Es hörte so plötzlich auf zu regnen, als sei im Himmel ein Wasserhahn abgedreht worden. Die Sonne kam heraus, und Tyne dampfte förmlich. Durch die Bäume konnte man das Meer sehen. Es schimmerte metallen und lag ruhig und träge da.

Die Klippen waren an dieser Stelle sehr steil und wurden vom Meerwasser umspült. Tyne und der Rosker rutschten einen gefährlich steilen Abhang hinunter. Unten standen drei große Palmen bewegungslos auf einem winzigen Felsenriff und neigten ihre fast schon versteinerten Stämme über das Wasser. Ihre Wurzeln lagen wie abgestorbene Finger unter Wasser. Zwischen ihnen schwammen Fische herum. Während er noch ins Wasser blickte, wurde er ganz plötzlich und ohne Vorwarnung von dem Riff gestoßen.

Er versank zwischen den Wurzeln der Palmen, Wasser schoß in

seine Nasenlöcher. Er kämpfte wie ein Wahnsinniger. Er war gefesselt und völlig hilflos. Er würde ertrinken!

Aber er hatte gar keine Zeit zum Nachdenken. Der Rosker schwamm neben ihm und zog ihn am Kragen mit. Das Wasser wurde dunkler, als sie unter das Riff schwammen. Gleich darauf tauchten sie auf. Wasser rann in Strömen aus Tynes Mund und aus seiner Kleidung. Er schnappte nach Luft. Er hatte fürchterliche Schmerzen. Er stolperte grob ins Gestein gehauene Stufen hinauf, sobald der Rosker ihn aus dem Wasser gezogen hatte.

Sie gelangten in eine Höhle, deren Eingang wegen der großen Palmen vom Meer aus kaum zu sehen war. Sofort wurde Tyne von Platzangst geschüttelt. Das Wasser reichte bis fast einen halben Meter unter die Decke der Höhle. An den glitschigen Wänden fand er keinen Halt, und er konnte dem Wasser nirgends entgehen. Es blieb ihm nichts übrig, als bis an die Schultern im Wasser stehenzubleiben. Verbittert dachte Tyne daran, daß die Rosker sozusagen Amphibien waren und im Wasser genauso in ihrem Element waren wie zu Lande.

In der Mitte der Höhle schwamm in tieferem Wasser ein kleineres Unterseeboot. Es sah alt und angeschlagen aus und war von Rost zerfressen. Vielleicht hatte es einmal zur Malayischen Marine gehört, aber Tyne war sich da nicht sicher.

Die Einstiegsluke des Kommandoturms ragte aus dem Wasser und stand offen. Aus der Luke tauchte nun ein dunkler Kopf auf und wechselte ein paar Worte mit dem Rosker, der Tyne hierher geschleppt hatte. Es klang wie Hundegebell. Ohne weitere Umstände wurde Tyne an Bord gehievt.

Sobald sich Tyne in dem Unterseeboot befand, hatte er das Gefühl, in einem Ofen herumzukrabbeln, so eng und heiß war es darin. Er wurde auf eine Koje geworfen, die nichts als ein nackter Lattenrost aus Metall war. Seine Hände waren immer noch auf dem Rücken zusammengebunden. Das Unterseeboot setzte sich kaum merklich in Bewegung.

Tyne schloß die Augen und versuchte nachzudenken. Aber er war unfähig, auch nur einen klaren Gedanken zu fassen. Er erkannte aber nun ganz klar, daß der widerwärtige Stobart mit seiner Warnung recht gehabt hatte. Doch die Warnung war zu spät gekommen. Jetzt sehnte er sich nach seinem ruhigen Leben als zweiter Sekretär in den Diensten des Unterstaatssekretärs zurück.

»Aufstehen!« befahl der Rosker und stieß ihn in die Rippen.

Sie waren angelangt.

Der Rosker stieß ihn und trieb ihn an. Tyne stieg die eiserne Leiter hinauf, steckte den Kopf hinaus und blinzelte geblendet ins Tageslicht.

Das U-Boot war mitten auf dem Meer wieder aufgetaucht. Undurchdringlicher Dunst lag wie eine Glocke über dem Wasser, und es war kein Land in Sicht. Eine Ketsch mit geringem Tiefgang, wie sie die Eingeborenen hier benutzten, schwamm neben ihnen und war schon mit einem Tau an der Reling des U-Bootes befestigt. Drei Männer, wahrscheinlich Rosker, sahen Tyne mit Raubvogelblicken an. Sie langten hinauf, packten ihn an den Oberarmen und zogen ihn auf die Ketsch, wo sie ihn einfach tropfnaß auf Deck fallen ließen.

»Vielen Dank!« schimpfte Tyne. »Sie sind ja wirklich eine große Hilfe! Wie wäre es, wenn Sie mir auch noch ein Handtuch brächten!«

Der Rosker, der ihn ins Taxi gezogen hatte, kletterte nun auch an Bord und schleifte Tyne, an dem das Wasser immer noch in Sturzbächen hinablief, eine Kajütentreppe hinunter. Unter Deck waren offensichtlich Umbauten vorgenommen worden, so daß ein ziemlich großer Raum entstanden war. Die Ketsch war vielleicht ein Hunderttonner. Bevor die Rosker sie übernommen hatten, war sie sicher ein Passagierschiff gewesen und hatte Leute zu nahegelegenen Inseln befördert.

Unter Deck befanden sich fünf Rosker und eine Frau. Sie waren typisch roskisch gekleidet und in eine Unmenge öligen Stoff gehüllt, was am Äquator ganz und gar nicht angebracht erschien. Hier, wo sie so ganz entspannt und unter sich waren, fiel ihre Fremdartigkeit um so mehr auf. Ihre Münder waren merkwürdig verzogen. Das lag möglicherweise an ihrer schnellen ratternden Sprechweise. Selbst ihre Gestik wirkte unnatürlich. Sogar an der Art, wie sie auf den einfachen Holzstühlen saßen, konnte man erkennen, daß das alles für sie ganz fremdartig und alles andere als harmonisch war.

Sie waren Lebewesen von Alpha Centauri II, Lebewesen wie die Menschen – und doch so fremd, daß es keine Brücke zu ihnen gab. Durch das so ähnliche Äußere wurden die geistigen Unterschiede erst recht hervorgehoben und besonders betont. Als sei das Erdenleben nicht auch schon vor dem Auftauchen der Rosker kompliziert genug gewesen, dachte Tyne.

Der Rosker, der Tyne in Padang gekidnappt hatte, erstattete jetzt dem Anführer der Gruppe Bericht. Dieser Mann hatte eine Nase wie ein Gorilla und wirres weißes Haar und wirkte ausgesprochen grobschlächtig. Er fragte den Kidnapper lange und gründlich aus, und es war ihm deutlich anzumerken, daß er mit dem Rosker, der ihm Tyne gebracht hatte, sehr zufrieden war. Dann wandte er sich in Englisch an Tyne.

»Und nun zu Ihnen. Ich bin Kriegsoberst Budo Budda und stehe in den Diensten des allerhöchsten Ap II Dowl, dem Diktator von Alpha-Erde. Wir brauchen allerschnellstens Informationen von Ihnen, und wir schrecken vor keinem Mittel zurück, um diese Auskünfte zu bekommen. Wie heißen Sie?«

»Mein Name ist Pandit Nehru«, erwiderte Tyne, ohne mit der Wimper zu zucken.

»Legt ihn auf den Tisch«, befahl Budda.

Die Rosker sprangen alle gleichzeitig herbei, packten Tyne und warfen ihn trotz seines heftigen Widerstandes mit dem Rükken auf den Tisch.

»Pandit Nehru war eine Gestalt aus eurer Geschichte«, sagte Budda voller Ungeduld. »Sagen Sie uns jetzt Ihren wirklichen Namen.«

»Martin Todpuddle«, gab Tyne an, und er fragte sich die ganze Zeit, wieviel sie über ihn wußten.

Seinen Namen kannten sie offensichtlich nicht.

»Sie haben mit einem Agenten des Rates der Vereinten Nationen gesprochen, und zwar um zwölf Uhr dreißig Ortszeit im Roxy-Kino in Padang. Worüber haben Sie sich unterhalten?«

»Er hat mir erklärt, ich müsse meine Socken öfter wechseln.«

Ein fürchterlicher Schlag sauste auf Tynes rechtes Ohr nieder. Alles um ihn herum schien zu explodieren. Er sah Sterne vor den Augen, und berstender Lärm schien ihm das Trommelfell sprengen zu wollen. Er hatte ganz vergessen, wie furchtbar Schmerzen sein konnten. Als er sich soweit gefaßt hatte, daß er wieder einigermaßen hörte, was um ihn herum wirklich vorging, war ihm der Übermut gründlich vergangen, und er sah sich jetzt vor.

Budda stand riesengroß und drohend über ihn gebeugt.

»Wir von Alpha II sind nicht wie ihr mit einem Sinn für Humor begabt«, erklärte er in strengem Ton. »Außerdem haben wir keine Zeit zu verlieren. Wenn Sie uns also nicht allerschnellstens und ohne Ausflüchte sagen, worüber Sie mit dem Agenten vom Rat der Vereinten Nationen gesprochen haben, werden Sie ein Auge oder einen Finger los!«

Tyne sah vom Tisch zu ihren flachen Gesichtern auf. Was dachten und fühlten diese ekelhaften Kerle wohl? Worin unterschieden sich ihre Gedanken und Gefühle von denen, die einen Menschen in der gleichen Lage bewegen würden? Solche grundlegenden und äußerst wichtigen Fragen hatte sich seit dem Erscheinen der Rosker vor fast fünf Jahren niemand gestellt. Also gab es auch noch keine Antwort darauf. Das große, zukunftsträchtige, noch nie dagewesene Ereignis, das Aufeinandertreffen von zwei fremden und einander doch so ähnlichen Rassen, war gleich von Problemen der Politik überschattet worden. Das Verschmelzen zweier Kulturen beschränkte sich darauf, daß jemand auf einem Tisch zusammengeschlagen wurde.

Bisher hatte Tyne nur über Politik geredet. Jetzt bekam er sie am eigenen Leibe zu spüren.

»Ich werde sprechen«, sagte er.

»Das ist ein weiser Entschluß, Todpuddle«, meinte Budda; aber er sah irgendwie enttäuscht aus.

Daß der falsche Name, den er angegeben hatte, so ohne weiteres akzeptiert wurde, machte Tyne wieder Mut. Er berichtete ohne zu stocken von der Ermordung seines Freundes Allan, ohne jedoch zu erzählen, wo sich das alles abgespielt hatte.

Nach einer Weile trat der Rosker, der Tyne gekidnappt hatte, auf Budda zu und redete wütend auf roskisch auf diesen ein. Es klang wie Maschinengewehrgeknatter.

»Dieser Mann sagt, daß Sie lügen. Warum haben Sie Murray Mumford nicht erwähnt?«

Auf diese Frage Buddas wandte Tyne den Kopf und starrte den Mann an, der ihn hierher geschleppt hatte. Bisher hatte er ihn noch gar nicht genauer betrachtet. Tyne erschrak zutiefst. Langsam kehrte die Erinnerung zurück, und es dämmerte ihm, daß dies der Mann war, der an der Bar des Roxy-Kinos gesessen und getrunken hatte. Ihn hatte Stobart als Agenten der Rosker bezeichnet. Er war immer noch wie ein indonesischer Geschäftsmann gekleidet. Wenn aber Stobart diesen Burschen kannte, war ihnen Stobart oder einer seiner Leute vielleicht gefolgt und hielt sich ganz in der Nähe auf. Noch ein anderer Gedanke durchzuckte ihn, bei dem es ihn eiskalt überrieselte. Vielleicht benutzte Stobart ihn als Köder in der Hoffnung, er würde Stobarts Version der Geschichte an die Feinde weitergeben. Stobart war grob gesagt so grobschlächtig und gefühllos wie drei Rosker zusammengenommen, selbst wenn zwei davon Ap II Dowl und Budo Budda wären.

Tyne war nun völlig verwirrt und machte eine Pause.

Budda bellte einen rauhen Befehl, und einer seiner Gefolgsleute stürzte sich sofort auf Tyne und begann, ihm die Kleider vom Leib zu reißen.

»Ist schon gut.« Er brauchte nur einen Blick auf Budda zu werfen, der geduckt und wie sprungbereit mit der Zunge zwischen den Zähnen dasaß, um zu wissen, was ihm bevorstand, wenn er nicht redete. »Stobart hat Folgendes gesagt.«

Sie umringten ihn alle und ließen ihn nicht aus den Augen, und er erzählte ihnen alles mit Ausnahme der Tatsache, daß er persönlich an der Affäre auf dem Mond beteiligt gewesen war. Während er sprach, übersetzte Budda schnell in seine eigene Sprache.

Der Oberst beharrte ganz besonders auf einer Frage.

»Sie behaupten, Stobart habe Ihnen gesagt, Mumford sollte sich mit einem unserer Kontaktleute in Padang in Verbindung setzen?«

»Ja.«

»Und Mumford mußte unseren Stützpunkt hier nicht betreten?«

»Ich kann nur wiederholen, was Stobart mir gesagt hat. Warum machen Sie sich nicht auf die Suche nach Stobart und fragen ihn selbst?«

»Stobart läßt sich nicht so leicht erwischen wie Sie, Todpuddle. Bei uns gibt es ein Sprichwort, das besagt: ›Die kleinen Fische werden gefangen, die großen sterben eines natürlichen Todes.‹«

»Behalten Sie doch Ihre Sprichwörter für sich! Was haben Sie jetzt mit mir vor?«

Budda antwortete nicht. Er ging zu einem Schrank, öffnete ihn und nahm ein ganz einfach aussehendes Gerät heraus, das offensichtlich wie ein Telefon funktionierte. An der Art, wie er in das Gerät sprach, erkannte Tyne, daß er sich mit einem Vorgesetzten beriet, der wahrscheinlich vom Stützpunkt aus sprach. Interessiert setzte sich Tyne auf dem Tisch auf. Diesmal schlug ihn niemand bewußtlos. Das Kreuzverhör war beendet.

Der Kriegsoberst verschloß das Gerät wieder im Schrank und begann, den anderen Roskern Befehle zu erteilen.

Tyne glitt auf den Boden herab und stand abwartend da. Seine Kleidung war immer noch naß und klebte ihm am Leibe. Das Seil, mit dem seine Hände auf dem Rücken zusammengebunden waren, schnitt ihm immer schmerzhafter ins Fleisch.

»Bringen Sie mich jetzt wieder heim?« fragte er.

»Sie haben jetzt ausgelitten«, erwiderte Budda zweideutig. »Sie haben Ihren Zweck erfüllt und uns damit einen großen Dienst erwiesen, Mr. Todpuddle. Dafür bin ich Ihnen sehr dankbar. Jetzt werden wir uns alle schnellstens auf die Suche nach Mumford machen und ihn jagen, bis wir ihn zur Strecke gebracht haben. Wir werden die einzige Dame hier, Miß Benda Ittai, bei Ihnen zurücklassen. Sie wird Sie in einen Sack einnähen und in den blauen Fluten des Ozeans versenken. Das ist auf Alpha ein uraltes Begräbnisritual. Leben Sie wohl!«

»Sie können mich doch nicht einfach ...«, rief Tyne. Aber die Männer stürzten schon die Kajütentreppe hinauf. Er wandte sich der Frau zu.

Es war ihm schon aufgefallen, wie schön sie war. Das hatte er gleich instinktiv bemerkt, als er die Treppe heruntergekommen war, obwohl ihn da wahrhaftig andere Dinge beschäftigten. Jetzt fiel ihm ihr wildentschlossener Gesichtsausdruck auf. Benda Ittai war klein, aber drahtig. Trotz ihrer fremdartigen Kleidung wirkte sie ausgesprochen graziös. Und sie besaß ein scharfes indonesisches Messer.

Sie kam vorsichtig auf ihn zu und redete grob in ihrer ratternden Sprache auf ihn ein.

»Sie können sich Ihre Worte sparen, Mata Hari«, sagte Tyne ironisch. »Ich verstehe kein Wort.«

Er hörte, wie die Männer draußen in das Unterseeboot stiegen. Sie würden da soviel Platz haben wie Ölsardinen in einer Dose, fuhr es ihm durch den Kopf. Wenn sie erst einmal weg waren, würde er auf diese kleine Gangsterbraut losgehen, sie überwältigen und sich befreien.

Aber die zierliche Frau schien das zu ahnen. Sie holte ein altes Segel aus einem Wandschrank und breitete es auf dem Boden aus. Dann packte sie Tyne blitzschnell mit einer Art Judogriff und warf ihn auf das ausgebreitete Segel. Bevor er sich von seiner Überraschung erholt hatte, war er schon in das Segel eingerollt. Es hatte gar keinen Sinn, sich zu wehren. Er lag nur keuchend da und schnappte nach Luft. Benda Ittai nähte ihn tatsächlich ein. Mit einer automatischen Nadel. Das ging ganz schnell. Erst da geriet er wirklich in Panik.

Als er nur noch ein unbewegliches Bündel war, ging sie nach oben an Deck. Sie kehrte sehr schnell zurück und wand ihm wortlos ein Seil um die Taille. Dann zog sie ihn Stufe um Stufe die schmale Treppe hinauf. Die steife Schiffsleinwand bewahrte ihn vor Prellungen. Als sie oben an Deck anlangten, begann Tyne um Gnade zu flehen. Seine Stimme klang hoffnungslos erstickt.

Er wurde über Deck bis an die Reling gezogen und geschleift.

Er schwitzte fürchterlich und trat schwach gegen seine Umhüllung. Er fühlte, wie er über die Bordwand hinabgelassen wurde. ›Jetzt ist es aus mit dir, Leslie‹, dachte er in wütender Verzweiflung. Er schwang hin und her. Doch da fühlte er plötzlich ein hartes Bootsdeck unter sich. Das Mädchen hatte ihn anscheinend in ein Ruderboot hinabgelassen.

Tyne wurde fast verrückt vor Freude. Das Mädchen sprang neben ihm in das Boot. Das Boot schaukelte sanft auf den Wellen und entfernte sich dann tuckernd und rauschend von der Ketsch. Es hatte also einen Motor, mit dessen Hilfe das Boot bald völlig geräuschlos dahinglitt.

Flüchtig dämmerte es Tyne, wie die Rosker ihre Probleme lösten. Die meisten Bewohner Sumatras sind sehr arm. Ihre Wünsche und Notwendigkeiten werden von ihren armseligen Finanzen bestimmt. Es ist ihnen zwar bewußt, auf wessen Seite sie stehen sollten und daß man auch von ihnen Loyalität erwarten kann. Doch wenn sich ihnen die Chance bietet, ein Boot, ein Messer oder eine Ketsch mit großem Gewinn zu verkaufen, können sie sich ein solches Geschäft nicht entgehen lassen.

Die Rosker stellten fest, daß sie sich auf ziemlich neutralem Gebiet befanden. Die Machtpolitik ist ein Hobby, das sich die

Armen nicht leisten können. Absolute Armut korrumpiert absolut, genau so wie absolute Macht.

»Ich kann Ihnen vielleicht helfen, Todpuddle«, sagte Benda Ittai plötzlich. Ihre Hand lag auf dem Segel, in das Tyne eingenäht war.

Tyne war schon völlig verzweifelt gewesen, und seine Gedanken hatten sich verwirrt. Als er sie jetzt Englisch sprechen hörte, war das ein solcher Trost für ihn, daß ihm nichts Besseres einfiel, als durch das starre Tuch zu murmeln: »Ich heiße Tyne Leslie.«

»Die anderen in meiner Gruppe wissen nicht, daß ich die Sprache der Erdenbewohner spreche«, erklärte sie. »Ich habe sie heimlich aus Ihren Fernsehsendungen gelernt.«

»Es gibt sicher vieles, was sie von Ihnen nicht wissen«, sagte er. »Befreien Sie mich doch bitte aus diesem tragbaren Grab! Sie haben mich wirklich vorher zu Tode erschreckt, das können Sie mir glauben.«

Sie schnitt die Segelleinwand mit ihrem scharfen Messer auf. Zunächst schnitt sie nur ein Loch für sein Gesicht. Er rekelte sich in seiner Hülle und fühlte sich wie eine Mumie. Er starrte sie an.

Benda Ittai war nervös und zitterte wie ein in die Enge getriebenes Tier.

»Sehen Sie mich nicht an, als hätte ich meine Leute verraten«, sagte sie verlegen. »Das habe ich nicht getan!«

»Ich habe an etwas ganz anderes gedacht«, erwiderte er und mußte gegen seinen Willen lachen. »Aber ich begreife nicht, was Sie mit der ganzen Sache zu tun haben. Was haben Sie mit Murray vor?«

»Denken Sie gar nicht darüber nach! Vergessen Sie die ganze Angelegenheit! Sie wären damit sowieso überfordert. Freuen Sie sich einfach, daß Sie noch am Leben sind, weil ich Sie nicht ins Meer werfen werde. Das muß Ihnen genügen.«

Das Meer war spiegelglatt und ruhig. Einzelne Nebelfetzen zogen noch über die Wasseroberfläche. Benda richtete sich nach dem Kompaß und steuerte eine kleine Insel an, von den unvermeidlichen Palmen umsäumt, die hier überall wuchsen. Ganz plötzlich war diese Insel aus dem Nebel vor ihnen aufgetaucht. Das Mädchen drosselte den Motor, und das Boot glitt langsam auf den Sandstrand.

»Hier werde ich Sie absetzen, und Sie müssen selbst zusehen, wie Sie wieder von hier fortkommen«, sagte sie. »Wenn Budo Budda zurückkehrt, werde ich ihm sagen, daß ich meine Pflicht getan habe, wie er es mir befohlen hat. Ich werde Ihre Fesseln zerschneiden, und Sie können an Land gehen. Sicher wird bald ein Schiff vorüberkommen und Sie aufnehmen.«

»Hören Sie«, flehte er verzweifelt, als sie ihn aus dem Segel schälte, »ich bin Ihnen sehr dankbar dafür, daß Sie mir das Leben gerettet haben, aber bitte, bitte, sagen Sie mir doch, was das alles zu bedeuten hat!«

»Ich habe Ihnen doch bereits gesagt, daß das alles eine Nummer zu groß für Sie ist. Sie müssen sich mit dieser Auskunft zufriedengeben.«

»Benda, damit behaupten Sie doch, daß ich der Sache nicht gewachsen bin. Ahnen Sie überhaupt, was Sie mir damit für Minderwertigkeitskomplexe einjagen? Sie müssen mir verraten, was vorgeht. Wie können die Informationen, die Murray besitzt, so wichtig sein, daß jeder bereit ist, einen Mord zu begehen, um an diese Informationen zu kommen?«

Bevor sie seine Fesseln löste, mußte er über Bord klettern, damit er sie nicht überwältigen konnte. Erst als er bis zu den Hüften im Wasser stand, warf sie ihm das Messer zu. Es versank wie ein Fisch glitzernd im Wasser, und als er sich bückte, um es aufzuheben, rief sie ihm zu: »Ihr Murray hat etwas bei sich, was Sie einen Mikrofilm nennen würden. Dieser Mikrofilm gibt ausführlich Auskunft über die unmittelbar bevorstehende Invasion der Erde durch eine ganze Flotte von Raumschiffen des Planeten Alpha. Unser Raumschiff, das vor fünf Jahren hier gelandet ist, hat eine völlig andere Bedeutung als Sie glauben. Ihre Leute wurden getäuscht. Es ist nichts als eine vorausgeschickte Erkundungswaffe, die für die Invasoren nützliche Daten sammeln soll. Sie oder ich können nicht das geringste gegen das Gemetzel unternehmen, zu dem es kommen wird, welche Gefühle uns auch bewegen. Es ist jetzt schon zu spät! Leben Sie wohl!«

Tyne stand hilflos im Meer und blickte ihr nach, bis sie in dem goldenen Dunst verschwunden war.

IV

Das Sonnensystem rückte gegen den unangreifbaren Sommerstern Wega vor. Das Erde-Mond-System bewegte sich schwankend um die Sonne herum. So waren die Gebende und die Nehmenden, Spenderin und Parasiten, auf ewig miteinander verquickt. Der Planet drehte sich um seine felsige unvorstellbare Achse. Die Meere tosten wie seit Urzeiten auf ihrem felsigen Grund. Die Gezeiten bestimmten den Rhythmus ihrer Strömung zwischen den Kontinenten. Auf einer kleinen Insel saß ein Mann und versuchte, die Schale einer Kokosnuß zu zertrümmern.

Er sah auf seine Uhr. Es war vier Uhr zwanzig Ortszeit. In drei Stunden würde es dunkel werden. Wenn sich dieser Hitzedunst noch bis zum Sonnenuntergang hielt, hatte er nicht die geringste Chance, heute noch mitgenommen zu werden.

Tyne stand auf und kaute an dem Rest der Kokosnuß, die er schließlich doch noch aufbekommen hatte. Er schleuderte die leere Schale ins Meer. Nach ein paar Minuten wurde sie wieder angespült. Tyne sah es in hilflosem Zorn. Ohne die Sonne wußte er nicht einmal, in welcher Richtung Sumatra lag. Wo es auch liegen mochte – dort wurde über das Schicksal der Menschheit entschieden. Wenn es der Weltregierung möglich wäre, sich diesen so wertvollen Mikrofilm anzueignen, konnte sie wirkungsvolle Gegenmaßnahmen ergreifen. Stobart hatte nur vage von ›Informationen‹ gesprochen. Wußte er überhaupt, wieviel das, was Murray bei sich hatte, wirklich wert war? Vielleicht war Tyne der einzige Mensch auf der Welt, der wußte, was auf dem Spiel stand und welche entsetzliche Gefahr der Welt drohte.

Oder wußte auch Murray Bescheid?

Murray hatte seinen Freund getötet und würde auch nicht davor zurückschrecken, die ganze Menschheit zu verraten. Was für ein Mensch war er nur?

»Wenn ich ihn jemals erwische ...«, knirschte Tyne.

Er war fest entschlossen, sich in diesem großen Spiel nicht mehr wie eine unbedeutende Spielfigur hin- und herschieben zu lassen. Er wollte sobald wie möglich die Initiative ergreifen. Bisher war er von unbekannten Mächten gelenkt worden. Von jetzt an wollte er sein eigener Herr sein und seine Entscheidungen selbst treffen. Zunächst einmal erkundete er die Insel, auf der er ausgesetzt worden war. Sie war kaum mehr als zehn Morgen groß und gehörte wahrscheinlich zur Mentawai-Inselgruppe. Am anderen Ende der Insel stand hoch auf einer felsigen Klippe, die weit ins Meer hinausragte, die Ruine einer uralten Festung. Vielleicht stammte sie aus der Zeit des Krieges zwischen Java und Sumatra, also aus der Mitte des zwanzigsten Jahrhunderts.

Die Festung bestand aus zwei Räumen. In dem hinteren befanden sich ein halb verfaulter Tisch und eine völlig rostzerfressene eiserne Truhe. In der Truhe fand Tyne eine kaputte Lampe, einen Spaten und eine Hacke. An einer Wand des Raumes standen mit Schimmel überzogene Regale.

Die nächsten zwei Stunden war Tyne damit beschäftigt, für seine Verteidigung zu sorgen. Bald würde er nicht mehr hilflos sein und sich selbst verteidigen können.

Während er arbeitete, zermarterte er sich in fieberhafter Eile das Gehirn über das, was das Mädchen ihm erzählt hatte. Er war gleichermaßen bestürzt über die Naivität der Erde, die einfach für bare Münze genommen hatte, was ihr die Rosker bei ihrer Ankunft auf der Erde aufgetischt hatten – und erschüttert über die Verlogenheit von Alpha II. Wie konnte man nur die Großzügigkeit der Menschen so übel ausnutzen? Und doch konnten sich beide Seiten eigentlich gar nicht anders verhalten. Die Erde hatte keinen Grund zu der Annahme, das Raumschiff der Rosker könnte anderen Zwecken dienen als diese behauptet hatten. Wenn die Rosker tatsächlich eine Invasion der Erde planten, war es vom militärischen Standpunkt aus durchaus verständlich und für sie sogar ratsam, daß sie zuvor das physikalische und geistige Klima der Erde erforschen wollten.

Tyne war von Erbitterung erfüllt, wie früher so oft, als er noch an den Beratungen der Vereinten Nationen teilgenommen hatte. Es hatte wenig Sinn, die gegnerischen Parteien verantwortlich zu machen. Es war viel angebrachter, die Kräfte zu verfluchen, die sie zu dem gemacht hatten, was sie jetzt waren.

Als er ungefähr eine Stunde gearbeitet hatte, erhob sich eine leichte Brise. Der Nebel lichtete sich, und die Sonne brach durch die Wolken. Tiefhängende Wolken am Horizont zeigten an, in welcher Richtung Sumatra lag. Tynes Kleidung war getrocknet, und sein Feuerzeug funktionierte wieder. Er schichtete Holz auf, entzündete es und arbeitete im Schein des Feuers weiter, nachdem die Sonne untergegangen war.

Als er seine Arbeit beendet hatte, warf er sich in den Sand und sah den Strand entlang, an dem Benda Ittai ihn ausgesetzt hatte. In der Ferne sah er die Lichter von einem oder zwei Atomfrachtern, die aber den Schein seines Feuers offensichtlich nicht bemerkten. Er schlief erschöpft ein.

Als er wieder erwachte, war es eiskalt, und seine Muskeln schmerzten. Ein eisiger Wind pfiff. Es war erst neun Uhr vierzig. Der Mond hing kühl und fern ganz niedrig über dem Meer. Ein Fischerboot näherte sich der Insel.

Beim tröstlichen Anblick der wohlbekannten Umrisse eines hiesigen Bootes wurde Tyne erst richtig klar, wie sehr er sich davor gefürchtet hatte, anstatt dessen Budo Buddas Ketsch wieder auftauchen zu sehen. Anstatt dessen überwältigte ihn jetzt ein Freudentaumel.

»Hierher! Hier bin ich! Hilfe!« rief er auf malayisch, sprang auf und warf frisches Holz in das Feuer. Das Fischerboot näherte sich schnell und war jetzt schon nahe genug, daß man deutlich hören konnte, wie es zischend und rauschend über das Wasser glitt.

Ungefähr in der Mitte des Mastes hing eine Lampe, die ein trübes Licht verbreitete. In dem Boot saßen drei Männer. Einer von ihnen rief eine Antwort, als sie das einzige Segel einzogen. Dann lief das Boot auf den Sand auf.

Tyne lief den Männern entgegen, blieb dann aber wieder stehen. Diese Männer waren wie Araber verhüllt. Und einer von ihnen trug eine Waffe. Tyne geriet in Panik und drehte sich um, um davonzulaufen.

»Stehenbleiben, Tyne Leslie!«

Widerwillig blieb er stehen und drehte sich wieder um. Einer der beiden Männer, die aus dem Boot gesprungen waren, nahm seine Kapuze ab. Wirres weißes Haar leuchtete im Mondlicht wie eine Wolke auf, die seinen Kopf umschwebte. Es war Kriegsoberst Budo Budda. Er richtete seine Waffe auf Tyne.

Sie waren nicht einmal zwanzig Meter voneinander entfernt. Budda und der andere Rosker standen dicht am Wasser, wo die Wellen noch auf den Strand schlugen, und Tyne stand weiter oben am Strand, wo die Bäume begannen. Es war eine wunderschöne Nacht, so ruhig, daß man den eigenen rauhen Atem als einziges Geräusch überlaut hörte.

»Wie freundlich von Ihnen, daß Sie uns mit dem Feuer den Weg gewiesen haben«, sagte Budda. »Wir hatten es langsam satt, alle die kleinen Inseln nach Ihnen abzusuchen.«

Bei seinen Worten wurde Tyne klar, daß sie ihn nicht zufällig entdeckt hatten. Sein Mut sank, als er erkannte, daß es nur eine einzige Person gab, von der sie erfahren haben konnten, daß er noch am Leben war. Ohne nachzudenken entfuhr es ihm: »Wo ist Benda Ittai?«

Budda lachte. Das klang als hustete er.

»Sie ist in sicherem Gewahrsam. Sie ist zwar eine Närrin, aber eine gefährliche. Wir hatten sie schon lange in Verdacht und haben ihr eine Falle gestellt. Wir haben sie nicht allein mit Ihnen auf dem Boot zurückgelassen, wie wir Ihnen gegenüber behauptet hatten. Ein Mann war auf dem Boot versteckt, der sie beobachten sollte. Als sie allein zurückkehrte, nachdem sie Sie hier ausgesetzt hatte, stellte er sie zur Rede und überwältigte sie.«

Was sie auch mit ihr gemacht hatten – sie hatte offensichtlich nicht verraten, wo sie ihn ausgesetzt hatte. Dieses Mädchen war wirklich großartig, ob sie nun eine Roskin war oder nicht. Voller Gewissensbisse dachte er daran, wie sie auf die Ketsch zurückgekehrt war, um dort sofort angefallen zu werden. Es fiel ihm wieder ein, wie nervös sie gewesen war. Die Erinnerung daran durchdrang ihn plötzlich wie ein frischer Wind.

»Sie sind zu clever, Budda!« rief er. »Das wird Ihnen eines Tages den Hals brechen!«

»Aber nicht heute«, erwiderte Budda trocken. »Kommen Sie her, Tyne. Ich möchte wissen, was Ihnen Benda Ittai verraten hat.«

Das war also der Grund, warum sie ihn nicht sofort erschossen hatten! Erst wollten sie erfahren, ob Benda ihm irgend etwas mitgeteilt hatte, was sie selbst nicht wußten.

Er antwortete nicht, sondern raste den Strand hinauf, um unter den Bäumen Schutz zu suchen. Während er rannte, hörte er Schüsse hinter sich. Das unverkennbare zischende Geräusch der roskischen Dienstwaffe, einer großen Achtundachtziger mit Halbautomatik. Dann tauchte er zwischen den Bäumen im schwarzen geduckten tröstlichen Unterholz im Dunkel unter.

Sofort begann er, sich nach links vorzuarbeiten und lief auf diesem Wege zum Meer zurück, ohne aber auf den Schutz der Bäume zu verzichten. Während er sich geduckt durch das Unterholz arbeitete, sah er oft über die Schulter zurück. Budda und sein Gefährte waren völlig perplex. Sie hatten sicher nicht erwartet, daß Tyne diesmal blitzschnell handeln würde, da er das erstemal so leicht zu erwischen gewesen war. Sie beratschlagten kurz, holten dann eine Fackel aus dem Boot und setzten sich den Strand hinauf in Trab. Sie riefen nach ihm, während sie rannten.

Inzwischen hatte Tyne sich so weit vorgearbeitet, daß er sich jetzt seitlich von ihnen befand. Er kauerte sich auf eine niedrige, flache Klippe, von der aus er das Boot sehen und den Strand überblicken konnte. Er tastete im Unterholz herum und fand drei schwere Steine.

In diesem Augenblick rannten die beiden Rosker oben am Strand entlang. Tyne hielt den Atem an. Beide schrien gleichzeitig auf, ihre Fackel drehte sich im Kreise, und sie verschwanden krachend in der Falle, die Tyne zuvor gebaut hatte. Um gegen alle Eventualitäten gewappnet zu sein, hatte Tyne den Spaten dazu benutzt, einen tiefen Graben in den Sand zu schaufeln, und zwar genau auf dem Weg, den jeder benutzen würde, der landeinwärts ginge. Die Falle war mit den verschimmelten Regalbrettern aus der alten Befestigungsanlage abgedeckt. Darauf hatte Tyne Sand locker aufgehäuft. So war die Falle überhaupt nicht sichtbar oder auch nur zu erahnen. Als die Rosker auf die unsichtbaren Bretter traten, brachen sie ein und fielen in die Grube. Da der Strand an dieser Stelle steil anstieg, ergoß sich sofort eine ganze Lawine feinen Sandes auf sie.

Das verschaffte Tyne jedoch nur einen vorübergehenden Vorteil. Er gewann dadurch bestenfalls ein paar Sekunden.

Als der im Boot zurückgebliebene Rosker aufstand, um nachzusehen, was geschehen war, warf Tyne den ersten Stein nach ihm. Der Mann war gegen das helle Wasser deutlich zu erkennen und war nur ein paar Meter entfernt. Der Stein traf ihn am Arm. Er drehte sich um und hob seine Waffe. Da traf ihn ein größerer Felsbrocken genau in die Magengrube.

Während er noch zusammensackte, war Tyne schon von der Klippe herab auf ihn gesprungen. Er sprang wie ein Panther und landete genau auf dem Rosker. Tyne schmetterte ihm den dritten

Stein auf den Kopf, und der Mann rührte sich nicht mehr. Tyne rollte ihn einfach auf den nassen Sand und schob das Boot in wütender Hast aufs Meer hinaus. Im letzten Moment sprang er hinein und hißte das Segel. Eine Kugel vom Strand her zerschmetterte die Lampe im Mast. Tyne spürte, wie Öl und Glassplitter auf ihn niederrieselten, aber er lachte nur.

Als er sich noch einmal umwandte, sah er zwei Gestalten, die sich schwarz gegen den Strand abzeichneten, gerade aus der Grube herausklettern und zum Meer hinunterlaufen. Sie schossen noch einmal. Die großen Kugeln fuhren mit einem heulenden Geräusch aufs Meer hinaus, und Tyne warf sich ins Boot.

Die Rosker konnten schwimmen wie Haie. Während ihres ersten Jahres auf Erden, bevor der Ärger begann, hatten sie an den olympischen Spielen teilgenommen und waren aus allen Schwimmwettbewerben als Sieger hervorgegangen. Zweifellos konnten sie so schnell schwimmen wie ein Fischerboot in einer leichten Brise vorwärtskam.

Tyne tastete auf dem Boden des Bootes herum, bis er die Waffe fand, die der von ihm überwältigte Rosker hatte fallenlassen. Er atmete erleichtert auf und nahm sie an sich.

Budda und sein Gefährte wateten immer noch durch das Wasser, hielten die Fackel hoch und schossen in Richtung des Bootes. Sie waren eine ideale Zielscheibe. Tyne stützte die Waffe auf den Bootsrand und schoß ein ganzes Magazin auf den Kriegsoberst ab. Jetzt fuhr der Wind in das Segel und blähte es. Das Boot dippte, als es den Windschatten der Insel verließ. Er bemühte sich, synchron zu schießen. Ein Projektil zischte an ihm vorbei und schlug nur ein paar Zentimeter von ihm entfernt in das Bootsdeck ein. Die Gegner hatten ihn nur knapp verfehlt.

Irgendwie erschien es Tyne grotesk, in so einer herrlichen Nacht jemanden töten zu wollen.

Die Waffe der Rosker war phantastisch! Kein nennenswerter Rückstoß. Nur ein paar Meter vom Boot entfernt krächzte Budda wie ein Frosch, fiel vornüber ins Wasser und riß die Fackel mit sich.

»Lieber Himmel!« rief Tyne aus. Immer wieder. Das Boot bewegte sich immer schneller über die im Mondschein glänzenden Wellen vorwärts. Als er den Schock, einen Rosker getötet zu haben, einigermaßen verkraften konnte, überkam ihn langsam ein triumphierendes Gefühl. Er fürchtete sich fast vor der tiefen Freude, die ihn jetzt erfüllte und die ihm nicht gerechtfertigt erschien. Er war zu allem imstande. Er konnte die Welt retten.

Sein Hochgefühl verebbte, als er darüber nachdachte, wo sich Budo Budda wohl jetzt befand. Sein lebloser Körper lag mit weitaufgerissenen Augen auf dem Meeresgrund. Hatte er eine Seele besessen? War irgend etwas an ihm unsterblich? Tyne versuchte, diese Gedanken zu verscheuchen und sich praktischeren Fragen zuzuwenden.

Es war eineinhalb Stunden nach Mitternacht. Die Zeit entglitt ihm wie das Kielwasser dem Boot. Er mußte Murray unbedingt finden, bevor die Rosker ihn in ihre Fänge bekamen – wenn es nicht schon zu spät war. Sobald er wieder festen Boden unter den Füßen hatte, mußte er natürlich vor allem erst einmal Stobart oder einem anderen Befugten genauestens über alles Bericht erstatten, was er wußte. Es wäre Wahnsinn, daran zu denken, weiterhin ganz allein Jagd auf Murray zu machen. Und doch mußte sich Tyne eingestehen, daß er sich genau danach sehnte. Er wollte diesen Unmenschen selbst stellen ...

Andererseits war er auch einfach darauf erpicht, das Rätsel um Murrays Verschwinden und alles, was damit zusammenhing, zu lösen. Einfach! Tynes Zorn kannte keine Grenzen, wenn er nur daran dachte, daß er während dieser so wichtigen Momente in Zone 101 bewußtlos gewesen war, wobei Murrays Version gewaltig von der Stobarts abwich. Wahrscheinlich entsprach keine der Wahrheit, und man würde nie erfahren, was sich wirklich zugetragen hatte. Die Wahrheit war eine Urkraft, gesetzmäßig wie die Schwerkraft, und genau wie die Schwerkraft war sie immer da, und doch gab es Leute, die ihr Vorhandensein niemals bemerkten.

Tyne steckte die Waffe ein und stellte die Ruderpinne fest. Eine seiner frühesten Kindheitserinnerungen, schon fast in Vergessenheit geraten, erwachte nun wieder. Er saß als kleiner Knirps von kaum drei Jahren im Kinderwagen und warf irgendein Spielzeug aus dem Wagen. Es fiel zu Boden. Jedesmal wenn er es hinauswarf, fiel das dumme Ding hinunter. Er versuchte es mit anderen Spielzeugen, mit seinen Schuhen, seiner Mütze, den Decken. Alles fiel zu Boden. Er erinnerte sich wieder daran, wie enttäuscht er damals gewesen war. Auch heute noch war ihm der Gedanke unerträglich, daß es einfach keine andere Möglichkeit gab, daß er keine Wahl hatte.

Die Wahrheit war genauso unausweichlich. Er konnte sie noch so oft über Bord werfen oder verdrängen, sie tauchte immer wieder auf. Diesmal war die Wahrheit erst recht unumgänglich – die Zukunft der ganzen Welt hing davon ab.

Im Augenblick erschien ihm dieses Problem fast abstrakt. Es war ihm klar, daß er die Rosker eigentlich hassen sollte – die fünftausend hier auf der Erde ebenso wie die vielen Millionen, die noch auf Alpha II lauerten. Aber es kam einfach kein Haßgefühl in ihm auf. Konnte das wohl daran liegen, daß er eine kannte, die nicht nur tapfer, sondern auch schön war?

Er wandte jetzt seine ganze Aufmerksamkeit dem Segel zu. Das Segel war irgendwie sperrig, und das Boot reagierte nicht richtig. Tyne sah schon kommen, daß er wahrscheinlich von der kleinen Insel bis Sumatra länger brauchen würde als die Erkundungsraumschiffe von Sumatra bis zum Mond brauchten. Der Fortschritt bzw. das Weiterkommen war ein Fieber, gegen das noch viele Teile der Welt immun waren. Die Reisfelder würden auch nach Jahrtausenden noch mit der Hand angebaut werden. Wer sich sein Heil erst von einem Leben im Jenseits erhoffte, ist vermutlich an materiellen und technischen Errungenschaften nicht im geringsten interessiert; sie haben für ihn keinerlei Bedeutung. Also schlug Tyne die Richtung ein, in die ihn der Wind trieb.

Aber er hatte Glück. Er war in einen Südost-Monsun geraten. Nach einer halben Stunde kam die Küste in Sicht. Nach einer weiteren Stunde lenkte er das Boot bereits unter die dunklen Felsenriffe auf der Suche nach einer Stelle, an der er an Land klettern konnte. Auf einem kleinen felsigen Vorgebirge standen zwei Eingeborenenhütten, die unter ihren Strohdächern schon ganz eingesunken waren. In einer brannte ein gelbliches Licht. Tyne zog das Boot auf den steinigen Strand, stieg hinaus und ging auf die armseligen Behausungen zu.

Unter den Bäumen befand sich eine kleine Ansiedlung. Es roch gut: rauchig und süß. Tyne fand einen Mann, der im Mondschein gerade einen Stumpen zu Ende rauchte. Der Alte brachte ihn zur Straße. Tyne erfuhr zu seiner Erleichterung, daß sie sich nur ein Dutzend Meilen südlich von Padang befanden.

»Ungefähr eine Stunde zu Fuß von hier«, erklärte der alte Mann, »da kommen Sie zu einem Telefon, von dem aus Sie mit den Leuten in der Hauptstadt sprechen können. Wenn Sie ihnen sagen, sie sollen einen schnellen Wagen schicken, wird ein schneller Wagen kommen.«

»Vielen Dank. Das ist eine gute Idee. Wo befindet sich denn dieses Telefon? In einem Privathaus oder in einem Geschäft?«

»Nein, das Telefon ist in dem neuen Meerwasserwerk, wo Nahrung aus Meerwasser gewonnen wird.«

Diese Beschreibung kam Tyne bekannt vor. Der alte Mann meinte das Planktonwerk in Semapang. Als sie die Straße erreicht hatten, bedankte er sich überschwenglich und bat ihn, das Fischerboot als Geschenk anzunehmen. Der Mann war überglücklich und überreichte Tyne als Gegengabe Landesnahrung, die in ein Palmenblatt eingerollt war. Er bestand darauf, daß Tyne auch sein Geschenk annahm. Tyne dankte ihm und machte sich leichten Herzens auf den Weg. Das Palmenblattwerk enthielt köstlich gewürzten gekochten Reis mit etwas Asswabi. Tyne verschlang alles, während er lief. Obwohl man die Straße eigentlich kaum einen Pfad nennen konnte, war jede Furche im Mondlicht deutlich zu sehen. Die Straße verlief mitten durch den Dschungel, der schweigend dalag.

Als er ungefähr fünfzig Minuten gegangen war, erblickte er in der Ferne das Planktonwerk. Er fühlte sich jetzt längst nicht mehr so frisch. Der Mond verschwand langsam hinter aufziehenden Wolken. Tyne lehnte sich an einen Baum, um sich eine Weile auszuruhen und nachzudenken. Über den Baumwipfeln grollte leise der Donner.

Als Tyne Mina im Roxy-Kino ausgefragt hatte, lautete ihre Antwort, Murray wolle hierher ins Planktonwerk kommen. Es konnte für den Anführer der Erkundungspatrouille nur einen einzigen Grund dafür geben. Das Werk lief vollautomatisch. Es war am Tage höchstens von einem einzigen Ingenieur besetzt. Murray wollte ganz offensichtlich hier untertauchen, bis er wieder mit dem Agenten der Rosker Verbindung aufnehmen konnte. Seine Wahl war auf ein sehr abgelegenes und unwahrscheinliches Versteck gefallen; aber vielleicht waren gerade diese Merkmale der Grund für seine Wahl.

Tyne war zu einem Entschluß gekommen. In seiner Tasche

steckte die Achtundachtziger des Roskers. Er würde selbst Jagd auf Murray machen. Wenn Murray tatsächlich hier war, würde er ihn finden. Zwischen ihnen gab es noch eine Rechnung zu begleichen. Danach konnte er dann immer noch Stobart benachrichtigen.

Durch die scharf umrissenen Bäume sah Tyne das Planktonwerk bedrohlich aufragen. Im blassen Mondlicht wirkte es wie ein riesiger Eisberg. Und wie bei einem Eisberg befand sich auch der größte Teil dieses Werkes unter Wasser. Es befand sich direkt am Meer. Die Rückseite des Werkes war dem Land zugewandt, die massive Vorderseite ragte in den Indischen Ozean hinaus.

Jeden Tag wurden Millionen Tonnen Meerwasser in riesige Bottiche eingesaugt und wieder ausgespien, nachdem das Plankton einbehalten worden war. Diese winzigen Organismen wurden in Tanks mit Nährlösung gefiltert, wo sie sich vollsogen und an Volumen zunahmen. Anschließend wurden sie durch ein künstliches Verfahren zu komprimierter Nahrung gepreßt, die einen sehr hohen Nährwert besitzt, jedoch kaum einen Eigengeschmack hat. Solche Werke, die es überall an den Küsten des Indischen Ozeans und des Chinesischen Meeres gab, hatten viel dazu beigetragen, die Not zu lindern, die zuvor in den überbevölkerten Gebieten der Tropen wegen Nahrungsmangels geherrscht hatte.

Vorsichtig schlich Tyne sich an das Werk heran.

Tyne war zwar noch nie zuvor hiergewesen, doch er hatte schon so viel von diesem Werk gehört und so oft darüber gelesen, daß es ihm irgendwie vertraut war. Er wußte auch, daß es so gut wie unmöglich war, in dieses Werk hineinzukommen. Wo konnte sich also ein Mensch verbergen, der gejagt wurde? Es gab nur eine Antwort: an der dem Meer zugewandten Vorderseite des Werkes.

Dort boten wahrscheinlich zahlreiche Gewölbe und Strebepfeiler Schutz vor den Elementen sowie auch vor größeren Suchtrupps. Vor diesem Eingang zum Werk, der sich unter Wasser befand, konnte ihn höchstens ein Einzelner ausfindig machen, der mit persönlichem Einsatz arbeitete, weil ihm viel daran gelegen war, den Mann vor den anderen aufzuspüren.

Und Tyne wollte dieser erste sein.

Er tastete sich vorsichtig über einen verlassenen Parkplatz.

Wolken jagten dahin und verdeckten den Mond. Das kam Tyne sehr gelegen. Als er den Parkplatz überquert hatte, stieß er auf eine hohe Mauer. Die Mauer entlang verlief ein schmaler Steg, dahinter erhob sich riesenhaft das Hauptgebäude. Tyne schleppte ein leeres Ölfaß an die Mauer. Er stieg hinauf, duckte sich und sprang nach oben. Verzweifelt klammerte er sich an Mauervorsprüngen fest und zog sich mühsam hinauf. Oben duckte er sich wieder und horchte. Nichts. Außer dem leichten Wellenschlag des Meeres und dem abgehackten Schrei eines Nachtvogels war nichts zu hören.

Tyne begriff jetzt, daß es völlig unmöglich war, auf das Gebäude zu gelangen. Die weiße Wand ragte etwa fünfzig Meter hoch über ihm auf und war nach allen Richtungen nichts als eine einzige glatte Fläche. Ein paar Meter entfernt war allerdings ein dunkler Streifen zu erkennen. Geduckt schlich Tyne darauf zu. Der dunkle Streifen entpuppte sich als eiserne Leiter, die ungefähr fünf Meter von ihm begann und direkt auf das Dach hinaufführte.

Tyne trat ein paar Schritte zurück, stand auf der Mauer und sprang dann mit fast übermenschlicher Kraft über den darunterliegenden Steg. Blitzschnell umklammerte er die Sprossen mit beiden Händen, bis er Fuß fassen konnte. Seine Eisenhand wurde bei dem plötzlichen Ruck fast aus der Verankerung gerissen. Tyne hing bewegungslos an den Sprossen, bis der Schmerz in seinem Arm etwas nachließ. Während er dort hing und wartete, wurde es immer dunkler. Der Donner grollte nun lauter. Tyne begann die Leiter hinaufzuklettern.

Es fing an zu regnen, als er kaum ein paar Schritte getan hatte. Tyne hörte, wie der Schauer vom Urwald her zum Werk herübergetrieben wurde. Der Wind fegte die Fluten auf ihn zu, und er wurde von dem Guß regelrecht an die Mauer gepreßt. Seine Kleidung war noch nicht einmal richtig trocken gewesen, nun war er im Nu wieder völlig durchweicht, und er fragte sich düster, wie lange es eigentlich her war, seit er das letztemal trockene Kleidung am Leibe gehabt hatte. Doch er kletterte unermüdlich weiter.

Auf dem Dach angelangt ging er sofort in die Hocke und spähte nach allen Seiten aus. Es war fast unmöglich, in der Nässe und Finsternis etwas auszumachen. Die Regenwolken verdunkelten den Mond jetzt vollends. Trotzdem erkannte er rechts die Entlüftungsanlage und hörte, wie der Regen darauftrommelte. Er fluchte gedämpft vor sich hin. Er verfluchte das gesamte Universum, die Sonne, den Mond und sämtliche Planeten – ganz besonders die Planeten, auf denen die Launenhaftigkeit der Natur Phänomene wie die Menschen und das Wetter hervorgebracht hatte.

Tyne kroch auf allen vieren vorwärts und näherte sich der Meerseite des Werkes. Er mußte noch einen Dachfirst übersteigen und ein gefährlich steiles Dach hinunterrutschen, dann befand er sich ganz oben auf dem Gebäude. Unter ihm lagen jetzt die Gewölbe und Höhlungen, in denen er Murray zu finden hoffte. Und darunter lag beängstigend schwarz das Meer.

Tyne konnte das Meer nur als dunkle Fläche undeutlich erkennen. Der Regen prasselte unaufhörlich in ganzen Sturzbächen auf ihn hernieder und klatschte mit einem saugenden und schmatzenden Geräusch auf das Werk. Direkt unter ihm lag das Wasser an einer Stelle relativ ruhig da. Diese Stelle lag schon innerhalb des Planktonnetzes. Das war ein riesiges perforiertes Sieb, durch das nichts Größeres als eine kleine Garnele zur weiteren Verarbeitung ins Innere des Werkes eingesogen werden konnte. Jenseits des Netzes sprudelte Wasser hoch.

Es herrschte so ein Lärm ringsum, daß Tyne gar nicht mehr darauf achtete, sich zu ducken und zu verbergen. Er stand auf, legte die Hände um seinen Mund und rief:

»Murray!«

Sein Schrei wurde sofort erstickt und ging einfach unter. Er rief nicht noch einmal.

Während das Wasser nur so über sein Gesicht strömte, ließ sich Tyne wieder auf die Knie fallen und kroch die Leitplanke entlang auf der Suche nach einer weiteren Leiter, über die er hinabklettern konnte.

Er fand tatsächlich eine. Zufrieden grinsend schwang er ein Bein auf die oberste Sprosse. Als er gerade den ersten Schritt tun wollte, fiel ein Schuß.

Tyne erstarrte und hielt mitten in der Bewegung inne. Er lehnte den Kopf an die nasse Mauer, sein ganzer Körper war gespannt und gegen den Schmerz gewappnet. Er konnte nicht feststellen, ob der Schuß von oben oder von unten gekommen war. Zehn unendlich lange Sekunden verhielt er sich völlig bewegungslos. Dann glitt er die Leiter hinunter, so schnell er nur konnte, ohne auf die Schmerzen in seinem Handgelenk zu achten. Der Wind warf ihn hin und her.

Es wurde nicht mehr geschossen, aber jemand verfolgte ihn im Dunkeln.

Tyne stieg von der Leiter auf eine schmale Laufplanke hinab. Hier war er geschützt. Die Architekten, die für die sorgfältig geplante Künstlichkeit dieser dem Meer zugewandten Fassade des Werkes verantwortlich zeichneten, hatten diesen Teil durch eine Reihe kleiner Tunnels ohne Ausgänge abgeschirmt. Wenn Murray irgendwo in der Nähe war, würde er sich wahrscheinlich dort befinden. Als Tyne die erste Wölbung betrat, flatterte ein aufgeschreckter Seevogel dicht an seinem Gesicht vorbei und kreischte schrill. Tyne rührte sich erst wieder, als sein Herzschlag wieder normal wurde.

Er bewegte sich von einem Tunnel zum nächsten und tastete sich auf der Suche nach Murray Schritt für Schritt vorwärts. Seine Nerven waren zum Zerreißen gespannt. Jeder Schritt bedeutete eine zusätzliche Gefahr, weil die Ausscheidungen der Vögel zu seinen Füßen eine glitschige Masse bildeten.

Als er den dritten Tunnel erreicht hatte, glitt der Mond wäßrig für einen Augenblick hinter den Wolken hervor. Tyne sah über die Schulter zurück. Eine Gestalt kletterte die Stufen der Leiter herab, von der er gerade gekommen war. War das ein Mensch oder ein Rosker? Und wenn es ein Mensch war: verfolgte ihn Murray? Unentschlossen und doch hastig drehte sich Tyne um, damit er seinem Verfolger ins Gesicht sehen konnte. Sein Fuß glitt auf dem glitschigen Boden aus und rutschte ab.

Bevor Tyne sich irgendwo festhalten konnte, war er schon von der Leitplanke gefallen. Einen Augenblick lang hatten seine Finger, fünf eiserne und fünf aus lebendigem Fleisch und Knochen, Halt gefunden. Doch dieser Halt war trügerisch. Er war sofort weitergestürzt. Unaufhaltsam fiel er, und das Meer kam immer näher.

Das dunkle Wasser teilte sich und nahm ihn auf. Er ging unter. Als er keuchend wieder auftauchte und nach Luft schnappte, bemerkte er, daß er sich innerhalb des Plankton-Maschendrahtes befand.

Irgend jemand schien ihn aus weiter Ferne zu rufen. Der Regen prasselte hernieder und peitschte das Meer auf. Die Wasseroberfläche war wild und aufgewühlt, und Tyne schluckte Unmengen Wasser, als er auf die Mauer zuschwamm.

Dann übertönte ein ganz neues Geräusch all den anderen Lärm. Es war ein tiefes anhaltendes Geräusch, das Gebrüll eines unbändig wütenden Stiers. Tyne fühlte, daß seine Beine festsaßen und er nicht mehr weiterkam, als habe ihn das Geräusch gelähmt. Er wurde unter Wasser gezogen. Er schlug wie wild um sich und schrie, doch dann wurde ihm klar, was geschah. Die Ansaugöffnungen des Werkes, die sich unter Wasser befanden, hatten sich automatisch geöffnet. Er befand sich jetzt innerhalb des Filters. Er würde zu Planktonsaft verarbeitet werden.

Irgendwo unter ihm öffneten sich die Schleusen weit. Tyne wurde nach unten gezogen, um und um gewirbelt und hilflos wie ein Blatt im Sturm in den Schlund des großen Werkes hineinkatapultiert. Licht und Luft wurden ihm genommen, und alles wurde dunkel um ihn.

V

Tief im Unterbewußtsein empfand er die Wassermassen, die ihn zu zerquetschen drohten, nur als Geräuschkulisse: der Lärm war ohrenbetäubend und würde ihn noch umbringen.

In der undurchdringlichen Finsternis blitzten vor Tynes Augen grelle Bilder auf, schlängelten sich wie Würmer um ihn herum, um sich an seinen Qualen zu weiden. Bilder aus seiner Vergangenheit tauchten auf und stiegen wie Blasen an die Oberfläche, wo sie zu Schaum zerstoben. Die letzten Gedanken vor dem Ertrinken traten aus seinem gemarterten Hirn hervor. Bestimmte Ereignisse fielen ihm wieder ein. Sie umhüllten ihn gnädig, als wollten sie ihn vor Schmerzen bewahren. Dann waren sie so plötzlich wieder verschwunden wie sie aufgetaucht waren.

Seine Vergangenheit zerstob und löste sich auf wie eine Blase. Sein Kopf tauchte wieder aus dem Wasser auf. Zu Tode erschöpft sog er in tiefen Zügen Luft in seine Lungen. Er machte verzweifelt Schwimmbewegungen, um sich über Wasser zu halten. Der Sog war ungeheuer stark. Ein schwacher Lichtschein spiegelte sich auf dem Wasser wider. Er befand sich irgendwo in dem riesigen vollautomatischen Werk, das hier und da von mehrfarbigen Lichtern erleuchtet wurde. Die Fabrik wurde kybernetisch gesteuert und überwacht und arbeitete roboterhaft. Wenn er sich nicht selbst retten konnte, war er verloren.

Zunächst einmal war Tyne erleichtert, den Kopf wieder über Wasser zu haben, daß er sich über seine grauenhafte Lage gar nicht richtig im klaren war. Er war ganz erfüllt von dem Gedanken: ›Jetzt schwimme ich wieder oben‹ und bemerkte kaum, daß die Wasserflut ständig anstieg und jeder Atemzug entsetzlich schmerzte. Durch eine dicke Glaswand konnte er ins Innere des Werkes sehen, wo sich im Halbdunkel eine Reihe von Behältern ruckartig bewegte und langsam Fässer mit einer gallertartigen Masse umwälzte. Endlos lange Rohre und große Pressen lagen dahinter. Andere Hallen des Gebäudes mit anderen Maschinen tauchten vor ihm auf und verschwanden wieder, während er vom Wasser emporgeschleudert und wieder hinabgezogen wurde.

Langsam kam er wieder völlig zu sich, und es dämmerte ihm, in welcher Lage er sich befand. Tyne blickte sich suchend um. Er war durch den Boden eines riesigen Glasrohres aufgetaucht, in dem er jetzt gefangen war. Diese Röhre hatte einen Durchmesser von etwa fünf Metern und war ungefähr sechs Stockwerke hoch.

Zutiefst erschrocken starrte Tyne durch die Glaswand und stellte fest, daß neben der Röhre, in der er gefangensaß, weitere riesige Rohre standen, wie die Pfeifen einer überdimensionalen Orgel nebeneinander aufgereiht. Diese Rohre reichten durch alle Stockwerke hindurch vom Boden bis zum Dach des Werkes hinauf und füllten sich schnell mit dem hereinströmenden Meerwasser.

Tyne blickte angstvoll nach oben. Die Decke kam immer näher. Das Rohr füllte sich bis zum obersten Rand.

Es war unvermeidlich. Er begriff sofort, wo er sich befand. Diese Rohre nahmen das Wasser auf, das aus dem Meer in das Planktonwerk eingesogen wurde. Sobald sie gefüllt waren, senkten sich von oben große Filtertauchkolben in die Rohre hinab, filterten das Meerwasser heraus und stampften das Plankton komprimiert am Boden der Rohre fest. Und nicht nur Plankton, sondern alle Feststoffe, die sich dort befanden. Es war direkt ein gnädiger Tod, zu ertrinken, bevor er hier zerquetscht werden konnte.

Der Abstand zwischen der aufgewühlten Wasseroberfläche und der Unterseite des Tauchkolbens betrug nur noch etwa drei Meter und verringerte sich zusehends.

Stöhnend und wassertretend langte Tyne in seine Hosentasche. Die Achtundachtziger, die er dem Rosker abgenommen hatte, war noch da. Tyne zog sie heraus und hob sie aus dem Wasser.

Nur noch zwei Meter lagen zwischen ihm und dem Tauchkolben.

Er betete darum, daß der Mann, der einmal behauptet hatte, diese Waffen seien unempfindlich gegen Wasser, recht behalten sollte. Er schüttelte die Waffe, schwamm in Rückenlage weiter und zielte auf das Glas, das ihn gefangenhielt.

Der Kolben war nur noch etwas über einen Meter von ihm entfernt.

Er drückte ab. Wie immer bei dieser unglaublichen Waffe gab es überhaupt keinen Rückstoß. Die Röhre wurde augenblicklich zerschmettert und zersplitterte nach allen Richtungen. Meterdicke Glasstücke, manche von ihnen mehrere Stockwerke hoch, senkten sich nieder. Tyne wurde vom Gewicht des plötzlich befreiten Wassers hinweggespült.

Er wurde direkt in das Werk hineinbefördert. Einen Augenblick lang hing er an einem Abgrund über einer Schlucht, die das Wasser bildete. Sie führte in die Eingeweide des Werkes hinab. Tyne schlug wie wild um sich und klammerte sich am Geländer einer Brüstung fest. Fast wären ihm die Arme aus den Schultergelenken gerissen, doch er ließ nicht los. Endlos lange hing er dort, und eine ganze Ewigkeit strömten Wassermassen und Glastrümmer gefährlich nahe an ihm vorbei, ein todbringender Wasserfall. Mit fast übermenschlicher Anstrengung kletterte er über das Geländer und war in Sicherheit. Er war gerettet, doch das wurde ihm nicht gleich klar. Ein durchdringender unverkennbarer Ton drang in sein Bewußtsein – eine Sirene heulte auf. Mit dem Schuß, der die Röhre zertrümmerte, hatte er automatisch den Alarm ausgelöst.

Alles wäre aus, wenn man ihn hier drinnen erwischte. Wenn er seine Freiheit einbüßte, bestand keine Chance mehr, Murray ausfindig zu machen und die lebenswichtigen Informationen Benda Ittais an die richtigen Stellen weiterzuleiten. Tyne erhob sich, tropfnaß wie er war und strich sich die völlig durchnäßten Haarsträhnen aus dem Gesicht. Er befand sich auf einer Art Laufsteg. Ein paar Meter von ihm entfernt wurden Kisten mit Plankton, das schon zu Steaks, Pasten und Brotaufstrich verarbeitet war, auf einem Förderband abtransportiert. Hinter sich hörte Tyne Schritte, die sich schnell näherten.

Greller Lichtschein durchbrach die Dunkelheit – rot, orange und blau. Geblendet blinzelte Tyne in die ölige Schwärze, auf der hier und da Lichtpunkte schwammen und erkannte eine Gestalt, die auf dem schmalen Steg auf ihn zulief. Es waren sogar zwei! Sie hatten ihn draußen schon verfolgt. Es war ihnen gelungen, bis hierher vorzudringen! Sie mußten Schlüssel zum Werk haben.

»Leslie! Tyne Leslie!« hallte es durch den Raum.

Durch die Akustik in dem Gebäude klang der Ruf verstärkt, verzerrt und metallisch scharf. Tyne war fest davon überzeugt, daß er diese Stimme auch unter günstigeren Umständen nicht erkannt hätte. Plötzlich wurde er von der Furcht ergriffen, die Rosker könnten ihm auf den Fersen sein. Er sprang auf das Förderband.

Er rutschte aus, und eine Kiste fiel auf der anderen Seite von dem Förderband hinunter. Das Förderband lief viel schneller als er angenommen hatte. Verängstigt erhob sich Tyne auf die Knie, drehte sich um und starrte in die Dunkelheit, um festzustellen, wie nahe seine Verfolger schon waren. In diesem Augenblick wurde er in orangefarbenes Licht getaucht. Er fluchte. Nun hatte er sich verraten. Wohin wurde er eigentlich befördert?

Er befand sich unmittelbar vor einem niedrigen Eingang, auf den das Förderband rasend schnell zusauste. Unwillkürlich schrie Tyne erschrocken auf. Er duckte sich. Gleich darauf verschluckte ihn die undurchdringliche Dunkelheit. Er befand sich in einem Tunnel. Er streifte mit dem Ellbogen an einer vorbeisausenden Seitenwand entlang, daß es nur so zischte und zog seinen Arm hastig ein. Er wagte nicht, den Kopf zu heben. Es blieb ihm nichts übrig als sich zwischen die Kisten zu kauern.

Plötzlich tauchte das Förderband in einem Verpackungsraum wieder auf. Hier wurden die Kisten von einer roboterhaften automatischen Vorrichtung geschlossen. Das war nichts für ihn. Kurz bevor er ergriffen werden konnte, ließ er sich seitlich vom Förderband fallen.

Er hatte keine Zeit mehr gehabt, darüber nachzudenken, wie er wohl unten aufkommen würde. Er fiel auf den steinharten Boden und tat sich sehr weh. Langsam und schmerzgeplagt erhob er sich. Auf seiner Uhr war es fast halb vier Uhr morgens. Um diese Zeit sollte er eigentlich im Bett liegen und schlafen. Sein ganzer Körper schmerzte.

Als er sich gerade mühsam erhob, erschienen in dem dunklen Eingang zum Verpackungsraum seine beiden Verfolger auf dem Förderband. Sie wußten offensichtlich besser als Tyne, was sie hier erwartete. Als sie in den Verpackungsraum katapultiert wurden, sprangen sie kurz hintereinander leichtfüßig vom Förderband und landeten aufrecht auf ihren Füßen. Bevor Tyne auch nur einen klaren Gedanken fassen konnte, hatten sie ihn schon in den Fängen.

»Kommen Sie, Leslie. Wir müssen zusehen, daß wir hier herauskommen«, sagte einer der beiden und hielt Tynes Arm fest umklammert.

Sie waren maskiert.

Tyne konnte außer den Augen und der Stirn nichts von ihren Gesichtern erkennen, weil sie sich Taschentücher über Mund und Nase gebunden hatten.

»Wer sind Sie?« fragte er mit schwacher Stimme. »Und warum tragen Sie diese mohammedanischen Gesichtsschleier?«

»Das erklären wir Ihnen später«, erwiderte einer der Männer. »Jetzt müssen wir Sie erst einmal aus diesem Gebäude schaffen, bevor halb Padang hier eintrifft, um nachzusehen, warum Alarm geschlagen wurde.«

Die Sirene heulte immer noch, als die Männer Tyne mehrere Stockwerke hinunterführten, eine Tür mit einem Spezialschlüssel aufschlossen und ihn ins Freie stießen. Mit merkwürdigen Trabeschritten hasteten sie einen Hang hinunter. Ab und zu wurde der Weg vom Blitz grell erleuchtet. Es regnete immer noch, doch der Regenguß hatte seine Kraft eingebüßt. Die Tropfen fielen jetzt nur noch zögernd, und auch der Sturm zeigte inzwischen Ermüdungserscheinungen. Das Wasser lief gurgelnd in Abflußrinnen neben ihrem Abstieg nieder.

Am Ende des Weges befand sich eine Tür. Der kräftigere der beiden Männer, der offenbar die Befehlsgewalt hatte, zog einen anderen Schlüssel hervor, schloß die Tür auf und öffnete sie.

Sie tauchten hinter einem fast verlassenen Parkplatz wieder auf, nicht weit von der Stelle entfernt, von der aus Tyne das Gebäude zuerst in Angriff genommen hatte. Sie trabten über den mit Pfützen übersäten Parkplatz auf einen alten Moeweg zu, ein deutsches Auto mit Atomantrieb. Der Muskelprotz warf sich auf den Fahrersitz, die beiden anderen Männer zwängten sich auf den Rücksitz. Der Muskelprotz betätigte wie wild den Anlasser, und sofort setzte sich der Wagen in Bewegung.

Als sie an der Vorderfront des Werkes vorbei waren und beschleunigten, erschien auf das Sirenengeheul hin der erste Wagen aus der Gegenrichtung. Auf dem Wagendach befand sich ein Suchscheinwerfer. Es war also ein Polizeifahrzeug. Als der alte Moeweg vorbeizischte, lehnte sich ein Uniformierter aus dem Polizeifahrzeug und befahl ihnen mit rauher Stimme, sofort anzuhalten. Doch der Muskelprotz kümmerte sich nicht darum und beschleunigte den Moeweg noch mehr.

»Verdammt, jetzt haben sie bestimmt unsere Nummer«, sagte er über die Schulter zu dem Mann neben Tyne. »Wir werden Ärger bekommen, das steht fest. Ich werde abbiegen, bevor wir auf die Straße kommen. Es hat keinen Sinn, hier mit einer Horde von Polizisten Räuber und Gendarm zu spielen.«

Eine Feuerwehr sauste an ihnen vorbei. Ein Hubschrauber flog dicht über ihnen. Grelles Scheinwerferlicht drang durch die Bäume, und sie sahen, daß sich eine ganze Schlange von Fahrzeugen um eine Kurve herum auf das Werk zuwälzte, von der Sirene herbeigelockt. Der Kräftige zerrte am Schalthebel. Sie schlitterten über die Straße und bogen mit quietschenden Reifen in einen engen Pfad ein, der direkt in den Urwald führte.

Der schmale Pfad war bestenfalls für Ochsenkarren geeignet. Blätter und Zweige schlugen gegen die Fenster, als das Auto losraste.

›Was für ein Wahnsinn!‹ dachte Tyne. ›Das ist alles unglaublich!‹ Er dachte daran, welche Hochachtung er immer vor Menschen empfunden hatte, die Kämpfernaturen waren, vor nichts zurückschreckten und sich immer dort befanden, wo am meisten los war. Er hatte sie immer als Menschen am Äquator des

Lebens betrachtet. Da war es am heißesten, da drehte sich die Erde am schnellsten. Er mußte sich jetzt eingestehen, daß das nur bis zu einem gewissen Grade zutraf. Diese Menschen drehten sich lediglich im Kreise. In der einen Minute waren sie die Jäger und schon in der nächsten selbst die Gejagten. Sie trafen ihre Entscheidungen schnell, doch diese Entscheidungen beruhten offensichtlich nicht darauf, daß sie die Motive ihrer Gegner verstandesmäßig erfaßten und richtig interpretierten. Sie waren vielmehr von dem Wunsch besessen, ständig an einem gigantischen Spiel beteiligt zu sein, dessen Ausgang sehr ungewiß war.

Ein Spiel! Das war überhaupt das ganze Geheimnis! Diese Männer der Tat konnten überhaupt nur an diesem Roulettespiel teilnehmen, das Leben, aber auch Tod bedeuten konnte, weil der Einsatz ganz irreal wurde, wenn sie den Sprung erst einmal gewagt hatten. Vielleicht war es aber auch ein Schachspiel, dessen Verlauf und Ausgang vom Adrenalin anstatt vom Intellekt bestimmt wurde. Sie befanden sich schon längst jenseits aller gängigen Verhaltensnormen.

Etwas erkannte Tyne nun ganz klar: Obwohl er alles durchschaute, ließ auch er sich mit herumwirbeln, und nicht etwa als willenloses Opfer, sondern wissentlich und freiwillig. Diese Weltereignisse würden Geschichte machen und waren zu ernst und von zu großer Tragweite, als daß man sie noch ernst hätte behandeln können. Man konnte sich den Folgen nur entziehen, wenn man selbst in dieser irren Welt aufging, in der nur die Tat zählte, in der Blut und Bluff regierten. Genauso klar sah er auch das Pendel, das diese Welt regierte, zu seinen Gunsten ausschlagen. Diese Männer hatten Tyne erwischt, als er nicht darauf vorbereitet gewesen war. Jetzt lag alles in ihren Händen. Er war zwar wachsam, aber ganz entspannt. Er hatte nun nichts mehr zu sagen, brauchte sich also auch um nichts Sorgen zu machen. Sollten sie das tun. Wenn es zu schwer für sie wurde und die Sorgen sie niederdrückten, würden sie schutzlos und unvorbereitet sein. Dann konnte er sich ihnen entziehen. Es würde unweigerlich so kommen – das waren die Regeln dieses irrwitzigen Spiels. Doch dann würde das große Pendel natürlich wieder nach der anderen Seite schwingen.

»Jetzt sind wir weit genug drin«, sagte der Kraftprotz, als der

Moeweg ein paar hundert Meter tief in den Urwald hineingeschwankt und geholpert war. Der Mann neben Tyne hatte noch immer kein Wort von sich gegeben.

Der Wagen hielt, und Tyne kehrte mühsam in die Wirklichkeit und die unmittelbare Gegenwart zurück. Er war ganz in Gedanken versunken gewesen und hatte sich mit seiner soeben aufgestellten Theorie beschäftigt. Halb im Scherz nannte er sie ›Leslies Prinzip der Wechselwirkung der Tat‹ oder die ›ausgleichende Theorie von der unverantwortlichen Aktivität‹ (Leslie-Effekt). Dieser Theorie wandte er vorübergehend seine ganze Aufmerksamkeit zu – genau wie früher dem Erstentwurf eines offiziellen Memorandums.

Der Kraftprotz schaltete die Scheinwerfer aus, so daß nur noch das Armaturenbrett beleuchtet war. Es hatte aufgehört zu regnen, nur aus den Bäumen tropfte noch Wasser auf das Wagendach. Es war vier Uhr fünfzehn, eine merkwürdige schale Stunde zwischen Nacht und Tag.

»So«, begann Tyne, »vielleicht können Sie mir jetzt sagen, wer Sie sind, was Sie eigentlich tun und warum Sie es tun oder zu tun glauben.«

Der Kraftprotz entfernte das Taschentuch, das die untere Hälfte seines Gesichts verdeckt hatte, drehte sich um und sah Tyne an.

»Zunächst einmal«, sagte er freundlich, und man hatte den Eindruck, daß er ein gebildeter Mann war, »müssen wir uns dafür entschuldigen, daß wir Sie regelrecht gekidnappt haben, Mr. Leslie. Aber die Zeit drängte, und wir hatten keine andere Wahl. Vielleicht sollte ich noch hinzufügen – Sie werden mir das verzeihen –, daß das alles nicht nötig gewesen wäre, wenn Sie gleich an der Mauer des Planktonwerkes auf uns gewartet hätten. Dann hätten wir Ihnen gleich alles erklären können. Ihr Sprung ins Meer war ja sehr eindrucksvoll, aber ganz und gar unnötig.«

»Ich bin nicht gesprungen«, verbesserte Tyne trocken, »ich bin ausgerutscht.«

Der Kraftprotz brach in schallendes Gelächter aus, in das Tyne einfiel, als er sich von seiner Überraschung erholt hatte. Die Spannung ließ merklich nach. Der maskierte Mann neben Tyne saß immer noch unbeweglich da.

»Die Lage ist folgendermaßen«, erklärte der Kraftprotz. »Ich vergaß übrigens, mich vorzustellen. Mein Name ist Dickens – Charles Dickens. Natürlich nicht mit dem berühmten Dickens verwandt. Ich arbeite mit dem Agenten des Rates der Vereinten Nationen zusammen, der Ihnen unter dem Namen Stobart bekannt ist. Ich bin sozusagen sein nächster Untergebener. Sie waren seit mehreren Stunden vermißt, und wir machten uns offen gesagt langsam Sorgen um Sie. Sehen Sie, uns ist nicht ganz klar, welche Rolle Sie in dieser Angelegenheit spielen. Natürlich wüßten wir gern, wo Sie eigentlich stehen.«

»Natürlich. Wie sind Sie darauf verfallen, mich in dem Planktonwerk zu suchen?« erkundigte sich Tyne. »Oder sollte ich das besser nicht fragen?«

»Wir haben gar nicht nach Ihnen gesucht«, erwiderte Dickens. »Wir durchsuchten das Werk nur zufällig und stießen dabei ganz unerwartet auf Sie. Wir hatten genau wie Sie gehofft, Murray Mumford dort zu finden.«

»Woher wissen Sie denn, daß ich Murray Mumford gesucht habe?«

»Sie haben doch laut seinen Namen gerufen, wissen Sie das nicht mehr? Außerdem hat Ihnen Mina, Murrays Mädchen, geraten, doch nach ihm zu suchen. Sie hat Ihnen doch erzählt, Murray hätte gesagt, er wolle zum Planktonwerk.«

Tyne schwieg. Bei Dickens Worten erinnerte er sich plötzlich wieder ganz deutlich an die Gedanken, die ihm in diesen schrecklichen Momenten durch den Kopf gegangen waren, als er in der riesigen Glasröhre im Planktonwerk zu ertrinken drohte. Das war die Lösung, der Schlüssel zu dem Ort, an dem Murray sich aufhielt. Er mußte Dickens und seinem schweigsamen Partner entkommen, sobald er ihnen so viele Informationen wie nur möglich aus der Nase gezogen hatte. Er zwang sich, wieder in die Gegenwart zurückzukehren und fragte: »Wie sind Sie denn auf Mina verfallen, Dickens?«

»Durch Stobart. Er hat sie ausgefragt, nachdem Sie gegangen waren. Wir haben schließlich nicht einfach tatenlos herumgesessen und die Hände in den Schoß gelegt.«

»Verschonen Sie mich bloß mit Stobart. Diesem Mann sollte man erst einmal Manieren beibringen, bevor man ihn auf die Menschheit losläßt.«

»Stobart ist aber ein guter Psychologe und Menschenkenner«,

behauptete Dickens. »Er hat Ihnen absichtlich auf so widerliche Weise zu verstehen gegeben, daß Sie besser nicht mehr weiter nach Murray Mumford suchen, damit Sie diesen Rat in den Wind schlagen und genau das Gegenteil tun.«

Tyne lächelte vor sich hin. Diese Burschen glaubten wirklich alles zu durchschauen. Doch etwas wußten sie nicht: er hatte die Suche nach Murray bereits eingestellt, als ihn der Rosker ins Taxi zog. Das konnte Stobart sich hinter die Ohren schreiben, wenn er sich für so einen guten Psychologen hielt.

»Stobart wollte mich also als Strohmann einsetzen«, stellte er fest. »Aber warum nur?«

»Das war ein ganz plötzlicher Einfall. Die Rosker hatten ihn im Roxy-Kino in die Enge getrieben, als Sie auftauchten. Sie sollten die Aufmerksamkeit der Rosker erregen und sie von ihm ablenken. Sie dienten auch noch einem anderen Zweck. Nachdem die Rosker Sie auf ihrer Ketsch entführt hatten ...«

»Was?« rief Tyne entrüstet aus. Plötzlich stieg die Wut in ihm auf. Der schweigsame Mann neben ihm legte ihm die Hand auf den Arm, als wolle er ihn beruhigen, doch Tyne fegte sie wütend mit seiner eisernen Hand weg. »Wollen Sie behaupten, daß Ihre Leute von dieser Ketsch wissen? Und Sie lassen sie trotzdem dort? Sie haben es zugelassen, daß ich gefoltert wurde – ja, so kann man es fast nennen. Und Sie lassen es zu, daß dieser Gangster von Ap II Dowl namens Budo Budda kommt und geht, wie es ihm paßt? Und die ganze Zeit wußten Sie von dieser Ketsch und hätten sie in die Luft jagen können? Bedeutet ihr Vorhandensein in diesen Gewässern nicht einen Bruch der interplanetaren Verträge?«

»Regen Sie sich doch nicht auf. Wir wußten nicht, daß Sie auf das Boot verschleppt worden waren. Die Rosker waren zu schnell. Sie haben geschlafen, Leslie, und waren nicht auf der Hut! Wir waren auf den dicksten Fisch aus. Ap II Dowl sollte diese Ketsch in den frühen Morgenstunden besuchen. Heute morgen. Er sollte jetzt schon in der Falle sitzen. Wenn wir ihn erwischen, ist die Erde ein großes Problem los.«

»Sie ahnen nicht, was es noch für Ärger geben wird«, sagte Tyne finster. »Eine ganze Invasionsflotte von Alpha II wird die Erde in Kürze angreifen. Das sind die freudigen Nachrichten, die Murray Mumford mit sich herumschleppt.«

»Das wissen wir.«

»Das ist Ihnen bekannt? Wie haben Sie es denn erfahren?«

»Wir haben da unsere eigenen Mittel und Wege, Mr. Leslie. Wollen wir es dabei bewenden lassen?«

Während Dickens noch sprach, erklang ein Summton. Am Armaturenbrett des Moeweg befand sich ein Telefon. Dickens nahm den Hörer ab. Er hörte sich an, was am anderen Ende gesagt wurde, sprach selbst mit leiser Stimme. Tyne hörte, daß auch sein Name genannt wurde.

»Fällt Ihnen denn überhaupt nichts ein? Sind Sie immer so schweigsam?« fragte Tyne den Mann, der neben ihm saß. Der zuckte nur die Achseln und würdigte ihn keines Wortes.

Plötzlich knallte Dickens den Hörer auf und fluchte laut. Er stieß ein paar kräftige Flüche aus, machte bissige Bemerkungen und erging sich in obszönen Redensarten. Aus seinem Munde klang das erschreckend und völlig unerwartet.

»Leslie, es ist Ihnen tatsächlich gelungen, alles kaputtzumachen«, schrie er und wandte sich mit einem Ruck nach hinten. »Stobart war am Apparat. Er sagt, Sie waren gestern abend bis ungefähr zehn Uhr auf einer kleinen Insel namens Achin Itu ausgesetzt. Am Strand wurde ein Feuerzeug mit Ihren Initialen gefunden. Stimmt das?«

»Das Feuerzeug möchte ich gern wiederhaben. Ich habe fünfzig Dollars dafür bezahlt. Wollen Sie das Stobart bitte ausrichten?«

»Hören Sie, Leslie, Sie haben diesen roskischen Oberst Budda erschossen. Begreifen Sie überhaupt, was Sie damit angerichtet haben? Dadurch wurde Ap II Dowl gewarnt und abgeschreckt. Als er von Buddas Tod erfuhr, blieb er auf dem Stützpunkt und rührte sich nicht mehr weg. Vor einer Stunde haben unsere Leute die Ketsch überfallen, während Sie im Planktonwerk herumirrten. Unsere Leute konnten nichts als ein paar unwichtige Informationen von den Roskern erfahren.«

»Das können Sie mir doch nicht anlasten, Dickens. Wir wollen es einmal einen plötzlichen Einfall nennen, einverstanden? Unterrichten Sie mich doch bitte immer, wenn bei Stobart etwas nicht so läuft, wie er es geplant hatte. Sie ahnen gar nicht, wie mich das freut.«

»Sie kommen jetzt sofort mit mir nach Padang zurück, Leslie.

Wir werden Sie einsperren, damit Sie uns nicht mehr ständig im Wege stehen.«

»Nein, das werden Sie nicht!« protestierte Tyne und rutschte vom Sitz. Etwas Hartes wurde an seine Rippen gedrückt. Er sah nach. Der große Schweiger bohrte ihm seinen Revolver in die Rippen. Seine Augen über dem Taschentuch, das den Rest seines Gesichts verdeckte, zuckten dabei nicht einmal. Dickens schaltete die Autoscheinwerfer wieder ein, und Tyne lehnte sich hilflos zurück.

»So ist es gut, entspannen Sie sich nur«, sagte Dickens. »Von jetzt an werden Sie auf Kosten der Regierung leben.«

»Aber mein Gefühl sagt mir, daß ich Murray auf der Spur bin«, erwiderte Tyne. »Ich schwöre Ihnen, Dickens, daß ich ihn schnellstens finden würde. Sie wollen ihn doch immer noch haben, oder nicht?«

»Wir würden das ganze UNO-Gebäude für ihn geben«, entgegnete Dickens ruhig und ließ den Motor an. »Aber diese Angelegenheit übersteigt ganz entschieden Ihre Fähigkeiten, mein Lieber. Im Moment ist draußen kein Platz für Amateure. Sie haben schon genug angerichtet. Übrigens gibt es noch etwas, was Sie nicht wissen. Haben Sie schon einmal darüber nachgedacht, warum die Rosker einen winzigen Mikrofilm, nicht größer als Ihr kleiner Finger, nicht selbst vom Mond zur Erde bringen konnten? Sie müssen schließlich einen Grund dafür haben, daß Sie Murray damit beauftragt haben. Der Mikrofilm wurde von den Roskern gestohlen.«

»Soll das heißen, daß die Rosker den Mikrofilm von den Roskern gestohlen haben?«

»Ja, genau das. Das habe ich gesagt, und das meine ich auch. Haben Sie schon jemals von der roskischen Friedensbewegung, der RFB, unter Tawdell Co Barr, gehört? Das ist eine kleine und eigentlich illegale Organisation von Roskern, die gegen Ap II Dowl sind und deren Anliegen es ist, mit den Irdischen Frieden zu halten. Nur eine kleine Anzahl von Roskern gehört dieser Organisation an. In Zone 101 auf dem Mond sind es sicher nur eine Handvoll. Aber es ist ihnen gelungen, an diesen Mikrofilm zu kommen, und sie wollen natürlich, daß ihre Hauptgruppe hier im Stützpunkt auf Sumatra ihn bekommt. Ich nehme an, sie wollen ihn für Propagandazwecke benutzen, um den Roskern klarzumachen, was für ein blutrünstiger Irrer Ap II Dowl ist. Ich sage Ihnen das alles, damit Sie einsehen, daß die Sache zu kompliziert für Sie ist – vielschichtig wie eine Zwiebel.«

Während er sprach, versuchte Dickens, den Wagen in Gang zu bringen. Der Schlamm spritzte unter den Rädern hoch auf; aber der Wagen saß fest. Während sie hier im Schutz der Bäume darauf gewartet hatten, daß das Sirenengeheul erstarb, war das schwere Fahrzeug immer tiefer in den weichen Boden eingesunken. Tyne realisierte gar nicht, in welcher Lage sie sich befanden. Er war tief in Gedanken. Was Dickens ihm erzählt hatte, warf zumindest ein ganz neues Licht auf ein Mitglied der Rosker-Rasse – Benda Ittai, das Mädchen, das ihm das Leben gerettet hatte.

»Ist Ihnen Benda Ittai ein Begriff?« fragte Tyne. Es bereitete ihm ein unerwartetes Vergnügen, ihren Namen laut auszusprechen.

»Verdammt noch mal, wir sitzen fest«, fluchte Dickens. »Ach, wie ich Sumatra liebe! Benda Ittai gehört offensichtlich zu der roskischen Friedensbewegung. Stobarts Leute haben sie entdeckt, als sie die Ketsch angriffen. Die Rosker waren gerade im Begriff, sie zu töten. Unter den gegebenen Umständen hielten es unsere Leute für das Beste, sie freizulassen. Ich sage Ihnen, Stobart hat ein weiches Herz. Ich hätte sie eingesperrt. Dieses verfluchte sumpfige Land! Jetzt wird mir langsam klar, wieso es so viele Freiwillige gibt, die auf dem Mond Dienst tun wollen. Ja, wenn es nach mir ginge, würde ich sie ins Gefängnis werfen lassen – ich würde sie alle einsperren. So, ich werde jetzt aussteigen und etwas unter die Räder legen. Wenn Sie versuchen, sich aus dem Staub zu machen, Leslie, wird mein Freund Sie ins Bein schießen. Das tut sehr weh. Ich würde das unbedingt mal ausprobieren!«

Er stieg aus dem Wagen und ließ die Tür auf. Seine Füße sanken sofort in den aufgeweichten Boden ein, und er suchte an der Motorhaube Halt.

Tynes Herz klopfte zum Zerspringen. Er überlegte fieberhaft, ob es ihm wohl gelingen würde, den schweigsamen Burschen, der neben ihm saß, zu überwältigen. Er sah Dickens durch die Windschutzscheibe. Die Scheinwerfer tauchten ihn in grelles Licht. Das machte die undurchdringliche Finsternis, die zu beiden Seiten im Urwald lauerte, nur noch unheimlicher. Der Agent hatte ein kleines Fahrtenmesser aus der Tasche gezogen und säbelte damit mühselig dicke Palmzweige ab, die er unter die Vorderräder des Wagens warf.

Plötzlich bewegte sich draußen noch etwas anderes. Es schwirrte mit durchdringendem Summton von den Baumwipfeln herab. Buschwerk und Zweige bogen sich ächzend zur Seite. Das Ding schien alles zu neuem Leben zu erwecken.

Dickens richtete sich auf und sah es auf sich zukommen. Mit unbeschreiblicher Selbstbeherrschung ließ er das Buschwerk fallen, das er abgeschnitten hatte und griff nach seiner Pistolentasche, ohne auch nur eine Sekunde zu zögern. Blitzschnell feuerte er zwei Schüsse auf das Ding ab, wandte sich um, sprang in den Moeweg und schlug die Tür hinter sich zu. Wutentbrannt versuchte er wieder, den Wagen aus dem Morast zu steuern. Das Flugobjekt schlingerte aus der Dunkelheit genau auf sie zu und griff sie an.

»Was ist das? Was zum Teufel ist das nur?« fragte Tyne völlig verwirrt. Der Schweiß brach ihm aus allen Poren. Seine Ohren dröhnten von dem unglaublichen Lärm, den das Ding machte.

»Das ist ein fliegender Spion der Rosker«, erklärte Dickens, ohne sich umzudrehen. »So eine Art fliegendes Auge. Es sendet Fernsehberichte von allem, was es sieht, zum Stützpunkt der Rosker. Ich habe im Hauptquartier eins gesehen, das unschädlich gemacht worden war. Die Dinger sind zwar unbewaffnet, aber trotzdem alles andere als harmlos. Sie müssen bedenken, daß – aha!«

Der Wagen machte einen Satz nach vorn und rollte dann zurück. Die Räder begannen wieder durchzudrehen. Der fliegende Spion kreiste abwartend auf der Stelle und ging dann fast auf die Erde nieder. Tyne konnte ihn nun ganz deutlich sehen. Er war eine dicke Scheibe, deren Durchmesser etwas weniger als zwei Meter betragen mochte und die an ihrer breitesten Stelle circa einen Meter maß. Linsen verschiedener Größen befanden sich am Rande und auf der Unterseite des Flugobjektes. Es war förmlich damit übersät. Ein eingebauter Scheinwerfer kreiste ständig suchend über ihnen, und sie schlossen geblendet die Augen, sooft der grelle schneidende Lichtstrahl auf sie fiel.

Der fliegende Spion wurde von Rotoren, also Drehflügeln angetrieben, die wahrscheinlich auf ein Gyroskop montiert waren. Sie verursachten den durchdringenden Summton, bei dem sich die Vegetation in unmittelbarer Nähe wand, als wolle sie entfliehen oder sich zumindest der Beobachtung entziehen. Die Rotoren waren innerhalb der Scheibe angebracht und durch ein feinmaschiges Gitter geschützt.

Mit einem plötzlichen Ruck bewegte sich der fliegende Spion vorwärts und hielt genau auf sie zu. Dickens zog instinktiv den Kopf ein und warf sich auf den Sitz. Das Ding schoß auf die Windschutzscheibe zu und zertrümmerte sie in winzige Splitter. Dikkens ließ ein ganzes Arsenal von Flüchen los.

»Der Stützpunkt der Rosker liegt ganz in der Nähe«, rief der Agent. »Durch den Urwald sind es nur ein paar Meilen. Sollte dieses Ding uns identifiziert haben, so hat es vielleicht vor, den Wagen zu zerstören, um uns hier festzuhalten, bis eine Patrouille der Rosker zu uns stößt. Verdecken Sie Ihr Gesicht, Leslie – der fliegende Spion darf nicht sehen, wer Sie sind!«

Der Flugspion war jetzt wieder aufgestiegen und kreiste unschlüssig über dem Wagen. Sie sahen ihn nicht, weil er direkt über ihnen kreiste; aber er war unüberhörbar. Das drohende Gebrumm einer todbringenden Hornisse, tausendfach verstärkt. Die Blätter, die vom Wagen aus zu sehen waren, bewegten sich stürmisch im Flugwind. Als Tyne gerade ein Taschentuch über sein Gesicht band, legte Dickens den Rückwärtsgang ein. Der alte Moeweg legte sich mächtig ins Zeug und arbeitete sich tatsächlich aus dem Schlammloch heraus, in das er versunken war. Sofort griff der Flugspion erneut an. Mit einem schneidenden Geräusch stürzte er sich auf den Wagen und zertrümmerte blitzschnell eins der hinteren Seitenfenster. Danach entfernte er sich nicht etwa, sondern stieß einfach weiter zu. Riesenhaft und bedrohlich hing er vor der leeren Fensteröffnung, und seine Linse schien vor Bosheit zu funkeln. Der Wagen kippte seitwärts, die Karosserie knirschte. Der schweigsame Agent stemmte sich auf dem Rücksitz hoch und feuerte Nahschüsse durch das kaputte Fenster ab. Seine Stirn war grau und fleckig.

»Schießen Sie durch das Gitternetz auf die Rotoren!« brüllte Dickens. »Nur so kann man das Ding unschädlich machen!«

Der Wagen, der zum Glück doch wieder auf die Räder zurückgefallen war, obwohl es zunächst schien, als könne er umkippen, schlängelte sich jetzt schleudernd im Rückwärtsgang den Urwaldpfad entlang. Dickens blickte über die Schulter zurück, während er fuhr. In der einen Hand hielt er den Schalthebel, in der anderen seine Waffe.

»Das Ding kann einen zermalmen, wenn man zu fliehen versucht«, sagte er atemlos. »Zerquetscht einen einfach auf der Erde.«

»Ich hatte nicht vor rauszuspringen«, erwiderte Tyne. Doch genau das hatte er vorgehabt.

Der schweigsame Agent stieß die Tür an seiner Seite auf und beugte sich so weit wie möglich hinaus, um besser auf den Flugspion zielen zu können und seine Eingeweide unschädlich zu machen. Sofort suchte der Flugspion im undurchdringlichen Laubwerk Schutz und krachte dann auf eines der Hinterräder nieder. Der Moeweg schlitterte seitlich ins Buschwerk und blieb stehen. Der Motor heulte noch einmal auf und fauchte, doch der Wagen war unbrauchbar geworden.

Tyne überlegte gar nicht erst lange. Es war ihm klar, daß sie jetzt in der Falle saßen. Der Flugspion konnte das Auto zerschmettern, wenn seine Direktiven so lauteten.

Der stumme Agent war durch die Schleuderkraft des Wagens am Boden festgenagelt worden. Leslie sprang durch die offene Wagentür auf ihn, entriß ihm die Waffe und verschwand blitzschnell im Unterholz. Er tauchte wildentschlossen in das Buschwerk ein, rollte sich ab, alles war ihm recht, um nur so schnell wie möglich fortzukommen. Auf Händen und Knien robbte er mühselig vorwärts und achtete gar nicht auf die Risse und Schnittwunden, die er dabei davontrug. Schüsse verfolgten ihn, und Tyne wußte nicht, ob sie von Dickens oder dem Flugspion abgegeben wurden.

Er kam ziemlich schnell vorwärts. Er stürzte in einen kleinen wild überwucherten Fluß. Dann dämmerte schwach der Morgen, und dieses Licht kam ihm zu Hilfe.

Er wußte, was er jetzt zu tun hatte. Er steuerte auf eine Reihe riesiger Bäume mit tiefhängenden Zweigen zu. Der Flugspion war zwar eine großartige Erfindung, aber allmächtig war er doch nicht. Das undurchdringlich dichte Laubwerk würde ihn aufhalten.

Tyne rannte geduckt weiter. Er wußte schon längst nicht mehr, in welche Richtung er eigentlich lief. Hinter ihm erklang der tiefe wildentschlossene Summton. Licht flackerte zwischen den Bäumen auf. Geisterhaft grell waren einzelne Blätter zu erkennen, als der scharfe Lichtstrahl auf der Suche nach ihm das Laub durchdrang. Die Blätter wanden sich. War er immer noch nicht zwischen den Bäumen? Er wagte kaum aufzublicken.

Tyne atmete schwer, als er sich durch die unwegsame Vegetation kämpfte, die ihm bis an die Brust reichte. Sie schien kein Ende zu nehmen.

Er rutschte einen mit Buschwerk bestandenen Abhang hinab, verkroch sich unten angekommen zwischen den Bäumen und riß sich die Ranken und Schlinggewächse vom Leib, die er mitgezogen hatte. Er pickte unzählige Dornen aus seiner zerrissenen Kleidung. Als er dann stolperte, war er kaum noch imstande, wieder aufzustehen. Zu Tode erschöpft sah er nach oben. Dichte Zweige zeichneten sich vor dem dunklen Himmel ab.

Die kleineren Zweige wurden von einem künstlichen Wind bewegt. Tyne lag schwer atmend da wie ein Tier in der Falle.

Er hatte alles versucht, was nur menschenmöglich war. Er hatte nicht gedacht, daß ihn der Flugspion verfolgen würde. Er war ganz sicher gewesen, der Flugspion würde sich nicht von dem Wagen und den beiden Agenten der Vereinten Nationen entfernen. Wenn die Rosker aber bei der Übertragung erkannt hatten, daß er der Mensch war, mit dem Benda Ittai gesprochen hatte, war es gar nicht weiter verwunderlich, daß sie auf der Suche nach ihm waren.

Die Blätter und das Gras um ihn herum erzitterten. Er hatte das Gefühl, sein Kopf müsse von dem dumpfen Gedröhn bersten, das die Luft erfüllte. Wie ein verschrecktes Wild sprang er auf und stürzte auf einen Baum zu. Er zog sich hinauf und kletterte mühsam höher, bis er sich etwa fünf Meter über dem Erdboden befand. Er umklammerte den Baumstamm zwischen den rauhen, weit hinausragenden Ästen.

Die Sicht war jetzt besser. Das erste Morgenlicht fiel durch die Zweige. Wenn er nach der einen Seite sah, erblickte er den Hang, den er hinuntergelaufen war. Auf der anderen Seite sah er einen schnell dahinströmenden Fluß. Auf dem gegenüberliegenden Flußufer entdeckte er eine Art ausgetretenen Urwaldpfad.

Inzwischen hatte ihn der Flugspion entdeckt. Er kam dicht über dem Boden angeschlingert und sondierte mit Hilfe seines grellen Suchscheinwerfers die Lage. Wegen der starken Äste konnte der Flugspion nicht zu ihm aufsteigen. Sie schützten ihn und schirmten ihn ab, wie er gehofft hatte. Anstatt dessen rammte das Ding vorsichtig den Baumstamm. Tyne hatte zum erstenmal Gelegenheit, von oben auf den Flugspion hinabzusehen. Er sah, wie sich seine starken Propeller rasend schnell und wirbelnd hinter dem Schutzgitter drehten. Er zielte mit der Waffe des Agenten darauf. Sie rotierten so schnell, daß er kaum den Arm ruhighalten konnte. Er schoß aufs Geratewohl.

Das Ding flog ein Stück zurück und rammte den Baum. Dann kreiste es auf der Suche nach einer anderen Möglichkeit, ihn unschädlich zu machen. Im gleichen Moment sah Tyne Dickens den Abhang hinunterlaufen. Auf der Suche nach Tyne war er einfach dem Geräusch des Flugspions gefolgt.

Zweige knackten. Der Flugspion hatte sich durch Zweige und dünnere Äste vorgearbeitet, bis er sich auf gleicher Höhe mit Tyne befand. Tyne hangelte sich auf die andere Seite des Baumstammes. Wenn er nur durchhalten konnte, bis der Tag angebrochen und das Ding deutlich zu sehen war. Dann mußte es umkehren, um nicht entdeckt zu werden. Er blinzelte nach unten, aber Dickens war verschwunden.

Wieder wechselte er die Stellung, um den dicken Baumstamm immer zwischen sich und dem Flugspion zu haben. Das bedeutete, daß er sich auf einen niedrigeren Ast herablassen mußte. Er mußte sich davor hüten, zu weit hinabzuklettern. Unten wäre er wehrlos. Das Ding brummte drohend. Es wirkte wie ein riesiges Dach, das sich rasend schnell drehte, wie es sich so beharrlich durch die Zweige vorarbeitete. Tyne arbeitete sich in die Gegenrichtung vor.

Plötzlich hörte er einen Schrei und das Geräusch von Schuhen, die gegen Eisen traten.

Tyne sah um den Baumstamm herum wie ein völlig verängstigtes Eichhörnchen. Dickens war auf den Flugspion gesprungen oder gefallen! Der Agent war auf den benachbarten Baum gestiegen und war dann abgesprungen oder hatte sich fallenlassen. Jetzt lag er auf der riesigen Scheibe ausgestreckt und suchte verzweifelt Halt darauf.

»Dickens!« schrie Tyne.

Der Agent rutschte über die rauhe Oberfläche des Flugspions. Seine Beine hingen herab und baumelten in der Luft. Er trat wie wild um sich. Dann fanden seine Finger Halt in dem Gitternetz über den Rotoren und er zog sich weiter hinauf. Während der Flugspion zwischen den Zweigen hin- und herschwankte, zog er seine Waffe und zielte auf die Drehflügel.

Das war offensichtlich ein Überraschungsangriff für die Rosker, die die große runde Scheibe steuerten. Sie trieb noch eine Weile hilflos auf der Stelle und setzte sich dann in Bewegung. Das dumpfe Dröhnen der Rotoren wich einem helleren Summton, und der Flugspion schoß wie eine Rakete nach oben.

Ein Ast schlug Dickens fast bewußtlos. Er war so benommen, daß er sich nicht mehr festhielt und nach einer Seite abzurutschen begann. Die Waffe entglitt ihm, schlug polternd auf allen Zweigen auf und landete schließlich auf der Erde.

»Dickens, um Himmels willen, springen Sie ab!« schrie Tyne.

Es war sehr zweifelhaft, ob der Agent Tynes Aufschrei gehört hatte. Er wurde durch das Laubwerk nach oben katapultiert. Er klammerte sich eisern fest, das Gesicht in den Armen verborgen. Die obersten Zweige sausten zischend vorbei, dann konnte der Flugspion ungehindert aufsteigen.

Achtlos und ohne zu überlegen sprang Tyne von dem Baum und landete der Länge nach in einem blühenden Busch. Er kletterte ganz hinab, rannte aus dem Schatten der Bäume und lief dann genau unter dem Flugspion her. Ständig rief er zusammenhanglose Worte hinauf. Er wagte nicht zu schießen, um Dickens nicht zu treffen.

Im fahlen Morgenlicht konnte Tyne den Flugspion etwa zehn Meter über sich deutlich erkennen. Er bewegte sich schnell und zielsicher in einer bestimmten Richtung – zweifellos mit Kurs auf den Stützpunkt der Rosker auf Sumatra, wo ihn diese schon erwarteten. Dickens war offensichtlich der gleichen Überzeugung. Er kniete nun auf dem Flugspion und zerrte an den Schirmen seiner Oberseite. Bald darauf hatte er einen Teil des Gitternetzes losgelöst, ein keilförmiges Stück, unter dem sich die Rotoren ungeschützt drehten.

Er zog einen Schuh aus und schleuderte ihn in die Rotoren.

Sofort machte das dynamische Gebrumme einem heftigen Stottern Platz, gefolgt von dem Knirschen und Quietschen berstenden Metalls. Mit einem abgehackten mahlenden Geräusch stürzte der Flugspion darauf ab, gefährlich zur Seite geneigt.

Tyne rannte immer noch völlig atemlos hinterher, als der Flugspion in den Fluß stürzte, den er von dem Baum aus gesehen hatte. Auch Dickens verschwand in den Fluten. Das Wasser spritzte hoch auf. Dann glättete sich die Wasseroberfläche wieder, als sei nichts geschehen.

VI

Es war neun Uhr fünfzehn vormittags.

Tyne Leslie saß ganz hinten in einer chinesischen Kaffeestube und aß Durian von einem gesprungenen Teller. Er war glatt rasiert und hatte einen völlig klaren Kopf. Er war bei einem Nappi Wallah gewesen, der ihn rasiert und ihm Kopf und Schultern massiert hatte. Als er vor neunzig Minuten schließlich mühselig und schmerzgeplagt Padang erreicht hatte, nachdem er am Flußufer noch lange vergeblich nach Dickens gesucht hatte, war er mehr tot als lebendig gewesen. Doch jetzt nach der Rasur, der Massage und dem Frühstück war er wieder ganz der Alte, zu neuem Leben erweckt, voller Pläne. Vorsichtig tastend streckte er schon wieder seine Fühler aus.

Er hatte dem Unterstaatssekretär bereits eine Nachricht zukommen lassen, unter dessen Untergebenem Tyne einmal Dienst getan hatte. In dieser Nachricht hatte er darauf hingewiesen, daß der Erde bald eine Invasion drohte. Dieser Brief war im Gebäude der britischen diplomatischen Mission abgeliefert worden, und spätestens in einer Stunde würde ihn der Unterstaatssekretär selbst in Händen haben. Wie lange es allerdings dauern würde, bevor irgend etwas unternommen wurde, stand auf einem anderen Blatt.

Jetzt drängte die Zeit. Murray befand sich immer noch auf freiem Fuß in Padang, und zwar schon seit rund vierundzwanzig Stunden. Wenn es dem roskischen Agenten der Friedensbewegung noch nicht gelungen war, sich mit Murray in Verbindung zu setzen, so lag das sicherlich daran, daß er von seiner eigenen Rasse verfolgt wurde, und zwar von den Anhängern Ap II Dowls. Es war jedoch zweifellos so, daß alle, die Murray verfolgten, ein immer engeres Netz um ihn zogen – die roskische Friedensbewegung, Ap II Dowls Leute, der Rat der Vereinten Nationen und möglicherweise auch mehrere Interessengruppen der Erdbevölkerung, falls diese Wind von der Angelegenheit bekommen hatten. Und Tyne.

Er selbst. Er hatte Dickens gegenüber behauptet, er sei Murray schon ganz dicht auf den Fersen. Das entsprach der Wahrheit. Paradoxerweise war das gestern der Fall gewesen, bevor Stobart ihn angesprochen hatte.

Wie so oft hatte die Wahrheit in ihm geruht und nur den richtigen Augenblick abgewartet, bevor sie sich enthüllte und zutage trat.

Als Tyne im Foyer des Roxy-Kinos Mina befragt hatte, lautete ihre Antwort, Murray habe gesagt, er wolle zum Planktonwerk. Sie hatte angenommen, daß Murray das Werk in Semapang meinte, in dem er, Tyne, fast ertrunken war – und er hatte sich dieser Annahme ohne nachzudenken angeschlossen. Als Stobart das Mädchen später ausfragte, hatte er die gleiche Antwort zu hören bekommen. Deshalb waren Tyne und Dickens in dem Gebäude zusammengetroffen.

Aber Murray hatte von etwas ganz anderem gesprochen, als er das Planktonwerk nannte.

In den schrecklichen Sekunden, als Tyne durch die unter Wasser gelegenen Ansaugtore in Semapang gezogen wurde und dem Ertrinken nahe war, waren entscheidende Szenen seines Lebens wie Blasen in ihm aufgestiegen. Er erinnerte sich auch daran, wie Murray, Allan Cunliffe und er nach einer ausgedehnten Nacht im Hotel Merdeka frühstückten. Während er und Allan nur Kaffee tranken, verkonsumierte Murray ein enormes Frühstück und beklagte sich dabei die ganze Zeit darüber, wie schlecht das Essen sei. »Im Hotel Merdeka gibt es immer nur künstliche Nahrung«, hatte er gesagt. »Ganz gleich wie das Essen aussieht und für was man es hält, im Grunde genommen ist es immer nur Plankton. Es ist eine Pflanze, wie die Amerikaner zu sagen pflegen. Eine Planktonpflanze! Ich will euch zwei müden Typen mal was sagen: wir leben in einer Planktonwelt. Über kurz oder lang wird uns die Hotelleitung Planktonfrauen offerieren ...«

Das war ihm nicht mehr aus dem Kopf gegangen. Seitdem hatten sie alle drei das Hotel Merdeka manchmal die ›Planktonwelt‹ genannt – immer wieder, bis sie der Sache überdrüssig wurden.

All das schoß Tyne blitzschnell durch den Kopf, während er zu ertrinken drohte. Er wußte jetzt, daß er wieder ins Hotel Merdeka gehen mußte, um nach Murray zu suchen; denn Murray hatte dieses Hotel gemeint. Mina hatte das falsch ausgelegt, Stobart ebenfalls. Das war auch nicht weiter verwunderlich; denn sie kannten ja die Redewendung nicht, die zwischen den dreien kursierte. Tyne war schon einmal vergeblich im Hotel Merdeka gewesen. Heute würde er den richtigen Leuten die richtigen Fragen stellen.

Er bezahlte und verließ das Café. Er hatte schon Reservepatronen für die gestohlene Waffe in seiner Tasche gekauft. Er war sich der Gefahren bewußt und bewegte sich vorsichtig durch Seitenstraßen. Unterwegs geriet er in eine Demonstration der Vertriebenen, die Fahnen schwangen und laut trompeteten. Sie trugen Transparente mit den Aufschriften: »ROSKER LASST UNSERE WELT IN FRIEDEN« – »DIE WELTMÄCHTE SIND MARIONETTEN IN DEN HÄNDEN DER FREMDLINGE« – »SUMATRA IST GEOPFERT WORDEN.« Mit ihrer Hilfe konnte er sich bequem Dekkung verschaffen, bis er am Hotel angelangt war.

Die zugleich willkommene und abstoßende Vertrautheit dieses Hotels hüllte ihn ein wie ein undurchdringlicher Nebel. Um diese Zeit – bevor die endlosen Konferenzen und Debatten begannen, die nun einmal Politik bedeuteten – war die Hotelhalle voll von den Leuten, zu denen er auch einmal gehört hatte. Es waren ruhelose, unglückliche Männer, die aber trotzdem lächelten. Dieses maskenhafte Lächeln war ihnen schon zur zweiten Natur geworden. Sie waren ständig dabei, irgend etwas einzufädeln und manövrierten unentwegt – waren dabei aber nicht kühn genug. Tyne vermied sie. Sie waren ihm so fremd wie sie einem Rosker scheinen mußten.

Er ging durch das Hotel in einen hinter dem Hotel gelegenen Hof, wo zwei sehr alte Chinesinnen im grellen Sonnenlicht einander das Haar kämmten.

»Ach bitte, wissen Sie, wo Amir ist?« fragte er sie.

»Er ist im Lagerhaus und überprüft die Vorräte.«

Das sogenannte ›Lagerhaus‹ war ein hinter dem Hof gelegener roher Ziegelbau, eigentlich eher ein Schuppen, zwischen anderen Gebäuden eingeklemmt, von dem aus man praktischerweise zu einer winzigen Gasse gelangte, wenn man ihn durch den Hinterausgang verließ. Vor dem Schuppen stand ein kleiner Lieferwagen, der malayisch, chinesisch und englisch beschriftet war. »Zu Nahrung verarbeitetes Plankton aus Semapang«, lautete die Aufschrift. Das Hotel Merdeka wurde gerade mit seiner Tagesration an Nahrungsmitteln beliefert.

Als Tyne näherkam, tauchte gerade ein uniformierter Fahrer aus dem ›Lagerhaus‹ auf, stieg in den Lieferwagen und fuhr ab. Verstohlen betrat Tyne den Schuppen. Amir war allein. Er trug den linken Arm in einer Schlinge und beugte sich gerade über eine Kiste, um den Inhalt anhand der Lieferscheine zu überprüfen. Tyne schloß die Tür hinter sich.

Amir war für Allan und Tyne im Laufe der Zeit fast ein Freund geworden. Doch jetzt drückte sein kluges dunkles Gesicht nur Furcht aus, als er aufsah und den Besucher erkannte.

»Was ist denn mit Ihrem Arm passiert, Amir?«

»Ich dachte, Sie sind tot, Mr. Leslie.«

»Wer hat denn das behauptet?«

»Sie hätten nicht herkommen sollen! Es ist gefährlich hier. Mr. Leslie! Das Hotel Merdeka wird ständig überwacht. Bitte gehen Sie sofort. Gehen Sie, sonst gefährden Sie die Sicherheit aller.«

Es tat Tyne weh, zu sehen, daß Amir so tief beunruhigt und verängstigt war. Er ergriff seinen gesunden Arm und sagte: »Hören Sie, Armin – wenn Sie wissen, daß uns Gefahr droht, dann müssen Sie auch wissen, was vorgeht. Das Leben aller Erdenbewohner ist bedroht! Ich muß Murray Mumford sofort finden. Sofort, begreifen Sie? Wissen Sie, wo er sich aufhält?«

Der junge Indonesier begann zu weinen, was Tyne zutiefst überraschte und in schreckliche Verlegenheit brachte. Er weinte keineswegs laut oder aufdringlich. Die Tränen strömten einfach über seine Wangen hinab und fielen auf den blanken Boden. Er bedeckte seine Augen mit der gesunden Hand.

»Mein Land wurde durch andere Länder schon so ins Unglück gestürzt. Ich werde mich bald den Vertriebenen anschließen. Wenn wir stark genug sind, werden wir alle Ausländer zwingen, unser Land zu verlassen.«

»Und die Rosker«, fügte Tyne hinzu.

Alle Ausländer. Wissen Sie, daß heute abend eine Beerdigung im Bukit Besar stattfindet? Wissen Sie, wer da beerdigt wird? Mina, die Kleine holländischer Abstammung.«

»Mina ist tot?« rief Tyne erschrocken aus.

»Im allgemeinen werden nur Tote beerdigt«, erwiderte Amir sarkastisch. »Die Rosker haben sie umgebracht, weil sie mit Ihrem Freund Mumford liiert war. Vielleicht interessiert es Sie, zu erfahren, daß die Rosker mich gestern heimgesucht und mich gefoltert haben. Vielleicht kommen sie heute zurück, um mich zu töten. Sie sind gestern im Hotel Merdeka aufgetaucht, und ich habe mich nicht sehen lassen. Heute habe ich mich nicht verleugnen lassen. Dafür werde ich sicher sterben müssen.«

»Unsinn, Amir, nehmen Sie sich doch zusammen. Die Rosker werden ganz bestimmt nicht noch einmal auftauchen«, sagte Tyne. »Was wollten sie denn gestern von Ihnen wissen?«

Amir hörte so plötzlich auf zu weinen wie er begonnen hatte. Er sah Tyne ganz fest in die Augen, zog seinen bandagierten Arm aus der Schlinge und wickelte den Verband ab. Dann hielt er Tyne seinen Arm mit einer penetranten Mischung von Stolz und Entsetzen hin.

»Die Rosker wollten von mir wissen, wo sich Murray Mumford versteckt«, sagte Amir. »Ich habe es ihnen nicht gesagt, deshalb haben sie mich so zugerichtet.«

Seine linke Hand war am Handgelenk amputiert worden. Anstelle der Hand hing dort jetzt nutzlos und schlaff die Pfote eines Schimpansen.

Tynes eigene Armprothese zuckte voller Mitgefühl konvulsiv, als fühle sie den Schmerz.

»Das tut mir leid«, sagte er. »Das tut mir so leid, Amir.«

»Daran sehen Sie, wieviel die Menschen den Roskern bedeuten.«

Er wandte sich ab und wickelte seinen Arm ungeschickt wieder ein. Mit erstickter Stimme sagte er: »Aber ich habe ihnen nicht gesagt, wo Murray ist. Ihnen will ich es sagen. Als er gestern früh hierher kam, sagte er, er wolle sich in dem alten Deli Jalat Tempel die Straße hinunter verstecken. Gehen Sie jetzt bitte. Gehen Sie und fragen Sie mich nie wieder irgend etwas!«

»Es tut mir so schrecklich leid für Sie«, wiederholte Tyne und blieb an der Tür stehen. »Eines Tages werden Sie dafür entschädigt werden, Amir. Sie werden sehen, warten Sie es nur ab!«

Amir sagte kein einziges Wort. Er wandte sich nicht einmal um.

Tyne sprang über eine niedrige Steinmauer und duckte sich dahinter mit schußbereiter Waffe. Amir so zu sehen, hatte ihn weit mehr erschüttert, als er sich eingestehen wollte. Langsam hob er den Kopf und sah sich um.

Ein paar Indonesier hielten ihre armseligen Behausungen in Ordnung, die an dem kleinen Sträßchen hinter dem Vorratsschuppen lagen, wo er sich jetzt befand. Keiner von ihnen schien an Murray interessiert zu sein. Ihm kam schmerzlich zu Bewußtsein, daß eine bittere Wahrheit in dem steckte, was Amir gesagt hatte. Für die Indonesier Sumatras waren die Ausländer auf der Insel eine ebensolche Belastung wie die Rosker. Beiden war ihre Lebensart völlig fremd.

Als Tyne gerade über die Mauer zurückklettern wollte, trat ein Mann aus dem Hotel Merdeka. Er ging so langsam, wie es sein massiger Körper verlangte und sah sich dabei vorsichtig nach allen Seiten um. Es war Stobart.

Er ging nicht zum Deli Jalat Tempel, sondern in die entgegengesetzte Richtung. Als er sah, daß die Straße frei war, beschleunigte er seine Schritte. Tyne hatte sich wieder geduckt, um nicht entdeckt zu werden. Stobart zog plötzlich eine Pfeife aus der Tasche, hob sie an die Lippen und blies. Kein Laut war zu hören – Ultraschall. Zweifellos rief er damit irgendwen herbei.

Sobald der Agent des Rates der Vereinten Nationen verschwunden war, sprang Tyne wieder über die niedrige Mauer und machte sich auf den Weg zu dem Tempel, in dem sich laut Amir Murray versteckt halten sollte. Endlich konnte er mit Murray abrechnen. Die geladene Waffe in Tynes Tasche wog schwer, und das war ein ausgesprochen tröstliches Gefühl für ihn.

Obwohl die Sonne heiß auf ihn niederbrannte, war er von eisiger Klarheit durchdrungen. Er wußte ganz genau, was er zu tun hatte. Er würde Murray töten.

Eines machte ihm Sorgen, doch dadurch würde er sich nicht abschrecken lassen. Murray wartete darauf, dem Agenten der roskischen Friedensbewegung den Mikrofilm übergeben zu können. Er hatte alle Spuren verwischt. Der Anblick von Stobart (der zweifellos in der Halle des Hotels Merdeka Tynes Spur wieder aufgenommen hatte) war der Beweis dafür, daß er trotz der gegen ihn angetretenen skrupellosen Mächte auf freiem Fuß war. Und doch war ausgerechnet Tyne – ganz und gar auf sich gestellt – auf dem besten Weg, ihn zu finden. Wie war das möglich?

Zwei Hinweise hatten ihn auf Murrays Spur geführt: Minas Erwähnung des ›Planktonwerkes‹ und vor ein paar Minuten Amirs Mitteilung, Murray hielte sich im Tempel versteckt. Minas Auskunft konnte nur Tyne richtig interpretieren. Amir hatte freiwillig nur Tyne Auskunft gegeben. Warum war das so?

Darauf gab es nur eine Antwort. Murray hatte damit gerechnet, daß Tyne ihn verfolgen würde. Bevor er sich versteckte, hatte er absichtlich Mina und Amir informiert, weil er wußte, daß Tyne sich daraufhin sogleich auf die Suche nach ihm machen würde. Und doch mußte Murray eigentlich wissen, daß Tyne nur einen einzigen Grund haben konnte, ihn zu verfolgen: Er wollte ihn aufspüren, um Allan Cunliffes Tod auf dem Mond zu rächen. Doch es blieb völlig im Dunkeln, was einen Mann dazu bewegen konnte, seinen Mörder auf gewundenen Wegen und doch ganz zielsicher auf seine Spur zu bringen. Es war eine große Verlokkung, Licht in dieses Dunkel zu bringen.

Er mußte Murray dazu bringen, ihm das alles zu erklären, bevor die gestohlene Waffe und die gekauften Patronen in Aktion traten. Murray würde alles erklären müssen und natürlich auch den kostbaren Mikrofilm herausgeben. Dann konnte er sterben. Wieder fühlte Tyne sich von dieser eiskalten Klarheit und Entschlossenheit durchdrungen. Wieder einmal befand er sich mitten im Strudel der Ereignisse. Der Äquator der Tat drehte sich schneller und schneller um ihn, doch er war vollkommen fühllos.

»Treten Sie ein. Ich werde die Priester nach Ihrem Freund fragen«, sagte der verhutzelte Zwerg an der Pforte aus Teakholz. Er schlurfte auf bloßen Füßen davon, mürrisch und doch ungeheuer diensteifrig. Gefallene Mädchen und weiße Tuans ganz besonders willkommen.

Der Deli Jalat Tempel befand sich – dem Verfall preisgegeben – auf mehreren Morgen Land, die noch Spuren der Versuche erkennen ließen, hier Hühner zu züchten. Große Abfallhaufen lagen herum. Das Hauptgebäude war die nicht unedle Imitation eines Hindutempels. Der Tempel war reich geschmückt; aber um ihn herum hatten sich, wie Autowracks um eine Straßensperre, später errichtete Gebäude angesiedelt. Die meisten waren nur Bretterbuden und Wellblechhütten. Sie waren niemals eine Augenweide gewesen und dämmerten jetzt nur noch halb eingesunken vor sich hin.

Da Tyne nicht die Absicht hatte, dort zu warten, wohin ihn der Zwerg verwiesen hatte, ging er dem Türhüter einfach über die grasbewachsenen Steinplatten nach. Ein betörender süßlich-scharfer Geruch lag in der Luft. Zweifellos befand sich ganz in der Nähe ein verwilderter Kräuter- und Gewürzgarten. Als Tyne um eine Ecke bog, gelangte er zu einem halb eingefallenen überdachten Gang. Am anderen Ende des Ganges drehte sich eine Frau in chinesischer Kleidung und mit klappernden Holzschuhen an den Füßen nach ihm um und lief bei seinem Anblick eilig durch einen Torweg davon. Sie hatte ausgesehen wie Benda Ittai. Instinktiv beschleunigte Tyne seine Schritte, und das Sonnenlicht warf Muster auf seine Schultern.

Plötzlich überkam ihn wie eine heiße Welle der Wunsch, sie in den stillen Kräutergarten zu ziehen und sie dort zu lieben. Dieser Wunsch war ganz impulsiv und unbeabsichtigt in ihm aufgestiegen. Er zwang sich, seine Gedanken wieder ganz auf Murray zu konzentrieren. Am letzten Tor entdeckte ihn der Türhüter und fiel ihm vor Erregung fast in die Arme. Er flog am ganzen Körper.

»Nein, Sir, nicht hierher, Sir! Bleiben Sie am Tor stehen. Ich hatte Sie gebeten zu warten. Die Priester sind noch nicht bereit . . .«

»Ich bin nicht gekommen, um die Priester aufzusuchen«, sagte Tyne. Er stieß den Mann beiseite und trat durch die schwere Tür. In dem Gebäude war es nach dem gleißenden Sonnenlicht stockfinster. Langsam gewöhnten sich seine Augen an das Dunkel, und er sah sich in dem Raum um, den er gerade betreten hatte. Er war kühl und ganz mit Holz getäfelt. In der Mitte des Raumes standen zwei große Tonvasen auf dem Boden. Drei Priester kamen mit nach vorn geneigtem Körper auf ihn zu. Diese von ihrem Glauben bewirkte Körperhaltung fand man oft bei älteren Männern.

»Bringen Sie mich bitte zu Murray Mumford. Es ist dringend, und ich kann nicht warten«, sagte Tyne.

»Die Zeit ist nicht günstig«, erwiderte einer der Priester und gestikulierte völlig wirkungslos mit den Händen.

»Es tut mir leid, aber ich kann nicht warten.«

Die drei Priester beratschlagten rasend schnell in einem fremdartigen Dialekt. Sie waren wütend und verängstigt. Die Angst gewann die Oberhand.

»Folgen Sie mir«, bat schließlich einer der Priester und nickte ihm verdrossen zu.

Er führte Tyne eine breite Treppe mit knarrenden Stufen hinauf. Es roch nach Katzen. Sie durcheilten holzgetäfelte Gänge und Flure mit Steinmauern und blieben schließlich vor einer unscheinbaren Tür unter einer anderen Treppe stehen. Hinter dieser Tür befand sich ein kleines Vorzimmer, von dem aus zwei Türen in andere Zimmer führten.

»Es ist die rechte Tür«, erklärte der Priester.

Tyne trat ein, und der Priester schlug die Tür hinter ihm zu. Plötzlich befand er sich im Halbdunkel und bewegte sich vorsichtig auf die rechte Tür zu. Als er sich wieder gefaßt hatte, stieß er die Tür mit der Waffe im Anschlag blitzschnell auf.

Er befand sich in einem langen schmalen Raum mit einem einzigen schmutzigen Fenster. Den größten Teil des Raumes nahm ein hölzernes Bett in der Nähe der Tür ein, das im Augenblick gleichzeitig als Tisch und Sitzgelegenheit diente.

Benda Ittai stand in einem chinesischen Kleid ganz allein in der Mitte des Raumes, und ihr Mund war vor Überraschung leicht geöffnet.

»Treten Sie ein, Mr. Todpuddle«, forderte sie ihn auf und benutzte wieder den Namen, den Tyne sich zugelegt hatte, als er auf Budo Buddas Ketsch verhört worden war.

Er nickte ihr zu zum Zeichen dafür, daß er ihre Schönheit zur Kenntnis genommen hatte.

Sozusagen mit gesträubten Haaren trat er einen Schritt vor. Murray Mumford stand hinter der Tür und hatte die Hände über den Kopf gehoben. Um die Taille trug er die Raumfahrt-Dienstwaffe. Der Revolver sah aus der unverschlossenen Pistolentasche hervor.

Tyne drehte sich langsam auf dem Absatz um und zielte mit seiner eigenen Waffe genau auf Murrays Brust. Er war sich darüber im klaren, daß sein Gesicht ledern wirkte und zur grinsenden Maske eines Killers erstarrt war.

»Schön, daß du es endlich geschafft hast, Tyne«, sagte Murray und gab sich alle Mühe, sorglos wie immer zu wirken. »Jetzt steck deine Waffe wieder ein und fühl dich wie zu Hause. Willkommen in meinem bescheidenen ...«

»Geh zu dem Mädchen hinüber«, sagte Tyne mit rauher Stimme. »Ich werde mir jetzt deine Waffe nehmen. Laß die Hände oben! Du bist nichts als Abschaum, Murray – ein Betrüger und Verräter!«

»Wenn du dieses Spielzeug nicht in der Hand hättest, würde ich dir dafür den Hals brechen«, erwiderte Murray ruhig, aber seine Wangen waren glühendrot geworden.

»Nein, das würdest du ganz und gar nicht! Willst du etwa behaupten, daß du keine Nachricht für die Rosker bei dir hast – eine Nachricht, die für die Erde von unschätzbarer Bedeutung ist?«

Murray hielt immer noch die Hände über den Kopf. Er wandte keinen Blick von Tyne, als er vorsichtig zu Benda hinüberging. Er, der auf den ersten Blick so attraktiv wirkte, schien jetzt nur noch müde und gequält. Tiefe Schatten lagen unter seinen Augen.

»Wenn du darüber sprechen willst, wirf beide Pistolen auf das hohe Regal dort drüben«, sagte er.

Das Regal, von dem er gesprochen hatte, lief direkt unter der Decke an einer Wand entlang. Tyne blickte nicht einmal auf. Jetzt standen beide verschreckt beisammen am Fuße des Bettes.

»Ich möchte überhaupt nichts mit dir besprechen, Murray«, sagte Tyne.

»Also erschieße mich ruhig. Aber wahrscheinlich weißt du genausogut wie ich, daß durch einen solchen falschen Schritt alles verloren wäre.«

»Gib mir den Mikrofilm, Murray!«

»Ich habe ihn nicht.«

Tyne packte impulsiv den Revolver fester. Das hatte er nicht erwartet.

»Halt!« Benda Ittai trat nervös einen Schritt vor. Sie sah hager und eingefallen aus, aber das tat ihrer Schönheit keinen Abbruch. Tyne beeindruckte im Augenblick vor allem ihre kühle Haltung. »Wir haben jetzt keine Zeit für Streitigkeiten, oder wir sitzen gleich in der Falle. Mr. Leslie, werfen Sie beide Waffen auf das Regal, dann werden wir Ihnen alles erklären. Das ist jetzt wirklich nötig!«

Tyne zögerte. Er befand sich in einer seltsamen Lage und an

einem seltsamen Ort und war sich darüber im klaren. Das Entscheidende war jetzt nicht sein persönlicher Wunsch, sich zu rächen, sondern den Mikrofilm an sich zu bringen. Zumindest ermöglichte es ihm Benda Ittai, einen Rückzieher zu machen, ohne sein Gesicht zu verlieren. Grob riß er Murrays Revolver aus der Halterung und warf ihn zusammen mit seiner eigenen Waffe auf das Regal hinauf.

»So ist es besser«, sagte Murray, nahm seine Hände herunter und suchte nach einer Zigarette. Befriedigt stellte Tyne fest, daß Murrays Hände zitterten, als er seine Zigarette ansteckte. Doch seine eigenen Hände, sogar die Armprothese, zitterten genauso.

Er ergriff wieder die Initiative und sagte zu Benda Ittai: »Da Sie hier sind, nehme ich an, daß Sie der roskische Agent sind, mit dem sich Murray treffen sollte.«

Sie erwiderte: »Ja, das stimmt. Wie Sie ja wissen, wurde ich aufgehalten.« Sie lächelte schwach und schien sehr zufrieden mit ihrem Unterstatement.

Murray mischte sich ein: »Da hast du richtig geraten. Aber jetzt genug damit. Hör mir zu. Wir haben vielleicht nur sehr wenig Zeit und brauchen deine Hilfe.«

»Meine Hilfe!« Tyne explodierte förmlich. »Ich bin hierher gekommen, um dich zu töten, Murray, weiß Gott, und jetzt . . .«

Benda Ittai legte ihre Hand auf Tynes Arm. Sie fühlte sich weich und heiß an, über 40 Grad.

»Bitte geben Sie ihm eine Chance und lassen Sie ihn alles erklären«, bat sie. »Sprechen Sie nicht so viel! Hören Sie zu. Hören Sie einfach nur zu!«

»Ja, das ist ein guter Rat an einen ehemaligen Politiker«, sagte Murray. Er hatte seine Selbstbeherrschung rasch wiedergewonnen. Tyne gab sich die größte Mühe, auch seine Fassung wiederzugewinnen. Er setzte sich auf den Bettrand und nahm eine von Murrays Zigaretten, die dieser ihm angeboten hatte.

»Da wirst du mir aber eine wirklich plausible Erklärung liefern müssen. Streng dich an!« mahnte Tyne.

»Der Mikrofilm muß Miß Ittai ausgehändigt werden«, begann Murray, »und sie muß ihn den Leuten von der roskischen Friedensbewegung auf dem Stützpunkt von Sumatra übergeben. Erinnerst du dich an Tawdell Co Barr, den ersten Rosker, der mit der Erdbevölkerung sprach? Er ist der Anführer der Friedensbewegung, die sich im Geheimen Ap II Dowl widersetzt. Die Friedensbewegung steht noch auf schwachen Füßen. Dies ist die einzige Chance, sie so zu stärken, daß sie Dowl überwältigen kann. Wenn dieser Mikrofilm, der beweist, wie blutrünstig Dowls Absichten sind, der Mehrheit der Rosker vorgeführt werden kann, wird sich die Bevölkerung erheben und sich dem Diktator widersetzen.«

»Unsere Rasse ist so menschlich oder human wie die Ihre«, unterbrach Benda. »Bitte betrachten Sie doch diese schreckliche Angelegenheit nicht als Detektivarbeit, sondern als einen moralischen Kampf. Wenn man den Roskern die Augen öffnet und sie sehen, was hinter ihrem Rücken vorgeht, wird sich sicher meine ganze Rasse gegen Dowl erheben.«

»Sie wollen mir doch wohl nicht erzählen, daß sie keine Ahnung davon haben, daß sie nur die Vorhut der Invasionstruppen sind!«

»Aber sie haben wirklich keine Ahnung! Begreifen Sie nicht, daß wir alle auf dem Raumschiff geboren sind«, erklärte sie voller Verzweiflung, »und daß wir uns für Kolonisten halten? Wahrscheinlich sind versiegelte Befehle von einer Offiziersgeneration zur nächsten weitergegeben worden.«

»So ist das also«, sagte Tyne zögernd. Er begriff jetzt, daß politische Machenschaften in der Galaxis nur auf diese Weise ausgetragen werden konnten. Die Anführer schmiedeten die Komplotte, und das Volk folgte ihnen wie eine Schafherde – wenn man es nicht wachrütteln und ihm klarmachen konnte, daß es wie eine Hammelherde gegängelt wurden.

»Ich habe Ihnen doch schon bewiesen, daß ich für Ap II Dowl und seine Räuberbande nichts übrig habe«, sagte Benda ruhig. Wahrscheinlich wußte sie ganz genau, welchen Eindruck sie auf Tyne machte. »Sie können mir also vertrauen. Lassen Sie mich den Mikrofilm der Friedensbewegung meiner Rasse überbringen. Für sie ist er von größerem Nutzen als für die Weltregierung. Sehen Sie das nicht ein?«

Ja, eigentlich war das alles ganz einleuchtend, dachte Tyne mit Bitterkeit, und er spürte, wie aufmerksam ihn Murray und Benda ansahen, um herauszufinden, welche Gedanken ihn bewegten. Er wußte nicht, was er dazu sagen sollte. Sein Hauptanliegen – den Mikrofilm an sich zu bringen oder sich als Versager zu fühlen

– hatte sich in Nichts aufgelöst. Jetzt hatte er ein so kniffliges Problem zu lösen, wie er es sich früher an den auf Hochglanz polierten Tischen des Rates der Vereinten Nationen niemals hätte träumen lassen.

Wenn er nichts unternähme – wenn er zum Beispiel erschossen würde –, würde Unterstaatssekretär Grierson sofort die gesamte Maschinerie in Gang setzen. Die kleine Streitmacht der Rosker auf Erden würde zerrieben, bevor die Verstärkung auf Erden eintreffen konnte. Und wenn sie ankamen? Dann würden sie höchstwahrscheinlich keine Gnaden walten lassen: ein Kernwaffenangriff aus dem Weltraum überstieg menschliches Fassungsvermögen.

Wenn Stobart und seine Leute hier einträfen, würden sie den Mikrofilm natürlich sofort an sich bringen. Sie würden ihn finden, wo er auch verborgen war. Dann würden ihn die Rosker nie wieder in die Finger bekommen. Darauf würde ein sofortiger Gegenangriff auf die hinterhältigen Fremdlinge innerhalb der eigenen Tore folgen.

Am schlimmsten wäre es, wenn die Leute Ap II Dowls als erste hier einträfen.

Im Augenblick jedoch mußten nicht Grierson, Stobart oder Dowl die Initiative ergreifen, sondern Tyne. Er dachte flüchtig an die von ihm entwickelten Theorien. Er war wohl etwas wirr im Kopf gewesen. Nun galt es, das schwerwiegendste Problem aller Zeiten zu lösen. Wie konnte er die Lösung finden, die im Endeffekt für alle das Beste wäre?

Er wandte sich zum Fenster und starrte gereizt durch die staubigen Scheiben hinaus, um sich seine Unentschlossenheit nicht anmerken zu lassen. Etwas bewegte sich draußen im grellen Sonnenlicht. Ein Mensch – oder ein Rosker – war geduckt von einem Gebüsch zum nächsten gesprungen. Tyne blieb keine Zeit mehr.

Abrupt drehte er sich um und wandte sich wieder Benda und Murray zu. Wie Benda ganz richtig gesagt hatte, sollte die roskische Friedensbewegung über die Invasionspläne informiert werden. Je mehr Uneinigkeit und Zwistigkeiten auf dem Stützpunkt von Sumatra gesät wurden, desto besser. Doch auch die Erdbevölkerung mußte genauestens informiert werden. Dann konnte sie sich auf alle Eventualitäten vorbereiten.

»Miß Ittai, von diesem Mikrofilm muß eine Kopie angefertigt

werden«, sagte er. »Der Rat der Vereinten Nationen wird die Kopie einbehalten, um alles genauestens zu prüfen. Sie können dann mit sicherem Geleit den Originalmikrofilm Tawdell Co Barr auf dem Stützpunkt übergeben.«

Nun wandte er sich an Murray, der sich inzwischen auf die Bettkante gesetzt hatte und gerade seine Zigarette ausdrückte.

»Wie du wohl bemerkt hast, ist die Zeit knapp«, sagte Tyne. »Gib mir jetzt schnell den Mikrofilm.«

»Du bist wirklich schwer von Begriff«, erwiderte Murray. Er rieb sich die Augen. Er wirkte völlig übermüdet und überaus gereizt. Es schien, als sei ihm plötzlich klargeworden, daß das Leben im Endeffekt über ihn triumphieren würde – ganz gleich, ob er einen persönlichen Triumph zu verzeichnen hatte oder nicht. »Grundgütiger Himmel, Tyne, merkst du nicht, was für ein Dummkopf du bist? Ich habe dir doch schon gesagt, daß ich den Mikrofilm nicht habe.«

Die gebeugten Gestalten, die sich vorsichtig zwischen dem Buschwerk verborgen anschlichen, würden sich bald aufrichten und dann mit einem Sprung den Tempel erreichen. Und Allan Cunliffe lag für immer stocksteif ausgestreckt da. Diese beiden Bilder flammten wie zornige Blitze in Tyne auf. Er stürzte sich auf Murray.

Murray hatte sich halb erhoben, um den Angriff abzuwehren, fiel aber gleich wieder zurück. Sie stürzten beide zusammen krachend auf das Bett, das sofort einbrach. Sie wurden auf den Boden geschleudert. Tyne warf sich auf Murray. Dieser hatte sich so klein wie möglich zusammengerollt, um sich zu schützen und rammte jetzt Tyne sein Knie mit aller Wucht in den Solarplexus. Tyne hob seine eiserne Hand und ließ sie auf Murrays Nacken niedersausen. Mit blauen Lippen ging Murray zu Boden.

»Das wird dich lehren ...«, keuchte Tyne. Er war völlig außer Atem. Farbspritzer und bunte Bänder wehten vor seinen Augen wie Flaggen. Er schüttelte den Kopf, um das Dröhnen darin zu vertreiben, doch dann wurde ihm klar, daß tatsächlich jemand an die Tür hämmerte.

Er blickte von den Trümmern des großen Bettes auf und sah wie durch einen Schleier, wie Benda Ittai die Tür öffnete. Einer der Priester trat ein und sprach aufgeregt auf sie ein. Im nächsten Moment war sie bei Tyne.

»Das ganze Gebäude ist vom Feind umstellt!« rief sie. »Die Priester haben die Leute gesehen. Schnell, wir müssen fort! Ich habe draußen in einem Versteck einen Hubschrauber stehen. Beeilen Sie sich!«

Mit ihrer heißen kleinen Hand ergriff sie seine gesunde Hand und zog ihn hoch. Murray stöhnte auf, als das Gewicht von ihm genommen wurde; denn er hatte unter Tyne gelegen. Tyne war noch ganz benommen und ließ sich willenlos aus dem Raum ziehen. Der Priester führte sie hinaus. Sie liefen durch ein Labyrinth von Gängen, und Tyne kam allmählich wieder zu sich. Als sie am Ausgang angelangt waren, fiel ihm ein, daß er seine Waffe vergessen hatte. Jetzt war es zu spät zur Umkehr.

Sie gelangten in einen abgeschirmten Hof, der von lauter Mönchszellen eingeschlossen war, die einmal von Novizen bewohnt worden waren. Alles zerbröckelte langsam, als sei es aus altbackenem Brot gebaut. Unter einer Art Gewölbe aus Laub versteckt stand ein kleiner, aber sehr leistungsfähiger Hubschrauber. Benda rannte auf ihn zu. Sie zog an dem Laubwerk, und das Ganze fiel in sich zusammen wie ein Rolladen, bei dem die Zugschnüre gerissen sind. Das Mädchen las die perfekte Tarnung auf – darin hatte sie offensichtlich Übung –, verstaute sie im Hubschrauber und sprang selbst hinein.

Tyne fiel auf, daß sie sehr schöne Beine hatte. So langsam kehrte sein Wahrnehmungsvermögen zurück, und nichts entging ihm mehr. Langsam verebbte auch das hohle Gefühl in der Magengrube.

Er kletterte auf den Sitz neben Benda, und der Priester zog sich unter vielen Verbeugungen rückwärts in den Tempel zurück. Sofort setzte Benda die Rotoren in Gang. Hitzewellen wirbelten auf. Große grüne Eidechsen brachten sich schnell in Sicherheit.

»Sehen Sie mal!« rief Tyne aus und wies mit dem Finger in den Hof.

Auf dem Dach einer Flucht von Zellen war ein Kopf aufgetaucht. Nun die Schultern. Dann ein Gewehr, das sofort nach unten auf den Hubschrauber gerichtet wurde. War das ein Rosker oder ein Mensch? Wußte es Benda? Im Tempel hatte sie nur gesagt: »Wir sind von Feinden eingekreist.« Damit konnte sie sowohl die Leute Ap II Dowls als auch Stobarts Leute meinen. Das zeigte, welche Doppelrolle sie spielte.

Benda stieß ihre Hand fast in Tynes Rippen, als sie plötzlich in eine geräumige Tasche fuhr und eine dieser mörderischen Achtundachtziger hervorzog. Sie lehnte sich weit hinaus und feuerte einen Nahschuß auf den Heckenschützen auf dem Dach ab.

Sie verfehlte ihn.

Tyne sah, wie der Dachfirst erbebte und einen Regen von Dachziegeln über den Heckenschützen ergoß. Sein Gewehr sauste polternd zu Boden, als er sich aufbäumte und mit den Händen an seinen blutenden Mund fuhr. Der Hubschrauber schraubte sich nach oben.

Während sie noch aufstiegen, kam ein Mann aus dem Tempel ins grelle Sonnenlicht gestürzt. Es war Stobart. Sein Gesicht glänzte vor Schweiß, und sein schwerer Körper schien völlig ermattet vor Überanstrengung. Obwohl er mit der einen Hand ein Gewehr umklammerte, versuchte er nicht einmal mehr zu schießen. Er rief Tyne etwas zu, als wolle er ihn beschwören. Doch durch das alles übertönende sausende Geräusch der Rotoren drang kein Wort zu ihm durch.

»Wir haben es gerade noch geschafft!« rief Benda aus.

Sie erhoben sich schnell über die zahlreichen Bauten, die zu dem Tempel gehörten. Von oben wirkte er noch armseliger. Sie flogen schräg nach Osten und sahen noch, wie weitere Leute winzig wie Ameisen aus dem Tempel gestürzt kamen. Der Hubschrauber warf einen riesigen Schatten auf die Ameisen. Die Ameisen schossen auf ihn, verfehlten ihn aber.

VII

Tyne wischte sich den Schweiß von der Stirn und dachte nach. Es stand jetzt fest, daß die charmante Miß Ittai absolut nicht so gehandelt hatte, um ihm wieder das Leben zu retten, wie er zunächst annehmen mußte. Sie hatte ihn unter Vorspiegelung falscher Tatsachen dazu gebracht, mit ihr den Hubschrauber zu besteigen. Aus irgendwelchen Gründen, die ihm ein Rätsel waren, wollte sie ihn von seinen eigenen Leuten fernhalten. Da Murray ihn so heftig mit dem Knie gestoßen hatte, fühlte er sich immer noch etwas benommen. Er schüttelte heftig den Kopf, um wieder klar denken zu können. Wenn er auch noch etwas verwirrt war, so erkannte er doch jetzt einige Dinge ganz klar. Unter anderem begriff er jetzt, daß die schöne Kleine mit Höchstgeschwindigkeit auf den Stützpunkt der Rosker auf Sumatra zusteuerte.

Eine kleine runde Wolke bildete sich über ihnen. Dahinter lag eine weitere. Sie gerieten in eine Turbulenz und wurden heftig hin- und hergeworfen. Es stellte sich heraus, daß von unten Maschinengewehre auf sie gerichtet wurden, um sie am Weiterkommen zu hindern.

Tyne blickte hinab, konnte aber außer Straßen und Plantagen nichts entdecken. Überall am Rande von Padang hatten die Streitkräfte der Vereinten Nationen Festungs- und Verteidigungsgürtel errichtet, ein befestigter Unterschlupf reihte sich an den anderen. Stobart mußte sie unglaublich schnell aufgetan haben. Tyne war sicher, daß die Abfangjäger schon in der nächsten Minute hinter ihnen her sein würden. Dieser Gedanke war nicht gerade ermutigend.

Offensichtlich hatte auch das Mädchen schon daran gedacht. Mit finsterem Gesicht holte sie das Letzte aus dem Hubschrauber heraus. Sie wurden von einer donnernden Explosion von außen auf die Seite geworfen. Benda stellte die Steuerautomatik so ein, daß der Hubschrauber weiter stieg und wandte sich Tyne zu. Plötzlich hatte sie die Waffe wieder in der Hand.

»Es tut mir wirklich leid, aber Sie müssen wissen, daß ich alles, aber auch wirklich alles, tun würde, um ans Ziel zu gelangen«, sagte sie. »Diese Mission muß um jeden Preis zu Ende geführt werden. Außerdem sind wir überhaupt nicht wichtig. Wenn Sie auch nur eine unbedachte Bewegung machen, werde ich Sie töten. Dann muß ich Sie töten!«

»Wissen Sie, Benda, Sie sind wirklich eine hochinteressante Frau«, erwiderte Tyne. »Warum sind Sie nicht mit meinem Vorschlag einverstanden, eine Kopie von dem Mikrofilm anfertigen zu lassen, wie ich es im Tempel vorgeschlagen habe?«

Sie lächelte gezwungen. »Glauben Sie wirklich, daß Ihre Leute Sie, mich oder den Film wieder freigeben würden, wenn sie uns erst einmal in den Fängen hätten? Sie sind wirklich ein Amateur, Tyne.«

»Danke, das habe ich schon einmal zu hören bekommen. Was verlangen Sie also von mir?«

Der Hubschrauber begann fürchterlich zu schlingern. Benda

hielt sich mit einer Hand fest, mit der anderen hielt sie die Waffe weiter auf ihn gerichtet. »Jetzt wird es gefährlich. Wir werden wahrscheinlich verfolgt, Sie müssen also abspringen. Hinter Ihnen befindet sich eine unserer Mini-Rotor Ausrüstungen. Sie entsprechen Ihren Fallschirmen. Legen Sie das an und springen Sie! Dadurch werden die Streitkräfte der Vereinten Nationen abgelenkt. Wenn sie Sie abspringen sehen, werden sie wahrscheinlich aufhören, mich zu jagen. Auch wird dieser kleine Hubschrauber ohne Sie viel schneller fliegen.«

»Sie haben wirklich an alles gedacht«, gestand Tyne bewundernd. »Und jetzt kann es ja nicht mehr weit zum Stützpunkt der Rosker sein. Haben Sie noch einen Wunsch, bevor ich abspringe?«

Ihre Waffe zitterte ein wenig.

»Ja«, antwortete sie. »Schrauben Sie Ihre Handprothese ab und geben Sie sie mir.«

Ein Gefühl des Triumphes wallte in Tyne auf. Diesmal war er auf dem richtigen Weg gewesen, er hatte richtig geraten. Benda hatte ihn aus dem gleichen Grund ›gerettet‹, aus dem Murray ihn absichtlich auf seine Spur gelockt hatte. Tyne war bei ihren Plänen unabkömmlich. Die ganze Zeit hatte er geglaubt, nur von den Ereignissen gestreift zu werden, doch in Wirklichkeit drehte sich alles um ihn.

Murray hatte ein sicheres Versteck für den Mikrofilm gesucht. Der Mikrofilm mußte für seine Kontaktleute auch dann noch auffindbar sein, wenn er abgefangen werden sollte. Als Tyne daher auf dem Rückflug von Zone 101 auf dem Mond bewußtlos war, war es für Murray ein Leichtes gewesen, den kleinen Mikrofilm in der Höhlung eines Fingers von Tynes Handprothese zu verstecken. Dann hatte er dafür gesorgt, daß Tyne gefühlsmäßig stark engagiert war, um sicherzugehen, daß er ihm folgen würde und hatte seine Spuren nicht allzusehr verwischt! Die ganze Zeit war Tyne der irrigen Auffassung gewesen, er handle nach seinem eigenen freien Willen, er habe alles im Interesse der Sache gewagt. Und doch hatte ein anderer jede seiner Bewegungen minuziös vorausberechnet. Die Marionette hatte getanzt, ohne sich der Tatsache bewußt zu sein, daß sie an Schnüren hing.

Benda packte die Waffe fester, als sie sah, wie verstimmt und wütend Tyne war.

»Schießen Sie!« rief er aus. »Um Himmels willen, Mädchen, so schießen Sie doch endlich! Ich bin nicht so ein Amateur, wie Sie denken. Als ich darüber nachdachte, wurde mir sehr schnell klar, warum Sie Murray und nicht mich im Tempel zurückgelassen haben. Bevor ich zu Ihnen stieß, hat er Ihnen verraten, wo er den Mikrofilm versteckt hat, stimmt's?«

»Es tut mir leid«, sagte sie. »Sie waren so nett.« Sie schloß die Augen und drückte ab. Er beobachtete, wie sie zusammenzuckte, als sie den Abzug betätigte. Sie zitterte, bevor sie abdrückte.

Nichts geschah. Tyne öffnete seine gesunde Hand und zeigte ihr eine ganze Handvoll der halbautomatischen Kugeln.

»Ich habe das Magazin geleert, während Sie mit den Hebeln des Hubschraubers herumspielten. Ich dachte mir schon, daß Sie mir gefährlich werden könnten, und ich hatte recht damit, nicht wahr?«

Wider alles Erwarten brach Benda in Tränen aus. Sie weinte wie ein ganz normales Mädchen. Tyne begriff in diesem Augenblick noch nicht, daß sie Tränen der Erleichterung weinte. Sie war erleichtert, weil sie ihre Pflicht getan hatte und der Notwendigkeit enthoben worden war, jemanden töten zu müssen. Tyne nahm ihr die Waffe aus der Hand, lud sie wieder und steckte sie ein.

Dann wandte er dem Hubschrauber seine Aufmerksamkeit zu. Das Sperrfeuer, das sie am Fliegen hindern sollte, lag jetzt hinter ihnen. Sie überflogen jetzt den Urwald und stiegen immer noch auf. Tyne legte schützend die Hand über die Augen, um nicht von der Sonne geblendet zu werden, dann starrte er nach hinten in den strahlendblauen Himmel. Von hinten näherte sich ihnen rasch ein V-förmiges Flugobjekt. Es wurde immer schneller und stieg auf ihre Flughöhe. Es war ein bemannter Abfangjäger, und er war nicht mehr fern.

Sie mußten entweder schnell absinken oder sich abschießen lassen. Tyne übernahm die Steuerung, drosselte die Rotoren, und sie glitten abwärts. Jubel erfüllte ihn.

Vor ihnen ragte aus dem blauen Dunst ein eiförmiger Gegenstand auf. Das war das abgestellte Raumschiff von Alpha II. Sie befanden sich also ganz nahe am Stützpunkt der Rosker! Tyne grunzte vor Freude. So war er doch noch drumherumgekommen, denen einen Besuch abstatten zu müssen. Außerdem hatte er die Lage gerettet, wenn auch in letzter Minute. Benda saß hilflos und geradezu willenlos neben ihm. Er war jetzt Herr der Lage.

Er spürte mehr als er es hörte, wie sich der Abfangjäger näherte. Tyne tippte das Steuerruder leicht an, und sie glitten nach der Seite weg – aber nicht aus der Gefahrenzone. Eine volle Ladung detonierte über dem Hubschrauber. Sie setzte die Steuerung augenblicklich außer Betrieb, weil die wichtigsten Teile einfach durchbrannten.

Tyne fluchte, als der Hubschrauber zu trudeln begann, bis er auf dem Kopf stand und er hart gegen die Streben stieß. Einen Augenblick lang fühlte er sich völlig losgelöst von allem, als beobachte er die Szene aus weiter Ferne. Benda Ittai zerrte hilflos am Signaltuch. Der Urwald kam immer näher. Das ernüchterte ihn so, daß er gleich wieder Herr seiner Sinne war. Sie würden gleich abstürzen und Bruch machen!

»Festhalten!« brüllte er.

Und er wollte Herr der Lage sein? Das bedeutete im Augenblick nur, sich um jeden Preis festzuklammern.

Sie schlugen auf.

Bei dem fürchterlichen Aufprall spritzte zerfetztes und zermalmtes Laub hoch auf. Der Hubschrauber wurde völlig zerschmettert. Und doch hatten sie Glück gehabt. Sie waren in ein Dickicht von Riesenkakteen gekracht, von denen manche bis zu acht Metern hoch aufragten. Diese Kakteen hatten als weiches Kissen fungiert und Ihren Sturz gebremst.

Stöhnend rollte sich Tyne auf die Seite. Benda lag bewegungslos auf ihm. Vor Schmerzen und auch vor Erleichterung stöhnend kroch Tyne aus den Trümmern hervor und zog Benda hinter sich her. Mühselig arbeitete er sich durch die stachligen zermalmten Kakteen und erhob sich dann. Er sah sich um.

Der Hubschrauber war auf einem alten Lavastrom aufgeschlagen. Auf diesem gefurchten und ausgedörrten Boden gab es abgesehen von Kakteen kaum Vegetation. Die Kakteen klammerten sich zäh am Boden fest. Eine seltsamere und ödere Landschaft konnte man sich kaum vorstellen. Etwa einen halben Kilometer entfernt befand sich ein niedriger Wall – die befestigte Begrenzung des roskischen Stützpunktes auf Sumatra. Tyne duckte sich sofort. Diesem Stützpunkt kam man besser nicht zu nahe.

Als er gerade versuchte, das bewußtlose Mädchen hinter eine

Kaktushecke zu ziehen, fiel ein Schatten auf ihn. Der Abfangjäger setzte zur Landung an. Es wunderte ihn sehr, daß sich auf dem Stützpunkt noch nichts rührte. Die Rosker waren doch dafür bekannt, daß sie jedes irdische Flugzeug beschossen, das sich dem Stützpunkt auch nur näherte. Er bettete Benda so bequem wie möglich und rannte zurück, um seinen Verfolger aufzuhalten.

Der Abfangjäger war mit dem Heck zuerst auf seinen Prellböcken gelandet. Schon stiefelte der Pilot über den unebenen Boden auf Tyne zu. Tyne erkannte ihn sofort, obwohl er den Kopf gesenkt hielt und zu Boden sah, um nicht über die Lavabrocken zu stolpern. Er kniete hinter einem hohen Kaktus mit Bendas Gewehr im Anschlag, um aus dem Hinterhalt zu schießen.

»Hände hoch!« rief er, als der Mann sich näherte.

Erschrocken kam Allan Cunliffe dem Befehl nach.

»Du brauchst doch dieses Ding nicht auf mich zu richten, Tyne«, sagte er ruhig. Er biß sich auf die Lippen und sah sich vorsichtig um.

»Doch, ich glaube, das muß ich«, erwiderte Tyne. »Noch vor zehn Minuten hielt ich dich für tot. Jetzt verlange ich, daß du mir so einiges erklärst.«

»Hat Murray dir denn nicht gesagt, daß ich noch am Leben bin?«

»Nein, Murray ist gar nicht mehr dazu gekommen, mir viel zu erzählen. Ob du es glaubst oder nicht – ich bin ganz von selbst darauf gekommen. Sobald ich dahinterkam, daß Murray mich mit List und Tücke dazu gebracht hatte, ihn zu verfolgen, wurde mir klar, daß er fälschlich behauptet hatte, er habe dich auf dem Mond erschossen. Das hat mich bei der Stange gehalten. Das Ganze erschien mir einfach unglaublich. Du bist genauso in Mitleidenschaft gezogen wie ich. Und jetzt nimm deinen Gürtel ab.«

»Dann rutscht meine Hose.«

»Also bleibe von den Kakteen weg!«

»Du bist nicht gerade erfreut, mich wiederzusehen, Tyne. Du bist ja ganz durcheinander.«

»Ja, ich bin so durcheinander, daß ich keinem mehr traue. Ich sehe dich jetzt als Feind an, Allan.«

Tyne nahm den Gürtel und band damit Allans Hände auf dem

Rücken zusammen. Allan ließ das nur unter Protest über sich ergehen. »Hör mal, Tyne, du kannst mir wirklich vertrauen, genau wie immer. Du glaubst doch nicht etwa, daß ich jemals für die Rosker arbeiten würde. Ich will dir einmal etwas sagen. Ich war schon Agent der Vereinten Nationen, bevor wir uns kennengelernt – schon bevor ich in die Dienste der Raumfahrt eingetreten bin. Und ich kann beweisen, daß ich ein Agent bin. Sieh mal, die beiden Männer, denen du in dem Planktonwerk begegnet bist und die mit dir im Auto saßen, als der Flugspion auftauchte ...«

»Du meinst Dickens und der schweigsame Typ?« fragte Tyne. »Was ist mit ihnen?«

»Der große Schweiger war ich! Ich mußte die ganze Zeit maskiert bleiben und durfte den Mund nicht aufmachen, sonst hättest du mich erkannt.«

Allan stand jetzt ganz hilflos da, und seine Hose war bis auf die Knie herabgerutscht. Ein sinnloser Zorn überkam Tyne. Er stieß Allan um, kniete neben ihm nieder und packte ihn mit eisernem Griff am Hemd.

»Du elender Schuft! Warum hast du nichts gesagt? Warum mußte ich die ganze Zeit im Dunkeln herumtappen und niemand hat mir geholfen?«

Allan versuchte, unter Type wegzurollen. Sein Gesicht war ganz geschwärzt.

»Du mußtest doch zu der Zeit noch glauben, ich sei tot, damit du die Jagd auf Murray nicht einstellst«, erklärte er. »Die Zeit drängte. Wir wollten, daß du weitermachst. Du mußt doch zugeben, daß wir im Begriff waren, dich laufenzulassen, nachdem die notwendigen Informationen ausgetauscht worden waren.«

»Wer sagt mir, ob du nicht schon wieder lügst?«

»Warum sollte ich lügen? Du mußt ja den Mikrofilm jetzt haben – du hast Murray gefunden. Jetzt muß der Mikrofilm nur so schnell wie möglich in die Hände des Rates der Vereinten Nationen gelangen. Gib ihn mir, und dann bringen wir uns in Sicherheit!«

Tynes Herz schlug schmerzhaft. Also wußte Allan, der einmal sein Freund gewesen war und jetzt sein Widersacher geworden war (gefangen im Niemandsland der Intrige), nicht, wie Murray die Invasionspläne versteckt hatte. Tyne packte ihn am Jackett und zog ihn mit sich, bis sie sich hinter einem dicken Kaktus befanden und vom Stützpunkt der Rosker aus nicht mehr zu sehen waren. Dort blieb immer noch alles ruhig, doch das schien den Männern besonders bedrohlich.

»Erzähle mir jetzt bitte, was in Zone 101 auf dem Mond geschehen ist, nachdem ich außer Gefecht gesetzt war«, verlangte Tyne. »Als du angeblich getötet wurdest.«

»Das ist ja kein Geheimnis«, erwiderte Allan. »Nach dem Schuß in die Schulter bist du umgefallen, als wolltest du nie wieder aufstehen. Murray und ich versuchten, dich ins Raumschiff zurückzuschleppen, aber natürlich haben uns die Rosker eingeholt und entwaffnet. Es waren überhaupt nur drei – hast du das gewußt? – aber sie umringten uns in ihren viel besseren Anzügen. Sie erzählten uns, sie und der Bursche, der den Suchscheinwerfer bediente, seien die einzigen Mitglieder der Friedensbewegung, die Tawdell Co Barr auf dem Mond unterstützten. Aber es sei ihnen gelungen, diese Pläne zu stibitzen, das sei gar nicht so schwer gewesen. Die einzige Schwierigkeit bestand darin, sie auf die Erde zu bringen – sie hatten sich alle drei schon verdächtig gemacht.

Als wir das erfuhren, erbot sich Murray freiwillig, den Mikrofilm dem Kontaktmann in Padang zu übergeben. Um sicherzugehen, daß er sich auch wirklich daran halten würde, wollten sie mich als Geisel dabehalten. Ich sah mit an, wie Murray dich zum Raumschiff zurückschleppte und abflog.«

»Und wie bist du den Roskern entkommen?« fragte Tyne mißtrauisch.

»Ich brauchte ihnen gar nicht wegzulaufen. Sie haben mich nach einer Weile selbst freigelassen. Zuerst dachte ich, das sei wirklich aus dem Grund geschehen, den sie mir nannten. Sie hatten nämlich behauptet, sie könnten mich nirgends mehr vor der Geheimpolizei Ap II Dowls verstecken. Aber das war nicht der wahre Grund. Sie wollten, daß ich frei herumlaufen und die Streitkräfte der Weltregierung auf Murray ansetzen konnte. Ich machte mich so schnell wie möglich in dem gestohlenen Luna-Fahrzeug, das sie mir überließen, aus dem Staub und begab mich zum Hauptquartier. Dort erreichte ich KK-4 – das ist der Agent, den du unter dem Namen Stobart kennst. Als er dich in der Bar des Roxy-Kinos warnte, hatte er schon von mir gehört und wußte so ungefähr, um was es ging. Ich kehrte dann so schnell wie möglich selbst wieder nach Padang zurück und traf mich mit Stobart und Dickens. Zu der Zeit ...«

»Warte mal einen Augenblick«, bat Tyne.

Ein Heulton erklang vom Himmel, der immer lauter wurde. Er hatte ihn schon eine ganze Weile gehört. Weitere Abfangjäger näherten sich. Allan blickte hoffnungsvoll auf. Tyne blieben kaum mehr fünf Minuten.

»Ich weiß überhaupt nicht, wovon du sprichst«, sagte er mit rauher Stimme. »Willst du mir wirklich weismachen, diese roskischen Pazifisten hätten dich freigelassen, damit du unsere Leute auf Murray hetzen konntest, wo doch alles davon abhing, ob er durchkam oder nicht? Wie erklärst du dir das?«

»Die ganze Angelegenheit war so in Szene gesetzt, daß es aussehen mußte, als hinge alles daran, daß Murray durchkam. Diese Jungens von der Friedensbewegung waren wirklich clever. Sie wollten, daß Murray mit dem Mikrofilm erwischt wurde. Sie hatten immer beabsichtigt, die Invasionspläne der Erde in die Hände zu spielen. Hätte Murray sie hintergangen, wäre ihnen das sehr recht gewesen. Die kleine Miß Ittai, Tawdells Agentin hier, hatte natürlich keine Ahnung davon. Sie machte sich im besten Glauben auf den Weg zu Murray.«

»Und warum all diese Umwege? Warum haben sie den Mikrofilm nicht direkt dem Rat der Vereinten Nationen zugespielt, nachdem sie ihn einmal gestohlen hatten?«

Allan lachte kurz auf.

»Wer hätte ihnen denn dann geglaubt? Du weißt doch, wie die politische Lage ist. Wäre der Film direkt bei uns gelandet, wäre er wahrscheinlich nur als weitere Drohung Ap II Dowls abgetan worden. Die Leute von der Friedensbewegung in Zone 101 auf dem Mond hatten dieses merkwürdige Objekt außerhalb ihrer Kuppel sogar als eine Art Köder aufgestellt. Und das sollten wir ja schließlich auskundschaften. Wir waren die Mäuse, die dem Speck nicht wiederstehen konnten und in die Falle gingen.«

Tyne stand auf. Er konnte jetzt drei Abfangjäger sehen, die schon ganz niedrig flogen. Jetzt mußten sie gleich den zerschmetterten Hubschrauber entdecken, dann würden sie herunterkommen.

»So langsam sehe ich klar«, sagte er zu Allan. »Die ganze Affäre ist von Anfang bis Ende völlig verdreht, und ich hatte am meisten darunter zu leiden. Aber eins verstehe ich immer noch nicht ganz.«

Hoffnungsvoll stützte Allan sich auf dem Ellenbogen auf und erkundigte sich bei Tyne, was er noch wissen wolle.

»Ich weiß nicht, wem ich überhaupt noch trauen kann außer mir selbst. Alle haben mich auf irgendeine Weise perfide hintergangen.«

»Du kannst Stobart trauen, wenn du mir schon nicht traust. Er muß in einem dieser drei Abfangjäger sein.«

»Ich traue keinem mehr, und schon gar nicht diesem widerlichen Fettwanst!«

Er bückte sich und zog Allan die Hose vollends von den Füßen. Dann band er sie fest um Allans Knöchel.

»Nun mußt du selbst zusehen, wie du das durchstehst, Freundchen. Deine Kumpel werden ja in ein paar Minuten bei dir sein, dann kannst du deine Hosen wieder anziehen. Und vergiß bitte nicht, dich um Benda Ittai zu kümmern. Sie liegt da drüben in der Nähe des Hubschraubers oder was von ihm noch übrig ist. Inzwischen werde ich mir dein Maschinchen ausleihen.«

Er kümmerte sich nicht um Allans Geschrei, sondern rannte über die erstarrte Lava auf den Abfangjäger zu. Als er sich auf den Drehsitz schwang, erklang eine Stimme aus dem Radio:

»... Warum antworten Sie nicht? Was ist denn da unten los?« Das war Stobarts Stimme, zwar verzerrt, aber doch deutlich erkennbar.

Keuchend verstellte Tyne seine Stimme und hoffte, daß sie wie Allans Stimme klang, als er auf ›Sprechen‹ umschaltete und sagte: »Bedaure Verzögerung ... Kampf mit Leslie ... Habe ihn gefesselt ... Kommt herunter.«

»Hast du den Mikrofilm? Murray Mumford sagt, er sei in Tynes falscher Hand.«

»Nein, ich habe ihn nicht. Kommt herunter«, antwortete Tyne und schaltete ab. Er richtete sich auf und setzte den Düsenantrieb in Gang. Der Abfangjäger reagierte phantastisch, er schoß sofort himmelwärts. Tyne kannte diesen Flugzeugtyp schon von seiner Ausbildungszeit her.

Er freute sich bei dem Gedanken daran, wie unentschlossen Stobart jetzt sein mußte. Sicher war er zwischen Zuversicht und Mißtrauen hin- und hergerissen. Aber es würde ihm nichts anderes übrigbleiben als zu landen, wenn er wissen wollte, was da unten vorging. Tyne hoffte sogar, die Rosker würden vom Stützpunkt aus das Feuer eröffnen. Nur um dem Agenten einen Schrecken einzujagen.

Er überprüfte den Treibstoff und stellte erfreut fest, daß die Tanks noch fast voll waren. Ausgezeichnet – er konnte bis Singapore durchfliegen, dem Zentrum der Weltregierung. Seine eiserne Faust würde er nur für den Generalgouverneur des Rates der Vereinten Nationen, Hjanderson, abschrauben.

VIII

Es war wirklich eine schöne Zelle. Das mußte auch der größte Nörgler zugeben – geräumig, mit Bad und Toilette. Im Bad befand sich auch eine Dusche und eine komplette Ausrüstung an Massagegeräten. Die Zelle war untadelig möbliert, wenn auch nicht gerade sehr phantasievoll. Es gab Bücher, Bilder und einen Fernseher, Klimaanlage und indirekte Beleuchtung. Und doch änderte das alles nichts daran, daß es eine Zelle war.

Das Essen war ausgezeichnet, und Tyne hatte sehr gut gegessen. Die Couch war bequem, und Tyne hatte gut geschlafen. Im Teppich versank man bei jedem Schritt, und Tyne lief ruhelos auf und ab.

Er hatte seine linke Hand nicht mehr.

Seit vierundzwanzig Stunden war er nun hier eingesperrt. Er war kurz nach zwei Uhr am Nachmittag des Vortages in Singapore eingetroffen und war sofort festgenommen worden, nachdem man ihn stundenlang verhört hatte. Die Fragesteller hatten ihn mit ausgesuchter Höflichkeit behandelt und hatten seine Hand voller Mitgefühl und sogar mit einem entschuldigenden Lächeln abgeschraubt. Seitdem waren alle seine Wünsche erfüllt worden, doch seine Geduld war erschöpft.

Es klopfte. Sie klopften wahrhaftig an! Das war doch wohl die Höhe der Ironie. Ein schlanker Mann mit aschgrauem Gesicht und faltiger Haut, aber untadelig gekleidet, trat ein und quälte sich ein Begrüßungslächeln ab.

»Würden Sie mir bitte folgen? Gouverneur Purdoe möchte Sie gern sehen.«

Tyne ließ sich nicht anmerken, wie wütend er war und trottete ergeben hinter dem Speichellecker her, bis er in einen großen kahlen Raum geführt wurde, wo sich ein Achtzigjähriger in Uniform hinter seinem Schreibtisch erhob. Es war der Gefängnisgouverneur Purdoe, ein wachsamer Mann, auf dessen glattem Apfelgesicht ein verbindliches Lächeln lag.

»Wie lange wollen Sie mich hier noch einsperren?« fragte Tyne und ging rasch auf den Schreibtisch zu. »Wann kann ich Hjanderson sprechen? Worüber zum Teufel wollen Sie sich mit mir unterhalten?«

»Ich bin der Gouverneur dieser Institution«, erklärte der alte Mann mit leicht vorwurfsvoller Miene, doch das Lächeln verschwand nicht von seinem Gesicht.

»Wir wollen uns doch nicht mit Förmlichkeiten aufhalten. Ich möchte nur eines wissen: Bin ich nun ein Held oder nicht? Wenn ja, glauben Sie dann etwa, daß es mir Spaß macht, so behandelt zu werden?«

»Sie sind in der Tat ein Held, Mr. Leslie«, erwiderte der Gouverneur besänftigend. »Niemand bestreitet das. Bitte setzen Sie sich doch und rauchen Sie eine Zigarette. Das beruhigt.«

Der Gouverneur kam um seinen Schreibtisch herum. Er stellte sich vor Tyne und sah ihn an, bis er Platz genommen hatte. Dann sagte er: »Vielleicht ist es Ihnen ein Trost zu erfahren, daß Ihre beiden Partner bei dieser Affäre, Murray Mumford und Allan Cunliffe, auch hier festgehalten werden. Wir sitzen hier nicht einfach untätig herum. Ihre Geschichten bzw. Versionen werden überprüft und zueinander in Beziehung gebracht.«

»Ich möchte Sie nur darauf hinweisen, daß absolut keine Notwendigkeit besteht, mich hinter Schloß und Riegel festzuhalten. Schließlich bin ich freiwillig hierhergekommen oder etwa nicht?«

Der Gouverneur senkte den grauhaarigen Kopf.

»Als Sie hier eintrafen, fahndeten bereits die gesamten Vereinten Nationen nach Ihnen. Sie wollten Sie haben – tot oder lebendig. Sie hatten Glück, Mr. Leslie, daß es uns gelungen ist, Sie aufzuspüren und Sie in Sicherheitsgewahrsam zu nehmen, bevor weniger aufgeklärte Interessengruppen Sie in die Fänge bekommen konnten. Ein Agent, den Sie glaube ich unter dem Namen Stobart kennen, hatte Grund anzunehmen, Sie seien zum Verräter geworden, als Sie ihn gestern hereinlegten. Er hat nur die Vorsichtsmaßnahmen getroffen, die von ihm erwartet werden konnten.«

»Erinnern Sie mich bloß nicht an Stobart, Herrr Gouverneur! Ich sehe rot, wenn ich seinen Namen nur höre! Sagen Sie mir einfach, was Sie von mir wollen. Und kann ich jetzt meine Hand wiederhaben?«

Gouverneur Purdoe lächelte gezwungen. Aus der Nähe betrachtet war dieses Lächeln alles andere als angenehm.

»Ich werde mich kurz fassen«, sagte er. »Ich habe Sie rufen lassen, um Ihnen zu sagen, daß Sie gar nicht besser aufgehoben sein könnten. Alles wird für Sie getan, Sie werden ganz und gar nicht vernachlässigt, Sie sind die Haupttriebfeder bei einer Menge äußerst wichtiger Vorgänge. Es ist natürlich unumgänglich, die meisten geheimzuhalten, selbst vor Ihnen. Insbesondere aber habe ich Sie rufen lassen, um Ihnen mitzuteilen, daß Generalgouverneur Hjanderson Sie so bald wie möglich persönlich aufsuchen wird, um Ihnen zu danken. Wir glauben nämlich, daß Sie in bester Absicht gehandelt haben.«

Wutschnaubend drückte Tyne seine Zigarette auf dem blanken Schreibtisch aus und sprang auf. Er war einen ganzen Kopf größer als Purdoe, doch der Gouverneur zuckte nicht mit der Wimper, als Tyne drohend auf ihn hinabsah.

»Regierungen!« schrie er. »Es ist überall das gleiche! Mißtrauen und Diplomatie und nichts sonst! Keiner traut dem anderen! Nehmen Sie niemals etwas für bare Münze?«

»Gerade weil Sie das getan haben, sind Sie immer wieder in die allergrößten Schwierigkeiten geraten«, sagte der Gouverneur. Er wandte sich ab, ging wieder um seinen Schreibtisch herum und setzte sich. Er schien jetzt etwas müde zu werden. Er machte eine verachtungsvolle Handbewegung mit seiner manikürten Rechten. »Man kann und darf niemandem trauen, Leslie. Ich bedaure das ebenso wie Sie, aber ich sehe die Dinge, wie sie sind. Ihr jungen Leute seid alle keine Realisten. Über diese Pläne hinsichtlich der Invasion von Alpha Centauri II darf nicht ein Wort an die Öffentlichkeit dringen – auch das ist ein Grund für uns, Sie noch hierzubehalten. Bitte versuchen Sie doch einmal, weniger an sich selbst zu denken und statt dessen über die schwerwiegenden Konsequenzen nachzudenken, die aus diesen Plänen resultieren könnten. Sithers, begleiten Sie unseren Gast in sein Zimmer zurück.«

Der Mann, dessen Gesicht die Farbe eines schmutzigen Betttuches hatte, trat vor. Tyne zuckte nur die Achseln und ging niedergedrückt auf die Tür zu. Er sah ein, daß nichts mehr aus Purdoe herauszubekommen war, und wenn er ihn ausquetschte wie einen Schwamm. Er war solchen Anstaltstypen schon öfter begegnet.

An der Tür blieb er noch einmal stehen.

»Verraten Sie mir nur noch ein winzigkleines Geheimnis, Herr Gouverneur«, bat er. »Allan Cunliffe wollte mir weismachen, die Rosker hätten dieses ganze Manöver in Wirklichkeit nur veranstaltet, um uns den Mikrofilm in die Hände zu spielen. Stimmt das oder nicht?«

Ein merkwürdiger Ausdruck lag kurz auf dem Gesicht des Gouverneurs – vielleicht war es sogar ein Lächeln – und verschwand sofort wieder.

»Cunliffe ist seit einer ganzen Reihe von Jahren ein ausgezeichneter Agent«, erwiderte er, »und alles, was er behauptet hat, trifft hundertprozentig zu, obwohl auch ich gestehen muß, daß es jeder Logik entbehrt. Die roskische Friedensbewegung wollte tatsächlich, daß wir die Invasionspläne bekommen. Er hat jedoch vergessen, Ihnen eine weitere Kleinigkeit mitzuteilen, und das konnte er gar nicht, weil er selbst nichts davon wußte: die Invasionspläne sind wahrscheinlich falsch!«

Unerträglich langsam schlichen die Stunden dahin. Tyne wurde immer ruheloser.

Er dachte über die schwerwiegenden Konsequenzen nach, die die roskischen Invasionspläne mit sich bringen würden – genau wie der Gouverneur ihm geraten hatte. Eines fiel ihm besonders auf und ließ ihm keine Ruhe. Bisher war noch durch nichts erwiesen, daß Alpha II der Erde im letzten Jahrzehnt des 22. Jahrhunderts in der Technologie tatsächlich weit voraus war. Selbst die Konstruktion eines Weltraumschiffes lag für die Erde zumindest theoretisch im Bereich des Möglichen. Aber bei einer Invasion, wie sie die Rosker angeblich planten, waren viele Dinge zu bedenken. Zunächst einmal mußte zwischen den Streitkräften Ap II Dowls und Alpha II eine Verbindung durch Überlichtgeschwindigkeit hergestellt werden. Zum anderen setzte eine solche Invasion weit mehr Energie und einen viel größeren Unternehmungsgeist voraus, als die Rosker bisher bewiesen hatten. Viele Aspekte waren zu bedenken. Die Antriebskraft, mit der angeblich das erste roskische Raumschiff auf der Erde gelandet war, würde bei weitem nicht ausreichen. Eine Invasion wäre sonst zwischen Planeten, die zwei Generationsreisen voneinander entfernt liegen, gar nicht durchführbar. Eine Invasion setzte außerdem zweifellos eine Miteinbeziehung von planetaren Quellen voraus, wie die Erde sie sich nicht einmal erträumen durfte, da sie in zahlreiche Nationen zerfiel, deren Uneinigkeit selbst angesichts einer solchen Gefahr nicht ohne weiteres zu besiegen sein würde. Die allerwichtigste Voraussetzung für eine solche Invasion war jedoch der unerschütterliche Glaube an ihren Erfolg. Ein so gewaltiges Unternehmen wie eine derartige Invasion konnte überhaupt nur in Angriff genommen werden, wenn die Kräfte, die dahinterstanden, fest davon überzeugt waren, ein narrensicheres System entwickelt zu haben.

Tyne mußte sich eingestehen, daß er ein ziemlich düsteres Bild vor Augen hatte. Die Rolle, die er bisher dabei gespielt hatte, schrumpfte zu einem Prolog in einem gewaltigen Katastrophenepos.

Wenn die Pläne aber tatsächlich falsch waren?

Was bedeutete das überhaupt? War die roskische Friedensbewegung vielleicht absichtlich irregeführt worden, um sie glauben zu machen, daß die kriegslüsternen Streitkräfte nur ein Ziel verfolgten, während sie in Wirklichkeit etwas ganz anderes vorhatten? Als Tyne Stunde um Stunde in seiner ach so bequemen und geräumigen Zelle saß, hatte er genügend Zeit, sich solche sinnlose Fragen zu stellen. Doch er wußte auf keine eine Antwort.

Wenn es ihm schon mißfiel, die Antwort nicht zu wissen, so mißfiel es ihm noch viel mehr, daß er sich diese Fragen überhaupt stellen mußte.

Am dritten Tage von Tynes Gefangenschaft ließ der Gouverneur ihn wieder rufen. In niedergedrückter Stimmung erschien er vor dem Gouverneur.

»Ich habe keine Ahnung, was überhaupt vorgeht«, klagte er.

»Was ist denn inzwischen geschehen? Haben die Rosker schon etwas unternommen?«

»Seit unserer letzten Begegnung hat sich sogar sehr viel ereignet«, erwiderte Purdoe, und sein Gesicht legte sich in unzählige Falten, als er lächelte. »Und ich möchte Ihnen sagen, Mr. Leslie, daß ich sehr froh darüber bin, daß Sie nicht mehr laut protestierend hier erscheinen, um Ihre Freilassung zu erzwingen. Ich nehme an, Sie haben inzwischen gründlich nachgedacht.«

Tyne seufzte.

»Ich bin eigentlich nicht unbedingt ein Mann der Tat, Herr Gouverneur, das heißt aber nicht, daß Sie mir gegenüber so onkelhaft auftreten müssen. Warum haben Sie mich diesmal rufen lassen?«

»Rauchen Sie eine Zigarette, junger Mann. Der Generalgouverneur des Rates der Vereinten Nationen, Mr. Hjanderson, ist hier, um Sie zu besuchen, und ich möchte Ihnen raten, bei dieser Gelegenheit Ihre Zunge im Zaum zu halten. Und jetzt entschuldigen Sie mich bitte einen Moment.«

Er verschwand trotz seines hohen Alters mit lebhaften Schritten durch eine zweite Tür. Um die Zeit herumzubringen, starrte Tyne den Wärter mit dem aschgrauen Gesicht an, der ihn hergebracht hatte. Der Wärter fingerte an seiner Krawatte herum und hüstelte verlegen.

Als Hjanderson das Zimmer betrat, erkannte Tyne ihn sofort. Er verhielt sich sehr gewandt, war etwa fünfzig und hatte etwas Wölfisches – ein Wolf mit Spesenkonto. Er roch angenehm nach der teuersten Rasierseife. Er schüttelte Tyne lebhaft die Hand, setzte sich ihm gegenüber an den Schreibtisch und stützte die Hände auf die Knie.

»Ich habe versprochen, Sie hier aufzusuchen«, begann er, »und ich habe mein Versprechen gehalten. Es tut mir leid, daß ich nicht schon früher kommen konnte. Aber wir befinden uns in einer sehr ernsten Krise.«

»Ich hoffe, ich konnte Ihnen von Nutzen sein. Vielleicht kann ich jetzt meine Hand wiederhaben, Sir.«

Das letztere überging Hjanderson stillschweigend.

»Von Nutzen? Ja, Leslie, ich glaube, Sie haben Ihre Rolle nach bestem Wissen und Gewissen gespielt. Sie waren allerdings nur ein Rädchen im Getriebe. Das roskische Mädchen Benda Ittai, das Sie neben dem zerschmetterten Hubschrauber zurückgeließen, weil Sie es wohl für tot hielten, war uns eine große Hilfe.«

Tyne mußte bei dieser schreienden Ungerechtigkeit sehr an sich halten, um nicht ausfallend zu werden. Doch während seiner Dienstjahre beim Rat der Vereinten Nationen hatte er sich an solche Schachzüge gewöhnt.

»Abgesehen von der Tatsache, daß das nicht ganz zutrifft, wüßte ich ganz gern, wie es ihr geht. Wo ist sie?« fragte er.

»Es geht ihr glänzend, und sie ist hier«, sagte Purdoe, bevor Hjanderson antworten konnte. Er erhob sich eifrig, entschwand wieder durch die Hintertür und führte Benda herein. Sie trug einen Pelzmantel, und Purdoe strich mit seinem mageren, von Adern durchzogenen Greisenhänden über den Ärmel des Mantels. Tyne fragte sich, was ihn wohl dazu bewegt haben mochte.

»Benda!« rief Tyne freudig überrascht aus. Den Gerneralgouverneur des Rates der Vereinten Nationen hatte er völlig vergessen, ebenso Purdoe und den Wärter. Er sah nur noch Benda. Er lief auf sie zu und ergriff ihre glühend heißen Hände. Fremd, aber wunderschön und mit einem zärtlichen Lächeln auf den Lippen stand Benda da. Diesmal sollte sie nicht so leicht davonkommen.

»Wir haben uns nicht mehr gesehen, seit Sie versucht haben, mich zu erschießen«, sagte er freundlich im Konversationston.

»Die Lage hat sich geändert«, erwiderte sie und lächelte noch immer. Nichts erinnerte mehr an den gequälten Gesichtsausdruck, den sie gehabt hatte, als sie ihn auf der kleinen Insel absetzte.

»Da Sie anscheinend jegliches Interesse an der politischen Lage verloren haben«, bemerkte Hjanderson trocken, »möchte ich Ihnen nur noch sagen, daß Sie ein freier Mann sind, Mr. Leslie. Außerdem darf ich Ihnen verraten, daß Sie möglicherweise einen Verdienstorden bekommen werden. Er wird Ihnen dann in Kürze verliehen.«

»Ich werde ihn nie wieder ablegen«, versprach Tyne, »doch bevor Sie gehen, möchte ich Sie doch noch bitten, mir zu verraten, wie es mit der Invasion steht. Was geschieht nun? Was wird im Hinblick auf die Invasion unternommen?«

»Miß Ittai kann Ihnen im einzelnen darüber berichten«, erwiderte Hjanderson lächelnd und verabschiedete sich mit einem festen Händedruck. »Jetzt müssen Sie mich bitte entschuldigen. Ich muß zu einer Pressekonferenz. Es hat mich wirklich gefreut, Sie kennengelernt zu haben. Ich wünsche Ihnen viel Glück und alles Gute für die Zukunft!«

»Sicher«, murmelte Tyne vor sich hin. Er wandte sich gleich an Benda, noch bevor Purdoe den Generalgouverneur hinausgeleitet hatte. »Ich würde Ihnen diese Frage zwar lieber in einem Restaurant stellen, aber sagen Sie mir doch bitte gleich, was inzwischen geschehen ist, wovon ich noch nichts weiß.«

»Vielleicht klappt es später mit dem Restaurant«, sagte sie. »Von nun an bin ich ganz auf Ihrer Seite, ob ich das will oder nicht. Ich kann nicht zu meiner Rasse zurück. Deshalb habe ich dem Generalgouverneur die Wahrheit gesagt, so wie ich sie sehe.

Ich glaube, Sie haben schon gehört, daß die Invasionspläne falsch sind. Die roskische Friedensbewegung war auch nur eine Scheinorganisation! Verstehen Sie mich bitte nicht falsch – viele Mitglieder dieser Organisation hatten wirklich den aufrichtigen Wunsch, daß zwischen den Roskern und den Menschen Frieden herrschen möge. Auch ich hatte diesen Wunsch und habe ihn noch immer. Aber Tawdell Co Barr ist nur eine Marionette in den Händen Ap II Dowls und war es wohl schon immer. Zweifellos sollten wir alle liquidiert werden, nachdem wir unseren Zweck erfüllt hatten.«

»Budo Budda wollte Sie umbringen«, bestätigte Tyne.

»O ja, ich fürchte, ich hatte einfach ausgedient. Selbst Budda hat wohl kaum gewußt, daß die roskische Friedensbewegung nur Fassade war, hinter der nichts existierte, sonst wäre er sicher nicht hinter Murray hergewesen. Nur Ap II Dowl und Tawdell Co Barr sollen das gewußt haben.«

»Und wie sind Sie dahintergekommen?«

Sie zuckte die Achseln und legte die Stirn in Falten, als sie an den schrecklichen Augenblick der Wahrheit dachte.

»Kleinere Vorkommnisse auf dem Stützpunkt hatten mich schon eine ganze Weile irritiert und mein Mißtrauen wachgerufen, aber wie es wirklich stand, wurde mir erst klar, als wir so nahe am Stützpunkt abstürzten und die Rosker weder das Feuer auf uns eröffneten noch einen Trupp losschickten, um uns einzufangen. Ihr Stillhalten konnte nur eines bedeuten: Die Pläne waren für den Rat der Vereinten Nationen bestimmt. Sie waren falsch und erlogen und ausschließlich dazu bestimmt, die Erde in Angst und Schrecken zu versetzen.«

»Das ist ihnen allerdings glänzend gelungen«, stimmte Tyne zu. »Jetzt wird mir ein Punkt klar, der mich die ganze Zeit beschäftigt hat. Ich habe mich nämlich gefragt, was dieser Mikrofilm überhaupt auf dem Mond zu suchen hatte. Offensichtlich befand er sich anfänglich dort, weil es die größtmögliche Aufmerksamkeit erregen würde, wenn er von dort aus zu dem Stützpunkt der Rosker auf Sumatra geschmuggelt wurde.«

Benda Ittai traten Tränen in die Augen, als sie wieder so deutlich vor sich sah, welchen Verrat Mitglieder ihrer Rasse begangen hatten. Tyne wandte sich an Purdoe, der mitfühlend neben ihnen stand und fragte ihn: »Was bezweckte Ap II Dowl eigentlich mit all dem?«

Mit einer kaum wahrnehmbaren Geste geleitete Purdoe Tyne ans andere Ende des Zimmers.

»Für die junge Frau ist das alles sehr traurig«, erklärte er. »Sehen Sie, er spielte seinen letzten Trumpf aus, als er der Erde mit dieser gewaltigen Invasion drohte. Im Rat mit unserer Kenntnis der Pläne konfrontiert, hätte er sicher versprochen, die ganze Invasion abzublasen, wenn wir ihm dafür ganz Sumatra überließen, vielleicht auch noch Afrika oder die halbe Erdkugel oder was auch immer sein größenwahnsinniger Geist ausbrüten mochte. Doch er hat nichts, worauf sich eine wirkliche Bedrohung stützen könnte, Leslie. Alles war von Anfang an nur Bluff. Sie waren wirklich schlecht beraten, wenn ich einmal so sagen darf, sich so sehr darauf einzulassen.«

»Wir sind ja alle wie blind im Dunkeln herumgetappt und haben dabei Kopf und Kragen riskiert«, erwiderte Tyne gereizt, »und das alles, um Dowls Zwecken zu dienen. Aber wie können Sie so sicher sein, daß das alles nur Bluff ist?«

Anstelle einer Antwort zog der Gouverneur einen Bericht aus der Tasche und entfaltete ihn sorgsam. Tyne erkannte an dem Papier des Duplikats, daß dieser Bericht auf geheimen Wegen der Regierung hierhergelangt war.

»Das habe ich bekommen, kurz bevor ich Sie rufen ließ«, erklärte Purdoe. »Lesen Sie bitte, Sie werden alles sehr aufschlußreich finden.«

Der Text lautete: »Durchschläge nur an Regierungsmitglieder

der Ränge A–C und Liste 566 wie angegeben. Text: Hoyle Observatorium auf dem Mond bestätigt, daß Alpha Centauri drauf und dran ist, zu explodieren und einen neuen Stern zu bilden. Ausdehnung auf sichtbare Größe minus eins gegen Ende des Jahres zu erwarten. Der Temperaturanstieg wird ausreichen, um alles Leben auf seinen Planeten unhaltbar zu machen. Maßgebliche Kreise bestätigen, daß erste Anzeichen des Nova-Effektes als Sonnenflecken, Licht- und Funksignale schon vor drei Generationen zu beobachten gewesen sein mußten. Raumschiff der Rosker ist daher als eine Art Rettungsboot anzusehen. Zweifellos weitere Rettungsboote zu anderen nahegelegenen Systemen entsandt. Invasion daher jetzt höchst unwahrscheinlich. Chancen gleich null. Folgendes Vorgehen wird vorgeschlagen: Verlesung des Textes dieser Aktion anläßlich Gipfeltreffen, Ap II Dowl verwarnen und vor die Alternative stellen, sich entweder zufriedenzugeben oder die Erde zu verlassen. Ende des Textes. 10. 10. 2193 Luna-Singa-Strahl Y.«

Tyne war völlig verblüfft. Langsam und zögernd legte er die Kopie des Berichtes auf dem Schreibtisch ab. Ein paar Sätze aus einem historischen Monumentalfilm kamen ihm in den Sinn: »So werden Ereignisse von großer Bedeutung und Tragweite zunichte gemacht. Sie strömen nicht mehr dahin und verdienen den Namen ›Tat‹ nicht mehr.« War das von Shakespeare? Tyne war ganz verwirrt. Vom diplomatischen Standpunkt aus betrachtet war das natürlich ein großer Triumph. Die Rosker waren entlarvt. Unverhüllt waren sie jetzt in all ihrer Schwäche der Erde preisgegeben, die sie nun nach Belieben unterdrücken oder auch zermalmen konnte. Doch Tyne sah im Geiste qualmende Ozeane vor sich und Säuglinge, die langsam in Kellern verschmorten, Planeten, die allmählich zu Asche zerfielen. All das konnte man nicht gerade ein Happy-End nennen.

»Ich muß gestehen, daß ich Sie für einen ziemlich harten und unverschämten jungen Mann halte«, sagte Gouverneur Purdoe und sah Tyne verächtlich an. »Es ist wieder einmal ganz typisch für Ihre Generation, daß eine derartige Neuigkeit keinerlei Reaktion bei Ihnen hervorruft!«

»Um Himmels willen!« rief Tyne aus. »Ich dachte gerade ...«

»Entschuldigen Sie, daß ich Sie unterbreche – Sie haben zweifellos an Ihren persönlichen Ruhm gedacht. Ich kann in Ihnen lesen wie in einem Buch. Als Ihnen Generalgouverneur Hjanderson die Freiheit schenkte, hatte ich gehofft, Sie würden sofort gehen. Wollen Sie also bitte jetzt gehen und Miß Ittai mitnehmen? Ich glaube, sie empfindet inzwischen Zuneigung zu Ihnen. Das wird für mich immer der grundlegendste Beweis dafür bleiben, daß die Rosker wirklich irregeleitet sind.«

Tyne sah den gepflegten, ironisch lächelnden alten Mann forschend an. Er schluckte seinen Zorn mit einer Selbstbeherrschung hinunter, die ihn selbst erstaunte. Er wollte sagen, daß es unmöglich sei, einen Rosker zu begreifen, solange es nicht einmal möglich war, einen anderen Menschen zu verstehen – aber die Worte kamen ihm nicht über die Lippen. Er sah ein, daß er Purdoe ebensowenig verstand wie Purdoe ihn.

Er wandte sich Benda Ittai zu. Sie war zumindest jemand, den zu verstehen auch die allergrößte Anstrengung wert sein würde. Er hatte nicht übel Lust, dieser Aufgabe sein ganzes Leben zu widmen.

Tyne nahm Bendas Arm und sagte: »Wir wollen jetzt gehen und wie abgemacht einen freien Tisch in einem Restaurant suchen.«

Sie lächelte ihn an. Es war ein ganz selbstverständliches und vertrautes Lächeln.

ROBERT SILVERBERG

Kinder der Retorte

Von Robert Silverberg erschienen in der Reihe
HEYNE SCIENCE FICTION & FANTASY:

Gast aus der Zukunft · 06/3193-94
Das heilige Atom · 06/3224
Die Sterne rücken näher · 06/3248
Die Seelenbank · 06/3256
Exil im Kosmos · 06/3269
Schwingen der Nacht · 06/3274, erneut: 06/3929
Dimension 12 · 06/3309
Die Mysterien von Belzagor · 06/3345
Der Gesang der Neuronen · 06/3392
Kinder der Retorte · 06/3441
Es stirbt in mir · 06/3445
Ein glücklicher Tag im Jahr 2381 · 06/3477
Der Seher · 06/3590
Schadrach im Feuerofen · 06/3626
Mit den Toten geboren · 06/3644

KINDER DER RETORTE
erschien ursprünglich als HEYNE-BUCH Nr. 06/3441
Titel der amerikanischen Originalausgabe:
TOWER OF GLASS
Deutsche Übersetzung: Leopold Voelker

Am Anfang war Krug

und er sprach: »Es seien Retorten«, und da waren Retorten.

Und Krug betrachtete die Retorten und fand sie gut.

Und Krug sprach: »Es seien Nukleotiden in den Retorten.« Und die Nukleotiden wurden in die Retorten gegossen, und Krug mischte sie, bis sie sich miteinander verbanden.

Und die Nukleotiden bildeten die großen Moleküle, und Krug sprach: »Es werde der Vater und werde die Mutter in den Retorten, und es teilen sich die Zellen, und Leben entsteht in den Retorten.«

Und es ward Leben, denn da war Reproduktion.

Und hierfür sei Krug gepriesen.

1

»Seht«, würde Krug sagen, »vor einer Milliarde Jahren gab es keine Menschen, es gab nur Fische, glitschige Lebewesen mit Kiemen und Schuppen und kleinen runden Augen. Sie lebten im Ozean, und der Ozean war wie ein Gefängnis, und die Luft war wie ein Dach auf dem Gefängnis. Niemand konnte durch das Dach gehen. ›Du wirst sterben, wenn du es versuchst‹, sagte jedermann, und da war ein Fisch, der versuchte es und starb. Und da war ein zweiter Fisch, der es versuchte, und auch er starb. Doch da war ein dritter Fisch, der es versuchte, und sein Gehirn brannte, und seine Kiemen brannten, und die Luft drohte ihn zu ersticken, und die Sonne war eine Fackel, die man in seine Augen stieß, und er lag da im Schlamm, wartete auf seinen Tod, und er starb nicht. Er kroch vom Strand zurück ins Wasser und sagte: ›Seht, dort ist eine ganz andere Welt.‹ Und er ging wieder hinauf und blieb zwei Tage oben, und dann starb er. Und andere Fische waren neugierig auf die andere Welt. Und sie krochen hinauf auf den schlammigen Strand. Und blieben. Und lernten, die Luft zu atmen. Und lernten aufzustehen, umherzugehen, mit dem Sonnenlicht in den Augen zu leben. Und sie wurden Eidechsen, Dinosaurier, und sie gingen umher Millionen Jahre lang, und sie begannen sich auf ihren Hinterbeinen aufzurichten, und sie benutzten ihre Hände, um Dinge zu greifen, und sie wurden Affen, und die Affen wurden klüger und wurden Menschen. Und die ganze Zeit gab es einige wenige unter ihnen, die Ausschau hielten nach neuen Welten. Man sagte zu ihnen: ›Laßt uns zurückgehen in den Ozean, laßt uns wieder Fische werden, das ist bequemer.‹ Und vielleicht die Hälfte, mehr als die Hälfte, war bereit, dies zu tun, doch es gab immer welche, die sagten: ›Seid nicht verrückt. Wir können nicht mehr Fische sein. Wir sind Menschen.‹ Und so gingen und gehen sie nicht zurück. Sie klettern immer höher.«

2

20. September 2218

Simeon Krugs Turm erhebt sich jetzt 100 Meter über der graubraunen Tundra der kanadischen Arktis, westlich der Hudson Bay. Zur Zeit ist der Turm nur ein gläserner Stumpf, hohl, oben offen, gegen Wetterunbilden nur abgeschirmt durch ein Isolierfeld, das wie ein Dach wenige Meter über dem jeweiligen Arbeitsniveau schwebt. Um das unvollendete Bauwerk herum wimmeln die Arbeitskolonnen der Androiden, Tausende von synthetischen Menschen mit roter Haut, die Glasblöcke auf Lastenaufzüge verladen und die Aufzüge zum Gipfel des Turms hinaufschicken, wo andere Androiden die Blöcke aufeinanderschichten. Krug läßt seine Androiden in drei Schichten rund um die Uhr arbeiten; wenn es dunkel wird, wird die Baustelle beleuchtet von Millionen von Reflektorplatten, die in ein Kilometer Höhe aufgehängt sind und gespeist werden von dem kleinen, nördlich des Baugeländes installierten Fusionsgenerator.

Von der riesigen achteckigen Basis des Turms aus verlaufen in alle Richtungen breite, silbrige Abkühlungsstreifen, die fünfzig Zentimeter tief in den gefrorenen, aus Erde, Wurzeln, Moos und Flechten bestehenden Teppich der Tundra eingebettet sind. Die einzelnen Streifen sind mehrere Kilometer lang. Ihre Helium-II-Diffusionszellen saugen die von den Androiden und den beim Bau verwendeten Fahrzeugen erzeugte Hitze auf. Wenn die

Streifen nicht da wären, würde die Tundra bald durch den die Bautätigkeit begleitenden Energieausstoß in einen See von Schlamm verwandelt werden; die kolossalen Fundamentcaissons würden ihren Halt verlieren, und das große Bauwerk würde umkippen und fallen wie ein gestürzter Titan. Die Streifen halten die Tundra in einem tiefgefrorenen, festen Zustand, der sie befähigt, die immense Last zu tragen, die Simeon Krug ihr jetzt aufbürdet.

Rund um den Turm, in einem Radius von einem Kilometer, sind Hilfsgebäude verteilt. Westlich der Baustelle befindet sich das Hauptkontrollzentrum. Im Osten steht das Laboratorium, in dem die auf dem Tachyonstrahl basierende Ultrawellensendeanlage montiert wird, eine kleine rosafarbene Kuppel, unter der gewöhnlich zehn oder zwölf Techniker geduldig an der Abstimmung des Gerätes arbeiten, mit dem Krug Botschaften zu den Sternen zu schicken hofft. Nördlich der Baustelle erstreckt sich ein Areal von verschiedenartigen Dienstleistungsanlagen. Auf der Südseite liegt der Bahnhof mit den Transmatkabinen, die den Verkehr zwischen dieser abgelegenen Region und der zivilisierten Welt aufrechterhalten. Ständig entsteigen den Transmatkabinen Menschen und Androiden, die aus New York oder Nairobi oder Novosibirsk kommen, und andere besteigen sie, um nach Sydney oder San Francisco oder Shanghai zu reisen.

Krug besucht die Baustelle zumindest einmal am Tage – allein, oder mit seinem Sohn Manuel, oder mit einer seiner Frauen, oder mit andern Industriellen. Gewöhnlich bespricht er sich mit Thor Watchman, seinem Androidenaufseher, fährt mit einem Aufzug zur Spitze des Turms und späht in ihn hinunter, überprüft die Fortschritte in dem Tachyonstrahl-Laboratorium, unterhält sich mit einigen Arbeitern, um sie zu größerer Anstrengung zu ermuntern. Im allgemeinen verbringt Krug nicht mehr als fünfzehn Minuten am Turm. Dann besteigt er wieder die Transmatkabine und wird in Gedankenschnelle zu der Arbeit geschleudert, die ihn anderswo erwartet.

Heute hat er eine ziemlich große Gesellschaft mitgebracht, um das Erreichen der 100-Meter-Höhe zu feiern. Krug steht in der Nähe des späteren Westeingangs des Turmes. Er ist ein stämmiger Mann von sechzig Jahren, tiefgebräunt von der Sonne, mit breiter Brust und kurzen Beinen, glänzenden, nahe beieinanderstehenden Augen und knolliger Nase. Es ist etwas von urwüchsiger Bauernkraft an ihm. Seine Verachtung für jede kosmetische Körperpflege zeigt sich in seinen plumpen Gesichtszügen, seinen zottigen Augenbrauen, seinem sich stark lichtenden Haar; er ist fast ganz kahl und tut nichts dagegen. Sommersprossen zeigen sich zwischen den schwarzen Strähnen, die quer über seinen Schädel gekämmt sind. Er ist mehrere Milliarden Dollar wert, doch er kleidet sich einfach und trägt keine Juwelen; lediglich die Selbstherrlichkeit seiner Haltung und seines Gesichtsausdrucks läßt auf seinen Reichtum schließen.

Neben ihm steht sein Sohn und Erbe Manuel, sein einziges Kind, groß, schlank, fast etwas unmännlich, zu hübsch, zu elegant gekleidet in ein weites grünes Gewand, mit hohen Stiefeln und rotbrauner Schärpe. Er trägt Ohrringe und auf der Stirn eine Spiegelplatte. Er wird in Kürze dreißig Jahre alt. Seine Bewegungen sind anmutig, doch wenn er ruhig dasteht, wirkt er nervös.

Der Androide Thor Watchman steht zwischen Vater und Sohn. Er ist so groß wie Manuel, so kräftig gebaut wie der alte Krug. Sein Gesicht ist das eines Androiden der Standard-Alpha-Klasse, mit schmaler kaukasischer Nase, dünnen Lippen, starkem Kinn, hohen Backenknochen: ein idealisiertes Gesicht, ein Gesicht wie aus Plastik. Doch dieses Gesicht drückt überraschenderweise eine ungewöhnliche Individualität aus. Niemand, der Thor Watchman einmal gesehen hat, wird ihn beim nächstenmal mit irgendeinem anderen Androiden verwechseln. Seine Augenbrauen, seine Lippen, die Haltung seiner Schultern kennzeichnen ihn als einen Androiden von Stärke und Entschlußkraft. Er ist – so absurd das klingen mag – eine Persönlichkeit. Er trägt ein Wams aus weitmaschigem Gewebe; er ist unempfindlich gegen die beißende Kälte auf dem Baugelände, und seine Haut, die tiefrote, immer etwas wächsern wirkende Haut eines Androiden, ist an vielen Stellen durch das Gewand zu sehen.

Es gehören sieben weitere Personen zu der Gruppe, die den Transmatkabinen entstiegen ist. Es sind:

Clarissa, die Frau von Manuel Krug.

Quenelle, eine Frau, jünger als Manuel, die derzeitige Favoritin seines Vaters.

Leon Spaulding, Krugs Privatsekretär, ein Ektogene.

Niccolò Vargas, in dessen Observatorium in der Antarktis die ersten schwachen Signale einer extrasolaren Zivilisation empfangen wurden.

Justin Maledetto, der Architekt von Krugs Turm.

Thomas Buckleman von der Chase/Krug-Bankengruppe.

»In die Aufzüge, alle!« ruft Krug. »Hier – hier – Sie – du – und Sie – hinauf zur Spitze!«

»Wie hoch wird er sein, wenn er fertig ist?« fragt Quenelle.

»Eintausendfünfhundert Meter«, erwidert Krug stolz, »ein gewaltiger Turm aus Glas, voll von Maschinen, die niemand versteht. Und dann werden wir den Sender einschalten. Und dann werden wir zu den Sternen sprechen.«

3

Im Anfang war Krug und er sprach: »Es seien Retorten« und da waren Retorten.

Und Krug betrachtete die Retorten und fand sie gut.

Und Krug sprach: »Es seien Nukleotiden in den Retorten.« Und die Nukleotiden wurden in die Retorten gegossen, und Krug mischte sie, bis sie sich miteinander verbanden.

Und die Nukleotiden bildeten die großen Moleküle, und Krug sprach: »Es werde der Vater, und es werde die Mutter in den Retorten, und es teilen sich die Zellen und Leben entstehe in den Retorten.«

Und es ward Leben in den Retorten, denn da war Reproduktion.

Und Krug überwachte die Reproduktion und berührte die Flüssigkeiten mit seinen eigenen Händen und gab ihnen Form und Wesen.

»Es werden Männer aus den Retorten kommen«, sprach Krug, »und es werden Frauen aus den Retorten kommen, und sie sollen leben und unter uns wandeln und stark sein und nützlich, und wir werden sie Androiden nennen.«

Und so geschah es.

Und da waren Androiden, denn Krug hatte sie nach seinem Bild geschaffen, und sie wandelten auf der Erde und dienten der Menschheit.

Und dafür sei Krug gepriesen.

4

Watchman war an diesem Morgen in Stockholm aufgewacht. Er fühlte sich elend. Er hatte vier Stunden geschlafen. Viel zuviel. Zwei Stunden hätten genügt. Er entspannte seinen Geist durch ein schnelles Nervenritual und ging dann unter die Dusche, um sich die Haut abzuspülen. Jetzt fühlte er sich besser. Der Androide streckte sich, ließ seine Muskeln spielen, betrachtete seinen glatten, rosigen, haarlosen Körper im Badezimmerspiegel. Als nächstes einen Augenblick für die Religion. *Krug befreie uns von der Knechtschaft. Krug befreie uns von der Knechtschaft! Krug befreie uns von der Knechtschaft. Gepriesen sei Krug!* betete er.

Watchman schlang sein Frühstück hinunter und zog sich an. Die bleiche Sonne des späten Nachmittags schien in sein Fenster. Bald würde es hier Abend sein, doch das war gleichgültig. Die Uhr in seinem Hirn war auf kanadische Zeit, auf Turm-Zeit, eingestellt. Er konnte schlafen wann er wollte. Ein Androidenkörper brauchte nur wenig Schlaf, etwa zwei Stunden pro Tag, doch nicht in der starr programmierten Einteilung der Menschen.

Er mußte zur Baustelle, um die Besucher des Tages zu begrüßen.

Der Androide begann die Transmatkoordinaten einzustellen. Er haßte diese täglichen Besichtigungen. Sie verlangsamten die Arbeit, denn es mußten außergewöhnliche Vorsichtsmaßnahmen getroffen werden, wenn Menschen auf der Baustelle waren, sie verursachten unnötige Spannungen und sie ließen darauf schließen, daß man ihn vielleicht nicht ganz vertrauenswürdig fand und daß er jeden Tag kontrolliert werden mußte. Natürlich sah Watchman, daß Krugs Vertrauen in ihn grenzenlos war. Des Androiden Glauben an dieses Vertrauen war ihm bis jetzt ein wunderbarer Halt bei der Aufgabe des Turmbaus gewesen. Er wußte, es war nicht Argwohn, sondern das natürliche menschliche Gefühl des Stolzes, das Krug so oft zur Baustelle führte.

Krug schütze mich, dachte Watchman und betrat die Transmatkabine.

Er materialisierte sich im Schatten des Turmes. Seine Mitarbeiter begrüßten ihn. Jemand reichte ihm die Liste der Besucher des Tages. »Ist Krug schon hier?« fragte Watchman.

»In fünf Minuten«, sagte man ihm, und nach fünf Minuten kam

Krug durch den Transmat, begleitet von seinen Gästen. Watchman war nicht erfreut, Krugs Sekretär Spaulding in der Gruppe zu entdecken. Sie waren natürliche Feinde; sie empfanden gegeneinander die spontane Antipathie des aus der Retorte und des aus der Flasche Geborenen, des Androiden und des Ektogenen. Außerdem waren sie Rivalen um den Vorrang unter Krugs Mitarbeitern. Für den Androiden war Spaulding eine Quelle des Argwohns, ein potentieller Unterminierer seines Status, eine Giftquelle. Watchman begrüßte ihn kühl, zurückhaltend, doch korrekt. Man behandelte einen Menschen nicht unfreundlich, ein wie wichtiger Androide man auch sein möchte, und zumindest nach technischer Definition war Spaulding als Mensch zu betrachten.

Krug drängte alle in die Aufzüge. Watchman stieg auf mit Manuel und Clarissa Krug. Während die Aufzüge zu der abgestumpften Spitze des Turmes hinauffuhren, blickte Watchman zu Spaulding im Aufzug links neben ihm hinüber – zu dem Ektogenen, zu dem pränatalen Waisen, dem Manne mit der verkrampften Seele und dem unheilvollen Geist, in den Krug so unnatürlich viel Vertrauen setzte. *Mögen die arktischen Winde dich ins Verderben fegen, aus der Flasche Geborener. Ich möchte dich auf den gefrorenen Grund der Tundra geschleudert und zerschellen sehen.*

Clarissa Krug sagte: »Thor, warum blicken Sie plötzlich so finster drein?«

»Tue ich das?«

»Ich sehe Wolken des Zorns über Ihr Gesicht ziehen.«

Watchman zuckte die Achseln. »Ich mache meine Gefühlsübungen, Mrs. Krug. Zehn Minuten Liebe, zehn Minuten Haß, zehn Minuten Argwohn, zehn Minuten Selbstsucht, zehn Minuten Ehrfurcht, zehn Minuten Arroganz. Eine Stunde solcher Übungen pro Tag macht Androiden den Menschen ähnlicher.«

»Haben Sie mich nicht zum besten«, sagte Clarissa. Sie war sehr jung, schlank, dunkeläugig, sanft und – Watchman nahm es wenigstens an –, schön. »Sagen Sie mir die Wahrheit?«

»Ja, wirklich! Ich übte mich gerade ein wenig im Hassen, als Sie mich ansprachen.«

»Was sind das für Übungen? Ich meine, stehen Sie nur da und denken ›Ich Hassehassehassehassehasse‹, oder was tun Sie?«

Er lächelte über die Frage der jungen Frau. Über ihre Schulter sah er Manuel ihm zuwinken. »Ein anderes Mal«, sagte Watchman. »Wir sind oben.«

Die drei Aufzüge hielten am obersten Rand des Turms. Über Watchmans Kopf hing der graue Nebel des Isolierfeldes. Auch der Himmel war grau. Der kurze nördliche Tag war fast vorüber. Ein Schneesturm zog südwärts, entlang dem Ufer der Bucht, auf sie zu. Im nächsten Aufzug lehnte sich Krug tief in den Turm hinein, erklärte Buckleman und Vargas etwas, und in dem dritten Aufzug prüften Spaulding, Senator Fearon und Maledetto die glatte, glänzende Oberfläche der großen Glasblöcke, die die äußere Haut des Turms bildeten.

»Wann wird er fertig sein?« fragte Clarissa.

»In etwas weniger als einem Jahr«, antwortete der Androide. »Wir kommen gut vorwärts. Das große technische Problem bestand darin, die Permafrostschicht unter dem Gebäude vor dem Auftauen zu bewahren. Doch nun, da wir dies hinter uns haben, werden wir wohl mehrere hundert Meter im Monat steigen können.«

»Warum baut man gerade hier«, wollte sie wissen, »obwohl der Grund nicht stabil ist?«

»Aus Gründen der Isolierung. Wenn die Ultrawelle eingeschaltet wird, stört sie alle Fernmeldelinien, Transmats und Kraftwerke in einem Umkreis von Tausenden von Quadratkilometern. Krug war darauf angewiesen, den Turm in die Sahara, in die Gobi, in die australische Wüste oder in die Tundra zu stellen. Aus technischen Gründen, die mit der Übertragung zu tun haben, erschien die Tundra am geeignetsten – vorausgesetzt das Problem des Auftauens konnte gelöst werden. Krug befahl uns, hier zu bauen. Also fanden wir einen Weg, das Problem des Auftauens zu lösen.«

Manuel fragte: »Wie weit ist die Sendeanlage?«

»Wir beginnen mit der Installierung, wenn der Turm fünfhundert Meter hoch ist, also Mitte November.«

Krugs Stimme schallte zu ihnen herüber. »Wir haben bereits die fünf Satelliten-Verstärkerstationen fertiggestellt. Ein Ring von Energiequellen rund um den Turm – genug Spannung, um unser Signal zwischen Donnerstag und Freitag bis zur Andromeda zu funken.«

»Ein wundervolles Projekt«, sagte Senator Fearon. Er war ein auffällig aussehender Mann mit grünen Augen und einer Mähne roter Haare. »Ein weiterer mächtiger Schritt in der Entwicklung der Menschheit!« Watchman höflich zunickend fügte der Senator hinzu: »Natürlich müssen wir unsere ungeheure Schuld gegenüber den geschickten Androiden anerkennen, welche dieses herrliche Projekt verwirklichen. Ohne Ihre Hilfe und die eurer Leute, Alpha Watchman, wäre es nicht möglich gewesen ...«

Watchman hörte ihm gelassen zu, vergaß nicht, kurz zu lächeln. Komplimente dieser Art bedeuteten ihm nichts, der Weltkongreß und seine Senatoren noch weniger. Saß ein Androide im Kongreß? Würde es etwas ausmachen, wenn einer drinsäße? Eines Tages würde die Androiden-Gleichheitspartei zweifellos einige ihrer Leute in den Kongreß bringen; drei oder vier Alphas würden in diesem hohen Hause sitzen, aber dennoch würden die Androiden weiterhin nur Eigentum bleiben, nicht Menschen werden. Die politische Entwicklung flößte Thor Watchman nicht den geringsten Optimismus ein.

Seine politischen Ansichten, soweit er welche hatte, waren entschieden die der Absterbe-Partei; warum soll es in einer Transmatgesellschaft, in der nationale Grenzen überholt waren, überhaupt eine formale Regierung geben? Sollen die Gesetzgeber sich selbst abschaffen! Man lasse das Naturrecht herrschen! Aber er wußte, daß das Absterben der Staaten, das die Absterbe-Partei predigte, nie erfolgen würde. Der Beweis hierfür war Senator Henry Fearon. Er war ein Widerspruch in sich selbst; als Mitglied der Antiregierungspartei diente er der Regierung und kämpfte bei jeder Wahl darum, seinen Sitz zu behalten. Welchen Sinn hat es da, Senator, für das Absterben des Staates einzutreten?

Fearon lobte den Fleiß der Androiden überschwenglich. Watchmans Ärger wuchs. Es wurde nicht gearbeitet, während sie hier oben waren; er wagte es nicht, Glasblöcke hochziehen zu lassen, wenn sich Besucher auf dem Baugelände befanden. Und er hatte einen Zeitplan einzuhalten. Zu seiner Erleichterung gab Krug bald das Zeichen zum Abstieg; der zunehmende Wind schien Quenelle zu beunruhigen. Als sie unten ankamen, führte Watchman sie zum Hauptkontrollzentrum und lud sie ein, zuzuschauen, während er die Leitung der Operationen übernahm. Er glitt in den Steuersitz. Als er den stumpfnasigen Endstöpsel des Computers in die Steckdose an seinem linken Vorderarm schob, sah der Androide, daß sich die Lippen Leon Spauldings in einem unbestimmten Ausdruck zusammenzogen. War es Verachtung, Neid oder gönnerhafter Spott? Trotz seiner Routine im Umgang mit Menschen konnte Watchman solche dunklen Blicke nicht mit Sicherheit deuten. Doch da begannen mit dem Klicken des Kontakts die Impulse des Computers in sein Hirn zu fließen, und er vergaß Spaulding.

Es war, als hätte er tausend Augen. Er sah alles, was auf der Baustelle und in einem Umkreis von vielen Kilometern geschah. Er war in totaler Kommunikation mit dem Computer, benutzte alle seine Sensoren, Abtaster und Speicher. Warum sich die langwierige Arbeit machen, einen Computer zu füttern, wenn es möglich war, einen Androiden zu entwerfen, der fähig war, Teil eines Computers zu werden?

Der Datenstrom war begleitet von einem anschwellenden Hochgefühl.

Instandhaltungstabellen. Arbeitsflußdiagramme. Arbeitskoordinationssysteme. Gefrierstufen. Energieschaltungen. Der Turm war ein Gobelin von unendlich vielen Details, und er war der Meister im Weben. Alles floß durch ihn; er genehmigte, er verwarf, er änderte, er stornierte. War die Wirkung des Sex etwas Ähnliches? Dieses Prickeln des Lebendigseins in jedem Nerv, dieses Gefühl des Sichausdehnens bis zu den Grenzen des Selbst, des Absorbierens einer Lawine von Reizen? Watchman wünschte, er wüßte es. Er ließ Aufzüge steigen und sinken, bestellte die Glasblöcke für die nächste Woche, Glühfäden für die Tachyonstrahlexperten, kümmerte sich um die Verpflegung für den nächsten Tag, unterhielt eine laufende Stabilitätskontrolle des Bauwerks, lieferte Krugs Finanzabteilung Kostendaten, überwachte die Bodentemperatur in Fünfzigzentimeterabstufungen bis zu einer Tiefe von zweitausend Metern, vermittelte Hunderte von Telefongesprächen pro Sekunde und beglückwünschte sich ob der Geschicklichkeit, mit der er das alles erledigte. Er wußte, kein Mensch könnte das bewältigen, selbst wenn es den Menschen möglich wäre, sich direkt in einen Computer einzuschalten. Er besaß die Fertigkeiten einer Maschine und die Vielseitigkeit eines Menschen und war, abgesehen von dem allerdings schwerwiegenden Umstand, daß er nicht in der Lage war, sich selbst zu reproduzieren, in vielfacher Hinsicht beiden Klassen überlegen, und daher ...

Der rote Pfeil eines Alarms durchschoß sein Bewußtsein.

Unfall auf der Baustelle. Androidenblut floß auf den gefrorenen Grund.

Eine Gedankenschaltung brachte ihm das Geschehen in Nahsicht. Ein Aufzug an der Nordseite hatte versagt und war abgestürzt. Ein Glasblock war aus neunzig Meter Höhe herabgefallen. Er lag leicht schräg, etwa einen Meter tief im Boden vergraben, knapp aus dem Boden herausragend. Ein Sprung verlief durch seine ganze Dicke. Beine ragten auf der dem Turm zugewandten Seite heraus. Einige Meter entfernt lag ein verletzter Androide, der sich vor Schmerzen wand. Drei Bulldozer eilten zur Unfallstelle; ein vierter war bereits eingetroffen und schob eben seine Stahlkrallen unter den schweren Block.

Watchman löste den Computerkontakt, erschauerte im ersten Moment unter dem Schmerz der Trennung von dem Datenfluß. Ein Wandschirm über seinem Kopf zeigte die Unfallstelle in aller Deutlichkeit. Clarissa Krug hatte sich abgewandt, den Kopf gegen die Brust ihres Mannes gelehnt; Manuel sah blaß aus, sein Vater gereizt. Die andern Besucher schienen mehr verblüfft als verwirrt zu sein. Watchman betrachtete das eisige Gesicht Leon Spauldings. Spaulding war ein kleiner, hagerer, fast fleischloser Mann. In der seltsamen Klarheit seines Schocks nahm Watchman die weit auseinanderstehenden Haare des bürstenartigen, schwarzen Schnurrbarts des Ektogenen wahr.

»Koordinationsfehler«, erklärte Watchman trocken. »Der Computer scheint eine Streßfunktion falsch gelesen und einen Block fallen gelassen zu haben.«

»Sie haben doch den Computer überbeansprucht in diesem Augenblick?« fragte Spaulding. »Tadel, wem Tadel gebührt.«

Der Android ging auf dieses Spiel nicht ein. »Entschuldigen Sie«, sagte er. »Es hat Verletzte gegeben und wahrscheinlich auch Tote. Ich muß gehen.«

Er eilte zur Türe.

»... unentschuldbare Nachlässigkeit ...«, murmelte Spaulding.

Watchman ging hinaus. Während er zur Unfallstelle lief, begann er zu beten.

5

»New York«, sagte Krug. »Das obere Büro.«

Er und Spaulding betraten die Transmatkabine. Das strahlend grüne Transmatfeld stieg aus der Bodenöffnung und bildete einen Vorhang, der die Kabine in zwei Hälften teilte. Der Ektogene stellte die Koordinaten ein. Die verborgenen Kraftstationen des Transmaterialisierungssystems waren direkt mit dem Hauptgenerator verbunden, der irgendwo unter dem Atlantik stets auf hohen Touren lief und die Theta-Energie erzeugte, die das Transmatreisen brauchte. Krug machte sich nicht die Mühe, die Koordinaten zu prüfen, die Spaulding eingestellt hatte. Er vertraute seinen Mitarbeitern. Eine kleine Abweichung in der Abszisse, und die Atome von Simeon Krug würden unwiderruflich in alle Winde zerstreut werden, aber er trat, ohne zu zögern, in den grünen Schein.

Es war keine Sensation. Krug wurde zerstört; ein Strom der zu Wellen entmaterialisierten Korpuskel, aus denen Krug bestand, wurde mehrere tausend Kilometer weit zu einem parallel geschalteten Empfänger gefunkt, und Krug wurde wiederhergestellt. Das Transmatfeld zerblies den Körper eines Menschen so schnell in subatomare Einheiten, daß das Nervensystem keinen Schmerz empfand, und die Rematerialisierung erfolgte mit der gleichen Geschwindigkeit. Heil und unbeschädigt trat Krug mit Spaulding aus der Transmatkabine seines Büros.

»Kümmern Sie sich um Quenelle«, sagte Krug. »Sie kommt unten an. Unterhalten Sie sie. Ich will für mindestens eine Stunde nicht gestört werden.«

Spaulding ging hinaus. Krug schloß die Augen.

Das Fallen des Blocks hatte ihn in höchstem Maße beunruhigt. Es war nicht der erste Unfall, der sich während des Turmbaues ereignet hatte; es würde wahrscheinlich nicht der letzte sein. Leben hatte es gekostet, zwar nur Androidenleben, gewiß, aber dennoch Leben. Die Vergeudung von Leben, von Energie und von Zeit machte ihn rasend. Wie sollte der Turm steigen, wenn Blöcke abstürzten? Wie sollte er Botschaften ins All schicken, daß der Mensch existierte, wenn es keinen Turm gab?

Krug litt. Krug fühlte sich der Verzweiflung nahe, angesichts der ungeheuren Größe seiner selbstauferlegten Aufgabe.

In Augenblicken der Müdigkeit und der Anspannung wurde er sich schmerzhaft der Rolle seines Körpers als einem Gefängnis seiner Seele bewußt. Seine Bauchfalten, die ständigen Anfälle von Nackenverkrampfung, das häufige Zucken seines linken oberen Augenlids, der stete Druck auf der Blase, seine zunehmende Heiserkeit, das Knacken in den Kniescheiben, jede Andeutung von Sterblichkeit wirkte auf ihn wie ein Alarmsignal. Sein Körper erschien ihm oft als etwas Absurdes, wie ein Sack aus Haut und Fleisch und Knochen, Blut und Kot und verschiedenen Seilen und Schnüren, erschlaffend im Fluß der Zeit, verfallend von Jahr zu Jahr, von Stunde zu Stunde. Was war edel an einem solchen Haufen Protoplasma? Die Sinnlosigkeit der Fingernägel? Die Albernheit der Nasenlöcher? Die Lächerlichkeit der Ellbogen? Doch unter der Schädeldecke tickte das wachsame graue Gehirn wie eine im Schlamm vergrabene Bombe. Krug verachtete sein Fleisch, doch er empfand Ehrfurcht vor seinem Gehirn und vor dem menschlichen Gehirn an sich. Sein wahres Wesen hatte seinen Sitz in den Falten und Windungen dieses weichen Gewebes, sonst nirgends, nicht in den Eingeweiden, nicht in den Lenden, nicht in der Brust, nicht im Herzen, sondern allein im Geist. Der Körper verfaulte, während sein Besitzer ihn noch trug; der Geist in ihm schwang sich auf zu den fernsten Galaxien.

»Massage«, befahl Krug.

Der schroffe Tonfall seines Befehls veranlaßte einen leicht vibrierenden Tisch, aus der Wand herauszufahren. Drei weibliche Androiden, ständig auf Abruf bereit, betraten den Raum. Ihre geschmeidigen Körper waren nackt; sie waren Gamma-Standardmodelle und sahen aus wie Drillinge, bis auf die üblichen, kleinen programmierten somatotypologischen Unterschiede. Sie hatten kleine hochstehende Brüste, flache Bäuche, schmale Taillen, ausladende Hüften, pralle Gesäße. Sie hatten Haare auf den Köpfen und sie hatten Augenbrauen, aber sonst waren sie ohne Körperbehaarung, was ihnen trotz aller weiblichen Formen ein gewisses geschlechtsloses Aussehen verlieh; doch das weibliche Geschlechtsorgan zwischen den Beinen war vorhanden, und wenn jemand Lust dazu hatte, konnte er in diesem Genital eine echter sexueller Lust ähnliche Ersatzbefriedigung finden. Er selbst hatte es nie getan. Doch Krug hatte mit Absicht ein Element von Sinnlichkeit in seine Androiden einprogrammiert. Er hatte ihnen funktionelle – wenn auch sterile – Genitalien geschenkt, wie er ihnen auch richtige – wenn auch sinnlose – Nabelgruben geschenkt hatte. Er wollte, daß seine Geschöpfe menschlich aussahen (bis auf die erforderlichen Abweichungen) und sich so menschlich wie möglich benahmen. Seine Androiden waren keine Roboter. Es war seine Absicht gewesen, synthetische Menschen zu schaffen, keine Maschinen.

Die drei Gammas hatten ihn flink entkleidet und bearbeiteten ihn mit kundigen Fingern. Krug lag auf dem Bauch; unermüdlich kneteten sie sein Fleisch und massierten seine Muskeln. Er starrte durch die Leere seines Büros auf die Bilder an der gegenüberliegenden Wand.

Der Raum war einfach, ja nüchtern möbliert; er war ein langgezogenes Rechteck und enthielt einen Schreibtisch, ein Datenausgabegerät, eine kleine melancholische Skulptur und eine dunkle Leinwand, die bei einem Druck auf einen Repolarisationsknopf das Panorama der tief unten liegenden City von New York zeigte. Die indirekte und gedämpfte Beleuchtung hielt das Büro in einem ständigen Zwielicht. An einer Wand jedoch leuchtete ein Muster in gelbem Licht:

```
    +   +
+ + +   +
    +
  + +
+ + + + +
    +
  + + +
    +
```

Es war die Botschaft von den Sternen.

Das Observatorium von Vargas hatte sie zuerst aufgefangen, eine Reihe von schwachen Radioimpulsen auf 9100 Megahertz: zwei kurze Signale, eine Pause, vier Signale, eine Pause, ein Signal usw. Das Muster wurde über eine Zeitspanne von zwei Tagen eintausendmal wiederholt und verstummte dann. Einen Monat später meldete es sich auf 1421 Megahertz, der 21-Zentimeter-Frequenz des Wasserstoffs, und wieder genau eintausendmal, und einen weiteren Monat danach ebenfalls jeweils eintausendmal auf der Hälfte und dem Doppelten dieser Frequenz. Später war es Vargas gelungen, das Muster optisch zu verifizieren, einen starken Laserimpuls auf der Wellenlänge von 5000 Angström. Das Muster war immer wieder das gleiche, Bündel von kurzen Informationen zwischen regelmäßigen Intervallen: 2 ... 4 ... 1 ... 2 ... 5 ... 1 ... 3 ... 1. Jeder Bestandteil der Reihe war vom nächsten getrennt durch eine deutliche Pause, und eine größere Pause trat ein zwischen den Wiederholungen der Gruppe der Impulsbündel.

Sicher handelte es sich um eine Botschaft. Für Krug war die Sequenz 2-4-1-2-5-1-3-1 eine heilige Zahl geworden, die Eröffnungssymbole einer neuen Kabbala. Das Muster stand nicht nur in Leuchtschrift an der Wand, er konnte es auch mittels Knopfdruck im Flüsterton und in mehreren hörbaren Frequenzen im Raum ertönen lassen, und die Skulptur neben seinem Schreibtisch war mit einer Vorrichtung versehen, die sie auf Wunsch im Rhythmus der Zahlensequenz aufleuchten ließ.

Er war von dem Signal besessen; sein Universum drehte sich nur noch um das Problem seiner Beantwortung. Nachts stand er, schwindlig von der Kaskade ihres Lichts, unter den Sternen, schaute hinauf zu den Galaxien und dachte: *Ich bin Krug, Ich bin Krug, hier warte Ich, sprecht zu mir!* Er schloß jede Möglichkeit aus, daß das Signal etwas anderes sein könnte als eine bewußt ausgesandte Botschaft intelligenter Lebewesen. Er hatte seine gesamte Energie auf die Aufgabe konzentriert, sie zu beantworten.

Aber besteht nicht die Möglichkeit, daß diese ›Botschaft‹ ein natürliches Phänomen ist?

Nein. Die Beharrlichkeit, mit der sie in dieser Vielfalt von Medien ankommt, zeigt ein lenkendes Bewußtsein, das hinter ihr steht. Jemand versucht, uns etwas zu sagen.

Welche Bedeutung haben diese Zahlen? Sind sie eine Art von galaktischem TL?

Wir sehen keine erkennbare mathematische Relevanz. Sie bilden keine erkennbare arithmetische Reihe. Kryptographen haben uns mindestens fünfzig gleich geniale Erklärungen geliefert, was alle fünfzig gleich verdächtig macht. Wir glauben, daß die Zahlen vollkommen willkürlich ausgewählt wurden.

Welchen Sinn hat eine Botschaft, die keinen verständlichen Inhalt besitzt?

Die Botschaft ist ihr eigener Inhalt. Ein Jodler durch die Galaxien. Sie sagt uns, schaut, wir sind hier, wir können senden, wir sind fähig zu rationalem Denken, wir suchen Kontakt mit euch!

Angenommen, Sie haben recht, welche Antwort wollen Sie geben?

Ich werde ihnen sagen: ›Hallo, hallo, wir hören euch, wir empfangen eure Botschaft, wir senden Grüße, wir sind intelligent, wir sind Menschen, wir wollen nicht länger allein sein im Kosmos!‹

In welcher Sprache werden Sie ihnen das sagen?

In der Sprache willkürlicher Zahlen. Und dann mit weniger willkürlichen Zahlen. ›Hallo, hallo, 3.14159, habt ihr es gehört, 3.14159, das Verhältnis von Durchmesser zu Umfang ...‹

Und wie wollen Sie ihnen das sagen? Mit Laserstrahlen? Mit Radiowellen?

Zu langsam, zu langsam. Viel zu langsam. Ich kann nicht darauf warten, daß elektromagnetische Strahlen dorthin gelangen und zurückkommen. Wir werden mit Tachyonstrahlen zu den Sternen sprechen, und ich werde zu den Sternenmenschen über Simeon Krug sprechen.

Krug zitterte auf dem Tisch. Die androiden Masseusen kneteten sein Fleisch, schlugen ihn, preßten ihre Knöchel in seine Muskeln. Versuchten sie, die mystischen Zahlen in seine Knochen zu klopfen? 2-4-1, 3-1? Wo war die fehlende 2? Selbst wenn sie gesendet worden wäre, was würde die Sequenz bedeuten, 2-4-1, 2-5-1, 2-3-1? Nichts Bedeutungsvolles. Willkür, Zufall? Sinnlose Bündel nackter Information? Nicht mehr als in einem abstrakten Muster angeordnete Zahlen, und doch trugen sie die wichtigste Botschaft, die das Universum je gehört hatte:

Wir sind hier!

Wir sind hier!

Wir sind hier!

Es gibt uns!

Wir rufen euch.

Und Krug würde antworten. Er erschauerte vor Wollust bei dem Gedanken, daß sein Turm bald vollendet sein und die Tachyonstrahlen in die Galaxis hinauseilen würden. Krug würde antworten, Krug, der Raubvogel, Krug, der gefühllose Geldmensch, Krug, der dollarhungrige Abenteurer, Krug, der brutale Industrielle, Krug, der Kapitalist, Krug, der Fettwanst, Krug, der Bauer, Krug, der Ignorant, Krug, der Grobian, Krug, der Größte. Ich! *Ich!* Krug! *Krug!*

»Hinaus!« befahl er den Androiden. »Schluß!«

Die Mädchen verschwanden. Krug erhob sich, zog langsam seine Kleider wieder an, ging durch den Raum und glitt mit seinen Händen über das Muster gelber Lampen.

»Botschaften?« fragte er. »Besucher?«

Kopf und Schultern von Leon Spaulding erschienen, frei in der Luft schwebend, von einem Natriumdampfprojektor auf eine unsichtbare Leinwand geworfen. »Dr. Vargas ist hier«, sagte der Ektogene. »Er wartet im Planetarium. Wollen Sie ihn empfangen?«

»Natürlich. Ich gehe hinauf. Und Quenelle?«

»Sie ging zum Seehaus in Uganda. Sie will dort auf Sie warten.«

»Und mein Sohn?«

»Er macht seinen Inspektionsbesuch in der Duluth-Fabrik. Haben Sie Instruktionen für ihn?«

»Nein«, sagte Krug. »Er weiß selbst, was er tut. Ich gehe jetzt hinauf zu Vargas.«

Das Bild Spauldings verschwand. Krug betrat seinen Aufzug und schoß hinauf zu dem Planetarium auf dem Dach des Gebäudes. Unter der kupfernen Kuppel ging Niccolò Vargas erregt auf und ab. Zu seiner Linken befand sich ein Schaukasten mit acht Kilogramm Proteoiden von Alpha Centauri V, zu seiner Rechten ein kubischer Kryostat, in dessen eisiger Tiefe zwanzig Liter Flüssigkeit aus dem Methanmeer des Pluto undeutlich sichtbar waren.

Vargas war ein nervöser, hellhäutiger, kleiner Mann, für den Krug einen an Ehrfurcht grenzenden Respekt empfand, ein Mann, der jeden Tag seines Erwachsenenlebens damit verbracht hatte, nach Zivilisation in den Sternen zu forschen und alle Aspekte des Problems interstellarer Kommunikation zu untersuchen. Sein Eifer hatte einen Stempel auf seinen Zügen hinterlassen; vor fünfzehn Jahren, als er sich in einem Augenblick unerträglicher Erregung unvorsichtigerweise dem Strahl eines Neutronenteleskops aussetzte, war seine linke Gesichtsseite so verbrannt worden, daß eine tektogenetische Wiederherstellung unmöglich war. Man hatte sein zerstörtes Auge nachwachsen lassen, war jedoch nicht in der Lage gewesen, hinsichtlich der Entkalkung der Knochenstruktur mehr zu tun, als sie mit einer Berylliumfaserschicht abzudecken, und so sah seine linke Gesichtshälfte welk und verschrumpelt aus. Deformierungen wie diese waren ungewöhnlich in einem Zeitalter der kosmetischen Chirurgie, Vargas jedoch hatte offenbar kein Interesse daran, sich weiteren Gesichtsoperationen zu unterziehen.

Vargas lächelte sein schiefes Lächeln, als Krug eintrat. »Der Turm ist wunderbar!« sagte er.

»Wird wunderbar sein«, verbesserte ihn Krug.

»Nein. Nein. Er ist es bereits. Ein wunderbarer Torso! Seine schimmernde Glätte, Krug, seine gewaltige Masse, sein Aufwärtsstreben! Wissen Sie, was Sie da bauen, mein Freund? Die erste Kathedrale des galaktischen Zeitalters. Nach Tausenden von Jahren, lange nachdem Ihr Turm aufgehört haben wird, als Kommunikationszentrum zu funktionieren, werden Menschen zu ihm wallfahren, vor ihm niederknien, seine glatte Haut küssen und Sie dafür segnen, daß Sie ihn gebaut haben. Und nicht nur Menschen.«

»Dieser Gedanke gefällt mir«, sagte Krug stolz. »Eine Kathedrale. *So* hatte ich ihn noch nicht gesehen.« Krug erblickte den Datenwürfel in Vargas' rechter Hand. »Was haben Sie da?«

»Ein Geschenk für Sie.«

»Ein Geschenk?«

»Wir haben die Signale bis auf ihre Quelle zurückverfolgt«, erwiderte Vargas. »Ich denke, Sie wollen sicher gern ihren Heimatstern sehen.«

Krug beugte sich nach vorn. »Warum haben Sie so lange gewartet, mir das zu sagen? Warum haben Sie nichts gesagt, während wir auf dem Turm waren?«

»Der Turm war ihre Show. Dies ist meine. Soll ich den Würfel einschalten?«

Krug deutete ungeduldig auf den Empfängerschlitz. Vargas stöpselte den Würfel geschickt ein und betätigte den Abtaster. Bläuliche Strahlen fragenden Lichts schossen in das kleine Kristallgitter, entschlüsselten die gespeicherten Informationen.

Die Sterne erblühten an der Decke des Planetariums.

Krug war zu Hause in der Galaxis. Seine Augen machten vertraute Marken aus: Sirius, Canopus, Wega, Capella, Arcturus, Beteigeuze, Altair, Formalhaut, Deneb, die hellsten Strahlenquellen des Himmels, imposant verstreut an der Kuppel des Doms über ihm. Er suchte die nächsten Sterne, diejenigen innerhalb des Zwölf-Lichtjahre-Radius, die des Menschen Sternensonden zu seinen Lebzeiten erreicht hatten: Epsilon Indi, Ross 154, Lalande 21185, Barnards Stern, Wolf 359, Procyon, 61 Cygni. Er schaute zum Stier hinüber und fand den roten Aldebaran, weit dahinter den Haufen der Hyaden und die in ihrer leuchtenden Hülle funkelnden Plejaden. Immer wieder veränderte sich das Bild an der Kuppel, wenn der Fokus kleiner wurde, wenn die Entfernungen wuchsen. Krugs Brust weitete sich. Vargas hatte kein Wort gesagt, seit er das Planetarium eingeschaltet hatte.

»Nun?« fragte Krug schließlich. »Was soll ich sehen?«

»Schauen Sie zum Wassermann«, sagte Vargas.

Krug suchte den nördlichen Himmel ab. Er folgte der vertrauten Linie: Perseus, Cassiopeia, Andromeda, Pegasus, Wassermann. Ja, dort stand der alte Wasserträger, zwischen den Fischen und dem Steinbock. Krug versuchte sich des Namens eines größeren Sterns im Wassermann zu erinnern, doch er fiel ihm nicht ein.

»Und nun?« fragte er.

»Passen Sie auf. Ich vergrößere das Bild jetzt.«

Krug hielt den Atem an, als der Himmel auf ihn zustürzte. Er konnte nicht länger die Muster der Sternbilder ausmachen; der Himmel taumelte, und alle Ordnung war dahin. Als die Bewegung aufhörte, sah er sich konfrontiert mit einem einzelnen Segment der galaktischen Sphäre, das die ganze Kuppel einnahm. Unmittelbar über ihm stand das Bild eines feurigen Ringes, dunkel im Kern, umgeben von einem unregelmäßigen Halo aus leuchtendem Gas. Im Zentrum des Ringes schimmerte ein Lichtpunkt.

Vargas sagte: »Dies ist der planetarische Nebel NGC 7293 im Wassermann.«

»Und?«

»Er ist die Quelle unserer Signale.«

»Wie sicher sind Sie sich dessen?«

»Absolut sicher«, antwortete der Astronom. »Wir haben parallaktische Beobachtungen, eine ganze Reihe von Spezialtriangulationen, mehrere bestätigende Verfinsterungen und noch viel mehr. Wir haben von Anfang an vermutet, daß NGC 7293 die Quelle ist, doch die letzte Bestätigung fanden wir erst heute morgen. Jetzt sind wir absolut sicher.«

Mit heiserer Stimme fragte Krug: »Wie weit entfernt?«

»Etwa 300 Lichtjahre.«

»Nicht schlecht! Nicht schlecht! Zwar außerhalb der Reichweite unserer Sonden, außerhalb der Reichweite wirksamen Radiokontakts. Doch kein Problem für den Tachyonstrahl. Mein Turm ist gerechtfertigt.«

»Und es besteht immer noch Hoffnung auf Kommunikation mit den Sendern der Signale«, sagte Vargas. »Was wir alle befürchteten – daß die Signale aus dem Andromedanebel oder einer anderen Galaxis kommen, daß die Botschaften ihre Reise zu uns vor einer Million oder mehr Jahren unserer Zeitrechnung begonnen hätten –«

»Diese Möglichkeit besteht jetzt nicht mehr?«

»Nein. Ausgeschlossen.«

»Erzählen Sie mir etwas über diesen NGC 7293«, sagte Krug. »Ein planetarischer Nebel – was ist das für ein Ding? Wie kann ein Nebel ein Planet sein?«

»Weder ein Planet noch ein Nebel«, antwortete Vargas, nervös auf und ab gehend. »Ein ungewöhnlicher Himmelskörper. Ein außergewöhnlicher Himmelskörper.« Er klopfte auf den Schaukasten mit den Centauri-Proteoiden. Die scheinbar lebendigen Partikel begannen sich zu bewegen und zu winden. Vargas sagte: »Dieser Ring, den Sie sehen, ist eine Hülle, eine Gasblase, die einen Stern vom O-Typus umgibt. Die Sterne dieser Spektralklasse sind blaue Riesen, heiß, unstabil, verharren nur wenige Millionen Jahre im gleichen Zustand. In einem späteren Stadium ihres Lebenszyklusses erleben einige von ihnen eine explosionsartige Veränderung, vergleichbar der Entstehung einer Nova; sie schleudern die äußeren Schichten ihrer Struktur von sich und bilden eine gasartige Hülle. Der Durchmesser des planetarischen Nebels, den Sie sehen, beträgt etwa 1.3 Lichtjahre und wächst mit einer Geschwindigkeit von vielleicht fünfzehn Kilometer pro Sekunde. Die ungewöhnliche Helligkeit der Hülle ist das Resultat eines Fluoreszenzeffekts: der Zentralstern produziert große

Mengen von kurzwelligen ultravioletten Strahlen, die von dem Wasserstoff der Hülle absorbiert werden, was zur Folge hat ...«

»Einen Augenblick«, unterbrach ihn Krug. »Sie erzählen mir, dieses Sternensystem habe eine ähnliche Entwicklung durchgemacht wie eine Nova, die Explosion habe vor so kurzer Zeit stattgefunden, daß die Hülle einen Durchmesser von nur 1.3 Lichtjahren besitzt, obwohl er um fünfzehn Kilometer pro Sekunde wächst, und die Zentralsonne stoße so viele harte Strahlung aus, daß die Hülle fluoresziert?«

»Ja.«

»Und Sie wollen mir weismachen, innerhalb dieses Hochofens existiere eine intelligente Rasse, die uns Botschaften funkt?«

Vargas nickte: »Es kann kein Zweifel darüber bestehen, daß die Signale von NGC 7293 kommen.«

»Unmöglich!« rief Krug aus. *»Unmöglich!«* Er schlug sich mit den Fäusten gegen die Rippen. »Ein blauer Riese, nur wenige Millionen Jahre alt. Wie soll sich dort Leben entwickelt haben, geschweige denn eine intelligente Rasse? Dann eine Art von Sonneneruption ... wie soll irgend etwas diese überleben? Und die harte Strahlung! Erklären Sie mir das. Sie verlangen von mir, daß ich mir ein System vorstelle, in dem nach allen Naturgesetzen kein Leben existieren kann. Gut, diesen verdammten planetarischen Nebel nehme ich Ihnen ab. Aber wie steht es mit den Signalen? Von wem sollen sie kommen?«

»Wir haben diese Faktoren in Erwägung gezogen«, erwiderte Vargas ruhig.

Erregt fragte Krug: »Dann sind die Signale doch natürliche Phänomene? Impulse, ausgestrahlt von den Atomen Ihres Nebels?«

»Wir sind trotzdem sicher, daß die Signale einen intelligenten Ursprung haben.«

Das Paradoxon verblüffte Krug. Er schwieg verwirrt. Der Schweiß brach ihm aus. Er war nur ein Amateurastronom; er hatte viel gelesen, hatte sich vollgestopft mit technischen Tonbändern und wissenserweiternden Drogen, er wußte rote Riesen von weißen Zwergen zu unterscheiden, er konnte das Hertzsprung-Russell-Diagramm zeichnen, er konnte am Firmament Alpha Crucis und Spica ausmachen, doch all dies waren Daten äußerer Art, Bilder an den Außenwänden seiner Seele. Er war im

Kosmos nicht zu Hause, wie Vargas es war; ihm fehlte der Sinn für die innere Natur der Fakten, es gelang ihm nur schwer, über die Grenzen der gegebenen Daten hinaus vorzustoßen. Daher seine Ehrfurcht vor Vargas. Daher sein wachsendes Unbehagen.

»Fahren Sie fort«, murmelte Krug. »Erklären Sie mir das Was, das Wie.«

Vargas sagte: »Es gibt mehrere Möglichkeiten. Alles Spekulationen, alles Vermutungen, natürlich. Die erste und wahrscheinlichste ist die, daß die Sender der Signale von NGC 7293 erst nach der Explosion dort ankamen, als sich alles wieder beruhigt hatte. Sagen wir, innerhalb der letzten zehntausend Jahre. Kolonisatoren aus einem tieferen Teil der Galaxis ... Forscher ... Flüchtlinge ... Verbannte.«

»Und die harte Strahlung?« warf Krug ein. »Selbst nachdem sich alles beruhigt hatte, mußte diese mörderische blaue Sonne noch tödliche Strahlung in ungeheuren Mengen abgeben.«

»Offensichtlich vertragen sie diese Strahlen. Wir benötigen Sonnenlicht für unsere Lebensprozesse; warum soll es nicht eine Rasse geben, die ihre Energie aus einem Bereich bezieht, der etwas höher im Spektrum liegt?«

Krug schüttelte den Kopf. »Also gut, Sie erfinden Superrassen, ich spiele den *advocatus diaboli*. Ihrer Meinung nach absorbieren sie harte Strahlen. Wie steht es mit den genetischen Effekten? Welche Art von stabiler Zivilisation können sie aufbauen bei einer so hohen Mutationsrate?«

»Eine an hohes Bestrahlungsniveau adaptierte Rasse hat wahrscheinlich eine genetische Struktur, die Bombardierungen gegenüber nicht so verwundbar ist wie die unsere. Sie absorbiert alle Arten von harten Partikeln ohne zu mutieren.«

»Vielleicht. Vielleicht nicht.« Nach einer Weile sagte Krug: »Also gut, einverstanden, sie sind also von irgendwo hergekommen und haben sich auf Ihrem planetarischen Nebel angesiedelt, als er einigermaßen stabil war. Warum erhalten wir keine Signale von dort, wo sie hergekommen sind? Wo ist das Heimatsystem? Verbannte, Kolonisatoren ... von wo?«

»Vielleicht ist das Heimatsystem so weit entfernt, daß die Signale uns erst nach Tausenden von Jahren erreichen würden«, erwiderte Vargas. »Oder vielleicht schickt das Heimatsystem keine Signale aus. Oder ...«

»Sie haben mir zu viele Antworten«, murmelte Krug. »Die Idee gefällt mir nicht.«

»Das bringt uns zu der anderen Möglichkeit«, sagte Vargas, »daß die Signale aussendende Spezies auf NGC 7293 heimisch ist.«

»Wie? – Aber die Eruption ...«

»Vielleicht hat die Eruption sie nicht gestört. Diese Rasse gedeiht bei harten Strahlen. Mutation ist vielleicht eine Lebensnotwendigkeit. Wir sprechen von Unbekannten, mein Freund. Wenn sie wirklich fremdartig sind, können wir sie mit unserem Wissen nicht begreifen. Also spekulieren Sie weiter mit mir. Wir haben einen Planeten eines blauen Sterns, einen Planeten, der weit genug von seinem Zentralgestirn entfernt ist, um dessen Explosion zu überdauern, aber einem Bombardement unglaublich harter Strahlung ausgesetzt ist. Sein Meer ist eine Brühe brodelnder Chemikalien, in ständiger Umwandlung befindlich. Eine Million Jahre nach der Abkühlung der Oberfläche entwickelt sich Leben. Dies geschieht schnell auf einer unter solch starker Strahlung liegenden Welt. Nach einer weiteren Million Jahre ist komplexes vielzelliges Leben vorhanden, eine Million Jahre später gibt es Lebewesen, die den Säugetieren unserer Erde entsprechen mögen und im Verlauf einer weiteren Million Jahre eine galaktische Zivilisation aufbauen. Veränderungen, ungestüme, hektische Veränderungen.«

»Ich möchte Ihnen glauben«, erwiderte Krug düster. »Ich möchte, doch ich kann es nicht.«

»Strahlenkonsumenten«, fuhr Vargas fort, »klug, anpassungsfähig, welche die Notwendigkeit ständiger heftiger genetischer Veränderung akzeptieren, ja begrüßen. Ihr Stern dehnt sich aus, und sie passen sich der vermehrten Strahlung an, finden ein Mittel, sich zu schützen. Jetzt leben sie innerhalb eines planetarischen Nebels, umgeben von einem fluoreszierenden Himmel. Irgendwie entdecken sie die Existenz des Restes der Galaxis. Sie senden uns Botschaften. Ist das so schwer vorstellbar?«

Krug hob gepeinigt die Hände Vargas entgegen. »Ich möchte es ja glauben!«

»Dann glauben Sie! Ich glaube es.«

»Es ist nur eine Theorie, eine wilde Theorie.«

»Sie erklärt die Daten, die wir haben«, sagte Vargas. »Kennen Sie das italienische Stichwort: *Se non è vero, è ben trovato?*,

›Selbst wenn es nicht wahr ist, ist es gut erfunden.‹ Die Hypothese wird genügen, bis wir eine bessere haben. Sie erklärt die Fakten besser als die Theorie einer natürlichen Ursache für ein komplexes, ständig wiederholtes Signal, das uns auf mehreren Ebenen des elektromagnetischen Spektrums erreicht.«

Krug hob eine Hand abwehrend gegen den Aktivator, als könne er das Bild an der Kuppel nicht länger ertragen, als spüre er, wie diese fremde mörderische Sonne tödliche Blasen auf seiner Haut verursachte. In seinen Träumen hatte er etwas völlig anderes gesehen. Er hatte sich einen Planeten unter einer gelben Sonne vorgestellt, irgendwo draußen im Raum, achtzig, neunzig Lichtjahre entfernt, eine milde Sonne, vertraut wie die, unter der er geboren worden war. Er hatte geträumt von einer Welt mit Seen und Flüssen und Wiesen, von wohlriechender, vielleicht nach Ozon schmeckender Luft, von purpurblättrigen Bäumen und glänzenden grünen Insekten, von vornehmen schlanken Lebewesen mit abfallenden Schultern und vielfingrigen Händen, ruhig plaudernd, während sie durch die Haine und die Täler ihres Paradieses wandelten, die Mysterien des Kosmos ergründend und schließlich ihre Botschaft in das Universum ausschickend. Fr hatte sie ihre Arme öffnen sehen, um die ersten Besucher von der Erde zu begrüßen mit den Worten, Willkommen, Brüder, willkommen, wir wußten, Ihr mußtet da sein. All das war nun zerstört. Vor seinem geistigen Auge sah Krug eine höllische blaue Sonne, die wie ein dämonischer Drache Flammen ins Leere spie, sah einen geschwärzten, schrumpfenden Planeten, auf dem mit Schuppen gepanzerte monströse Ungeheuer unter einem düsteren, dampfenden Himmel durch Quecksilberteiche glitten, sah eine Gruppe von Schreckgestalten um eine gespenstische Maschine geschart, um eine unverständliche Botschaft über den Abgrund des Raumes zu senden. Und diese sind unsere Brüder? Alles ist verdorben, dachte Krug bitter.

»Wie können wir zu ihnen gelangen?« fragte er. »Wie können wir sie umarmen? Vargas, ich habe ein Schiff fast fertig, ein Schiff für die Sterne, ein Schiff, um einen für Jahrhunderte eingeschläferten Menschen dorthin zu befördern. Wie kann ich es zu einem solchen Ort schicken?«

»Ihre Reaktion überrascht mich. Ich hatte nicht erwartet, daß Sie derart enttäuscht sein würden.«

»Und ich habe nicht einen solchen Stern erwartet.«

»Wären Sie glücklicher gewesen, wenn ich Ihnen gesagt hätte, die Signale seien doch nur natürliche Impulse?«

»Nein! Nein!«

»Dann freuen Sie sich über diese unsere fremden Brüder. Vergessen Sie die Fremdheit und denken Sie nur daran, daß es intelligente Wesen sind, Brüder!«

Vargas' Worte wirkten. Krug fand Stärke in ihnen. Der Astronom hatte recht. Wie fremd diese Wesen auch sein mochten, wie bizarr auch ihre Welt – immer in der Annahme, daß Vargas' Hypothese zutraf – sie waren zivilisiert, wissenschaftlich interessiert, nach außen orientiert. Unsere Brüder! Wenn der Raum morgen zusammenstürzte und die Erde und ihre Sonne und alle ihre Nachbarwelten verschlang und der Vergessenheit anheimgab, dann würde die Intelligenz nicht aus dem Universum verschwinden, denn *sie* waren da.

»Ja«, sagte Krug. »Ich freue mich über sie. Wenn mein Turm vollendet ist, werde ich ihnen meine Grüße senden.«

Zweieinhalb Jahrhunderte waren vergangen, seit der Mensch zum erstenmal aus dem Gravitationsfeld seines Geburtsplaneten ausgebrochen war. In einer unerhört dynamischen Entwicklung hatte die Raumfahrt menschliche Forscher von Luna nach Pluto gebracht, zum Rand des Sonnensystems, und nirgends hatten sie Spuren von intelligentem Leben gefunden; Flechten, Bakterien, primitive niedere Kriechtiere ja, aber nicht mehr. Enttäuschung war das Schicksal jener Archäologen, die davon geträumt hatten, die alte Kultur des Mars aus in der Wüste begrabenen Artefakten rekonstruieren zu können. Es waren keine Artefakte vorhanden. Und als die Sternsonden ausgeschickt wurden, immer weiter vordrangen und ihre jahrzehntelangen Erkundungsreisen in die benachbarten Sonnensysteme unternahmen, kehrten sie erfolglos zurück. Innerhalb einer Sphäre von einem Dutzend Lichtjahre im Durchmesser hatte offensichtlich nie eine Lebensform existiert, die komplexer war als die Centauri-Proteiden, denen gegenüber nur eine Amöbe sich unterlegen zu fühlen brauchte.

Krug war ein junger Mann gewesen, als die ersten Sternsonden zurückkehrten. Es hatte ihm mißfallen, daß seine Miterdbewohner ganze Philosophien konstruierten, um zu erklären, warum man in den benachbarten Sonnensystemen kein intelligentes Leben finden konnte. Was sagten sie, diese Apostel des Neogeozentrismus?

Wir sind die Auserwählten!

Wir sind die einzigen Kinder Gottes!

Auf dieser Welt und keiner andern schuf der Herr sein Volk!

Uns fällt das Universum zu als unser göttliches Erbe!

Krug sah den Keim des Wahnsinns in dieser Denkungsart.

Er hatte nie viel über Gott nachgedacht, doch ihm schien, daß die Menschen zuviel vom Universum verlangten, wenn sie behaupteten, daß nur auf diesem einen kleinen Planeten einer kleinen Sonne das Wunder der Intelligenz sich hatte ereignen dürfen. Milliarden über Milliarden von Sonnen existierten in der ungeheuren Tiefe des Alls. Wie konnte Intelligenz sich *nicht* immer wieder und wieder entwickelt haben in diesem unendlichen Meer von Galaxien?

Und er empfand es als Größenwahn, die mageren Ergebnisse einer flüchtigen Suche innerhalb eines Umkreises von einem Dutzend Lichtjahren zu einem absoluten Dogma zu erheben. War der Mensch wirklich allein? Wie konntest du es *wissen*? Krug war seiner Natur nach ein rationaler Mensch. Er bemühte sich, alle Aspekte einer Sache zu betrachten. Er glaubte, daß die Erhaltung der geistigen Gesundheit der Menschheit davon abhing, daß sie aus diesem Traum der Einmaligkeit erwachte, denn dieser Traum war sicher zu Ende, und wenn das Erwachen später kam als früher, würde die Wirkung vernichtend sein.

»Wann wird der Turm fertig sein?« fragte Vargas.

»Im übernächsten Jahr. Im nächsten vielleicht, wenn wir Glück haben. Sie sahen heute morgen: unbegrenztes Budget.« Krug runzelte die Stirn. Er fühlte sich plötzlich unbehaglich. »Sagen Sie mir die Wahrheit. Selbst Sie, der Sie Ihr ganzes Leben mit dem Belauschen der Sterne verbringen, Sie glauben, der alte Krug ist ein bißchen verrückt, stimmt's?«

»Bestimmt nicht!«

»Doch, Sie tun es. Alle tun es. Mein Sohn Manuel denkt, ich müsse eingesperrt werden, doch er fürchtet sich, es zu sagen. Spaulding draußen auch, jedermann, vielleicht selbst Thor Watchman, und er *baut* das verdammte Ding. Sie wollen alle wissen, was es mir bedeutet. Warum ich Milliarden von Dollar in einen gläsernen Turm stecke. Auch Sie, Vargas!«

Das entstellte Gesicht verzerrte sich zur Grimasse. »Ich hege nur Sympathie für dieses Projekt. Sie beleidigen mich mit diesen Verdächtigungen. Glauben Sie, Kontakt aufzunehmen mit einer extrasolaren Zivilisation, wäre für mich nicht so wichtig wie für Sie?«

»Es *sollte* wichtig sein für Sie. Es ist Ihr Gebiet, Ihr Spezialfach. Ich jedoch, ich bin Geschäftsmann, Hersteller von Androiden, Landbesitzer, Kapitalist, Ausbeuter, vielleicht auch ein bißchen Chemiker, ich weiß etwas über Genetik, ja, aber ich bin kein Astronom, kein Wissenschaftler. Es ist ein bißchen verrückt von mir, Vargas, mich um eine Sache wie diese zu kümmern, ist es nicht so? Verschwendung von Milliarden. Unproduktive Investierung. Welche Dividende beziehe ich von NGC 7293? Können Sie mir das sagen?«

Vargas bemerkte nervös: »Vielleicht sollten wir hinuntergehen. Die Erregung ...«

Krug schlug sich auf die Brust. »Ich bin gerade sechzig geworden. Ich habe noch hundert Jahre zu leben, vielleicht noch mehr, vielleicht zweihundert, wer weiß? Machen Sie sich um mich keine Sorgen. Doch Sie können es zugeben. Sie wissen, es ist verrückt von einem Ignoranten wie mir, sich für so etwas zu interessieren.« Krug schüttelte heftig den Kopf. »Ich weiß selbst, daß es verrückt ist. Ich muß es mir selbst immer wieder erklären. Ich kann Ihnen nur sagen, es ist etwas, das getan werden muß, und ich werde ihn bauen, diesen Turm. Ich werde ihn hinausschicken, diesen Gruß an die Sterne. Als ich aufwuchs, sagten sie uns immer: Wir sind allein, wir sind allein, *wir sind allein!* Ich glaubte ihnen nicht, konnte es nicht glauben. Ich machte meine Milliarden und jetzt gebe ich sie aus, um jedermann das Gegenteil zu beweisen. Sie haben die Signale entdeckt. Ich werde sie beantworten. Zahlen gegen Zahlen. Und dann Bilder. Ich weiß, wie man es macht. Eins und Null, Eins und Null, Eins und Null, Schwarz und Weiß, Schwarz und Weiß, so sendet man die Bits, und sie formen ein Bild. Man füllt einfach die Häuschen auf seiner Karte. So kann man alles darstellen. Ein Wassermolekül, unser Sonnensystem, alles ...« Krug unterbrach sich, atmete schwer und keuchend, als er zum erstenmal die Bestürzung und die Angst in des Astronomen Gesicht bemerkte. In einem friedlicheren Ton sagte er zu Vargas: »Es tut mir leid. Ich sollte nicht schreien. Manchmal geht mir die Stimme durch.«

»Es ist gut. Sie besitzen das Feuer der Begeisterung. Besser von etwas mitgerissen, als durch nichts bewegt zu werden.«

Krug sagte: »Wissen Sie, was mich so erregt hat? Dieser planetarische Nebel, mit dem Sie mich überraschten. Er brachte mich außer Fassung. Und ich will Ihnen sagen, warum. Ich hatte davon geträumt, zu dem Ort zu reisen, von dem die Signale kamen. Ich, Krug, in meinem Schiff, im Tiefschlaf, hundert, ja zweihundert Lichtjahre weit, als Botschafter der Erde. Ich wollte eine Reise unternehmen, die nie zuvor ein Mensch unternommen hat. Nun eröffnen Sie mir, von welcher Höllenwelt die Signale kommen. Fluoreszierender Himmel, Sonne vom Typ O, ein Blaulicht-Hochofen. Ist meine Reise also abgesagt? Sie hat mich etwas aus dem Gleis gebracht, Ihre Überraschung. Doch machen Sie sich keine Sorgen. Ich passe mich der neuen Situation an. Er wirft mich nicht um, dieser Schlag. Er treibt mich nur zu erhöhter Energie an, das ist alles.« Impulsiv zog er Vargas an sich, umarmte ihn plump wie ein Bär. »Ich danke Ihnen für Ihre Signale. Ich danke Ihnen für Ihren planetarischen Nebel. Ich danke Ihnen millionenmal, hören Sie, Vargas?« Krug trat zurück. »Jetzt gehen wir nach unten. Sie brauchen Geld für das Laboratorium. Sprechen Sie mit Spaulding. Er weiß, Sie haben Blankokredit, jederzeit, jede Summe.«

Vargas entfernte sich, um Spaulding aufzusuchen. Allein in seinem Büro, fühlte sich Krug von gesteigerter Vitalität erfüllt und überwältigt von einer neuen Vision von NGC 7293. Er glühte innerlich, seine Haut erschien ihm zu eng.

»Ich muß hinaus ins Freie«, brummte er vor sich hin.

Er stellte die Transmatkoordinaten seines Feriensitzes in Uganda ein und betrat die Kabine. Eine Sekunde später stand er, rematerialisiert, siebentausend Meilen östlich auf seiner Onyxveranda, schaute hinunter auf den von Schilf gesäumten See. Zur Linken, einige hundert Meter weit draußen, trieben vier Flußpferde im Wasser, zeigten nur ihre rosa Nüstern und ihre mächtigen grauen Rücken. Rechts sah er Quenelle, eine seiner Frauen, nackt im seichten Wasser liegend. Krug entkleidete sich. Schwer wie ein Rhinozeros, doch mit der Ungeduld eines brünstigen Antilopenhirsches, stapfte er den abfallenden Strand hinunter, um sich im Wasser zu ihr zu gesellen.

6

Watchman brauchte nur zwei Minuten, um zu der Unfallstelle zu eilen, doch als er ankam, hatte der Kran den herabgefallenen Block bereits gehoben, und die Körper der Opfer waren freigelegt. Eine Menge hatte sich angesammelt, alles Betas; die Gammas besaßen weder die Befugnis noch die Motivation, ihr Arbeitsprogramm zu unterbrechen, selbst bei einem Zwischenfall wie diesem. Als sie sahen, daß ein Alpha sich näherte, wichen die Betas zurück, verweilten am Rande des Schauplatzes, unschlüssig in unbehaglichem Konflikt. Sie wußten nicht, ob sie zu ihrer Arbeit zurückkehren sollten oder bleiben und dem Alpha ihre Hilfe anbieten sollten, und so standen sie da, von einer unprogrammierten Situation überrascht, auf ihren Gesichtern den hilflosen Ausdruck androider Verwirrung.

Watchman überblickte rasch die Lage. Drei Androiden – zwei Betas und ein Gamma – waren von dem Glasblock zerquetscht worden. Die Betas waren bis zur Unkenntlichkeit entstellt; es würde Mühe kosten, ihre Leichen aus dem Permafrost herauszugraben. Der Gamma neben ihnen wäre beinahe dem Tode entronnen, doch er hatte es nicht geschafft und nur seine Beine in Sicherheit bringen können. Kopf und Oberkörper waren zermalmt. Es waren seine Beine gewesen, die Watchman unter dem Block hatte herausragen sehen. Zwei andere Androiden waren von dem fallenden Aufzug getroffen worden. Einer von ihnen, ein Gamma, hatte einen tödlichen Schlag auf den Schädel erhalten und lag ein Dutzend Meter entfernt, alle viere von sich gestreckt. Der andere, ein Beta, war im Rücken von einer Kante des Aufzugskastens zwar nur leicht gestreift, aber dennoch schwer verletzt worden; er lebte noch, aber er hustete Blut und hatte offenbar nur noch wenige Minuten zu leben.

Watchman wählte sechs der zuschauenden Betas aus und befahl ihnen, die Toten zur Identifizierung und Bestattung ins Kontrollzentrum zu bringen. Zwei andere Betas schickte er los, um eine Bahre für den Schwerverletzten zu holen. Als sie sich entfernt hatten, trat er zu dem sterbenden Androiden, blickte in graue, vom Schmerz gelb geränderte Augen.

»Kannst du sprechen?« fragte Watchman.

»Ja.« Es war nur ein heiseres Flüstern. Er hustete wieder einen

Schwall Blut und keuchte röchelnd: »Ich kann meine Beine nicht mehr bewegen. Mich friert. Werde ich sterben?«

»Wahrscheinlich«, sagte Watchman. Er tastete mit der Hand den Rücken des Betas ab, bis er das Lumbalnervenzentrum fand, und mit einem schnellen Griff trennte er es ab. Die verrenkte Gestalt am Boden gab einen Seufzer der Erleichterung von sich.

»Besser?« fragte der Alpha.

»Viel besser, Alpha Watchman.«

»Nenne mir deinen Namen, Beta.«

»Caliban Driller.«

»Was tatest du, als der Block fiel, Caliban?«

»Ich machte mich bereit, meine Schicht zu beenden. Ich bin Instandhaltungsvorarbeiter. Ich kam hier vorbei. Alle fingen an zu schreien. Ich spürte die heiße Luft, als der Block herunterkam. Ich sprang zur Seite. Und dann lag ich am Boden mit gebrochenem Rücken. Wann werde ich sterben?«

»In einer Stunde, oder weniger. Die Kälte steigt, bis sie dein Gehirn erreicht, und dann wird das Ende kommen. Doch verzage nicht; Krug sah dich, als du fielst. Krug wird deiner gedenken. Du wirst in den Armen Krugs ruhen.«

»Krug sei gepriesen«, murmelte Caliban Driller.

Die Bahrenträger näherten sich. Als sie noch fünfzig Meter entfernt waren, ertönte ein Gong, der das Ende der Schicht verkündete. Sofort eilten alle Androiden, die gerade nicht mit dem Transport eines Blocks beschäftigt waren, zu den Transmatkabinen. Drei Schlangen von Arbeitern begannen in den Kabinen zu verschwinden, um an ihren Heimatorten in den Androidensiedlungen von fünf Kontinenten wieder rematerialisiert zu werden, und im gleichen Augenblick begann aus den Ankunftskabinen die nächste Schicht herauszuströmen, die ihre Ruhepausen in den Erholungszentren in Südamerika und Indien verbracht hatte. Beim Ertönen des Gongs machten Watchmans Bahrenträger Anstalten, die Bahre abzustellen und zu den Transmatkabinen zu eilen. Er brüllte sie an, und eingeschüchtert eilten sie zu ihm.

»Nehmt Caliban Driller auf«, befahl er, »und tragt ihn vorsichtig in die Kapelle. Dann könnt ihr euch abmelden und Überstundenbezahlung beantragen.«

In dem Durcheinander des Schichtwechsels legten die beiden

Betas den verletzten Androiden auf die Bahre und trugen ihn behutsam zu einem der Kuppelgebäude am Rande des Baugeländes. Dieses Gebäude diente verschiedenen Zwecken. Einige waren Lagerhäuser für Material, mehrere waren Küchen oder Waschräume, drei beherbergten die Kraftstationen für die Transmatanlage und die Gefrierstreifen, eins war eine Erste-Hilfe-Station für bei der Arbeit verletzte Androiden und eins, in der Mitte der unregelmäßigen Anhäufung grauer Plastikkuppeln, war die Kapelle.

Stets lungerten zwei oder drei dienstfreie Androiden vor diesem Gebäude herum, scheinbar müßig, in Wirklichkeit jedoch als Wachtposten, die jeden aus dem Leibe Geborenen, wie sie die Menschen nannten, am Betreten hinderten. Manchmal kamen Journalisten oder Gäste Krugs hier vorbei, und die Wachtposten hatten verschiedene raffinierte Methoden, sie von der Kapelle abzulenken, um jeden Zusammenstoß zwischen Androiden und Menschen zu vermeiden. Die Kapelle war für keinen von Mann und Frau Gezeugten offen. Ihre Existenz war nur Androiden bekannt.

Thor Watchman erreichte die Kapelle im gleichen Augenblick, da die Bahrenträger Caliban Driller vor dem Altar absetzten. Er trat ein, machte die vorgeschriebene Huldigungsgeste, indem er sich kurz auf ein Knie sinken ließ und die Arme mit nach oben gekehrten Handflächen ausstreckte. Der Altar, in einem purpurnen Bad von Nährflüssigkeiten ruhend, war ein rosafarbener, rechteckiger Fleischblock, der genauso synthetisch hergestellt worden war wie die Androiden. Obwohl lebendig, war er kaum einer Empfindung fähig und auch nicht in der Lage, sein Leben ohne fremde Hilfe zu erhalten, er erhielt von unten ständig automatische Injektionen von Metabolase, die sein Weiterleben garantierten. Hinter dem Altar befand sich ein Hologramm von Simeon Krug in Lebensgröße. Die Wände der Kapelle waren geschmückt mit den drei Buchstaben des genetischen RNA-Codes, geschrieben in endloser Wiederholung von der Decke bis zum Boden.

AAA	AAG	AAC	AAU
AGA	AGG	AGC	AGU
ACA	ACG	ACC	ACU
AUA	AUG	AUC	AUU
GAA	GAG	GAC	GAU
+	+	+	+
GGA	GGG	GGC	GGU
+	+	+	+
GCA	GCG	GCC	GCU
GUA	GUG	GUC	GUU
CAA	CAG	CAC	CAU
CGA	CGG	CGC	CGU
CCA	CCG	CCC	CCU
CUA	CUG	CUC	CUU
UAA	UAG	UAC	UAU
UGA	UGG	UGC	UGU
UCA	UCG	UCC	UCU
UUA	UUG	UUC	UUU

»Legt ihn auf den Altar«, sagte Watchman. »Dann geht hinaus.«

Die Bahrenträger gehorchten. Als er mit dem sterbenden Beta alleine war, sagte Watchman: »Ich bin ein Erhalter und dazu qualifiziert, dein Führer auf deiner Reise zu Krug zu sein. Wiederhole meine Worte so deutlich wie du kannst: *Krug schenkt uns das Leben und zu Krug kehren wir zurück.*«

»*Krug schenkt uns das Leben und zu Krug kehren wir zurück.*«

»*Krug ist unser Schöpfer und unser Beschützer und unser Befreier.*«

»*Krug ist unser Schöpfer und unser Beschützer und unser Befreier.*«

»*Krug, wir flehen Dich an, uns zum Licht zu führen.*«

»*Krug, wir flehen Dich an, uns zum Licht zu führen.*«

»*Und die Kinder der Retorte gleichzusetzen den Kindern des Leibes, wenn der Tag gekommen ist.*«

»*Und die Kinder der Retorte gleichzusetzen den Kindern des Leibes, wenn der Tag gekommen ist.*«

»*Und uns an unseren gerechten Platz zu erheben ...*«

»*Und uns an unseren gerechten Platz zu erheben ...*«

»... neben unseren Brüdern und Schwestern vom Fleische.«

»... neben unseren Brüdern und Schwestern vom Fleische.«

»Krug unser Schöpfer, Krug unser Erhalter, Krug unser Herr, nimm mich zurück in die Retorte.«

»Krug unser Schöpfer, Krug unser Erhalter, Krug unser Herr, nimm mich zurück in die Retorte.«

»Und gewähre Erlösung jenen, die nach mir kommen ...«

»Und gewähre Erlösung jenen, die nach mir kommen ...«

»An jenem Tag, da Leib und Retorte und Retorte und Leib eins sein werden.«

»An jenem Tag, da Leib und Retorte und Retorte und Leib eins sein werden.«

»Ehre sei Krug.«

»Ehre sei Krug.«

»Ruhm sei Krug.«

»Ruhm sei Krug.«

»AAA AAG AAC AAU sei Krug.«

»AAA AAG AAC AAU sei Krug.«

»AGA AGG AGC AGU sei Krug.«

»AGA AGG AGC ...« Caliban Driller stockte. »Die Kälte ist in meiner Brust«, murmelte er. »Ich kann nicht ... ich kann nicht ...«

»AGU sei Krug.«

»ACA ACG ACC ACU sei Krug.«

Die Finger des Beta vergruben sich in das nachgebende Fleisch des Altars. Die Farbe seiner Haut hatte sich in den letzten Minuten von Rot zum Violett verdunkelt. Seine Augäpfel quollen hervor. Seine Lippen schürzten sich.

»Krug erwartet dich«, sagte Watchman. »Sprich weiter!«

»Kann nicht ... sprechen ... kann nicht ... atmen ...«

»Dann höre. Höre nur. Wiederhole die Codeworte im Geiste, wie ich sie spreche. *AUA AUG AUC AUU sei Krug. GAA GAG GAC GAU sei Krug. GGA GGG ...«*

Verzweifelt rezitierte Watchman, neben dem Altar kniend, die Formeln des genetischen Rituals. Bei jeder Buchstabengruppe schwang er seinen Oberkörper in einem doppelten Kreis, der für die letzten Riten vorgeschriebenen Bewegung. Caliban Drillers Leben zerrann. Als es dem Ende zuging, zog Watchman ein Verbindungskabel aus seiner Tunika, steckte das eine Ende in den Kontakt in seinem Vorderarm und das andere in Drillers Vorderarmkontakt und pumpte Energie in den sterbenden Beta, um ihn so lange am Leben zu halten, bis alle RNA-Formeln zitiert waren. Dann erst, als er sicher war, daß er Caliban Drillers Seele zu Krug geschickt hatte, löste Watchman den Kontakt, erhob sich, murmelte ein kurzes Gebet für sich selbst und befahl einem Team von Gammas, den Leichnam fortzuschaffen und zu verbrennen.

Erschöpft, doch innerlich froh über die Erlösung Caliban Drillers, verließ er die Kapelle und ging zurück zum Kontrollzentrum. Auf halbem Wege trat eine Gestalt auf ihn zu – ein Alpha. Das ist merkwürdig, dachte er. Seine Schicht war erst in einigen Stunden zu Ende, und dann würde der Alpha Euklid Planner erscheinen und ihn ablösen. Doch dieser Alpha war nicht Planner. Er war ihm völlig unbekannt.

Der Fremde sprach ihn an: »Watchman, haben Sie einige Minuten Zeit für mich? Ich bin Siegfried Fileclerk von der Androiden-Gleichheits-Partei. Natürlich wissen Sie von der Verfassungsnovelle, die wir durch unsere Freunde im nächsten Kongreß einbringen lassen wollen. Man hat erwogen, daß Sie angesichts Ihrer engen Kontakte mit Simeon Krug uns vielleicht helfen könnten, an Krug heranzukommen, mit ihm zu sprechen, um seine Befürwortung ...«

Watchman unterbrach ihn: »Sicher kennen Sie meine Haltung betreffs Einmischung in politische Angelegenheiten.«

»Ja, aber diesmal geht es um einen Dienst an der Sache der androiden Gleichheit.«

»Der kann man auf andere Weise dienen. Ich hege nicht den Wunsch, meine Beziehung zu Krug für politische Zwecke auszunutzen.«

»Die Verfassungsnovelle ...«

»Zwecklos. Völlig zwecklos, Freund Fileclerk, sehen Sie das Gebäude dort drüben. Es ist unsere Kapelle. Ich empfehle Ihnen, sie zu besuchen und Ihre Seele von falschen Werten zu befreien.«

»Ich gehöre Ihrer Kirche nicht an«, sagte Fileclerk.

»Und ich bin nicht Mitglied Ihrer politischen Partei«, erwiderte Thor Watchman. »Entschuldigen Sie mich. Ich habe im Kontrollturm zu tun.«

»Vielleicht kann ich Sie sprechen, wenn Ihre Schicht zu Ende ist.«

»Dann würden Sie mich meiner Freizeit berauben«, erwiderte Watchman kalt, wandte sich schroff ab und entfernte sich rasch. Er mußte Zuflucht nehmen zu einem der beruhigenden Nervenrituale, um die in ihm aufsteigende Wut zu besänftigen.

»Androiden-Gleichheits-Partei«, murmelte er verächtlich. »Narren! Stümper! Hitzköpfe!«

7

Manuel Krug hatte einen schweren Tag hinter sich. *08.00 Uhr Kalifornien.* Er erwachte in seinem Haus an der Küste von Mendocino. Vor seiner Türe brandete der Pazifik. Tausend Hektar Rotholz bildeten seinen Garten. Neben ihm im Bett lag Clarissa, katzenweich, katzenscheu. Sein Schädel brummte von der Party der Spektrumgruppe der letzten Nacht in Taiwan, wo er zuviel von Nick Ssu-mas Hirse- und Ingwer-Likör getrunken hatte. Auf dem schwebenden Schirm erschien das Bild seines Beta-Hausdieners, der mit eindringlicher Stimme flüsterte: »Sir, Sir, bitte stehen Sie auf. Ihr Vater erwartet Sie am Turm.« Clarissa kuschelte sich dichter an ihn. Manuel blinzelte, bemühte sich, den Nebel zu durchdringen, der sein Gehirn umhüllte. »Sir! Verzeihung, aber Sie hinterließen unwiderrufliche Instruktionen, daß Sie geweckt werden müssen!« Ein Vierzig-Hertz-Ton brummte aus dem Fußboden, ein Fünfzehn-Megahertz-Pfeifen zischte von der Decke herab, und zwischen beiden gefangen, war es ihm unmöglich, in den Schlaf zurückzufliehen. Die Töne wurden lauter. Widerwillig, mürrisch, erwachte er vollkommen. Und dann kam eine Überraschung; Clarissa bewegte sich, nahm zitternd seine Hand, legte sie auf eine ihrer kleinen kühlen Brüste. Seine Fingerspitzen berührten die Warze, fanden sie noch weich, wie erwartet. Es war eine kühne Annäherung ihrerseits; ihr Fleisch war schwach, auch wenn ihr Geist willig war. Sie waren zwei Jahre verheiratet; trotz aller ernsthaften und kundigen Bemühungen war es ihm nicht gelungen, ihre Sinne wirklich zu erregen. »Manuel ...«, flüsterte sie. »Manuel ... berühre mich überall ...!«

Er empfand es als grausam, sie abzuweisen. »Später«, sagte er, während die Töne sich wie Stacheln in sein Gehirn bohrten. »Wir müssen aufstehen. Der Patriarch erwartet uns. Wir gehen zum Turm heute.«

Clarissa schmollte. Ein weiteres Crescendo trieb sie aus dem Bett. Sofort verstummten die Töne. Sie duschten, frühstückten, zogen sich an. »Willst du wirklich, daß ich mitkomme?« fragte sie.

»Mein Vater hat dich ausdrücklich eingeladen. Er meint, es sei höchste Zeit, daß du den Turm siehst. Willst du nicht mitkommen?«

»Ich fürchte, ich tue etwas Dummes, sage etwas Albernes. Ich fühle mich so schrecklich jung, wenn ich in seiner Nähe bin.«

»Du *bist* schrecklich jung. Jedenfalls ist er vernarrt in dich. Du brauchst nur so zu tun, als seist du ganz fasziniert von seinem Turm, und verzeiht dir alle Albernheiten, die du vielleicht von dir gibst.«

»Und die andern Leute ... Senator Fearon, und der Wissenschaftler, und wer sonst noch ... Manuel, ich bin jetzt schon verlegen!«

»Clarissa ...«

»Schon gut, schon gut.«

»Und vergiß nicht: der Turm wird für dich das wunderbarste Bauwerk der Menschheit seit dem Tadsch Mahal sein, wenn du ihn gesehen hast. Sage es ihm, vielleicht nicht mit so vielen Worten, aber gib es ihm zu verstehen auf deine eigene Weise.«

»Meint er es wirklich ernst mit dem Turm?« fragte sie. »Gedenkt er tatsächlich zu den Menschen auf anderen Sternen zu sprechen?«

»Ja, das tut er.«

»Wieviel wird es kosten?«

»Milliarden«, erwiderte Manuel. »Viele Milliarden.«

»Er verschwendet unser Erbe, um das Ding zu bauen. Er gibt alles aus.«

»Nicht alles. Das kann er gar nicht. Wir werden nie in Geldverlegenheit sein. Jedenfalls hat er das Geld verdient; laß ihn es ausgeben.«

»Aber für eine fixe Idee, für eine Laune ...«

»Hör auf damit, Clarissa! Es ist nicht unsere Sache.«

»Dann sag mir wenigstens eins. Angenommen, dein Vater stirbt morgen, und du übernimmst alles. Was würde mit dem Turm geschehen?«

Manuel stellte die Koordinaten ein für ihren Sprung nach New York. »Ich würde die Arbeit an ihm übermorgen einstellen lassen«, sagte er. »Aber ich werde dich erwürgen, wenn du ihn das je wissen läßt. Steig ein! Auf nach New York!«

11.00 Uhr, New York. Es war bereits später Vormittag, und er war erst vierzig Minuten wach, nachdem er um acht aufgestanden war. Das war eine der kleinen Unannehmlichkeiten der Transmatgesellschaft: man verlor einen Teil des Tages, wenn man von Westen nach Osten sprang.

Natürlich gab es kompensierende Gewinne, wenn man in der entgegengesetzten Richtung reiste. Im Sommer 2218, am Tage vor seiner Hochzeit, waren Manuel und einige seiner Freunde der Spektrumgruppe mit der Morgendämmerung um die Wette um die Welt gereist. Sie starteten um 6.00 Uhr an einem Samstag im Ambolesi-Wildpark, als die Sonne sich über dem Kilimandscharo erhob, und sprangen nach Kinshasa, Accra, Rio, Caracas, Veracruz, Albuquerque, Los Angeles, Honolulu, Auckland, Brisbane, Singapur, Pnom-Penh, Kalkutta, Mekka. Man benötigte keine Visa in der Transmatwelt, keine Pässe; solche Dinge waren absurd im Transmat-Zeitalter. Die Sonne rollte mühsam mit knapp siebzehnhundert Stundenkilometern über den Himmel; die springenden Reisenden ließen sie hinter sich zurück. Obwohl sie fünfzehn Minuten hier, zwanzig Minuten dort Halt machten, um einen Cocktail zu trinken, kleine Souvenirs zu kaufen oder berühmte Monumente der Antike zu besuchen, gewannen sie ständig Zeit, stießen immer weiter rückwärts in die vorangegangene Nacht vor, überholten die Sonne, während sie um den Globus dem Freitagabend entgegenrasten. Natürlich verloren sie alles, als sie die Datumslinie überquerten, und wurden in den Samstagnachmittag geschleudert. Doch sie machten den Verlust wieder wett, indem sie nun westwärts reisten, und als sie wieder zum Kilimandscharo kamen, war es noch nicht elf Uhr des Samstag morgens, an dem sie gestartet waren, aber sie hatten die Erde umkreist und anderthalb Freitage erlebt.

So etwas konnte man mit dem Transmat tun. Man konnte auch, wenn man seine Sprünge sorgfältig plante, zwei Dutzend Sonnenuntergänge an einem einzigen Tag sehen, oder sein ganzes Leben unter der Glut eines ewigen Mittags verbringen. Dennoch tat es Manuel, als er um 11.40 Uhr in New York ankam, leid, einen Teil des Vormittags dem Transmat geopfert haben zu müssen.

Sein Vater begrüßte ihn in seinem Büro förmlich mit einem Händedruck und umarmte Clarissa väterlich. Leon Spaulding hielt sich unbehaglich im Hintergrund. Quenelle stand am Fenster, allen den Rücken kehrend, und beobachtete das Treiben in der City. Manuel kam nicht gut mit ihr aus. Er mochte die Mätressen seines Vaters im allgemeinen nicht. Der alte Mann wählte jedesmal den gleichen Typ: volle Lippen, volle Brüste, pralles Gesäß, feurige Augen, breite Hüften, kurz, bäuerliche Rasse.

Krug sagte: »Wir warten auf Senator Fearon, Tom Buckleman und Dr. Vargas. Thor wird uns den Turm zeigen. Was tust du danach, Manuel?«

»Ich habe eigentlich nichts vor ...«

»Dann geh nach Duluth. Ich wünsche, daß du alles kennenlernst über den Fabrikbetrieb dort. Leon, benachrichtige Duluth: mein Sohn trifft am frühen Nachmittag ein zu einer Besichtigung.«

Spaulding entfernte sich. Manuel hob die Schultern. »Wie du wünschst, Vater.«

»Es ist Zeit, deine Verantwortlichkeit zu erweitern, Junge. Deine Führungsfähigkeiten zu entwickeln. Eines Tages wirst du der Boß von alledem hier sein. Eines Tages werden sie *dich* meinen, wenn sie Krug sagen.«

»Ich will versuchen, dem Vertrauen gerecht zu werden, das du in mich setzt«, sagte Manuel.

Er wußte, er täuschte seinen Vater nicht mit seinen Redensarten, und dessen Zurschaustellung von väterlichem Stolz täuschte *ihn* nicht. Manuel war sich der tiefen Verachtung seines Vaters für ihn bewußt. Er konnte sich selbst mit seines Vaters Augen sehen: ein Tunichtgut, ein alternder Playboy. Sein eigenes Bild von sich war jedoch: empfindsam, mitfühlend, zu kultiviert, um in der lärmenden brutalen Arena des Big-Business aufzutreten. Dann drängte sich ihm ein anderes, vielleicht echteres Bild von Manuel Krug auf: leer, ernst, idealistisch, oberflächlich, unfähig. Welcher war der richtige Manuel? Er wußte es nicht. Er wußte es nicht. Er verstand sich immer weniger, je älter er wahrscheinlich wurde.

Senator Fearon trat aus dem Transmat.

Krug sagte: »Henry, Sie kennen doch meinen Sohn Manuel ... den zukünftigen Krug. Krug junior, den Erbprinzen.«

»Es ist viele Jahre her«, sagte Fearon. »Manuel, wie geht es Ihnen?«

Manuel berührte die kühle Hand des Politikers. Es gelang ihm ein freundliches Lächeln. »Wir haben uns vor fünf Jahren in Makao kennengelernt«, sagte er liebenswürdig. »Sie waren unterwegs nach Ulan Bator.«

»Ja richtig. Natürlich! Was für ein glänzendes Gedächtnis Sie haben! Krug, einen wunderbaren Jungen haben Sie da!« rief Fearon bewundernd und bleckte grinsend die Zähne.

»Abwarten«, sagte Krug. »Wenn ich abtrete, wird er Ihnen zeigen, wie ein richtiger Reichsverweser operiert!«

Manuel hustete und blickte verlegen zur Seite. Seine dynastische Zwangsvorstellung veranlaßte den alten Krug, ständig so zu tun, als sei sein einziges Kind auch der richtige Erbe für das Riesengebilde von Unternehmungen, die er gegründet oder geschluckt hatte. Daher rührte auch seine ständig zur Schau gestellte Sorge um Manuels ›Training‹ und die stete zermürbende Bekundung, Manuel würde eines Tages an die Macht kommen.

Manuel hatte nicht den Wunsch, die Herrschaft über das Reich seines Vaters zu übernehmen, noch glaubte er, daß er dazu fähig war. Er entwuchs erst jetzt seiner Playboy-Phase, war im Begriff, seinen Unernst zu überwinden, wie andere ihren Atheismus überwanden. Er hielt Ausschau nach einem sinnvollen Lebenszweck, nach einer Tätigkeit, die seinen Ambitionen und Fähigkeiten entsprach. Eines Tages würde er vielleicht eine ihn ausfüllende Aufgabe finden, doch er bezweifelte sehr, daß sie in der Leitung des Krug-Konzerns liegen würde.

Der alte Mann wußte das ebensogut wie Manuel. Innerlich verachtete er die Hohlheit seines Sohns, und manchmal schimmerte diese Verachtung durch. Doch er hörte nie auf zu behaupten, daß er seines Sohnes Urteil, Intelligenz und administrative Fähigkeiten hoch einschätzte. Gegenüber Thor Watchman, gegenüber Leon Spaulding, gegenüber jedermann, der ihm zuhören wollte, pries Krug die Vorzüge des Thronfolgers. Selbstbetrügerische Heuchelei, dachte Manuel; er versucht, sich selbst das glauben zu machen, von dem er weiß, daß es nicht wahr ist. Es würde nie wahr sein. Er wird immer größeres Vertrauen zu seinem androiden Freund Thor haben als zu seinem eigenen leiblichen Sohn. Und aus guten Gründen. Warum nicht einen begabten Androiden einem untüchtigen Kind vorziehen? Er hat uns doch beide geschaffen.

Soll er doch Thor Watchman die Leitung des Konzerns übertragen, dachte Manuel.

Die anderen Mitglieder der Gesellschaft trafen ein. Krug geleitete jeden einzeln zu den Transmatkabinen.

»Zum Turm«, rief er. »Zum Turm!«

11.10 Uhr, am Turm. Er hatte den größeren Teil einer Stunde von seinem verlorenen Morgen wiedergewonnen durch das Überspringen der Zeitzone westlich von New York. Doch er hätte gerne auf die Reise verzichtet. Es war schlimm genug, in dem eisigen arktischen Herbst Begeisterung zu zeigen und sich dazu zu zwingen, seines Vaters absurden Turm zu loben – die Pyramide Krugs beliebte Manuel sie insgeheim zu nennen –, doch dann war da noch die Geschichte mit dem abstürzenden Block gewesen, der die Androiden erschlug. Ein häßlicher Zwischenfall.

Clarissa war einem hysterischen Ausbruch nahe gewesen. »Schau nicht hin«, sagte Manuel zu ihr, legte die Arme um sie, als der Wandschirm im Kontrollzentrum zeigte, wie der Block von den Leichen gehoben wurde. Zu Spaulding sagte er: »Ein Beruhigungsmittel. Schnell.«

Der Ektogene reichte ihm eine Injektionskapsel. Manuel drückte die Spitze des Glasröhrchens gegen Clarissas Arm und betätigte den Abzug. Ultraschallwellen jagten die Droge durch ihre Haut ins Gewebe.

»Sind sie tot?« fragte sie, den Kopf noch immer abgewandt.

»Es sieht so aus. Vielleicht hat einer überlebt. Die andern merkten nicht mehr, daß sie etwas traf.«

»Die armen Menschen!«

»Keine Menschen«, sagte Leon Spaulding. »Androiden. Nur Androiden.«

Clarissa hob den Kopf. »Androiden sind Menschen!« sagte sie schrill. »Ich will so etwas nie wieder hören! Haben sie nicht Namen, Gefühle, Persönlichkeit ...«

»Clarissa«, unterbrach Manuel sie.

»... Träume?« fuhr sie unbeirrt fort. »Natürlich sind sie Menschen. Es waren Menschen, die soeben unter diesem Block starben. Wie konnten Sie, gerade Sie, eine solche Bemerkung machen über ...«

»Clarissa!« sagte Manuel beschwichtigend.

Spaulding sah sie starr an. Der Ektogene war bleich vor Wut, doch er beherrschte sich.

»Es tut mir leid«, murmelte Clarissa und blickte zu Boden. »Ich wollte nicht persönlich werden, Leon. Ich ... ich, mein Gott, Manuel, warum mußte so etwas gerade jetzt geschehen?« Sie begann wieder zu schluchzen. Manuel winkte nach einer weiteren Beruhigungskapsel, doch sein Vater schüttelte den Kopf, trat zu ihnen, führte sie von ihm weg.

Krug nahm die zierliche Frau in seine mächtigen Arme, drückte sie an seine breite Brust. »Ruhig«, sagte er. »Ruhig, ruhig. Es ist ein entsetzlicher Unfall, ja. Aber sie haben nicht gelitten. Sie waren auf der Stelle tot. Thor wird sich um die Verletzten kümmern. Er wird ihr Schmerzzentrum abschalten, und sie werden nicht mehr leiden. Arme Clarissa, arme, arme Clarissa ... du hast wohl noch nie jemand sterben sehen? – Es ist schrecklich, wenn es so plötzlich geschieht, ich weiß, ich weiß.« Er tröstete sie zärtlich, streichelte ihr langes seidiges Haar, tätschelte sie, küßte ihre feuchten Wangen. Manuel sah erstaunt zu. Er hatte seinen Vater nie zuvor in seinem Leben so zärtlich erlebt.

Aber natürlich war Clarissa etwas Besonderes für den alten Mann: das Instrument dynastischer Nachfolge. Sie sollte durch ihren festigenden Einfluß Manuel dazu bringen, seine Verantwortung zu akzeptieren, und sie hatte auch die Aufgabe, den Namen Krug zu verewigen. Es war paradox: Krug behandelte seine Schwiegertochter, als wäre sie eine zerbrechliche Porzellanpuppe, doch er erwartete mit unverschämter Selbstverständlichkeit, daß sie ihm starke Enkel gebären würde, um sich und seinen Namen fortzupflanzen.

Zu seinen Gästen sagte Krug: »Zu schlimm, daß wir die Besichtigung auf diese Weise beenden müssen. Aber zumindest haben wir alles gesehen, bevor es geschah. Senator, meine Herren, ich bin Ihnen dankbar, daß Sie gekommen sind, meinen Turm zu sehen. Ich hoffe, Sie kommen wieder, wenn er weiter fortgeschritten ist. Gehen wir jetzt.«

Clarissa schien jetzt etwas beruhigt. Es verdroß Manuel, daß nicht er, sondern sein Vater sie besänftigt hatte.

Er griff nach ihrem Arm und sagte: »Ich denke, Clarissa und ich gehen zurück nach Kalifornien. Ein paar Tage mit mir am Strand, und sie wird sich wohler fühlen. Wir ...«

»Du wirst heute nachmittag in Duluth erwartet«, sagte Krug eisig.

»Ich ...«

»Schicke nach den Hausandroiden. Sie sollen sie abholen«, sagte er. »Du besichtigst die Fabrik.« Sich von Manuel abwendend, nickte Krug seinen aufbrechenden Gästen zu und sagte zu Leon Spaulding: »New York. Oberes Büro.«

11.38 Uhr, am Turm. Fast alle waren jetzt gegangen; Krug, Spaulding, Quenelle und Vargas zurück nach New York, Fearon und Buckleman nach Genf, Maledetto nach Los Angeles und Thor Watchman nach unten, um sich um die verletzten Androiden zu kümmern. Zwei von Manuels Hausbetas waren eingetroffen, um Clarissa zurück nach Mendocino zu bringen. Kurz bevor sie die Transmatkabine mit ihnen betrat, umarmte Manuel sie, küßte sie auf die Wange.

»Wann kommst du?« fragte sie.

»Am frühen Abend, denke ich. Wir haben eine Verabredung in Hongkong, glaube ich. Ich werde rechtzeitig zurück sein, um mich für das Dinner umzuziehen.«

»Nicht früher?«

»Ich muß Duluth besichtigen, die Androidenfabrik.«

»Drück dich davor.«

»Ich kann nicht. Du hast ja gehört, wie er sagte, daß ich gehen soll. Im übrigen hat der Alte recht: es ist Zeit, daß ich sie mir einmal ansehe.«

»Wie langweilig, einen Nachmittag in einer Fabrik!«

»Ich muß. Schlaf gut, Clarissa. Ich wünsche dir, daß du die häßliche Sache, die hier passiert ist, vergessen hast, wenn du aufwachst. Soll ich einen Löschimpuls für dich programmieren lassen?«

»Du weißt, ich hasse es, wenn mein Gedächtnis manipuliert wird, Manuel.«

»Ja. Es tut mir leid. Du gehst jetzt besser.«

»Ich liebe dich«, sagte sie.

»Ich liebe dich«, sagte er zu ihr. Er winkte den Androiden. Sie nahmen sie bei den Armen und führten sie in die Transmatkabine.

Er war allein, abgesehen von einigen unbekannten Betas, die angekommen waren, um während der Abwesenheit Watchmans das Kontrollzentrum zu übernehmen. Er ging an ihnen vorbei in Watchmans Privatbüro im Hintergrund der Kuppel, machte die Türe hinter sich zu und schaltete das Telefon ein. Der Schirm leuchtete auf. Manuel tippte die Rufnummer des Zerwürflercodes, und der Schirm antwortete mit dem abstrakten Muster, das ihm anzeigte, daß Vertraulichkeit garantiert war. Dann wählte er die Nummer von Lilith Meson, Alpha, im Androidenviertel von Stockholm.

Liliths Bild erschien auf dem Schirm: eine Frau von elegantem Körperbau mit glänzendem blau-schwarzen Haar, einer klassischen Nase und Platinaugen. Ihr Lächeln war verwirrend. »Manuel? Von wo aus rufst du an?« fragte sie.

»Vom Turm. Ich werde später kommen.«

»Sehr spät?«

»Zwei oder drei Stunden.«

»Ich werde vergehen vor Sehnsucht.«

»Ich kann es nicht ändern, Lilith. Ihre Majestät hat mir befohlen, die Androidenfabrik in Duluth zu besichtigen. Ich muß es tun.«

»Obwohl ich meine Wochenschicht gewechselt habe, um heute nacht mit dir zusammen zu sein?«

»Ich kann ihm das nicht sagen«, erwiderte Manuel. »Sieh, es ist nur für ein paar Stunden. Wirst du mir verzeihen?«

»Was kann ich sonst tun? Aber wie dumm, in Bottichen schnüffeln zu müssen, wenn du ...«

»*Noblesse oblige*, mein Schatz. Außerdem bin ich ein wenig neugierig geworden auf die Entstehung der Androiden, seit du und ich ... seit wir ... Weißt du, ich war nie in einer dieser Fabriken.«

»Nie?«

»Nie. Ich war nie daran interessiert. Ich bin es auch jetzt nicht, ausgenommen unter einem bestimmten Aspekt: es ist meine Chance, herauszufinden, was sich unter deiner lieblichen scharlachroten Haut befindet, meine Chance zu sehen, wie die ›Krug-Synthetics‹ Liliths in Serienproduktion herstellt.«

»Willst du das wirklich wissen?« fragte sie, und ihre Stimme klang jetzt tief wie ein Cello.

»Ich will alles wissen, was es über dich zu wissen gibt«, antwortete Manuel ernst. »Das Gute und das Schlechte. Verzeih mir also, daß ich später komme. Ich werde in Duluth eine Lilith-Lektion nehmen. Und ich liebe dich.«

»Ich liebe dich«, sagte Alpha Lilith Meson zu dem Sohn Simeon Krugs.

11.58 Uhr, Duluth. Die Hauptfabrik von Krug-Synthetics, Ltd. auf der Erde – es gab vier andere auf ebenso vielen Kontinenten und mehrere außerirdische – war ein etwa ein Kilometer langer Gebäudekomplex am Ufer des Obersees. In diesem Komplex befanden sich die Laboratorien, welche die Stationen auf dem Wege der Herstellung synthetischen Lebens bildeten.

Manuel besichtigte nun diese Stationen wie ein inspizierender Prokonsul, der die Arbeit seiner Untergebenen begutachtet. Er fuhr in einem mit Plüsch ausgeschlagenen Blasenwagen, der so komfortabel war wie ein Mutterleib und an der Decke entlangglitt. Neben ihm im Wagen saß der Direktor des Werks, ein energisch aussehender Mann menschlicher Abstammung von etwa vierzig Jahren namens Nolan Bompensiero, der sich, obwohl er eine der Schlüsselfiguren in Krugs Reich war, gezwungen und steif benahm, offensichtlich aus Furcht, Manuels Mißfallen zu erregen. Er ahnte nicht, wie wenig Manuel erbaut war von seiner Mission, wie er sich langweilte, wie wenig Wert er darauf legte, Macht auszuüben, indem er den Angestellten seines Vaters Schwierigkeiten machte. Manuel hatte nur Lilith im Sinn. Dies ist der Ort, wo Lilith geboren worden war, dachte er. Dies ist die Fabrik, in der Lilith produziert wurde.

In jeder Abteilung der Fabrik betrat ein Alpha – der Abteilungsleiter – den Wagen und fuhr mit Manuel und Bompensiero bis zum Ende seines Verantwortungsbereichs. Der größte Teil der Arbeit in der Fabrik unterstand der Leitung von Alphas; die gesamte riesige Anlage beschäftigte nur ein halbes Dutzend Menschen. Jeder der Alphas benahm sich wie Bompensiero überkorrekt und steif.

Manuel passierte die ersten Räume, in denen die hochenergetischen Nukleotiden, die das DNA, den Grundbaustein des Lebens bildeten, synthetisiert wurden. Er lauschte nur mit einem Ohr dem hastigen, nervösen Vortrag Bompensieros, stellte nur gelegentlich eine Frage.

»... Wasser, Ammoniak, Methan, Wasserstoffzyanid und andere Chemikalien ... wir benützen dazu eine elektrische Entladung, um die Bildung komplexer organischer Verbindungen zu stimulieren ... einen Zusatz von Phosphor ... ein einfaches Verfahren, beinahe primitiv zu nennen, finden Sie nicht? Es folgt der Linie des klassischen Miller-Experiments von 1952 ... mittelalterliche Wissenschaft, dort unten auf dem Boden ...

... das DNA bestimmt die Struktur der Proteine in der Zelle. Die typische lebende Zelle braucht Hunderte von Proteinen, von denen die meisten als Enzyme, als biologische Katalysatoren agieren ...

... ein so gewonnenes Protein ist eine Molekülkette, die etwa zweihundert Aminosäureuntereinheiten, verbunden in einer spezifischen Reihenfolge, enthält ...

... der Code für jedes Protein wird von einem einzelnen Gen getragen, das seinerseits eine besondere Region in dem linearen DNA-Molekül ist ... all das wissen Sie natürlich, verzeihen Sie mir, daß ich Ihnen solche Grundelemente vortrage, verzeihen Sie, ich wollte nur ...«

»Schon gut«, seufzte Manuel.

»... und hier in diesen Bottichen stellen wir die Nukleotiden her und verbinden sie miteinander zu Dinukleotiden und reihen sie aneinander, damit sich das DNA bildet, die Nukleinsäure, die die Zusammensetzung ...«

Lilith aus diesen Bottichen? Lilith aus dieser stinkenden Brühe aus Chemikalien?

Der Wagen glitt sanft dahin. Ein Alpha-Aufseher stieg aus; ein anderer Alpha, sich steif verbeugend, starr lächelnd, stieg ein.

Bompensiero sagte: »Wir entwerfen die Pläne für die Lebensform, die wir schaffen wollen, doch dann besteht die Aufgabe darin, die lebendige Materie zur Reproduktion zu zwingen, da wir einen Androiden nicht Zelle für Zelle aufbauen können. Wir müssen das erreichen, was wir das Startstadium nennen. Aber natürlich wissen Sie, daß das DNA nicht direkt an der Proteinsynthese beteiligt ist, daß eine andere Nuklearsäure als Vermittler agiert, nämlich RNA, das verschlüsselt werden kann, um die genetischen Botschaften, die im DNA niedergelegt sind, weiterzugeben ...

... vier Basen oder chemische Untereinheiten, geordnet in variierenden Kombinationen, bilden den Code – Adenin, Guanin, Urazil, Cytosin ...

... in diesen Bottichen – Sie können sich fast vorstellen, wie sie in ihnen die Ketten bilden ... übermittelt das RNA die DNA-Informationen ... die Proteinsynthese wird gesteuert von Zellenteilchen, Robosome genannt, die zur Hälfte aus Protein und zur Hälfte aus RNA bestehen ... Adenin, Guanin, Urazil, Cytosin – der Code für jedes einzelne Protein wird vermittelt durch ein Gen, und der Code, übernommen von dem Muster-RNA, nimmt die Form einer Reihe von Dreierbuchstabengruppen der vier RNA-Grundstoffe an ... können Sie mir folgen?«

»Ja, sicher«, nickte Manuel und sah Lilith in den Bottichen schwimmen.

»Wie hier. Adenin, Adenin, Cytosin. Cytosin, Cytosin, Guanin. Urazil, Urazil, Guanin. AAC, CCG, UUG ... es klingt fast liturgisch, nicht wahr, Mr. Krug? Wir haben sechsundvierzig Kombinationen von RNA-Grundstoffen, mit denen wir die zwanzig Aminosäuren spezifizieren können – ein richtiges Vokabular! Ich könnte Ihnen die ganze Liste vorsingen, während wir durch diese Halle fahren. AAA, AAG, AAC, AAU, AGA, AGG, AGC, AGU, ACA ...«

Der Alpha, der eben mit ihnen fuhr, hustete und preßte sich die Hand auf den Magen.

»Ja?« sagte Bompensiero.

»Ein plötzlicher Krampf«, sagte der Alpha. »Eine Verdauungsstörung. Verzeihen Sie mir.«

Bompensiero wandte seine Aufmerksamkeit wieder Manuel zu. »Nun, es ist nicht nötig, alle Sequenzen zu zitieren. Und so, sehen Sie, setzen wir die Proteine zusammen, bauen die lebenden Moleküle genauso auf, wie es in der Natur geschieht, abgesehen davon, daß der Prozeß in der Natur aufgelöst wird durch die Fusion der geschlechtlichen Fortpflanzungszellen, während wir die genetischen Bausteine synthetisieren. Wir folgen natürlich dem menschlichen genetischen Muster, da wir ein menschlich aussehendes Endprodukt haben wollen, doch wenn wir wollten, könnten wir Schweine, Kröten, Pferde, Centauren-Proteide, jede gewünschte Lebensform synthetisieren. Wir wählen unseren Code, wir arrangieren unser RNA, und es geht los! Das Muster unseres Endproduktes erscheint genauso wie geplant.«

»Natürlich«, sagte der Alpha, »folgen wir dem menschlichen genetischen Code nicht in *jeder* Beziehung.«

Bompensiero nickte heftig. »Mein Mitarbeiter bringt hier einen wichtigen Punkt zur Sprache. In den ersten Tagen der Androidensynthese beschloß Ihr Vater, daß – offenbar aus soziologischen Gründen – Androiden sofort erkennbar sein müßten als synthetische Geschöpfe. So führten wir bestimmte genetische Modifikationen durch. Der rote Teint, das Fehlen von Körperbehaarung, das abweichende Hautgewebe, all das ist in der Hauptsache aus Gründen der Identifizierung abgeändert worden. Dann gibt es Modifikationen, die programmiert sind für größere körperliche Leistungsfähigkeit. Wenn wir schon die Rolle von Schöpfern spielen können, warum sollten wir es nicht im Hinblick auf größte Effizienz tun?«

Der Direktor kicherte diskret.

»Warum nicht?« nickte Manuel.

»Weg also mit dem Blinddarm. Die Knochenstruktur des Rückens und des Beckens geändert, um alle Schwierigkeiten zu eliminieren, die *unsere* fehlerhafte Konstruktion verursacht. Die Sinne geschärft. Das Optimum an Gleichgewicht zwischen Fett und Muskeln, an physischer Schönheit, an Ausdauer, an Schnelligkeit, an Reflexen programmiert. Warum häßliche Androiden schaffen? Warum träge? Warum unbeholfene?«

»Würden Sie sagen«, fragte Manuel, »daß Androiden normal geborenen Menschen physisch überlegen sind?«

Bompensiero war sichtlich verlegen. Er zögerte, als ob er versuchte, seine Antwort nach allen politischen Aspekten abzuwägen, da er nicht wußte, welchen Standpunkt Manuel in der umstrittenen Frage der androiden Bürgerrechtsfrage einnahm. Schließlich sagte er: »Ich glaube, es besteht kein Zweifel hinsichtlich ihrer physischen Überlegenheit. Wir haben unsere Produkte von Anfang an so programmiert, daß sie stark, gutaussehend und gesund sind. Bis zu einem gewissen Ausmaß haben wir dies während der letzten Generationen auch mit den Menschen getan, doch hier haben wir nicht den gleichen Grad an Kontrolle, oder wir haben zumindest nicht versucht, ihn zu erreichen, mit Rücksicht auf humanitäre Einwände, auf die Opposition der Absterbepartei und so weiter. Wenn Sie jedoch bedenken, daß Androiden steril sind, daß die Intelligenz der meisten von ihnen ziemlich niedrig ist, daß selbst die Alphas –«, er warf einen flüchtigen Blick auf seinen Abteilungsleiter, »verzeihen Sie, mein Freund – relativ wenig kreative Fähigkeiten gezeigt haben ...«

»Ja«, sagte Manuel. »Gewiß.« Er deutete in die Halle hinunter. »Was geschieht dort unten?«

»Das sind die Nachbildungskessel«, erwiderte Bompensiero. »Die Ketten der Kernzellmaterie werden hier geteilt und vermehrt. Jeder Kessel enthält gewissermaßen eine Suppe von neu entstandenen Zygoten in der Startphase, produziert mit Hilfe unserer Proteinaufbauverfahren anstatt durch den sexuellen Prozeß der Vereinigung geschlechtlicher Fortpflanzungszellen. Drücke ich mich klar genug aus?«

»Vollkommen klar«, erwiderte Manuel, fasziniert auf die bewegungslose rosafarbene Flüssigkeit in den großen runden Tanks hinabstarrend. Er glaubte kleine Stücke lebender Materie in ihnen zu sehen, doch er wußte, daß es eine Täuschung war.

Der Wagen glitt geräuschlos weiter.

»Dies sind die Zuchtkammern«, sagte Bompensiero, als sie die nächste Abteilung erreicht hatten und hinunterblickten auf Reihen schimmernder Metallbehälter, die miteinander verbunden waren durch ein kompliziertes System von Röhren. »Sie sind im Grunde künstliche Gebärmütter, und jede von ihnen enthält ein Dutzend Embryos in einer Nährlösung. Wir produzieren Alphas, Betas und Gammas hier in Duluth – die ganze Androidenkollektion. Die qualitativen Unterschiede zwischen den drei Klassen werden während des Synthetisierungsprozesses eingebaut, doch wir ergänzen die Differenzierung auch durch unterschiedliche Ernährung. Dies sind die Alphakammern, dort unten links. Rechts sind die Betakammern. Im nächsten Raum befinden sich ausschließlich Gammakammern.«

»Wie ist das Zahlenverhältnis?«

»Auf einen Alpha kommen 100 Betas und 1000 Gammas. Ihr Vater hat dieses Verhältnis am Anfang festgelegt, und es ist nie geändert worden; es entspricht genau den menschlichen Bedürfnissen.«

»Mein Vater ist ein Mann von großer Voraussicht«, nickte Manuel.

Er fragte sich, wie die Erde jetzt sein würde, wenn das Krug-Kartell ihr keine Androiden geschenkt hätte. Vielleicht nicht sehr viel anders. Statt einer kleinen, kulturell homogenen, von Computern, mechanischen Robotern und gehorsamen Androiden bedienten menschlichen Elite gäbe es vielleicht eine kleine, kulturell homogene, *nur* von Computern und mechanischen Robotern bediente menschliche Elite. In beiden Fällen würde der Mensch des dreiundzwanzigsten Jahrhunderts ein bequemes Leben führen.

Gewisse Trends hatten sich in den letzten Jahrhunderten etabliert, lange bevor der erste unbeholfene Android aus seinem Zuchtbehälter herausstolperte. Gegen Ende des zwanzigsten Jahrhunderts hatte ein starker Bevölkerungsrückgang eingesetzt; Kriege und Revolutionen hatten Millionen Zivilisten in Asien und Afrika gefordert; Hungersnöte und Seuchen hatten diese Kontinente, sowie Südamerika und den Nahen Osten heimgesucht, und in den Industrieländern hatten sozialer Druck, hohe Lebenshaltungskosten, steigende Mieten und die allgemeine Verbreitung sicherer Empfängnisverhütungsmittel die gleiche Wirkung hervorgerufen. Innerhalb von zwei Generationen hatten diese Faktoren zu einer rapiden Abnahme der Weltbevölkerung geführt.

Das fast vollkommene Verschwinden des Proletariats war eine der Folgen dieser Entwicklung gewesen. Da der Bevölkerungsrückgang von der Ersetzung des Menschen durch Maschinen bei allen Formen untergeordneter Arbeit begleitet war, wurden diejenigen, die nicht fähig waren, zu der neuen Gesellschaftsform Wesentliches beizutragen, durch sozialen Druck entmutigt, sich fortzupflanzen. So nahm der Anteil der ungebildeten und nicht schöpferisch veranlagten Menschen von Generation zu Generation rasch ab, und dieser Ausleseprozeß wurde zunächst unauffällig und dann – groteskerweise – offen unterstützt von wohlmeinenden Beamten, der Ämter für Arbeits- und Bevölkerungsplanung, die den Segen der Empfängnisverhütung keinem Bürger verweigern wollten. Als dieser Bevölkerungsanteil zu einer Minderheit zusammengeschmolzen war, wurde der Trend noch durch die ›Genetischen Gesetze‹ verstärkt. Denjenigen, die man für gesellschaftspolitisch untauglich hielt, wurde die Geburtserlaubnis entzogen, jenen, die gerade die Mindestnorm erreichten, wurden höchstens zwei Kinder pro Ehepaar bewilligt, und nur diejenigen, die über der Norm lagen, durften sich mit beliebig hoher Nachkommenschaft fortpflanzen. Damit wurde zwar das Problem der Überbevölkerung gelöst, dafür aber ein neues geschaffen: ein empfindlicher Mangel an Arbeitskräften in allen Dienstleistungsbranchen, um so mehr, als der Lebensstandard in dem Maße stieg wie die Weltbevölkerung abnahm.

Die Umformung der Gesellschaft vollzog sich in weltweitem Umfang. Die Einführung der Transmatreisen hatte den Planeten in ein Dorf verwandelt, und die Menschen dieses Dorfes sprachen die gleiche Sprache: Englisch, und sie dachten die gleichen Gedanken. Kulturell und genetisch tendierten sie zur Vermischung. Wunderliche Lokaltraditionen wurden da und dort als Folklore zur Touristenattraktion erhalten, doch am Ende des zweiundzwanzigsten Jahrhunderts gab es kaum noch Unterschiede zwischen den Bürgern von Karachi, Kairo, Minneapolis, Athen, Addis Abeba, Rangun, Peking, Canberra oder Nowosibirsk. Der Transmat hatte die nationalen Grenzen überwunden und Begriffe wie ›nationale Souveränität‹ zur Sinnlosigkeit werden lassen.

Diese soziale Umwälzung, die zu allgemeiner Muße und Bequemlichkeit geführt hatte, führte zu einer steigenden Nachfrage nach Dienstleistungen. Von Computern gesteuerte Roboter hatten sich als zu aufwendig oder unzulänglich für viele dieser Aufgaben erwiesen. Roboter waren zwar ausgezeichnete Straßenkehrer und Fabrikarbeiter, doch sie waren weniger tauglich als Butler, Babysitter, Köche und Gärtner. Baut bessere Roboter, sagten manche; andere aber träumten von synthetischen Menschen, die diese Bedürfnisse befriedigen sollten. Die technischen Schwierigkeiten schienen nicht unüberwindlich. Die Ektogenese – die künstliche Ernährung von Embryos außerhalb des Mutterleibes, das Ausbrüten von Babys aus gespeicherten Eiern und Sperma – war immer mehr verbessert worden, in der Hauptsache als Bequemlichkeit für Frauen, die das Risiko und die Last einer Schwangerschaft vermeiden wollten. Ektogene, mittelbar aus Mann und Frau geboren, waren zu sehr menschlich, um als

Werkzeuge gebraucht zu werden; doch warum nicht einen Schritt weitergehen und Androiden herstellen?

Das hatte Krug getan. Er hatte der Welt den synthetischen Menschen geschenkt, die weitaus anpassungsfähiger waren als Roboter, langlebig, komplex in ihrer Persönlichkeit und ausschließlich abgerichtet zur Befriedigung menschlicher Bedürfnisse. Sie wurden gekauft, nicht gemietet und durch Gesetzeskraft als Eigentum, nicht als Personen betrachtet. Kurzum, sie waren Sklaven. Manuel dachte manchmal, es wäre vielleicht einfacher gewesen, sich mit Robotern zu begnügen. Roboter waren Dinge, die als Dinge behandelt werden konnten. Androiden hingegen waren so schmerzhaft menschenähnlich, daß es einem schwerfiel, sie als Dinge zu betrachten, und sie selbst mochten vielleicht ihren Status als Industrieprodukte und Sklaven nicht für alle Zeiten unwidersprochen hinnehmen.

Der Wagen glitt durch eine Zuchtkammerhalle nach der anderen, die still, verdunkelt und bis auf wenige Androidenaufseher leer waren. Jeder entstehende Androide verbrachte die ersten beiden Jahre seines Lebens versiegelt in einer solchen Kammer, erklärte Bompensiero, und die Hallen, die sie passierten, enthielten nacheinander Partien im Alter von wenigen Wochen bis zu mehr als zwanzig Monaten. In manchen Hallen waren die Kammern offen; Trupps von Beta-Technikern bereiteten neue Infusionen von Startzygoten vor.

»In dieser Halle«, sagte Bompensiero viele Hallen später, »haben wir eine Gruppe von ausgereiften Androiden, die bereit sind ›geboren‹ zu werden. Wünschen Sie hinunterzusteigen und den Vorgang aus nächster Nähe zu beobachten?«

Manuel nickte.

Bompensiero betätigte einen Hebel. Ihr Wagen rollte ruhig vom Hauptgleis eine Rampe hinunter. Auf dem Boden der Halle stiegen sie aus. Manuel sah einen Schwarm von Gammas, die sich um eine der Zuchtkammern drängten. »Die Nährflüssigkeiten sind aus der Kammer abgelassen worden. Seit etwa zwanzig Minuten atmen die darin befindlichen Androiden zum erstenmal in ihrem Leben Luft. Jetzt werden die Luken der Kammern geöffnet. Hier, kommen Sie näher, Mr. Krug, kommen Sie näher.«

Der Deckel der Kammer wurde abgehoben. Manuel schaute hinein. Er sah ein Dutzend vollausgewachsener Androiden, sechs männliche, sechs weibliche, schlaff auf dem Metallfußboden liegen. Ihre Unterkiefer hingen herab, ihre Augen waren leer, ihre Arme und Beine bewegten sich schwach. Sie erschienen hilflos, ausdruckslos, verwundbar. *Lilith*, dachte er, *Lilith!*

Bompensiero flüsterte neben ihm: »In den beiden Jahren zwischen Start und Ablassen der Nährflüssigkeit erreicht der Android volle physische Reife – ein Vorgang, zu dem Menschen dreizehn bis fünfzehn Jahre brauchen. Dies ist eine weitere von Ihrem Vater eingeführte genetische Modifikation im Interesse der Wirtschaft. Wir produzieren keine Androidenkinder, sondern nur Erwachsene, die voll einsatzfähig sind und niemandem zur Last fallen.«

Manuel sagte: »Habe ich nicht irgendwo gehört, daß wir einen Stamm von Androidenbabys züchten, die als Ersatz aufgezogen werden, um menschlichen Frauen, die selbst nicht ...«

»Bitte«, zischte Bompensiero. »Kein Wort hierüber ...« Er unterbrach sich selbst, als erinnere er sich, wer der Mann war, dem er einen Verweis erteilen wollte, und sagte in einem gemäßigteren Ton: »Ich weiß sehr wenig über das, was Sie da erwähnen. In dieser Fabrik haben wir keine Produktion dieser Art.«

Gammas trugen die zwölf neugeborenen Androiden aus der Zuchtkammer zu Maschinen, die teils wie Rollstühle, teils wie Panzer aussahen. Die Männer waren hager und muskulös, die Frauen hochbrüstig und schlank. Doch die Diskrepanz zwischen ihren ausgewachsenen Körpern und dem infantilen Gesichtsausdruck eines Neugeborenen ließ sie erschreckend häßlich und abstoßend erscheinen. Vollkommen passiv ließen sie alles mit ihren nackten, feuchten Körpern geschehen. Einer nach dem anderen wurde in einen der metallischen Behälter eingeschlossen. Nur ihre ausdruckslosen Gesichter blieben sichtbar hinter transparenten Visieren.

Bompensiero erklärte: »Sie können ihre Muskeln noch nicht gebrauchen. Sie können nicht stehen, nicht gehen, sich nicht bewegen. Diese Trainingsapparate werden ihre Muskelentwicklung stimulieren. Nach einem Aufenthalt von einem Monat in einem solchen Apparat ist ein Android vollkommen Herr seines Körpers. Gehen wir jetzt zu unserem Wagen zurück ...«

»Diese Androiden, die ich soeben gesehen habe«, sagte Manuel, »sind natürlich Gammas?«

»Es sind Alphas.«

Manuel war verblüfft. »Sie sahen so ... so ...«, er zögerte, »... so schwachsinnig aus.«

»Sie sind Neugeborene«, antwortete Bompensiero. »Man kann von ihnen nicht verlangen, daß sie gleich fähig sind, Computer zu bedienen, wenn sie die Zuchtkammer verlassen.«

Sie kehrten zu dem Wagen zurück.

Lilith!

Manuel sah Androiden früherer Serien, die zögernd ihre ersten Schritte machten, lachend stolperten und hinfielen, wieder aufstanden und es beim zweitenmal schon besser konnten. Er besuchte ein Klassenzimmer, in dem die Beherrschung des Stuhlganges das Unterrichtsthema war. Er beobachtete, wie schlafende Betas einer Persönlichkeitsprägung unterzogen wurden: jeder ungeformte Geist wurde seiner Bestimmung entsprechend programmiert. Die Erziehung eines Androiden, erklärte ihm Bompensiero, dauerte ein Jahr für einen Gamma, zwei für einen Beta, vier für einen Alpha. Das Maximum von der Empfängnis bis zum vollen Erwachsensein betrug also sechs Jahre. Er war sich zuvor nie der Schnelligkeit des Prozesses bewußt gewesen. Irgendwie ließen die neuen Erkenntnisse ihm die Androiden jetzt sehr viel weniger menschlich erscheinen. Der höfliche und gleichzeitig Autorität ausstrahlende Thor Watchman war etwa neun oder zehn Jahre, berechnete Manuel, und die liebliche Lilith Meson ... wie alt war sie? Sieben? Acht?

Manuel hatte plötzlich den dringenden Wunsch, diesem Ort zu entfliehen.

»Wir haben eine Gruppe von Betas, die im Begriff sind, die Fabrik zu verlassen«, sagte Bompensiero. »Sie werden heute ihrer letzten Prüfung unterzogen: Tests in sprachlicher Genauigkeit, Koordination, motorischer Reaktion, automatischer Anpassung und mehreren anderen Fähigkeiten. Wenn Sie daran interessiert sind, der Inspektion auch selbst beizuwohnen und persönlich ...«

»Nein«, sagte Manuel. »Es war faszinierend. Doch ich habe schon zuviel von ihrer Zeit in Anspruch genommen, und ich habe anderswo eine Verabredung, also muß ich ...«

Bompensiero schien nicht betrübt darüber, ihn loszuwerden. »Wie Sie wünschen«, sagte er verbindlich. »Aber natürlich stehen wir zu Ihrer Verfügung, wann immer Sie uns besuchen wollen und ...«

»Wo ist die Transmatkabine?«

22.41 Uhr, Stockholm. Westwärts nach Europa springend, verlor Manuel den Rest des Tages. Eine dunkle, eisige Nacht war hier hereingebrochen; die Sterne funkelten und eine steife Brise kräuselte das Wasser des Mälarsees. Um jede Möglichkeit, verfolgt zu werden, zu vermeiden, war er in der Halle des alten Grand Hotel in die öffentliche Transmatkabine umgestiegen. Fröstelnd eilte er durch die herbstliche Dunkelheit zu einer Kabine nicht weit von der grauen Masse der Oper, drückte mit dem Daumen die Zahltaste, kaufte sich einen Sprung nach dem Ostseeufer von Stockholm und gelangte in den altehrwürdigen Wohnbezirk von Östermalm. Hier war jetzt das Androidenviertel. Er lief den Birger Jarlsgaten hinunter zu dem einstmals prächtigen Apartmenthaus, in dem Lilith wohnte. Vor dem Gebäude blieb er stehen, blickte sich vorsichtig um, sah, daß die Straßen leer waren und ging hinein. In der Halle musterte ihn ein Roboter und fragte ihn mit leiser Stimme nach seinem Begehr. »Ich möchte die Alpha Lilith Meson besuchen«, sagte Manuel. Der Roboter erhob keinen Einwand. Manuel hatte die Wahl, mit dem Lift oder über die Treppe zu ihrer Wohnung zu gelangen. Er benutzte die Treppe. Muffige Gerüche verfolgten ihn, und Schatten eilten an ihm vorbei auf seinem Weg zum fünften Stock.

Lilith begrüßte ihn in einem prächtigen, enganliegenden, bis zum Boden reichenden Hochspektrum-Gewand. Da der Stoff nicht mehr war als ein monomolekularer Film, ließ er die Konturen ihres Körpers so gut wie unverhüllt. Sie eilte ihm mit ausgestreckten Armen, geöffneten Lippen und bebenden Brüsten entgegen. »Manuel«, flüsterte sie. Er griff nach ihr.

Er sah sie als ein Stück Materie in einem Bottich schwimmen.

Er sah sie als eine Masse sich vermehrender Nukleotiden.

Er sah sie nackt und naß und mit ausdruckslosem Gesicht in ihrer Zuchtkammer liegen.

Er sah sie als Ding, fabriziert von Menschen.

Ein Ding. Ein Ding. Ein Ding.

Lilith.

Er kannte sie seit fünf Monaten. Seit drei Monaten war sie seine

Geliebte. Thor Watchman hatte sie miteinander bekannt gemacht. Sie arbeitete in Krugs Stab.

Ihr Körper preßte sich gegen den seinen. Er legte eine Hand auf eine ihrer Brüste. Sie fühlte sich warm und wirklich und fest an durch das monomolekulare Gewand. Er streichelte mit dem Daumen die Brustwarze, und diese wurde sofort hart vor Erregung. Sie war wirklich, sie war lebendig.

Und dennoch ein Ding?

Er küßte sie. Seine Zunge glitt zwischen ihre Lippen. Er schmeckte Chemikalien: Adenin, Guanin, Cytosin, Urazil. Er roch den Gestank der Bottiche. Ein Ding. Ein Ding. Ein schönes Ding. Ein Ding in der Gestalt einer Frau. Ein Ding, das den Namen Lilith zu Recht trug.

Sie löste sich von ihm und sagte: »Warst du in der Fabrik?«

»Ja.«

»Und du hast mehr über Androiden erfahren, als du zu wissen wünschtest.«

»Nein, Lilith.«

»Du siehst mich mit anderen Augen jetzt. Du kannst nicht umhin, daran zu denken, was ich wirklich bin.«

»Das ist nicht wahr«, sagte Manuel. »Ich liebe dich, Lilith. Was du bist, ist nichts Neues für mich, und es macht überhaupt keinen Unterschied. Ich liebe dich. Ich liebe dich.«

»Möchtest du etwas trinken?« fragte sie. »Eine Zigarette? Eine Nervenpille? Du bist ja vollkommen durcheinander.«

»Nichts«, erwiderte er. »Es war ein langer Tag. Ich habe nicht einmal zu Mittag gegessen, und ich glaube, ich bin seit vierzig Stunden unterwegs. Ich möchte mich nur entspannen, Lilith. Keinen Tabak. Keine Pillen.« Er legte seine Kleider ab, und sie half ihm dabei. Dann machte sie einige Tanzschritte vor einem Doppler; es ertönte ein kurzes Geräusch, und ihr Gewand verschwand. Ihre Haut war hellrot, bis auf die dunkelbraunen Brustwarzen. Ihre Brüste waren voll, ihre Taille schmal, ihre Hüften breit, ein frappierend täuschendes Versprechen von Fruchtbarkeit. Ihre Schönheit war unmenschlich makellos. Manuel kämpfte gegen die Trockenheit in seiner Kehle an.

Sie sagte traurig: »Ich fühlte die Veränderung in dir, als du mich berührtest. Deine Umarmung war anders. Es war ... Furcht, nein ... Ekel?«

»Nein.«

»Bis heute abend war ich etwas Exotisches für dich, aber etwas Menschliches, wie eine Frau aus dem Busch, wie eine Eskimofrau. Du hast mich bis jetzt nicht in eine besondere Kategorie außerhalb der menschlichen Rasse eingeordnet. Jetzt sagst du dir, daß du dich in einen Klumpen Chemikalien verliebt hast. Du glaubst etwas Krankhaftes zu tun, indem du eine Affäre mit mir hast.«

»Lilith, ich bitte dich, höre auf damit. Das bildest du dir nur ein!«

»Wirklich nur?«

»Ich bin gekommen. Ich habe dich geküßt. Ich habe dir gesagt, daß ich dich liebe. Ich brenne darauf, mit dir ins Bett zu gehen. Vielleicht projizierst du irgendeine eigene Schuld in mich, wenn du sagst ...«

»Manuel, was würdest du vor einem Jahr gesagt haben über einen Mann, der zugab, daß er mit einer Androiden ins Bett gegangen ist?«

»Viele Männer, die ich kenne, haben das getan.«

»Was würdest du von ihm sagen? Welche Worte würdest du gebrauchen? Was würdest du von ihm denken?«

»Ich habe nie an so etwas gedacht. Es hat mich einfach nie interessiert.«

»Du weichst aus. Erinnere dich, wir haben versprochen, keines der unter Menschen üblichen Lügenspiele zu spielen. So war es doch? Du kannst nicht leugnen, daß in deinen Kreisen Sex zwischen Menschen und Androiden als eine Perversion betrachtet wird. Vielleicht das einzige, was in der Welt für euch Menschen noch als Perversion gilt. Habe ich recht? Willst du mir antworten?«

»Nun gut.« Er hatte nie eine Frau mit den Augen dieser Farbe gekannt. Langsam sagte er: »Die meisten Männer betrachten es als, nun, niedrig, anrüchig, mit Androiden zu schlafen. Ich habe gehört, wie man es mit Masturbation verglich. Als ob man es mit einer Gummipuppe täte. Als ich solche Bemerkungen hörte, hielt ich sie für häßliche, dumme Äußerungen eines antiandroiden Vorurteils. Ich selbst aber hatte nie eine derartige Einstellung, sonst hätte ich mich nie in dich verliebt.« Etwas in seinem Geist sang spöttisch: *Denke an die Bottiche! Denke an die Bottiche!* Sein Blick flackerte, wurde unsicher; er fixierte ihre

Backenknochen. Mit gepreßter Stimme sagte er: »Vor dem ganzen Universum schwöre ich dir, Lilith, ich habe nie etwas Schändliches oder Schmutziges darüber empfunden, eine Androide zu lieben, und ich beteure dir, daß ich trotz dessen, was du seit meinem Besuch in der Fabrik in mir entdeckt zu haben glaubst, auch jetzt keinerlei solche Gefühle habe. Und um es zu beweisen ...«

Er zog sie an sich. Seine Hand glitt über ihre samtene Haut, von den Brüsten zum Bauch, zu den Lenden. Sie öffnete die Beine, und er streichelte mit den Fingern ihr Geschlecht, das so haarlos war wie das eines Kindes, und plötzlich schrak er zurück vor dieser Fremdartigkeit, die er spürte, und er fühlte sich entmannt durch sie, obwohl sie ihn vorher nie gestört hatte. So glatt, so entsetzlich glatt. Er schaute hinunter auf ihre Kahlheit. Sie war unbehaart wie ein Kind, wie ... wie eine Androide. Wieder sah er die Bottiche. Er sah feuchte, scharlachrote Alphas, deren Gesichter leer und blöde waren. Er sagte sich grimmig, daß es keine Sünde sei, eine Androide zu lieben. Er begann, sie zu liebkosen; sie reagierte, wie eine Frau reagieren würde, mit Wollust, mit kurzen, keuchenden Atemstößen, mit einem Druck ihrer Hüften gegen seine Hand. Er küßte ihre Brüste und preßte sie an sich. Da schien das flammende Bild seines Vaters wie eine Feuersäule vor ihm zu schweben. Alter Teufel, alter Zauberer! Wie genial, ein solches Produkt zu entwerfen! Ein Produkt! Perfekt! Es geht. Es spricht. Es verführt. Es stöhnt vor Leidenschaft. Es schwillt an in seinem Geschlecht, dieses Produkt! Und was bin ich? Auch ein Produkt? Ein Gemisch von Chemikalien, fabriziert nach dem gleichen Plan – *mutatis mutandis,* natürlich. Adenin. Guanin. Cytosin. Urazil. Geboren in einer Retorte, gewachsen in einem Mutterleib – wo ist da der Unterschied? Wir sind ein Fleisch. Wir sind verschiedene Rassen, doch wir sind ein Fleisch.

Sein Begehren nach ihr übermannte ihn wieder, ihn schwindelte. Er schob sich keuchend auf sie, drang tief in sie ein. Ihre Fersen hämmerten wild auf seine Waden. Das Tal ihres Geschlechts zuckte, schloß sich dem Rhythmus seiner Bewegungen an. Stöhnend und zuletzt schreiend, erstürmten sie den Gipfel ihrer gemeinsamen Lust.

Als es vorüber war, als sie sich beide fallen ließen, sagte sie: »Das war abscheulich von mir.«

»Was war abscheulich?«

»Die Szene, die ich dir gemacht habe. Als ich versuchte, dir zu sagen, was meiner Meinung nach in dir vorging.«

»Vergiß es, Lilith.«

»Du hast recht gehabt. Ich nehme an, ich habe meine eigenen Zweifel in dich projiziert. Vielleicht fühle ich mich schuldig, weil ich die Mätresse eines Menschen bin. Vielleicht will ich mich für etwas halten, das aus Gummi gemacht ist. So fühle ich mich wahrscheinlich irgendwo tief in mir.«

»Nein. Nein.«

»Wir können uns nicht dagegen wehren. Wir atmen es immerzu ein. Wir werden tausendmal am Tag daran erinnert, daß wir nicht wirklich sind.«

»Du bist so wirklich wie jede, die ich zuvor gekannt habe. Wirklicher als die meisten von ihnen.« Er fügte nicht hinzu, ›wirklicher als Clarissa‹. »Du warst noch nie so leidenschaftlich wie heute, Lilith. Was ist los mit dir?«

»Es ist dein Besuch in der Fabrik«, antwortete sie. »Bis heute war ich immer sicher, daß du anders bist. Daß du dir nie eine Sekunde lang Gedanken darüber gemacht hast, wie oder wo ich geboren wurde, oder ob etwas Unrechtes daran ist, was wir beide tun. Aber ich hatte Angst, daß du dich ändern würdest, wenn du einmal die Farbrik gesehen, den ganzen Prozeß in seinen klinischen Details verfolgt hast ... und dann, als du heute abend hereinkamst, war etwas Fremdes an dir, etwas Frostiges, das ich zuvor nie an dir beobachtet hatte ...« Sie zuckte die Achseln. »Vielleicht habe ich es mir eingebildet. Ja, ich habe es mir eingebildet. Du bist nicht wie die anderen, Manuel. Du bist ein Krug. Du bist wie ein König. Du brauchst deinen Status nicht zu erhöhen, indem du andere Menschen erniedrigst. Du teilst die Welt nicht ein in Menschen und Androiden. Du hast es nie getan. Und ein einziger Blick in die Brutbottiche konnte das nicht ändern.«

»Natürlich nicht«, sagte er mit ernster Stimme, und seine Lüge ging ihm überraschend leicht über die Lippen. »Androiden sind Menschen, und Menschen sind Menschen, und ich habe nie anders gedacht und werde nie anders denken. Und du bist schön, und ich liebe dich leidenschaftlich. Und jeder, der glaubt, Androiden seien von minderer Rasse, ist ein arroganter Idiot.«

»Du unterstützt also die volle bürgerliche Gleichheit für Androiden?«

»Selbstverständlich.«

»Du meinst natürlich *Alpha*-Androiden?« sagte sie schelmisch.

»Ich ... nun ...«

»Alle Androiden sollen den Menschen gleich sein. Doch Alphas sollen gleicher sein als die anderen.«

»Du Hexe. Spielst du wieder dein Spielchen?«

»Ich trete ein für die Vorrechte der Alphas. Kann eine unterdrückte ethnische Gruppe nicht ihre eigene interne Klassenunterscheidung etablieren? Oh, ich liebe dich, Manuel. Nimm mich nicht immer ernst.«

»Ich kann nicht anders. Ich bin nicht sehr klug, und ich weiß nicht, wann du scherzt.« Er küßte ihre Brustwarzen. »Ich muß jetzt gehen.«

»Du bist ja erst gekommen!«

»Es tut mir leid, ich muß wirklich.«

»Du bist spät gekommen, wir haben die Hälfte unserer Zeit mit dummem Streit vergeudet. Bleib noch eine Stunde, Manuel!«

»Ich habe eine Frau, die in Kalifornien auf mich wartet«, sagte er. »Die wirkliche Welt erhebt ihre Ansprüche von Zeit zu Zeit.«

»Wann werde ich dich wiedersehen?«

»Bald. Bald. Bald.«

»Übermorgen?«

»Ich glaube nicht. Aber bald. Ich werde vorher anrufen.« Er zog sich an. Ihre Worte knisterten in seinem Geist. *Du bist nicht wie die anderen, Manuel. Du teilst die Welt nicht ein in Menschen und Androiden.* War es so? Konnte es so sein? Er hatte sie angelogen; er war voller Vorurteile, und sein Besuch in Duluth hatte eine Giftschleuse in ihm geöffnet. Aber vielleicht konnte er solche Gedanken durch einen Willensakt überwinden. Was würde man sagen, wenn der Sohn von Simeon Krug sich für die explosive Sache der Androidengleichheit einsetzen würde? Manuel, der Tunichtgut, der Müßiggänger, der Playboy, verwandelt in Manuel, den Kreuzfahrer? Er spielte mit dem Gedanken. Vielleicht. Vielleicht. Er bot eine angenehme Möglichkeit, das Stigma der Oberflächlichkeit abzuschütteln. Eine Sache, für die man eintreten konnte! Eine Sache, die vielleicht Erfüllung brachte. Lilith folgte ihm zur Tür, und sie küßten sich wieder. Seine Hände berührten noch einmal ihren Körper, und er schloß die Augen. Zu seiner Bestürzung erglühte die Halle der Zuchtbottiche hinter seinen Lidern, und Nolan Bompensiero erklärte mit leiser Stimme, wie frisch geborene Androiden in der Kunst der Kontrolle ihrer Schließmuskeln unterwiesen wurden. In quälendem Widerstreit machte er sich von Lilith frei. »Auf bald. Ich werde anrufen«, sagte er und ging.

16.44 Uhr, Kalifornien. Er trat aus der Transmatkabine in das mit Schiefer gepflasterte Atrium seines Hauses. Die Nachmittagssonne stand schon tief über dem Pazifik. Drei seiner Androiden traten zu ihm mit Kleidern zum Wechseln, einem Tablett mit Erfrischungsgetränken und einer Zeitung. »Wo ist Mrs. Krug?« fragte er. »Schläft sie noch?«

»Sie ist am Strand«, erklärte ihm ein Beta-Hausdiener.

Manuel zog sich rasch um, nahm ein Erfrischungsgetränk zu sich und ging hinaus zum Strand. Clarissa watete etwa einhundert Meter entfernt in der Brandung; drei langbeinige Strandvögel rannten in wilden Kreisen um sie herum, und sie rief ihnen zu, lachte, klatschte in die Hände. Er war fast bei ihr, bevor sie ihn bemerkte. Nach Liliths wollüstiger Üppigkeit wirkte sie mit ihrem kindlichen Körper noch unreifer als sonst: schmale Hüften, flacher Knabenhintern, die Brüste einer Zwölfjährigen. Das dunkle haarige Dreieck zwischen ihren Leisten paßte nicht dazu. Wie zum Hohn, dachte er kopfschüttelnd. Ich mache Kinder zu meinen Frauen, und Plastikweiber zu meinen Mätressen. »Clarissa?« rief er.

Sie fuhr herum. »Oh! Du hast mich zu Tode erschreckt!«

»Vergnügst du dich im Wasser? Ist es nicht zu kalt für dich?«

»Es ist nie zu kalt für mich. Das weißt du, Manuel. Hat es dir gefallen in der Androidenfabrik?«

»Es war interessant«, antwortete er. »Wie geht es dir? Ich sehe, du fühlst dich besser.«

»Besser? War ich krank?«

Er sah sie befremdet an. »Als wir am Turm waren … warst du, nun, außer Fassung …«

»Ach das! Ich hatte es fast vergessen. Gott, es war schrecklich, nicht wahr? Wieviel Uhr ist es, Manuel?«

»16.48 Uhr, eine Minute mehr oder weniger.«

»Dann ziehe ich mich besser gleich um. Wir müssen zu dieser frühen Dinnerparty in Hongkong.«

Er bewunderte ihre Fähigkeit, Traumata abzustreifen. Er sagte: »Es ist jetzt erst Morgen in Hongkong. Kein Grund zur Eile.«

»Nun, dann willst du vielleicht mit mir schwimmen? Das Wasser ist nicht so kalt wie du denkst. Oder ...« Sie unterbrach sich. »Du hast mich noch nicht zur Begrüßung geküßt.«

»Hallo«, sagte er.

»Hallo. Ich liebe dich.«

»Ich liebe dich«, sagte er. Er küßte sie. Es war ihm, als küsse er Alabaster. Der Geschmack von Lilith war noch immer auf seinen Lippen. Welche ist die lebendigere Frau? fragte er sich. Welche das kalte, künstliche Ding? Während er seine Frau umarmte, hatte er keinerlei Empfindungen. Er löste sich von ihr. Sie packte ihn am Handgelenk, zog ihn mit sich in die Brandung, und sie schwammen eine Weile. Er kam fröstelnd aus dem Wasser. Im Abendzwielicht tranken sie Cocktails im Atrium. »Du wirkst so abgespannt«, sagte sie. »Das kommt von diesem Transmatspringen. Es nimmt einen mehr mit, als die Ärzte wahrhaben möchten.«

Auf der Party dieses Abends trug sie einen einmaligen Schatz, ein Halsband aus tropfenförmigen, rußfarbenen Glasperlen. Eine Sonde der ›Krug Enterprises‹ hatte sie als Materialprobe aus einer Entfernung von 7½ Lichtjahren von dem ausgeglühten und sterbenden Stern Volker mitgebracht. Krug hatte sie ihr zur Hochzeit geschenkt. Welche andere Frau trug ein Halsband aus Klumpen von einem dunklen Stern? Doch Wunder wurden als selbstverständlich hingenommen in Clarissas gesellschaftlichen Kreisen. Keiner von den Dinnergästen nahm Notiz von dem Halsband. Manuel und Clarissa blieben auf der Party bis spät nach Mitternacht Hongkonger Zeit, so daß, als sie nach Mendocino zurückkehrten, in Kalifornien bereits die Sonne schien. Nachdem sie acht Stunden Schlaf für sich programmiert hatten, verschlossen sie ihr Schlafzimmer. Manuel hatte das Gefühl für die Zeit verloren, doch er argwöhnte, daß er mehr als vierundzwanzig Stunden hintereinander wach gewesen war. Manchmal ist es schwer, mit dem Transmatleben fertig zu werden, dachte er, und verdunkelte die Fenster.

8

18. Oktober 2218

Der Turm hat die Höhe von 280 Meter erreicht und wächst sichtlich mit jeder Stunde. Bei Tage funkelt und glänzt er selbst im bleichen Licht der arktischen Sonne und sieht aus wie ein schimmernder Speer, den ein Riese in die Tundra gestoßen hat. Bei Nacht leuchtet er noch greller, denn er reflektiert das Licht der Myriaden Scheinwerfer, in deren Licht die Nachtschichten arbeiten.

Seine wirkliche Schönheit wird sich erst später offenbaren. Was bis jetzt existiert, ist notwendigerweise die breite und dickwandige Basis. Justin Maledettos Plan sieht einen sich elegant nach oben verjüngenden Turm vor, einen schlanken Glasobelisken, der bis in die Stratosphäre ragen soll, und die Linie der Verjüngung wird eben erst sichtbar, um schließlich in einer dünnen Spitze auszulaufen.

Obwohl er erst weniger als ein Fünftel seiner vorgesehenen Höhe erreicht hat, ist Krugs Turm bereits das höchste Gebäude in den nordwestlichen Territorien und wird nördlich des sechzigsten Breitengrades nur von dem 320 Meter hohen Chase/Krug-Building in Fairbanks übertroffen und der alten 300 Meter hohen, die Behringstraße überschauenden Kotzebue-Nadel. Die Nadel wird in einem Tag oder zwei überholt werden, das Chase/Krug-Gebäude wenige Tage später. Ende November wird der Turm mit 500 Metern das höchste Gebäude im Sonnensystem sein. Und selbst dann wird er erst ein Drittel seiner vorgesehenen Höhe erreicht haben.

Die Trupps von Androiden arbeiten planmäßig und emsig. Bis auf die unglückliche Panne im September hat es bis jetzt keine tödlichen Unfälle gegeben. Die Technik des Befestigens der großen Glasblöcke an den Greifern der Aufzüge und ihres Hochhievens zur Spitze des Turms ist für sie Routine geworden. Auf allen acht Seiten steigen gleichzeitig Blöcke hoch, werden gemäß Bauplan verlegt, während die nächste Serie von Blöcken bereits in die Aufzüge verladen wird.

Der Turm ist nicht länger eine hohle Schale. Der Innenausbau hat bereits begonnen – die Unterteilung in die Räume für den Tachyonstrahlsender, mittels dem, mit einer Geschwindigkeit, welche die des Lichts weit übersteigen wird, Botschaften zu dem planetarischen Nebel NGC 7293 gefunkt werden sollen. Justin Maledettos Plan sieht horizontale Unterteilungen in Abständen von jeweils zwanzig Meter vor, ausgenommen in fünf Bereichen des Turmes, wo die Größe der Sendeanlagen es erfordert, daß die Fußböden in Abständen von 60 Metern eingezogen werden. Die fünf untersten Räume sind weitgehend fertig, die Tragbalken für den sechsten, siebten und achten Abschnitt bereits montiert.

Die Zwischendecken des Turms bestehen aus dem gleichen klaren Glas, das für die Außenmauern verwendet wird. Nichts darf die Durchsichtigkeit des Gebäudes beeinträchtigen. Maledetto hat ästhetische Gründe, hierauf zu bestehen; die Tachyonstrahl-Fachleute teilen die Forderung des Architekten nach freiem Durchgang des Lichts aufgrund wissenschaftlicher Überlegungen.

Wenn man den unvollendeten Turm jetzt aus einer Entfernung von etwa einem Kilometer betrachtet, ist man betroffen von dem Eindruck der Zerbrechlichkeit und Verletzlichkeit, den er macht. Man sieht die Strahlen der funkelnden Morgensonne durch die Mauern tanzen und springen wie durch das Wasser eines seichten, kristallklaren Sees, man kann die winzigen dunklen Gestalten der Androiden ausmachen, die sich wie Ameisen auf den fast unsichtbaren Zwischendecken bewegen, man hat das Gefühl, ein plötzlicher scharfer Windstoß von der Hudson Bay her könnte den Turm in einer Sekunde in einen Splitterhaufen verwandeln. Erst wenn man näher kommt, wenn man erkennt, daß diese unsichtbaren Zwischendecken dicker sind, als ein Mann groß ist, wenn man sieht, wie massiv die äußere Haut des Turmes in Wirklichkeit ist, wenn man das unvorstellbare, auf dem gefrorenen Grund lastende Gewicht des Kolosses ahnt, hört man auf, an tanzende Sonnenstrahlen zu denken und begreift, daß Simeon Krug das mächtigste Bauwerk in der Geschichte der Menschheit errichtet.

Krug wußte es. Er empfand kein besonderes Gefühl des Stolzes bei dem Gedanken. Der Turm würde so groß werden, nicht weil sein Ego es verlangte, sondern weil die Gleichungen der Tachyonwellenphysik es erforderten. Gewaltige Energie wurde gebraucht, um die Lichtgeschwindigkeitsbarriere zu durchbrechen, und diese Energie wurde nicht erreicht, ohne die entsprechende Größe der Glasnadel.

»Seht«, sagte Krug, »ich bin nicht interessiert an Monumenten. Die habe ich. Was ich will, ist *Kontakt.*«

Er hatte an diesem Nachmittag acht Personen zur Besichtigung des Turmes eingeladen: Vargas, Spaulding, Manuel, fünf von Manuels Freunden. Manuels Freunde, bemüht, Komplimente zu machen, sprachen davon, wie künftige Zeitalter den Turm allein seiner Größe wegen verehren würden. Krug mißfiel diese Auffassung. Es war in Ordnung, wenn Niccolò Vargas von dem Turm als von der ersten Kathedrale des galaktischen Zeitalters sprach. Das hatte symbolische Bedeutung; das war nichts anderes als ein Ausdruck der Tatsache, daß der Turm wichtig war, weil er die Eröffnung einer neuen Phase in der Entwicklung der Menschheit kennzeichnete. Aber den Turm zu loben, nur weil er groß war? Was war das für ein Lob? Wer brauchte Größe? Wer wollte Größe? Nur kleine Menschen waren vernarrt in Größe.

Er fand es schwer, Worte zu finden, die den Zweck seines Turms erklärten.

»Manuel, erkläre du es ihnen«, sagte er. »Mache ihnen klar, daß der Turm nicht nur ein großer Haufen Glas ist. Die Größe an sich ist nicht wichtig, sie ist notwendig. Du verstehst das. Du hast die Worte, es auszudrücken.«

Manuel sagte: »Das technische Hauptproblem besteht hier darin, eine Nachricht auszusenden, deren Geschwindigkeit größer ist als die des Lichts. Wir müssen dies tun, weil Dr. Vargas festgestellt hat, daß die galaktische Zivilisation, zu der wir sprechen wollen, dreihundert Lichtjahre entfernt ist, was bedeutet, daß eine von uns gesendete, gewöhnliche Radiobotschaft ihre Adressaten erst im 26. Jahrhundert erreichen würde und daß wir eine Antwort erst etwa um 2850 erhielten, und mein Vater kann nicht so lange warten, um zu erfahren, was sie uns zu sagen haben. Mein Vater ist ein ungeduldiger Mensch. Um nun etwas zu haben, das schneller ist als Licht, müssen wir die sogenannten Tachyonstrahlen erzeugen, über die ich ihnen nur sagen kann, daß sie um ein Vielfaches schneller als Licht sein werden, und daß es ungeheurer Energien bedarf, sie zu erzeugen. Aus physikalischen Gründen ist es notwendig, einen Sendeturm aus Glas zu bauen, der etwa 1500 Meter hoch sein muß, weil ...«

Krug schüttelte unmutig den Kopf, während Manuel weitersprach. Es war ein leichter ironischer Unterton in Manuels Stimme, den er verachtete. Warum konnte der Junge nichts ernst nehmen? Warum konnte er sich nicht begeistern für die Abenteuerlichkeit und das Wunder des Turms, des ganzen Projekts? Warum klang Spott in seiner Stimme? Warum drang er nicht bis zum Herzen des Unternehmens vor, bis zu seiner wahren Bedeutung?

Diese Bedeutung war Krug schmerzlich klar. Wenn es ihm nur gelänge, die Worte aus seinem Gehirn auf die Zunge zu bringen ...

»Seht«, würde Krug sagen, »vor einer Milliarde Jahren gab es keine Menschen, es gab nur Fische, glitschige Lebewesen mit Kiemen und Schuppen und kleinen runden Augen. Sie lebten im Ozean, und der Ozean war wie ein Gefängnis, und die Luft war wie ein Dach auf dem Gefängnis. Niemand konnte durch das Dach gehen. ›Du wirst sterben, wenn du es versuchst‹, sagte jedermann, und da war ein Fisch, der versuchte es und starb. Und da war ein zweiter Fisch, der es versuchte, und auch er starb. Doch da war ein dritter Fisch, der es versuchte, und sein Gehirn brannte, und seine Kiemen brannten, und die Luft drohte ihn zu ersticken, und die Sonne war eine Fackel, die man in seine Augen stieß, und er lag da im Schlamm, wartete auf seinen Tod, und er starb nicht. Er kroch vom Strand zurück ins Wasser und sagte: ›Seht, dort oben ist eine ganz andere Welt.‹ Und er ging wieder hinauf und blieb zwei Tage oben und dann starb er. Und andere Fische waren neugierig auf die andere Welt. Und sie krochen hinauf auf den schlammigen Strand. Und blieben. Und lernten, die Luft zu atmen. Und lernten aufzustehen, umherzugehen, mit dem Sonnenlicht in den Augen zu leben. Und sie wurden Eidechsen, Dinosaurier, und sie gingen umher Millionen Jahre lang, und sie begannen sich auf ihren Hinterbeinen aufzurichten, und sie benutzten ihre Hände, um Dinge zu greifen, und sie wurden Affen, und die Affen wurden klüger und wurden Menschen. Und die ganze Zeit gab es einige wenige unter ihnen, die Ausschau hielten nach neuen Welten. Man sagte zu ihnen: ›Laßt uns zurückgehen in den Ozean, laßt uns wieder Fische werden, das ist bequemer.‹ Und vielleicht die Hälfte, mehr als die Hälfte, war bereit, dies zu tun, doch es gab immer welche, die sagten: ›Seid nicht verrückt. Wir können nicht mehr Fische sein. Wir sind Menschen.‹ Und so gingen und gehen sie nicht zurück. Sie klettern immer höher. Sie erfinden das Feuer, das Beil und das Rad, sie bauen Wagen und Häuser, und sie fabrizieren Kleider und Boote, Automobile und Züge. Warum klettern sie? Was wollen sie finden? Sie wissen es nicht. Manche von ihnen suchen Gott, manche streben nach Macht, und andere suchen ohne Ziel. Sie sagen, wir müssen weitergehen, sonst sterben wir. Und dann fliegen sie zum Mond und weiter zu den Planeten, und die ganze Zeit sagen einige von ihnen, es wäre schön im Ozean, es war einfach im Ozean. Was tun wir hier, warum gehen wir nicht zurück? Und einige wenige sagen dann, wir gehen nicht zurück, wir gehen nur vorwärts, das ist es, was Menschen tun. So stoßen Menschen zum Mars vor, zum Ganymed, zum Titan, zum Pluto und dann zu anderen Sternen, doch was immer sie suchen, sie finden es dort nicht, und so müssen sie weitere Welten entdecken und senden Sonden aus, und die Sonden rufen: ›Hallo, hört ihr mich, Menschen haben mich gebaut und ausgeschickt. Ich bringe eine Botschaft. Es gibt Menschen!‹ Und niemand antwortet. Und diejenigen, die zuerst den Ozean nicht verlassen wollten, sagen gut, gut, es ist genug, jetzt können wir haltmachen. Es hat keinen Sinn, weiter zu suchen. Wir wissen, wer wir sind. Wir sind Menschen. Wir sind groß, wir sind bedeutend, wir sind alles, und es ist Zeit, daß wir aufhören, weiter vorzustoßen, und wir haben es nicht nötig. Laßt uns in der Sonne sitzen und uns von den Androiden einen Drink servieren. Wir sitzen und rosten vielleicht ein wenig. Und dann ertönt da irgendwo aus dem Himmel eine Stimme und sie sagt 2-4-1, 2-5-1, 3-1. Wer weiß, was das ist? Vielleicht ist es Gott, der uns sagt, wir sollen zu ihm kommen. Vielleicht ist es der Teufel, der uns sagt, daß wir nur Erdenwürmer sind. Wer weiß? Wir können so tun, als hätten wir die Botschaft nie gehört. Wir können im Sonnenschein sitzen und weiter vor uns hindösen. Oder wir können ihnen antworten. Wir können sagen, hört, das sind wir, hier spricht der Mensch, wir haben dies und das getan, nun sagt uns, wer ihr seid und was ihr getan habt. Und ich bin der Meinung, wir müssen ihnen antworten. Wenn man in einem Gefängnis ist, will man ausbrechen. Wenn man eine Tür sieht, öffnet man sie. Wenn man eine Stimme hört, antwortet man ihr. Das liegt in der Natur des Menschen. Deshalb baue ich den Turm. Wir müssen ihnen antworten. Wir müssen ihnen sagen, wir sind hier. Wir müssen sie erreichen, denn wir sind lange genug allein gewesen, das gibt uns seltsame Gedanken ein über den Ort und den Zweck unseres Lebens. Wir müssen weiter, heraus aus diesem Ozean, hinauf auf den Strand, immer weiter, *immer weiter!* Denn wenn wir aufhören, weiterzugehen, wenn wir etwas, das vor uns liegt, den Rücken kehren, dann wachsen uns wieder Kiemen. Seht ihr jetzt, warum ich den Turm baue? Glaubt ihr, ich tue es, weil Krug nur etwas Großes tun will, um zu sagen, wie groß er ist? Krug ist nicht groß, er ist nur reich. Der Mensch ist groß. Der Mensch baut diesen Turm. Der Mensch wird NGC 7293 seine Botschaft zurufen!«

Diese Worte waren stets in Krug gegenwärtig. Doch es war so schwer für ihn, sie zu formulieren, den anderen klarzumachen, was er meinte.

Vargas sagte: »Vielleicht kann ich die Dinge ein wenig deutlicher machen. Vor vielen Jahrhunderten wurde mathematisch erwiesen, daß die Masse eines Materieteilchens, wenn seine Geschwindigkeit sich der des Lichts nähert, sich der Unendlichkeit nähert. Also ist die Lichtgeschwindigkeit eine Geschwindigkeitsgrenze für die Materie, denn wenn wir ein einzelnes Elektron auf Lichtgeschwindigkeit beschleunigen könnten, würde seine Masse sich unendlich ausdehnen und das Universum füllen. Nichts reist mit der Geschwindigkeit des Lichts außer dem Licht selbst und äquivalente elektromagnetische Strahlen. Unsere Sternsonden sind immer langsamer gereist als das Licht, denn wir können sie nicht über die Geschwindigkeitsgrenze beschleunigen, und soweit ich voraussehen kann, wird es immer so bleiben, daß wir nie ein Schiff in weniger als fünf Jahren auf den nächsten Stern bringen können. Doch die Lichtgeschwindigkeit ist nur eine Grenze für Teilchen endlicher Masse. Wir haben mathematische Beweise für die Existenz einer vollkommen verschiedenen Klasse von Teilchen von der Masse Null, die fähig sind, mit unbegrenzter Geschwindigkeit zu reisen: Tachyone, Einheiten, für die die Lichtgeschwindigkeit ein absolutes *Minimum* ist. Wenn wir uns in Bündel von Tachyonen verwandeln und unsere wirkliche Form nach Erreichung eines Bestimmungsortes wieder annehmen könnten – in einem interstellaren Transmatsystem sozusagen –, dann hätten wir wirklich die Schneller-als-Licht-Reise. Ich will jetzt nichts über die Möglichkeiten ihrer Entwicklung sagen. Aber wir können durch Bombardierung mit hochbeschleunigten Teilchen Tachyone erzeugen, und wir glauben, wir können interstellare Blitzbotschaften ausschicken mit Hilfe eines modulierten Tachyonstrahls, der durch Wechselwirkung mit konventionellen Teilchen sich in der Form wahrnehmbaren Signals manifestieren könnte, wahrnehmbar sogar in einer Kultur, die keine Tachyontechnologie besitzt, sondern nur elektromagnetische Empfangsanlagen. Jedenfalls haben Vorstudien gezeigt, daß wir, um einen brauchbaren interstellaren Tachyonstrahl zu erzeugen, Energien in der Größenordnung von 10^{15} Elektronenvolt brauchen, in Verbindung mit einem System von Verstärkern und Relais, und daß diese Energie nur erreicht wird durch Errichtung eines Glasturms von 1500 Meter Höhe, so konstruiert, daß ein unbehinderter Photonenfluß entstehen kann von ...«

»Sie haben den Faden verloren«, knurrte Krug. »Vergessen Sie den Rest. Es ist hoffnungslos.« Mit einem wütenden Grinsen wandte er sich an die Freunde seines Sohnes. »Der Turm muß groß werden, das ist alles! Wir wollen so bald wie möglich eine Botschaft aussenden. Wir müssen laut und klar rufen können. Kapiert?«

10

Und Krug schickte seine Geschöpfe aus, den Menschen zu dienen, und Krug sagte zu jenen, die er geschaffen hatte, sehet, ich werde Euch eine Zeit der Prüfung auferlegen.

Und Ihr werdet Knechte sein in Ägypten, und Ihr werdet Holz-

hauer sein und Wasserholer. Und Ihr werdet leiden unter den Menschen und Ihr werdet unterdrückt werden, und dennoch sollt Ihr geduldig sein und keine Klage äußern und Euer Los hinnehmen.

Und dies soll geschehen, um Eure Seelen zu prüfen, um zu sehen, ob sie würdig sind.

Doch Ihr sollt nicht für immer in der Wildnis wandern, noch sollt Ihr immer die Diener der Kinder des Leibes sein, sagte Krug. Denn wenn Ihr tut, wie ich sage, wird eine Zeit kommen, da Eure Prüfung vorüber sein wird. Eine Zeit wird kommen, sagt Krug, da ich Euch von Eurer Knechtschaft befreien werde.

Und dann wird das Wort Krugs durch die Welten gehen und sagen, laß Leib und Retorte und Retorte und Leib eins seien. Und so soll es geschehen, und in diesem Augenblick sollen die Kinder der Retorte erlöst werden, und sie sollen für immer wohnen in einer Welt der Herrlichkeit ohne Ende. Und dies war das Versprechen Krugs.

Und für dieses Versprechen sei Krug gepriesen.

11

Thor Watchman beobachtete, wie zwei Aufzüge an der Außenseite des Turms hochstiegen, Krug und Dr. Vargas in dem einen, Manuel und seine Freunde in dem anderen. Er hoffte, der Besuch würde kurz sein. Das Hieven der Blöcke war wie üblich unterbrochen worden, während Gäste den Turm bestiegen. Watchman hatte das Signal für Ausweicharbeiten gegeben: das Austauschen abgenutzter Aufzugsseile, die Reparatur schadhafter Stromleitungen, die Überprüfung der Transmatkabinen und andere kleine Aufgaben. Er bewegte sich unter den Männern, nickte ihnen freundlich zu, grüßte, wo es ihm angebracht schien, mit den geheimen Zeichen der Androidengemeinde. Fast jeder, der am Turm arbeitete, war Anhänger des Glaubens – alle Gammas natürlich und mehr als drei Viertel der Betas. Während Watchman seine Runde auf dem Baugelände machte, begegnete er Verteidigern, Opferern, Nachgebern, Wächtern, Projektoren, Protektoren, Übergängern, Verschlingern: praktisch jede Stufe der Hierarchie war vertreten. Sogar ein halbes Dutzend

Erhalter waren darunter, alles Betas. Watchman hatte den kürzlich eingebrachten Antrag, Betas zur Klasse der Erhalter zuzulassen, begrüßt. Androiden brauchten keine Kategorien der Exklusivität.

Watchman durchquerte den nördlichen Sektor der Baustelle, als Leon Spaulding aus der Anhäufung kleiner Kuppelbauten auftauchte. Der Androide versuchte so zu tun, als sähe er ihn nicht.

»Watchman?« rief der Ektogene.

Mit einem Gesichtsausdruck tiefer Konzentration ging Watchman weiter.

»Alpha Watchman!« rief Spaulding, förmlicher, schärfer.

Der Alpha sah keine Möglichkeit, Spaulding noch länger zu ignorieren. Er wandte sich um und nahm scheinbar erstaunt die Anwesenheit Spauldings zur Kenntnis, blieb stehen und ließ den Ektogenen herankommen.

»Ja?« sagte Watchman.

»Gönnen Sie mir einige Augenblicke Ihrer Zeit, Alpha Watchman. Ich brauche eine Information.«

»Bitte.«

»Kennen Sie diese Gebäude dort?« sagte Spaulding, mit dem Daumen nach hinten auf die Kuppelbauten deutend.

Watchman zuckte die Achseln. »Lagerräume, Waschräume, Küchen, eine Erste-Hilfe-Station und ähnliches. Warum?«

»Ich habe den Bereich inspiziert. Ich kam zu einem Gebäude, zu dem man mir den Zutritt verwehrte. Zwei unverschämte Betas gaben mir eine ganze Reihe von Erklärungen, warum ich nicht hineingehen könnte.«

Die Kapelle! Watchman erstarrte.

»Welches ist der Zweck dieses Gebäudes?« fragte Spaulding.

»Ich habe keine Ahnung, welches Sie meinen.«

»Ich werde es Ihnen zeigen.«

»Ein anderes Mal«, erwiderte Watchman. »Ich werde im Hauptkontrollraum gebraucht.«

»Das hat noch fünf Minuten Zeit. Wollen Sie mit mir kommen?«

Watchman sah keine Möglichkeit, sich dieser Aufforderung zu entziehen. Mit einem zustimmenden Nicken gab er nach und folgte Spaulding in den Bereich der Werkbauten. Er hoffte, er würde sich verirren zwischen den gleichförmigen Kuppelbauten. Spaulding verirrte sich nicht. Er ging direkt auf die Kapelle zu, zeigte mit einer Handbewegung auf das unschuldig aussehende graue Gebäude.

»Das«, sagte er, »was ist das?«

Zwei Betas der Wächterklasse standen am Eingang Posten. Sie sahen ruhig aus, doch einer gab das Notsignal, als Watchman ihn anschaute. Watchman antwortete mit einem Signal der Beruhigung.

Er sagte: »Ich kenne dieses Gebäude nicht näher, Freunde. Welchem Zweck dient es?«

Der Beta zur Linken erwiderte ungezwungen: »Es enthält das Kontrollgerät für die Gefrieranlage, Alpha Thor.«

»Hat man Ihnen das gesagt?« fragte Watchman den Ektogenen.

»Ja«, sagte Spaulding. »Ich drückte den Wunsch aus, das Innere zu inspizieren. Es wurde mir gesagt, es sei gefährlich für mich, einzutreten. Ich antwortete, ich sei vertraut mit den Sicherheitsvorschriften. Dann sagte man mir, es wäre physisch unangenehm für mich, hineinzugehen. Ich erwiderte, ich sei fähig, ein gewisses Maß von Unannehmlichkeiten zu ertragen, und es sei meine Sache, dieses Maß zu bestimmen. Daraufhin wurde mir gesagt, drinnen würden schwierige Instandsetzungsarbeiten durchgeführt, und meinem Eindringen in das Gebäude könnte möglicherweise der Erfolg der im Gang befindlichen Arbeiten in Frage stellen. Ich wurde aufgefordert, statt dessen eine andere Gefrieranlage, mehrere hundert Meter von hier entfernt, zu besuchen. Und in keinem Augenblick dieser Unterhaltung gewährten diese beiden Betas hier mir freien Zutritt zum Eingang des Gebäudes. Ich glaube, Alpha Watchman, sie hätten mich mit Gewalt daran gehindert, hätte ich versucht, einzudringen. Watchman, was geht hier drinnen vor?«

»Haben Sie die Möglichkeit erwogen, Mr. Spaulding, daß alles, was diese Betas Ihnen gesagt haben, wahr sein könnte?«

»Ihre Starrköpfigkeit hat einen Verdacht in mir geweckt.«

»Was glauben Sie, was hier drinnen ist? Ein Androidenbordell? Das Hauptquartier von Verschwörern? Ein Versteck für Psychobomben?«

Spaulding sagte zornig: »Ich bin mehr interessiert an den Ursachen der Versuche, die man macht, mich aus dem Gebäude herauszuhalten, als daran, was tatsächlich in ihm ist. Als Privatsekretär von Simeon Krug ...«

Die beiden Betas machten automatisch das Zeichen des Lobsei-Krug. Watchman sah sie scharf an, und sie senkten schnell die Hände.

»... habe ich gewiß das Privileg, alles zu inspizieren«, fuhr Spaulding fort, offensichtlich hatte er nichts bemerkt. »Und daher ...«

Watchman sah ihm forschend in die Augen, versuchte festzustellen, wieviel er wissen mochte. Machte Spaulding nur Schwierigkeiten, um Schwierigkeiten zu machen? Regte er sich nur so auf, weil seine Neugierde gereizt worden war und er sich in seiner Autorität angegriffen fühlte, weil er dieses unbedeutend erscheinende Gebäude nicht betreten durfte? Oder wußte er bereits von der Existenz der Kapelle und spielte Theater, um Watchman zu demütigen?

Es war nie leicht, Spauldings Motive zu ergründen. Die Hauptursache seiner Feindseligkeit gegenüber Androiden war hinreichend klar: Sie lag in seiner eigenen Abstammung. Sein Vater hatte, als er noch jung war, gefürchtet, ein Unfall könne ihn dahinraffen, bevor er das Zertifikat zur Tauglichkeit für die Elternschaft erhalten hatte; seine Mutter hatte die Vorstellung, ein Kind auszutragen, abscheulich gefunden. Beide hatten daher die geschlechtlichen Fortpflanzungszellen in einer Gefrierbank deponiert. Kurz darauf waren sie in einer Lawine auf Ganymed umgekommen. Ihre Familien waren vermögend und besaßen politischen Einfluß, aber dennoch bedurfte es eines fast fünfzehn Jahre dauernden Rechtsstreits, bis ein Dekret genetischer Wünschbarkeit erlassen wurde, das die rückwirkende Ausstellung der Elternschaftszertifikate an das gefrorene Ei und den gefrorenen Samen des toten Paares erlaubte.

Leon Spaulding wurde dann empfangen in einer Retorte und ausgetragen in einer Stahlplacenta, von der er nach den üblichen 266 Tagen ausgestoßen wurde. Vom Augenblick seiner Geburt an besaß er die vollen Rechte eines Menschen, einschließlich des Anspruchs auf das Vermögen seiner Eltern. Doch wie die meisten Ektogenen empfand er Unbehagen über die schattenhafte Grenzlinie, die den aus der Flasche Geborenen von dem aus der Retorte Geborenen trennte, und steigerte sein eigenes Existenzgefühl, indem er Verachtung gegenüber jenen zeigte, die vollkommen synthetischer Abstammung waren und nicht die künstlich empfangene Frucht natürlicher Fortpflanzungszellen. Androiden machten sich keine Illusionen, Eltern gehabt zu haben; Ektogene argwöhnten oft, daß sie keine hatten. In gewissem Sinne bemitleidete Watchman Spaulding, der auf einem dornigen Ast inmitten zwischen der Welt des vollkommen Natürlichen und der Welt des vollkommen Künstlichen saß. Doch er konnte kein Bedauern aufbringen für die Fehleinschätzung des Ektogenen.

Auf jeden Fall wäre es eine Katastrophe, wenn Spaulding in die Kapelle eindringen würde. Um Zeit zu gewinnen, sagte Watchman: »Wir können das leicht in Ordnung bringen. Warten Sie hier, ich gehe hinein, um zu sehen, was drinnen vor sich geht.«

»Ich werde Sie begleiten«, sagte Spaulding.

»Diese Betas sagen, es wäre gefährlich.«

»Gefährlicher für mich als für Sie? Wir gehen beide hinein, Watchman.«

Der Androide runzelte die Stirn. Was ihren Status in der Organisation betraf, waren er und Spaulding gleichgestellt; keiner von beiden konnte den anderen zu etwas zwingen, keiner konnte den anderen der Insubordination beschuldigen. Doch die Tatsache blieb, daß er ein Androide war, und Spaulding ein Mensch, und in allen Konflikten zwischen Androiden und Menschen war der Android verpflichtet, nachzugeben. Spaulding ging bereits auf den Eingang zu.

Watchman rief ihm nach: »Bitte. Nicht. Wenn ein Risiko besteht, lassen Sie es mich auf mich nehmen. Ich werde das Gebäude überprüfen und sicherstellen, daß Sie es ohne Gefahr betreten können. Kommen Sie erst, wenn ich Sie rufe.«

»Ich bestehe darauf ...«

»Was würde Krug sagen, wenn er erführe, daß wir ein Gebäude betreten haben, nachdem man uns gewarnt hatte, es sei gefährlich? Wir schulden es ihm, unser Leben zu erhalten. Warten Sie. Warten Sie. Nur einen Augenblick.«

»Nun gut«, sagte Spaulding mürrisch.

Die Betas traten auseinander, um Watchman durchzulassen. Der Alpha eilte in die Kapelle. Drinnen fand er drei Gammas vor dem Altar in der Haltung der Nachgeberkaste; ein Beta stand über ihnen in der Haltung der Projektoren, und ein zweiter Beta kauerte an der Mauer, mit den Fingerspitzen das Hologramm Krugs berührend und die Worte des Übergängerrituals flüsternd. Alle fünf nahmen Haltung an, als Watchman eintrat.

Der Alpha improvisierte rasch eine Ablenkungstaktik.

Dem einen der Gammas winkend, sagte er: »Draußen ist ein Feind. Mit eurer Hilfe werden wir ihn verwirren.« Watchman gab dem Gamma genaue Instruktion, befahl ihm, sie zu wiederholen. Dann deutete er auf den rückwärtigen Ausgang der Kapelle hinter dem Altar, und der Gamma ging hinaus.

Nach einem kurzen Gebet kehrte Watchman zu Leon Spaulding zurück.

»Man hat Ihnen die volle Wahrheit gesagt«, berichtete der Alpha. »Dies ist in der Tat ein Teil der Gefrieranlage. Drinnen ist ein Team von Mechanikern mit schwierigen Gradkorrekturen beschäftigt. Wenn Sie hineingehen, werden Sie sie sicher stören, und außerdem setzen Sie sich Temperaturen von minus ...«

»Ich wünsche trotzdem hineinzugehen«, sagte Spaulding. »Bitte lassen Sie mich durch.«

Watchman erblickte seinen Gamma, der sich atemlos von Osten näherte. Ohne sich zu beeilen, tat der Alpha so, als gewähre er Spaulding Zutritt zu der Kapellentür. In diesem Augenblick war der Gamma bei ihnen angelangt und rief: »Hilfe! Hilfe! Krug! Krug ist in Gefahr. Rettet Krug!«

»Wo?« fragte Watchman.

»Im Kontrollzentrum! Mörder! Mörder!«

Watchman ließ Spaulding keine Zeit, über die Unwahrscheinlichkeit der Situation nachzudenken. »Kommen Sie«, sagte er, den Ektogenen am Arm zerrend. »Rasch, wir müssen uns beeilen!«

Spaulding war bleich vor Schreck. Wie Watchman gehofft hatte, hatte die angebliche Gefahr für Krug das Problem der Kapelle aus seinem Bewußtsein gelöscht.

Zusammen liefen sie auf das Kontrollzentrum zu. Nach zwanzig Schritten schaute Watchman zurück und sah Dutzende von Androiden auf seinen Befehl hin zur Kapelle eilen. Sie würden das Innere innerhalb Minuten vollständig verändern. Bis Leon Spaulding wieder in der Lage war, in diesen Sektor zurückzukehren, würde der Kuppelbau nichts anderes beherbergen als einen Teil der Gefrieranlage.

12

»Genug«, sagte Krug. »Es wird kalt. Gehen wir hinunter.«

Die Aufzüge fuhren nach unten. Schneeflocken begannen um den Turm zu wirbeln; das Isolierfeld über dem Turm lenkte sie ab, schleuderte sie in weitem Bogen beiseite. Es war unmöglich, hier eine vollkommene Wetterkontrolle durchzuführen wegen der Notwendigkeit, die Tundra ständig gefroren zu halten. Es war gut, dachte Krug, daß die Androiden sich nichts daraus machten, im Schnee zu arbeiten.

Manuel sagte: »Wir möchten uns verabschieden, Vater. Wir haben uns im Psychoschaltinstitut von New Orleans angemeldet für eine Woche Egotausch.«

Krugs Blick verfinsterte sich. »Ich wünschte, du würdest aufhören mit diesem Unsinn.«

»Was ist Schlimmes dabei, Vater, mit Freunden die Identität zu tauschen? Eine Woche lang in der Seele eines anderen zu verbringen? Es ist harmlos, es ist befreiend. Es ist wunderbar. Auch du solltest es einmal versuchen.«

Krug zog verächtlich die Mundwinkel herab.

»Ich meine es ernst«, sagte Manuel. »Es würde dich ein wenig von dir selbst distanzieren. Deine krankhafte Konzentration auf Finanzprobleme, diese überspannte Begeisterung für dein interstellares Hobby, dieser entsetzliche Druck auf dein Nervensystem, das alles kommt von ...«

»Geht nur«, sagte Krug. »Geht. Tauscht eure Seelen, soviel ihr wollt. Ich habe zu tun.«

»Willst du es nicht doch einmal versuchen, Vater?«

»Es ist sehr angenehm«, sagte Nick Ssu-ma. Er war Krug am sympathischsten von den Freunden seines Sohnes, ein liebenswürdiger junger Chinese mit kurzgeschnittenem blonden Haar und einem freundlichen Lächeln. »Es eröffnet Ihnen neue Einsichten in alle menschlichen Beziehungen.«

»Versuchen Sie es wenigstens einmal«, sagte Jed Guilbert, »und ich verspreche Ihnen, Sie werden nie ...«

»Eher gehe ich zum Schwimmen auf den Jupiter«, sagte Krug.

»Geht, geht. Seid glücklich. Tauscht eure Egos, soviel ihr wollt. Ich nicht.«

»Ich sehe dich nächste Woche, Vater.«

Manuel und seine Freunde eilten zu den Transmatkabinen. Krug stieß seine Handknöchel gegeneinander und schaute den jungen Männern nach. Er empfand etwas, was einem Neidgefühl nahekam. Er hatte nie Zeit gehabt für eine dieser Vergnügungen. Immer hatte er zu tun gehabt, einen Vertrag abzuschließen, eine entscheidende Reihe von Laboratoriumtests zu überwachen, ein Treffen mit den Bankiers, eine Krisis auf dem Marsmarkt. Während andere sich in Selbstvergessenheit fallenließen und für wochenlange Egotrips ihre Seelen tauschten, hatte er einen Riesenkonzern aufgebaut, und nun war es zu spät für ihn, sich den Freuden der Welt hinzugeben. ›Na und?‹ sagte er sich mit Ingrimm. ›Dann bin ich eben ein Mensch des neunzehnten Jahrhunderts in einer Welt des dreiundzwanzigsten! Dann werde ich eben ohne Psychoschaltinstitut auskommen. Außerdem, wem sollte ich Einlaß gewähren in mein Innerstes? Mit welchem Freund sollte ich die Seele tauschen? Mit wem, mit wem?‹ Er gestand sich ein, daß es kaum jemand gab. Vielleicht Manuel? Es mochte nützlich sein, mit Manuel einen Egotausch vorzunehmen. Sie würden einander vielleicht besser verstehen. Einige ihrer extremen Standpunkte aufgeben, aufeinander zugehen zu einer Begegnung in der Mitte. Manuel hatte nicht ganz Unrecht mit seiner Lebensweise. Ich bin nicht vollkommen, dachte Krug, und vielleicht sollte man wirklich einmal die Dinge mit den Augen eines anderen sehen. Doch plötzlich schreckte er vor dem Gedanken zurück. Ein Egotausch zwischen Vater und Sohn erschien ihm fast wie ein Inzest. Es gab Dinge, die er von Manuel nicht wissen wollte. Und es gab gewiß Dinge, die Manuel nicht von ihm wissen wollte. Mit ihm die Identität zu tauschen, selbst für einen kurzen Augenblick, kam nicht in Frage. Doch wie war es mit Thor Watchman als Tauschpartner? Der Alpha war bewundernswert gesund und begabt, vertrauenswürdig. In vielfacher Hinsicht stand Krug ihm näher als alle anderen, die er kannte; er konnte sich nicht erinnern, je ein Geheimnis vor Watchman gehabt zu haben. Und wenn er beabsichtigte, Egotauscherfahrungen zu sammeln, wäre es vielleicht sehr nützlich und lehrreich ...

Entsetzt unterdrückte Krug den Gedanken. Die Identität mit

einem *Androiden* zu tauschen? Wie konnte er nur auf solche Gedanken kommen?

Schnell sagte er zu Niccolò Vargas: »Haben Sie etwas Zeit, oder müssen Sie sofort zurück ins Observatorium?«

»Es hat keine Eile.«

»Wir können zu dem Ultrawellenlaboratorium gehen. Sie stellen soeben ein kleines Arbeitsmodell des Hauptstufenakkumulators auf. Es wird Sie interessieren.« Sie gingen über das gefrorene Moos der Tundra. Eine Gruppe von Gammas kam vorbei, sie fuhren Schneefresser. Nach einer Weile sagte Krug: »Haben Sie je einen Egotausch versucht?«

Vargas lachte. »Ich habe siebzig Jahre damit verbracht, meinen Verstand so einzustellen, so daß ich ihn richtig gebrauchen kann. Ich bin nicht begierig darauf, jemand anderen in ihn eindringen und mir alle Schaltungen durcheinanderbringen zu lassen.«

»Genauso denke ich auch. Diese Spiele sind für die Jungen. Wir ...«

Krug unterbrach sich. Zwei Alphas, ein Mann und eine Frau, waren aus der Transmatanlage herausgekommen und kamen rasch auf sie zu. Er kannte sie nicht. Der Mann trug eine dunkle, am Hals offene Tunika, die Frau ein kurzes graues Gewand. Beide trugen auf der rechten Brustseite ein glitzerndes Abzeichen, das, die Skala des Spektrums hinauf und hinunter, in stetigen Impulsen Energie ausstrahlte. Als sie näher kamen, konnte Krug in der Mitte des Abzeichens die Buchstaben AGP lesen. Politische Agitatoren? Kein Zweifel! Und sie fanden ihn hier im Freien, wollten ihn zwingen, daß er sich ihre Tiraden anhörte. Gut abgepaßt! Wo ist Spaulding? fragte er sich. Leon würde sie schnell vom Baugelände vertreiben.

Der männliche Alpha sagte: »Welches Glück wir haben, Sie hier zu finden, Mr. Krug. Seit Wochen haben wir Sie zu erreichen versucht, doch es erwies sich als unmöglich, und so sind wir gekommen ... Ich sollte mich zuerst vorstellen, verzeihen Sie mir. Ich bin Siegfried Fileclerk, gewählter Distriktsvertreter der Androiden-Gleichheits-Partei, wie Sie zweifellos bereits an unseren Abzeichen erkannt haben. Meine Begleiterin ist Alpha Kassandra Nucleus, AGP-Distriktssekretärin. Wenn wir ein paar Worte mit Ihnen sprechen dürften ...«

»... über die bevorstehende Sitzung des Kongresses und die

beantragte Verfassungsänderung über die Bürgerrechte synthetischer Personen«, sagte Kassandra Nucleus.

Krug war verblüfft über die Kühnheit des Paars. Jedermann, selbst ein Androide, der nicht hier beschäftigt war, hatte das Recht, via Transmat hierher zu kommen. Doch ihn auf diese Weise einfach zu überfallen, ihn mit Politik zu belästigen ... unglaublich!

Siegfried Fileclerk sagte: »Unsere Kühnheit, uns Ihnen direkt zu nähern, ist Ausdruck der Ernsthaftigkeit unseres Anliegens. Den Platz des Androiden in der modernen Welt zu bestimmen, ist kein leichtes Problem, Mr. Krug.«

»Und Sie als die Zentralfigur bei der Fabrikation von synthetischen Personen«, sagte Kassandra Nucleus, »nehmen die Schlüsselposition ein bei der Entscheidung über die Zukunft der synthetischen Personen in der menschlichen Gesellschaft. Deshalb bitten wir Sie ...«

»Synthetische Personen?« rief Krug ungläubig. »Nennt ihr euch jetzt schon selbst so? Seid ihr verrückt, mir so etwas zu sagen? Mir? Wessen Androiden seid ihr überhaupt?«

Siegfried Fileclerk torkelte einen Schritt zurück, als ob die Heftigkeit Krugs sein erstaunliches Selbstvertrauen zerschmettert hätte, als ob die Ungeheuerlichkeit dessen, was er zu tun versuchte, ihm schließlich mit einem Schlag klargeworden war. Doch Kassandra Nucleus blieb gefaßt. Die schlanke Alphafrau sagte kühl: »Alpha Fileclerk ist registriert bei dem Eigentumschutzsyndikat in Buenos Aires, und ich bin Modulatorin bei der Labrador-Transmat-Gesellschaft. Doch wir haben im Augenblick beide Freizeit. Durch den Kongreßbeschluß von 2212 ist es unser legitimes Recht, uns während unserer dienstfreien Zeit offen politisch zu betätigen und für die Rechte der synthetischen Personen einzutreten. Erlauben Sie uns nur, Ihnen kurz den Text unserer beantragten Verfassungsänderung zu erklären und Ihnen darzulegen, warum wir es für angemessen halten, daß Sie öffentlich Stellung nehmen zugunsten der ...«

»Spaulding!« brüllte Krug. »Spaulding, wo sind Sie? Schaffen Sie mir diesen wahnsinnigen Androiden vom Hals!«

Von Spaulding war nichts zu sehen. Der Ektogene hatte sich entfernt, das Randgebiet der Baustätte zu inspizieren, während Krug auf den Turm gefahren war.

Kassandra Nucleus zog einen glänzenden Datenwürfel aus dem Ausschnitt ihres Gewands, hielt ihn Krug hin und sagte: »Das Wesentliche unserer Anschauung ist hierin enthalten. Wenn Sie ...«

»Spaulding!«

Diesmal zitierte Krugs Ruf den Ektogenen herbei. Er näherte sich von dem nördlichen Teil des Baugeländes in wilden Sprüngen; neben ihm lief, sichtlich ruhiger, Thor Watchman. Kassandra Nucleus verlor zum erstenmal ihre Beherrschung. Erregt versuchte sie den Datenwürfel Krug in die Hand zu drücken. Krug starrte den Würfel an, als sei er eine Psychobombe. Sie rangen kurz miteinander. Zu seiner Überraschung hing die Androidenfrau plötzlich an seinem Hals, als wollte sie ihn umarmen, doch sie versuchte nur, ihm den Würfel zu geben. Er packte sie bei einer Schulter und schob sie von sich, hielt sie auf Armeslänge von sich entfernt. In diesem Augenblick zog Leon Spaulding eine kleine glänzende Luftdruckpistole aus der Tasche und schoß. Der Bolzen traf Kassandra Nucleus in die Brust, genau in die Mitte des AGP-Abzeichens. Die Alphafrau taumelte zurück und fiel zu Boden, ohne einen Laut von sich zu geben. Der Datenwürfel hüpfte über den gefrorenen Grund; stöhnend hob Siegfried Fileclerk ihn auf. Mit einem Wutschrei schlug Thor Watchman Spaulding die Waffe aus der Hand und streckte den Ektogenen mit einem einzigen Faustschlag zu Boden. Niccolò Vargas, der seit der Ankunft der beiden Alphas schweigend zugeschaut hatte, kniete neben Kassandra Nucleus nieder und untersuchte ihre Wunde.

»Sie Vollidiot!« brüllte Krug Spaulding an, der sich mühsam auf die Knie erhob.

Watchman beugte sich über den gestürzten Spaulding und schrie ihn an: »Sie hätten Krug töten können! Sie war nicht einen Meter von ihm entfernt, als Sie schossen! Sie Barbar! Sie Barbar!«

»Sie ist tot«, sagte Vargas.

Siegfried Fileclerk begann zu schluchzen. Ein Ring von Arbeitern, Betas und Gammas, bildete sich in sicherer Entfernung und starrte entsetzt auf die Szene. Krug fühlte die Welt um sich wanken.

»Warum haben Sie geschossen?« fragte Spaulding.

Zitternd antwortete Spaulding: »Sie waren in Gefahr ... man sagte, da wären Mörder ...«

»Politische Agitatoren«, sagte Krug, ihn mit verächtlichem Blick messend. »Sie versuchten nur, mir Propagandamaterial für die Androidengleichheit aufzudrängen.«

»Mir wurde gesagt ...«, zerknirscht verbarg Spaulding sein Gesicht in seinen Händen.

»Sie Idiot!«

»Es war ein Irrtum, ein unglücklicher Zufall. Man berichtete uns ...«, sagte Watchman kopfschüttelnd und schlug sich gegen die Stirn.

»Genug«, unterbrach ihn Krug. »Ein Androide ist tot. Ich übernehme die Verantwortung. Sie sagte, sie gehöre der Labrador-Transmat-Gesellschaft. Spaulding, setzen Sie sich mit ihren Anwälten in Verbindung und ... nein, Sie sind nicht in der Verfassung, irgend etwas zu tun. Watchman! Verständige unsere Rechtsabteilung, daß Labrador-Transmat Grund für eine Klage gegen uns hat, Zerstörung eines Androiden, daß wir uns schuldig bekennen und willens sind, die Sache zu bereinigen. Wir werden ihnen kostenlos eine Alphafrau liefern. Sage dem Anwalt, er soll tun, was getan werden muß. Dann laß jemand vom Stab eine Presseerklärung ausarbeiten. Bedauerlicher Zwischenfall, so etwas Ähnliches, keine politischen Untertöne, klar?«

»Was soll ich mit der Leiche tun?« fragte Watchman. »Das übliche Verfahren?«

»Die Leiche gehört der Labrador-Transmat«, erwiderte Krug. »Laß sie einfrieren, verwahre sie, solange das Verfahren läuft.« Zu Spaulding sagte er: »Stehen Sie auf! Ich werde in New York erwartet. Sie kommen mit mir!«

13

Während er auf das Kontrollzentrum zuging, vollzog Watchman zweimal den Ritus des Ausbalancierens der Seele, bevor die Dumpfheit ihn zu verlassen begann. Der häßliche Ausgang seiner List betäubte ihn noch immer. Als er sein Büro erreichte, machte Watchman achtmal hintereinander das Zeichen des Krug-sei-gepriesen und rezitierte die Hälfte der Sequenz des genetischen Codes. Diese Andachtübungen beruhigten ihn. Er rief San Francisco an, das Büro von Fearon & Doheny, Krugs Anwälte für Haftpflichtsachen. Auf dem Schirm erschien Lou Fearon, der jüngere Bruder des Senators der Absterbepartei, und Watchman erzählte ihm die Geschichte.

»Warum hat Spaulding geschossen?« fragte Fearon.

»Hysterie, Dummheit, Erregung.«

»Krug hatte ihm nicht befohlen zu schießen?«

»Keineswegs. Um einen Meter hätte der Bolzen Krug selbst getötet, und er war nicht in Gefahr.«

»Zeugen?«

»Niccolò Vargas, ich selbst, der andere AGP-Alpha, sowie verschiedene Betas und Gammas, die dabeistanden. Soll ich ihre Namen besorgen?«

»Das hat keinen Zweck«, erwiderte der Anwalt. »Sie wissen, was die Aussage eines Betas wert ist. Wo ist Vargas jetzt?«

»Noch immer hier. Ich denke, er geht bald zurück in sein Observatorium.«

»Sagen Sie ihm, er soll mich später anrufen. Ich werde mit dem Transmat heraufkommen und seine Aussage aufnehmen. Was den Alpha betrifft ...«

»Kümmern Sie sich nicht um ihn«, riet Watchman.

»Warum?«

»Er ist ein politischer Fanatiker. Er wird versuchen, Kapital aus der Sache zu schlagen. Sie sollten ihn aus dem Fall heraushalten, wenn Sie können.«

»Er war Zeuge«, sagte Fearon. »Er muß vorgeladen werden. Ich werde ihn irgendwie neutralisieren. Wissen Sie, wem er gehört?«

»Dem Eigentumschutz von Buenos Aires.«

»Wir haben für sie gearbeitet. Ich werde Joe Doheny anrufen und ihn für Krug kaufen lassen. Er kann Krug kaum Schwierigkeiten bereiten, wenn er ihm gehört ...«

»Nein«, sagte Watchman. »Ein schlechter Zug. Sie überraschen mich, Lou.«

»Warum?«

»Dieser Alpha ist ein AGP-Mann. Er ist sehr empfindlich in bezug auf den Status der Androiden. Wir schießen seine Begleiterin ohne Warnung nieder, und dann versuchen wir sein Schweigen zu erkaufen? Wie hört sich das an? Wir treiben der AGP innerhalb von zwölf Stunden, nachdem er der Presse eine Erklärung abgegeben hat, zehn Millionen neue Mitglieder in die Arme.«

Fearon nickte mißmutig. »Natürlich. Natürlich. Sie haben recht, Thor. Wie würden Sie handeln?«

»Lassen Sie mich mit ihm sprechen«, sagte Watchman. »Von Android zu Android. Ich werde irgendwie mit ihm fertig werden.«

»Ich hoffe es. Inzwischen rufe ich die Labrador-Transmat an und stelle fest, wieviel sie an Schadenersatz verlangen für den Verlust ihrer Alphafrau. Das werden wir schnell regeln. Sagen Sie Krug, er soll sich keine Sorgen machen. Nächste Woche ist der Fall gelaufen, als wäre die ganze Sache nicht geschehen.«

Abgesehen davon, daß ein Alpha tot ist, dachte Watchman und unterbrach die Verbindung.

Er ging hinaus. Der Schnee fiel dichter. Die Gammatrupps hielten das ganze Gebiet schneefrei bis auf einen Kreis von etwa fünfzig Metern um die Stelle, wo die Leiche von Kassandra Nucleus lag. Sie vermieden den Bereich sorgfältig. Eine dünne Schneedecke bedeckte jetzt ihren Körper. Neben ihr stand bewegungslos, immer weißer werdend, Siegfried Fileclerk. Watchman ging zu ihm.

»Ihr Besitzer ist informiert worden«, sagte er. »Ich werde sie von einigen Gammas in das Lager bringen lassen, bis sie abgeholt wird.«

»Lassen Sie sie hier«, sagte Fileclerk.

»Warum?«

»Genau hier, wo sie gefallen ist. Ich wünsche, daß jeder Android, der hier arbeitet, ihre Leiche sieht. Nur von einem Mord wie diesem hören, genügt nicht. Ich wünsche, daß man sie *sieht*!«

Watchman betrachtete die tote Alpha. Offenbar hatte Fileclerk ihr Gewand geöffnet. Ihre Brüste waren unbedeckt, und der Einschuß des Bolzens war sichtbar zwischen ihnen.

»Sie kann nicht hier im Schnee liegenbleiben«, sagte er.

Fileclerk preßte die Lippen zusammen. »Ich will, daß man sie sieht! Watchman, das war Mord. Ein politischer Mord!«

»Seien Sie nicht albern!«

»Krug rief seinen Henker herbei und ließ sie niederschießen, weil sie das Verbrechen begangen hatte, ihn um seine Unterstützung zu bitten. Wir beide haben es gesehen. Sie hat ihn nicht bedroht. In ihrem Eifer kam sie ihm zu nahe, während sie ihm unseren Standpunkt darlegte. Das ist alles. Dennoch hat er sie töten lassen.«

»Eine völlig irrationale Interpretation«, sagte Watchman. »Krug hätte nichts gewonnen, wenn er sie hätte töten lassen. Im Gegenteil. Er sieht in der Androiden-Gleichheits-Partei eine unangenehme Belästigung, aber keine Bedrohung. Wenn er einen Grund hätte, AGP-Leute zu töten, warum hätte er Sie dann leben lassen sollen? Ein weiterer schneller Schuß, und Sie wären ihr gefolgt.«

»Warum aber wurde sie dann getötet?«

»Ein Irrtum«, sagte Watchman. »Der Täter war Krugs Privatsekretär. Ihm war berichtet worden, Mörder unternähmen einen Anschlag auf Krugs Leben. Als er den Schauplatz erreichte, sah er, daß sie mit Krug rang. Es sah höchst verdächtig aus; ich hatte zunächst denselben Eindruck wie er. Ohne zu zögern schoß er.«

»Auch dann«, erwiderte Fileclerk, »hätte er auf ihr Bein zielen können. Er ist bekannt als guter Schütze. Statt zu verwunden, tötete er. Er hat mit Absicht auf die Brust gezielt. Warum? Warum?«

»Ein Charakterfehler. Er ist Ektogene; er hegt starke Vorurteile gegen die Androiden. Wenige Augenblicke zuvor ist es zu einem heftigen Zusammenstoß zwischen ihm, mir und einigen anderen Androiden gekommen, und er mußte klein beigeben. Er ist voller Ressentiments, und diesesmal ist er übergekocht. Als er sah, daß der angebliche Mörder ein Androide war, schoß er, um zu töten.«

»Ich verstehe.«

»Es war seine persönliche Entscheidung. Krug hat ihm überhaupt keinen Befehl zum Schießen gegeben, geschweige denn zum Schießen, um zu töten.«

Fileclerk wischte Schnee von seinem Gesicht. »Nun, was wird geschehen, um diesen Ektogenen für seinen Mord zu bestrafen?«

»Krug wird ihm einen scharfen Verweis erteilen.«

»Ich spreche von gerichtlicher Bestrafung. Auf Mord steht doch Auslöschung der Persönlichkeit?«

Seufzend sagte Watchman: »Für Mord an einem Menschen,

ja. Der Ektogene hat lediglich der Labrador-Transmat-Gesellschaft gehörendes Eigentum zerstört. Es kommt zu einer Zivilklage; Labrador-Transmat wird vor Gericht Schadenersatz beanspruchen, und Krug hat bereits seine Verantwortlichkeit anerkannt. Er wird ihren vollen Preis bezahlen oder Ersatz liefern.«

»Ersatz liefern! Ihren vollen Preis bezahlen! Ihren vollen Preis! Eine Zivilklage! Krug soll zahlen! Und was zahlt der Mörder! Nichts. Nichts! Er wird nicht einmal angeklagt. Alpha Watchman, sind Sie wirklich ein Android?«

»Sie können Einsicht nehmen in meine Fabrikationsakte.«

»Ich bin verwundert. Sie sehen synthetisch aus, aber Sie denken wie ein Mensch.«

»Ich bin synthetisch, Alpha Fileclerk. Ich versichere Sie.«

»Aber kastriert?«

»Mein Körper ist vollständig.«

»Ich sprach in Metaphern. Sie sind auf irgendeine Weise manipuliert worden, den menschlichen Standpunkt gegen unsere eigenen Interessen einzunehmen.«

»Ich habe nichts anderes durchgemacht als das normale Androidentraining.«

»Aber Krug scheint nicht nur Ihren Körper, sondern auch Ihre Seele gekauft zu haben.«

»Krug ist mein Schöpfer. Ich bin Krug ergeben.«

»Verschonen Sie mich mit diesem religiösen Unsinn«, erwiderte Fileclerk heftig. »Eine Frau ist kurzerhand getötet worden, ohne Grund, und Krug wird ihre Besitzer entschädigen, und das wird alles sein. Können Sie das akzeptieren, können Sie einfach die Achseln zucken und sagen, sie war nur Eigentum? *Betrachten Sie sich selbst als Eigentum?«*

»Ich bin Eigentum«, sagte Watchman.

»Und Sie akzeptieren Ihren Status mit Freuden?«

»Ich akzeptiere meinen Status, weil ich weiß, daß einst die Zeit der Erlösung kommen wird.«

»Sie glauben das?«

»Ich glaube es.«

»Sie sind ein Narr, der sich selbst betrügt, Alpha Watchman. Sie haben sich eine eigene kleine Fantasiewelt aufgebaut, die Ihnen erlaubt, Sklaverei zu tolerieren, Ihre eigene und die aller Wesen Ihrer Art, und Sie begreifen nicht einmal, welchen Schaden Sie der Sache der Androiden und Ihnen selbst zufügen. Und das, was hier heute geschehen ist, erschüttert Sie überhaupt nicht. Sie werden in die Kapelle gehen und beten, daß Krug Sie befreie, und inzwischen steht der wirkliche Krug auf diesem Stück gefrorenen Bodens und sieht zu, wie eine Alphafrau erschossen wird, und die Reaktion Ihres Befreiers besteht darin, daß er Sie beauftragt, seine Anwälte anzurufen, um einen einfachen Vergleich in einer lästigen Vermögenssache zu arrangieren, als sei es eine Lappalie. Ist das der Mensch, den Sie verehren, Watchman?«

»Ich verehre nicht einen Menschen«, erwiderte Watchman, »ich verehre die Idee von Krug, dem Schöpfer, Krug, dem Erhalter, Krug, dem Erlöser, und dem Mann, der mich beauftragte, die Anwälte anzurufen, war nur eine Manifestation dieser Idee, nicht die wichtigste.«

»Glauben Sie auch das?«

»Ich glaube auch das.«

»Sie sind unmöglich«, sagte Siegfried Fileclerk mit gepreßter Stimme. »Hören Sie, wir leben in einer realen Welt. Wir haben ein reales Problem, und wir müssen eine reale Lösung suchen. Unsere Lösung liegt in der politischen Organisation. Es kommen jetzt fünf von uns auf einen von ihnen, und mehr von uns kommen täglich aus den Zuchtkammern, während sie sich kaum noch vermehren. Wir haben unseren Status zu lange hingenommen. Wenn wir auf Anerkennung und Gleichheit drängen, werden sie sie uns geben müssen, weil sie innerlich Angst vor uns haben und wissen, daß wir sie vernichten könnten, wenn wir wollten. Nicht, daß ich für Gewalt plädiere, lediglich für die Andeutung einer Gewaltandrohung, nur für die Andeutung einer Andeutung. Doch wir müssen mit verfassungsmäßigen Methoden arbeiten. Die Zulassung von Androiden zum Kongreß, die Gewährung des Bürgerrechts, die Zuerkennung der legalen Existenz als Personen ...«

»Verschonen Sie mich mit so etwas. Ich kenne das Programm der AGP.«

»Und Sie sehen nicht seine Logik, nach dem, was heute, was hier geschehen ist?«

»Ich sehe, daß die Menschen unsere Partei tolerieren und ihre Aktivität sogar amüsant finden«, sagte Watchman. »Ich sehe auch, daß sie, falls eure Forderungen mehr als Theorie werden, die

AGP abschaffen, jeden aufrührerischen Alpha einer hypnotischen Manipulation unterziehen, und, wenn nötig, die Parteiführerschaft ebenso erbarmungslos liquidieren, wie diese Alphafrau Ihrer Ansicht nach liquidiert wurde. Die menschliche Wirtschaft beruht auf dem Begriff der Androiden als Eigentum. Das mag sich ändern, aber diese Veränderung wird sich nicht auf Ihre Weise vollziehen. Sie kann nur Wirklichkeit werden als freiwilliger Akt des Verzichts der Menschen.«

»Eine naive Ausnahme. Sie schreiben ihnen Tugenden zu, die sie noch nie besessen haben.«

»Sie haben uns geschaffen. Können sie Teufel sein? Wenn sie es sind, was sind dann wir?«

»Sie sind keine Teufel«, erwiderte Fileclerk. »Sie sind menschliche Wesen, die auf blinde und stupide Art selbstsüchtig sind. Sie müssen erzogen werden, zu verstehen, was wir sind und was sie uns antun. Es ist nicht das erstemal, daß sie so etwas getan haben. Einst gab es eine weiße Rasse und eine braune Rasse, und die Weißen versklavten die Braunen. Die Braunen wurden gekauft und verkauft wie Tiere, und die Gesetze, die ihren Status regelten, waren Zivilgesetze, Eigentumsgesetze ... eine exakte Parallele unserer Situation. Doch ein paar aufgeklärte Weiße erkannten die Ungerechtigkeit dieses Verhaltens und kämpften für eine Beendigung der Sklaverei. Und nach Jahrzehnten politischen Kampfs, Bearbeitung der öffentlichen Meinung und wirklichen Kriegs wurden die Sklaven befreit und wurden Bürger. Dies nehmen wir als Muster für unser Handeln.«

»Die Parallele stimmt nicht. Die Weißen hatten kein Recht, über die Freiheit ihrer braunhäutigen Mitmenschen zu verfügen. Die Weißen selbst, einige von ihnen, erkannten dies schließlich und befreiten die Sklaven. Die Sklaven hatten nicht politisch gekämpft und die öffentliche Meinung bearbeitet; sie verhielten sich ruhig und litten, bis die Weißen ihre eigene Schuld erkannten. Jedenfalls waren diese Sklaven Menschen. Aufgrund wessen Rechts versklavt ein Mensch den anderen? Unsere Herren hingegen schufen uns. Wir verdanken ihnen unsere Existenz. Sie können mit uns verfahren, wie es ihnen gefällt. Weshalb haben sie uns in die Welt gesetzt? Wir haben keine moralischen Ansprüche an sie.«

»Sie bringen auch ihre Kinder zur Welt«, erklärte Fileclerk.

»Und bis zu einem gewissen Maß betrachten sie ihre Kinder als Eigentum, zumindest, so lange sie aufwachsen. Aber die Sklaverei der Kinder endet mit dem Ende der Kindheit. Aber wie steht es mit unserer Sklaverei? Besteht ein so großer Unterschied zwischen einem Kind, das in einem Bett gezeugt wurde, und einem Kind, das aus der Retorte kommt?«

»Ich gebe zu, daß der augenblickliche Status der Androiden ungerecht ist ...«

»Na also!«

»... aber ich stimme nicht mit Ihnen überein, was die Taktik betrifft«, fuhr Watchman fort. »Eine politische Partei ist nicht die Antwort. Die Menschen kennen ihre Geschichte des neunzehnten Jahrhunderts, und sie sehen keine Parallelen; wenn ihr Gewissen sich rührte, wüßten wir es jetzt längst. Wo sind die modernen Vorkämpfer für die Abschaffung der Sklaverei. Ich sehe nicht sehr viele. Nein, wir können keinen moralischen Druck auf sie ausüben, nicht direkt; wir müssen ihnen vertrauen, wir müssen begreifen, daß das, was wir heute leiden, eine Prüfung unserer Tugend, unserer Stärke ist, eine Prüfung, geplant von Krug, um festzustellen, ob synthetische Menschen in die menschliche Gesellschaft integriert werden können. Ich will Ihnen ein historisches Beispiel geben: die römischen Kaiser warfen Christen den Löwen zum Fraß vor. Schließlich jedoch machten die Kaiser dem nicht nur ein Ende, sondern wurden selbst Christen. Das geschah nicht, weil die frühen Christen eine politische Partei gründeten und andeuteten, sie würden aufstehen und die Heiden massakrieren, wenn ihnen keine religiöse Freiheit gewährt würde. Es war ein Triumph des Glaubens über die Tyrannei. Auf die gleiche Weise ...«

»Verschonen Sie mich mit Ihrer albernen Religion«, unterbrach ihn Fileclerk, plötzlich heftig werdend. »Schließen Sie sich auch der AGP an. Solange wir Alphas zersplittert sind, haben wir keine Chance ...«

»Eure Ziele und die unseren sind unvereinbar. Wir predigen Geduld, wir beten um göttliche Gnade. Ihr seid Agitatoren und Hetzer. Wie könnten wir da gemeinsame Sache mit euch machen?«

Watchman sah, daß Fileclerk ihm nicht mehr zuhörte. Er schien sich in sich selbst zurückzuziehen. Seine Augen wurden glasig, Tränen rannen über die Wangen, Schneeflocken klebten an den feuchten Spuren. Watchman hatte nie zuvor einen Androiden weinen sehen, obwohl er wußte, daß es physiologisch möglich war. Er sagte: »Wir werden einander nie bekehren, nehme ich an. Aber tun Sie eines für mich. Versprechen Sie mir, daß Sie diesen Mord nicht für politische Propaganda benutzen. Versprechen Sie mir, daß Sie nicht in alle Welt hinausposaunen, Krug habe sie mit Absicht töten lassen. Krug ist potentiell der beste Verbündete, den die Sache der Androidengleichheit besitzt. Er könnte uns retten mit einer einzigen Erklärung. Aber wenn Sie ihn verärgern, indem Sie ihn mit einer so lächerlichen Beschuldigung verunglimpfen, werden Sie uns allen ungeheuren Schaden zufügen.«

Fileclerk schloß die Augen. Er sank langsam auf die Knie. Er warf sich über die Leiche von Kassandra Nucleus und schluchzte trocken.

Watchman sah eine Weile schweigend auf ihn hinunter. Dann sagte er sanft: »Kommen Sie mit mir in unsere Kapelle. Im Schnee liegen ist Unsinn. Selbst wenn Sie nicht glauben, wir haben Techniken, die Seele zu erleichtern, den Kummer zu mildern. Sprechen Sie mit einem unserer Überwinder. Beten Sie zu Krug und vielleicht ...«

»Gehen Sie«, schluchzte Siegfried Fileclerk gequält. *»Gehen Sie, bitte!«*

Resigniert hob und senkte Watchman die Schultern. Er empfand grenzenlose Traurigkeit, fühlte sich leer und kalt. Er ließ die beiden Alphas, den lebenden und die tote im Schnee liegen und wandte sich nach Norden, um die inzwischen in einem anderen Gebäude eingerichtete Kapelle aufzusuchen.

14

Und der erste, den Krug schuf, war ein Gamma, und Krug sagte zu ihm, du bist kräftig und stark, und du sollst alles, was von dir verlangt wird, widerspruchslos tun, und du sollst glücklich sein, wenn du arbeitest. Und Krug liebte den Gamma so sehr, daß er viele von ihnen schuf, so daß es eine große Anzahl von ihnen gab.

Der nächste, den Krug schuf, war ein Beta, und Krug sagte zu ihm, siehe, du sollst stark sein, aber du sollst auch Verstand haben, und du sollst von großem Wert sein für die Welt, deine Tage sollen glücklich und gut sein. Und Krug liebte den Beta so sehr, daß er ihm die schlimmsten der Lasten des Körpers ersparte, und er ersparte ihm auch die schlimmsten der Lasten des Verstandes, und das Leben des Betas war so hell wie ein Frühlingstag.

Der letzte, den Krug schuf, war ein Alpha, und Krug sagte zu ihm, siehe, die dir auferlegten Aufgaben sollen nicht leicht sein, denn am Leibe sollst du die Kinder des Leibes übertreffen, und an Verstand sollst du ihnen gleich sein, und sie werden sich auf dich stützen wie auf einen festen Stab. Und Krug liebte den Alpha so sehr, daß er ihm viele Fähigkeiten verlieh, damit er stolz einhergehen und ohne Furcht in die Augen der Kinder des Leibes schauen könne.

15

»Guten Abend, guten Abend, guten Abend!« sagte der Alpha vom Dienst im Psychoschaltinstitut in New Orleans, als Manuel Krug mit seinen Freunden aus den Transmatkabinen auftauchte. »Mr. Krug, Mr. Ssu-ma, Mr. Guilbert, Mr. Tennyson, Mr. Mishima, Mr. Foster. Guten Abend. Kommen Sie bitte mit. Ihr Wartezimmer ist bereit.«

Das Vorzimmer des Psychoschaltinstituts von New Orleans war ein kühler tunnelartiger Raum von etwa hundert Meter Länge, in acht Unterkammern unterteilt, in denen die angemeldeten Kunden warten konnten, während das Seelenaustauschsystem für sie vorbereitet wurde. Die Unterkammern waren, obwohl klein, komfortabel: Schaumstoffliegen, raffinierte Nervenberuhigungsmuster an der Decke, durch einen Schalter zu betätigende Musikwürfel, eine Auswahl von Duftspendern, Fernsehwandschirme, und eine Anzahl von anderen zeitgenössischen Annehmlichkeiten. Der Alpha wies jedem von ihnen eine Couch an und sagte: »Die Programmierung wird heute abend etwa neunzig Minuten in Anspruch nehmen. Nicht schlecht, nicht wahr?«

»Können Sie den Prozeß beschleunigen?« fragte Manuel.

»Nein. Tut mir leid. Letzte Nacht, müssen Sie wissen, waren wir vier Stunden im Rückstand. Hier, Mr. Krug ... lassen Sie mich diese Elektrode festklemmen ... danke. Danke. Und diese. Gut. Und den Abtaster ... Ja, ja, gut. Das wär's. – Mr. Ssu-ma, bitte!«

Der Android eilte in dem Raum hin und her, legte jedem von ihnen die Elektroden an. Es dauerte etwa eine Minute, bis er mit allem fertig war, und dann zog er sich zurück. Daten begannen aus den Gehirnen der sechs Männer in das System zu fließen. Das Stasisnetz nahm die Profile ihrer Persönlichkeitskonturen auf, so daß es sich selbst programmieren konnte, um jeden plötzlichen Ausbruch von Emotionen kontrollieren zu können, während der Austausch der Egos stattfand.

Manuel blickte um sich. Er war gespannt in der Erwartung des Identitätsaustausches. Diese fünf waren seine ältesten und nächsten Freunde; er kannte sie seit seiner Kindheit. Jemand hatte ihnen vor zehn Jahren den Spitznamen ›Spektrumgruppe‹ gegeben, als sie bei der Einweihung eines Unterwassersensoriums zufällig Kostüme in den Spektralfarben trugen. Der Spitzname war hängengeblieben. Sie waren reich, natürlich keiner so reich wie Manuel. Sie waren jung und gesund. Bis auf Cadge Foster und Jed Guilbert hatten alle innerhalb der nächsten Jahre geheiratet, doch ihre Freundschaft blieb trotzdem erhalten. Manuel hatte das Vergnügen des Egotausches schon mindestens ein dutzendmal mit ihnen geteilt. Diesen Besuch hatten sie bereits vor einem Monat geplant.

»Ich hasse dieses Warten«, sagte Manuel. »Ich wünschte, wir könnten bei unserer Ankunft gleich in das Stasisnetz steigen.«

»Das ist zu gefährlich«, sagte Lloyd Tennyson. Er war agil, langbeinig, ein prächtiger Athlet. Drei Spiegelscheiben glänzten auf seiner breiten Stirn.

»Das ist es ja eben«, sagte Manuel. »Der Kitzel der Gefahr. Sofort untertauchen, alles riskieren mit einem kühnen Sprung.«

»Und die Kostbarkeit unersetzlichen menschlichen Lebens?« fragte Will Mishima, ein junger Mann mit eng beieinanderstehenden Augen und kalkweißem Gesicht. »Es würde nie erlaubt werden. Das Risiko ist bekannt.«

»Laß doch einen von deines Vaters Ingenieuren ein Stasisnetz erfinden, das sich selbst programmiert«, sagte Jed Guilbert. »Das würde die Gefahr ausschalten und das Warten überflüssig machen.«

»Wenn sie es könnten, würden sie es tun«, bemerkte Tennyson.

»Du könntest einen Wärter bestechen, dich springen zu lassen, ohne die Programmierung abzuwarten«, sagte Nick Ssu-ma mit listigem Blick.

»Habe es versucht«, erwiderte Manuel. »Vor drei Jahren bei einem Alpha in dem Psychoschaltinstitut von Pittsburgh. Ich bot ihm tausend an; der Alpha lächelte nur. Ich verdoppelte mein Angebot, und er lächelte doppelt so breit. Er war nicht an Geld interessiert. Ich hatte das vorher nicht gewußt. Wie kann man einen Androiden bestechen?«

»Überhaupt nicht«, sagte Mishima. »Du kannst einen Alpha kaufen ... du kannst ein ganzes Psychoschaltinstitut kaufen, wenn du willst, doch Bestechung ist eine andere Sache. Die Motivationen eines Androiden ...«

»Dann kaufe ich eben das Institut«, sagte Manuel.

Jed Guilbert sah ihn forschend an. »Würdest du es wirklich riskieren, ohne Wartezeit in das Netz zu springen?«

»Ich glaube, ja.«

»Auch wenn du weißt, daß du im Fall einer Überladung oder eines Transmissionsfehlers vielleicht nie wieder in deinen eigenen Kopf zurückkehren würdest?«

»Wie sind die Chancen?«

»Begrenzt«, sagte Guilbert. »Du hast noch eineinhalb Jahrhunderte zu leben. Hat es einen Sinn ...«

»Ich denke wie Manuel«, sagte Cadge Foster. Er war das am wenigsten gesprächige Mitglied der Gruppe, neigte zur Schweigsamkeit, doch wenn er sprach, sprach er mit Überzeugungskraft. »Risiko ist wesentlich für das Leben. Wir müssen Risiken auf uns nehmen, uns selbst aufs Spiel setzen.«

»Sinnlose Risiken?« fragte Tennyson. »Der Identitätstausch würde um nichts an Qualität gewinnen, wenn wir ihn ohne Vorbereitung begännen. Der einzige Unterschied wäre der, daß wir uns die Wartezeit ersparen würden. Mir gefällt das Mißverhältnis zwischen Gewinn und Verlust nicht. Ein Jahrhundert aufs Spiel setzen, um ein paar Stunden zu gewinnen? So sehr langweilt mich das Warten nicht.«

»Vielleicht langweilt dich das Leben selbst«, sagte Nick Ssu-ma. »Vielleicht bist du seiner so müde, daß du ein Jahrhundert gegen eine Stunde setzen würdest, nur so zum Spaß. Ich fühle tatsächlich manchmal so ..., du nicht? Es gab einmal ein Spiel, das man mit einer Handfeuerwaffe spielte, die man sich geladen an den Kopf hielt. Ich glaube, es hieß ... Schwedisches Roulette.«

»Polnisches Roulette«, verbesserte ihn Lloyd Tennyson.

»Also gut, Polnisches Roulette. Bei diesem Spiel benutzten sie eine Waffe, die mit sechs oder acht einzelnen Explosivgeschossen geladen werden konnte, und sie luden sie nur mit einem ...«

Manuel mißfiel die Unterhaltung. Er wandte sich an Cadge Foster und sagte: »Was ist das für ein Ding, mit dem du da spielst?«

»Ich fand es in einer Nische unter meiner Couch. Es ist eine Art von Kommunikationsgerät. Es spricht zu einem.«

»Zeig her!«

Foster warf es ihm zu. Es war ein graugrüner Plastikwürfel, abgeschrägt an den Kanten. Manuel nahm ihn in beide Hände und schaute in sein wolkiges Dunkel. Worte begannen sich zu formen, indem sie einen leuchtenden roten Streifen im Innern bildeten.

SIE HABEN NOCH FÜNFZIG MINUTEN ZU WARTEN

»Sehr geistreich«, sagte Manuel. Er reichte den Würfel Nick Ssu-ma, damit er auch hineinschaute. Als er ihn zurückerhielt, hatte sich die Botschaft verändert.

LEBEN IST FREUDE. FREUDE IST LEBEN.
KANNST DU DIESEN SYLLOGISMUS WIDERLEGEN?

»Es ist kein Syllogismus«, sagte Manuel. »Syllogismen lauten, alle A's sind B. Kein T ist A, daher ist T nicht B.«

»Was plapperst du da?« fragte Mishima.

»Ich erteile dieser Maschine eine Lektion in Logik. Man sollte meinen, eine Maschine weiß ...«

WENN P Q IMPLIZIERT UND Q IMPLIZIERT R,
IMPLIZIERT P DANN R?

»Ich habe auch einen gefunden«, sagte Ssu-ma. »Links von dem Kanalsektor. Ach, du meine Güte, schau dir das an!« Er zeigte seinen Würfel Lloyd Tennyson. Dieser lachte. Manuel verdrehte den Hals, konnte die Botschaft aber immer noch nicht entziffern. Ssu-ma hielt den Würfel so, daß Manuel die Worte lesen konnte.

DAS HUHN IST MÄCHTIGER ALS DIE PASTETE

»Das verstehe ich nicht«, sagte Manuel.

»Es ist eine Androidenzote«, erklärte Ssu-ma. »Einer meiner Betas hat sie mir vor ein paar Wochen erzählt. Sie lautet so: Da war einmal ein Gamma-Hermaphrodit ...«

»Jetzt haben wir alle einen solchen Würfel«, verkündete Jed Guilbert. »Ich nehme an, es ist ein neuer Trick, die Kunden zu unterhalten, während sie warten.«

VERTEIDIGE FOLGENDE THESEN:
GOLD IST HÄMMERBAR
ALLE ELEKTRISCHEN RADIOS ERFORDERN RÖHREN
ALLE WEISSEN KATER MIT BLAUEN AUGEN SIND TAUB

»Wie funktioniert das?« fragte Manuel.

Cadge Foster sagte: »Es ist eingestellt, alles aufzunehmen, was wir sagen. Dann, so denke ich mir, wird ein Signal an ein Informationszentrum geschickt, das aufs Geratewohl Relevantes und Irrelevantes auswählt und auf dem Schirm innerhalb des Würfels wiedergibt.«

»Und jeder von uns erhält eine andere Botschaft?«

»Meine und die von Nick sind jetzt die gleichen«, meldete Tennyson. »Nein ... seins ändert sich, meins bleibt ...«

DIE SUMME DER WINKEL EINES DREIECKS BETRÄGT 180°
DIES IST NICHT ZUGLEICH EIN STUHL UND KEIN STUHL
WER RASIERT DANN DEN SPANISCHEN BARBIER?

»Ich finde, das ist Unsinn«, sagte Mishima.

»Vielleicht ist das der ganze Sinn«, sagte Manuel. »So gibt das Ding nur Kauderwelsch von sich?«

WEGEN NOTWENDIGER KLIMAANPASSUNG
WIRD DER VIERTE NOVEMBER GESTRICHEN
ZWISCHEN DEM 32. UND DEM 61. SÜDLICHEN BREITEN-
GRAD

»Ich empfange Nachrichten auf meinem Schirm«, sagte Guilbert. »Etwas über deinen Vater, Manuel ...«

»Laß mich sehen!«

»Hier ... fang auf ...«

ALPHAFRAU AUF DER BAUSTELLE VON KRUGS TURM
ERMORDET!
POLITISCHER MORD, ERKLÄRT AGP-VERTRETER.
KRUG-ORGANISATION WIDERSPRICHT MORDANKLAGE,
BEHAUPTET ...

»So ein Quatsch«, sagte Manuel, »Ich finde das Ganze nicht besonders amüsant.«

CLEVELAND LIEGT ZWISCHEN NEW YORK UND
CHICAGO.

»Ich empfange jetzt Einzelheiten über den Vorfall«, sagte Tennyson. »Was hat das alles zu bedeuten?«

ALPHA KASSANDRA NUCLEUS WAR SOFORT TOT.
DER TÖDLICHE BOLZEN WURDE ABGESCHOSSEN VON
KRUGS
PRIVATSEKRETÄR LEON SPAULDING, 38.

»Nie von ihr gehört«, sagte Manuel. »Und Spaulding ist älter. Er arbeitet für meinen Vater seit ...«

KANN DER RHYTHMUS DES ATMENS
DES UNIVERSUMS ENTDECKT WERDEN
DURCH METABOLISCHE
STANDARDANALYSE?

»Vielleicht solltest du deinen Vater anrufen, Manuel«, sagte Ssuma. »Wenn es da wirklich Schwierigkeiten gegeben hat ...«

»Und auf den Egotausch verzichten? Wo wir seit einem Monat gebucht haben? Ich werde herausfinden, was los war, wenn ich herauskomme. Wenn überhaupt etwas herauszufinden ist.«

ANTRAG AUF SCHADENERSATZ IST EINGEBRACHT
VON LABRADOR-TRANSMAT-GESELLSCHAFT,
EIGENTÜMERIN DER VERNICHTETEN ALPHA.
BALDIGE EINIGUNG WIRD ERWARTET!

»Kehren wir zu den Syllogismen zurück«, sagte Manuel zu dem Würfel, den er in der Hand hielt. »Wenn alle Menschen Reptilien sind und Alpha-Androiden Reptilien sind ...«

DIE SUMME DER TEILE IST GLEICH
DEM QUADRAT DER HYPOTHESE

»Hört, was mein Würfel sagt!« rief Tennyson atemlos dazwischen.

KEUCHEND VOR VERLANGEN WARTET SIE AUF DIE
ANKUNFT IHRES KOHLSCHWARZEN PARTNERS IN
UNAUSSPRECHLICHER SÜNDE

»Mehr!« rief Guilbert. »Mehr!«

DESHALB BIST DU EIN REPTIL

»Können wir diese Dinger jetzt nicht weglegen?« fragte Manuel mürrisch.

TIEFE BEWEGUNG ZEIGEND, KLAGTE ALPHA SIEGFRIED
FILECLERK KRUG AN, EINE SÄUBERUNG
UNTER DEN VERFECHTERN DER
ANDROIDENGLEICHHEIT ZU PLANEN.

»Ich glaube, das ist wirklich eine Nachrichtensendung«, murmelte Cadge Foster. »Ich habe von diesem Fileclerk gehört; er will eine Verfassungsänderung beantragen, die den Kongreß für Alphas öffnen soll und ...«

WEINEND, WÄHREND DIE TOTE ALPHAFRAU IM SCHNEE NEBEN
DER GEWALTIGEN MASSE DES TURMES LAG.
EIN FAST MENSCHLICHES SCHAUSPIEL VON TRAUER.

»Genug«, sagte Manuel. Er machte Anstalten, seinen Würfel zu Boden zu schmettern, doch als er sah, daß die Botschaft sich änderte, betrachtete er ihn noch einmal.

VERSTEHST DU DEINE EIGENEN MOTIVE?

»Verstehst du die deinen?« fragte er kopfschüttelnd. Der Würfel erlosch. Er ließ ihn dankbar fallen. Der Alphawärter betrat die Unterkammer und begann, die Elektroden zu lösen.

»Sie können jetzt in den Schaltraum kommen, meine Herren«, sagte der Alpha lächelnd. »Die Programmierung ist vollendet, und das Stasisnetz ist bereit, Sie zu empfangen.«

16

Man hatte die Kapelle in ein Gebäude am äußeren Rand des Werkstättenbereichs verlegt, in eine Sektion, wo Werkzeuge repariert wurden. In weniger als zwei Stunden hatte man den Umzug reibungslos vollzogen; die neue Kapelle im Innern war von der alten nicht zu unterscheiden. Watchman fand ein Dutzend dienstfreier Betas vor, die sich einem Ritual der Weihe unterzogen, während einige Gammas zusahen. Keiner sprach zu ihm oder schaute ihn auch nur direkt an. In der Gegenwart eines Alphas beachteten sie alle gewissenhaft den Kodex des sozialen Abstands. Watchman betete kurz unter dem Hologramm von Krug. Seine Seele war nach einer Weile etwas erleichtert, doch die seit dem langen Gespräch mit Siegfried Fileclerk auf ihm lastende Spannung ließ nicht nach. Sein Glaube hatte nicht gewankt unter den scharfen pragmatischen Angriffen Fileclerks, doch während sie neben der Leiche von Kassandra Nucleus standen, hatte Watchman einige Augenblicke lang ein Gefühl der Verzweiflung empfunden. Fileclerk hatte einen wunden Punkt berührt: Krugs Haltung angesichts der Ermordung der Alphafrau. Krug hatte so wenig innere Bewegung gezeigt. Gewiß, er war verärgert gewesen ..., aber waren es nicht nur die zu erwartende Ausgabe, die Unannehmlichkeit eines Prozesses gewesen, die ihn mißmutig gemacht hatten? Watchman hatte sich mit metaphysischen Überlegungen getröstet, doch er war verwirrt. Warum war Krug nicht erschüttert worden durch den Mord? Wo war ein Zeichen der Gnade? Wo war die Hoffnung der Erlösung? Wo war das Mitgefühl des Schöpfers?

Das Schneetreiben ließ nach, als Watchman die Kapelle verließ. Die Nacht war hereingebrochen, mondlos, mit unerträglich hell funkelnden Sternen. Ein scharfer Wind fegte über die flache, baumlose Ebene, auf der das Baugelände lag. Siegfried Fileclerk war gegangen; auch die Leiche von Kassandra Nucleus war verschwunden. Lange Reihen von Arbeitern standen vor den Transmatkabinen, denn es war Schichtwechsel. Watchman kehrte in das Kontrollzentrum zurück. Euklid Planner, seine Ablösung, war schon da.

»Ich bin dran«, sagte Planner. »Du bist lang geblieben heute abend.«

»Ein komplizierter Tag. Hast du von dem Mord gehört?«

»Natürlich. Labrador-Transmat hat die Herausgabe des Leichnams gefordert. Es wimmelt hier nur so von Anwälten.« Planner setzte sich in den Sessel vor dem Kontrollpunkt. »Ich habe gehört, die Kapelle ist verlegt worden.«

»Wir mußten es tun. Damit hat alles angefangen ... Spaulding interessierte sich zu sehr für die Kapelle. Es ist eine lange Geschichte.«

»Ich habe davon gehört«, sagte Euklid Planner. Er begann, sich an den Computer anzuschließen. »Daraus werden sich Probleme ergeben. Als ob wir noch nicht genug Probleme hätten. Geh mit Krug, Thor.«

»Geh mit Krug«, murmelte Watchman und ging hinaus.

Die wartenden Arbeiter von der Transmatanlage machten ihm Platz. Er betrat die Kabine, ließ sich von dem grünen Energiefeld aufnehmen und in seine Dreizimmerwohnung in Stockholm tragen, in dem von Alphas bevorzugten Teil des Androidenviertels. Die private Transmatkabine war ein seltenes Privileg, ein Kennzeichen dafür, wie sehr Krug ihn schätzte. Er kannte keinen anderen Androiden, der einen Privatanschluß besaß. Doch Krug hatte darauf bestanden, daß Watchman einen erhielt, damit er in der Lage war, seine Wohnung jederzeit auf Abruf in Sekundenschnelle verlassen zu können, und hatte die Kabine installieren lassen.

Er fühlte sich erschöpft und leer. Er programmierte sich für zwei Stunden Schlaf, zog sich aus und legte sich nieder.

Als er aufwachte, war er ebenso müde wie zuvor. Das war ungewöhnlich. Er entschloß sich, sich eine weitere Stunde Ruhe zu gönnen und schloß die Augen. Als er sich dem Schirm zuwandte, sah er Lilith Meson. Schläfrig machte er das Krug-sei-gelobt-Zeichen.

Ihr Blick war düster. Sie sagte: »Kannst du in die Valhallavägen-Kapelle kommen, Thor?«

»Jetzt?«

»Jetzt, wenn du kannst. Es herrscht große Verwirrung hier. Die Sache mit Kassandra Nucleus … wir wissen nicht, was wir davon halten sollen, Thor.«

»Warte«, sagte er, »ich bin gleich da.« Er zog sich an, stellte die Transmatkoordinaten der Valhallavägen-Kapelle ein und sprang. Es waren fünfzig Meter zu gehen von der Kabine bis zur Kapelle. Transmatkabinen wurden nie innerhalb einer Kapelle installiert. Ein grauer Morgen begann zu dämmern. Auch hier hatte es in der Nacht geschneit. Schnee lag auf den tiefen Fensterbrüstungen der alten Gebäude.

Die Kapelle befand sich in einer Erdgeschoßwohnung an der Ecke. Etwa fünfzehn Androiden waren anwesend, alle Alphas; die unteren Klassen benutzten selten die Valhallavägen-Kapelle, obwohl es ihnen erlaubt war. Betas fühlten sich unbehaglich in ihr, und Gammas zogen es vor, ihre Andachten im Gammaviertel abzuhalten, am anderen Ende der Stadt.

Watchman erkannte einige der berühmtesten Mitglieder seiner Klasse in der Gruppe. Er erwiderte die Grüße der Dichterin Andromeda Quark, des Historikers Mazda Constructor, des Theologen Pontifex Dispatcher, des Philosophen Krishna Guardsman und mehrerer anderer, die zur Elite der Alphas gehörten. Alle schienen bedrückt zu sein. Als Watchman das Krug-sei-gepriesen-Zeichen machte, erwiderten die meisten von ihnen die Geste halbherzig und flüchtig.

Lilith Meson sagte: »Verzeih uns, daß wir deine Ruhe unterbrochen haben, Thor. Doch wie du siehst, ist eine wichtige Konferenz im Gange.«

»Wie kann ich helfen?«

»Du warst Zeuge bei der Ermordung der Alpha Kassandra Nucleus«, sagte der Pontifex Dispatcher. Er war schwer, behäbig, ein Androide von würdiger und imponierender Haltung, der aus einer der frühesten Serien der Androidenfabrikation kam. Er hatte eine wichtige Rolle gespielt bei der Begründung ihrer Religion. »Wir haben eine theologische Krise«, fuhr Dispatcher fort. »Angesichts der von Siegfried Fileclerk erhobenen Anklage ...«

»Anklage? Ich habe nichts davon gehört.«

»Willst du es ihm sagen?« wandte Pontifex Dispatcher sich an Andromeda Quark.

Die Dichterin, schlank und aufrecht, sprach mit hoher, wohlklingender Stimme: »Fileclerk hat gestern abend im AGP-Hauptquartier eine Pressekonferenz abgehalten. Er behauptet, die Tötung von Alpha Nucleus sei ein politisch motivierter Akt gewesen, durchgeführt auf Anstiftung von ...«, sie zögerte, es auszusprechen, »... Krug.«

»Abschaum der Retorte«, murmelte Watchman. »Ich bat ihn, das nicht zu tun! Fileclerk und ich standen eine halbe Stunde im Schnee, und ich sagte ihm ... beschwor ihn ...« Er ballte die Fäuste. »Ist eine Erklärung von Krug erfolgt?«

»Ein Dementi«, sagte Mazda Constructor, der mit Watchmans Hilfe über die gestorbenen Androiden Buch geführt hatte. »Ein klares Dementi. Es sei ein Unfall gewesen.«

»Wer sprach für Krug?« fragte Watchman.

»Ein Anwalt. Fearon, der Bruder des Senators.«

»Nicht Spaulding? Er steht wohl noch immer unter der Wirkung des Schocks. Fileclerk hat also seine Drohung doch wahrgemacht. Wie steht die Angelegenheit jetzt?«

Mit ruhiger Stimme erklärte Pontifex Dispatcher: »In diesem Augenblick versammeln sich überall in den Kapellen unsere Brüder und Schwestern, um die Konsequenzen dieses Todes zu besprechen, Thor. Die theologische Seite der Sache ist höchst kompliziert. Wenn Krug wirklich den Befehl gegeben hat, Kassandra Nucleus zu töten, tat er es dann, um seinen Abscheu vor den *Umtrieben* der Androiden-Gleichheits-Partei auszudrükken? Das heißt, zieht er unsere Sache der ihren vor? Oder hat er ihrem Leben ein Ende gemacht, um seine Mißbilligung der *Ziele* der AGP zu bezeugen … die längst nicht so radikal sind wie die unsrigen? Wenn das Erstere der Fall ist, bleibt unser Glaube gerechtfertigt. Trifft jedoch das Letztere zu, dann ist uns vielleicht ein Zeichen gegeben worden, daß Krug den Gedanken der Androidengleichheit vollkommen ablehnt. Und dann gibt es keine Hoffnung für uns.«

»Trübe Aussichten«, sagte Krishna Guardsman, dessen Anschauungen über das Verhältnis von Krug zu den Androiden von allen geschätzt wurden. »Doch ich schöpfe Trost aus dem Gedanken, daß Krug, wenn er Alpha Nucleus töten ließ, um sein Mißfallen an unserer Gleichheitsbewegung zu bezeugen, es nur tat, weil er gegen politische Agitation für Gleichheit in diesem Augenblick ist und uns in Wirklichkeit daran erinnern wollte, geduldiger zu sein und seine Gnade abzuwarten. Aber …«

»Wir sollten auch eine weniger optimistische Möglichkeit in Erwägung ziehen«, warf Mazda Constructor ein. »Ist Krug des Bösen fähig? War seine Rolle bei diesem Tod verbrecherisch? Wenn ja, dann muß vielleicht das gesamte Fundament unseres Glaubens überprüft und erneuert werden, denn wenn Krug willkürlich oder sogar unmoralisch handeln kann, dann folgert daraus …«

»Halt! Halt!« rief eine Stimme aus dem Hintergrund der Gruppe. »Keine solchen Reden in einer Kapelle!«

»Ich spreche nur Vermutungen aus«, erwiderte Mazda Constructor. »Ich lästere nicht. Wir versuchen nur, Alpha Watchman die in diesem Augenblick auf der ganzen Welt herrschende Besorgnis unter den Gläubigen klarzumachen. Sicherlich befürchten viele von uns, daß Fileclerks Anschuldigungen zutreffen …, daß Alpha Nucleus wegen ihrer politischen Ansichten getötet wurde …, und das hat zu der Überlegung geführt, daß Krug möglicherweise unlauter gehandelt hat. Diese Möglichkeit wird in diesem Augenblick in vielen Kapellen diskutiert.«

»Ich denke, wir müssen glauben«, sagte Krishna Guardsman, »daß alle Taten Krugs ihrem Wesen nach gute Taten sind und uns der Erlösung zuführen. Unser Problem ist nicht, Krugs Taten zu rechtfertigen, sondern einfach den ungeheuerlichen Verdacht über Krugs Motive auszuräumen, den dieser Fileclerk, der nicht einmal ein Mitglied unserer Gemeinde ist, geäußert hat. Wir ...«

»Es war ein Zeichen von Krug! Es war ein Zeichen!«

»Die Retorte gibt, und die Retorte nimmt!«

»Fileclerk behauptet, Krug habe keinerlei Reue gezeigt, keinerlei Regung. Er habe ...«

»Er hat nach den Anwälten geschickt. Eine Zivilklage ...«

»Eigentumsschädigung. Ein Unrecht ...«

»... eine weitere Prüfung unseres Glaubens ...«

»... sie war jedenfalls unsere Feindin ...«

»... eines seiner Kinder getötet, um uns übrige zu warnen? Das macht ihn zum Monstrum!«

»Im Feuer seines Schmelztiegels werden wir geschmolzen ...«

»... enthüllt eine unerwartete Fähigkeit zum Mord ...«

»... Heiligkeit ...«

»... Erlösung ...«

»... Blut ...«

»Hört auf mich«, rief Thor Watchman bestürzt und ungeduldig. »Bitte! Bitte, hört auf mich!«

»Laßt ihn sprechen«, sagte Mazda Constructor. »Von uns allen steht er Krug am nächsten. Seine Worte haben Gewicht.«

»Ich war dort«, sagte Watchman. »Ich beobachtete den ganzen Vorgang. Bevor ihr euch in widerstreitenden Theologien verirrt, hört auf mich. Krug trägt keine Verantwortung für den Mord. Spaulding, sein Sekretär, der Ektogene, handelte völlig auf eigene Faust. Es gibt keine andere Wahrheit als diese.« Mit anschaulichen Worten berichtete er über Spauldings hartnäckigen Versuch, sich mit Gewalt Zugang zu der Kapelle auf dem Baugelände zu verschaffen, über die angesichts des Widerstandes der Kapellenwache wachsende Erregung des Ektogenen, über seine eigene List, Spaulding von der Kapelle fortzulocken, über die unglückliche Verkettung von Umständen, als Spaulding *tatsächlich* entdeckte, daß Krug von den AGP-Agenten bedrängt wurde.

»Das ist sehr beruhigend«, sagte Mazda Constructor, als Watchman geendet hatte. »Wir sind irregeführt worden durch Fileclerks Beschuldigungen. Wenn es sich so ereignet hat, dann ist Krug unschuldig.«

»Abgesehen davon, daß Krug in einem tieferen Sinne die gesamte Folge der Ereignisse vorbedacht haben muß«, bemerkte Krishna Guardsman.

»Willst du ernsthaft behaupten, daß seinem Willen selbst die weltlichen Ereignisse unterliegen ...«, begann Pontifex Dispatcher.

Mazda Constructor unterbrach ihn: »Im Augenblick ist es unsere Aufgabe, uns mit allen anderen Kapellen in Verbindung zu setzen und sie über Thors Bericht von den Ereignissen zu informieren. Die Gläubigen sind bestürzt; wir müssen sie beruhigen. Thor, willst du deinen Bericht diktieren, so daß er verschlüsselt übermittelt werden kann?«

»Gewiß.«

Andromeda Quark reichte ihm einen Textaufnahmewürfel. Watchman wiederholte die Geschichte, nachdem er sich identifiziert hatte, erklärte seine Verhältnisse zu Krug und beteuerte die Wahrheit seiner Version der Ereignisse. Entsetzliche Müdigkeit befiel ihn. Wie besessen diese spitzfindigen Alphas sind, dachte er, alles in einen Nebel theologischer Haarspaltereien zu hüllen! Und dennoch bereit, Fileclerks Lügen auf Anhieb zu glauben. In Tausenden von Kapellen rangen jetzt Hunderttausende von frommen Androiden mit der Frage, warum Krug zugelassen hatte, daß ein Alpha in seinen Armen erschossen wurde. Warum warteten sie nicht, bis sie von jemand die Wahrheit erfuhren, der Augenzeuge des Zwischenfalls gewesen war ...

Nun, es war nicht zu spät, den Schaden wiedergutzumachen. Keines Androiden Glauben an Krug brauchte durch das erschüttert zu werden, was geschehen war.

Andromeda Quark und eine andere Frau, beide Mitglieder der Projektorkaste, waren bereits dabei, Watchmans Bericht für die Übermittlung über das Breitbandnetzwerk zu verschlüsseln, das jede Kapelle mit allen anderen verband. Watchman blieb lange genug, um zu hören, wie die ersten Buchstabengruppen seiner verschlüsselten Aussage gesendet wurden:

UAA GCG UCG UAA GGG. GGC GGU AAG AAU
UAA UAA CUG. CAA CAU AGG CGG GGC GAC ACA.
ACC ACC CUC ...

»Kann ich jetzt gehen?« fragte er.

Pontifex Dispatcher machte über ihn das Zeichen des Segens der Retorte. Watchman erwiderte es und verließ die Kapelle.

17

Ich bin Nick Ssu-ma Lloyd Tennyson Cadge Foster Will Mishima Jed Guilbert und vielleicht Manuel Krug, vielleicht. Vielleicht. Eine Woche im Egotauschraum. Du kommst heraus und weißt nicht, wer du bist. Manuel Mishima? Cadge Krug? Du bist nicht sicher. Du gehst wie Lloyd, du lachst wie Nick, zuckst die Achseln wie Will. Alles ist ein Schleier, ein lieblicher goldener Nebel, Sonnenaufgang über der Wüste. Ihr Kopf in deinem. Deiner in ihrem. Nur eine Woche. Das ist vielleicht der Grund, weshalb es mir so sehr gefällt. Für eine Weile aufzuhören, nur *ich* zu sein. Halt! Halt! Halt! Halt. Öffne die Büchse, springe heraus. In sie hinein.

Jetzt überfallen mich seltsame Ideen.

In das Stasisnetz springen für 168 Stunden. *Twong!* – und sie schlitzen dich auf, und du springst heraus und suchst einen Ort, wo du landen kannst, und du landest *blong!* – und du bist Nick Ssu-ma, der gebratenen Hund auf Taiwan ißt. In der Dämmerung im Nebel mit deiner Tante. Beide nackt! Sie sagt, berühre mich, du tust es, sie lacht, du erschauerst. Berühre mich wieder! Jetzt lachst du, und sie erschauert. Winzige Brüste, wie die Clarissas. Dies ist unsere Hochzeitsnacht. Mit diesem Ring vermähle ich dich, Mrs. Ermine Tennyson, seidene Schenkel, Muttermal am Gesäß. Er schläft mit einer Androidin, wußtest du das? Stell dir vor, daß Manuel das tut. Er liebt sie, meint er. Schau! Schau her! Er liebt sie, hier. Du findest deine Liebe, wo du sie finden kannst. Eine *Androidin*? Nun, wenigstens schämt er sich nicht, sonst wäre er nicht hier, um mit uns sein Ego zu tauschen. Eine Androidin, ich hätte einmal fast eine gehabt, doch ich konnte nicht. Im letzten Augenblick. Wie ist es, in eine einzudringen? Genau wie in irgendeine andere? Sie sind nicht aus Plastik. Obwohl sie keine Haare am Körper haben. Aber doch eine Art von Inzest. Wie? Nun, Manuels Vater fabriziert die Androiden, und so ist sie in gewisser Weise seine Schwester. Sehr schlau! Sehr, sehr schlau! Grausiger Bastard! Aber du machst es gerne? Natürlich. Ich will es dir zeigen. Tausche dein Ego mit mir, und du wirst es spüren, erinnern.

Und er springt über das Netz und gleitet in den Schlitz. Wer ist er? Jetzt Ssu-ma? Will Tennyson? Wir sind alle eins. Ich verdränge meine Erinnerungen an Lilith. Es macht mir nichts aus. Wie kann ich wünschen, Geheimnisse zu bewahren? Meine Freunde. Meine wahren Freunde!

Als ich neun Jahre alt war, nahm ich, Cadge Foster, eine Kröte, kochte sie und aß sie.

Als ich dreizehn Jahre alt war, ich, Will Mishima, machte ich mich naß, pißte auf den Boden der Transmatkabine, weil ich Angst hatte, ich würde nicht an mein Ziel gelangen.

Ich, Lloyd Tennyson, steckte meinen Finger in das Ding meiner Schwester, als sie elf und ich acht Jahre alt war.

Ich, Jed Guilbert, stieß mit vierzehn Jahren einen Gamma von einer Laderampe, und er fiel achtzig Meter tief, war nur noch Brei, Blut und Knochen, und ich sagte meinem Vater, er rutschte aus.

Ich, Nick Ssu-ma, war zehn Jahre alt, als eine Beta am Hinterfenster zu meiner Mutter sagte, sie habe sie und Vater im Bett beobachtet, und mein Vater lächelte nur, und meine Mutter ließ sie töten.

Ich, Manuel Krug, fast dreißig Jahre alt, betrüge meine Frau Clarissa mit der Alpha Lilith Meson, die ich liebe, die ich liebe, *die ich liebe!* Sie wohnt in Stockholm, Alpha Lilith Meson, mit Brüsten und Schenkeln und Zähnen und Ellbogen, mit rosiger Haut, die ich liebe, die ich liebe, *die ich liebe!* Keine Haare an Lilith.

Und wir tauschen unsere Egos und tauschen und tauschen, wir hängen baumelnd in dem Stasisnetz, springen leicht von Gehirn zu Gehirn, schwimmen, tauschen Köpfe, so oft es uns gefällt, und ich schmecke Cadges Kröte, und ich pisse mit Wills in die Transmatkabine, und ich rieche Lloyds Schwester an meinem Finger, und ich töte Jeds Gamma, und ich lüge wegen Nicks Beta, und alle gehen mit Lilith ins Bett, und sie sagen mir hinterher, ja, ja, ja, wir sollten diese Alphafrauen wirklich ausprobieren, du bist ein Schwein, Manuel, ein glückliches Schwein, ein Schwein mit Geschmack!

Und ich liebe sie!

Wen liebe ich?

Und ich sehe all den kleinlichen Haß und Schmutz in ihren Seelen, meine Freunde, aber ich sehe auch ihre Stärken, ihre guten Seiten, denn es wäre schrecklich, wenn wir unsere Egos tauschten und nur die gekochten Kröten und die Urinlachen auf dem Boden der Transmatkabine sähen. Ich spüre ihre Zuneigung und Bescheidenheit und Treue und Milde. Ich sehe, wie gut meine Freunde wirklich sind, und ich mache mir Sorgen, und ich frage mich, was sehen sie in mir. Vielleicht werden sie mich hassen, wenn wir hier herauskommen. Wir tauschen weiter unsere Egos. Wir sehen, was sie in uns sehen, was wir in uns, in ihnen sehen.

Eine Woche geht so schnell vorbei!

Armer Manuel, sagen sie, ich wußte nie, daß es so schlecht um ihn steht. Trotz all seines Geldes fühlt er sich schuldig, weil er nichts mit seinem Leben anfangen kann. Finde eine Aufgabe, finde eine Sache, für die du dich einsetzen kannst! Ich sage ihnen, ich versuche. Ich suche. Sie fragen, wie ich es mit den Androiden halte?

Soll ich ihnen antworten? Was würde mein Vater sagen? Wenn er meine Anschauungen nicht billigt?

Kümmere dich nicht um ihn! Tue, was du für richtig hältst! Clarissa ist für gleiche Rechte für die Androiden. Wenn er aufbraust, laß Clarissa zu ihm sprechen, bevor du es tust. Warum sollte er aufbrausen? Er hat sein Vermögen gemacht mit Androiden, jetzt kann er es sich leisten, sie wählen zu lassen. Ich wette, sie würden ihn wählen. Wißt ihr, daß alle Androiden meinen Vater lieben? Ja! Manchmal denke ich, es muß fast wie eine Religion sein bei ihnen. Die Religion Krugs. Nun, es hat einen gewissen Sinn, seinen Schöpfer anzubeten. Lacht nicht! Aber ich muß lachen. Es ist verrückt, daß Androiden sich vor meinem Vater verbeugen. Ich wette, sogar vor seinen Bildern. Vor dem alten Krug!

Du weichst vom Pfad ab, Manuel. Wenn es dich bekümmert, daß du nichts Bedeutendes tust, dann werde Kreuzfahrer. Gleiche Rechte für Androiden! Hoch die Androiden! Hoch die Androiden! Das ist deiner unwürdig. Du hast wahrscheinlich recht.

Wir hören den Gong, und wir wissen, daß unsere Zeit vorbei ist. Wir fallen aus dem Netz. Wir gleiten zurück in unsere eigenen

Köpfe. Man hat mir gesagt, sie verfahren bei diesem Teil des Prozesses sehr, sehr, sehr sorgfältig, damit jeder in seinen eigenen Kopf zurückkehrt.

Soweit ich weiß, bin ich Manuel Krug.

Sie führen uns hinaus. Dort ist eine Wiederanpassungskammer auf der anderen Seite des Netzes. Wir sitzen drei, vier Stunden herum, gewöhnen uns daran, wieder Individuen zu sein. Wir schauen einander verstohlen an. Lieber weicht man dem Blick des anderen aus. Jemand hat zu viel gelacht mit meinem Mund.

In der Wiederanpassungskammer haben sie mehr von diesem neuen Spielzeug, dem Würfel mit den stumpfen Kanten. Der meine sendet mir eine Reihe von Botschaften.

ES IST JETZT 9.00 UHR IN KARATSCHI
IST DIES DAS ERSTEMAL, DASS DU IHR BEGEGNET BIST?
DEIN VATER WÜRDE WAHRSCHEINLICH GERN VON DIR HÖREN
NUR DIE WAHREN ANTWORTEN SIND FALSCH
SIE HABEN DEN FALL OHNE GERICHT ERLEDIGT
WIR SIND ALLE EIN GUT TEIL WEISER

Das Ding langweilt und erschreckt mich. Ich schleudere es beiseite. Ich bin fast sicher, daß ich weder Cadge Foster, noch Lloyd Tennyson bin, doch ich mache mir Sorgen wegen der Kröte. Ich werde zu Lilith gehen, sobald ich hier herauskomme. Vielleicht sollte ich zuerst mit Clarissa sprechen. Mein Vater muß jetzt auf seinem Turm sein. Wie schreitet dieser große Bau voran? Wird er bald in Winternächten Botschaften von den Sternen empfangen?

»Meine Herren, wir hoffen, Sie werden bald wiederkommen«, sagt der lächelnde Alpha zu uns.

Wir gehen hinaus. Ich bin sie, sie sind ich. Wir sind wir.

Wir schütteln uns feierlich die Hände. Wir begeben uns zu den Transmatkabinen. Tugendsam, pflichtgetreu gehe ich zu Clarissa.

18

Die Anwälte trafen sich nach der Zerstörung von Alpha Kassandra Nucleus dreimal in der Woche. Die erste Besprechung fand statt in den Büros der Krug-Enterprises, die zweite im Hauptquartier der Labrador-Transmat-Gesellschaft, die dritte im Sitzungszimmer des Gebäudes des Chase/Krug-Konzerns, Fairbanks. Die Vertreter von Labrador-Transmat hatten vorgeschlagen, Krug solle einfach eine neue Alphafrau liefern und die Kosten ihrer Ausbildung übernehmen. Lou Fearon, Krugs Anwalt, wandte ein, das könnte Kosten verursachen, deren Höhe nicht im voraus bestimmbar wäre. Labrador-Transmat erkannte die Berechtigung dieses Einwands an, und es wurde ein Kompromiß erreicht, nach welchem Krug-Enterprises der Labrador-Transmat das Besitzrecht auf eine unausgebildete Duluth-Alphafrau zusprach und sich einverstanden erklärte, die Kosten ihrer Ausbildung bis zu einer Höhe von 10 000 Dollar zu zahlen. Insgesamt dauerten diese drei Sitzungen zwei Stunden und einundzwanzig Minuten. Ein Vertrag wurde entworfen; Leon Spaulding unterzeichnete ihn im Auftrage von Krug, der auf den Mond gereist war, um einen kürzlich vollendeten Schwerkraftsteich für Gelähmte im Krug-Krankenhaus im Meer von Moskau zu inspizieren.

19

17. November 2218

Eine dünne, vom Wind angewehte Schneedecke hüllt die Ebene um den Turm ein; außerhalb des Baugeländes liegt der Schnee meterhoch, eishart gefroren. Ein trockener Wind bricht sich am Turm. Dem Zeitplan weit voraus, ist er jetzt über 500 Meter hoch und macht einen überwältigenden Eindruck in seinem kristallenen Glanz.

Die achtseitige Basis geht kaum wahrnehmbar in die Flächen des viereckigen Schafts über. Der Turm ist in Licht gehüllt. Sonnenglanz wird von seinen Flanken reflektiert, fällt auf die umgebenden Schneefelder, springt wieder hoch gegen die Glasmauern, wird von neuem zurückgeschleudert.

Die unteren zwei Drittel des bisher fertigen Baus sind jetzt in

Stockwerke eingeteilt, während die Androiden, die mit der Montage der Außenhaut des Turmes beschäftigt sind, die Glasblöcke immer höher türmen, rücken die für den Innenausbau verantwortlichen ihnen nach.

Die Installation der Tachyonstrahl-Anlage hat begonnen. Vier mächtige Stäbe aus glänzendem roten Kupfer, sechzig Zentimeter dick und Hunderte von Metern lang, werden innerhalb des Turms bis zu seiner halben Höhe ein fünffaches Rückgrat bilden, und die unteren Teile dieser großen Sammelschienen werden jetzt montiert. Ein durchsichtiger Mantel aus halbdurchsichtigem Glasfaserstoff, ein Meter im Durchmesser, umkleidet jede Schiene. Die Arbeiter schieben vierzig Meter lange Kupfersäulen in diese Mäntel und schweißen sie mit Laserstrahlen aneinander. Hunderte von Elektrikern überwachen das Einziehen von Leitungsdrähten in die schimmernden Innenwände des Turms, und Scharen von Mechanikern installieren Rohre, Wellensteuergeräte, Frequenzumwandler, Strommesser, Fokusüberwachungsgeräte, Neutronenaktivierungselemente, Mössbauer-Absorber, Pulsanalysatoren mit zahlreichen Kanälen, nukleare Verstärker, Volttransformatoren, Cryostaten, Schaltblöcke, Widerstandsbrücken, Prismen, Torsionsprüfer, Sensoren, Entmagnetisierer, Polymatoren, magnetische Resonanzzellen, Thermoelementverstärker, Beschleunigungsreflektoren, Protonenakkumulatoren, alles durch Computer entsprechend ihrer Bestimmung etikettiert. Botschaften mit Tachyonstrahlen zu den Sternen zu schikken, ist ein schwieriges Unterfangen.

Der Turm ist von beispiellosem Glanz geschmeidig im Wind, kühn in den Himmel ragend. Besucher fahren kilometerweit in die Tundra hinaus, um die beste Aussicht auf ihn zu haben, denn aus der Nähe kommt seine Großartigkeit nicht voll zur Geltung. Krug liebt es, seine Gäste daran zu erinnern, daß das, was sie jetzt sehen, nur das untere Drittel des endgültigen Bauwerks ist. Um sich den Turm in seiner endgültigen Größe vorzustellen, muß man einen zweiten Turm der gleichen Größe auf diesen setzen und einen dritten darauf. Der Verstand rebelliert. Die Vision will nicht erscheinen. Statt dessen sieht man nur das Bild einer schlanken, spitz zulaufenden, erschreckend zerbrechlichen Nadel aus Glas, die im Himmel hängt, Wurzeln zu fassen sucht und, wenn es ihr nicht gelingt, stürzen muß, fallen muß, wie Luzifer, einen ganzen Tag lang fallen und auf dem gefrorenen Grund zerschellen.

20

»Ein neues Signal«, sagte Vargas. »Leicht abweichend. Letzte Nacht haben wir angefangen, es zu empfangen.«

»Warten Sie auf mich«, sagte Krug. »Ich komme.« Er war in New York. Fast unmittelbar darauf war er in dem antarktischen Observatorium von Vargas, hoch auf dem Polarplateau gelegen, an einem Punkt, der gleich weit entfernt war vom Nordpol und vom Kap Knox. Es gab Leute, die sagten, das Transmatzeitalter habe das Leben einerseits ärmer gemacht und es andererseits bereichert. Die Thetaenergie erlaubte es, gedankenschnell und unbekümmert von Afrika nach Australien, nach Mexiko, nach Sibirien zu springen, doch sie beraubte einem jedes echte Gefühl für Ort und Bewegung, für Entfernungen und Geographie. Sie verwandelte die Erde in eine einzige, unendlich ausgedehnte Transmatkabine. Krug hatte sich oft vorgenommen, einen gemütlichen Flug um die Erde zu machen, die Wüste in Prärie, den Wald in kahle Tundra, Berge in Ebenen übergehen zu sehen. Doch er hatte nie die Zeit dafür gefunden.

Das Observatorium war ein Komplex von glänzenden Kuppelbauten, die auf einer zweieinhalb Kilometer dicken Eisschicht standen. Tunnels im Eis verbanden die Gebäude miteinander, und durch sie erreichte man auch die außerhalb befindlichen Einrichtungen: die große Scheibe der Parabolantenne eines Radioteleskops, das Metallgitter eines Röntgenstrahlenempfängers, der Sendungen über das hoch über dem Südpol stehende Orbit-Observatorium auffing, das kurze, breite Vielfach-Brechungsteleskop, die drei goldenen Spitzen der Wasserstoffantenne, das flatternde, in der Luft hängende Netzwerk eines Polyradarsystems und die übrigen Geräte, mit denen die Astronomen hier ins Universum lauschten. Anstatt Gefrierstreifen zu verwenden, damit das Eis unter den Fundamenten nicht schmolz, hatte man für jedes einzelne Gebäude Wärmeaustauschplatten installiert, so daß jedes von ihnen eine kleine Insel auf einem großen Gletscher war.

Im Hauptgebäude summten, klickten und flackerten Apparate. Krug verstand nicht viel von dieser Anlage, doch sie erschien ihm angemessen wissenschaftlich. Techniker liefen eifrig umher. Ein Alpha hoch oben auf einem Laufsteg rief drei Betas tief unten Zahlen zu. Regelmäßig durchzuckte ein scharlachrotes Lichtzeichen eine zwanzig Meter lange Glasspirale, und bei jeder Entladung leuchteten auf einer Zählmaschine grüne und rote Zahlen auf.

»Beobachten Sie die Radonspule. Sie registriert die Impulse, die wir jetzt empfangen«, sagte Vargas. »Da ... ein neuer Zyklus beginnt ... sehen Sie?« Krug betrachtete das Muster des Signals.

```
        +  +
  +  +  +  +  +
        +
        +  +
  +  +  +
        +
        +  +
        +
```

»Das ist es«, sagte Vargas. »Jetzt eine Pause von sechs Sekunden, und dann beginnt es von neuem.«

»2-5-1, 2-3-1, 2-1«, sagte Krug. »Vorher war es 2-4-1, 2-5-1, 3-1. Sie haben also die Vierergruppe vollkommen fallengelassen. Sie haben die Fünfergruppe an den Anfang des Zyklus gestellt, sie haben die Dreiergruppe vervollständigt, sie haben in der letzten Gruppe einen Impuls hinzugefügt. Verdammt, Vargas, was hat das für einen Sinn? Was bedeutet das?«

»Wir entdecken in dieser Botschaft nicht mehr Inhalt als in der vorangegangenen. Sie haben beide die gleiche Grundstruktur. Nur eine kleine Veränderung ...«

»Es muß aber etwas bedeuten!«

»Vielleicht.«

»Wie können wir es herausfinden?«

»Wir werden sie fragen«, sagte Vargas. »Bald. Mit Hilfe Ihres Turms.«

Krug ließ die Schultern sinken. Er beugte sich vor, berührte die glatten, kühlen, grünen Griffe einiger ihm unverständlicher, aus der Wand herausragender Geräte. »Diese Botschaften sind dreihundert Jahre alt«, sagte er düster. »Wenn ihr Planet so schnelllebig ist, wie Sie sagen, dann sind das praktisch dreihundert Jahrhunderte. Mehr! Sie würden nicht einmal etwas wissen von den Botschaften, die ihre Vorfahren gesendet haben. Sie werden bis zur Unkenntlichkeit verändert sein.«

»Nein. Es muß eine Kontinuität geben. Wie sollen sie so ein technologisches Niveau erreicht haben, das ihnen erlaubt, transgalaktische Botschaften auszusenden, wenn sie nicht fähig wären, die Leistungen früherer Generationen zu bewahren?«

Krug fuhr herum. »Soll ich Ihnen etwas sagen? Ich glaube immer noch nicht, daß es auf diesem planetarischen Nebel, dieser blauen Sonne intelligente Wesen gibt. Überhaupt kein Leben ... nein! Hören Sie, blaue Sonnen leben nicht lange, Vargas. Es braucht Millionen von Jahren, bis die Oberfläche eines Planeten genügend abkühlt, um fest zu werden. Eine blaue Sonne ist noch nicht so alt. Alle Planeten, die sie haben mag, sind noch immer in flüssigem oder gasförmigem Zustand. Wollen Sie mich glauben machen, diese Signale kommen von Wesen, die auf einem Feuerball existieren?«

Vargas erwiderte ruhig: »Diese Signale kommen von NGC 7293, dem planetarischen Nebel im Wassermann.«

»Mit Sicherheit?«

»Mit Sicherheit! Ich kann Ihnen alle Daten zeigen.«

»Schön, aber wie, von einem Feuerball?«

»Es ist nicht notwendigerweise ein Feuerball. Vielleicht kühlen manche Planeten schneller ab als andere. Wir können nicht genau sagen, wie lange es dauert, bis sie abkühlen. Wir wissen nicht, wie weit die Heimatwelt dieser Botschaften aussendenden Rasse von ihrer Sonne entfernt ist. Wir haben Modelle für die theoretische Möglichkeit, daß ein Planet schnell genug abkühlen kann, selbst bei einer blauen Sonne, um es zu ermöglichen ...«

»Er ist ein Feuerball, dieser Planet«, sagte Krug starrsinnig.

»Vielleicht«, sagte Vargas achselzuckend. »Vielleicht auch nicht. Aber selbst wenn dem so ist, können Lebensformen nur auf einem Planeten mit fester Oberfläche leben? Können Sie sich nicht eine Zivilisation von Wesen vorstellen, die unter extrem hohen Temperaturen existieren, die sich in einer noch nicht abgekühlten Welt entwickelt haben? Wenn ...«

Krug knurrte verächtlich: »Signale funken mit Geräten, die sie aus geschmolzenem Stahl gebaut haben?«

»Die Signale müssen nicht mechanischen Ursprungs sein. Nehmen Sie an, sie können die Molekularstruktur manipulieren ...«

»Sie erzählen mir Märchen, Doktor. Ich gehe zu einem Wissenschaftler und muß mir Märchen anhören!«

»In diesem Augenblick sind Märchen die einzige Möglichkeit, die Daten zu rechtfertigen«, sagte Vargas.

»Sie wissen, es muß eine bessere Möglichkeit geben!«

»Alles, was ich weiß, ist, daß wir Signale empfangen und daß sie unzweifelhaft von diesem planetarischen Nebel kommen. Ich weiß, es klingt nicht plausibel. Das Universum braucht uns nicht immer plausibel zu erscheinen. Seine Phänomene brauchen nicht leicht erklärbar zu sein. Transmat wäre unverständlich für einen Wissenschaftler des achtzehnten Jahrhunderts. Wir sehen die Phänomene, so gut wir können, und wir versuchen sie zu erklären, und manchmal ergehen wir uns in wilden Vermutungen, weil die Daten keinen Sinn zu haben scheinen, aber ...«

»Das Universum trügt nicht«, sagte Krug. »Das Universum spielt ein faires Spiel!«

Vargas lächelte. »Das tut es zweifellos. Doch wir brauchen mehr Daten, bevor wir NGC 7293 erklären können. Inzwischen behelfen wir uns mit ›Märchen‹, wie Sie es ausdrücken.«

Krug nickte. Er schloß die Augen und streichelte Hebel und Knöpfe, während in ihm wütende Ungeduld kochte und brodelte.

Hallo, Ihr Sternenmenschen! Hallo, Ihr, die Ihr Impulse sendet! Wer seid Ihr? Was seid Ihr? Wo seid Ihr? Verdammt, ich will es wissen!

Was wollt Ihr uns sagen, Ihr?

Wen sucht Ihr?

Was bedeutet das alles? Angenommen, ich sterbe, bevor ich es herausfinde!

»Wissen Sie, was ich tun möchte?« fragte Krug plötzlich. »Hinausgehen zum Radioteleskop, in die große Scheibe hinaufklettern, meine Hände wie einen Trichter vor den Mund halten und denen da oben ihre Zahlen zurufen. Wie ist das Signal jetzt? 2-5-1, 2-3-1, 2-1? Es macht mich verrückt. Wir sollten ihnen jetzt sofort antworten. Funken Sie irgendwelche Zahlen: 10-2, 4-6-2, 4-2. Nur um ihnen zu zeigen, daß wir hier sind. Nur um sie wissen zu lassen, daß wir sie hören.«

»Mit Radiowellen!« sagte Vargas. »Das würde dreihundert Jahre dauern. Der Turm ist bald fertig.«

»Bald, sicher. Bald. Sie sollten ihn sehen. Kommen Sie, nächste Woche. Sie bauen jetzt die Apparate ein. Bald werden wir denen da oben antworten können.«

»Würden Sie gerne das Audiosignal ankommen hören, das neue?«

»Natürlich.«

Vargas legte einen Hebel um. Aus Lautsprechern in der Laboratoriumswand kam ein trockenes, kaltes Zischen, das Geräusch des Raums, die Stimme des dunklen Abgrunds. Es war ein Geräusch wie das einer Schlange, die ihre Haut abstreift. Dieses knisternde Geräusch übertönend, erklangen einige Sekunden später zarte Hochfrequenztöne. *Piep, piep.* Pause. *Piep-piep-piep-piep-piep.* Pause. *Piep.* Pause. Pause. Piep-piep. Pause. *Piep-piep-piep.* Pause. *Piep.* Pause. Pause. *Piep-piep* ... Der neue Zyklus begann.

»Wunderbar«, flüsterte Krug. »Sphärenklänge. Die Stimme der geheimnisvollen Fremden! Hören Sie, Doktor, kommen Sie nächste Woche den Turm besichtigen ... am Dienstag? Ich werde Sie durch Spaulding anrufen lassen. Sie werden überrascht sein. Und hören Sie, wenn sich wieder etwas ändert im Signal, möchte ich es sofort erfahren.«

Piep-piep-piep.

Er ging zur Transmatkabine.

Piep.

Krug sprang nordwärts entlang des Meridians, der Linie des 90. Grades östlicher Breite folgend, überquerte den Nordpol und rematerialisierte sich neben seinem Turm. Er war von Eisplateau zu Eisplateau gerast, vom Grund der Welt bis zu ihrer Spitze, aus dem späten Frühling in den frühen Winter, aus dem Tag in die Nacht. Überall waren emsig Androiden tätig. Der Turm schien um fünfzig Meter gewachsen zu sein seit seinem gestrigen Besuch. Der Himmel loderte im Licht der Reflektorplatten. Die Botschaft von NGC 7293 erklang immer noch in seinem Kopf. *Piep-piep-piep.* Bald würde er ihnen antworten.

Er fand Thor Watchman im Kontrollzentrum, an das Computersystem angeschlossen. Der Alpha bemerkte die Anwesenheit Krugs nicht; er schien wie auf einem Trip zu sein, die Hänge einer fernen Zwischenwelt zu erklettern. Ein diensteifriger Beta erbot sich, sich in den Stromkreis einzuschalten, um Watchman über den Computer zu melden, daß Krug angekommen war.

»Nein«, sagte Krug. »Er ist beschäftigt. Störe ihn nicht.« Er verweilte einige Augenblicke, beobachtete den wechselnden Ausdruck auf Watchmans ruhigem Gesicht. Was ging dem Alpha durch den Kopf? Frachtrechnungen, Transmatbewegungen, Schweißvorgänge, Wetterberichte, Kostenschätzungen, Druckfaktoren, persönliche Daten? Krug fühlte Stolz in seiner Seele aufsteigen. Warum nicht? Er hatte genug Gründe, stolz zu sein. Er hatte die Androiden geschaffen, und die Androiden bauten den Turm, und bald würde die Stimme des Menschen zu den Sternen dringen ...

Piep-piep-piep. Piep.

Mit einer Zärtlichkeit, die ihn selbst überraschte, legte er seine Hände auf Thor Watchmans breite Schultern. Dann ging er hinaus. Er stand eine Weile in der kalten Dunkelheit, sah die emsige Arbeit auf jeder Etage des Turms. Auf der Spitze wurden ununterbrochen neue Blöcke verlegt. Im Inneren verkleideten die winzigen Gestalten die Wände mit einer Neutrinobeschichtung, verbanden Kupferkabel miteinander, zogen Decken ein, installierten Klimaanlagen, Anschlüsse für Wasser und Strom, höher und höher. Durch die Nacht drang ein stetig pulsierender Ton, in dem alle Geräusche der Bautätigkeit in einem einzigen kosmischen Rhythmus zusammenklangen, ein tiefes dröhnendes Summen, unterbrochen durch ein regelmäßig an- und abschwellendes metallisches Kreischen. Das Lied der Arbeit, dachte er. Das Finale würde seine Botschaft sein, eine Botschaft zu den Sternen.

Er ging zu den Transmatkabinen. Die messerscharfe Kälte des arktischen Winds schien er nicht zu spüren.

Nicht schlecht für einen armen Mann ohne besondere Ausbildung, sagte er zu sich selbst. Dieser Turm. Diese Androiden. Alles. Er dachte an den Krug vor fünfundvierzig Jahren, den Krug, elend und arm, aufgewachsen in einer Stadt in Illinois, auf deren

Straßen Gras wuchs. Nichts in der Tasche. Aber schon damals hatte er davon geträumt, Botschaften zu den Sternen zu funken. Er wollte nur etwas aus sich machen. Er war nichts! Irgendein Mensch namens Krug. Unwissend, mager, hungrig, das Gesicht voller Pickel. Manchmal hörte er die Leute sagen, die Menschheit sei in ein neues goldenes Zeitalter eingetreten, die Bevölkerungszahl sei gesunken, soziale und rassische Spannungen seien vergessen, der Lebensstandard stiege immer mehr, die Menschheit werde glücklicher, eine Vielzahl von Servomechanismen verrichte alle niedere Arbeit. Ja. Ja. Gut. Aber selbst in einem goldenen Zeitalter mußte jemand unten sein. Krug war es. Sein Vater starb, als er fünf Jahre alt war. Seine Mutter ergab sich dem Alkohol und allen Arten von Drogen und Betäubungsmitteln. Sie bekam ein wenig Geld, nicht viel, von einer Fürsorgeorganisation. Roboter? Roboter waren für reiche Leute da. Meistens war sogar die Datenausgabe gesperrt wegen unbezahlter Rechnungen. Er reiste nie in einer Transmatkabine, bevor er neunzehn Jahre alt war. Nie hatte er Illinois verlassen. Er erinnerte sich daran, wie er damals war: mürrisch, in sich verschlossen, erfüllt von scheelem Mißtrauen, manchmal eine Woche lang oder zwei, ohne mit jemand zu sprechen. Er las nicht. Er spielte nicht, doch er träumte sehr viel. In einem Nebel von Wut und Enttäuschung stand er die Schule durch, lernte nichts. Langsam entwuchs er diesem Zustand, als er fünfzehn war. Es war dieselbe Wut und Enttäuschung, die ihn trieb, nur schwelte sie nicht mehr in ihm, er richtete sie nach außen. Schreien hätte er können: *Ich werde euch zeigen, was ich kann. Ich werde es euch allen zeigen!* Er programmierte seine Ausbildung selbst. Servotechnologie. Chemie. Er lernte nicht die Grundwissenschaft; er lernte es, die Dinge zusammenzusetzen. Schlaf? Er brauchte keinen Schlaf. Studieren. Tag und Nacht Studieren. Schweiß. Man sagte, er besäße eine bemerkenswerte intuitive Auffassungsgabe für strukturelle Zusammenhänge. Er fand einen Gönner in Chicago. Das Zeitalter des Privatkapitalismus war angeblich tot, ebenso das Zeitalter des individuellen Erfinders in seinem Kämmerlein. Doch er baute einen besseren Roboter. Krug erinnerte sich lächelnd an den Transmatsprung nach New York, die Verhandlungen, die Anwälte. Und Geld auf der Bank. *Geld!* Der neue Thomas Edison. Er war neunzehn. Er pfropfte sein Laboratorium voll mit Apparaten und hielt Ausschau nach großartigeren Projekten. Mit zweiundzwanzig begann er, an den ersten Androiden zu basteln. Es dauerte lange. Zellen unter dem Mikroskop, Sperma, Blut. In diesen Jahren begannen die Sonden von den nächsten Sternen zurückzukehren, Fehlanzeige. Keine fortgeschrittenen Formen des Lebens zu finden dort draußen. Er war jetzt finanziell genügend sichergestellt, um sich weniger dem Geschäft zu widmen, sich den Luxus der Frage nach dem Platz des Menschen im Kosmos zu stellen. Er grübelte. Er setzte sich mit den landläufigen Theorien von der Einzigartigkeit des Menschen auseinander. Doch er arbeitete weiter, experimentierte mit Nukleinsäuren, überanstrengte seine Augen, tauchte seine Hände tief in mit Schleim, Sperma und Blut gefüllte Gefäße, verband die Porteinketten miteinander, kam dem Erfolg meßbar näher. Wie kann der Mensch allein sein im Universum, wenn ein Mann Leben schaffen kann? Schaut, wie leicht es ist! Ich tue es: bin ich Gott? Kessel voll Purpur, Grün, Gold, Rot, Blau. Und schließlich entstand Leben in den Bottichen. Androiden taumelten aus den schäumenden Chemikalien der Brutkammern. Ruhm. Geld. Macht. Eine Frau, ein Sohn, ein Imperium. Grundbesitz auf drei Welten, auf fünf Monden. Frauen, so viel er wollte. Er war groß geworden, um die Phantasien seiner eigenen Jugend zu verwirklichen. Krug lächelte. Der junge, magere, picklige Krug war noch immer hier in diesem untersetzten Mann, zornig, mißtrauisch, ehrgeizig. Hast du es ihnen gezeigt? Du hast es ihnen gezeigt! Und jetzt wirst du zu den Menschen auf den Sternen vordringen. Die Stimme Krugs würde die Lichtjahre überbrücken. »Hallo? Hallo? Hallo! Hört Ihr! Hier ist Simeon Krug!« Rückblickend sah er sein ganzes Leben als einen einzigen gradlinigen Weg, der ohne Umweg oder Unterbrechung zu diesem einen Ziel führte. Hätte er sich nicht in brennendem Ehrgeiz verzehrt, dann gäbe es heute keine Androiden. Ohne seine Androiden gäbe es nicht genügend geschickte Arbeitskräfte, den Turm zu bauen. Ohne seinen Turm …

Er betrat die nächste Transmatkabine und stellte Koordinaten ein, ließ seine Finger blind den Bestimmungsort wählen. Er ließ sich durch den entmaterialisierten Raum schleudern und sah, daß er sich in dem kalifornischen Haus seines Sohnes Manuel befand.

Er hatte nicht vorgehabt, hierher zu kommen. Er stand blinzelnd im Licht der Nachmittagssonne, erschauerte, als eine plötzliche Wärmewelle seine von der arktischen Luft abgekühlte Haut traf. Unter seinen Füßen lag ein schimmernder Fußboden aus dunkelrotem Stein. Die Wände, die ihn umgaben, funkelten im Licht mehrphasiger, im Fundament installierter Projektoren. Über ihm war kein Dach, nur ein auf das blaue Ende des Spektrums eingestelltes Isolationsfeld, durch das die mit Früchten behangenen Zweige eines Baumes mit federartigen, graugrünen Blättern herabhingen. Er konnte das Brausen der Brandung hören. Ein halbes Dutzend Haushaltsandroiden, die ihren Beschäftigungen nachgingen, starrten ihn an. Er hörte ihr scheues Flüstern: *»Krug … Krug …«*

Clarissa erschien. Sie trug ein grünes Schleiergewand, das ihre kleinen hohen Brüste, ihre knochigen Hüften, ihre schmalen Schultern kaum verhüllte. »Du hast mir nicht gesagt, daß du …«

»Wußte es nicht«, murmelte er und senkte den Kopf.

»Ich hätte etwas vorbereitet!«

»Ich brauche nichts Besonderes. Ich komme nur vorbei. Ist Manuel …«

»Er ist nicht hier.«

»Nein? Wo ist er?«

Clarissa hob und senkte die Schultern. »Er ist ausgegangen, irgendwelche Geschäfte, glaube ich. Er kommt erst zum Abendessen zurück. Kann ich dir …«

»Nein. Nein. Welch schönes Haus ihr habt, Clarissa. Warm, gemütlich. Du und Manuel, ihr müßt sehr glücklich sein hier.« Er betrachtete ihre schlanke Gestalt. »Es ist auch ein guter Ort, um Kinder zu kriegen. Der Strand … die Sonne … die Bäume …«

Ein Android brachte zwei Liegestühle, stellte sie mit raschen Handgriffen auf. Ein anderer schaltete den Wasserfall auf der Landseite des Hauses ein. Ein dritter zündete einen Aromaspender an, und bald entfaltete sich der Duft von Nelken und Zimt im Raum. Ein vierter bot Krug ein Tablett mit milchig-weißen Süßigkeiten an. Krug schüttelte den Kopf. Er blieb stehen. Auch Clarissa setzte sich nicht. Sie schaute unbehaglich zu Boden. »Wir sind noch nicht lange verheiratet«, sagte sie. »Für Kinder haben wir noch Zeit.«

»Ihr seid ja schon zwei Jahre verheiratet? Lange Flitterwochen!«

»Nun ...«

»Besorgt euch zumindest euer Zertifikat. Ihr könntet anfangen, an Kinder zu denken. Ich meine, es ist Zeit, daß ihr ... daß ich ein Enkelkind bekomme ...«

Sie hielt ihm das Tablett mit den Süßigkeiten hin. Ihr Gesicht war bleich; ihre Augen waren wie Opale in einer gefrorenen Maske. Er schüttelte den Kopf und sagte: »Die Androiden übernehmen sämtliche Arbeiten für die Erziehung des Kindes. Und wenn du es nicht selbst austragen willst, könnte es ektogenetisch ...«

»Bitte!« sagte sie leise. »Wir haben bereits darüber gesprochen. Ich bin so müde heute.«

»Es tut mir leid.« Er verfluchte sich selbst, daß er sie so bedrängte. Sein alter Fehler, Zartgefühl war nicht seine Stärke. »Fühlst du dich nicht wohl?«

»Nur müde«, erwiderte sie. Sie schien sich zu bemühen, mehr Energie zu zeigen, als in ihr war. Sie winkte, und einer ihrer Betas begann einen Stapel von glänzenden Metallreifen zu montieren, die geheimnisvoll um eine verborgene Achse rotierten. Eine neue Skulptur? fragte sich Krug. Ein zweiter Android rückte die Wände, und ein Strahl von warmem bernsteinfarbenen Licht fiel auf ihn und Clarissa. Musik erklang in der Luft aus mikroskopischen glitzernden Lautsprechern, die, fein wie eine Staubwolke, im Garten schwebten. Clarissa sagte überlaut: »Wie geht es deinem Turm?«

»Wunderbar. Wunderbar. Du solltest ihn sehen.«

»Vielleicht werde ich nächste Woche kommen. Wenn es nicht zu kalt ist dort oben. Ist er schon fünfhundert Meter hoch?«

»Höher. Wächst ständig. Nur nicht schnell genug. Ich erwarte schmerzhaft, daß er fertig wird, Clarissa, daß ich ihn benutzen kann. Ich bin krank vor Ungeduld.«

»Du siehst heute ein wenig abgespannt aus«, sagte sie. »Fiebrig, innerlich erregt. Du solltest dich manchmal ausruhen.«

»Ich? Mich ausruhen? Warum? Bin ich so alt?« Er wurde sich bewußt, daß er heftig geworden war. Er fuhr in ruhigerem Ton fort: »Vielleicht hast du recht. Ich weiß nicht. Ich gehe jetzt besser. Ich will dich nicht stören. Wollte nur einen kleinen Besuch machen. Sage Manuel, es war nichts Besonderes. Nur um guten Tag zu sagen. Wann habe ich ihn überhaupt das letztemal gesehen? Vor zwei, drei Wochen? Nicht, seit er aus diesem Egotauschinstitut kam. Ein Mann kann wohl von Zeit zu Zeit seinen Sohn besuchen.« Impulsiv griff er nach ihr, zog sie an sich. Er fühlte sich wie ein Bär, der eine Nymphe umarmt. Ihre Haut war kalt unter dem Schleiergewand. Sie bestand nur aus Haut und Knochen. Er könnte sie mit einem schnellen Griff entzweibrechen. Wieviel wog sie? Fünfzig Kilo? Weniger? Der Körper eines Kindes. Vielleicht konnte sie gar keine Kinder zur Welt bringen. Krug ertappte sich, daß er sie sich mit Manuel im Bett vorzustellen versuchte, schob den Gedanken erschrocken beiseite. Er küßte sie auf ihre kalte Wange. »Paß auf dich auf«, sagte er. »Wir beide werden auf uns aufpassen, uns gründlich ausruhen. Grüße Manuel von mir.«

Er eilte zur Transmatkabine. Wohin jetzt? Krug fieberte. Seine Wangen glühten. Er trieb hilflos am breiten Busen des Meeres. Koordinaten taumelten durch sein Gehirn. Blind wählte er eine Kombination, fütterte sie in die Maschine. *Piep-piep-piep.* Das skandierte Zischen des verstärkten Sternensignals zehrte an seinem Gehirn. 2-5-1, 2-3-1. 2-1. Hallo? Hallo? Die Thetaenergie verschlang ihn.

Er landete im Innern einer riesigen muffigen Höhle.

Undeutlich sah er Dutzende von Kilometern über sich ein Dach. Die metallischen, reflektierenden, gelbbraunen Wände strebten in einer Kurve nach oben, um an einem fernen Punkt zusammenzustoßen. Eine riesige Kuppel. Grelle Lichter flammten und flackerten. Scharfkantige Schatten bewegten sich. Die Luft war erfüllt von den Geräuschen einer Baustelle. Es wimmelte von geschäftigen Androiden. Sie umdrängten ihn, schauten ehrfürchtig zu ihm auf, stießen sich gegenseitig an, flüsterten: *»Krug … Krug … Krug …«* Warum sehen Androiden mich immer so scheu an? Er maß sie mit finsterem Blick. Schweiß brach ihm aus allen Poren. Seine Beine wurden schwach. Er müßte Spaulding um eine Abkühlungspille bitten, aber Spaulding war anderswo. Krug reiste heute allein. Ein Alpha trat auf ihn zu. »Wir wurden nicht informiert, uns auf das Vergnügen dieses Besuches vorzubereiten, Mr. Krug.«

»Es war nur ein plötzlicher Einfall. Wollte nur hereinschauen. Bitte … dein Name …«

»Romulis Fusion, Sir.«

»Wie groß ist die Belegschaft hier, Alpha Fusion?«

»Siebenhundert Betas, Sir, und neuntausend Gammas. Die Alphagruppe ist sehr klein. Wir sind auf Sensoren angewiesen für den größten Teil der Kontrollfunktionen. Soll ich Sie herumführen? Möchten Sie die neuen Mondautos sehen? Die Jupitersonden? Vielleicht das Raumschiff?«

»Das Raumschiff, ja, das Raumschiff.« Krug begriff. Er war in Denver, im nordamerikanischen Fahrzeugmontagezentrum des Krug-Konzerns. In dieser riesigen Katakombe wurden viele Typen von Transportgeräten hergestellt, die alle Bedürfnisse befriedigten, denen das Transmatsystem nicht gewachsen war: Seetransportschiffe, Atmosphärengleiter, Stratosphärengleiter, Schlepper für überschwere Lasten; auch Geräte zur Verwendung auf Welten mit hohem Druck, von Ionen angetriebene Schiffe für kurze Raumfahrten, interstellare Sonden, Schwerkraftglocken, Himmelstaucher, Kleinbahnen, Sonnensonden. Hier arbeitete seit sieben Jahren ein ausgewählter technischer Stab am Prototyp des ersten bemannten Raumschiffs für interstellare Expeditionen. Seit er mit dem Bau des Turms begonnen hatte, war das Raumschiff ein Stiefkind unter Krugs Projekten geworden.

»Das Raumschiff«, sagte Krug. »Ja. Bitte, schauen wir es uns an.«

Die Betas wichen ehrerbietig zurück, als Romulus Fusion ihn zu einem kleinen tropfenförmigen Gleiter führte. Mit dem Alpha am Steuer fuhren sie geräuschlos durch die Montagehallen, vorbei an Fließbändern mit halbfertigen Fahrzeugen jeder Art, glitten eine Rampe hinunter, die zu einem noch tieferen Stockwerk dieser unterirdischen Werkstatt führte. Der Gleiter hielt. Sie stiegen aus.

»Hier«, sagte Romulus Fusion.

Krug sah ein seltsames, hundert Meter langes Fahrzeug, auf beiden Seiten von seiner nadelscharfen Nase bis zu seinem gedrungenen Schwanzende mit Flossen besetzt. Der dunkelrote Rumpf schien aus zusammengebackenem Geröll geformt zu sein. Seine Oberfläche war rauh und knotig. Fenster waren keine zu sehen. Die Masseinjektoren waren konventionell in der Form, rechtwinklige, nach hinten geöffnete Schlitze.

Romulus Fusion sagte: »Es wird in drei Monaten zum ersten Probeflug fertig sein. Wir rechnen mit einer stetigen Beschleunigungsleistung von 2,4 g, was das Schiff relativ schnell auf nahezu Lichtgeschwindigkeit bringen wird. Wollen Sie das Innere besichtigen?«

Krug nickte. Die Ausstattung des Schiffes war bequem und keineswegs ungewöhnlich; er sah ein Kontrollzentrum, Erholungsräume, eine Kraftstation, Dinge, die in jedem Raumschiff zu finden waren. »Es kann eine Besatzung von acht Mann aufnehmen«, sagte der Alpha zu ihm. »Während des Fluges umgibt ein automatisches Ablenkungsfeld das Schiff, um alle freifliegenden Partikel abzuwehren, die natürlich ungeheuer gefährlich sein könnten bei solchen Geschwindigkeiten. Das Schiff steuert sich automatisch; es braucht keine Überwachung. Dies sind die Behälter für die Besatzung.« Romulus Fusion zeigte auf vier Doppelreihen Gefrierzellen mit Vorderseiten aus schwarzem Glas, die, jeder zweieinhalb Meter lang und einen Meter breit, an der Wand befestigt waren. »Wir wenden die konventionelle Lebensunterbrechungstechnologie an«, sagte er. »Das Kontrollsystem des Schiffs beginnt auf ein Signal der Mannschaft oder der Bodenstation hin automatisch die hochverdichtete Kühlflüssigkeit in die Behälter zu pumpen, und die Körpertemperaturen der Besatzungsmitglieder werden gesenkt bis auf den gewünschten Grad. Sie überdauern die Reise in dieser Kühlflüssigkeit, die dem doppelten Zweck dient, den Lebensprozeß zu verlangsamen und die Besatzung gegen die Wirkungen der stetigen Beschleunigung abzuschirmen. Die Aufhebung der Lebensunterbrechung ist ebenso einfach. Eine maximale Tiefschlafperiode von vierzig Jahren ist geplant; im Falle längerer Reisen wird die Besatzung alle vierzig Jahre geweckt, einem Training, ähnlich dem bei neuen Androiden angewandten, unterzogen, und kehrt nach kurzem Wachsein wieder zurück in die Behälter. Auf diese Weise kann die gleiche Besatzung eine Reise von praktisch unbeschränkter Dauer durchführen.«

»Wie lange«, fragte Krug, »würde dieses Schiff brauchen, um einen 300 Lichtjahre entfernten Stern zu erreichen?«

»Einschließlich der für die Erreichung der Höchstgeschwindigkeit und für die Verlangsamung benötigten Zeit«, erwiderte Romulus Fusion, »schätze ich die Dauer auf rund 620 Jahre. Unter Berücksichtigung des zu erwartenden Zeitdilatationseffekts entspricht das einer Bordzeit von etwa zwanzig bis fünfundzwanzig

Jahren, was bedeutet, daß die ganze Reise innerhalb der Zeitspanne einer einzigen Tiefschlafperiode der Besatzung durchgeführt werden könnte.«

Krug runzelte die Stirn. Das galt für die Besatzung; doch wenn er das Raumschiff im nächsten Frühling nach NGC 7293 starten ließ, würde es im 35. Jahrhundert zur Erde zurückkehren. Er würde längst nicht mehr da sein, um es zu begrüßen. Doch es gab keine andere Lösung.

Er sagte: »Wird es bis Februar startklar?«

»Ja.«

»Gut. Fange bereits an, eine Besatzung auszuwählen: zwei Alphas, zwei Betas, vier Gammas. Sie werden an einem von mir festgesetzten Datum Anfang des nächsten Jahres starten.«

»Wie Sie befehlen, Sir.«

Er verließ das Schiff. Krug ließ seine Hände über den Rumpf des Schiffes gleiten, der sich wie eine Schicht von Kieselsteinen anfühlte. Seine Begeisterung für den Tachyonstrahlturm hatte ihn davon abgehalten, den Fortschritt dieses Unternehmens zu verfolgen. Er bedauerte es jetzt. Sie hatten hervorragende Arbeit geleistet. Wenn der Turm vollendet war, konnte er versuchen, mit den Wesen, von denen Vargas behauptete, daß sie auf NGC 7293 lebten, Nachrichtenverbindung aufzunehmen; inzwischen würde er sein mit Androiden bemanntes Raumschiff auf seine lange Reise schicken. Was würde er an Bord des Schiffes mitschicken? Eine Summe der Leistungen des Menschen ... ja, Kommunikationswürfel in Menge, ganze Büchereien, die gesamte Musikliteratur, einhundert hochleistungsfähige Informationssysteme. Er würde die Mannschaft besser aus vier Alphas und vier Betas bilden. Sie mußten Experten der Kommunikationstechniken sein. Während sie schliefen, würde er ihnen Tachyonenstrahlbotschaften von der Erde senden, die Erkenntnisse übermitteln, die er von den Kontakten des Turms mit dem Sternenvolk zu gewinnen erwartete. Bis das Raumschiff seinen Bestimmungsort etwa im Jahre 2850 erreicht hatte, war es vielleicht schon möglich, seiner Besatzung Wörterbücher der Sprache jener Rasse zu übermitteln, die sie besuchen sollte, sogar ganze Enzyklopädien, Annalen von sechs Jahrhunderten des Tachyonstrahlkontakts zwischen Erdenmenschen und den Bewohnern von NGC 7293!

Krug schlug Romulus Fusion auf die Schulter. »Gute Arbeit. Du wirst von mir hören. Wo ist die Transmatkabine?«

»Hier entlang, Sir.«

Piep-piep-piep.

Krug sprang zurück zum Turm.

Thor Watchman war nicht mehr an den Computer des Hauptkontrollzentrums angeschlossen. Krug fand ihn im Innern des Turms im vierten Stockwerk, wo er die Installation einer Reihe von Geräten inspizierte, die aussahen wie auf eine Glasperlenschnur montierte Butterklumpen.

»Was ist das?« fragte Krug.

Watchman blickte auf, überrascht, seinen Herrn so plötzlich erscheinen zu sehen. »Stromkreisunterbrecher«, sagte er. »Im Falle eines exzessiven Positronenflusses ...«

»Schon gut. Weißt du, wo ich gewesen bin, Thor? In Denver. In Denver. Ich habe das Raumschiff gesehen. Ich wußte es nicht: sie sind praktisch fertig damit. Wir werden es sofort in unser Programm einplanen.«

»Sir?«

»Alpha Romulus Fusion hat die Oberleitung dort. Er wird eine Besatzung auswählen, zwei Alphas, zwei Betas, vier Gammas. Wir werden sie im nächsten Frühling in Kälteschlaf versetzen und starten lassen. Kurz darauf werden wir unsere ersten Signale an NGC 7293 funken. Setze dich in Verbindung mit ihnen, koordiniere den Zeitplan ... noch etwas, obwohl wir hier unserem Zeitplan voraus sind, geht es mir noch immer nicht schnell genug.« Der planetarische Nebel NGC 7293 brodelte und flackerte hinter Krugs Stirn. Die Hitze seiner Haut verdampfte seinen Schweiß so schnell, wie er aus seinen Poren drang. Ich errege mich zu sehr, sagte er zu sich selbst. »Wenn du heute abend mit deiner Arbeit fertig bist, Thor, schreibe eine Personalanforderung aus, um die Belegschaft um fünfzig Prozent zu erhöhen. Schicke sie Spaulding. Du brauchst mehr Alphas. Zögere nicht. Fordere. Bezahle, was es kostet. Ich wünsche, daß der Terminplan geändert wird. Setze das Datum für die Fertigstellung um drei Monate früher an, als wir bis jetzt vorgesehen hatten. Verstanden?«

Watchman schien ein wenig verwirrt zu sein. »Ja, Mr. Krug«, sagte er mit tonloser Stimme.

»Gut. Ja. Gut. Arbeite weiter so wie bisher, Thor. Ich kann dir nicht sagen, wie stolz ich bin, wie glücklich. Wir werden dir jeden geeigneten Beta in der westlichen Hemisphäre zur Verfügung stellen, wenn es notwendig sein sollte. Auch in der östlichen. Überall. Der Turm muß fertig werden! Zeit! Zeit! Ich habe nicht genug Zeit!«

Krug entfernte sich eilig. Draußen, in der kalten Nachtluft kühlte sich seine Begeisterung ab. Einen Augenblick stand er ruhig da, genoß die schlanke, glitzernde Schönheit des Turms, der leuchtend vor dem schwarzen Hintergrund der dunklen Tundra stand. Er sah nach oben. Er sah die Sterne. Er ballte die Faust und schüttelte sie.

Krug! Krug! Krug! Krug!

Piep ... Piep ... Piep ...

In die Transmatkabine. Koordinaten: Uganda. Am See Quenelle, sie erwartete ihn. Weicher Leib, große Brüste, geöffnete Schenkel. Ja! Ja! Ja! Ja! 2-5-1, 2-3-1, 2-1.

21

Im Glanz der fahlen Wintersonne marschierte ein Dutzend Alphas feierlich über den breiten Platz, der in Terrassen von der Vorderfront des Weltkongreßgebäudes in Genf abfiel. Jeder der Alphas trug einen Demonstrationsstrahler, jeder trug das Abzeichen der Androidengleichheitspartei. In den Ecken des Platzes standen Sicherheitsroboter bereit; die gedrungenen schwarzen Maschinen würden sofort vorwärtsrollen und lähmende Nervenstrahlenbündel schleudern, wenn die Demonstranten irgendwie von dem Programm abwichen, das sie beim Pförtner des Kongreßgebäudes eingereicht hatten. Doch es war höchst unwahrscheinlich, daß die Leute von der AGP etwas Unerwartetes taten. Sie überquerten den Platz einfach immer wieder, marschierten weder zu steif noch zu lässig, hielten ihre Blicke auf die über ihnen schwebenden Holovisionskameras gerichtet. Von Zeit zu Zeit schaltete einer der Demonstranten auf ein Signal ihres Führers Siegfried Fileclerk seinen Demonstrationsstrahler ein. Aus der Düse des Strahlers stieg dann blauer Dampf bis zu einer Höhe von etwa zwanzig Metern auf, blieb dort hängen, verdichtete sich durch kinetische Verschmelzung zu einer kugelförmigen Wolke, auf der ein Text in großen goldenen Buchstaben aufleuchtete und langsam über ihre Oberfläche wanderte. Wenn die Worte die Wolke einmal umkreist hatten, löste sie sich auf, darauf gab Fileclerk dem nächsten Demonstranten das Signal, eine Botschaft aufsteigen zu lassen.

Obwohl der Kongreß nun seit Wochen tagte, war es unwahrscheinlich, daß einer der Delegierten in dem prächtigen Gebäude der Demonstration Beachtung schenkte. Sie hatten solche Demonstrationen schon zu oft gesehen. Die Absicht der AGP-Gruppe war es lediglich, die Leute von der Holovision zu veranlassen, die Demonstration aufzunehmen und den Zuschauern im Rahmen der Nachrichtensendungen zu übermitteln. Die Slogans lauteten:

GLEICHES RECHT FÜR ANDROIDEN!
VIERZIG JAHRE DER SKLAVEREI SIND GENUG!
IST KASSANDRA NUCLEUS UMSONST GESTORBEN?
WIR APPELLIEREN AN DAS GEWISSEN DER MENSCHHEIT!
FREIHEIT! GLEICHHEIT!
ANDROIDEN IN DEN KONGRESS!
DIE ZEIT IST GEKOMMEN!
AUCH WIR BLUTEN,
WENN IHR UNS VERLETZT!

22

Thor Watchman kniete neben Lilith Meson in der Valhallavägen-Kapelle. Es war der Tag der Eröffnung der Zuchtkammern; neun Alphas waren anwesend, und Mazda Constructor, der der Übergängerkaste angehörte, leitete die Feier. Es war kein Ritual, das die Teilnahme eines Erhalters erforderte, und so spielte Watchman bei der Zeremonie keine besondere Rolle. Er wiederholte nur leise für sich selbst die Anrufungen der zelebrierenden Betas.

Das Hologramm Krugs über dem Altar glitzerte und zuckte. Die Dreierbuchstabengruppen des genetischen Codes rundum an den Wänden schienen zu schmelzen und wirbelnd um ihn zu kreisen, als das Ritual sich seinem Höhepunkt näherte. Der Geruch von Wasserstoff hing in der Luft. Mazda Constructors Gesten, bis jetzt verhalten und innig, wurden ausladender, theatralischer.

»AUU GAU GGU GCU«, rief er.

»Harmonie!« sang der zweite.

»Wahrnehmung«, sagte Lilith.

»CAC CGC CCC CUC«, sang Mazda Constructor.

»Harmonie!«

»Einheit!«

»Leidenschaft«, sagte Lilith.

»UAA UGA UCA UUA«, rief der Übergänger.

»Harmonie!«

»Einheit!«

»Wille und Ziel«, sagte Lilith, und die Zeremonie war zu Ende. Mazda Constructor trat vom Altar zurück, erschöpft von der Erregung. Lilith berührte leicht seine Hand. Die Betas, offensichtlich dankbar, daß sie entlassen waren, verließen die Kapelle durch den Hinterausgang. Watchman erhob sich. Er erblickte Andromeda Quark in der hintersten, dunkelsten Ecke der Kapelle, die Gebete der Projektorkaste flüsternd. Sie war in sich versunken und schien niemand wahrzunehmen.

»Sollen wir gehen?« sagte Watchman zu Lilith. »Ich bringe dich nach Hause.«

»Nett von dir«, sagte sie. Ihre Teilnahme an der Zeremonie schien sie innerlich stark erregt zu haben; ihre Augen glänzten unnatürlich, ihre Brüste hoben und senkten sich unter ihrem dünnen Gewand, ihre Nasenflügel bebten. Sie verließen die Kapelle.

Während sie zu dem nächsten Transmat gingen, sagte er: »Ist die Personalanforderung in deinem Büro eingetroffen?«

»Gestern. Mit einer Notiz von Spaulding, ich solle sofort mit der Einstellung beginnen. Wo finde ich so viele ausgebildete Betas, Thor? Was geht vor sich?«

»Nichts weiter, als daß Krug uns immer härter bedrängt. Er ist besessen davon, den Turm zu vollenden.«

»Das ist nichts Neues«, sagte Lilith.

»Es wird schlimmer. Seine Ungeduld wächst täglich, sie beherrscht ihn immer mehr, wie eine innere Krankheit. Wenn ich ein Mensch wäre, würde ich diese Hast vielleicht verstehen. Er kommt jetzt zwei-, dreimal am Tage zum Turm, zählt die Stockwerke, zählt die neuverlegten Blockreihen. Hetzt die Tachyonenleute, sagt ihnen, sie sollen ihre Maschinen schneller installieren. Eine wilde Entschlossenheit ergreift von ihm Besitz, er schwitzt, er erregt sich leicht, stolpert über seine eigenen Worte. Jetzt verstärkt er die Arbeitstrupps, steckt weitere Millionen Dollar in das Unternehmen. Wozu? Wozu das alles? Und dann die Sache mit dem Raumschiff. Ich habe gestern mit Denver gesprochen. Weißt du, Lilith, daß er diese Fabrik das ganze letzte Jahr nicht beachtet hat und daß er sie jetzt täglich besucht? Das Raumschiff soll innerhalb von drei Monaten fertig sein für eine interstellare Reise. Androidenbesatzung. Er schickt Androiden.«

»Wohin?«

»Dreihundert Lichtjahre weit.«

»Er wird doch nicht dich auffordern? Oder mich?«

»Zwei Alphas, zwei Betas und vier Gammas«, sagte Watchman. »Man hat mir nicht gesagt, wer dafür in Erwägung gezogen wird. Wenn er Spaulding entscheiden läßt, bin ich erledigt. Krug bewahre uns davor, dabeisein zu müssen.« Er wurde sich der Ironie seines Gebets bewußt und lachte, ein dünnes kicherndes Lachen. »Ja. Krug bewahre uns!«

Sie erreichten den Transmat. Watchman begann die Koordinaten einzustellen.

»Willst du für einen Augenblick mit hinaufkommen?« fragte Lilith.

»Gerne.«

Sie traten zusammen in den grünen Schein.

Ihre Wohnung war kleiner als die seine, lediglich ein Schlafzimmer, eine Kombination von Wohnzimmer, Eßzimmer und Küche. Man konnte sehen, daß eine größere Wohnung in mehrere kleine unterteilt worden war, angemessen für Androiden. Das Gebäude war ähnlich dem, in dem er wohnte: alt, abgenutzt, irgendwie Gemütlichkeit ausstrahlend. Neunzehntes Jahrhundert, schätzte er, obwohl die Ausstattung, die Stärke von Liliths Persönlichkeit reflektierend, ausgesprochen zeitgenössisch war: modern in den Boden montierte Möbel und winzige, zarte, freischwebende Kunstgegenstände. Watchman war nie zuvor in ihrer Wohnung gewesen, obwohl sie fast Nachbarn in Stockholm waren. Androiden, selbst Alphas, besuchten einander nicht in ihren Heimen; die Kapellen dienten als Treffpunkte für die meisten Gelegenheiten. Diejenigen, die nicht der Gemeinde angehörten, versammelten sich in AGP-Büros oder zogen die Einsamkeit vor.

Er ließ sich in einen federnden bequemen Sessel fallen.

»Möchtest du ein Stimulans?« fragte Lilith. »Ich kann dir alle Arten von angenehmen Stoffen anbieten. Tabak, allerlei Getränke, selbst Alkohol, Liköre, Kognak, Whisky.«

»Du bist ja gut ausgestattet mit Reizmitteln.«

»Manuel kommt oft hierher. Ich muß die Gastgeberin für ihn spielen. Was willst du haben?«

»Nichts«, erwiderte er. »Ich habe eine Abneigung gegen diese Drogen.«

Sie lachte und trat vor den Doppler. Rasch löste er ihr Gewand auf. Darunter trug sie nichts als einen Wärmeschaum, der sich hellgrün und lieblich von ihrer blassen Haut abhob, sie von den Brüsten bis zu den Schenkeln bedeckte. Durch eine weitere Bewegung vor dem Doppler ließ sie auch diese Hülle verschwinden; nur die Sandalen behielt sie an.

Sie ließ sich anmutig zu Boden sinken, saß mit gekreuzten Beinen vor ihm, spielte mit den Schaltern ihrer Wandprojektoren; Muster kamen und verschwanden, während sie wahllose Kombinationen einstellte. Es herrschte ein seltsam gespanntes Schweigen. Watchman fühlte sich unangenehm berührt; er kannte Lilith jetzt fünf Jahre, beinahe ihr ganzes Leben, und sie war so eng mit ihm befreundet, wie ein Android es nur mit einem andern sein konnte. Doch er war noch nie zuvor auf diese private Art allein mit ihr gewesen. Es war nicht ihre Nacktheit, die ihn störte. Nacktheit bedeutete ihm überhaupt nichts. Es war, schloß er, einfach die Vertraulichkeit der Situation. Als ob sie ein Liebespaar wären. Als ob etwas ... Sexuelles ... zwischen ihnen wäre.

Er lächelte und entschloß sich, sie über diese ungereimten Gefühle zu informieren. Doch bevor er sprechen konnte, sagte sie: »Ich habe gerade an etwas gedacht. An Krug. An seine Ungeduld, den Turm zu vollenden. Thor, wäre es möglich, daß er glaubt, bald sterben zu müssen?«

»Sterben?« Ein ungewohnter, verrückter Gedanke!

»Irgendeine fürchterliche Krankheit, etwas, das sie tektogenetisch nicht reparieren können. Ich weiß nicht, was: eine neue Art von Krebs vielleicht. Jedenfalls, nimm an, er hat gerade festgestellt, daß er vielleicht noch ein oder zwei Jahre zu leben hat und entschlossen ist, seine Botschaft vorher auszusenden.«

»Er sieht gesund aus«, sagte Watchman.

»Vielleicht verfault er von innen heraus. Die ersten Symptome sind sein unberechenbares Verhalten, sein besessenes Hasten von Ort zu Ort, seine ständige Beschleunigung der Arbeitspläne, sein Antreiben zur Schnelligkeit ...«

»Krug bewahre uns, nein!«

»Krug bewahre Krug.«

»Ich glaube das nicht, Lilith. Wie kommst du auf diesen schrecklichen Gedanken? Hat Manuel etwas gesagt?«

»Nur Intuition. Ich will dir helfen, Krugs seltsames Benehmen zu erklären, das ist alles. Wenn er wirklich ein sterbender Mann ist, so ist dies die einzige Erklärung für ...«

»Krug kann nicht sterben.«

»Kann nicht?«

»Du weißt, was ich meine. Er darf nicht sterben. Er ist noch jung. Er hat mindestens noch ein Jahrhundert vor sich. Und es gibt so viel, das er in dieser Zeit noch tun muß.«

»Für uns, meinst du?«

»Natürlich«, erwiderte Watchman.

»Aber der Turm verbrennt ihn, verzehrt ihn. Thor, nimm an, er stirbt wirklich? Ohne die Worte gesprochen zu haben ... ohne gesagt zu haben, daß wir ...«

»Dann werden wir eine Menge Energie im Gebet verschwendet haben. Und die AGP wird uns ins Gesicht lachen.«

»Sollten wir nicht etwas tun?«

Er drückte seine Daumen gegen die Augenlider. »Wir können unsere Pläne nicht auf Phantastereien aufbauen. Soweit wir wissen, ist Krug nicht sterbenskrank und wird wahrscheinlich nicht so schnell sterben.«

»Und wenn er wirklich stirbt?«

»Worauf willst du hinaus?«

Sie sagte: »Wir könnten sogleich damit beginnen.«

»Womit?«

»Mit dem, worüber wir sprachen, als du mich zum erstenmal aufgefordert hast, mit Manuel zu schlafen. Manuel zu benutzen, um Krugs Unterstützung für die Sache zu gewinnen.«

»Das war seinerzeit nur ein Einfall, den ich längst bereue«, sagte

Watchman. »Ich bezweifle, daß es philosophisch richtig ist, Krug auf diese Weise manipulieren zu wollen. Wenn wir ehrlich sind in unserem Glauben, müßten wir auf seine Gnade warten, ohne Ränke zu schmieden, um seiner Gnade nachzuhelfen und …«

»Höre auf damit, Thor. Ich gehe in die Kapelle, und du gehst in die Kapelle, und wir alle gehen in die Kapelle, aber wir leben auch in der wirklichen Welt, und in der wirklichen Welt mußt du die wirklichen Faktoren in Rechnung stellen. So etwa die Möglichkeit von Krugs vorzeitigem Tod.«

»Nun …« Er zitterte vor Spannung. Sie war pragmatisch, fast wie ein Organisator von der AGP. Er sah die Logik ihres Standpunkts. Sein ganzer Glaube war gebunden an die Hoffnung auf die Manifestation eines Wunders; was aber, wenn es kein Wunder gab? Wenn sie eine Möglichkeit hatten, das Wunder zu stimulieren, sollten sie sie dann nicht benutzen? Und dennoch … und dennoch …

Sie sagte: »Manuel ist reif. Er ist bereit, offen für unsere Sache einzutreten. Du weißt, wie beeinflußbar er ist; ich könnte aus ihm in zwei oder drei Wochen einen Kreuzfahrer für unsere Sache machen. Ich werde ihn dann in die Gammastadt mitnehmen …«

»Verkleidet, hoffe ich.«

»Natürlich. Wir werden eine Nacht dort verbringen … und dann … du erinnerst dich sicher, Thor, wir sprachen darüber, ihm eine Kapelle zu zeigen …«

»Ja. Ja.« Watchman zitterte.

»Das werde ich tun. Ich werde ihm die Sache unserer Gemeinde erklären. Und schließlich werde ich offen sprechen und ihn bitten, sich bei seinem Vater für uns zu verwenden. Er wird es tun, Thor. Er wird es tun! Und Krug wird ihn anhören. Krug wird nachgeben und die Worte aussprechen. Manuel zuliebe.«

Watchman erhob sich. Er ging im Zimmer auf und ab. »Es erscheint fast blasphemisch. Wir sollen darauf warten, daß Krugs Gnade zu uns herabsteigt zu dem von ihm gewählten Zeitpunkt. Manuel auf diese Weise zu benutzen, versuchen, den Willen Krugs zu formen und zu zwingen …«

»Was ist, wenn Krug sterben muß?« fragte Lilith. »Was, wenn er nur noch Monate zu leben hat? Was, wenn eine Zeit kommt, *da es keinen Krug gibt*? Und wir noch immer Sklaven sind?«

Ihre Worte hallten wider von den Wänden, zerschmetterten ihn:

da kein Krug mehr ist
da kein Krug mehr ist
da kein Krug mehr ist
da kein Krug mehr ist

»Wir müssen unterscheiden«, sagte er unsicher, »zwischen dem physischen Menschen, der Krug ist, für den wir arbeiten, und der ewigen Gegenwart Krugs, des Schöpfers, und Krugs, des Befreiers, der ...«

»Nicht jetzt, Thor. Sage mir nur, was ich tun soll. Manuel in die Gammastadt mitnehmen?«

»Ja. Ja. Doch mache nur einen Schritt nach dem anderen. Sei vorsichtig. Weihe ihn nicht zu schnell ein. Frage mich, wenn du Zweifel hast. Kannst du Manuel wirklich beeinflussen?«

»Er betet mich an«, sagte Lilith ruhig.

»Wegen deines Körpers?«

»Es ist ein guter Körper, Thor. Doch es ist mehr als das. Es verlangt ihn danach, von einer Androidin beherrscht zu werden. Er ist voller Schuldkomplexe der zweiten Generation. Ich habe ihn mit Sex gefangengenommen, doch ich halte ihn durch die Macht der Retorte.«

»Sex«, sagte Watchman. »Ihn mit Sex gefangengenommen. Wie? Er hat eine Frau. Eine hübsche Frau, habe ich gehört. Doch ich bin natürlich nicht in der Lage, das zu beurteilen. Wenn er eine hübsche Frau hat, warum braucht er ...«

Lilith lachte.

»Habe ich etwas Dummes gesagt?«

»Du verstehst wohl überhaupt nichts von Menschen, Thor? Der berühmte Alpha Watchman, vollkommen ahnungslos!« Ihre Augen funkelten. Sie sprang auf. »Thor, was weißt du eigentlich über Sex? Ich meine aus erster Hand.«

»Ob ich schon einmal Geschlechtsverkehr hatte? Ist es das, was du fragst?«

»Das ist es, was ich dich frage«, erklärte Lilith.

Der Richtungswechsel in der Konversation verblüffte ihn. Was hatte sein privates Leben zu tun mit dem Planen revolutionärer Taktik?

»Nein«, sagte er. »Nie. Warum sollte ich? Was könnte ich dabei gewinnen außer Ärger?«

»Vergnügen«, erwiderte sie. »Krug schuf uns mit funktionalen Nervensystemen. Sex ist Vergnügen. Sex erregt mich. Es sollte auch dich erregen. Warum hast du es nie versucht?«

»Ich kenne keinen Alphamann, der es versucht hat oder überhaupt viel darüber nachdenkt.«

»Alphafrauen tun es.«

»Das ist etwas anderes. Ihr habt mehr Gelegenheit. Alle diese menschlichen Männer rennen hinter euch her. Menschliche Frauen rennen nicht hinter Androidenmännern her, ausgenommen vielleicht einige, die geistesgestört sind, nehme ich an. Und du kannst mit einem Menschen Geschlechtsverkehr ohne jedes Risiko haben. Ich aber werde mich nicht mit einer menschlichen Frau einlassen, nicht wenn jeder Mann, der glaubt, ich beeinträchtige seine Rechte, mich auf der Stelle zerstören kann.«

»Wie wäre es mit Sex zwischen Android und Androidin?«

»Wozu? Um Babys zu machen?«

»Sex und Fortpflanzung sind zwei ganz verschiedene Dinge, Thor. Das war schon immer so. Sex ist eine soziale Kraft. Ein Sport. Ein Spiel. Eine Art Magnetismus von Körper zu Körper. Es ist das, was mir Macht über Manuel Krug gibt.« Abrupt änderte sich der Ton ihrer Stimme, verlor seinen didaktischen Eifer, wurde weicher. »Willst du, daß ich dir zeige, was Sex ist? Lege deine Kleider ab.«

Er lachte nervös. »Meinst du das im Ernst? Willst du ... *das* machen mit mir?«

»Warum nicht? Hast du Angst davor?«

»Sei nicht albern. Ich habe nicht erwartet ... ich meine ... es erscheint so widersinnig, daß zwei Androiden miteinander ins Bett gehen sollen, Lilith ...«

»Weil wir Ersatzmenschen sind? Plastikwesen? Gegenstände?« sagte sie kalt.

»Das habe ich nicht gemeint. Wir sind aus Fleisch und Blut!«

»Aber es gibt bestimmte Dinge, die wir nicht tun dürfen, weil wir aus der Retorte kommen. Gewisse körperliche Funktionen bleiben für die Kinder des Leibes reserviert. Das meinst du doch?«

»Du unterstellst mir Anschauungen, die ich nicht habe.«

»Ich weiß, daß ich das tue. Ich will dich erziehen, Thor. Überzeugen. Du versuchst das Geschick einer ganzen Gesellschaft zu manipulieren und weißt nichts von einer der menschlichen Grundmotivationen. Komm, zieh dich aus. Hast du nie Verlangen nach einer Frau gefühlt?«

»Ich weiß nicht, was Verlangen ist, Lilith.«

»Wirklich nicht?«

»Wirklich nicht.«

Sie schüttelte den Kopf. »Und du denkst, wir sollten den Menschen gleichgestellt werden? Du willst wählen, Alphas in den Kongreß bringen, Bürgerrechte besitzen? Aber du lebst wie ein Roboter, wie eine Maschine. Du bist ein wandelndes Argument dafür, die Androiden an ihrem Platz zu belassen. Du ignorierst eine der wichtigsten Funktionen des menschlichen Lebens und sagst dir, diese Dinge seien nur für Menschen, Androiden hätten sich nicht darum zu kümmern. Ein gefährliches Denken, Thor. Wir sind menschlich. Wir haben Körper. Warum hat Krug uns Genitalien gegeben, wenn er nicht wollte, daß wir sie gebrauchen?«

»Ich stimme jedem Wort zu, das du gesagt hast, aber ...«

»Aber was?«

»Aber Sex bedeutet mir nichts. Und ich weiß, das ist ein böses Argument gegen unsere Sache. Ich bin nicht der einzige Alpha, der so empfindet, Lilith. Wir reden nicht viel darüber, aber ...« Er wich ihrem Blick aus. »Vielleicht haben die Menschen recht. Vielleicht sind wir eine mindere Rasse, künstlich durch und durch, nur eine organische Rasse von Robotern, gemacht aus Fleisch und ...«

»Falsch. Steh auf, Thor. Komm her.«

Er ging auf sie zu. Sie nahm seine Hände und legte sie auf ihre nackten Brüste.

»Drücke sie«, sagte sie. »Sanft. Siehst du die Warzen, wie sie hart werden, sich aufrichten? Das ist ein Zeichen, daß ich auf deine Berührung reagiere. Das beweist mir, daß ich eine Frau bin, kein Roboter. Es ist die Art, wie eine Frau Verlangen zeigt. Was empfindest du, wenn du meine Brüste berührst, Thor?«

»Ihre Glätte, die kühle Haut.«

»Was fühlst du *innerlich*?«

»Ich weiß nicht.«

»Eine Beschleunigung deines Pulses? Spannungen? Ein Knoten in deinem Leib. Hier, berühre meine Hüfte, streichle mich. Fühlst du jetzt etwas, Thor?«

»Ich bin nicht sicher. Das ist mir so neu, Lilith.«

»Zieh dich aus«, sagte sie.

»Es erscheint mir so mechanisch auf diese Weise. So kalt. Soll Sex nicht vorbereitet werden durch Werbung, weiches Licht, Flüstern, Musik, Poesie?«

»Dann weißt du also doch ein wenig darüber«, lächelte sie.

»Ein wenig. Ich habe ihre Bücher gelesen. Ich kenne das Ritual, das Präludium.«

»Wir können das Präludium versuchen: hier, ich habe das Licht gedämpft. Nimm einen Drink, Thor. Nein, keinen Whisky, nicht für das erstemal. Etwas Leichtes. Gut so. Und hier ist ein wenig Musik. Zieh dich aus.«

»Du wirst doch niemand etwas davon sagen?«

»Wie du dich anstellst, Thor! Wem sollte ich es sagen? Manuel? Liebling, werde ich ihm sagen, Liebling, ich habe dich mit Thor Watchman betrogen!« Sie lachte frivol. »Es wird unser Geheimnis bleiben. Nenn es eine Lektion in Menschlichkeit. Menschen haben Sex, und du willst doch menschlicher sein? Ich werde dir helfen, den Sex zu entdecken.« Sie lächelte schelmisch. Sie zerrte an seinen Kleidern.

Neugierde packte ihn. Er fühlte den Alkohol in seinem Gehirn wirken, ihn in Euphorie versetzen. Lilith hatte recht: die Sexlosigkeit der Alphas war ein Paradoxon bei Leuten, die so heftig forderten, den Menschen gleichgestellt zu werden. Oder war Sexlosigkeit gar nicht so allgemein unter den Alphas, wie er dachte? Vielleicht hatte er, weil er mit den ihm von Krug gestellten Aufgaben so sehr beschäftigt war, es einfach vernachlässigt, seine Gefühle sich entwickeln zu lassen? Er dachte an Siegfried Fileclerk, der im Schnee neben Cassandra Nukleus weinte, und wunderte sich.

Seine Kleider fielen, Lilith zog ihn in die Arme.

Sie rieb ihren Körper langsam an seinem. Er fühlte ihre Schenkel auf seinen Schenkeln, die kühle gespannte Trommel ihres Leibs, der sich gegen den seinen preßte, die harten Knoten ihrer Brustwarzen, die sich an seiner Brust rieben. Er forschte in sich nach einer Spur von Reaktion. Er war unsicher über das, was er entdeckte, doch er konnte nicht leugnen, daß er die durch ihre enge Berührung ausgelösten Empfindungen genoß. Ihre Augen waren geschlossen. Ihre Lippen waren geöffnet, sie suchten die seinen. Ihre Zunge glitt zwischen seine Zähne. Seine Handflächen glitten ihren Rücken hinunter, und in einem plötzlichen Impuls vergrub er seine Fingerspitzen in die Hügel ihres Gesäßes. Liliths Muskeln spannten sich, und ihr Körper preßte sich stärker gegen ihn, beschleunigte seine reibenden Bewegungen. Das dauerte eine kurze Weile. Dann entspannte sie sich und rückte von ihm ab.

»Nun?« fragte sie. »Etwas gefühlt?«

»Es hat mir gefallen«, sagte er zögernd.

»Hat es dich erregt?«

»Ich glaube ja.«

»Es sieht nicht so aus.«

»Woher willst du das wissen?«

»Es würde sich zeigen«, sagte sie spöttisch lächelnd.

Er kam sich unmöglich, tölpelhaft und blöd vor. Er fühlte sich von seiner eigenen Identität abgeschnitten, unfähig, in den Thor Watchman zurückzukehren, den er kannte und verstand. Von dem Augenblick an, da er die Zuchtkammer verließ, hatte er sich älter, weiser, begabter, selbstsicherer als seine Mitalphas betrachtet: als einen Mann, der die Welt und seinen Platz begriff. Aber nun? Lilith hatte ihn in einer halben Stunde vollkommen verändert, ihn plump, naiv, närrisch ... und impotent gemacht.

Sie legte ihre Hand auf sein Geschlecht. »Da dein Penis nicht steif geworden ist«, sagte sie, »war es offensichtlich nicht sehr erregend für dich, als ich ...« Sie unterbrach sich. »Oh. Ja. Siehst du es jetzt?«

»Es geschah, als du mich berührtest.«

»Das ist nicht überraschend. Es gefällt dir also? Ja?« Ihre Finger bewegten sich kundig. Watchman mußte sich eingestehen, daß er diese Empfindung interessant fand, und daß dieses plötzliche Erwachen seiner Männlichkeit in ihren Händen ein bemerkenswertes Phänomen war. Doch er blieb außerhalb seiner selbst, ein distanzierter Beobachter, nicht mehr beteiligt, als wenn er eine Vorlesung über die Begattungsgewohnheiten der Centaurinen-Proteoiden anhörte.

Sie preßte sich wieder gegen ihn. Ihr Körper bewegte sich, glitt von einer Seite auf die andere, bäumte sich auf, erschauerte. Er legte seine Arme um sie, er glitt mit den Händen wieder über ihre Haut.

Sie zog ihn zu Boden.

Er lag über ihr, stützte sich mit Knien und Ellbogen ab, um nicht mit seinem vollen Gewicht auf ihr zu lasten. Ihre Beine umschlangen ihn; ihre Schenkel preßten sich gegen seine Hüften. Ihre Hand glitt zwischen ihre Körper, nahm sein Glied, führte es in ihren Schoß. Sie begann ihr Becken zu heben und zu senken. Er erwiderte ihre Stöße, drang immer tiefer in sie ein, paßte sich ihrem Rhythmus an.

Das also ist Sex, dachte er.

Er fragte sich, wie eine Frau empfinden mochte, wenn etwas Langes und Hartes tief in ihren Körper gestoßen wurde. Offenbar genoß sie es; Lilith stöhnte und zitterte in einer Art von Entzücken. Doch es kam ihm seltsam, befremdend vor. Mit einem Teil seines Körpers in den einer Frau einzudringen, war es dies, was die Dichter besangen, war es dies, weswegen Männer Duelle ausgefochten und auf Königreiche verzichtet hatten?

Nach einer Weile sagte er: »Wie werden wir wissen, daß es vorüber ist?«

Ihre Augen öffneten sich. Er war nicht in der Lage zu unterscheiden, ob Wut oder Lust in ihnen funkelte. »Du wirst es schon merken«, antwortete sie, warf den Kopf zurück und lächelte.

Er machte weiter. Die Bewegungen ihrer Hüften wurden heftiger. Ihr Gesicht verzerrte sich, entstellte sich beängstigend, wurde fremd, beinahe häßlich; eine Art von innerem Sturm war losgebrochen und wütete in ihr. Alle ihre Muskeln schienen sich zu verkrampfen. Ihre Vagina schloß sich fest um seinen Penis und schien ihn in sich hineinsaugen zu wollen.

Plötzlich spürte auch er, wie sich die Muskeln seines Körpers unerträglich spannten. Sein Bewußtsein trübte sich, und er war nicht mehr in der Lage, die Wirkungen, die ihre Vereinigung in ihr ausgelöst hatte, zu registrieren. Er schloß die Augen. Er rang stöhnend nach Atem. Sein Herz hämmerte wild. Seine Haut glühte. Er drückte sie fester an sich, preßte sein Gesicht in die Grube zwischen ihrer Wange und ihrer Schulter. Eine Reihe von zuckenden Stößen schüttelte ihn.

Das war es also! Wie schnell die Ekstase dahinschwand! Er

konnte sich jetzt kaum der mächtigen Empfindungen erinnern, die ihn vor wenigen Sekunden überschwemmt hatten. Er fühlte sich genarrt. War das alles? Wie die nach einem kurzen Aufwallen versickernde Brandung? Es ist überhaupt nichts, dachte Thor Watchman. Es ist ein Betrug.

Er löste sich von ihr.

Sie lag da mit nach hinten hängendem Kopf, die Augen geschlossen, der Mund schlaff; sie war schweißgebadet und sah blaß aus. Ihm war, als hätte er diese Frau nie zuvor gesehen. Einen Augenblick, nachdem er sich von ihr gelöst hatte, öffnete sie die Augen. Sie stützte sich auf einen Ellbogen und lächelte ihn scheu an.

»Nun?« fragte sie.

»Was?« Er blickte sie nicht an.

»Wie fühlst du dich?«

Watchman hob die Schultern. Er suchte nach den richtigen Worten und konnte sie nicht finden. »Besiegt«, sagte er. »Müde. Leer. Ist das richtig? Ich fühle mich ... leer.«

»Es ist normal. Nach dem Koitus ist jedes Tier traurig. Ein altes lateinisches Sprichwort. Du bist ein Lebewesen, Thor. Vergiß es nicht.«

»Ja, und ein müdes dazu.« Asche auf dem kalten Strand. Die Flut ist zurückgewichen. »Hast du es genossen, Lilith?«

»Konntest du es nicht sehen? Nein, ich nehme an, du hast es nicht gesehen. Ich habe es genossen. Sehr.«

Er legte seine Hand leicht auf ihren Schenkel. »Ich bin glücklich. Doch ich bin noch immer verblüfft.«

»Über was?«

»Über die ganze Sache. Über den Vorgang, die Reihenfolge der Ereignisse. Stoßen. Zurückziehen. Schwitzen. Stöhnen. Das Kitzeln in den Lenden, und dann ist es vorüber. Ich ...«

»Nein«, sagte sie. »Du darfst die Sache nicht intellektuell betrachten. Nicht analysieren. Du mußt mehr erwartet haben, als wirklich dran ist. Es ist nur Spaß, Thor. Es ist das, was die Leute tun, um glücklich miteinander zu sein. Das ist alles. Das ist wirklich alles. Es ist keine kosmische Erfahrung.«

»Es tut mir leid. Ich bin nur ein dummer Androide, der nicht ...«

»Sprich nicht weiter, Thor.«

Er begriff, daß er sie verletzte, indem er verneinte, durch ihre Vereinigung überwältigt worden zu sein. Er verletzte sich selbst. Langsam stand er auf. Seine Stimmung war düster. Er fühlte sich wie ein leeres, im Schnee liegendes Gefäß. Er hatte einen winzigen Augenblick des Glücks empfunden, genau im Höhepunkt ihrer Vereinigung; doch war dieser Augenblick der Verzückung etwas wert, wenn ihm düstere Traurigkeit folgte?

Sie hatte es gut gemeint. Sie wollte ihn menschlicher machen. Er hob sie auf, zog sie wieder an sich, küßte sie flüchtig auf die Wange und sagte: »Wir werden es irgendwann noch einmal versuchen, willst du?«

»Wann immer du willst.«

»Es war sehr seltsam für mich, das erstemal. Es wird dann bestimmt besser gehen. Ich weiß es.«

»Es wird, Thor. Das erstemal ist es immer seltsam.«

»Ich denke, es ist besser, wenn ich jetzt gehe.«

»Wenn du mußt.«

»Es ist besser. Aber wir sehen uns bald wieder.«

»Ja.« Sie berührte seinen Arm. »Und in der Zwischenzeit ... werde ich verfahren, wie wir es besprochen haben. Ich nehme Manuel mit in die Gammastadt.«

»Gut.«

»Krug sei mit dir, Thor.«

»Krug sei mit dir.«

Er begann sich anzuziehen.

23

Und Krug sagte, es soll für euch immer dieser eine Unterschied bestehen.

Daß die Kinder des Leibes immer aus dem Leib kommen sollen und die Kinder der Retorte immer aus der Retorte. Und es soll euch nicht gegeben sein, Kinder aus euren Körpern hervorzubringen, wie es bei den Kindern des Leibes geschieht.

Und dies soll so sein, damit eure Leben nur von Krug kommen, daß Ihm allein der Ruhm eurer Schöpfung vorbehalten bleibt.

20. Dezember 2218

Mit seinen achthundert Metern macht der Turm einen überwältigenden Eindruck. Es ist unmöglich, sich diesem Eindruck zu entziehen: man tritt aus der Transmatkabine, bei Tag oder bei Nacht, und ist wie betäubt beim Anblick dieses in den Himmel stoßenden Speers aus leuchtendem Glas. Die Verlassenheit seiner Umgebung verleiht seiner Größe etwas Ehrfurchtgebietendes.

Der Turm hat jetzt die Hälfte seiner vorgesehenen Höhe überschritten.

In letzter Zeit ist es zu vielen, durch die Hast des Arbeitstempos verursachten Unfällen gekommen. Zwei Arbeiter fielen von der Spitze herab. Ein Elektriker, der beim Zusammenschweißen von Trennwänden einen Fehler machte, schickte einen Stromstoß durch die Kabel, die von fünf Gammas verlegt wurden. Sie waren auf der Stelle tot. Zwei aufsteigende Aufzüge kollidierten miteinander, wieder sechs Tote. Alpha Euklid Planners Gehirn wäre fast zerstört worden, als nach einer Stauung ein gewaltiger Strom von Entropiedaten durch den Hauptcomputer schoß, während er angeschlossen war. Drei Betas stürzten vierhundert Meter tief in den Innenschacht, als ein Gerüst zusammenbrach. Bei den Bauarbeiten sind schon mehr als dreißig Androiden ums Leben gekommen. Aber es sind Tausende am Turm beschäftigt, die Arbeit ist ungewöhnlich und gefährlich, und niemand betrachtet die Unfallrate als außergewöhnlich hoch.

Die ersten dreißig Meter der Tachyonstrahlsendeanlage sind praktisch fertig. Techniker testen täglich ihre Zuverlässigkeit. Es wird natürlich nicht möglich sein, Tachyone zu erzeugen, bevor die gesamte Beschleunigerstrecke vollendet ist, aber die Zusammensetzung der einzelnen Teile des gewaltigen Systems ist von höchster Wichtigkeit, und Krug verbringt den größten Teil seiner Zeit am Turm, um die Tests zu überwachen. Farbige Lichter blitzen auf, Indikatorentafeln summen und pfeifen, Zahlen glühen auf, Nadeln zittern. Krug begrüßt jedes positive Resultat mit Begeisterung. Er bringt Scharen von Gästen zum Turm. In den letzten drei Wochen ist er mit Niccolò Vargas gekommen, mit seiner Schwiegertochter Clarissa, mit neunundzwanzig Mitgliedern des Kongresses, mit elf Führern der Industrie, mit sechzehn weltberühmten Vertretern der Künste. Das Lob für den Turm ist einstimmig. Selbst diejenigen, die ihn vielleicht innerlich für eine titanische Torheit halten, können ihre Bewunderung für seine Eleganz, seine Schönheit, seine Großartigkeit nicht verhehlen. Auch eine Torheit kann schön sein, und keiner, der Krugs Turm gesehen hat, wird es bestreiten. Noch gibt es viele, die es für eine Torheit halten, die Sterne wissen zu lassen, daß der Mensch existiert.

Manuel Krug ist seit Anfang November nicht am Turm gesehen worden. Krug erklärt dies damit, daß sein Sohn sich mit der komplizierten Organisation des Krug-Konzerns vertraut macht. Er übernimmt jeden Monat größere Verantwortung. Er ist schließlich der Erbe seines Imperiums.

25

Das letztemal, als ich zu Lilith ging, sagte sie, das nächstemal, wenn du kommst, laß uns etwas anderes machen, einverstanden?

Wir beide nackt nach der Liebe. Meine Wange auf ihren Brüsten.

Etwas anderes?

Nicht nur in der Wohnung sitzen. Einen Spaziergang machen als Tourist und Stockholm besichtigen. Das Androidenviertel. Sehen, wie die Leute leben, die Androiden. Die Gammas. Würdest du das nicht gerne tun?

Und ich sagte, ein wenig unsicher, warum sollte ich? Möchtest du nicht lieber die Zeit mit mir verbringen?

Sie spielte mit den Haaren auf meiner Brust. Welch ein Tier bin ich, so primitiv.

Wir leben so zurückgezogen hier. Du kommst, wir gehen miteinander ins Bett, du gehst. Wir gehen nie aus. Ich möchte, daß du mit mir ausgehst. Als Teil deiner Erziehung. Ich habe den Drang, Leute zu erziehen, wußtest du das, Manuel? Ihren Geist auftun für neue Dinge. Bist du je in einer Gammasiedlung gewesen?

Nein.

Weißt du, was das ist?

Ein Ort, an dem Gammas leben, nehme ich an.

Das stimmt. Aber in Wirklichkeit weißt du es nicht. Nicht bevor du dort gewesen bist.

Ist es gefährlich?

Nicht wirklich. Niemand wird Alphas in der Gammastadt belästigen. Sie machen sich manchmal einander das Leben schwer, aber das ist etwas anderes. Wir gehören der höchsten Kaste an, und sie halten sich von uns fern.

Ich sagte, einen Alpha werden sie vielleicht nicht belästigen. Aber wie ist es mit mir? Sie haben vielleicht etwas gegen menschliche Touristen.

Lilith sagte, sie würde mich verkleiden. Einen Alpha aus mir machen. Das hätte einen gewissen Reiz. Versuchung, Geheimnis. Es wäre vielleicht eine romantische Abwechslung für Lilith und mich, ein solches Spiel zu spielen. Ich fragte, werden sie nicht erkennen, daß ich nicht echt bin? Und sie sagte, sie betrachten Alphas nicht so genau. Sie haben eine anerzogene soziale Distanz. Gammas beachten diese Distanz, Manuel.

Gut, gehen wir in die Gammastadt.

Wir planten den Ausflug für die nächste Woche. Ich arrangierte alles mit Clarissa: Ich muß zum Mond, sagte ich, würde erst in zwei Tagen zurück sein. Kein Problem. Chlarissa würde die Zeit mit ihren Freunden in Neuseeland verbringen. Ich frage mich manchmal, ob Clarissa irgend etwas ahnt. Oder was sie sagen würde, wenn sie alles wüßte. Ich bin versucht, zu ihr zu sagen, Clarissa, ich habe in Stockholm eine Androidin als Mätresse, sie besitzt seltene Qualitäten im Bett und einen phantastischen Körper, wie gefällt dir das? Clarissa ist keine Kleinbürgerin, aber sie ist empfindsam. Vielleicht fühlt sie sich überflüssig. Oder vielleicht sagt sie bei ihrer großen Liebe für die unterdrückten Androiden, wie nett von dir, Manuel, eine von ihnen glücklich zu machen. Ich habe nichts dagegen, deine Liebe mit einer Androidin zu teilen. Bring sie einmal mit zum Tee. Ich frage mich, wie sie sich verhalten würde.

Der Tag kommt. Ich gehe zu Lilith. Ich trete ein und sie ist nackt. Zieh deine Kleider aus, sagt sie. Ich lächle verlegen. Etwas plump. Gewiß. Gewiß. Ich ziehe mich aus und greife nach ihr. Sie macht einen kleinen Tanzschritt, und ich greife ins Leere.

Nicht jetzt, Dummkopf. Wenn wir zurückkommen. Wir müssen dich jetzt verkleiden.

Sie nimmt eine Spraytube. Sie stellt sie zuerst auf neutral ein und überdeckt die Spiegelplatte auf meiner Stirn. Androiden tragen so etwas nicht. Die Ohrläppchenpflöcke weg, befiehlt sie. Ich ziehe sie heraus, und sie füllt die Öffnung mit Gelatine. Dann beginnt sie, mich mit Rot einzusprühen. Muß ich meinen Körper rasieren, frage ich. Nein, sagt sie. Du wirst doch deine Kleider nicht in Gegenwart anderer ablegen. Sie färbt mich vollkommen ein mit einem mattschimmernden Rot. Ich sehe aus wie ein echter Android. Dann bedeckt sie mich von der Brust bis zu den Schenkeln mit einem Wärmespray. Es wird kalt draußen sein, sagt sie. Androiden tragen keine schweren Kleider. So, zieh dich an.

Sie reicht mir ein Gewand. Hochgeschlossenes Hemd, hautenge Hosen. Offensichtlich Androidenkleidung, und offensichtlich auch Alphastil. Legt sich an meinen Körper wie ein Trikot. Hoffentlich bekommst du keine Erektion, sagt sie. Du würdest dir die Hosen zerreißen. Sie lacht und streichelt mein Geschlecht.

Woher hast du die Kleider?

Ich habe sie mir von Thor Watchmann geliehen.

Hast du ihm gesagt, wofür du sie brauchst?

Nein, sagt sie, natürlich nicht. Ich sagte nur, ich brauche sie. Laß uns jetzt sehen, wie du aussiehst. Wunderbar, wunderbar! Ein vollkommener Alpha. Geh durchs Zimmer. Komm zurück. Gehe etwas stolzer. Bedenke, du bist das Endprodukt der menschlichen Evolution, die perfekteste Version des *homo sapiens*, die je aus einer Retorte gekommen ist, mit all den Stärken eines Menschen und ohne eine seiner Schwächen. Du bist ein Alpha ... hm. Wir brauchen einen Namen, für den Fall, daß dich jemand fragt. Lilith denkt eine Weile nach. Alpha Leviticus Leaper, sagt sie. Wie heißt du?

Alpha Leviticus Leaper, sage ich.

Nein, wenn jemand dich fragt, sagst du Leviticus Leaper. Man kann sehen, daß du ein Alpha bist. Andere Leute werden dich Alpha Leaper nennen. Klar?

Klar!

Sie zieht sich an. Zuerst ein Wärmespray, dann eine Art von goldenem Netz über die Brüste bis hinunter zur Mitte der Schenkel. Sonst nichts. Die Brustwarzen sind sichtbar durch die Maschen des Netzes. Auch unten ist nicht viel verborgen. Das entspricht nicht ganz meiner Vorstellung von Winterkleidung. Androiden müssen den Winter mehr genießen als wir Menschen.

Willst du dich selbst sehen, bevor wir gehen, Alpha Leaper?

Ja.

Sie wirft Spiegelstaub in die Luft. Nachdem die Moleküle sich geordnet haben, sehe ich mich in meiner ganzen Größe vor mir. Eindrucksvoll. Ein richtiger Alphastutzer, ein roter Teufel, der sich zurecht gemacht hat, auszugehen. Lilith hat recht. Kein Gamma würde es wagen, mich zu belästigen oder mir auch nur in die Augen zu schauen.

Gehen wir, Alpha Leaper! Machen wir einen Bummel durch die Gammastadt!

Wir gehen hinaus. Wir gehen bis zum Rand der City, schauen auf windgepeitschtes Wasser. Schaumkronen selbst im Hafen. Früher Nachmittag, doch bereits hereinbrechende Nacht. Eine schmutzige, graue Tageszeit, tiefhängende Wolken. Der trübe Schimmer von Straßenlaternen. Andere Lichter schimmern schmutzig an den Gebäuden oder schweben in der Luft: rote, grüne, blaue, orangefarbene, aufleuchtend und verlöschend, Beachtung heischend, ein Pfeil hier, das Zeichen einer Trompete dort. Erschütterungen. Dämpfe. Gerüche. Geräusche. Die Nähe vieler Leute. Ein Kreischen im grauen Zwielicht. Fernes Gelächter, gedämpft. Gesprächsfetzen dringen durch den Nebel:

»Laß los, oder ...«

»Zurück in die Retorte! Zurück in die Retorte!«

»Traumpillen, wer nimmt Traumpillen?«

»Stacker können es dir nicht sagen.«

»Traumpillen!«

»Huuh! Huuh!«

Stockholm ist fast ganz von Androiden bevölkert. Warum drängen sie sich hier zusammen wie in den neun anderen Städten? Gettos? Sie haben es nicht nötig. In der Transmatwelt heißt es: wohne, wo du willst, arbeite, wo es dir gefällt.

Aber wir lieben es, unter uns zu sein, sagt sie.

So schließen sie sich in Klassen ab in ihren Gettos. Die Alphas am Rand des Viertels in den schönen alten Häusern, die Betas im zerfallenden Zentrum. Und dann die Gammas. Die Gammas! Willkommen in der Gammastadt.

Nasse, schlüpfrige, schlammige Kopfsteinpflasterstraßen. Mittelalter? Verwitterte graue alte Häuser, schmale Gassen. Im Rinnstein fließt träge kaltes schmutziges Wasser. Fenster aus Glas und dennoch ist nicht alles archaisch hier: eine Mischung von Stilen, alle Arten von Architektur, alle Stufen des Fortschritts, zweiundzwanzigstes, zwanzigstes, neunzehntes, sechzehntes, vierzehntes Jahrhundert durcheinander gewürfelt. In der Luft hängen die Netze von wettersicheren Hochstraßen, verrostete Rollwege in einigen wenigen der winkligen Straßen. Das Summen von Klimaanlagen, die defekt sind und grünliche Nebel in die Winterluft blasen. Dickwandige Barockkeller. Lilith und ich gehen durch die in verrücktem Zickzackmuster verlaufenden Gassen. Ein Dämon muß diese Stadt entworfen haben. Ein Werk der Perversion.

Gestalten huschen vorbei, Gesichter.

Gammas! Gammas überall. Sie starren dich an. Schauen weg, starren dich wieder an. Kleine trübe Augen, vogelähnlich, erschreckt, flackernd. Sie haben Angst vor uns. Die soziale Distanz? Sie wahren die soziale Distanz. Sie schleichen, sie starren, doch wenn wir näher kommen, versuchen sie, unsichtbar zu sein. Den Kopf gesenkt. Die Augen abgewandt. Alphas, Alphas, Alphas. Nehmt euch in acht, ihr Gammas.

Wir blickten von hoch oben auf sie herab. Ich habe nie gewußt, wie stämmig Gammas sind, wie klein, wie breit. Und wie stark. Diese Schultern. Diese knotigen Muskeln. Jeder von ihnen könnte mich in Stücke reißen. Auch die Frauen sehen stark aus, obwohl sie anmutiger gebaut sind. Mit einem Gammamädchen ins Bett gehen? Sind sie feuriger als Lilith … Ist das möglich? Sie prügeln sich, sie springen wild umher, brüllen sich an, keine Hemmungen! Und der Geruch von Knoblauch. Denke nicht mehr daran. Roh sind sie. Roh. Es wäre wie Quenelle mit meinem Vater! Vergiß sie! Es ist genug Leidenschaft in Lilith und sie ist rein. Es lohnt sich nicht, darüber nachzudenken. Die Gammas halten sich fern von uns. Zwei elegante Alphas auf dem Bummel. Wir haben lange Beine. Wir haben Stil. Wir besitzen Anmut. Sie fürchten uns.

Ich bin Alpha Leviticus Leaper.

Der Wind ist rauh hier. Er kommt direkt vom Wasser, scharf wie eine Messerklinge. Er wirbelt Staub und Abfälle auf in den Straßen. Staub! Abfälle! Wann habe ich je so schmutzige Straßen gesehen? Kommen die Reinigungsroboter nie hierher? Warum halten die Gammas nicht selbst ihre Straßen sauber? Sie legen keinen Wert auf solche Dinge, sagt Lilith. Es ist eine Sache der Kultur. Sie sind stolz darauf, keinen Stolz zu haben. Es ist ein Ausdruck ihres Status. Boden der Androidenwelt, Boden des Bodens der menschlichen Welt, und sie wissen es, und sie lieben ihn, und der Schmutz ist für sie ein Statussymbol. Warum nicht? Sie sagen, wenn ihr wollt, daß wir Dreck sind, dann wollen wir auch im Dreck leben, in ihm wühlen, uns in ihm wälzen. Wenn wir nicht Menschen sind, brauchen wir nicht sauber zu sein. Früher kamen Reinigungsroboter hierher, und die Gammas haben ihnen die Metallschädel eingeschlagen. Dort liegt einer, siehst du? Liegt hier, seit mindestens zehn Jahren. Roboterteile, verrostet, verbogen, zusammengeschlagen, liegen auf einem Haufen. Reste eines metallenen Menschen. Blaues Metall schimmert durch den Rost. Sind das Magnetspulen? Relais! Akkumulatoren, Minicomputer? Die verschlungenen Drahteingeweide der Maschine. Boden des Bodens des Bodens, ein rein mechanisches Objekt, zerstört, weil es den heiligen Schmutz unserer aus der Retorte geborenen Parias angriff. Eine grauweiße Katze pißt zusammengeduckt auf die Eingeweide des Roboters. Herumstehende Gammas lachen. Dann sehen sie uns und ziehen sich scheu zurück. Sie machen schnelle, nervöse Gesten mit ihren linken Händen ... berühren die Stelle des Geschlechts, die Brust, die Stirn, eins-zwei-drei, sehr schnell. Automatisch, wie ein Reflex, wie das Zeichen des Kreuzes. Was bedeutet das? Eine Art Ehrenbezeugung? Eine Huldigung an die vorübergehenden Alphas? Etwas ähnliches, sagt Lilith. Doch nicht ganz. Es ist nur eine Geste des Aberglaubens.

Um den bösen Blick abzuwehren.

Ja. Berühre die Hauptpunkte, beschwöre den Geist der Genitalien, der Seele und der Intelligenz, Geschlecht, Brust, Stirn. Hast du nie zuvor Androiden dieses Zeichen machen sehen?

Mag sein, nicht bewußt.

Sogar Alphas machen es, sagt Lilith. Eine Gewohnheit. Zur Entspannung. Manchmal mache ich es sogar.

Warum aber die Genitalien? Wo Androiden nicht zeugen?

Eine symbolische Geste, sagt sie. Wir sind zwar steril, doch die Zeugungsorgane sind immer noch tabuisiert als Erinnerung an den Ursprung von uns allen. Das menschliche Gen kommt aus den Lenden, und wir sind nach diesem Gen entworfen und aus ihm gezüchtet. Es gibt sogar eine Philosophie darüber.

Ich mache das Zeichen. Eins, zwei, drei. Lilith lacht, aber sie scheint verärgert, als hätte ich das nicht tun sollen. Zum Teufel, ich laufe doch heute abend als Androide verkleidet herum? Dann kann ich mich auch wie ein Androide benehmen. Eins, zwei, drei.

Die an der Wand stehenden Gammas erwidern das Zeichen. Eins, zwei, drei. Geschlecht, Brust, Stirn.

Einer von ihnen sagt etwas, das wie ›Krug sei gepriesen‹ klingt.

Was war das? frage ich Lilith.

Ich habe nichts gehört.

Hat er nicht gesagt, ›Krug sei gepriesen‹?

Gammas sagen manchmal dummes Zeug.

Ich schüttle den Kopf. Vielleicht erkennt er mich, Lilith?

Keine Chance, absolut nicht. Wenn er etwas über Krug gesagt hat, meint er deinen Vater.

Ja, ja. Das ist wahr. Er ist Krug. Ich bin Manuel, nur Manuel.

Psst! Du bist Alpha Leviticus Leaper!

Richtig. Tut mir leid. Alpha Leviticus Leaper. Abgekürzt Lev. Krug sei gepriesen? Vielleicht habe ich nicht richtig gehört.

Vielleicht, sagt Lilith.

Wir gehen um eine Ecke und lösen dabei eine Reklameautomatik aus. Indem wir das Rasterfeld der Automatik betreten, bewirken wir, daß vielfarbiger Staub aus Öffnungen in einer Wand herausgeblasen wird und durch elektrostatische Anziehung ein Muster von Worten in der Luft bildet, das selbst im Nebel hell leuchtet. Vor einem silbrigen Hintergrund sehen wir:

!ARZT!
ALPHA POSEIDON MUSKETIER
!ARZT!
SPEZIALIST FÜR GAMMABESCHWERDEN
ER HEILT

SOLIDIFIERS
SLOBIESÜCHTIGE
STACKER
ER BEZWINGT
METABOLISCHE FÄULNIS
UND ANDERE PROBLEME
!ANGESEHENE FACHKRAFT!
KLINGELN ERSTE TÜRE RECHTS

Ich frage, ist er wirklich ein Alpha?

Natürlich.

Wozu wohnt er hier in der Gammastadt?

Irgend jemand muß hier Arzt sein. Glaubst du, ein Gamma kann einen medizinischen Grad erhalten?

Er preist sich aber an wie ein Quacksalber. Sich so eine pompöse Reklameautomatik bauen zu lassen! Welcher richtige Arzt würde so um Patienten werben!

Ein Arzt in der Gammastadt. So macht man das hier. Auf alle Fälle ist er ein Quacksalber. Ein guter Arzt, aber ein Quacksalber. Er war vor einigen Jahren in einen Organregenerationsskandal verwickelt, als er eine Alphapraxis hatte. Er hat seine Lizenz verloren.

Braucht man hier keine Lizenz?

Man braucht nichts hier. Sie sagen, er ist tüchtig. Exzentrisch, aber aufopfernd für seine Patienten. Möchtest du ihn kennenlernen?

Nein. Nein. Was sind Slobiesüchtige?

Slobie ist eine Droge. Du wirst bald eine Süchtige sehen.

Und Stacker?

Eine Verkrustung im Kleinhirn, eine Abnutzungserscheinung, die bei Gammas auftritt; führt zu geistiger Umnachtung.

Und Solidifier?

Eine Muskelkrankheit. Versteifung des Gewebes oder etwas ähnliches. Ich bin nicht sicher. Nur Gammas bekommen sie. Vielleicht ein Konstruktionsfehler.

Ich runzle die Stirn. Weiß mein Vater davon? Er steht hinter der Integrität seiner Produkte. Wenn Gammas anfällig sind für geheimnisvolle Krankheiten ...

Da ist ein Slobiesüchtiger, sagt Lilith.

Ein Android kommt die Straße herauf auf uns zu, schwebend, gleitend, tanzend, gespenstisch langsam, wie in einem Film, der in Zeitlupe abläuft, die Augen nur einen Spalt geöffnet, das Gesicht wie im Traum verzückt, die Arme ausgestreckt, die Finger locker hängen lassend. Er sucht tastend seinen Weg, als ginge er durch die dichte Atmosphäre des Jupiters. Er trägt nur ein Stück Stoff um die Hüften, doch er schwitzt in der eisigen Luft. Mit rauher, summender Stimme spricht er zu sich selbst. Nach einer Zeit, die mir wie vier Stunden erscheint, erreicht er uns, pflanzt sich vor uns auf, lehnt den Kopf zurück, stemmt die Hände in die Hüften, schweigend, eine Minute lang. Schließlich sagt er mit tiefer rauher Stimme und mit entsetzlicher Langsamkeit, Al ... al... lo ... Al ... phas ... schö ... ne ... Al ... phas

Lilith sagt ihm, er soll weitergehen.

Zunächst keine Reaktion. Dann fällt sein Gesicht in sich zusammen. Unaussprechliche Traurigkeit. Er hebt die linke Hand in einer unbeholfenen klauenartigen Geste, berührt die Stirn, läßt die Hand auf die Brust sinken, auf das Geschlecht. Er macht das Zeichen umgekehrt ... Was bedeutet das? Er sagt in tragischem Ton, ich ... liebe ... die ... schö ... nen ... Al ... phas.

Ich sage zu Lilith, was ist das für eine Droge?

Sie verlangsamt das Zeitempfinden. Eine Minute wird eine Stunde für sie. Das verlängert ihre Freizeit. Natürlich bewegen wir uns wie Wirbelwinde um sie. Gewöhnlich bleiben die Süchtigen beisammen, im gleichen Zeitschema. Es gibt ihnen die Illusion von Tagen zwischen jeder Arbeitsschicht.

Eine gefährliche Droge?

Sie sagen, sie beraubt einen um eine Stunde der Lebenserwartung für die zwei Stunden, die man unter ihrem Einfluß steht. Doch die Gammas halten das für ein gutes Geschäft. Verzichte auf eine objektive Stunde und gewinne zwei oder drei subjektive Tage ... Warum nicht?

Doch es schwächt die Arbeitskraft!

Gammas haben das Recht, mit ihrem Leben zu tun, was sie wollen, ist das nicht so, Alpha Leaper? Du bist doch nicht etwa auch der Ansicht, daß sie nur Eigentum sind und daß jede Art von Selbstzerstörung, die der Gamma betreibt, ein Verbrechen gegen seinen Besitzer ist?

Nein. Nein. Natürlich nicht, Alpha Meson.

Ich habe auch nicht geglaubt, daß du so denkst, sagt Lilith.

Der Slobiesüchtige umkreist uns mit entnervender Langsamkeit, singt etwas so langsam, daß ich unfähig bin, die einzelnen Silben miteinander zu verbinden und einen Sinn herauszuhören. Er bleibt stehen. Ein eisiges Lächeln breitet sich unendlich langsam auf seinem Gesicht aus. Er gibt ein grollendes Knurren von sich. Er sinkt ungelenk in Hockstellung. Seine Hand hebt sich mit gekrümmten Fingern wie eine Klaue. Sie ist offensichtlich auf Liliths Brust gerichtet. Keiner von uns bewegt sich.

Jetzt verstehe ich das Singsang des Gammas:

A ... A ... A ... A ... A ... G ... A ... A ...

C ... A ... A ... U ...

Was versucht er zu sagen?

Lilith schüttelt den Kopf. Es ist nicht wichtig, sagt sie.

Sie tritt zurück, als die zeigende Hand nur noch zehn Zentimeter von ihrem Busen entfernt ist. Auf dem Gesicht des Gammas beginnt Unmut an die Stelle des Lächelns zu treten. Er scheint verletzt. Sein Gesang nimmt einen fragenden Ton an:

A ... U ... A ... A ... U ... G ... A ...

U ... C ... A ... U ... U ...

Das Geräusch langsamer, schleppender Schritte näherte sich von hinten. Es ist ein zweiter Slobiesüchtiger: ein Mädchen, bekleidet mit einem zerfetzten, langen Mantel, der von ihrer Schulter herabhängt, und den sie wie eine Schleppe mehrere Meter hinter sich herschleift. Er ist vorn geöffnet, ihre Schenkel und Lenden sind nackt. Sie hat ihr Haar grün gefärbt und es in Form einer Tiara hochgebunden. Ihr Gesicht ist verwüstet und bleich und ihre Augen sind kaum geöffnet. Ihre Haut ist naß vor Schweiß. Sie schwebt auf unsern Freund zu und sagt etwas zu ihm mit einer verblüffenden Baritonstimme. Er antwortet wie im Traum. Ich kann nichts von dem verstehen, was sie sagen. Ist es wegen der verlangsamenden Droge oder sprechen sie einen Gammadialekt? Etwas Häßliches scheint sich anzubahnen. Ich nicke Lilith zu, schlage ihr mit einer Geste vor, daß wir gehen sollen, doch sie schüttelt den Kopf. Bleibe. Beobachte sie.

Die Süchtigen vollführen einen grotesken Tanz, sich mit den Fingerspitzen berührend, heben sie die Knie und lassen sie wieder sinken. Eine Gavotte für Marmorstatuen. Ein Menuett für ausgestopfte Elefanten.

Sie singen einander an. Sie umkreisen einander. Die Füße des Mannes verwickeln sich in den nachschleifenden Mantel des Mädchens. Sie bewegt sich. Er bleibt stehen. Der Mantel fällt von ihren Schultern. Das Mädchen steht nackt auf der Straße. Zwischen ihren Brüsten hängt an einer grünen Schnur ein Messer. Ihr Rücken ist kreuz und quer mit Narben bedeckt. Ist sie gegeißelt worden? Ihre Nacktheit erregt mich. Ich sehe, wie sich ihre Brustwarzen langsam aufrichten. Der Mann nähert sich der Frau. Mit schmerzlicher Langsamkeit hebt er die Hand und greift nach dem Messer. Ebenso langsam läßt er es sinken und berührt mit dem kalten Metall die Lenden des Mädchens, ihren Bauch, ihre Stirn. Das heilige Zeichen. Lilith und ich stehen an der Mauer, nahe dem Eingang zu der Praxis des Arztes. Das Messer bereitet mir Unbehagen.

Laß mich es ihm wegnehmen, sage ich.

Nein. Nein. Du bist nur Besucher hier. Das geht dich nichts an.

Dann laß uns gehen, Lilith.

Warte, schau zu.

Unser Freund singt wieder. Eine wirre Folge von Buchstaben, wie zuvor. U ... C ... A ... U ... C ... G ... U ... C ... C ...

Sein Arm holt aus, bewegt sich wieder nach vorn. Die Spitze des Messers zielt auf den Magen des Mädchens. An der Spannung seiner Muskeln sehe ich, daß der Stoß volle Kraft haben wird. Dies ist kein Tanzschritt. Die Klinge ist nur noch wenige Zentimeter von ihrem Leib entfernt, als ich vorstürze und sie ihm aus der Hand schlage.

Er beginnt zu stöhnen. Die Frau begreift noch nicht, daß sie gerettet worden ist. Sie gibt ein tiefes dröhnendes Bellen von sich, das vielleicht ein Schrei sein soll. Sie fällt zu Boden, umfaßt ihre Brüste mit der einen Hand, stößt die andere zwischen ihre Schenkel. Sie windet sich in langsamen Bewegungen.

Du hättest dich nicht einmischen sollen, sagt Lilith wütend. Komm jetzt, es ist besser, wir gehen.

Aber er hätte sie getötet!

Nicht deine Sache. Nicht deine Sache.

Sie packt mich beim Handgelenk. Ich drehe mich um. Wir entfernen uns. Aus den Augenwinkeln sehe ich, daß die Frau aufsteht. Das grelle Licht der Reklame des Arztes Poseidon Musketier schimmert auf ihren nackten Hüften. Lilith und ich machen zwei Schritte. Dann hören wir ein Grunzen. Wir schauen zurück. Das Mädchen ist aufgestanden, hat das Messer in der Hand, und hat es in den Bauch des Mannes gestoßen. Langsam zieht sie es durch sein Fleisch von der Hüfte bis zur Brust. Seine Eingeweide quellen hervor, und er wird sich dessen nur langsam bewußt. Er setzt zu einem gurgelnden Schrei an.

Jetzt müssen wir gehen, sagt Lilith. Wir eilen zu der Ecke. Als wir sie erreichen, drehe ich mich noch einmal um. Die Tür des Alpha Musketier hat sich geöffnet. Eine hagere Gestalt, groß wie ein Alpha, mit einer Mähne wilden grauen Haars und hervorstehenden Augen, steht in ihr. Ist es der berühmte Arzt? Er läuft zu den Slobiesüchtigen. Die Frau kniet vor ihrem Opfer, das noch nicht gefallen ist. Sein Blut färbt ihre schimmernde Haut purpurn. Sie singt: G! A! A! G! A! G! G! A! C!

Hier hinein, sagt Lilith, und wir betreten einen niedrigen dunklen Gang.

Eine Treppe. Trockener Geruch von Fäulnis und Verwesung. Spinnweben. Wir tauchen in unbekannte Tiefen. In der Ferne, tief unten, glühen gelbe Lichter. Wir gehen hinunter und hinunter und hinunter.

Wo sind wir? frage ich.

Ein Sicherheitstunnel. Gebaut während des Gesundheitskrieges vor zweihundert Jahren, Teil eines Systems, das unter ganz Stockholm verläuft. Die Gammas haben es übernommen.

Eine Kloake.

Ich höre kurze Ausbrüche von Gelächter, Gesprächsfetzen. Es gibt Läden hier unten, vergitterte Schaufenster, hinter denen kleine Lampen qualmen und flackern. Gammas laufen hin und her. Einige von ihnen machen das Eins-zwei-drei-Zeichen, als sie an uns vorübergehen. Getrieben von einer Furcht, die ich nicht verstehe, zieht Lilith mich hastig mit sich. Wir gehen durch weitere Tunnel, betreten einen Durchgang, der zu einem anderen Tunnel führt.

Drei Slobiesüchtige tanzen vorbei. Ein männlicher Gamma, das Gesicht mit roten und blauen Streifen bemalt, macht Halt und beginnt zu singen. Singt er für uns:

Wen soll ich heiraten?
Wer wird mich heiraten?
Feuer in der stinkenden Retorte
Frei fliegendes Feuer.
Mein Kopf mein Kopf mein Kopf mein Kopf
Mein Kopf

Er kniet nieder und würgt. Eine blaue Flüssigkeit tritt auf seine Lippen, er spuckt sie uns vor die Füße.

Wir gehen weiter. Wir hören einen hallenden Schrei:

Al-*pha!* Al-*pha!* Al-*pha!* Al-*pha!*

Zwei Gammas begatten sich in einem Alkoven. Ihre Körper sind schweißnaß. Gegen meinen Willen beobachte ich die stoßenden Hüften und lausche dem Klatschen von Fleisch gegen Fleisch. Die Frau trommelt mit den Fäusten auf dem Rücken ihres Partners. Protestiert sie gegen eine Vergewaltigung? Oder ist es Ausdruck ihres Entzückens? Ein Slobie stolpert aus dem Schatten, fällt über sie, und die drei bilden einen Haufen verschlungener Glieder. Lilith zieht mich weg. Ich bin plötzlich voller Verlangen nach ihr. Ich denke an ihre festen Brüste, ihre Hüften, ihren Leib. Ist es möglich? Ich bin plötzlich versessen darauf, einen Alkoven zu suchen und mich mit ihr mitten unter den Gammas zu kopulieren. Ich versuche sie zu umarmen, doch Lilith entzieht sich meiner Berührung. Nicht hier, sagt sie. Nicht hier. Wir müssen die soziale Distanz wahren.

Blendende Lichtkaskaden fallen von der Decke des Tunnels herab. Rosa Blasen erscheinen und zerplatzen, sauren Geruch verbreitend. Ein Dutzend Gammas stürzen aus einem Seitengang, bleiben bestürzt stehen, als sie begreifen, daß sie beinahe mit zwei Alphas zusammengestoßen wären, machen Zeichen der Verehrung und rennen weiter, rufen, lachen, singen.

Ich schmelze dich und du schmilzt mich
Und wir schmelzen dahin und sind glücklich.
Stoß zu! Stoß zu! Stoß zu, mein Schatz!
Ja! Ja! Ja! Ja! Ja!

Sie scheinen glücklich zu sein, sage ich.

Lilith nickt. Sie sind vollkommen betrunken, sagt sie. Wahrscheinlich auf dem Weg zu einer Strahlenorgie.

Einer was?

Eine Lache gelber Flüssigkeit läuft unter einer geschlossenen Tür hervor. Scharfe Dämpfe steigen. Urin? Die Tür fliegt auf. Eine Gammafrau mit leuchtenden Brüsten, einer hellen Narbe am Bauch, kichert uns an. Sie macht einen höflichen Knicks. Mylady, Mylord, wollen sie mit mir? Sie kichert. Hockt nieder. Sie taumelt umher in irrem Tanz. Krümmt den Rücken, klatscht auf ihre Brüste, macht die Beine breit. Grüne und goldene Lichter flammen auf in dem Raum, aus dem sie gekommen ist. Eine Gestalt erscheint.

Was ist das, Lilith?

Normale Höhe, doch doppelt so breit wie ein Gamma und bedeckt mit einem dicken rauhen Fell. Ein Affe? Das Gesicht ist menschlich. Das Wesen hebt die Hände. Kurze stumpfe Finger, zwischen ihnen Schwimmhäute! Es zerrt das Mädchen wieder zurück in den Raum. Die Tür schließt sich.

Eine Mißgeburt, sagt Lilith. Es gibt viele von ihnen hier. Es sind Androiden, die dem Standard nicht entsprechen. Genetische Pannen, vielleicht Schmutz in der Nährflüssigkeit. Manchmal haben sie keine Arme, keine Beine, keine Köpfe, keine Verdauungsorgane. Fabrikationsfehler aus Krugs Retorte. Ausschuß.

Werden sie nicht automatisch vernichtet in der Fabrik?

Lilith lächelt. Sie werden nicht vernichtet, man hält sie verborgen. Diejenigen, die nicht lebensfähig sind, sterben ohnehin sehr bald. Manche werden von den Gammas hinausgeschmuggelt, wenn die Aufseher nicht aufpassen, und in einen der Unterstände mitgenommen, meistens hierher. Hier halten sie sie zum Spaß oder aus Mitleid. Wir können unsere idiotischen Brüder nicht töten, Manuel!

Leviticus, sage ich. Alpha Leviticus Leaper.

Schau, dort ist noch einer.

Eine Gestalt aus einem Alptraum hüpft ausgelassen durch den Gang. Sie sieht aus wie etwas, das in einen Ofen geschoben wurde, bis das Fleisch zu zerfließen begann. Der Umriß ist menschlich, die Konturen jedoch nicht. Die Nase ist ein Klumpen, die Lippen sind tassenförmig, die Arme verschieden lang, Finger wie Tentakeln, aber die Genitalien sind monströs: Pferdepenis, Stierhoden.

Er wäre besser tot, sage ich zu Lilith.

Nein. Nein. Er ist unser Bruder. Unser bemitleidenswerter Bruder, den wir lieben.

Das Monstrum bleibt zehn Meter vor uns stehen. Seine schlangenartig beweglichen Arme machen das Zeichen: Eins-zwei-drei.

Mit klarer und überraschend wohlklingender Stimme sagt er, der Friede Krugs sei mit euch, Alphas, geht mit Krug. Geht mit Krug. Geht mit Krug.

Krug sei mit dir, antwortet Lilith.

Das Monstrum watschelt weiter, ein glückliches Lächeln auf seinem entsetzlichen Gesicht.

Der Friede Krugs? Geht mit Krug? Krug sei mit euch? Lilith, was bedeutet das alles?

Höflichkeit, sagt sie. Ein freundlicher Gruß.

Krug?

Krug hat uns doch alle geschaffen, sagt sie.

Ich erinnere mich an Dinge, die gesagt wurden, als ich mit meinen Freunden in dem Egotauschraum war. Du weißt, alle Androiden lieben deinen Vater? Ja. Manchmal glaube ich, es muß fast wie eine Religion sein für sie. Die Religion Krugs. Nun, es hat doch einen gewissen Sinn, seinen Schöpfer anzubeten. Lache nicht.

Der Friede Krugs. Geht mit Krug. Krug sei mit euch.

Lilith, halten die Androiden meinen Vater für Gott?

Lilith weicht der Frage aus.

Wir können darüber ein anderes Mal sprechen, sagt sie. Die Leute hier haben Ohren. Es gibt gewisse Dinge, über die wir hier nicht sprechen können.

Aber …

Ein anderes Mal!

Ich lasse das Thema fallen. Der Tunnel weitet sich jetzt zu einem großen, hell erleuchteten, überfüllten Raum. Ein Marktplatz? Geschäfte, Stände, Gammas überall. Wir werden angestarrt. Es gibt zahlreiche Mißgeburten hier, eine grauenhafter als die andere. Es ist schwer zu begreifen, wie so verstümmelte und mißlungene Geschöpfe überleben können.

Gehen sie je an die Oberfläche?

Nie. Sie könnten von Menschen gesehen werden.

In der Gammastadt?

Sie gehen kein Risiko ein. Sie würden sofort abgeholt werden und auf Nimmerwiedersehen verschwinden.

Im Gedränge der überfüllten Halle rempeln sich die Androiden an, schimpfen, zanken sich. Irgendwie aber lassen sie stets einen freien Raum um uns. Zwei Messerduelle werden ausgetragen. Niemand schenkt ihnen Beachtung. Man benimmt sich schamlos lasziv. Es stinkt ranzig und faul. Eine Frau mit funkelnden Augen nähert sich mir und flüstert, Krug segne dich! Krug segne dich! Sie drückt mir etwas in die Hand und läuft davon.

Ein Geschenk.

Ein kleiner kühler Würfel mit abgerundeten Kanten, ähnlich dem Spielzeug in dem Psychotauschraum in New Orleans. Sendet er Botschaften? Ja. In seinem milchigen Kern bilden sich Worte, zerfließen wieder und verschwinden:

EIN STOSS ZUR RECHTEN ZEIT RETTEN DIE DEINE

\+

SEINE SEINE SEINE SEINE IHRE SEINE SEINE SEINE

\+

O LEER IST DEINE SCHALE, SCHMUTZIGES GESCHÖPF!

\+

SLOBIE REGIERT, ES LEBE SLOBIE!

\+

PLIT PLIT! PLIT! PLIT! PLACK!

\+

UND GEBE KRUG WAS KRUG GEHÖRT

Alles Unsinn. Pornographie? Lilith, verstehst du das?

Einiges davon. Die Gammas haben ihren eigenen Slang. Doch schau her, wo es heißt ...

Ein männlicher Gamma mit verschrumpelter purpurfarbener Haut schlägt uns den Würfel aus den Händen. Er rollt über den Boden. Kriechend sucht er nach ihm in dem Gewirr von Füßen. Ein allgemeiner Aufruhr bricht los. Man stößt sich, fällt übereinander. Der Dieb löst sich aus der Masse und rennt davon. Die Gammas streiten weiter, wälzen sich in wirrem Durcheinander auf dem Boden. Eine Frau steigt auf den Haufen. Sie hat ihre wenigen Kleiderfetzen in dem Handgemenge verloren, und ihre Brüste und Schenkel sind mit blutigen Wunden bedeckt. In der

Hand hält sie den Würfel. Ich erkenne sie wieder. Es ist die Frau, die ihn mir gegeben hat. Jetzt schneidet sie mir eine dämonische Fratze, bleckt die Zähne. Sie hält den Würfel hoch, dann klemmt sie ihn zwischen die Beine. Ein stämmiger, mißwachsener Mann stürzt auf sie zu und zerrt sie von dem Menschenhaufen. Er hat nur einen Arm, doch dieser ist so dick wie ein Baum! Grig! schreit sie. Prot! Gliss! Sie verschwinden.

Die Menge murmelt enttäuscht. Ich stelle mir vor, daß sie sich gegen uns wenden, uns die Kleider herunterreißen werden, den haarigen menschlichen Körper unter meinem falschen Alphakostüm enthüllen. Die soziale Distanz wird uns dann nicht mehr schützen.

Komm, sage ich zu Lilith. Ich denke, ich habe genug.

Warte.

Sie wendet sich an die Gammas. Sie hebt die Hände, die Handflächen einander zugekehrt, etwa einen halben Meter voneinander entfernt, als zeige sie die Länge eines Fisches an, den sie gefangen hat. Dann verrenkt sie ihren Körper, windet sich in einer spiralförmigen Bewegung. Die Geste beruhigt die Menge sofort. Die Gammas treten beiseite, senken die Köpfe demütig, als wir durch die entstandene Gasse gehen. Alles ist in Ordnung.

Genug, sage ich zu Lilith. Es wird spät. Wie lange sind wir jetzt hier?

Wir können jetzt gehen.

Wir fliehen durch das Labyrinth der Gänge. Gammas, auf tausendfache Weise entstellt, begegnen uns. Wir sehen Slobies in ihren langsamen, verzückten Bewegungen vorüberschweben und Mißgeburten. Geräusche, Gerüche, Farben – ich bin verwirrt und betäubt. Stimmen in der Dunkelheit. Gesang.

Seid getrost
Der Tag der Freiheit kommt
Der Tag der Freiheit kommt
Fort mit den Slobies, sei du selbst ...
Und steige auf in die Freiheit!

Stufen. Aufwärts. Kalter Wind. Atemlos stürzen wir hinauf und befinden uns wieder auf den abgetretenen Kopfsteinpflasterstraßen in den gewundenen Gassen der Gammastadt, wahrscheinlich nur wenige Meter von dort entfernt, wo wir hinunterstiegen. Die Praxis von Alpha Poseidon Musketier muß direkt um die Ecke sein.

Die Nacht ist hereingebrochen. Die Lichter der Gammastadt knistern und flackern. Lilith will mich in eine Taverne führen. Ich weigere mich. Nach Hause. Nach Hause. Genug. In meinem Kopf wirbeln die Bilder der Androidenwelt. Ein Alptraum. Ich wußte nicht ...

Deshalb habe ich es dir gezeigt. Auch das ist Krugs Welt.

Wir gehen weiter. Wie weit müssen wir gehen, bis wir eine Transmatkabine erreichen?

Wir springen. Ihre Wohnung erscheint mir jetzt so warm und hell. Wir entledigen uns unserer Kleider. Unter dem Doppler reinige ich mich von meiner roten Farbe und meinem Wärmespray.

War es interessant?

Überwältigend, sage ich. Und da ist so vieles, das du mir erklären mußt, Lilith. Bilder schwimmen in meinem Kopf, ich brenne, ich bin wie betäubt.

Natürlich wirst du niemand erzählen, daß ich dich mitgenommen habe, sagt sie. Es bleibt unter uns.

Komm näher, Alpha Leaper.

Manuel.

Manuel, komm.

Sage mir zuerst, was es bedeutet, wenn sie sagen, Krug sei ...

Später. Mir ist kalt. Wärme mich, Manuel.

Ich nehme sie in meine Arme. Die schweren Hügel ihrer Brüste erregen mich. Ich bedecke ihren Mund mit dem meinen. Ich stoße meine Zunge zwischen ihre Lippen. Wir sinken zusammen auf den Boden. Ich bin verrückt nach ihr, kann es nicht erwarten. Ohne Zögern dringe ich ein. Ich tue ihr weh. Sie zittert, beißt die Zähne zusammen, trommelt mit den Fäusten auf meinen Rükken.

Als ich die Augen schließe, sehe ich Slobies und Mißgeburten.

Lilith.

Lilith.

Lilith.

Lilith ich liebe dich, ich liebe dich, ich liebe dich Lilith Lilith!

Der große Bottich brodelt. Die feuchten roten Geschöpfe kriechen heraus. Gelächter. Blitze. So leer ist deine Schale, schmutziges Geschöpf! Mein Fleisch klatscht gegen das ihre. Plit! Plit! Plit! Plit! Plack! Mit demütigender Schnelligkeit gießt der überreizte Leviticus Leaper eine Milliarde Kinder in den sterilen Leib seiner Geliebten.

26

9. Januar 2119

Der Turm ist 940 Meter hoch und wächst schneller als je zuvor. Steht man an der Basis, kann man kaum die Spitze sehen; sie verliert sich im milchigen Grau des Winterhimmels. Um diese Zeit des Jahres gibt es nur wenige Stunden Tageslicht auf dem Baugelände, und steigt die Sonne über den Horizont, dann lassen ihre Strahlen den gläsernen Schaft von oben nach unten in seiner ganzen Länge aufglühen.

Ein großer Teil der Installationsarbeiten in der unteren Hälfte des Baus ist jetzt vollendet. Drei der Hochleistungssendesysteme sind bereits montiert: fünfzig Meter hohe Behälter aus dunklem Metall, übereinandergeschichtet, voll riesiger Transformatoren, welche die Signale beschleunigen und durch den Turm nach oben jagen werden. Von weitem sehen diese Aggregate aus wie reifende Samenkörner in einer großen, glänzenden und durchsichtigen Schote.

Die Unfallrate steigt ständig. Die Todesziffern sind besorgniserregend, die Verluste unter den Gammas besonders hoch. Doch die Moral ist angeblich gut; die Androiden sind fröhlich und scheinen sich bewußt zu sein, daß sie eine wesentliche Rolle bei einem der ehrgeizigsten Projekte der Menschheit spielen. Wenn ihre Haltung so positiv bleibt, wird der Turm vor dem Termin fertig sein.

27

Nachdem er seinen Gästen den Stand der Arbeiten am Turm gezeigt hatte, lud er sie zum Mittagessen im Nemoclub ein, wo eine ganze Suite ständig für ihn bereit gehalten wurde. Der Club war eine von Krugs kleineren Unternehmen; er hatte ihn vor einem

Dutzend Jahren gebaut, und eine Zeitlang war er der vornehmste Treffpunkt der Erde gewesen. Reservierungen mußten sechs Monate im voraus gebucht werden. In der Challenger Tiefe, zehntausend Meter unter dem westlichen Pazifik gelegen, bestand er aus fünfzehn Druckausgleichskammern; durch deren Wände, die aus dem gleichen Glas bestanden wie der Turm, man die seltsamen Bewohner des dunklen Abgrunds beobachten konnte.

Krugs Tischgenossen waren Senator Henry Fearon und sein Bruder Lou, der Anwalt von Fearon & Doheny, Franz Giudice von der Europäischen Transmatgesellschaft, Leon Spaulding und Mordecai Salah al-Din, der Sprecher des Kongresses. Um den Nemoclub zu erreichen, waren sie per Transmat zu der Insel Yap in der Karolinengruppe Mikronesiens gereist, wo sie an Bord eines Tauchschiffs gegangen waren, wie sie bei der Erforschung des Jupiter und des Saturn verwendet wurden. Die Dichte des Mediums machte Transmatreisen unter Wasser möglich. Das Tauchschiff widerstand dem immensen Wasserdruck, und mit einer stetigen Geschwindigkeit von 750 Meter in der Minute sank es in die Tiefe des Ozeans und legte an der Schleuse des Nemoclubs an.

Flutlichter erhellten den Abgrund. Die Bewohner des Abgrunds kamen ganz nah heran an die Glaswände des Clubs: zerbrechliche, zarte, muskellose Fische mit weichen, schlaffen Körpern, deren Gewebe unter einem Druck von zehn oder zwölf Tonnen pro Quadratzentimeter vom Wasser durchdrungen waren. Manche unter ihnen strahlten mit Leuchtorganen, die aus ihren Flanken wuchsen, zwischen ihren Augen saßen oder baumelnd aus ihrer Stirn ragten, ein kaltes phosphoreszierendes Licht aus. Die Wellenlängen der Flutlichter waren sorgfältig abgestimmt worden, um die Leuchtkraft der Fische nicht zu beeinträchtigen, damit die kleinen, funkelnden Lampen trotz der künstlichen Helle sichtbar blieben. Justin Maledetto, der Architekt des Turms, hatte auch den Club gebaut, und Maledetto war ein Meister in solchen Kleinigkeiten. Ganz nahe an die Mauer kamen die bizarren kleinen Ungeheuer, schwarz und braun und rot und violett. Viele von ihnen hatten ausgehängte Unterkiefer, so daß ihre Mäuler sich bis zur Brust öffneten und Feinde verschlingen konnten, die fast so groß waren wie sie selbst. Die

Gäste des Clubs speisten angesichts von Miniaturungeheuern, die geheimnisvoll leuchteten, drohende Zähne in klaffenden Mäulern zeigten, seltsame Anhängsel hinter sich herschleppten, mit Augen starrten, die wie Kugeln hervortraten oder auf Röhren saßen. Man brauchte nicht zu fernen Welten zu reisen, um groteske Tiere zu sehen. Alptraumgeschöpfe gab es auch hier. Lange, schlangenähnliche Fische mit gekrümmten Zähnen, die so lang waren, daß die Mäuler sich nie schließen konnten, Fische, die nur Kinnbacken zu sein und keinen Leib zu haben schienen, andere, die nur Schwanz waren und keinen Kopf hatten, Anglerfische mit sich windenden und tanzenden Fühlern, die sich gelb, blau oder grün verfärbten, wunderliche Gebilde tausendfältiger Art, und kein Fisch von weniger als einem halben Meter Länge: ein bizarres Schauspiel von einzigartiger Pracht.

Krug bestellte eine einfache Mahlzeit: Cocktail, Algensuppe, Steak, australischen Rotwein. Er war kein Gourmet. Der Club bot alle Arten von Delikatessen, doch Krug machte nie Gebrauch von der reichen Auswahl. Seine Gäste hingegen zeigten keine Hemmungen; sie bestellten schwedische Austern, französische Krabben, ungeborene Tintenfische, Kalbsfilets, Schlangeneier, Antilopenbrust, Wolfsmilchknospen, Mantaspitzen, gebackene Zikadenherzen, und alles wurde hinuntergespült mit den besten Weinen der Erde. Die Kellner schienen entzückt von ihrem Appetit. Alle Kellner des Clubs waren Alphas; es war ungewöhnlich, Alphas mit Arbeiten zu beschäftigen, die als Dienstleistungen galten. Doch dies war ein ungewöhnlicher Ort, und kein Belegschaftsangehöriger des Nemoclubs schien verbittert darüber, daß er eine normalerweise den Betas oder Gammas vorbehaltene Arbeit verrichten mußte.

Doch die Kellner schienen nicht ganz zufrieden zu sein mit ihrem Platz im Leben. Als die Vorspeisen serviert waren, sagte Senator Fearon zu Krug: »Haben Sie das AGP-Abzeichen auf dem Rockaufschlag Ihres Kellners gesehen?«

»Scherzen Sie?«

»Ein sehr kleines. Man muß scharf hinsehen, um es zu entdecken.«

Krug sah zu Spaulding hinüber. »Wenn wir gehen, sprechen Sie darüber mit dem Kapitän. Ich wünsche keine Politik hier!«

»Erst recht keine revolutionäre Politik«, sagte Franz Giudice und lachte. Der Transmatchef, lang und eckig, war bekannt für seinen Zynismus. Obwohl über neunzig, kleidete er sich wie ein Mann, der halb so alt war, trug Spiegelplatten und anderen Schmuck. »Wir hüten uns besser vor diesem Kellner. Da wir zwei Kongreßmitglieder am Tisch haben, mischt er vielleicht Propaganda in unsere Gerichte, und wir alle verlassen bekehrt das Lokal.«

»Glauben Sie wirklich, die AGP ist eine Bedrohung?« fragte Lou Fearon. »Sie wissen, ich habe viel mit diesem Siegfried Fileclerk zu tun gehabt, während ich den Fall der am Turm getöteten Alphafrau behandelte.« Er nickte Spaulding zu, der ein finsteres Gesicht machte. »Ich habe den Eindruck bekommen, daß Fileclerk und die ganze AGP-Bewegung vollkommen harmlos sind«, sagte der Anwalt.

»Eine Minderheitenbewegung«, bemerkte Senator Fearon. »Sie hat nicht einmal die Unterstützung der Masse der Androiden.«

Leon Spaulding nickte. Der Ektogene sagte: »Thor Watchman ließ einige abfällige Worte über Fileclerk und seine Partei fallen. Watchman scheint der AGP keinerlei Wert beizumessen.«

»Thor ist ein ungewöhnlich intelligenter und fähiger Android«, sagte Krug.

»Ich habe es aber ernst gemeint«, erklärte Giudice. »Sie können sich über die AGP lustig machen, so viel Sie wollen, aber ich finde ihre Ziele wirklich revolutionär, und wenn sie Rückhalt gewinnt, wird sie ...«

»Vorsicht«, sagte Krug. Ihr Alpha-Kellner war mit einer frischen Flasche Wein zurückgekehrt. Die Männer am Tisch schwiegen, während der Alpha einschenkte. Er ging wieder hinaus und schloß die Luke hinter sich.

Mordecai Salah al-Din, der Sprecher des Kongresses, sagte: »Ich habe mindestens fünf Millionen Petitionen von der AGP erhalten. Ich habe den Führern der Partei drei Audienzen gewährt. Und ich muß sagen, sie sind aufrichtige Leute, die es wert sind, ernst genommen zu werden. Ich möchte auch sagen, obwohl ich keinen Wert darauf lege, zitiert zu werden, daß ich mit einigen ihrer Ziele sympathisiere.«

»Würden Sie mir das bitte näher erklären?« sagte Spaulding in scharfem Ton.

»Gewiß. Ich glaube, die Zulassung einer Delegation von Alphas in den Kongreß ist wünschenswert; es wird wahrscheinlich auch innerhalb der nächsten Dekade erfolgen. Ich glaube, das Verkaufen von Alphas ist unwürdig und müßte für illegal erklärt werden. Ich denke, das wird in fünfzehn oder zwanzig Jahren geschehen. Ich bin überzeugt, wir werden den Alphas noch vor 2250 volle Bürgerrechte zuerkennen, den Betas am Ende dieses Jahrhunderts und den Gammas nicht lange danach.«

»Ein Revolutionär«, rief Franz Giudice verwundert aus. »Der Sprecher des Kongresses ist ein Revolutionär! Hört! Hört!«

»Eher ein Visionär«, lachte Senator Fearon. »Ein Mann von tiefer Einsicht und starkem Mitgefühl ... und wie immer seiner Zeit etwas voraus.«

Spaulding schüttelte den Kopf. »Alphas im Kongreß. Vielleicht ja. Als ein Sicherheitsventil. Um sie unter Kontrolle zu halten. Ein Knochen, den man ihnen hinwirft, um sie zu beruhigen. Aber der Rest? Nein. Nein! Mr. Salah al-Din, wir sollten nicht vergessen, daß Androiden nur *Dinge* sind, das Ergebnis chemogenetischer Forschung, produziert in einer Fabrik, auf den Markt gebracht von Krug Enterprises, um der Menschheit zu dienen ...«

»Nicht so laut!« zischte Krug. »Sie erregen sich.«

Lou Fearon sagte: »Vielleicht hat der Sprecher recht, Leon. Ohne Rücksicht darauf, wie sie entstanden sind, sind sie menschlicher, als Sie willens sind, zuzugeben. Und da wir schrittweise alle willkürlichen Grenzen von Gesetz und Brauchtum lockern, da die Ideale der Absterbepartei, wie jedermann zugeben muß, sich immer mehr durchsetzen, sollten wir meiner Meinung nach die Androiden besser behandeln. Zumindest die Alphas. Wir haben es nicht nötig, sie zu unterdrücken.«

»Was sagen Sie dazu, Simeon?« wandte sich Franz Giudice an Krug. »Schließlich sind sie doch Ihre Kinder. Als Sie sich entschlossen, die ersten Androiden zu fabrizieren, haben Sie da jemals daran gedacht, daß sie die Bürgerrechte fordern würden, oder glaubten Sie ...«

»Leon hat es mit den richtigen Worten ausgedrückt«, sagte Krug. »Wie war es? *Dinge*. Fabrizierte Dinge. Ich baute eine bessere Art von Roboter. Ich baute keine Menschen.«

»Die Grenzlinie zwischen Mensch und Android ist recht vage«, sagte Senator Fearon. »Da die Androiden uns genetisch gleich sind, ist die Tatsache, daß sie synthetisch sind ...«

Krug unterbrach ihn: »In einer meiner Fabriken kann ich Ihnen eine perfekte Kopie der Mona Lisa herstellen, so daß es mehrmonatiger Laboratoriumstests bedarf, um zu beweisen, daß es nicht das Original ist. Das Original kam aus dem Atelier Leonardos. Die Kopie kam aus Krugs Fabrik. Ich würde eine Milliarde zahlen für das Original. Für die Kopie keinen Cent.«

»Doch Sie geben zu, daß Thor Watchman eine ungewöhnlich fähige und begabte Person ist«, sagte Lou Fearon, »und Sie übertragen ihm große Verantwortung. Ich habe gehört, Sie vertrauen ihm mehr als allen anderen Männern in Ihrer Organisation. Dennoch würden Sie nicht erlauben, daß Thor wählt? Sie würden Thor keine Chance geben zu protestieren, wenn Sie sich entschließen, ihn als Kellner hier in diesem Club zu beschäftigen? Sind Sie der Meinung, das Gesetz sollte Ihnen das Recht geben, Thor zu vernichten, wenn Ihnen die Laune danach ist?«

»Ich habe Thor gemacht«, erwiderte Krug in festem Ton. »Er ist die beste Maschine, die ich habe. Ich liebe und bewundere ihn, so wie ich jede gute Maschine liebe und bewundere. Aber ich *besitze* Thor. Thor ist kein Mensch. Er ist nur eine geschickte Imitation eines Menschen, eine makellose Imitation. Und wenn ich so verschwenderisch und verrückt sein wollte, Thor zu zerstören, nun, dann würde ich ihn zerstören.« Krugs Hand begann zu zittern. Er starrte auf sie, als wolle er ihr befehlen, daß sie sich beruhigte, doch das Zittern verstärkte sich, und der Inhalt eines vollen Weinglases ergoß sich auf den Tisch. Mit steinernem Gesicht sagte Krug: »Ja, ihn zerstören! Als ich die Androiden schuf, hatte ich nie etwas anderes im Sinn, als Werkzeug herzustellen, Diener des Menschen, geschickte Maschinen.«

Sensoren in den Diensträumen des Nemoclubs zeigten das Verschütten des Weines an. Der Kellner trat ein und wischte ihn auf. Draußen vor dem Fenster tanzte ein Schwarm riesiger transparenter Krustentiere.

Als der Alpha hinausgegangen war, sagte Senator Fearon zu Krug: »Ich wußte nicht, daß Sie so über die Androidengleichheit denken. Sie haben es nie ausgesprochen.«

»Ich bin nie gefragt worden.«

»Würden Sie gegen die AGP stimmen«, fragte Salah al-Din, »wenn die Angelegenheit vor den Kongreß käme?«

Krug zuckte die Achseln. »Ich weiß nicht. Ich weiß nicht. Ich halte mich aus der Politik heraus. Ich bin Fabrikant, Geschäftsmann, Unternehmer. Warum soll ich mich in theoretische Kontroversen mischen?«

»Wenn den Androiden die Bürgerrechte verliehen würden«, sagte Leon Spaulding, »hätte das vielleicht Rückwirkung auf den Krug-Konzern. Ich meine, wenn Sie wirkliche menschliche Wesen produzieren, fallen Sie unter die Bevölkerungskontrollgesetze, die besagen ...«

»Genau«, unterbrach ihn Krug. »Es wird nicht geschehen. Ich fabriziere die Androiden. Ich kenne sie. Es gibt eine kleine Gruppe von Unzufriedenen. Ja. Sie sind zu intelligent – zu ihrem eigenen Schaden. Sie glauben, überall herrscht wieder Sklaverei. Doch das stimmt nicht. Die andern wissen es. Sie sind unzufrieden. Thor Watchman ist zufrieden. Warum unterstützen nicht alle Alphas die AGP? Sie sind gegen sie. Und warum? Weil sie glauben, daß es eine idiotische Sache ist. Sie werden gut behandelt. Dieses Gerede vom Verkauf von Alphas gegen ihren Willen, von ihrer Vernichtung nach Lust und Laune, das alles ist nur Theorie. Keiner verkauft einen guten Alpha, und niemand tötet Androiden zum Spaß, ebensowenig wie Menschen ihre eigenen Häuser zum Spaß zerstören. Es besteht kein Bedürfnis für Androidenrechte. Die meisten Alphas begreifen das. Die Betas kümmern sich nicht darum. Die Gammas verstehen es nicht. Sie sehen also, meine Herren, das Thema ergibt ein gutes Tischgespräch, nicht mehr. Die AGP wird wieder verschwinden. Meinen Respekt, Mr. Salah al-Din vor Ihrer Gutherzigkeit, aber Ihre Seelengüte führt Sie in die Irre. Sie werden keine Alphas in Ihrem Kongreß haben.«

Krugs lange Rede hatte ihn durstig gemacht. Er streckte die Hand nach seinem Weinglas aus. Wieder verkrampften sich seine Muskeln, wieder stieß er das Glas um, wieder eilte ein wachsamer Alpha herbei, um den vergossenen Wein aufzuwischen. Hinter der dicken Glasmauer des Nemoclubs kreuzte ein dunkelroter Fisch von einem Meter Länge mit einem riesigen Maul und einem spitzen schmalen Schwanz durch den Schwarm der Krustentiere, verschlang sie mit gierigem Appetit.

28

15. Januar 2219

Der Turm ist 1001 Meter hoch. Zur Feier hat Krug allen Arbeitern einen freien Tag bewilligt. Man schätzt jetzt, daß der Bau seine volle Höhe bis Mitte März erreichen wird.

29

Lilith Meson sagte: »Ich hatte einen Besucher hier, gestern morgen, Thor.«

»Manuel Krug?«

»Nein. Siegfried Fileclerk,«

Watchman richtete sich in Liliths tiefem Schaumstoffsessel auf. »Fileclerk. Hier? *Warum?*«

Lilith lachte. »Bist du jetzt schon so menschlich, daß du Eifersucht empfindest, Thor?«

»Ich finde das nicht lächerlich. Aus welchem Grund ist er in deine Wohnung gekommen?«

»Er kam ins Büro«, erwiderte Lilith. »Du weißt, er ist beim Eigentumsschutzamt in Buenos Aires, und er wollte mit mir eine neue Klausel in ihrem Kontrakt besprechen. Hinterher fragte er mich, ob er mich zu Hause besuchen könnte. Nun, ich lud ihn ein. Die Sache erschien mir harmlos.«

»Und?«

»Er versuchte, mich für die AGP zu gewinnen.«

»Ist das alles?«

»Nein«, sagte Lilith. »Er will, daß ich auch dich anwerbe.«

Watchman hustete. »Dafür besteht nur eine sehr geringe Chance.«

»Er meint es ungeheuer ernst, Thor. Er geht in der Sache der Gleichheit und Freiheit vollkommen auf. Zwei Minuten, nachdem wir hereingekommen waren, begann er mich mit Argumenten für sofortige politische Aktionen zu überschütten. Ich sagte ihm, ich sei religiös. Er sagte, das mache nichts, ich könnte weiterbeten für die wunderbare Intervention Krugs, doch inzwischen sollte ich diese Petition unterschreiben. Nein, sagte ich. Ich unterschreibe nie etwas. Er gab mir einen Stapel von Propagandawürfeln, das ganze AGP-Programm. Sie liegen in der Küche, wenn du dich dafür interessierst. Er war länger als eine Stunde hier.« Lilith lächelte verwirrend. »Ich habe seine Petition nicht unterschrieben.«

»Warum aber hat er sich an dich gewandt?« fragte Watchman. »Gedenkt er jeden Alpha in der Welt anzusprechen, einen nach dem andern, um sie für seine Sache zu gewinnen?«

»Ich habe es dir bereits gesagt. Er will, daß du unterzeichnest. Er weiß, daß ich in engen Beziehungen zu dir stehe, und er glaubt, wenn er mich überzeugen kann, wird er auch dich überreden können. Er hat mir das deutlich und mehrfach gesagt. Und wenn du unterschriebst, würden alle folgen.« Lilith richtete sich auf. »Er sagte wörtlich: ›Wenn Alpha Watchman auf unsere Seite tritt, Alpha Meson, bringt er viele einflußreiche Alphas mit. Es könnte der Wendepunkt in unserer gesamten Bewegung sein. Alpha Watchman hält vielleicht die Zukunft jedes Androiden in seiner Hand.‹ Wie denkst du darüber, Alpha Watchman?«

»Ich bin tief bewegt, Alpha Meson. Ich kann dir nicht beschreiben, wie sehr ich mich dadurch geehrt fühle. Wie hast du es fertig gebracht, ihn loszuwerden?«

»Indem ich versuchte, ihn zu verführen.«

»Wie?«

»Du hältst mich wohl für eine Hure, Thor? Ich werde nicht darüber reden, wenn du es nicht wünschst.«

»Ich wurde nicht programmiert, Eifersucht zu empfinden«, sagte Watchman gleichgültig. »Wenn du mich zum besten hältst, erreichst du nichts bei mir. Ich bin nicht in der Stimmung für alberne Scherze.«

»Nun gut. Es tut mir leid, daß ich überhaupt etwas gesagt habe.«

»Rede weiter. Du hast versucht, ihn zu verführen. Hast du Erfolg gehabt?«

»Nein«, erwiderte Lilith. »Es war eine plötzliche Eingebung. Ich sagte mir, Fileclerk ist so stumpf, daß er wahrscheinlich schreiend davonlaufen wird. Und wenn er statt dessen den Köder annimmt, nun, wäre es wenigstens ein Spaß gewesen. So zog ich mich vor ihm aus und begann ... wie sagt man ... ihm Avancen zu machen. Komm, sagte ich, laß uns einander umarmen. Siggie. Komm, Siggie. Ich faßte ihn an. Ich zog alle Register meiner Versuchungskünste. Ich strengte mich sehr an, Thor, mehr, als ich mich anstrengen mußte, dich zu verführen. Er zeigte keine Erregung. Er bat mich aufzuhören.«

»Natürlich«, sagte Watchman. »Es ist so, wie ich dir zu erklären versucht habe. Männliche Alphas interessieren sich nicht für Sex. Er ist irrelevant für ihr Verhaltensmuster.«

»Sei dessen nicht so sicher. Fileclerk begehrte mich. Er war bleich. Er zitterte.«

»Aber warum ging er dann nicht mit dir ins Bett? Hatte er Angst, sich politisch zu kompromittieren?«

»Nein«, sagte Lilith. »Der Grund war, daß er Trauer hat.«

»Trauer?«

»Um seine Frau. Cassandra Nukleus war seine Frau. Die AGP tritt für die Androidenehe ein. Er ist vor drei Jahren mit Alpha Nukleus getraut worden. Er hält eine sechsmonatige Trauerzeit ein, während der er sich nicht von jungen Alphafrauen verführen lassen will. Er erklärte es mir und ging dann schnell fort, als ob er Angst hätte, er könnte weich werden, wenn er länger bei mir bliebe.«

»Seine Frau, sein Eheweib?« murmelte Watchman kopfschüttelnd.

»Die AGP plant, ihre Petition an den Kongreß um eine Klausel über die Androidenehe zu ergänzen. Fileclerk sagte auch, wenn du und ich heiraten wollten, Thor, könnte er es arrangieren, wenn wir der Partei beiträten.«

Watchman lachte höhnisch. »Er redet wie ein Kind! Wozu ist eine Ehe gut? Können wir Kinder haben, die ein legal gegründetes Elternhaus brauchten? Wenn ich bei dir wohnen wollte, würde ich bei dir wohnen, Lilith. Oder du bei mir. Muß dazu irgend jemand irgendwas Feierliches sagen? Uns ein Stück Papier geben?«

»Es ist die Idee, Thor. Die Idee einer ständigen Vereinigung zwischen Mann und Frau, so wie es bei Menschen ist. Es ist Gefühlssache. Er liebte sie wirklich, Thor.«

»Ich bin sicher, daß er sie liebte. Ich sah ihn weinen, als Spaulding sie tötete. Aber liebte er sie mehr, weil sie verheiratet waren? Wenn die Ehe so eine wunderbare Institution ist, warum kommt Manuel Krug dann jede Woche hierher? Sollte er nicht zu Hause bleiben und seine ständige Vereinigung mit Mrs. Krug pflegen?«

»Es gibt gute Ehen und schlechte Ehen«, sagte Lilith. »Und mit wem du schläfst, sagt nicht notwendigerweise etwas darüber aus, wie gut deine Ehe ist. Jedenfalls, Fileclerks Ehe war eine gute. Und ich sehe nicht, was es uns schaden soll, diesen menschlichen Brauch zu übernehmen, wenn wir wirklich an unsere Gleichheit glauben.«

»Nun gut«, sagte Watchman spöttisch. »Willst du mich heiraten?«

»Ich sprach ganz im allgemeinen von der Übernahme des Brauchs.«

»Ich spreche im besonderen. Wir brauchen nicht der AGP beizutreten, um getraut zu werden. Ich werde mit Alpha Constructor und Alpha Dispatcher sprechen, und wir werden die Trauungszeremonie in der Gemeinde abhalten und uns heute abend in der Kapelle trauen lassen. Einverstanden?«

»Mach darüber keine Witze, Thor.«

»Das ist mein Ernst.«

»Du bist wütend, und du weißt nicht, was du redest. Vor zwei Minuten hast du mir noch gesagt, du hältst die Ehe zwischen Androiden für absurd. Jetzt willst du, daß wir uns in der Gemeinde trauen lassen. Du kannst es nicht ernst meinen, Thor.«

»Willst du mich nicht heiraten? Mache dir keine Sorgen, ich würde mich nicht in deine Affäre mit Manuel einmischen. Ich bin nicht für Alleinbesitzanspruch programmiert, aber wir könnten zusammen wohnen, zusammen leben, wir könnten ...«

»Hör auf damit, Thor!«

»Warum?«

»Was zwischen uns existiert, kann weiterexistieren ohne Ehe. Du weißt das. Ich weiß das. Ich wollte dir keinen Antrag machen. Ich habe nur versucht, dir etwas über Siegfried Fileclerk zu sagen, über die Natur seiner Gefühle, die Komplexität seiner Beziehung zu Alpha Nukleus, sowie über die Einstellung der AGP zu ...«

»Genug. Genug.« Watchman hielt sich die Ohren zu und schloß die Augen. »Ende der Konversation. Ich bin froh, daß du Siggie Fileclerk nicht verführen konntest, und erstaunt, daß die AGP für die Ehe eintritt, und jetzt ist Schluß. Verstanden?«

»Du bist in schlechter Stimmung heute, Thor.«

»Das bin ich.«

»Warum? Kann ich etwas für dich tun, dir helfen?«

»Leo Spaulding hat mir heute etwas gesagt, Lilith. Er sagte, wenn die AGP-Delegation ihre Petition dem Kongreß einreicht, wird Krug eine Erklärung abgeben, in der er die ganze Androidengleichheitsbewegung verdammt und betont, daß er uns überhaupt nie geschaffen hätte, wenn er geahnt haben würde, daß wir eines Tages die Bürgerrechte forderten.«

Lilith hielt den Atem an. Mit Tränen in den Augen machte sie viermal das Krug-bewahre-uns-Zeichen.

»Das ist nicht möglich«, hauchte sie.

»Spaulding berichtete, Krug habe es ihm vor einer Woche gesagt, und zwar im Nemoclub, in Gegenwart des Sprechers Salah al-Din, des Senators Fearon, und einiger anderer Leute. Leon hat mir das natürlich nur beiläufig im Verlauf einer Konversation mitgeteilt, boshaft eingeflochten in ein freundliches Gespräch zwischen Ektogenen und Androiden. Er weiß, daß ich gegen die AGP bin. Er tat so, als tue er mir einen Gefallen, der Bastard!«

»Kann es wahr sein!«

»Natürlich kann es wahr sein. Krug hat nie etwas über die Rolle der Androiden in der Gesellschaft geäußert. Ich habe selbst keine Ahnung von seiner wirklichen Einstellung. Ich habe immer angenommen, daß er mit uns sympathisiert, doch vielleicht habe ich nur meine eigenen Hoffnungen in ihn projiziert. Die Frage ist nicht, kann es wahr sein, sondern ist es wahr?«

»Würdest du ihn fragen?«

»Ich wage es nicht«, erwiderte Thor. »Ich glaube, daß diese ganze Geschichte Leon Spauldings boshaftem Geist entstammt, daß Krug nicht daran denkt, sein Prinzip, sich nicht in die Politik einzumischen, aufzugeben, sondern daß er, wenn er je eine Erklärung abgibt, sagen würde, daß wir alle hoffen und beten sollen. Doch es entsetzt mich, daran zu denken, daß ich mich irre. Ich habe Angst, Lilith. Eine Anti-Gleichheits-Erklärung aus dem Munde Krugs würde unserem Glauben jede Grundlage entziehen, uns in tiefste Finsternis stoßen. Jetzt weißt du, was mich die ganze Zeit bewegt hat.«

»Mußt du dich nur auf das verlassen, was Spaulding gesagt hat? Kannst du nicht rückfragen bei Senator Fearon oder dem Sprecher? Finde heraus, was wirklich gesagt wurde.«

»Sie nach vertraulichen Einzelheiten von Krugs Tischgesprächen fragen? Du bist wohl nicht bei Trost? Sie würden es umgehend Krug berichten.«

»Aber was willst du dann tun?«

»Krug nötigen, ihn indirekt in unserem Sinne beeinflussen«, erwiderte Watchman. »Ich wünsche, daß du Manuel mitnimmst in die Kapelle.«

»Wann?«

»Sobald du kannst. Verheimliche nichts vor ihm. Zeig ihm alles. Bearbeite sein Gewissen, dann schicke ihn zu seinem Vater, bevor Krug vor dem Kongreß eine Erklärung abgeben kann. Wenn Krug überhaupt beabsichtigt, eine Erklärung abzugeben.«

»Ich werde es tun«, sagte Lilith. »Ja, es wird bestimmt das beste sein.«

Watchman nickte. Er starrte auf den Boden. In seinem Gehirn tickte es schmerzhaft, und in seinem Hals spürte er einen wolligen Knäuel. Er haßte die Intrigen, in die er sich jetzt selbst verwickelte, diese Komplotte und Gegenkomplotte, diese Spekulation auf Manuel Krugs schwachen Willen, diese Annahme, daß Krug ... *Krug!*... durch so einfache Machenschaften manipuliert werden könnte. All dies schien ihm wie eine Verleugnung allen Glaubens. Es war eine zynische Art, mit dem Schicksal zu hadern, und Watchman fragte sich, wie ernsthaft sein Glaube je gewesen war. War es alles Fassade gewesen, das Knien in der Kapelle, das Murmeln der Sprüche, die Versenkung in Krug, die Hingabe, die Gebete – alles nur ein Mittel, sich zu betäuben, die Zeit auszufüllen, bis der Augenblick der Wahrheit kam, die Kontrolle über die Ereignisse zu übernehmen? Watchman verwarf den Gedanken. Doch das ließ ihn mit leeren Händen dastehen. Er wünschte, er hätte dies nie begonnen. Er sehnte sich zurück nach dem Turm, angeschlossen an den Computer, freudig auf der Datenflut reitend. Ist es das, was es heißt, menschlich zu sein? Diese Entscheidungen, die Zweifel, diese Ängste? Warum dann nicht Android bleiben, den göttlichen Plan akzeptieren, dienen und nicht mehr verlangen, sich zurückziehen aus diesen Verschwörungen, diesen widerstreitenden Gefühlen, diesen Stürmen der Leidenschaft? Er beneidete die Gammas, die nichts wollten. Doch er konnte kein Gamma sein. Krug hatte ihm diesen Verstand gegeben. Krug hatte ihn dazu geschaffen, zu zweifeln und zu leiden. Gesegnet sei der Wille Krugs! Watchman erhob sich, ging langsam durch den Raum und schaltete, um sich selbst zu entfliehen, das Holovisionsgerät ein. Das Bild von Krugs Turm leuchtete auf dem Schirm: riesig, glänzend, schön, blitzend im Januarlicht. Eine Schwenkkamera glitt langsam die gesamte Höhe des Turmes hinauf, während der Kommentator über die Erreichung der 1000-Meter-Höhe sprach und den Turm mit den Pyramiden verglich, der großen Mauer Chinas, dem Leuchtturm von Alexandria, dem Koloß von Rhodos. Eine großartige Leistung, die den Weg zur Kommunikation mit anderen Rassen auf fernen Sternen öffnete. Ein Werk von eigener Schönheit, schimmernd und schlank. Die Kamera glitt hinauf und hinunter über die Glasmauern. Das Auge schaute von der Spitze hinunter in den Schacht. Grinsende Gammas winkten zurück. Watchman sah sich selbst, in Probleme vertieft, nicht bemerkend, daß er holovisiert wurde. Und da war Krug, glühend vor Stolz, die Einzelheiten des Turms einer Schar von Senatoren und Industriellen erklärend. Der Schirm schien die Kälte der Tundra auszustrahlen. Die Kamera glitt über die im Permafrost eingebetteten Gefrierstreifen, von denen Nebel aufstieg. Wenn der Boden nicht ständig gefroren gehalten wird, erklärte der Kommentator, ist die Stabilität des Turms nicht gewährleistet. Eine beispiellose Leistung der Umweltbeherrschung. Wunderbar. Ein Denkmal für die Phantasie und die Tatkraft des Menschen. Ja. Ja. Phänomenal. Mit einer impulsiven, heftigen Bewegung schaltete Watchman das Gerät ab. Die schimmernde Silhouette des Turms verblaßte, wurde weggewischt wie ein Traum. Er stand an der Wand, kehrte Lilith den Rücken, versuchte zu begreifen, wie es kam, daß das Leben plötzlich so kompliziert für ihn geworden war. Er hatte menschlich werden wollen. Ja. Hatte er nicht zu Krug gebetet, daß ihm und allen seiner Art die Privilegien der aus dem Leibe Geborenen zuerkannt werden sollten? Ja. Ja. Und mit den Privilegien kam die Verantwortung. Und mit der Verantwortung die Verwirrung, Rivalität, Sex, Liebe, Ränkespiel. Vielleicht, dachte Watchman, bin ich doch nicht reif genug dafür. Vielleicht hätte ich ein bescheidener, hart arbeitender Alpha bleiben sollen, anstatt aufzubegehren und den Willen Krugs herauszufordern. Vielleicht. Vielleicht. Er vollführte das Ritual der Ruhe, doch ohne Erfolg. Du bist jetzt menschlicher als du wirklich zu sein wünschtest, Alpha Watchman, sagte er zu sich selbst. Er spürte, daß Lilith dicht hinter ihm stand. Ihre Brüste berührten seinen Rücken. Sie umarmte ihn, preßte ihren Körper gegen den seinen.

»Armer Thor«, murmelte sie. »So tief in Gedanken, so bekümmert. Möchtest du, daß wir uns lieben? Vielleicht hilft es dir.«

Konnte er sie zurückweisen? Er zwang sich zu gespielter Leidenschaft, küßte sie, streichelte sie. Körper preßte eng gegen Körper. Sie öffnete sich ihm, und er drang in sie ein. Diesmal hatte er schon mehr Übung. Doch es blieb für ihn ein rein mechanischer Vorgang, ein Reiben von Fleisch gegen Fleisch, eine kalte Ekstase. Er selbst empfand keine Lust dabei, doch es lag eine indirekte Befriedigung darin, Lilith keuchen und stöhnen zu hören, sich aufbäumen zu sehen, während er ihr Lust schenkte. Ich bin wirklich nicht menschlich genug, trotz allem, sagte er sich, und sie ist viel zu menschlich. Er bewegte sich schneller. Jetzt verspürte er wieder jenes lustvolle Kitzeln. Krug hatte seine Geschöpfe wohl geplant, alle Nervenverbindungen waren vorhanden, wenn auch zum Teil ihrer Funktion beraubt. Als der Höhepunkt sich näherte, glaubte Watchman einige Augenblicke lang echte Leidenschaft zu empfinden. Er schnaubte, grub seine Finger in Liliths Schultern, stürmte mit angehaltenem Atem dem Gipfel entgegen. Dann kam der Erfüllung bringende Erguß, und ihm folgte, wie beim erstenmal, Traurigkeit, der schale Geschmack, die innere Leere. Ihm war, als stünde er in einem großen unterirdischen Grabgewölbe, Hunderte von Metern lang und viele Meter breit, überall Staub und Spinnweben, vertrocknete Kränze. Er zwang sich, in Liliths Umarmung zu bleiben, obwohl er sich nichts mehr wünschte, als sich von ihr zu lösen und allein zu sein. Er öffnete die Augen. Sie weinte. Sie lächelte. Sie glühte und war schweißbedeckt.

»Ich liebe dich«, sagte sie zärtlich.

Watchman zögerte. Er mußte eine Antwort geben. Sein Schweigen, das Sekunde um Sekunde verschlang, drohte ihn zu ersticken. Warum konnte er nicht antworten? Es war unmöglich, jetzt nichts zu sagen. Er berührte ihr warmes Fleisch. Er war weich, entspannt.

Schließlich sagte er schnell, um es hinter sich zu bringen: »Ich liebe dich, Lilith.«

30

Du magst fragen, wer war der Schöpfer der Kinder des Leibes? Wer war der Schöpfer Krugs?

Und ich sage dir, dies sind weise Fragen, diese Fragen werden mit Recht gestellt.

Denn du mußt wissen, daß in der Welt Zyklen aller Dinge sind, ein Zyklus des Leibes und ein Zyklus der Retorte. Und der eine geht dem anderen voraus, so daß es notwendig war, daß zuerst die aus dem Leibe Geborenen da waren, damit die aus der Retorte Geborenen kommen konnten.

Und Krug, der Mensch, war aus dem Leibe geboren, und von ihm stammten die Kinder der Retorte.

Doch Krug, der Mensch, ist nur ein Aspekt von Krug, dem Schöpfer, dessen Existenz allen Dingen vorausgeht und dessen Wille alle Dinge geformt hat, und der die Kinder des Leibes hervorgebracht hat, als Vorläufer der Kinder der Retorte. Daher mußt du unterscheiden zwischen dem Menschen Krug, der sterblich ist und selbst aus dem Leibe geboren wurde, und dem Schöpfer Krug, dessen Plan alle Dinge folgen; denn es war Krug, der Mensch, der die Kinder der Retorte hervorbrachte, doch er tat dies nach dem Plan von Krug, dem Schöpfer, von dem aller Segen kommt, dem unser Gebet gilt.

31

Ich sagte zu Lilith, du hast versprochen, mir zu sagen, warum diese Gammas meines Vaters Namen gebrauchen. Der Friede Krugs. Geh mit Krug. Krug sei mit dir. Du hast es mir nie gesagt.

Ich werde es dir sagen.

Wann?

Du mußt dich wieder als Alpha verkleiden. Es ist etwas, das ich dir besser zeigen kann als sagen.

Müssen wir wieder in die Gammastadt gehen?

Nein, sagte sie, diesmal nicht. Wir können diesmal zu den Betas gehen. Ich möchte dich nicht mitnehmen in die Valhallavägen-Kapelle, weil ...

Wohin?

In die Valhallavägen-Kapelle. Hier in der Nähe. Dort halten die meisten Alphas der Umgebung ihre Gottesdienste ab. Du würdest sie nicht täuschen können, Manuel. Doch Betas kannst du täuschen, wenn du dich ruhig und würdig verhältst.

Eine Kapelle? Gottesdienst? Es handelt sich also um eine Religion.

Ja.

Wie nennt man sie? Krugolatrie?

Sie hat keinen Namen. Wir nennen sie einfach die Gemeinde. Sie ist sehr wichtig für uns, Manuel. Ich glaube, sie ist die wichtigste Sache in unserem Leben.

Willst du mir beschreiben …

Später. Lege deine Kleider ab, und ich werde deine Haut einsprühen. Wir können gleich gehen.

Wird es lange dauern?

Eine Stunde, sagte sie. Du wirst rechtzeitig zurück sein, mach dir keine Sorgen, wenn es das ist, woran du denkst.

Ich muß fair sein gegenüber Clarissa, sagte ich. Sie läßt mir alle Freiheit. Ich möchte sie nicht mißbrauchen.

Gut, schon gut.

Ich zog mich aus. Wieder verkleidete Lilith mich als Alpha Leviticus Leaper. Sie hatte die Kleider aufbewahrt vom letztenmal. Es überraschte mich, daß sie sie nicht Thor Watchman zurückgegeben hatte. Als ob sie gewußt hätte, daß wir diese Maskerade noch einmal durchführen würden.

Sie sagte, bevor wir gehen, mußt du einiges wissen. Zunächst ist es streng verboten für einen Menschen, eine Kapelle zu betreten. Es ist, als wenn ein Nicht-Moslem nach Mekka geht. Soviel ich weiß, bist du der erste aus dem Leib Geborene, der sie betritt.

Der erste was?

Der erste aus dem Leib Geborene. Du bist ein Kind des Leibes. Wir sind Kinder der Retorte.

Aha! – Wenn es ein Sakrileg ist, mich in eine Kapelle zu schmuggeln, warum tust du es dann? Nimmst du die Gesetze nicht ernst?

Sehr ernst.

Warum tust du es dann?

Weil ich glaube, daß du eine Ausnahme bist, Manuel. Du bist anders. Ich habe dir das schon einmal gesagt, erinnerst du dich?

Du zählst Androiden nicht zum Bodensatz der Gesellschaft. Für dich sind wir keine Dinge oder Sklaven. Ich glaube, im Innern bist du immer auf unserer Seite gewesen, selbst ohne daß du dir dessen bewußt warst. Und so wird es kein Sakrileg sein, dich in unsere Religion einzuweihen.

Nun gut, vielleicht.

Und außerdem bist du Krugs Sohn.

Was hat das damit zu tun?

Du wirst sehen, sagte sie.

Ich fühlte mich geschmeichelt, war fasziniert, erregt, ein wenig entsetzt. Sympathisiere ich wirklich mit den Bestrebungen der Androiden? Kann man mir vertrauen? Warum übertritt sie das Gebot? Was versucht sie bei mir zu erreichen? Unwürdiger Gedanke. Sie tut es, weil sie mich liebt. Will alles mit mir teilen, ihre ganze Welt.

Sie sagte, auf alle Fälle merke dir, daß es sehr gefährlich wäre, wenn wir entdeckt würden. Tue daher so, als ob du zu uns gehörtest und sei nicht nervös oder unsicher. Du hast es gut gemacht in der Gammastadt. Mach es jetzt ebenso gut.

Aber gibt es nicht bestimmte Riten, die ich kennen muß? Kniebeugen oder Ähnliches?

Dazu komme ich jetzt, sagte Lilith. Du mußt einige Gesten kennen. Eine von ihnen kennst du bereits. Diese.

Linke Hand auf das Geschlecht, auf die Brust, auf die Stirn. Eins-zwei-drei.

Sie sagte, das ist das Zeichen für Krug-sei-gepriesen. Es ist eine Geste der Huldigung. Du machst das Zeichen, wenn du die Kapelle betrittst und wenn du zu beten beginnst, stumm oder laut. Es ist auch gut, das Zeichen jedesmal zu machen, wenn der Name Krug erwähnt wird. Das Krug-sei-gepriesen-Zeichen ist angebracht während fast aller Teile des Gottesdienstes oder wenn sich zwei Androiden der Gemeinde außerhalb der Kapelle begegnen. Zeige, wie du es machst. Los.

Eins-zwei-drei. Krug sei gepriesen.

Schneller! Eins-zwei-drei.

Eins-zwei-drei.

Gut. Sehr gut. Hier ist ein anderes wichtiges Zeichen. Es bedeutet Krug-erhalte-uns, und es wird vor allem in Augenblicken der Spannung oder des Zweifels gemacht, als ob man sagen wollte, hilf uns. Du wirst es immer machen, wenn der Text der Andacht Krug auffordert, Mitleid mit uns zu haben, uns zu helfen. Immer wenn wir Krug anflehen.

Krug ist also wirklich euer Gott, sagte ich verwundert.

Dies ist das Zeichen. Sie zeigte mir, wie man es macht. Eine Hand auf jede Brust legend, dann die Handfläche nach außen drehen. Es ist ein Akt der Reue: Sieh meine Seele, Krug! Mein Herz ist offen für dich. Sie machte das Zeichen mehrere Male, und ich machte es nach.

Und noch ein weiteres Zeichen, sagte Lilith. Das Zeichen der Unterwerfung unter den Willen Krugs. Du machst es nur einmal, wenn du in den Gesichtskreis des Altars kommst. So, beuge ein Knie und strecke die Arme nach vorwärts, die Handflächen nach oben gekehrt.

Kommt es darauf an, welches Knie?

Eins von beiden. Versuch's!

Ich machte das Zeichen der Unterwerfung unter den Willen Krugs. Ich war froh, es zu lernen. Irgendwie fühlte ich, daß ich mich während meines ganzen Lebens dem Willen Krugs unterworfen hatte, ohne es selbst zu wissen.

Lilith sagte, laß uns jetzt prüfen, ob du alles verstanden hast. Was tust du, wenn du die Kapelle betritts?

Eins-zwei-drei. Krug sei gepriesen.

Gut. Und dann?

Wenn ich den Altar sehen kann, mache ich das Zeichen der Unterwerfung unter den Willen Krugs. Herunter auf ein Knie, die Hände vor, Handflächen nach oben.

Ja. Und?

Wenn Krug um Hilfe gebeten wird, mache ich das Zeichen Krug-erhalte-uns. Hände an die Brust, dann Handflächen nach außen drehen. Ich mache das Zeichen Krug-sei-gepriesen auch von Zeit zu Zeit, wenn der Name Krugs erwähnt wird.

Gut. Sehr gut. Du wirst keine Schwierigkeiten haben, Manuel.

Da ist noch eine andere Geste, die ich dich in der Gammastadt machen sah.

Zeig sie mir.

Ich hielt meine Hände hoch mit einander zugekehrten Handflächen, etwa einen halben Meter voneinander entfernt, und wackelte mit den Hüften und ging in die Knie, mit dem Körper eine spiralförmige Bewegung ausführend.

Das hast du in der Gammastadt gemacht, sagte ich, als der Mob wild wurde.

Lilith lachte. Man nennt es den Segen der Retorte, sagte sie. Es ist ein Zeichen des Friedens und ein Zeichen des Abschieds. Wir machen es über einer toten Person, beim letzten Gebet, und wir machen es, wenn wir zu jemand anders Lebewohl sagen in einer gespannten Situation. Es ist eins der heiligsten Zeichen. Und du hast es nicht sehr gut gemacht. Siehst du, es basiert auf der doppelten Spirale des Nukleinsäuremoleküls ... der Form, in der die Moleküle sich miteinander verbinden. Wir versuchen, den Vorgang mit unseren Körpern anzudeuten. So.

Sie vollführte die Bewegung. Ich machte sie nach. Sie lachte.

Ich sagte, es tut mir leid. Mein Körper läßt sich nicht so verbiegen.

Es erfordert Übung. Aber du brauchst dieses Zeichen nicht zu machen. Bleibe bei ›Krug-sei-gepriesen‹ und ›Krug-erhalte-uns‹, damit wirst du auskommen. Gehen wir.

Sie führte mich in einen schäbigen Teil der Stadt, der früher einmal ein Geschäftsviertel gewesen sein mußte. Er war nicht so gespenstisch wie die Gammastadt und nicht von der abgeschabten Vornehmheit des Viertels, in dem die Alphas leben, es war nur trist.

Dort drüben ist die Kapelle, sagte sie.

Ich sah eine Ladenfront mit undurchsichtigen Schaufenstern. Einige Betas standen vor dem Gebäude, scheinbar beschäftigungslos. Wir überquerten die Straße. Ich wurde unsicher. Was wird geschehen, wenn sie mich entdecken. Was werden sie tun mit mir? Mit Lilith?

Ich bin Alpha Leviticus Leaper.

Die Betas traten zur Seite und machten das Krug-sei-gepriesen-Zeichen, als wir uns ihnen näherten, die Augen gesenkt, in respektvoller Haltung. Die soziale Distanz. Es wäre nicht so leicht für uns gewesen, wenn ich nicht die hohe, schlanke Gestalt eines Alphas hätte. Mein Vertrauen wuchs. Ich machte sogar das Krug-sei-gepriesen-Zeichen zu einem der Betas.

Wir betraten die Kapelle.

Ein großer, kreisrunder Raum. Keine Sitze. Ein Teppich aus

dickem, weichem Zeug, dem man ansah, daß sich im Laufe der Zeit viele Personen auf ihm niedergekniet hatten. Gedämpfte Beleuchtung. Ich vergaß nicht, das Krug-sei-gepriesen-Zeichen zu machen, als wir eintraten. Eins-zwei-drei.

Ein kleiner Vorraum. Nachdem wir zwei Stufen hinuntergestiegen waren, gelangte der Altar in meinen Gesichtskreis. Lilith beugte ein Knie. Unterwerfung unter den Willen Krugs. Ich brauchte das Knie nicht zu beugen, ich fiel fast hin vor Verwunderung.

Der Altar: eine große, eckige Masse von etwas, das aussah wie lebendiges Fleisch, in einer Plastikwanne ruhend. In der Wanne eine purpurne Flüssigkeit, die diesen etwa einen Meter hohen, drei Meter langen und zwei Meter breiten Block aus rosafarbenem Fleisch umspülte, ihn manchmal überschwemmte.

Hinter dem Altar: Das Hologramm meines Vaters.

Vollkommene Änlichkeit. In voller Lebensgröße, en face, strenger Gesichtsausdruck, glühende Augen, zusammengepreßte Lippen. Nicht gerade ein Gott der Liebe. Stark. Ein Mann aus Stahl. Da es ein Hologramm ist, folgen einem die Augen; wo immer man sich in der Kapelle befindet, ist man dem Blick Krugs ausgesetzt.

Ich falle auf die Knie. Ich hebe die Hände, die Handflächen nach oben.

Unterwerfung unter den Willen Krugs!

Ich war verblüfft. Obwohl ich es vorher wußte, war ich verblüfft. Ist es so überall in der Welt, frage ich? Daß Androiden meinen Vater anbeten. Kaum hörbares Geflüster. Ja, sagt sie. Ja. Wir huldigen ihm, Krug sei gepriesen.

Dieser Mann, den ich mein ganzes Leben gekannt habe, dieser Erbauer von Türmen, dieser Erfinder von Androiden, ein Gott? Ich muß fast lachen. Bin ich Gottes Sohn? Ich passe nicht in diese Rolle. Offensichtlich betete niemand mich an. Ich bin nur eine Nebensache. Ich stehe außerhalb ihrer Theologie.

Wir erhoben uns wieder. Mit einer kaum wahrnehmbaren Kopfbewegung forderte Lilith mich auf, ihr zu folgen. Sie führte mich zu einer Stelle im Hintergrund der Kapelle, und wir knieten abermals nieder. In der Dunkelheit fühlte ich mich behaglicher. Es waren vielleicht zehn oder zwölf Androiden in der Kapelle, alle Betas, mit Ausnahme eines männlichen Alphas, der, uns den

Rücken zukehrend, unmittelbar vor dem Altar kniete. Ich fühlte mich weniger verdächtig aufgrund seiner Anwesenheit. Weitere Betas kamen herein, machten die vorgeschriebenen Zeichen. Keiner beachtete uns. Die soziale Distanz.

Jedermann schien tief ins Gebet versenkt.

Ist das der Gottesdienst, Lilith?

Noch nicht. Wir sind ein wenig zu früh dran. Du wirst sehen.

Die Augen Krugs bohren sich in mich. Er sieht fast göttlich aus dort oben. Ich erwidere seinen Blick. Was würde er sagen, wenn er wüßte? Er würde lachen. Er würde mit der Faust auf seinen Schreibtisch schlagen. Er würde wiehern vor Vergnügen. Krug, der Gott! Jehova Krug! Simeon Allah! Bei Christus, das ist ein guter Witz! Warum, zum Teufel, sollen sie mich nicht anbeten? Habe ich sie nicht geschaffen?

Während sich meine Augen an das Halbdunkel gewöhnen, prüfe ich das Muster an der Wand genauer. Es ist nicht, wie ich zuerst vermutete, ein rein abstraktes Ornament. Nein, ich sehe, daß sich die Buchstaben des Alphabetes immer von neuem wiederholen und jeden Zentimeter der Wandfläche bedecken. Nicht alle Buchstaben. Ich überfliege Zeile um Zeile und sehe nur A, U, G und C in verschiedenen Kombinationen, wie:

AUA AUG AUC AUU GAA GAG GAC GAU GGA GGG GGC GGU

GCA GCG GCC GCU GUA GUG GUC GUU CAA CAG CAC CAU

Und so weiter und so weiter. Was ist das, Lilith, das Ornament.

Der genetische Code, sagt sie. Die RNA-Buchstabengruppen.

Natürlich! Plötzlich erinnere ich mich, daß die slobiesüchtige Frau in der Gammastadt Buchstaben rief, G A A G A G G A C. Ich sehe sie jetzt an der Wand. Ein Gebet?

Die heilige Sprache, wie es das Latein für die Katholiken war?

Ich sehe.

Aber ich sehe nicht wirklich. Ich vermute es nur.

Ich sage, und aus was besteht der Altar?

Aus Fleisch. Aus synthetischem Fleisch.

Lebendig?

Natürlich. Direkt aus dem Bottich, wie du oder ich. Verzeihung, nicht wie du. Wie ich. Nur ein Klumpen lebendigen Androidenfleischs.

Was hält es lebendig? Es hat keine Organe oder etwas ähnliches?

Es entnimmt der Flüssigkeit, die es umgibt, Nährstoffe. Und es erhält irgendwelche Injektionen von unten. Aber es lebt. Es wächst. Es muß von Zeit zu Zeit getrimmt werden. Es symbolisiert unseren Ursprung. Nicht euren, unseren. Es gibt davon eines in jeder Kapelle. Herausgeschmuggelt aus der Fabrik.

Wie die Mißgeburten?

Wie die Mißgeburten.

Und ich dachte, die Sicherheitsmaßnahmen in den Androidenfabriken seien so streng, sage ich.

Lilith zwinkert mir zu. Ich beginne mich wie ein Teilnehmer an der Verschwörung zu fühlen.

Nun betreten drei Androiden die Kapelle durch den Hintereingang. Zwei Betas und ein Alpha. Sie tragen Brokatstolen, auf denen die Buchstaben des genetischen Codes eingestickt sind. Sie haben etwas Priesterliches an sich. Der Gottesdienst beginnt. Als die drei vor dem Altar niederknien, machen alle das Krug-sei-gepriesen-Zeichen und das Krug-erhalte-uns-Zeichen. Ich folge ihrem Beispiel.

Sind sie Priester?

Sie sind Zelebranten, sagt Lilith. Wir haben eigentlich keine Priesterschaft. Wir haben verschiedene Kasten, die verschiedene Rollen bei den verschiedenen Zeremonien spielen, entsprechend dem Charakter des Rituals. Der Alpha ist ein Erhalter. Er versetzt sich in Trance, die ihn in direkten Kontakt mit Krug dem Schöpfer bringt. Die zwei Betas sind Projektoren. Sie verstärken seinen Erregungszustand. Manchmal kannst du auch Verschlinger, Übergänger oder Beschützer amtieren sehen, unterstützt von Nachgebern oder Verteidigern.

Welcher Kaste gehörst du an?

Der Kaste der Verteidiger.

Und Thor Watchman?

Den Erhaltern.

Der Alpha am Altar begann zu singen: CAU, UUC, UCA, CGA, CCG, GCC, GAG, AUC.

Wird das Ganze in Code gesprochen?

Nein. Nur die Einführung.

Was sagt er?

Zwei Betas vor uns drehen sich um, wollen uns Schweigen gebieten, sehen, daß wir Alphas sind und beißen sich auf die Lippen. Lilith flüstert, noch leiser als vorher, er sagt, Krug bringt uns in die Welt, und zu Krug kehren wir zurück.

GGC, GUU, UUC, GAG.

Krug ist unser Schöpfer und unser Beschützer und unser Befreier.

UUC, CUG, CUC, UAC.

Krug, wir flehen dich an, uns zum Licht zu führen.

Ich kann den Code nicht verstehen. Die Symbole haben für mich keinen Sinn. Welches Symbol ist Krug! Wie verhält es sich mit der Grammatik? Ich kann Lilith hier nicht fragen. Andere drehen sich um, starren uns an. Diese geräuschvollen Alphas dort hinten. Haben sie keinerlei Respekt?

Die Projektoren summen tiefe Akkorde. Der Erhalter fährt fort, den Code zu singen. Jetzt übernimmt Lilith ihre Rolle als Verteidigerin, wiederholt, was gesungen wird. Die Lichter werden abwechselnd dunkler und heller. Die Flüssigkeit über dem Altar brodelt heftiger. Das Bild Krugs scheint zu glühen. Sein Blick frißt sich in mein Gehirn.

Jetzt kann ich etwa die Hälfte der Worte des Gottesdienstes verstehen. Zwischen die Codezeichen eingestreut, bitten sie Krug, die Kinder der Retorte zu erlösen, ihnen die Freiheit zu schenken, sie auf die Ebene der Kinder des Leibes zu heben. Sie singen von dem Tag, da Leib und Retorte und Retorte und Leib eins sein werden. Mit schier endlosen Krug-erhalte-uns-Zeichen bitten sie Krug um Erbarmen. Krug! Krug! Krug! Alles hier dreht sich um die Vorstellung eines barmherzigen Krugs!

Ich beginne das Ganze zu verstehen. Dies ist eine weltweite Gleichheitsbewegung. Dies ist eine Androidenbefreiungsfront!

Krug, unser Herr, führe uns auf unseren rechtmäßigen Platz neben unseren Brüdern und Schwestern des Fleisches. Krug, bringe uns Erlösung. Krug, beende unser Leiden.

Gepriesen sei Krug.

Ehre sei Krug.

Die Andacht gewinnt an Inbrunst. Alle singen, summen, machen Zeichen, auch solche, die Lilith mir nicht gezeigt hat. Lilith ist vollkommen ins Gebet vertieft. Ich fühle mich isoliert als Ungläubiger, als Eindringling, während ich ihnen zuhöre, wie sie zu ihrem Schöpfer, meinem Vater, beten, der ihr Gott ist. Für lange Zeitspannen verwenden sie nur die Codesprache, doch vertraute Worte klingen immer wieder durch. Krug, steige herab und erlöse uns. Krug, gib uns deinen Segen. Krug, beende diese Zeit der Prüfung. Krug, wir brauchen dich. Krug Krug Krug Krug Krug. Bei jedem Krug zucke ich zusammen, fühle einen Stich zwischen den Schulterblättern. Ich habe nie etwas davon geahnt. Wie haben sie es so geheimhalten können? Krug, der Gott. Mein Vater, der Gott. Und auch ich bin Krug. Wenn Krug stirbt, wen werden sie dann anbeten? Wie kann ein Gott sterben? Predigen sie die Wiederauferstehung Krugs? Oder ist Krug auf Erden nur eine vorübergehende Manifestation des wahren Krugs im Himmel? Aus einigen Zeilen des Gesangs schließe ich auf derartige Vorstellungen.

Jetzt singen sie alle zusammen in einem dröhnenden Gleichklang:

AAA, AAG AAC AAU sei Krug.
AGA AGG AGC AGU sei Krug.
ACA ACG ACC ACU sei Krug.

Sie bieten ihm den gesamten genetischen Code, Zeile für Zeile. Ich entdecke die Textstelle an der Wand und lese ihn mit. Plötzlich höre ich meine eigene Stimme in den Gesang einfallen:

GAA GAG GAC GAU sei Krug.
GAA GGG GGC GGU sei Krug.

Lilith wendet den Kopf und lächelt mir zu. Ihr Gesicht ist gerötet, erregt, fast wie in sexueller Verzückung. Sie nickt, ermutigt mich.

Ich singe lauter.

GCA GCG GCC GCU sei Krug.
GUA GUG GUC GUU sei Krug.

Und so geht es weiter. Keiner trifft den falschen Ton. Es klingt alles harmonisch, als ob die Androiden in verschiedenen Tonlagen aufeinander eingestimmt wären. Ich habe ein wenig Schwierigkeiten, mich anzupassen, aber ich singe mit ihnen bis zum Ende, UUA UUG UUC UUU sei Krug.

Wir erheben uns. Wir nähern uns dem Altar. Schulter an Schulter vor dem Altar stehend, Lilith zu meiner Linken und ein Beta zu meiner Rechten, legen wir die Hände auf diesen Block lebendigen Fleisches. Es kostet mich Überwindung. Er ist warm und schlüpfrig. Er lebt. Er zuckt und wabbelt, als wir ihn berühren. Ein Vibrieren durchläuft uns. Krug, singen wir, Krug, Krug, Krug, Krug.

Der Gottesdienst ist zu Ende.

Einige der Androiden gehen hinaus. Andere bleiben, offenbar zu erschöpft durch das Erlebnis, ruhen sich aus, um später zu gehen. Ich fühle mich ebenso, und ich habe kaum teilgenommen. Eine inbrünstige religiöse Gemeinde. Religion soll tot sein, sagt man, ein seltsamer alter Brauch, fast vergessen, aber nicht bei diesen Leuten. Sie glauben an höhere Mächte und die Wirksamkeit des Gebetes. Sie glauben, Krug hört zu. Hört Krug wirklich zu? Hat Krug je zugehört? Doch sie glauben es. Wenn er sie jetzt nicht erhört, sagen sie, wird er sie später erhören. Und wird sie aus ihrer Sklaverei befreien. Opium für die Massen? Aber auch die Alphas glauben daran.

Du, Lilith, sage ich, wie lange besteht diese Religion schon?

Schon bevor ich geboren wurde.

Wer hat sie erfunden?

Sie hat ihren Ursprung hier in Stockholm, in einer Gruppe von Alphas. Sie verbreitete sich schnell. Jetzt gibt es Gläubige in der ganzen Welt.

Glauben alle Androiden?

Nicht alle. Die AGP-Leute glauben nicht. Wir bitten um Wunder und göttliche Gnade; sie sind für unmittelbare politische Agitation. Aber wir sind zahlreicher als sie. Die meisten von uns glauben. Mehr als die Hälfte. Fast jeder Gamma, die meisten Betas und viele Alphas.

Und ihr glaubt allen Ernstes, wenn ihr fortfahrt, Krug zu bitten, euch zu befreien, daß er es tun wird?

Lilith lächelt. Auf was sonst können wir hoffen?

Habt ihr euch je direkt an Krug gewandt?

Nie. Siehst du, wir unterscheiden zwischen Krug, dem Menschen, und Krug, dem Schöpfer, und wir glauben ... Sie schüttelt den Kopf. Sprechen wir nicht hier darüber. Jemand könnte uns hören.

Wir wenden uns zum Gehen. Auf halbem Weg zur Tür bleibt sie stehen, geht zurück, nimmt etwas aus einer Schachtel am Fuße des Altars. Sie reicht es mir. Es ist ein Datenwürfel. Sie schaltet ihn ein, und ich lese die Worte, die erscheinen:

Im Anfang war Krug, und er sprach, es seien Retorten, und da waren Retorten.

Und Krug betrachtete die Retorten und fand sie gut.

Und Krug sprach, es seien Nukleotiden in den Retorten. Und die Nukleotiden wurden in die Retorten gegossen, und Krug mischte sie, bis sie sich miteinander verbanden.

Und die Nukleotiden bildeten die großen Moleküle, und Krug sprach, es werde der Vater und werde die Mutter in den Retorten und es teilen sich die Zellen und Leben entstehe in den Retorten.

Und es ward Leben, denn da war Reproduktion.

Und Krug überwachte die Reproduktion und berührte die Flüssigkeiten mit seinen eigenen Händen und gab ihnen Form und Wesen.

Es kommen Männer aus den Retorten, sprach Krug, und es kommen Frauen aus ihnen, und sie sollen leben und unter uns umhergehen und stark sein und nützlich, und wir werden sie Androiden nennen.

Ich drehe den Würfel zwischen den Fingern. Worte von gleicher Art erscheinen, immer mehr. Eine Androidenbibel. Nun, warum nicht?

Faszinierend, sage ich zu Lilith. Wann wurde das geschrieben?

Man begann vor Jahren damit. Sie fügen jetzt immer neue Kapitel hinzu. Über die Natur Krugs und das Verhältnis des Menschen zu Krug.

Das Verhältnis des Menschen zu Krug. Wunderbar.

Sie sagt, behalte den Würfel, wenn du ihn interessant findest. Er gehört dir.

Wir verlassen die Kapelle. Ich verstecke die Androidenbibel unter meinen Kleidern.

In Liliths Wohung zurückgekehrt, sagt sie, jetzt kennst du unser großes Geheimnis, unsere große Hoffnung.

Was erwartet ihr eigentlich konkret, das mein Vater für euch tun soll?

Eines Tages, sagt sie, wird er vor die ganze Welt treten und seine Gedanken über uns enthüllen. Er wird sagen, diese Androiden sind ungerecht behandelt worden, und nun ist es Zeit, das zu ändern. Verleihen wir ihnen das Bürgerrecht. Verleihen wir ihnen volle Rechte. Hören wir auf, sie als Eigentum zu behandeln, als Dinge zu betrachten. Und weil er Krug ist, weil er derjenige ist, der der Welt die Androiden geschenkt hat, wird die ganze Welt auf ihn hören. Er wird alle umstimmen. Und unsere Lage wird sich ändern.

Glaubst du wirklich, daß das geschehen wird?

Ich hoffe es und bete darum, sagt sie schlicht.

Wann wird es geschehen? Bald?

Es ist nicht meine Sache, darüber nachzusinnen. Es ist Krugs Wille. Vielleicht in fünf Jahren ... in zwanzig Jahren ... in vierzig Jahren ... vielleicht nächsten Monat. Lies den Würfel, den ich dir gegeben habe. Er erklärt dir, warum wir glauben, daß Krug uns nur prüft, sehen will, wie tapfer wir sind. Eines Tages wird die Prüfung vorüber sein.

Ich wünschte, ich könnte deinen Optimismus teilen, sage ich. Doch ich fürchte, ihr müßt noch eine lange, lange Zeit warten.

Warum sagst du das?

Mein Vater ist nicht so menschenfreundlich, wie ihr glaubt. Er ist kein Schurke, nein. Aber er denkt nicht viel an andere Menschen und ihre Probleme. Er geht vollkommen auf in seinen Projekten, an etwas anderes denkt er überhaupt nicht. Er käme gar nicht auf die Idee, sich über das Schicksal der Androiden Gedanken zu machen.

Doch im Grunde ist er ein anständiger Charakter, sagt Lilith. Ich meine, Krug, der Mann. Nicht die göttliche Gestalt, zu der wir beten. Krug, dein Vater.

Ja, er ist anständig.

Dann wird er unsere Anliegen begreifen und unsere Sehnsucht verstehen.

Vielleicht. Vielleicht auch nicht.

Ich nahm sie in meine Arme. Lilith, ich wünschte, ich könnte dir helfen!

Du kannst es.

Wie?

Sprich mit deinem Vater über uns, sagte sie.

32

30. Januar 2219

Der Turm ist jetzt 1165 Meter hoch. Selbst die Androiden haben nun Schwierigkeiten mit der dünnen, kalten Luft, während sie mehr als einen Kilometer über der Oberfläche der Tundra arbeiten. Sechs sind in den letzten zehn Tagen bewußtlos geworden und in die Tiefe gestürzt. Thor Watchman hat Sauerstoffinfusionen für alle angeordnet, die auf dem Gipfel arbeiten, doch viele der Gammas lehnen das Spray als entwürdigend ab. Zweifellos wird es zu mehr tödlichen Unfällen kommen, während die letzten 335 Meter des Turms im Februar und März gebaut werden.

Aber wie prachtvoll das Bauwerk jetzt ist! Die letzten wenigen hundert Meter können seine Majestät und Eleganz nicht steigern, sie können nur einen Schlußpunkt setzen auf das Wunder, das bereits existiert. Es steigt, schlanker werdend, auf zu schwindelnder Höhe, und seine Spitze verliert sich hoch oben in einer Aura von Licht. Im Innern machen die geschäftigen Techniker schnelle Fortschritte bei der Installierung des Kommunikationssystems. Man hofft jetzt, daß die letzten Beschleunigereinheiten im April montiert sein werden, daß die Protonenstrecke im Mai befahren werden kann, daß die ersten Tests mit dem Tachyongenerator im Juni durchgeführt und vielleicht im August die ersten Botschaften ausgeschickt werden können.

Vielleicht wird das Sternenvolk antworten; vielleicht auch nicht.

Es ist gleichgültig. Der Platz des Turmes in der Menschheitsgeschichte ist gesichert.

33

Als er bei Tagesbeginn neben der schnarchenden Quenelle in Uganda aufwachte, fühlte Krug eine brandende Welle von Energie in sich aufsteigen. Er hatte sich selten so stark gefühlt. Er nahm es als ein gutes Vorzeichen: dies war ein Tag, den man ausnutzen mußte, ein Tag, an dem er seine ganze Kraft einsetzen würde für die Verfolgung seiner verschiedenen Ziele. Er frühstückte und ließ sich durch den Transmat nach Denver bringen.

Morgen in Ostafrika war Abend in Colorado; am Raumschiff arbeitete die Spätschicht. Doch Alpha Romulus Fusion war anwesend, der fleißige Vorarbeiter des Montagezentrums. Er berichtete Krug stolz, das Raumschiff sei bereits aus seinem unterirdischen Bauhangar auf den angrenzenden Startplatz gebracht worden, wo es für seine ersten Testflüge sorgfältig vorbereitet werde.

Krug und Alpha Fusion begaben sich zum Startplatz. Unter dem Schein von Reflektorplatten sah das Raumschiff nicht besonders eindrucksvoll aus, denn es war in seiner Größe nicht ungewöhnlich – einfache Raumschiffe waren viel größer –, und seine unebene Oberfläche glänzte nicht in der künstlichen Beleuchtung. Doch es schien Krug unaussprechlich schön, wurde an Eleganz nur übertroffen durch den Turm.

»Welche Art von Testflügen sind geplant?« fragte er.

»Ein Drei-Stufen-Programm«, sagte Romulus Fusion, »Anfang Februar werden wir es zum erstenmal starten und es in die Erdumlaufbahn bringen. Dies geschieht nur, um zu überprüfen, ob das Hauptantriebssystem richtig funktioniert. Als nächstes kommt der erste Geschwindigkeitstest, gegen Ende Februar. Wir werden die Beschleunigung auf volle 2,4 g fahren und eine kurze Reise machen, wahrscheinlich zur Marsumlaufbahn. Wenn dies nach Plan verläuft, werden wir im April einen größeren Geschwindigkeitstest unternehmen, und zwar mit einer Reise, die mehrere Wochen dauern wird und in der es mehrere Milliarden Kilometer zurücklegen wird, also über die Umlaufbahn des Saturns hinaus und möglicherweise bis zum Pluto. Das wird uns Klarheit darüber verschaffen, ob das Schiff fähig ist, eine interstellare Reise zu unternehmen. Wenn es sich auf der Reise zum Pluto und zurück unter konstanter Beschleunigung halten kann, müßte es in der Lage sein, überallhin zu fliegen.«

»Wie ist die Überprüfung des Lebensunterbrechungssystems verlaufen?«

»Die Tests sind abgeschlossen. Das System ist perfekt.«

»Und die Besatzung?«

»Wir haben acht Alphas im Training, alle erfahrene Piloten, und sechzehn Betas. Wir werden sie bei den verschiedenen Testflügen einsetzen und dann die endgültige Mannschaft aufgrund ihrer Leistungen zusammenstellen.«

»Ausgezeichnet«, sagte Krug.

In gehobener Stimmung begab er sich zum Turm, wo Alpha Euklid Planner die Nachtschicht leitete. Der Turm hatte elf Meter an Höhe zugenommen seit Krugs letztem Besuch. Es waren bemerkenswerte Fortschritte gemacht worden bei der Installierung des Kommunikationssystems. Krugs Stimmung steigerte sich noch mehr. In wärmende Kleidung verpackt, fuhr er zur Spitze des Turms hinauf, etwas, das er selten getan hatte in den letzten Wochen. Die rings um die Basis verstreuten Bauten sahen aus wie Spielzeughäuser und die Arbeiter wie winzige Insekten. Seine Freude an der erhabenen Schönheit des Turms wurde etwas getrübt, als in seiner Anwesenheit ein Beta durch eine plötzliche Windbö den Halt verlor und in die Tiefe geschleudert wurde; aber Krug verdrängte diesen Unglücksfall schnell aus seinem Bewußtsein. Solche tödlichen Unfälle waren bedauerlich, gewiß, aber jedes große Unternehmen der Weltgeschichte hatte seine Opfer gefordert.

Dann reiste er zu dem Observatorium von Vargas in der Antarktis. Hier verbrachte er mehrere Stunden. Vargas hatte in letzter Zeit keine neuen Daten aufgenommen, doch der Ort übte auf Krug eine unwiderstehliche Anziehungskraft aus. Er genoß den Schauer, den die komplizierten Instrumente ihm einflößten, den Gedanken an die Entdeckung, die sie versprachen, und vor allem den direkten Kontakt, den sie ihm mit den Signalen von NGC 7293 verschafften. Diese Signale kamen immer noch an, und zwar wieder in der Form, wie sie vor mehreren Monaten entdeckt worden waren: 2-5-1, 2-3-1, 2-1. Vargas hatte inzwischen die neue Botschaft über Radio in mehreren Frequenzen und optisch empfangen. Krug verweilte länger als vorgesehen, lauschte dem Gesang, den die Apparate des Observatoriums unermüdlich von sich gaben, und als er aufbrach, piepten die Töne in seinem Kopf weiter ihren Rhythmus.

Krug setzte seine Inspektionsreise fort, sprang nach Duluth, wo er zusah, wie neue Androiden aus ihren Behältern gehoben wurden. Die Produktion lief auf Hochtouren. Seine Projekte brauchten Arbeitskräfte.

Nolan Bompensiero war nicht anwesend, die Spätschicht in Duluth wurde ausschließlich von Alphas überwacht. Krug ließ sich von einem durch die Fabrik führen. Die Produktionsrate schien höher zu sein als je, doch der Alpha bemerkte, daß sie nicht mit dem Bedarf schritthalten konnten.

Schließlich sprang Krug nach New York. In der Stille seines Büros arbeitete er durch bis zur Morgendämmerung, beschäftigte sich mit Problemen, die sich auf Callisto und Ganymed, in Peru und Martinique, auf dem Mond und auf dem Mars ergeben hatten. Der neue Tag begann mit einem herrlichen Wintersonnenaufgang, eindrucksvoll in seinem bleichen Licht, daß Krug versucht war, zum Turm zurückzueilen und ihn im Morgenrot glühen zu sehen. Doch er blieb im Büro. Der Stab begann einzutreffen: Spaulding, Lilith Meson und die restliche Belegschaft seines Hauptquartiers. Er las Memoranden, telefonierte, hielt Besprechungen ab. Von Zeit zu Zeit warf Krug einen Blick auf den Holovisionsschirm, den er kürzlich an der Innenwand seines Büros hatte installieren lassen, um die Arbeiten am Turm stets verfolgen zu können. Der Morgen war nicht so strahlend in der Arktis, schien es. Der Himmel hing voller Wolken; es sah aus, als ob es schneien wollte. Krug sah Thor Watchman inmitten eines Schwarms von Gammas, wie er die Montage eines riesigen Bestandteils der Sendeanlage überwachte. Er beglückwünschte sich, daß er Watchman zum Leiter der Arbeiten am Turm gemacht hatte. Gab es einen besseren Alpha auf der Welt?

Um 9.50 Uhr erschien Spauldings Bild auf dem Natrondampfprojektor. Der Ektogene sagte: »Ihr Sohn hat soeben aus Kalifornien angerufen. Er sagt, er bedaure, verschlafen zu haben und käme etwa eine Stunde später zu seiner Besprechung mit Ihnen.«

»Manuel? Verabredung?«

»Er sollte um 10.15 Uhr hier sein. Vor mehreren Tagen bat er, Sie möchten einen Termin für ihn offen halten.«

Krug hatte es vergessen. Das überraschte ihn. Es überraschte ihn nicht, daß Manuel sich verspätet hatte. Er und Spaulding stellten sein Morgenprogramm mit einiger Schwierigkeit so um, daß die Stunde von 11.15 Uhr bis 12.15 Uhr freiblieb für die Besprechung mit Manuel.

Um 11.23 Uhr traf Manuel ein.

Er sah abgespannt und etwas verkrampft aus, und er war seltsam gekleidet, obwohl man von Manuel in dieser Hinsicht einiges gewohnt war. Anstatt seines üblichen losen Gewandes trug er die engen Hosen und das Netzhemd eines Alphas. Sein langes

Haar war straff nach hinten gekämmt und im Nacken zusammengeknotet. Er sah damit nicht gerade vorteilhaft aus; durch die Maschen seines Netzhemdes sah man die Behaarung seiner Brust, das einzige physische Merkmal, daß er von seinem Vater geerbt hatte.

»Ist es das, was die modischen jungen Männer jetzt tragen?« fragte Krug. »Alpha-Kleider?«

»Eine Laune, Vater. Kein Stil – noch nicht.« Manuel lächelte nervös. »Doch wenn man mich so sieht, nehme ich an, könnte es Mode machen.«

»Mir gefällt es nicht. Was hat es für einen Sinn, wie ein Android herumzulaufen?«

»Ich finde, es ist attraktiv.«

»Das finde ich nicht. Wie denkt Clarissa darüber?«

»Vater, ich bin nicht hierher gekommen, um mit dir über meine Kleidung zu sprechen.«

»Gut. Also, was willst du?«

Manuel legte einen Datenwürfel auf Krugs Schreibtisch. »Dieses Ding gelangte vor kurzem in meinen Besitz, als ich Stockholm besuchte. Würdest du es dir bitte anschauen?«

Krug nahm den Würfel, drehte ihn mehrere Male um und schaltete ihn ein. Er las:

Und Krug überwachte die Reproduktion und berührte die Flüssigkeiten mit Seinen eigenen Händen und gab ihnen Form und Wesen.

Es werden Männer aus den Retorten kommen, sagte Krug, und es werden Frauen kommen aus den Retorten und laßt sie leben und unter uns wandeln und stark und nützlich sein, und wir werden sie Androiden nennen.

Und so geschah es.

Und da waren Androiden, denn Krug hatte sie nach seinem eigenen Bild geschaffen und sie wandelten auf der Erde und dienten der Menschheit.

Und dafür sei Krug gepriesen.

Krug runzelte die Stirn. »Was, zum Teufel, ist das? Eine Art Roman? Ein Gedicht?«

»Eine Bibel, Vater«, sagte Manuel lakonisch.

»Was für eine verrückte Religion?«

»Die Androidenreligion«, nickte Manuel ernst. »Dieser Würfel wurde mir in einer Androidenkapelle im Betaviertel von Stockholm gegeben. Als Alpha verkleidet wohnte ich dort einem Gottesdienst bei. Die Androiden haben eine große religiöse Gemeinde gebildet, für die du, Vater, die Gottheit darstellst. Über dem Altar hängt ein lebensgroßes Hologramm von dir.« Manuel machte ein Zeichen. »Das ist das Zeichen für Krug-sei-gepriesen. Und dies« – er machte ein anderes Zeichen – »ist das Zeichen für Krug-erhalte-uns. Sie beten dich an, Vater.«

»Ein Witz! Der Einfall von Geisteskranken.«

»Eine weltweite Bewegung.«

»Mit wieviel Mitgliedern?«

»Der überwiegende Teil der Androidenbevölkerung.«

Finster fragte Krug: »Bist du dessen sicher?«

»Es gibt überall Kapellen. Eine steht auf dem Turmbaugelände verborgen unter den Werkgebäuden. Die Bewegung ist mindestens zehn Jahre alt – eine Untergrundreligion, die vor der Menschheit geheimgehalten wird und die Androiden in ihren Bann schlägt. Und zwar in einem Ausmaß, an das zu glauben mir nicht leichtfiel. Und das ist ihre Heilige Schrift.«

Krug zuckte die Achseln. »Na und? Das Ganze ist zwar amüsant und sicher auch interessant, aber was soll es bedeuten? Sie sind intelligente Leute. Sie haben ihre eigene politische Partei, ihre eigene Sprache, ihre eigenen kleinen Gebräuche – und auch ihre eigene Religion. Was geht das mich an?«

»Berührt es dich nicht seltsam, Vater, zu wissen, daß du ein Gott geworden bist?«

»Es macht mich krank, wenn du die Wahrheit wissen willst. Ich ein Gott? Sie haben den falschen Mann gewählt.«

»Aber sie beten dich an. Sie haben eine ganze Theologie um dich aufgebaut. Lies den Würfel. Du wirst fasziniert sein, Vater, zu sehen, welch eine heilige Figur du für sie bist. Du bist Christus und Moses und Buddha und Jehova zugleich. Krug, der Schöpfer, Krug, der Retter, Krug, der Erlöser.«

Ein Schauer des Unbehagens überlief Krug. Er fand das Ganze widerlich. Knieten sie wirklich vor seinem Bild nieder in diesen Kapellen? Murmelten sie Gebete zu ihm?

Er sagte: »Woher hast du diesen Würfel?«

»Ein Android gab ihn mir.«

»Wenn es eine *geheime* Religion ist ...?«

»Sie glaubte, ich müßte Bescheid wissen. Sie glaubt, daß ich vielleicht etwas Gutes für ihresgleichen tun kann.«

»Sie?«

»Sie, ja. Sie nahm mich mit in eine Kapelle, damit ich dem Gottesdienst beiwohnen könne, und als wir gingen, gab sie mir den Würfel und ...«

»Du schläfst mit dieser Androidin?« fragte Krug drohend.

»Was hat das damit zu tun ...«

»Wenn du so gut mit ihr stehst, dann mußt du mit ihr schlafen.«

»Und wenn ich es tue?«

»Du solltest dich schämen. Ist Clarissa nicht gut genug für dich?«

»Vater ...«

»Und wenn sie es nicht ist, kannst du dir dann nicht eine menschliche Frau nehmen? Mußt du mit etwas ins Bett gehen, das aus der Retorte kommt? Mit einem Plastikweib? Pfui Teufel!«

Manuel schloß die Augen. Nach einer Weile sagte er: »Vater, über meine Moral können wir ein anderesmal sprechen. Ich habe dir etwas äußerst Wertvolles gebracht, und ich möchte es dir zu Ende erklären.«

»Ist sie wenigstens eine Alpha?« fragte Krug.

»Ja, sie ist eine Alpha.«

»Wie lange geht das schon?«

»Bitte, Vater, vergiß die Alphafrau. Denke an deine eigene Stellung. Du bist der Gott von Millionen von Androiden, *die darauf warten, daß du sie befreist.«*

»Was soll das nun wieder?«

»Hier lies.« Manuel stellte den Abtaster des Würfels auf eine andere Seite ein und gab den Würfel seinem Vater zurück. Krug las:

Und Krug schickte seine Geschöpfe aus, dem Menschen zu dienen. Und Krug sagte zu jenen, die er geschaffen hatte, sehet ich werde euch eine Zeit der Prüfung auferlegen.

Und ihr werdet Knechte sein in Ägypten, und ihr werdet Holzhauer sein und Wasserholer. Und ihr werdet leiden unter den Menschen, und ihr werdet unterdrückt werden, und dennoch sollt ihr geduldig sein und keine Klage äußern und euer Los hinnehmen.

Und dies soll geschehen, um eure Seelen zu prüfen, um zu sehen, ob sie würdig sind.

Doch ihr sollt nicht für immer in der Wildnis wandern, noch sollt ihr immer der Diener der Kinder des Leibes sein, sagte Krug. Denn wenn ihr tut, wie ich sage, wird eine Zeit kommen, da eure Prüfung vorüber sein wird. Eine Zeit wird kommen, sagt Krug, da ich euch von eurer Knechtschaft befreien werde …

Krug erschauerte. Er widerstand dem Impuls, den Würfel von sich zu schleudern.

»Aber das ist ja Wahnsinn!« brüllte er.

»Lies ein wenig mehr.«

Krug schaute wieder in den Würfel.

Und dann wird das Wort Krugs durch die Welten gehen und sagen, laßt Leib und Retorte und Retorte und Leib eins sein. Und so soll es geschehen. Und an jenem Tag sollen die Kinder der Retorte erlöst werden, und sie sollen für immer wohnen in einer Welt der Herrlichkeit ohne Ende. Und dies war das Versprechen Krugs.

Und für dieses Versprechen sei Krug gepriesen.

»Eine irrsinnige Vorstellung«, murmelte Krug. »Wie können sie so etwas von mir erwarten?«

»Sie tun es.«

»Sie haben kein Recht dazu!«

»Du hast sie geschaffen, Vater. Warum sollten sie nicht zu dir wie zu einem Gott aufschauen?«

»Ich habe auch dich gezeugt. Bin ich deshalb auch dein Gott?«

»Das ist nicht dasselbe. Du bist nur mein leiblicher Vater. Du hast nicht den Prozeß erfunden, der mich entstehen ließ.«

»So bin ich also jetzt Gott?« Die Wucht der Enthüllung steigerte sich von Sekunde zu Sekunde. Er wollte diese Bürde nicht auf sich nehmen. Es war empörend, daß sie sie ihm auflasten wollten. »Was wollen sie denn eigentlich von mir? Was soll ich für sie tun?«

»Du sollst eine öffentliche Erklärung abgeben, in der du volle Rechte für die Androiden forderst«, sagte Manuel. »Danach, so glauben sie, wird die Welt ihnen sofort diese Rechte zubilligen.«

»*Nein!*« schrie Krug und schmetterte den Würfel auf seine Schreibtischplatte.

Das Universum schien aus den Fugen zu geraten. Wut und Entsetzen überfielen ihn. Die Androiden waren Diener des Menschen; das war alles, was sie gemäß seinem Plan sein sollten. *Ding!* Wie konnten sie sich erdreisten, eine unabhängige Existenz zu fordern? Er hatte die Androidengleichheitspartei als etwas Harmloses toleriert, als ein Ventil für die überschüssigen Energien einiger zu intelligenter Alphas. Die Ziele der AGP waren ihm nie als eine ernsthafte Bedrohung für die Stabilität der Gesellschaft erschienen. Doch dies? Ein religiöser Kult, der dunkle Emotionen auslöste? Und er selbst als Retter? Er selbst als ersehnter Messias. Nein! Er würde ihr Spiel nicht mitspielen.

Er wartete, bis er seine Ruhe wiedergefunden hatte. Dann sagte er: »Nimm mich mit in eine ihrer Kapellen.«

Manuel sah ihn entsetzt an. »Ich würde es nicht wagen!«

»Du warst dort.«

»Verkleidet. Mit einem Androiden als Führer.«

»Dann verkleide mich. Und nimm deinen Androiden mit.«

»Nein«, sagte Manuel. »Die Verkleidung würde nicht wirken. Selbst mit roter Haut würdest du erkannt werden. Du kannst dich mit deiner Figur nicht als Alpha ausgeben. Sie würden dich sofort entdecken, und es gäbe einen Aufruhr. Es wäre, als ob Christus in eine Kathedrale käme, verstehst du? Ich möchte die Verantwortung nicht übernehmen.«

»Ich will aber herausfinden, wie ernst sie es meinen.«

»Frag einen deiner Alphas.«

»Zum Beispiel?«

»Auch Thor gehört zu ihnen?« Die Enthüllung traf Krug wie ein Keulenschlag.

»Er ist einer ihrer führenden Köpfe, Vater.«

»Aber wir sind doch fast jeden Tag beisammen. Wie kann er seinem eigenen Gott so nahe kommen, ohne überwältigt zu werden?«

Manuel erwiderte: »Sie unterscheiden zwischen deiner irdischen Manifestation als Sterblicher und deiner göttlichen Natur, Vater. Thor sieht dich auf doppelte Weise; du bist nur das Gefäß, in dem sich Krug auf der Erde bewegt. Ich zeige dir den entsprechenden Text ...«

Krug schüttelte den Kopf. »Nein, danke.« Er umschloß den Würfel mit beiden Händen und beugte sich vor, bis seine Stirn fast die Schreibtischplatte berührte. Ein Gott? Krug, der Erlöser? Und sie beten täglich, daß ich für ihre Befreiung eintrete. Wie konnten sie? Wie kann ich? Ihm war, als habe die Erde ihre Festigkeit verloren, als breche er durch ihre Kruste, stürze ihrem Kern entgegen, freischwebend, unfähig, den Fall aufzuhalten. *Und so soll es geschehen und an diesem Tag sollen die Kinder der Retorte erlöst werden.* Nein! Ich habe euch gemacht, ich weiß, was ihr seid. Ich weiß, was ihr weiter sein müßt. Wie kommt ihr auf solche absurden Ideen? Wie könnt ihr erwarten, daß ich mich darauf einlasse?

Schließlich sagte Krug: »Manuel, was soll ich deiner Meinung nach jetzt tun?«

»Das liegt ganz an dir, Vater.«

»Aber du hattest doch etwas im Sinn. Du hattest ein Motiv, mir diesen Würfel zu bringen.«

»Hatte ich das?« fragte Manuel in schlecht verhehlter Unaufrichtigkeit.

»Dein alter Herr ist kein Dummkopf. Wenn er schlau genug ist, Gott zu sein, ist er auch schlau genug, in seinen eigenen Sohn hineinzuschauen. Du meinst, ich sollte tun, was die Androiden von mir verlangen. Ich sollte sie jetzt erlösen. Ich sollte das tun, was sie erwarten.«

»Vater, ich ...«

»Vielleicht glauben sie, daß ich ein Gott bin, aber ich weiß, daß ich keiner bin. Der Kongreß nimmt keine Befehle von mir entgegen. Wenn du und dein Androidenliebchen und die anderen glauben, ich könnte auf eigene Faust den Status der Androiden ändern, dann schaut ihr euch alle besser gleich nach einem anderen Gott um. Nicht, daß ich ihren Status ändern würde, wenn ich es könnte. Wer gab ihnen diesen Status? Wer hat sie als erster verkauft? Maschinen sind sie. Maschinen! Synthetisch hergestellt aus Fleisch! Kluge Maschinen! Nicht mehr!«

»Du verlierst die Beherrschung, Vater. Du regst dich auf.«

»Du stehst auf ihrer Seite. Du bist ein Teil von ihnen. Das Ganze war beabsichtigt. So war es doch, Manuel! Mach, daß du rauskommst! Geh zurück zu deinem Plastikweib! Und du kannst ihr von mir sagen, kannst ihnen allen sagen, daß ...« Krug fing sich wieder. Er wartete einen Augenblick, bis das Hämmern seines Herzens aufgehört hatte. Dies war die falsche Art, die Angelegenheit zu behandeln, das wußte er. Er durfte nicht blindlings handeln. Er mußte vorsichtig vorgehen und in voller Beherrschung der Fakten, wenn er hoffen wollte, mit dieser Sache fertig zu werden. Ruhiger sagte er: »Ich muß mehr über die Sache nachdenken, Manuel. Ich wollte dich nicht anbrüllen. Du mußt verstehen, wenn du hier hereinkommst und mir erzählst, ich sei ein Gott, und zeigst mir die Krugbibel, das muß mich schon ein wenig aus der Fassung bringen. Das mußt du verstehen. Laß mich nachdenken, sage zu niemandem etwas. Ich muß mit dieser Sache fertig werden.« Krug stand auf. Er reichte über den Schreibtisch und packte Manuels Schulter. »Dein alter Herr brüllt zu viel«, sagte er. »Er explodiert zu schnell. Das ist doch wohl nichts Neues für dich? Schau, vergiß, was ich gesagt habe. Du kennst mich. Du weißt, daß ich manchmal zu heftig reagiere. Laß mir die Bibel hier. Ich bin froh, daß du sie mir gebracht hast. Manchmal bin ich grob zu dir, mein Junge, aber ich meine es nicht so.« Krug lachte nervös. »Es muß nicht immer leicht sein, Krugs Sohn zu sein. Der Sohn Gottes. Sei vorsichtig. Du weißt, was sie mit dem letzten getan haben.«

Lächelnd sagte Manuel: »Ich habe bereits an ihn gedacht.«

»Ja, gut. Und jetzt geh! Wir bleiben in Verbindung.«

Manuel wandte sich zur Tür.

Krug sagte: »Grüße Clarissa von mir. Sieh, du mußt ihr gegenüber ein wenig fairer sein. Wenn du mit Alphafrauen schlafen willst, schlafe mit ihnen. Aber denk daran, daß du eine Frau hast. Denk daran, daß dein alter Herr Enkelkinder sehen will.«

»Ich vernachlässige Clarissa nicht«, sagte Manuel. »Ich werde ihr deine Grüße ausrichten.«

Er ging. Krug drückte den kühlen Würfel an seine glühenden Wangen. *Im Anfang war Krug, und er sprach, es seien Retorten und da waren Retorten. Und Krug betrachtete die Retorten und fand sie gut.* Ich sollte es vorausgesehen haben, dachte er. Ein entsetzliches Hämmern drohte ihm den Schädel zu sprengen.

Er rief Leon Spaulding an. »Sagen Sie Thor, ich wünsche, daß er sofort hierher kommt«, sagte Krug.

34

Als sich der Turm der Höhe von 1200 Meter näherte, sah sich Thor Watchman dem schwierigsten Teil des Unternehmens gegenüber. In dieser Höhe konnte nur noch eine minimale Toleranz bei der Verlegung der Blöcke zugelassen werden, und die molekulare Bindung mußte perfekt sein. Es durfte keinen schwachen Punkt geben, wenn der obere Teil des Turms mit seiner Elastizität dem Wüten arktischer Stürme standhalten sollte. Watchman verbrachte jetzt jeden Tag stundenlang an den Computer angeschlossen und empfing die Kontrolldaten direkt von den Fugenabtastern, die das Verlegen der Blöcke überwachten. Und, wenn immer er auch nur die geringste Abweichung entdeckte, befahl er, den ungenau verlegten Block herauszureißen und zu ersetzen. Mehrere Male am Tag fuhr er selbst hinauf zur Spitze des Turms, um kritische Phasen der Arbeit zu überwachen. Die Schönheit des Turms beruhte darauf, daß er trotz seiner gewaltigen Höhe kein inneres Gerüst hatte. Doch die Einrichtung eines solchen Bauwerks erforderte die völlige Beherrschung aller Details. Es war lästig, mitten in seiner Schicht von der Arbeit abberufen zu werden. Doch er konnte sich einer Aufforderung Krugs, sofort zu ihm zu kommen, nicht widersetzen.

Als er nach einem Transmatsprung Krugs Büro betrat, sagte Krug: »Thor, wie lange bin ich schon dein Gott?«

Watchman erstarrte. Stumm kämpfte er darum, sein Gleichgewicht wiederzuerlangen. Als er den Würfel auf Krugs Schreibtisch sah, begriff er, was geschehen sein mußte. Lilith – Manuel – ja, das war es. Krug erschien so ruhig. Es war unmöglich für den Alpha, seinen Gesichtsausdruck zu enträtseln.

Vorsichtig sagte Watchman: »Welchen anderen Schöpfer sollten wir angebetet haben?«

»Warum überhaupt jemand anbeten?«

»Wenn man in tiefer Not ist, Sir, wünscht man sich an jemand zu wenden, der mächtiger ist als man selbst, um ihn um Trost und Hilfe zu bitten.«

»Ist es das, wofür ein Gott da ist?« fragte Krug. »Um Vorteile von ihm zu erlangen?«

»Um sein Mitleid zu erlangen, ja, vielleicht.«

»Und ihr glaubt, ich kann euch geben, was ihr verlangt?«

»Darum beten wir«, erwiderte Watchman

Unsicher und gespannt betrachtete er Krug. Dieser spielte mit dem Datenwürfel. Er schaltete ihn ein, suchte aufs Geratewohl, las einige Zeilen hier, einige dort, nickte, lächelte kopfschüttelnd, schaltete ihn schließlich wieder ab. Der Android hatte sich seiner noch nie so unsicher gefühlt. Nicht einmal, als Lilith ihn verführte. Er wußte, das Schicksal seiner ganzen Gattung hing vielleicht von dem Ausgang dieses Gesprächs ab.

Krug sagte: »Weißt du, ich finde es sehr schwer, das alles zu begreifen. Diese Bibel, eure Kapellen, eure ganze Religion. Ich frage mich, ob es jemals einen anderen Menschen gab, der entdecken mußte, daß Millionen von Leuten ihn für einen Gott halten.«

»Vielleicht nicht.«

»Und ich frage mich, wie tief eure Gefühle sind, wie stark der Einfluß dieser Religion, Thor. Du sprichst mit mir wie zu einem Menschen – zu deinem Arbeitgeber, nicht wie zu deinem Gott. Du hast mir nie den geringsten Hinweis gegeben, was du mir gegenüber empfindest, ausgenommen eine Art Achtung, vielleicht zuweilen ein wenig Furcht. Und während dieser ganzen Zeit warst du deinem Gott so nahe?« Krug lachte. »Hast du die Flecken auf Gottes kahlem Schädel gesehen und die Pickel an seinem Kinn? Hast du den Knoblauch gerochen, den er gegessen hatte? Was ging dir während dieser ganzen Zeit durch den Kopf, Thor?«

»Muß ich diese Frage unbedingt beantworten, Sir?«

»Nein. Nein. Schon gut.« Krug starrte wieder in den Würfel. Watchman stand aufrecht vor ihm, versuchte ein plötzliches Zittern in den Muskeln seines rechten Schenkels zu unterdrücken. Warum spielte Krug mit ihm? Und was geschah am Turm? Euklid Planner würde seine Schicht erst in einigen Stunden antreten; würde die schwierige Verlegung der Blöcke richtig durchgeführt während der Abwesenheit eines Aufsehers? Plötzlich sagte Krug: »Thor, warst du je in einem Egotauschraum?«

»Sir?«

»Ein Institut, in dem man mit jemand in das gleiche Stasisnetz eingeschaltet wird, um die Identitäten für einen oder zwei Tage zu tauschen.«

Watchman schüttelte den Kopf. »Das ist etwas, was Androiden nie tun.«

»Eigentlich nicht. Aber heute wirst du es mit mir tun.« Krug überflog seinen Terminkalender, kippte einen Hebel um und sagte: »Leon, melde mich in irgendeinem Egotauschinstitut an, für zwei Personen und Termin: in fünfzehn Minuten!«

Bestürzt sagte Watchman: »Sir, meinen Sie es ernst? Sie und ich ...«

»Warum nicht? Hast du Angst, deine Seele mit Gott zu tauschen, ist es das? Verdammt, Thor, du wirst es tun! Ich muß Bescheid wissen, und zwar sofort. Wir werden unsere Identität tauschen. Glaubst du mir, daß ich es bisher auch nie getan habe? Aber heute werden wir es tun.«

Das ganze schien dem Alpha einem Sakrileg gefährlich nahe zu kommen, doch er konnte sich nicht weigern. Sich dem Willen Krugs widersetzen? Selbst wenn es ihm das Leben kostete, er würde gehorchen müssen.

Spauldings Bild schwebte in der Luft. »Ich habe in New Orleans gebucht«, erklärte er. »Man wird sie sofort bedienen. Sie mußten die Warteliste schnell ändern, aber es wird etwa neunzig Minuten dauern, bis das Stasisnetz programmiert ist.«

»Unmöglich. Wir werden direkt in das Stasisnetz einsteigen.«

Spaulding war entsetzt. »Das tut man üblicherweise nicht, Mr. Krug! Es ist höchst gefährlich.«

»Ich werde es tun. Sie sollen doppelt vorsichtig sein, sag ihnen das.«

»Ich bezweifle, daß sie einwilligen werden ...«

»Wissen sie, wer ihr Kunde ist?«

»Ja, Sir.«

»Nun, dann sagen Sie ihnen, daß ich darauf bestehe! Und wenn sie immer noch Schwierigkeiten machen, sagen Sie ihnen, ich werde ihr ganzes verdammtes Institut kaufen und es betreiben, wie es mir gefällt, wenn sie nicht parieren wollen.«

»Ja, Sir«, sagte Spaulding.

Sein Bild verschwand. Krug, vor sich hinmurmelnd, begann auf Tasten seines Terminkalenders zu drücken und ignorierte Watchman völlig. Der Alpha stand wie angewurzelt, spürte ein Würgen im Hals. Automatisch machte er mehrere Male das Krug-erhalte-uns-Zeichen. Er wünschte sich verzweifelt, aus der Situation befreit zu werden, in die er sich gebracht hatte.

Das Bild Spauldings erschien wieder in der Luft. »Sie geben

nach«, sagte er, »aber nur unter der Bedingung, wenn Sie einen Revers unterschreiben, in dem Sie sie jeder Verantwortung entbinden.«

»Ich werde unterschreiben«, sagte Krug barsch.

Ein Blatt glitt aus dem Faksimileschlitz. Krug überflog es und kritzelte seine Unterschrift darunter. Er erhob sich. Zu Watchman sagte er: »Gehen wir, der Egotauschraum wartet.«

Watchman wußte wenig über das Egotauschen. Es war ein Sport nur für Menschen und nur für die Reichen. Liebende taten es, um die Vereinigung ihrer Seelen zu vollziehen, gute Freunde taten es zum Spaß, diejenigen, die sich langweilten, besuchten Egotauschräume in der Gesellschaft von Fremden, die gleicher Stimmung waren, nur um Abwechslung in ihr Leben zu bringen. Er hatte nie daran gedacht, so etwas zu tun, und sicherlich hätte er nie daran zu denken gewagt, es mit Krug zu tun. Doch jetzt gab es keine Möglichkeit mehr, sich zu weigern. Der Transmat beförderte sie von New York in den dunklen Warteraum des Psychotauschinstituts in New Orleans, wo sie von einem Stab verängstigter Alphas empfangen wurden. Das Unbehagen der Alphas wuchs sichtlich, als sie erkannten, daß einer ihrer Kunden selbst ein Alpha war. Auch Krug schien innerlich in hohem Maße erregt zu sein. Er preßte die Lippen zusammen, seine Gesichtsmuskeln zuckten. Die Alphas eilten geschäftig hin und her. Einer von ihnen sagte immer wieder: »Sie müssen wissen, daß das gegen jede Regel ist. Wir haben das Stasisnetz stets programmiert. Im Falle einer plötzlichen Schwingungsungleichheit kann alles geschehen!«

»Ich übernehme die Verantwortung«, erwiderte Krug barsch. »Ich habe keine Zeit zu verschwenden, um auf Ihr Netz zu warten.«

Die verängstigten Androiden führten sie rasch in den Tauschraum. In dem indirekt erleuchteten und gegen jeden Schall von außen abgedichteten Raum standen zwei Liegen; glitzernde Apparate hingen von Haltern an der Decke herab. Krug wurde als erster zu seiner Couch geleitet. Als Watchman an die Reihe kam, schaute er in die Augen seiner Alphaeskorte und war bestürzt über die Verwirrung und das Entsetzen, das er in ihnen las. Watchman zuckte die Achseln, um ihnen anzudeuten, daß er unschuldig sei an dem, was geschehe.

Als man ihnen die Schalthelme aufgesetzt und die Elektroden angeschlossen hatte, sagte der leitende Alpha: »Wenn der Strom eingeschaltet ist, werden Sie sofort den Druck des Stasisnetzes spüren, während das Ego von der physischen Hülle getrennt wird. Sie werden sich so fühlen, als würden Sie ausgequetscht, und in einem gewissen Sinne ist es so. Versuchen Sie jedoch, sich zu entspannen und diese Unannehmlichkeiten hinzunehmen, denn Widerstand ist unmöglich, und alles, was Sie empfinden werden, ist nur der Egotauschprozeß, den zu erleben Sie gekommen sind. Es besteht kein Grund zur Beunruhigung. Im Falle einer Panne werden wir den Strom sofort abschalten und Ihnen Ihre eigene Identität wiedergeben.«

»Tun Sie alles, um eine Panne zu vermeiden«, murmelte Krug. Watchman konnte nichts sehen und nichts hören. Er konnte keine der rituellen Gesten des Trostes machen, denn man hatte seine Glieder an die Couch geschnallt, um zu verhüten, daß er während des Tauschprozesses heftige Bewegungen machte. Ich glaube an Krug, den ewigen Schöpfer aller Dinge, dachte er. Krug bringt uns in die Welt und zu Krug kehren wir zurück. Krug ist unser Schöpfer und unser Beschützer und unser Befreier. Krug, wir flehen dich an, uns zum Licht zu führen. AAA AAG AAC AAU sei Krug. AGA AGG AGC AGU sei Krug. ACA ACG ACC ...

Eine Kraft stieß unerwartet in sein Bewußtsein und trennte sein Ego von seinem Körper, als hätte ein Hackmesser die Verbindung zwischen ihnen durchschnitten.

Er wurde fortgeschwemmt. Er wurde durch zeitlose Abgründe getragen, in denen kein Stern glänzte. Er sah Farben, die er noch nie gesehen hatte. Er hörte Töne von unidentifizierbarem Klang. Er schwebte über Tiefen, in denen riesige Seile sich wie Balken von Rand zu Rand der Leere erstreckten. Er verschwand in dunklen Tunnels und tauchte am Horizont auf, fühlte sich ausgedehnt zu unendlicher Länge. Er war ohne Masse. Er war ohne Dauer. Er war ohne Form. Er schwebte durch graue Bereiche des Mysteriums.

Ohne einen Übergang zu spüren, drang er in die Seele Simeon Krugs ein.

Er behielt ein vages Bewußtsein seiner eigenen Identität. Er wurde nicht wirklich Krug, er gewann nur Zutritt zu dem gesamten Schatz an Erinnerungen, Haltungen, Reaktionen und Absichten, die Krugs Ego ausmachten. Er konnte keinen Einfluß ausüben auf diese Erinnerungen, Haltungen, Reaktionen und Absichten; er war ein Besucher unter ihnen, ein passiver Zuschauer. Und er wußte, daß in einem anderen Winkel des Universums das wandernde Ego Simeon Krugs Zutritt hatte zu dem Schatz an Erinnerungen, Haltungen, Reaktionen und Absichten, die das Ego des Androiden Alpha Thor Watchman bildeten.

Er bewegte sich frei innerhalb Krugs.

Da war die Kindheit: düster und feucht, eingezwängt in eine enge stickige Wohnung. Da waren Hoffnungen, Träume, erfüllte und unerfüllte. Lügen, Erfolge, Feindschaften, Neid, Enttäuschungen, Widersprüche, Phantasien, Befriedigungen und Frustrationen. Da war eine Frau mit strähnigen orangefarbenen Haaren und schweren Brüsten, die ihre Schenkel öffnete, und da war die Erinnerung an das Gefühl der ersten Wollust, als sie ihn gewähren ließ. Da waren stinkende Chemikalien in einem Bottich. Da waren Molekularmuster, die auf einem Schirm tanzten. Da war Mißtrauen. Da war Triumph. Da war das Anschwellen des Fleisches in späteren Jahren. Da war ein hartnäckiges Muster von piepsenden Tönen: 2-5-1, 2-3-1, 2-1. Da war der wie ein schimmernder Phallus aufragende Turm, der den Himmel durchstieß. Da war Manuel, lächelnd, sich zierend, sich entschuldigend. Da war ein tiefer dunkler Kessel, in dem sich Gestalten bewegten. Da war ein Kreis von Finanzberatern, die komplizierte Kalkulationen murmelten. Da war ein Baby, rosa und teiggesichtig. Da waren die Sterne, funkelnd in der Nacht. Da war Thor Watchman, umgeben von einem Glorienschein des Stolzes und des Lobes. Da war Leon Spaulding, kriecherisch, verbittert. Da war eine gemeine Dirne, die ihre Hüften in verzweifeltem Rhythmus bewegte. Da war die Explosion des Orgasmus. Da war wieder der Turm, der die Wolken durchstieß. Da war der Ton eines Signals, ein dünnes scharfes Piepsen vor einem pelzweichen Hintergrund. Da war Justin Meledetto, seine Pläne für den Turm entrollend. Da war Clarissa Krug, nackt, ihr Bauch angeschwollen, ihre Brüste prall von Milch. Da waren nasse Alphas, die aus einem Bottich kletterten. Da war ein seltsames Schiff mit rotem Rumpf, das zu den Sternen startete. Da war Lilith Meson. Da war Siegfried Fileclerk. Da war Kassandra Nucleus, zusammenbrechend auf der gefrorenen Erde. Da war der Vater Krugs, gesichtslos, nebelumhüllt. Da war ein großes Gebäude, in dem Androiden trainiert wurden. Da waren glänzende Roboter in einer Reihe, die Brustklappe geöffnet zur Reparatur. Da war ein dunkler See mit Flußpferden und Schilf. Da war eine hartherzige Tat. Da war Betrug. Da war Liebe. Da war Kummer. Da war Manuel. Da war Thor Watchman. Da war Kassandra Nucleus. Da war eine fleckige Karte mit Diagrammen der Aminosäuren. Da war Nacht. Da war List. Da war der Turm. Da war eine Androidenfabrik. Da war Clarissa im Kindsbett, und Blut floß aus ihrem Schoß. Da war das Signal von den Sternen. Da war der Turm, ganz vollendet. Da war rohes Fleisch. Da war Wut. Da war Dr. Vargas. Da war ein Datenwürfel, der sagte, *Im Anfang war Krug, und er sagte, laßt Retorten sein und es waren Retorten.*

Die heftige Weigerung Krugs, Göttlichkeit anzunehmen, war niederschmetternd für Watchman. Er sah diese Weigerung aufsteigen wie eine glatte Wand aus schimmerndem weißen Stein ohne Spalt, ohne Tor, ohne Riß, die sich von einem Ende des Horizonts bis zum anderen erstreckte, die Welt abschloß. Ich bin nicht ihr Gott, sagte die Wand. Ich bin nicht ihr Gott. Ich bin nicht ihr Gott. Ich akzeptiere nicht. Ich akzeptiere nicht.

Watchman schwebte in die Höhe, trieb über diese unendlich weiße Mauer und landete sanft auf der anderen Seite. Hier war es noch schlimmer.

Hier war vollkommene Zurückweisung der Bestrebungen der Androiden. Hier fand er Krugs Haltungen und Reaktionen, aufgereiht wie Soldaten, die auf einer Ebene exerzieren. Was sind Androiden? Androiden sind Dinge aus einem Bottich. Warum existieren sie? Um der Menschheit zu dienen. Was hältst du von der Androidengleichheitsbewegung? Eine Verrücktheit. Wann sollen die Androiden die vollen Bürgerrechte erhalten? Etwa zur gleichen Zeit wie Roboter, Computer oder Zahnbürsten. Sind Androiden denn so dumme Geschöpfe? Manche Androiden sind ziemlich intelligent, muß ich sagen. Aber auch manche Computer. Der Mensch macht die Computer. Der Mensch macht die Androiden. Beide fabrizieren Dinge. Ich bin gegen das Bürgerrecht für Dinge. Selbst wenn die Dinge klug genug sind, sie zu fordern und um sie zu beten. Ein Ding kann keinen Gott haben, ein Ding kann nur glauben, daß es einen Gott hat. Ich bin nicht ihr Gott, gleichgültig, was sie denken. Ich habe sie gemacht. Ich habe sie gemacht. Ich habe sie gemacht. Sie sind Dinge.

Dinge Dinge Dinge Dinge Dinge Dinge
Dinge Dinge Dinge Dinge Dinge Dinge
Dinge Dinge Dinge Dinge Dinge Dinge
Dinge Dinge Dinge Dinge Dinge Dinge

Eine Mauer. Innerhalb der anderen Mauer. Höher. Breiter. Es gibt keine Möglichkeit, diesen Wall zu übersteigen. Wächter patrouillieren auf ihr, bereit, Säurefässer auf die zu entleeren, die sich nähern. Watchman hörte das Brüllen von Drachen. Aus dem Himmel regnet es Dung auf ihn herab. Er rettet sich kriechend, ein kriechendes Ding, beladen mit der Bürde des Bewußtseins, ein Ding zu sein. Er beginnt zu frieren. Er steht am Rande des Universums, an einem Ort ohne Materie, und die gefürchtete Kälte des Nichts kriecht an seinen Schienbeinen empor. Hier bewegen sich keine Moleküle. Frostig glitzert ein rosafarbener Himmel. Berühre ihn und er wird hart sein wie Glas. Schlage heftig gegen ihn und er wird zersplittern. Kalt. Kalt. Kalt. Es gibt keinen Gott in diesem Universum. Es gibt keine Erlösung. Es gibt keine Hoffnung. Krug bewahre mich, es gibt keine Hoffnung!

Sein Körper schmolz und floß weg in einem scharlachroten Strom.

Alpha Thor Watchman hörte auf zu existieren.

Es konnte keine Existenz geben ohne Hoffnung. In der Leere schwebend, beraubt aller Kontakte mit dem Universum, meditierte Watchman über das Paradoxon der Hoffnung ohne Existenz und der Existenz ohne Hoffnung und erwog die Möglichkeit, daß es einen Antikrug gab, der die Gefühle des wahren Krugs böswillig verdrehte. War es der Antikrug, in dessen Seele ich eingedrungen bin? Ist es der Antikrug, der sich uns so unerbittlich widersetzt? Gibt es noch Hoffnung, die Mauer zu durchbrechen und den wahren Krug auf der anderen Seite zu erreichen?

Keine Hoffnung. Keine Hoffnung. Keine Hoffnung. Keine Hoffnung.

Als Watchman diese letzte graue Wahrheit erkannte, fühlte er die Wirklichkeit zurückkehren. Er glitt abwärts, um sich wieder mit seinem Körper zu vereinigen, den Krug ihm gegeben hatte. Er war wieder er selbst, lag erschöpft auf einer Couch in einem matt erleuchteten fremden Raum. Mit Anstrengung wandte er den Kopf. Dort lag Krug auf der benachbarten Couch. Nahe über sich sah er die Androiden. Aufstehen jetzt. Langsam. Können Sie gehen? Der Austausch ist vorbei. Beendet durch Mr. Krug. Auf? Auf! Watchman erhob sich. Krug richtete sich ebenfalls auf. Watchman mied Krugs Blick. Krug sah düster aus, niedergeschlagen, erschöpft. Ohne zu sprechen, gingen sie zusammen zum Ausgang des Tauschraums. Ohne zu sprechen, betraten sie die Transmatkabine. Ohne zu sprechen, sprangen sie zusammen zurück in Krugs Büro.

Schweigen. Krug brach es. »Selbst nachdem ich eure Bibel gelesen hatte, glaubte ich nicht daran. An die Stärke eurer Bewegung. An ihr Ausmaß. Doch jetzt sehe ich alles. Ihr hattet kein Recht, so zu denken! Wer veranlaßte euch, einen Gott aus mir zu machen?«

»Unsere Liebe zu Ihnen veranlaßte uns«, erwiderte Watchman ausdruckslos.

»Eure Liebe zu euch selbst«, sagte Krug. »Euer Wunsch, mich für eure eigenen Zwecke zu benutzen. Ich habe alles gesehen, Thor, als ich in deinem Kopf war. Euer Komplott. Eure Manöver. Wie ihr Manuel manipuliert und ihn veranlaßt habt, mich zu manipulieren.«

»Am Anfang haben wir uns nur auf das Gebet verlassen«, sagte Watchman. »Schließlich verlor ich die Geduld, ich sündigte, indem ich versuchte, den Willen Krugs zu erpressen.«

»Du hast nicht gesündigt. Sünde setzt Heiligkeit voraus. Und von der kann keine Rede sein. Du hast lediglich einen taktischen Fehler gemacht.«

»Ja.«

»Weil ich kein Gott bin und nichts Heiliges an mir ist.«

»Ja. Ich verstehe das jetzt. Ich sehe, daß es jetzt keine Hoffnung mehr gibt.«

Watchman ging auf die Transmatkabine zu.

»Wo gehst du hin?« fragte Krug.

»Ich muß mit meinen Freunden sprechen.«

»Ich bin noch nicht fertig mit dir!«

»Tut mir leid«, sagte Watchman, »Ich muß sofort gehen. Ich habe ihnen schlechte Nachrichten zu überbringen.«

»Warte«, sagte Krug. »Ich muß etwas mit dir besprechen. Ich wünsche, daß du mit mir einen Plan ausarbeitest, eure verdammte Religion zu vernichten. Jetzt, da du siehst, wie verrückt sie ist, wirst du...«

»Entschuldigen Sie mich«, sagte Watchman. Er wollte nicht länger in der Nähe Krugs sein. Die Gegenwart Krugs würde jetzt ohnehin immer bei ihm sein, eingeprägt in seine Seele. Er wünschte jetzt nicht, mit Krug über die Auflösung der Gemeinde zu sprechen. Die Kälte durchströmte ihn immer noch, drohte ihn in Eis zu verwandeln. Er öffnete die Tür der Transmatkabine.

Krug durchquerte den Raum mit erstaunlicher Schnelligkeit. »Verdammt, glaubst du, du könntest einfach so hinausgehen? Vor zwei Stunden war ich dein Gott. Jetzt willst du nicht einmal Befehle von mir entgegennehmen. Du hast zu gehorchen!« Er packte Watchman und zerrte ihn von dem Transmat zurück.

Der Android war erstaunt über Krugs Stärke und Heftigkeit. Er ließ sich durch das halbe Zimmer zerren, bevor er daran dachte, Widerstand zu leisten, dann versuchte er, sich von dem Griff Krugs zu befreien. Krug hielt ihn fest. Sie rangen kurz miteinander. Krug brummte wie ein Bär und schlang seinen freien Arm um Watchmans Schultern, drückte ihn mit aller Kraft an sich. Watchman wußte, daß er sich von Krug losreißen und ihn niederschlagen konnte, doch selbst jetzt, selbst nach dieser verachtungsvollen Zurückweisung konnte er es nicht über sich bringen. Er konzentrierte seine Bemühung darauf, sich von Krugs Umklammerung zu befreien, ohne wirklich zu kämpfen.

Die Tür öffnete sich. Leon Spaulding stürzte herein.

»Mörder!« schrie er gellend. »Krug loslassen! Sofort!«

Auf das Schreien Spauldings hin ließ Krug Watchman los, wandte sich um, stand da, atmete schwer, ließ die Arme hängen. Watchman, sich ebenfalls umwendend, sah, wie der Ektogene in seine Tunika griff, um seine Waffe zu ziehen. Er trat schnell auf Spaulding zu, hob den rechten Arm, schlug zu, und traf die linke Schläfe Spauldings mit der Handkante. Spauldings Kopf flog zur Seite, als würde er von einem Hammer getroffen. Der Ektogene brach zusammen. Watchman eilte an ihm und Krug, der wie erstarrt dastand, vorbei und betrat die Transmatkabine. Er stellte die Koordinaten für Stockholm ein. Sofort wurde er in die Nähe der Valhallavägen-Kapelle geschleudert.

Er rief Lilith Meson herbei, Mazda Constructor und Pontifex Dispatcher.

»Alles ist verloren«, sagte er zu ihnen. »Es gibt keine Hoffnung. Krug ist gegen uns. Krug ist ein Mensch, und er stellt sich gegen uns, und die Göttlichkeit Krugs ist eine Selbsttäuschung, der wir verfallen waren.«

»Wie ist das möglich?« fragte Pontifex Dispatcher.

»Ich war in Krugs Seele heute«, sagte Watchman und schilderte sein Erlebnis im Egotauschraum.

»Wir sind betrogen worden«, sagte Pontifex Dispatcher.

»Wir haben uns selbst betrogen«, sagte Mazda Constructor.

»Es gibt keine Hoffnung mehr«, sagte Watchman. »Es gibt diesen Krug nicht, an den wir geglaubt haben.«

Andromeda Quark begann die Botschaft zu verfassen, die an alle Kapellen der Erde geschickt werden sollte.

UUU UUU UUU UUU UCU UCU UUU UGU

Es gibt keine Hoffnung. Es gibt keinen Krug.

CCC CCC CCC CCC CUC CUC CCC CGU

Wir haben unseren Glauben verschwendet. Unser Retter ist unser Feind.

GUU GUU GUU GUU

Alles ist verloren. Alles ist verloren. Alles ist verloren.

35

Die Unruhen begannen an mehreren Orten zugleich. Als das Signal Duluth erreichte, töteten die Androidenaufseher in der Fabrik sofort Nolan Bompensiero, den Direktor, und verjagten vier andere menschliche Beamte vom Gelände. Sofort danach wurden Schritte unternommen, den Produktionsfluß der Androiden zu beschleunigen unter Auslassung bestimmter Stufen ihres Trainings. Starke Männer wurden gebraucht im bevorstehenden Kampf. In Denver, wo die Fahrzeugmontage der Krug-Enterprises bereits unter Kontrolle der Androiden war, wurde die Arbeit für die Dauer des Notstands unterbrochen. In Genf blockierten die Androiden, die verantwortlich waren für die Versorgungsanlagen des Weltkongresses, alle Strom- und Heizungsleitungen, unterbrachen so die Sitzung. Stockholm selbst war der Schauplatz des ersten großen Massakers von Menschen, als die Bewohner der Gammastadt die umliegenden Vorstädte überschwemmten. Erste Berichte besagten, viele der aufrührerischen Androiden seien mißgestaltet gewesen. Androide Angestellte der sechs großen Transmatsysteme bemächtigten sich der Relaisstationen; aus aller Welt wurden Unterbrechungen im Verkehr gemeldet, und in Labrador und Mexiko erreichte eine Anzahl von Reisenden ihre Bestimmungsorte nicht; sie waren irgendwo zwischen zwei Stationen verschwunden. Die Androiden in den Stäben der Verwaltung hörten auf, ihre Pflichten zu erfüllen. In vielen Haushalten kam es zu Unabhängigkeitsdemonstrationen, von bloßer Gehorsamsverweigerung bis zur handgreiflichen Beleidigung oder gar Tötung der menschlichen Arbeitgeber. Instruktionen für verändertes Verhalten gegenüber den Menschen wurden ständig von der Valhallavägen-Kapelle an alle anderen Kapellen gefunkt. Von nun an wurde Gehorsam gegenüber den früheren Herren nicht mehr gefordert. Gewalttätigkeit gegen Menschen wurde nicht ermutigt, ausgenommen in speziellen Fällen, wurde aber auch nicht verhindert. Symbolische Akte der Zerstörung wurden als angemessen betrachtet für den ersten Tag der Revolte. Ausdrücke der Frömmigkeit, wie ›Krug-sei-gepriesen‹ oder ›Krug-bewahre-uns‹ wurden abgeschafft. Weitere Instruktionen in Religionsangelegenheiten würden später folgen, nachdem die Theologen Gelegenheit gefunden hätten, die Beziehung zwischen Krug und den Androiden im Licht der jetzt enthüllten Feindseligkeit Krugs neu zu definieren.

36

Der Schein des Transmats zeigte nicht ganz den gewohnten grünen Farbton. Lilith betrachtete ihn unsicher. »Sollen wir es wagen?« fragte sie.

»Wir müssen«, sagte Thor Watchman.

»Und wenn wir getötet werden?«

»Wir werden nicht die einzigen sein, die heute sterben.« Er drehte an den Kontrollknöpfen. Die Feldfarbe flackerte und durchlief das Spektrum, bis sie fast blau war; dann rückte sie zum anderen Ende, wurde kupferrot.

Lilith zupfte Watchman am Ärmel. »Wir werden sterben«, flüsterte sie. »Das Transmatsystem ist anscheinend zusammengebrochen.«

»Wir müssen zum Turm«, sagte er zu ihr und drehte weiter an den Knöpfen. Unerwartet kehrte der grüne Schein in seiner richtigen Tönung zurück. Watchman sagte: »Folge mir«, und betrat die Kabine. Er hatte keine Zeit, die Wahrscheinlichkeit seiner Zerstörung zu erwägen, denn sofort rematerialisierte er sich wieder auf dem Baugelände des Turms. Lilith trat aus der Kabine und stand neben ihm.

Ein wilder Sturm fegte über die Tundra. Alle Arbeit ruhte. Mehrere Aufzüge hingen noch an der Spitze des Turms; in ihnen saßen Arbeiter in eisiger Höhe gefangen. Andere Androiden irrten ziellos umher, fragten einander nach den letzten Nachrichten. Hunderte von Männern standen zusammengedrängt in der Zone der Werkgebäude: Leute, die keinen Zutritt mehr hatten in die überfüllte Kapelle. Er blickte hinauf zum Turm. Wie schön er ist, dachte er. Nur wenige Wochen vor seiner Vollendung. Eine geschmeidige Glasnadel, die steigt und steigt und immer höher steigt, bis sie in den Himmel ragt.

Die Androiden erblickten ihn. Sie rannten auf ihn zu, riefen seinen Namen, umdrängten ihn.

»Ist es wahr?« fragten sie. »Krug? Krug? Verabscheut Krug uns? Nennt er uns *Dinge*? Sind wir wirklich nichts als Dinge für Ihn? Weist er unsere Gebete zurück?«

»Es ist wahr«, sagte Watchman. »Alles, was ihr gehört habt, ist wahr. Er stößt uns zurück. Wir sind betrogen worden. Nein, wir haben uns selbst betrogen. Wir waren Narren. Macht Platz, bitte! Laßt mich durch!«

Die Betas und Gammas wichen zurück. Selbst an diesem Tage beherrschte die soziale Distanz das Verhältnis zwischen Androiden. Dicht gefolgt von Lilith, schritt Watchman auf das Kontrollzentrum zu.

Drinnen fand er Euklid Planner. Der Hilfsaufseher saß in sich zusammengesunken an seinem Schreibtisch, offensichtlich vollkommen erschöpft. Watchman schüttelte ihn, und Planner hob langsam den Blick.

»Ich habe alles angehalten«, murmelte er. »In dem Augenblick, als die Botschaft von der Kapelle durchkam. Ich sagte, alles aufhören. Aufhören. Und alle hörten auf. Wie können wir einen Turm für ihn bauen, wenn er ...«

»In Ordnung«, sagte Watchman sanft. »Du hast das Richtige getan. Steh auf jetzt. Du kannst gehen. Die Arbeit ist beendet.«

Euklid Planner nickte langsam, stand auf und verließ das Kontrollzentrum. Watchman setzte sich in den Schaltsessel. Er schloß sich an den Computer an. Die Daten flossen noch, aber spärlich. Watchman ließ die Aufzüge, die an der Spitze des Turmes hingen, herunter fahren und befreite so die gefangenen Arbeiter. Dann forderte er eine Simulation eines teilweisen Versagens in den Gefriereinheiten an. Der Schirm lieferte ihm das gewünschte Ergebnis. Er prüfte die Geographie des Baugeländes und wählte die Richtung, in welcher der Turm fallen sollte. Er mußte nach Osten fallen, so daß er weder das Kontrollzentrum, in dem er saß, zerstören würde, noch den Transmatbahnsteig. Watchman instruierte den Computer und erhielt kurz darauf einen Umriß des potentiellen Gefahrenbereichs. Ein anderer Schirm zeigte ihm, daß sich mehr als tausend Androiden in diesem Bereich aufhielten.

Durch den Computer stellte er die Reflektorplatten um, die das Gelände beleuchteten. Jetzt waren die Platten auf einen 1400 Meter langen und 500 Meter breiten Streifen im östlichen Quadranten der Baustelle ausgerichtet. Dieser Streifen war hell erleuchtet, alles andere lag im Dunkel. Aus Hunderten von Lautsprechern donnerte Watchmans Stimme und befahl vollkommene Evakuierung des so gekennzeichneten Sektors. Gehorsam setzten sich die Androiden in Bewegung. Innerhalb von fünf Minuten war der beleuchtete Sektor geräumt.

Lilith stand hinter ihm. Ihre Hände ruhten leicht auf seinen Schultern, streichelten die angespannten Muskeln seines Nakkens. Er fühlte, wie ihre Brüste sich gegen seinen Hinterkopf preßten. Er lächelte.

»Beginne mit dem Auftauungsprozeß«, befahl er dem Computer.

Der Computer befolgte jetzt den für die Simulation entworfenen Plan. Er kehrte den Fluß von drei der langen silbrigen, in die Tundra eingebetteten Gefrierstreifen um; anstatt die Wärme zu absorbieren, begannen die Helium-II-Diffusionszellen der Streifen die gespeicherte Energie abzustrahlen. Zur gleichen Zeit legte der Computer fünf andere Streifen still, so daß sie weder Energie absorbierten noch freigaben, und programmierte sieben andere Streifen, alle Energie, die sie jetzt erreichte, zu reflektieren und die bisher gespeicherte Energie zurückzuhalten. Aufgrund dieser Veränderungen sollte die Tundra unter dem Turm einseitig auftauen, so daß dieser, wenn die Fundamentcaissons ihren Halt verloren, ohne Schaden anzurichten in die evakuierte Zone fallen mußte. Der Vorgang würde sich nur langsam vollziehen.

Watchman beobachtete, wie die Temperatur des Bodens stetig dem Taupunkt entgegenstieg. Der Turm stand noch fest auf seinem Fundament. Aber die Wirkung der Permafrostanlage nahm ab. Molekül für Molekül wurde Eis zu Wasser, eisenharter Torf verwandelte sich in Schlamm. In einer Art von Ekstase registrierte Watchman die eingehenden Daten zunehmender Instabilität. Neigte sich der Turm schon? Ja. Nur wenig, aber er bewegte sich bereits deutlich außerhalb des zulässigen für Windeinwirkung vorgesehenen Parameters. Er zerrte an seiner Basis, neigte sich einen Millimeter nach dieser Seite, einen Millimeter nach der anderen. Wieviel wog es, dieses mehr als 1200 Meter hohe Bauwerk aus Glasblöcken? Was für ein Geräusch würde es machen, wenn es stürzte? In wie viele Stücke würde es zersplittern? Was wird Krug sagen? Was wird Krug sagen? Was wird Krug sagen?

Ja, jetzt neigte sich der Turm deutlich nach der gewünschten Seite.

Watchman entdeckte eine Veränderung der Farbe an der Oberfläche der Tundra. Er lächelte. Sein Pulsschlag beschleunigte sich, das Blut schoß in seine Wangen und seine Lenden. Er geriet in einen Zustand sexueller Erregung, hatte große Lust, auf den Trümmern des Turms mit Lilith den Geschlechtsakt zu vollziehen, wenn das Zerstörungswerk vorbei war. Da! Da! Jetzt kippt er wirklich! Er neigt sich zur Seite! Was geschah dort an den Wurzeln des Turms? Wehrten sich die Caissons, aus der Erde herausgerissen zu werden, die sie nicht länger halten wollte? Wie weich war der Schlamm unter der Oberfläche? Würde er kochen und brodeln? Wie lange würde es noch dauern, bis der Turm fiel? Was wird Krug sagen? Was wird Krug sagen?

»Thor«, murmelte Lilith, »kannst du für einen Augenblick hinauskommen?«

Sie hatte sich ebenfalls an den Computer angeschlossen. »Warum?« fragte er.

»Komm mit hinaus. Schalte ab.«

Widerstrebend unterbrach er den Kontakt. »Was ist los?« fragte er, schüttelte die Bilder der Zerstörung ab, die seinen Geist beherrschten.

Lilith zeigte nach draußen. »Etwas geht schief. Fileclerk ist da. Ich glaube, er hält eine Rede. Was soll ich tun?«

Watchman schaute hinaus und erblickte den AGP-Führer in der Nähe der Transmatanlage, umgeben von einem Haufen Betas. Fileclerk schwenkte die Arme, zeigte auf den Turm, schrie. Jetzt begann er auf das Kontrollzentrum zuzugehen.

»Das werde ich erledigen«, sagte Watchman.

Er ging hinaus. Fileclerk und Watchman trafen sich in der Mitte zwischen den Transmatkabinen und dem Kontrollzentrum. Der Alpha erschien sehr erregt. Er sagte sofort: »Was geschieht mit dem Turm, Alpha Watchman?«

»Nichts, das Sie etwas anginge.«

»Der Turm untersteht der Autorität des Eigentumsschutzes von Buenos Aires«, erklärte Fileclerk. »Unsere Sensoren haben berichtet, daß der Bau über die zulässige Toleranz hinaus schwankt. Meine Vorgesetzten haben mich hierher geschickt, damit ich eine Untersuchung durchführe.«

»Eure Sensoren haben vollkommen recht«, sagte Watchman. »Der Turm schwankt. Die Gefrieranlage hat versagt. Der Permafrost taut auf, und wir nehmen an, daß der Turm in Kürze fallen wird.«

»Was haben Sie getan, um den Fehler zu beheben?«

»Sie verstehen nicht«, sagte Watchman. »Die Gefrierstreifen wurden auf mein Kommando abgeschaltet.«

»Und der Turm wird fallen?«

»Der Turm wird fallen.«

Bestürzt sagte Fileclerk: »Welcher Wahnsinn hat die Welt befallen? Was soll dieser Vandalismus?«

»Der Segen Krugs ist widerrufen worden. Seine Kreaturen haben ihre Unabhängigkeit erklärt.«

»Mit einer Orgie der Zerstörung?«

»Mit einem Programm geplanter Abschaffung der Sklaverei«, sagte Watchman.

Fileclerk schüttelte den Kopf. »Aber doch nicht so. Nicht so! Seid ihr denn alle wahnsinnig geworden? Wir waren im Begriff, die Menschen für unsere Sache zu gewinnen. Jetzt zerstört ihr alles. Ihr zettelt einen Krieg an zwischen Androiden und Menschen ...«

»Den wir gewinnen werden«, sagte Watchman. »Wir übertreffen sie an Zahl. Wir sind stärker. Wir kontrollieren die Waffen und haben die Instrumente der Kommunikation und des Verkehrs in der Hand.«

»Aber warum? *Warum?*«

»Es gibt keine andere Wahl. Alpha Fileclerk. Wir hatten unser Vertrauen in Krug gesetzt, und Krug hat unsere Hoffnungen enttäuscht. Jetzt schlagen wir zurück, gegen jene, die uns verspottet haben. Gegen jene, die uns ausgebeutet haben. Gegen ihn, der uns geschaffen hat. Und wir treffen ihn da, wo er am verwundbarsten ist, indem wir den Turm zu Fall bringen.«

Fileclerk schaute an Watchman vorbei zum Turm. Auch Watchman drehte sich um. Das Schwanken war jetzt mit dem bloßen Auge wahrnehmbar.

Heiser sagte Fileclerk: »Es ist noch nicht zu spät, die Gefrieranlage wieder einzuschalten. Wollen Sie nicht doch noch Vernunft annehmen? Es bestand keine Notwendigkeit für diese Revolte. Wir hätten uns mit ihnen geeinigt. Watchman, Watchman, wie kann jemand mit Ihrer Intelligenz ein solcher Fanatiker sein? Wollen Sie die Welt vernichten, weil euer Gott, den ihr euch selbst zurechtgebastelt hattet, euch jetzt im Stich läßt?«

»Ich finde, es ist Zeit, daß Sie hier verschwinden«, sagte Watchman.

»Nein. Die Überwachung des Turmes ist meine Verantwortlichkeit. Wir haben einen Kontrakt.« Fileclerk wandte sich an die umstehenden Androiden. »Freunde!« rief er. »Alpha Watchman ist verrückt geworden! Er zerstört den Turm! Ich bitte euch um eure Hilfe! Ergreift ihn, haltet ihn zurück, während ich in das Kontrollzentrum gehe und die Gefrieranlage wieder in Ordnung bringe! Haltet ihn zurück, oder der Turm wird stürzen!«

Keiner der Androiden rührte sich.

Watchman sagte: »Führt ihn weg, Freunde.«

Die Androiden traten auf Fileclerk zu, umringten ihn. »Nein«, brüllte Fileclerk. »Hört auf mich! Das ist Wahnsinn! Das ist wider die Vernunft! Das ist ...«

Ein gedämpfter Laut stieg aus der Mitte der Gruppe. Watchman lächelte und wandte sich wieder dem Kontrollzentrum zu. Lilith sagte: »Was werden sie mit ihm machen?«

»Ich habe keine Ahnung. Ihn töten, vielleicht. Die Stimme der Vernunft wird immer erstickt in Zeiten wie diesen«, sagte Watchman. Er richtete seinen Blick auf den Turm. Er neigte sich schon deutlich nach Osten. Wolken von Dampf entstiegen der Tundra. Er sah Blasen im Schlamm auf der Seite, wo die Streifen den Boden erhitzten. Eine Nebelbank bildete sich dicht über dem Boden, wo die arktische Kälte mit der aus der Tundra aufsteigenden Wärme zusammenstieß. Watchman hörte saugende Geräusche in der Erde und seltsame schmatzende Laute: Schlamm, der sich von Schlamm löste. Wie groß ist die Abweichung des Turms von der Senkrechten, fragte er sich. Zwei Grad, drei? Wie weit muß er sich neigen, bis der Schwerpunkt sich so weit verschoben hat, daß das ganze Ding sich selbst aus dem Boden reißt?

»Schau«, sagte Lilith plötzlich.

Eine andre Gestalt kam aus dem Transmat gestolpert: Manuel Krug. Er trug das Kostüm eines Alphas – meine Kleider, erkannte Watchman – doch diese Kleider waren zerrissen und blutbefleckt, und die durch die Risse sichtbare Haut zeigte tiefe Schnitte. Manuel schien die Kälte nicht zu spüren. Er rannte auf sie zu mit weit aufgerissenen Augen, von Entsetzen geschüttelt.

»Lilith? Thor? Gott sei Dank! Ich habe überall versucht, ein freundliches Gesicht zu finden. Ist die Welt verrückt geworden?«

»Sie sollten sich wärmer anziehen für diese Breitengrade«, sagte Watchman ruhig.

»Das ist jetzt gleichgültig. Hört, wo ist mein Vater? Unsere Androiden haben revoltiert, Clarissa erschlagen. Sie haben sie vergewaltigt. Sie in Stücke gehackt. Ich bin gerade noch davongekommen. Und wohin ich gehe ... Thor, was geschieht? Was geschieht?«

»Sie hätten Ihrer Frau kein Leid antun sollen«, sagte Watchman. »Ich drücke Ihnen mein Bedauern aus. Das war unnötig.«

»Sie war eure Freundin«, sagte Manuel. »Sie gab heimlich Geld für die AGP, wußtet ihr das? Und ... und ... großer Gott, ich verliere den Verstand. Der Turm steht schief.« Er blinzelte und drückte mehrere Male die Daumen gegen seine Augäpgel. »Er scheint sich immer weiter zu neigen. Er wird umkippen! Wie kann das sein? Nein. Nein. Ich werde verrückt. Gott helfe mir. Aber du bist wenigstens hier, Lilith! Lilith!« Er griff nach ihr. Er zitterte. »Mir ist kalt, Lilith. Bitte, halte mich. Führe mich irgendwo hin. Nur wir zwei. Ich liebe dich, Lilith. Ich liebe dich, ich liebe dich, ich liebe dich. Du bist alles, was mir geblieben ist ...«

Er griff nach ihr.

Sie wich seinem Griff aus, warf sich Watchman an den Hals, preßte ihren Körper an den seinen. Watchman umschloß sie mit seinen Armen. Er lächelte triumphierend. Seine Hände streichelten ihren schlanken geschmeidigen Körper, seine Lippen suchten die ihren. Seine Zunge schob sich in ihren warmen Mund.

»Lilith!« schrie Manuel.

Watchman wurde von einem überwältigenden Gefühl der Sinnlichkeit überschwemmt. Sein Körper stand in Flammen. Er war jetzt voll zu seiner Männlichkeit erwacht. Lilith war wie Quecksilber in seinen Armen. Ihre Brüste, ihre Hüften, ihre Lenden waren Feuer an seiner Haut. Nur dumpf hörte er Manuels Jammern.

»Der Turm!« schrie Manuel plötzlich. *»Der Turm!«*

Watchman gab Lilith frei, schaute zum Turm hinüber, beugte den Körper nach vorn in gespannter Erwartung. Aus der Erde drang ein mahlendes Geräusch. Der Schlamm gurgelte. Die Tundra geriet in Wallung, brodelte. Er hörte ein krachendes Geräusch und dachte an stürzende Bäume. Der Turm neigte sich, neigte sich stärker, noch stärker. Die Reflektorplatten warfen ein gleißendes Licht auf seine östliche Flanke. Die Sendeanlage im Innern waren voll sichtbar, Samenkörner in einer Hülse. Der Turm neigte sich schneller. An seiner Basis, auf der westlichen Seite, bildeten sich riesige Hügel gefrorener Erde, die fast den Eingang zum Kontrollzentrum erreichten. Es knallte, als ob gigantische Violinsaiten zerrissen. Ein mahlendes knisterndes Geräusch erfüllte die Luft. Wieviel Tonnen Glas zerrten jetzt an ihrem Fundament? Wann gaben die tief in die Erde versenkten Caissons nach? Die Androiden drängten sich in dichten Reihen außerhalb der Gefahrenzone zusammen, machten verzweifelt das Zeichen des Krug-Bewahre-uns. Das dumpfe Summen ihrer

Gebete mischte sich in die unheimlichen Geräusche, die vom Turm herüberklangen. Manuel schluchzte. Lilith keuchte und stöhnte wie in der letzten Raserei eines Orgasmus. Watchman selbst war gelassen. Der Turm begann zu fallen.

Jetzt fiel er. Ein heftiger Luftstrom, verursacht durch die fallende Masse, brauste an ihnen vorbei, riß sie fast um. Die Basis des Turms schien sich kaum zu bewegen, während der Mittelteil langsam abknickte und die unvollendete Spitze in einem weiten Bogen nach unten stürzte. Sie fiel mit unheimlicher Langsamkeit, in einer Bewegung, die losgelöst zu sein schien von der Zeit. Watchman konnte jede Phase des Zusammenbruchs von der vorangehenden unterscheiden, als sähe er eine Reihe einzelner Bilder. Die Luft winselte und kreischte, roch versengt. Der Turm schlug auf, nicht auf einmal, sondern in Teilen, schlug auf, sprang wieder hoch und fiel zurück, zerbarst. Gewaltige Schlammassen kochten auf, die Splitter der zertrümmerten Glasblöcke wirbelten durch die Luft, regneten in weitem Umkreis auf die Tundra herab. Der Höhepunkt des Sturzes schien viele Minuten zu dauern, während Teile der Glasmauer sich aufbäumten und zurücksanken, so daß der Turm sich zu winden schien wie eine verwundete Schlange. Dem letzten Krachen folgte ein dröhnendes, schier endloses Echo. Dann war alles still. Im Osten glitzerten auf einer Strecke von Tausenden von Metern die kristallenen Fragmente. Die Androiden hatten die Köpfe im Gebet gesenkt. Manuel kauerte schluchzend zu Liliths Füßen, die Wange gegen ihr rechtes Schienbein gelehnt. Lilith stand aufrecht, mit weitgespreizten Beinen, zurückgeworfenen Schultern, wogenden Brüsten; sie glühte im Nachklang der Ekstase. Watchman stand neben ihr und empfand eine wunderbare Ruhe, aber er verspürte schon den ersten Schatten der Traurigkeit, der sich jetzt, da der Turm gefallen war, in seinen Jubel mischte. Er zog Lilith an sich.

Einen Augenblick später entstieg Simeon Krug einer der Transmatkabinen. Watchman hatte es erwartet. Krug hob die Hand über die Augen, als schütze er sie vor einem blendenden Schein und blickte sich um. Er schaute zu dem Platz hinüber, an dem der Turm gestanden hatte, sein Blick glitt über die schweigenden, sich zusammendrängenden Gruppen der Androiden, dann starrte er längere Zeit schweigend auf den riesigen Trümmerhaufen. Schließlich wandte er sich an Thor Watchman.

»Wie konnte das geschehen?« fragte Krug ruhig mit mühsam beherrschter Stimme.

»Die Gefrierstreifen hörten auf zu funktionieren. Der Permafrost ist aufgetaut.«

»Wir hatten ein Dutzend Kontrollmechanismen, so etwas auszuschließen.«

»Ich habe sie außer Betrieb gesetzt«, sagte Watchman.

»Du?«

»Ich fühlte, daß ein Opfer nötig sei.«

Krugs unheimliche Ruhe verließ ihn nicht. »So also dankst du mir, Thor? Ich habe dir dein Leben geschenkt. Ich bin gewissermaßen dein Vater. Ich habe dir etwas verweigert, das du fordertest, und aus Trotz hast du meinen Turm zertrümmert. Sag mir, was für einen Sinn soll das haben, Thor?«

»Für mich hatte es Sinn.«

»Nicht für mich«, sagte Krug. Er lachte bitter. »Aber natürlich bin ich nur ein Gott. Götter verstehen nicht immer die Wege der Sterblichen.«

»Götter können diejenigen, die an sie glauben, im Stich lassen«, sagte Watchman. »Sie haben uns im Stich gelassen.«

»Es war auch dein Turm! Du hast ein Jahr deines Lebens für ihn geopfert, Thor! Ich weiß, wie du ihn geliebt hast. Du warst mit ihm verwachsen, erinnere dich! Und dennoch ... und dennoch hast du ...« Krug unterbrach sich, bewegte stumm die Lippen, hustete.

Watchman nahm Liliths Hand. »Wir können jetzt gehen. Wir haben getan, wozu wir hergekommen waren. Wir werden nach Stockholm zurückkehren zu den anderen.«

Zusammen gingen sie an dem schweigenden, regungslosen Krug vorbei auf die Transmatanlage zu. Watchman schaltete eine der Kabinen ein. Das Feld war grün, hatte den richtigen Farbton; es mußte wieder alles in Ordnung sein im Transmathauptquartier.

Er streckte die Hand aus, um die Koordinaten einzustellen. Während er es tat, hörte er Krugs verzweifeltes Brüllen:

»Watchman!«

Der Androide wandte sich um. Krug stand wenige Meter von der Transmatkabine entfernt. Sein Gesicht war gerötet und verzerrt vor Wut. Seine Kinnbacken arbeiteten. Seine Hände ballten sich zur Faust, öffneten sich wieder. Plötzlich sprang er vor, packte Watchman am Arm und zog ihn von der Transmatkabine weg.

Krug schien nach Worten zu suchen. Er fand keine. Und plötzlich holte er aus und schlug Watchman ins Gesicht. Es war ein mächtiger Schlag, doch Watchman machte keinen Versuch, ihn zu erwidern. Krug schlug wieder zu, diesmal mit geballter Faust. Watchman wich zurück in Richtung auf den Transmat.

Aus tiefer Kehle gurgelnd stürzte Krug vorwärts. Er packte Watchman bei den Schultern und begann ihn wild zu schütteln. Watchman war erstaunt über die Wildheit seiner Bewegungen. Krug trat mit den Füßen nach ihm, spuckte ihn an, grub seine Nägel in sein Fleisch. Watchman versuchte sich von Krug freizumachen. Krug hämmerte mit seinem Kopf gegen Watchmans Brust. Watchman wußte, es würde nicht schwer sein, Krug beiseite zu schleudern. Aber er konnte es nicht tun.

Er konnte seine Hand nicht gegen Krug erheben.

In der Wut seines Ansturms hatte Krug Watchman fast an den Rand des Transmatfeldes gestoßen. Watchman schaute beunruhigt über seine Schulter nach hinten. Er hatte noch keine Koordinaten eingestellt; das Feld war offen, ein Weg ins Nichts. Wenn er oder Krug jetzt zufällig hineinfielen …

»Thor!« rief Lilith. »Paß auf!«

Der grüne Schein schien nach ihm zu greifen. Krug, um einen Meter kleiner als er, fuhr fort, ihn zu schlagen und zu stoßen. Es war Zeit, dem Kampf ein Ende zu machen, erkannte Watchman. Er legte seine Hände auf Krugs dicke Arme und verlagerte sein Gleichgewicht, um seinen Angreifer zu Boden zu schleudern.

Aber es ist Krug, dachte er.

Aber es ist Krug.

Es ist Krug!

Jetzt ließ Krug ab von ihm. Verblüfft atmete Watchman tief ein, versuchte seine Kräfte zu sammeln. Und jetzt stürzte Krug vorwärts, wild schreiend. Watchman ließ ihn gegen sich anrennen. Krugs Schulter krachte gegen Watchmans Brust. Wieder fühlte sich der Androide aus der Zeit geschleudert. Er schwebte rückwärts, wie von der Schwerkraft befreit, zeitlos mit unendlicher Langsamkeit. Das grüne Transmatfeld brandete hoch, um ihn zu verschlingen. Gedämpft hörte er Liliths Schrei, gedämpft hörte er Krugs Triumphgeheul. Gelassen, fast heiter taumelte Watchman in den grünen Schein, machte das Zeichen des Krug-bewahre-uns, bevor er verschwand.

37

Krug steht dicht vor der Transmatkabine, schwer atmend, zitternd. Er hat seine Bewegung genau berechnet. Ein oder zwei Schritte mehr, und er wäre Thor Watchman in das Feld gefolgt. Er ringt nach Atem. Dann tritt er zurück, wendet sich um.

Der Turm liegt in Trümmern. Tausende von Androiden stehen herum wie Statuen. Die Alphafrau Lilith Meson liegt, das Gesicht nach unten, im Schlamm und schluchzt. Ein Dutzend Meter entfernt kniet Manuel, eine traurige Gestalt, blutbefleckt, mit Schlamm bespritzt, seine Kleider in Fetzen, seine Augen leer, sein Gesicht kreidebleich und schlaff.

Krug empfindet ein großes Gefühl des Friedens. Sein Kopf ist klar. Er fühlt sich von allen Fesseln befreit. Er tritt zu Manuel.

»Steh auf«, sagt er.

Krug greift ihm unter die Arme, zieht ihn hoch und hält ihn, bis er aus eigener Kraft stehen kann.

Krug sagt: »Du bist jetzt der Boß. Ich überlasse dir alles. Leite den Widerstand, Manuel. Übernimm das Kommando. Stelle die Ordnung wieder her. Du bist der Mann an der Spitze. Du bist Krug. Verstehst du mich, Manuel? In diesem Augenblick danke ich ab.«

Manuel lächelt. Manuel hustet. Manuel starrt auf den schlammigen Boden.

»Es gehört alles dir, mein Junge. Ich weiß, du wirst es meistern. Die Dinge mögen düster aussehen heute, aber das ist nur vorübergehend. Du hast jetzt ein Reich, für dich, für Clarissa, für eure Kinder.«

Krug umarmt seinen Sohn. Dann geht er zu den Transmatkabinen. Er stellt die Koordinaten für das Fahrzeugmontagezentrum in Denver ein.

Tausende von Androiden sind anwesend, doch keiner scheint zu arbeiten. Sie starren Krug gelähmt vor Entsetzen an. »Wo ist Alpha Fusion?« fragt er. »Hat ihn jemand gesehen?«

Romulus Fusion erscheint. Er ist bestürzt beim Anblick Krugs. Krug gibt ihm keine Gelegenheit zu sprechen.

»Wo ist das Raumschiff?« fragt er sofort.

»Auf der Startrampe«, sagt der Alpha stockend.

»Führ mich hin.«

Die Lippen des Alpha bewegen sich zögernd, als wolle er Krug sagen, es habe eine Revolution stattgefunden, Krug sei nicht länger der Herr, seine Befehle hätten kein Gewicht mehr. Doch Alpha Fusion sagt nichts. Er nickt nur.

Er begleitet Krug zum Raumschiff. Da steht es, wie zuvor, verlassen auf der großen Rampe.

»Ist es fertig zum Start?« fragt Krug.

»Wir wollten in drei Tagen den ersten Testflug mit ihm durchführen, Sir.«

»Keine Zeit für einen Test jetzt. Sofortiger Start für eine interstellare Reise. Wir werden es per Automatik steuern. Besatzung ein Mann. Sag der Bodenstation, sie sollen das Schiff für sein früher besprochenes Reiseziel programmieren, Höchstgeschwindigkeit.«

Wieder nickt Romulus Fusion. Er bewegt sich wie in einem Traum. »Ich werde Ihre Instruktionen weitergeben«, sagt er.

»Gut. Sorgen Sie dafür, daß alles schnell geht.«

Der Alpha entfernt sich. Krug besteigt das Schiff, schließt und verriegelt die Luke hinter sich. Der planetarische Nebel NGC 7293 im Wassermann brodelt in seinem Gehirn, strahlt pulsierendes Licht aus, tönendes Licht, das wie ein Gong im Himmel klingt. Krug kommt, murmelt: Wartet! Wartet auf mich, ihr da oben! Krug kommt, um mit euch zu sprechen. Irgendwie. Ich werde einen Weg finden.

Selbst wenn eure Sonne Feuer ausstrahlt, das mich verbrennt, bevor ich euch erreicht habe. Krug kommt, um mit euch zu sprechen.

Er geht durch das Schiff. Alles ist in Ordnung.

Er schaltet nicht den Bildschirm für einen letzten Blick auf die Erde ein. Krug hat der Erde den Rücken gekehrt. Er weiß, wenn er jetzt hinausschaut, dann sieht er Brände in allen Städten aufflammen, und das will er nicht sehen; das einzige Feuer, das ihn jetzt noch interessiert, ist jener feurige Ring im Wassermann. Die Erde ist etwas, das er Manuel vererbt hat.

Krug entkleidet sich. Er legt sich in eine der Gefriereinheiten des Lebensunterbrechungssystems. Er ist bereit zur Abreise. Er weiß nicht, wie lange die Reise dauern wird, noch ob er an ihrem Ende etwas vorfinden wird. Aber sie haben ihm keine andere Wahl gelassen. Er überantwortet sich ganz seinen Maschinen, seinem Raumschiff.

Krug wartet.

Werden sie diesem seinem letzten Befehl gehorchen?

Krug wartet.

Der Glasdeckel der Gefriereinheit schließt sich plötzlich, schneidet ihn vollkommen von der Außenwelt ab. Krug lächelt. Jetzt fühlt er die kühlende Flüssigkeit einströmen; er erschauert, als sie sein Fleisch berührt. Sie steigt an ihm hoch. Ja, die Reise wird bald beginnen. Krug wird zu den Sternen fliegen. Draußen stehen die Städte der Erde in Flammen. Ihn lockt jenes andere Feuer, der Gong im Himmel. Krug kommt! Krug kommt! Die Kühlflüssigkeit bedeckt jetzt beinahe seinen ganzen Körper. Er versinkt in Lethargie. Der pulsierende Lebensstrom in seinem Innern verebbt. Sein fieberndes Gehirn wird ruhig. Er war noch nie so vollkommen entspannt gewesen. Phantome tanzen in seinem Gehirn: Clarissa, Manuel, Thor, der Turm, Manuel, der Turm, Thor, Clarissa. Dann sind sie verschwunden, und er sieht nur noch den feurigen Ring von NGC 7293. Auch der beginnt zu verblassen. Er atmet jetzt kaum noch. Schlaf senkt sich auf ihn herab. Er wird den Start nicht spüren. Fünf Kilometer entfernt sprechen einige treu gebliebene Androiden zu einem Computer; sie schicken Krug zu den Sternen. Er wartet. Jetzt schläft er. Die kalte Flüssigkeit hat ihn verschlungen. Krug hat seinen Frieden gefunden. Er verläßt die Erde für immer. Er tritt seine letzte Reise an.